살아 있는 시체들의 밤

김형중 비평집

**살아 있는 시체들의 밤**

**펴 낸 날**  2013년 12월 17일
**지 은 이**  김형중
**펴 낸 이**  주일우
**펴 낸 곳**  ㈜문학과지성사
**등록번호**  제1993-000098호
**주　　소**  121-840 서울 마포구 서교동 395-2
**전　　화**  02)338-7224
**팩　　스**  02)323-4180(편집)  02)338-7221(영업)
**전자우편**  moonji@moonji.com
**홈페이지**  www.moonji.com

ⓒ 김형중, 2013. Printed in Seoul, Korea

ISBN 978-89-320-2509-4

:: 김형중 비평집

# 살아 있는
# 시체들의 밤

문학과지성사
2013

## 책머리에

　세번째 평론집을 내고 다섯 해 만에 네번째 평론집 교정지를 받았다. 원고는 우편으로 왔다. 딱히 그 때문만이라고 할 수는 없지만, 반주라고 하기엔 좀 많은 양의 술을 마셨다. 새콤달콤한 맛 때문에 종종 잊어버리곤 하지만 매실주는 의외로 힘이 세다. 20도 소주가 아니라 30도 소주에 담그기 때문이다. 심장이 조금 빨리 뛰고, 온몸에 미열이 퍼지고, 발걸음에 근거 없는 자신감이 생겼다면, 이제 걸어야 할 차례다. 세번째 평론집을 내던 해 연말, 내 몸속 피의 압력이 솟구치고 소변이 달콤해졌다는 말을 들은 이후, 지금껏 근근이 포기하지 않은 저녁 산책이다.

　밤의 캠퍼스는 축제였다. 실은 내 몸이 축제였는지도 모르겠다. 젊은 여자들 머리에 야광의 뿔이 알록달록 빛나고 있었고, 남자 아이들은 상기된 얼굴로 뭔가 조바심칠 만한 일이라도 있는 듯 이리저리 갈피를 못 잡아 떠들며 뛰어다녔는데, 외람되게도 그들에게서는 발정의 기운 같은 것이 느껴졌다. 백열등이 달린 천막 아래에는 취한 듯 제 자리에서 일어나 빙글빙글 도는 짓을 계속하는 남녀들도 더러 있었다. 그들은 다들 성장하고 있었고, 그래서 그 몸짓이 죄다 일종의 과시이거나 과장이란 걸 쉽게 알아볼 수 있었다. 광채에 방향 감각을 잃어버린 불나방 같기도 했다.

이어폰 속의 리듬과 무관한 비트가 횡경막을 울려댔다. 귀에서는 느린 포크, 그런데 심장은 빠른 비트라니. 느낌이 이상해서 이어폰을 뽑았더니 횡경막은 달팽이관이나 유스타키오관이 아니라 내 귀 바깥의 비트에 조응하고 있었다. 그제야 밝게 빛나는 무대가 눈에 들어왔다. 그 위에서는 어수선한 장기자랑이 한창이었는데, 앞좌석의 백여 명은 열광하며 손과 머리를 흔들어대고 있었고 뒷좌석의 사람들은 서거나 앉아서, 먼 데를 보거나, 고개를 까딱거리거나, 누군가를 진지하고 우울하게 기다리고 있거나, 했다. 소리와 빛은 과도한데 이어폰 탓에 소리는 없었으므로 초현실적이고 몽환적이었다. '흐르다' '주물' '밀랍' '양초' 같은 액체 계열의 단어들이 떠올랐고, 비트를 심하게 쏘이면 늑막염이나 기흉에 걸린다는 기사도 기억났지만, 별로 두렵지는 않았다.

귀와 심장이 협조하지 않는다는 생각이 들자, 마치 그 상태를 증명이라도 하려는 듯, 걸음이 자꾸 엇나갔다. 귀와 심장 중 어떤 비트에 보속을 맞춰야 할지 알 수 없어서였는데, 이내 그렇게 비틀거리며 조금 느리게 좀비처럼 걷는 것도 그다지 나쁘지 않겠다는 생각이 들었다. 콧김이라도 날듯 발바닥부터 체온이 오르기 시작했다. 이내 이마에 땀이 흘렀다. 나는 땀을 과도하게 많이 흘린다.

주 무대와 멀리 떨어진 곳에 조그마한 가설무대 하나가 더 있었는데, 해골이 그려진 검은 티셔츠를 입은 두 래퍼가 요란한 디제잉으로 관객을 끌어모으려 안간힘을 쓰고 있었다. 그러나 주차장이었던 곳으로 보이는 객석에는 아무도 앉아 있지 않았다. 누군가 그 안으로 들어가 자리를 잡고 앉아야 구경하던 몇이라도 못 이기는 척 끼어들 수 있을 것 같은, 그런 어색한 분위기였다. 종종 나는 내 글쓰기가 저런 짓 같다는 생각을 한 적이 있다.

모르는 척 천천히, 그러나 다소 단호하게 객석(객석은 그냥 바닥이었으므로)을 가로질러 걸어갔다. 의지와 무관하게 발걸음이 두 번쯤 뒤틀렸지만 부끄럽지는 않았고, 실은 되레 유쾌했다. 건너편에 당도하자 자랑스러운 기분이 들어 힐끗 내가 걸어 나온 곳을 뒤돌아보았지만, 여전히 객석에는 아무도 앉지 않았다. 나는 가던 길을 계속 걸었다. 땀이 내 온몸을 점령할 때까지, 휘적휘적, 아무 생각도 없이, 집중해서 걸으려고, 최선의 노력을 다해가며, 걸었다.

축제 인파가 별로 없는 한적한 곳에 이를수록 소리들은 더 먼 데서 웅얼거리듯 들렸고, 그러자 조금 쓸쓸하고 슬퍼졌다. 낮에 친구들과 공을 차던 운동장을 저물녘에 혼자 와서 다시 보는 것 같은, 그런 쓸데없고 유치한 감정이었다. 짧은 치마를 입은 여자 아이들 둘이 취해서 비틀거리며 횡설수설하는 소리가 반가운 순간도 있었다. 그러나 대체로 나는 조용한 편을 좋아하므로, 아니 실은 사람들 속에 있는 것을 극도로 어려워하는 공황장애 같은 것을 앓(는 연기를 하)고 있으므로, 어두운 나무 그늘 아래, 아직 빗물이 덜 마른 벤치에 앉아, 담배를 두 대 연거푸 피운 후, 이제 어쩔 수 없다는 듯, 할 일은 이것뿐이라는 듯 집으로 향했다. 집으로 가는 내내 어떤 중얼거림 같은 것이 입 밖으로는 나오지 못한 채 성대 근처에서 배회했다.

'참으로 특이한 다섯 해였다.'
'남은 삶을 사는 동안 다시 겪을 수 없는 다섯 해였다.'
'영원히 단수로만 존재하게 될 참으로 의미심장한 다섯 해였다.'

걸음은 여전히 내 의지와 무관하게 조금씩 조금씩 엇나갔다.

늦은 밤과 새벽에는 썻고 누워 졸다 깨다 하며 네번째 평론집 교정지를 읽었다. 제목을 '살아 있는 시체들의 밤'이라고 하겠다는 애초의 작정을 바꾸지 않은 채로, 나는 잠들었다. 잠들기 전까지, 평론집 서문으로 쓸 만한 문장 하나가 떠올라 가수면 상태에서도 잊어버리지 않으려고 여러 번 되뇌다 잠들었다. 그 문장은 이랬다.

"이 책은 아무래도 조지 로메로에게, 아니 정확하게는 그의 영화 「살아 있는 시체들의 밤」에 (이 책은 내 네번째 평론집이니) 네번째로 등장해서, 마치 황당한 종언 선언을 당한 후의 한국문학처럼 죽은 채로 걸어다니다 (다시) 죽(지 않)은 좀비에게 바쳐야겠다."

서울과 광주를 오가는 길에서 얻는 여독은 매번 오래가서, 한 주 내내 나는 대체로 피로했으므로, 잠은 달고 깊었던 것 같다.

2013년 12월
김형중

# 차례

# 1부 문학의 윤리와 민주주의

사실 저는 작가가 어느 정도 무책임을 요구할 필요도 있다고 생각하는 편입니다……
사상이나 글을 기성 권력에 부합하도록 하는 것을 거부한다는 측면에서 이러한 무책
임의 의무는 가장 고양된 형태의 책임이라고 볼 수 있으니까요. 누구에게, 또 무엇
을? 이것이 미래의 질문 또는 이러한 체험에 의해서 그리고 이를 위해서 약속된 사
건, 즉 제가 방금 언급한 다가올 민주주의의 온전한 질문입니다. 내일의 민주주의가
아닌, 내일이면 있을 미래의 민주주의도 아닌, 개념상 앞으로―다가올à-venir 것과 연
결되고 예정된 약속의 체험으로, 영원한 약속으로 남는 그런 것.

―자크 데리다

# 사건으로서의 이방인

## ─ '윤리'에 관한 단상들 1

### 1

"이방인이란 무엇을 의미하는가? 누가 이방인인가?"[1] 데리다의 이와 같은 물음을 작금의 한국문학이 피해 가기는 힘들어 보인다. 단순히 타자, 소수자, 외국인, 이방인, 디아스포라 그리고 '윤리' 등등의 어휘군이 한국문학의 가장 유력한 트렌드가 되었다는 의미에서만이 아니라, 실제로 2000년대 한국 사회의 객관적인 변화 자체가 문학에도 (그리고 철학과 정치와 '사랑'에도) 이 질문에 대한 성실한 답변을 요청한다. 유입된 외국인 인구가 백만에 육박하는 시대의 도래는 철학에 있어서나 예술에 있어서나 정치에 있어서나 사랑하고 결혼하는 방식에 있어서나 공히 기존의 패러다임 내에서는 해결할 수 없는 물음들을 제시한다. 그런 의미에서라면 데리다의 이 난감한 질문에 대

---

1) 자크 데리다·안 뒤푸르망텔, 『환대에 대하여』, 남수인 옮김, 동문선, 2004. p. 84. 이하 본문에 제목과 쪽수만 표기.

해서는 이렇게 대답할 수 있다. '이방인이란 사건l'événement이다.'

2

물론 이때의 '사건'이란 바디우적인 의미에서의 사건이다. 바디우에게 사건이란 간단히 말해 "상황·의견 및 제도화된 지식과는 '다른 것'을 도래시키는 것"[2]이다.

> ……주체는 무엇인가가 일어났기를, '이미 주어진 것' 속의 그 일상적 기입으로는 환원될 수 없는 무엇인가가 일어났기를 요구하는 것이다. 이 잉여적 부가물을 사건이라고 부르자. 그리고 진리가 문제삼아지지 않는(오직 의견만이 문제삼아지는) 다양태적 존재를 사건과 구분하자. 사건은 우리로 하여금 새로운 존재 방식을 결정하도록 강요하는 것이다. 그러한 사건들은 명백히 입증되는 것이다. 1792년의 프랑스 혁명, 엘로이즈와 아벨라르의 만남, 갈릴레오에 의한 물리학의 창조, 하이든에 의한 고전적 음악 양식의 발명 등이 그러한 사건들이다. 그러나 또한 중국의 문화대혁명, 개인적인 사랑의 열정, 수학자 그로텐디크에 의한 장소론의 창조, 쇤베르크에 의한 12음계법의 발명 등도 그러한 사건들이다. (『윤리학』, p. 54)

이미 주어진 것, 이미 굳어진 채로 어떠한 진리 산출적 공정procédure

---

2) 알랭 바디우, 『윤리학』, 이종영 옮김, 동문선, 2001, p. 84. 이하 본문에 제목과 쪽수만 표기.

도 가동시키지 못하는 '의견'들만이 난무하는 상황에 대해 '잉여적 부가물'로서의 어떤 것이 발생한다. 그것은 의견들 속에서는 한 번도 고려의 대상이 되어본 적이 없는 절대적 외부라는 점에서 '잉여적 부가물'이고, 우리로 하여금 기존과는 완전히 다른 존재 방식을 요구한다는 점에서 '사건'이다. 사건은 그런 방식으로 멈춰버린 진리 산출적 공정을 가동시킨다. 흥미로운 점은 이어지는 부분, 즉 그 사건의 예들이다. 이 예들은 정확히 네 종류의 진리 산출적 공정이 있음을 암시한다. 즉 정치(프랑스혁명과 중국 문화대혁명), 사랑(엘로이즈와 아벨라르의 만남, 개인적 사랑의 열정), 과학(그로텐디크의 수학과 갈릴레오의 물리학), 예술(하이든과 쇤베르크의 음악, 그리고 여기서 거론되지는 않지만 파울 첼란의 시)이 그것들[3]이다. 사건은 바로 이 네 가지 진리 산출적 공정을 가동시키는데, 바로 이 사건에 대한 충실성 fidélité이 새로운 진리를 도래하게 한다. 달리 말해 "사건적 충실성은 사건이 발생한 고유한 질서(정치의·사랑의·예술적·과학적) 속에서의 (사고되고 실천되는) 실질적 단절"(『선언』, p. 55)이다. 그렇다면 사건과 관련하여 철학은 어떤 역할을 하는가?

철학의 특별한 목표란, 진리의 공정들의 출발점으로 작용하는 사건들의 명명들이 그 자리를 잡는 통일된 개념적 공간을 제시하는 것이다. 철학은 모든 '하나 더'의 이름들을 모으려고 한다. 철학은 자신을

---

3) 네 가지 진리 산출적 공정에 대한 보다 자세한 설명은 『철학을 위한 선언』(알랭 바디우, 이종영 옮김, 백의, 1995. 이하 『선언』이라고 하고 본문에 쪽수만 표기)의 8장을 참조할 수 있다. 이 장에서 바디우는 더 많은 사건들의 예를 더 자세하게 설명하는데, 파울 첼란의 시와 자크 라캉의 정신분석이 어떻게 사건이 될 수 있는지에 대한 설명도 여기에 들어 있다.

조건짓는 공정들의 공속적으로 가능한 성격을 사고 속에서 다룬다. 철학은 어떠한 진리도 성립시키지 않는다. 그러나 철학은 진리들의 장소를 결정한다. 철학은 산출적 공정들의 분산된 동시성에 대면하여 하나의 접대소, 하나의 피난처를 지음으로써 이 산출적 공정들을 함께 엮어짠다. (『선언』, p. 42)

과학적 담론들에 대한 메타 이론으로서의 철학을 고민(『철학과 과학자들의 자생적 철학』)한 알튀세르의 제자였던 전력이 드러나는 부분이거니와, 바디우는 철학은 그 자체로 대상을 갖지 않으며, "어떠한 진리도 성립시키지 않는다"고 말한다. 대신 철학은 '명명'한다. 즉 "진리의 공정들의 출발점으로 작용하는 사건들의 명명들이 그 자리를 잡는 통일된 개념적 공간을 제시하는 것"이 철학의 유일한 목표이다. "수학소와 시와 정치적 발명과 사랑(또는 둘의 사건적 지위)의 시대적 배치를 단일한 사고의 실행 속에서 함께 엮"는 작업, "진리들의 순간의 통일체에의 접근방식을 제시하고, 산출적 공정들을 함께 가능한 것으로 반영하는 개념적 거처를 제시"하는 작업이 철학의 몫이다. 즉 철학은 사건을 명명하고, 네 가지 진리 산출적 공정들에게 공속적인 개념들의 장, 일종의 '접대소'를 마련한다.

3

다시 데리다의 질문으로 돌아와서, 우리에게 지금 '이방인'이란 무엇인가? 반복하건대, 우리 시대의 이방인이란 바디우적인 의미에서 사건이다. 왜냐하면 작금의 한국 상황에서 이방인은, "상황·의견 및 제도화된 지식과는 '다른 것'을 도래"시킬 가능성, 최소한 세 가지 진리 산출적 공정을 이전과는 전혀 다른 방식으로 가동시킬 수 있는 가능성을 내장하고 있기 때문이다. 정치적으로 이방인은 한 번도 순혈주의와 민족주의의 울타리에서 벗어나본 적이 없는 한국 사회에 인종 및 문화적 차이, 집단 없는 공동체의 이념, 국민국가 경계의 타당성 여부 같은 문제들을 도입한다. 사랑에 있어 이방인은 인종과 문화가 완전히 다른 타자와의 가족적 결합 가능성 문제, 엄존하는 가부장제와 결혼이주여성의 인권 문제 등을 도입한다. 문학과 예술에 있어 이방인은 우리들의 표상체계 밖에 있는 존재들, 우리들의 기호체계로는 가 닿을 수 없는 곳에 존재하는 이들의 재현이 가능한가라는 지극히 근본적인 문제를 제기한다. 물론 최근 철학계를 풍미하고 있는 '타자의 윤리'에 관한 담론들은 이 세 가지 진리 산출 공정에 공속적인 개념, 장소 들을 마련하기 위한 고투라 보아 무방하다. 바디우는 '윤리'를 '사건에 대한 충실성'이라 정의하는 바, 최근의 타자와 윤리에 관한 담론들의 부상 이면에 있는 것이 바로 그 '진리의 윤리학'일 것이다.


4


그런 의미에서, 종종 2000년대 이후 한국 문학계에 불어닥친 '윤리'의 열풍을 이념이 사라진 시대에 문학이 택한 자기합리화의 일환 정도로 맥락화하는 일련의 논의들은 사태의 전모를 온전하게 파악하지 못하고 있는 것처럼 보인다. 가령 정영훈은 우리 비평계가 '윤리의 범람' 상태에 있다고 진단하면서 "이념에 기대어 자기 증명을 시도했던 이들이 이제 새로운 환경 속에서 그것을 되풀이하기 위해 선택한 것이 윤리라면, 윤리에 대한 관심은 결국 자기 보존 원리의 일종이 아닐까"[4]라고 말한다. 이와 유사하게 김미정은 "우리의 문학사 속에서 '개인' '윤리'의 가치란, '그것', 즉 공동체(집단)의 결속력, 희망의 서사에서 방출된 개인들의 불우함을 반영하는 동시에, 그제야 비로소 자유로워진 이들의 자기책임과 의무를 함축하는 말이었다. '개인'과 관련된 가치들은, 의탁할 신도, 자명한 것도 아무것도 없어진 세계 속에서 오로지 자기를 증명하고 구원할 출발점이었던 것이다. 공동체의 개인에게는 이념이라고 하는 규준과 심급이 있었지만, 외부의 버팀목 없이 자신을 증명해야 했던 개인에게는 자기 안의 자기 정초의 방식이 필요했던 것이다. 이것이 이른바 지금 우리가 알고 있는 그 '윤리'의 콘텍스트의 하나이다"[5]라고 말한다. 이러한 언급들에도 일말의 진실은 있다. 1990년대 내내 우리 문학이 빠져나간 이념의 자리에 대신 들여놓은 것이 바로 개인, 내면 등등의 가치들이었고 종종 그것들을 일러 '윤리'라 명명하기도 했으니 말이다. 그러나 '윤리'를 그처럼 이념이 사라진 시대의 문학이 택한 일종의 고육지책으로만 이해할 경우, 이방인의 사건성은 실종된다. 이방인은 1990년대 어느 시점, 노동 인력 수입 자유화 조치와 함께, 탈북자 및 연변 조선

---

4) 정영훈, 「윤리의 표정」, 『세계의 문학』 2008년 여름호, p. 284. 이하 본문에 제목과 쪽수만 표기.
5) 김미정, 「'버려야만 적합한 것이 되는 것'의 윤리」, 『문학동네』 2008년 가을호, pp. 417~18.

족의 대대적인 유입과 함께, 매춘을 방불케 하는 국제 이민 결혼의 증가와 함께, 사건으로서 도래했다. 타자와 윤리에 대한 담론의 증가는 무지 속에서나마, 서투름 속에서나마, 그 사건에 대한 응답의 결과이다.

5

진리의 윤리학자 바디우는 레비나스와 데리다의 환대의 윤리학에 대해 자주 적대적인 입장을 취한다. 우선 이 양자의 대립은 보편과 차이의 대립처럼 보인다. 바디우는 유행과는 다른 '차이'라는 것, 그리고 그 차이의 담지체로서의 타자의 중요성을 인정하지 않는다. 그에게 차이란 사실상 아무것도 아니다. 왜냐하면 그것은 원래 주어져 있는 것이기 때문이다.

무한한 다양성이란 단순히 주어져 있는 것일 뿐이다. 어떠한 경험이라도 무한한 차이들의 무한한 전개이다. 심지어 이른바 자아 자신에 대한 반성적 경험조차도 결코 하나의 통일성에 대한 직관이 아니라 차별화들의 미로이다. 물론 랭보가 "나는 타자이다"라고 선언한 것은 틀린 것이 아니다. 나와 그 어떤 누구—나 자신을 포함하여—사이에도, 예컨대 중국 농민과 노르웨이의 젊은 관리 사이의 차이 못지않은 차이가 있다. (『윤리학』, p. 36)

나와 그 어떤 누구 사이에도 "중국 농민과 노르웨이의 젊은 관리

사이의 차이 못지않은 차이가" 존재하는 것이라면, 그것을 두고 호들
갑을 떨 어떤 이유도 없다. 오히려 중요한 것은 그 모든 차이들을 지
우면서 등장하는 진리다. 그가 일련의 저작들에서 보편적인 것의 복
원을 주장하는 이유도 여기에 있는데, 그에 따르면 "차이들이란 바로
모든 진리가 내버리는 것, 또는 의미 없는 것으로 드러나는 것"이다.
결국 그는 레비나스에 반해 "어떠한 구체적 상황도 '타자의 인정'이라
는 주제를 통해 해명될 수 없다"(『윤리학』, p. 42)고 말하기에 이른
다. 진리가 아닌 의견들의 세계에서 차이란 항상—이미 존재하기 때
문이다. 문제는 그 차이들을 지우며 도래하는 진리이다. 차이들을 지
우며, 진리는 어떤 형태로 도래하는가? 그것은 항상 식별 불가능한
형태로 도래한다. 왜냐하면 진리는 항상 굳어진 의견들 사이의 구멍
에서, 우리가 고려해보지 않은 방식으로, 사건에 의해, 느닷없이 도
래하기 때문이다. 바디우가 진리를 "지식에 구멍을 내는 것" "모든
정확한 지시를 벗어나며, 이 정확한 지시가 식별해주는 것의 시각을
초과"(『선언』, p. 101)하는 것이라고 정의할 때 의미하고자 한 바가
바로 이것일 것이다. 혹은 "모든 진리는 앞으로 존재하게 될 아직 존
재하지 않은 것"(『윤리학』, p. 37)이라거나, "진리는 내재적 단절"
(『윤리학』, p. 56)이라는 말의 의미도 이것일 것이다. 진리는 초과이
자 잉여이고, 지식에 난 구멍이며 아직 존재하지 않는 것이다. 그리
고 그런 진리에 대한 충실성을 일컬어 바디우는 '윤리'라 칭한다. 그
에게 "윤리는 오로지 진리들과 관련하여 존재할 수 있을 뿐이다". 그
말은 곧 단수가 아닌 복수의 윤리들(현재로서는 네 가지 윤리들)이 있
다는 말이기도 하다. 왜냐하면 앞서 살펴보았듯이 진리를 산출하는
공정이 네 가지이기 때문이다. "더욱 정확히 말하자면 진리의 과정들

의 윤리, 이 세계에 특정한 진리들을 도래시키는 노고의 윤리만이 있을 뿐이다…… 단수로서의 윤리는 존재하지 않는다. 오로지……(정치·사랑·과학·예술에 대한) 윤리들만이 있을 뿐이다"(『윤리학』, pp. 37~38).

6

흥미로운 점은, 레비나스와 데리다의 차이의 윤리, 곧 타자에 대한 환대의 윤리를 비판하면서 시작된 바디우의 진리의 윤리학이 최종적으로는 다시 환대의 윤리학으로 회귀하는 듯한 인상을 준다는 점이다. 가령 그가 진리를 정의하는 방식들을 다시 음미해보자. 진리는 지식의 구멍으로 존재하는 것, 현재의 의견과 상식 들로는 포착할 수 없는 잉여이자 초과, 아직 존재하지 않으므로 우리가 선택하거나 배제할 수 없고, 그것이 호의적일지 적대적일지조차 알 수 없는 것이다. 우리는 그렇게 정의되는 것의 다른 이름을 알고 있다. 그것은 '타자'이다. 혹은 데리다의 용법으로는 '이방인'이다. 콜로노스의 숲에 도달한 오이디푸스(『콜로노스의 오이디푸스』)가 그랬듯이, 아감벤이 '벌거벗은 생명'이라 부른 호모 사케르가 그랬듯이(『호모 사케르』), 이방인은 항상 법과 지식에 대해 잉여이자 초과이다. 언어 밖도 안도 아닌 곳에 있는 자이자, 국가의 영토 밖도 안도 아닌 곳에 있는 자, 그가 바로 이방인이다. 사실 데리다가 '정의로서의 환대' '무조건적 환대'를 말할 때 염두에 두었던 것도 이러한 의미에서의 타자들이다. 환대받아야 할 이방인은 항상 친숙한 모습으로 현관문을 두드리는 것은 아니다. 그는 심지어 강도이거나 도둑일 수도 있다. 사건처럼, 진리처럼, 잉여이자 초과인 상태 그대로 이방인은 환대받기를 요구한다. 그렇다면, 이렇게 말할 수도 있겠다. 바디우에게 진리인 것이 레비나스와 데리다에게는 타자이자 이방인이다. 이방인은 진리다. 그렇다면 진리에 대한 충실성은 타자와 이방인에 대한 환대와 크게 다르지 않다. 이방인이 항상 낯설게 내 집에 도래하는 것처럼, 진리는 항상 그처럼 낯설게 의견들 속으로 도래한다. 진리에 대한 충실성이 윤리라면, 그와 똑같은 의미에서 타자에 대한 환대 또한 윤리이다. 진리의 윤리학과 환대의 윤리학, 바디우와 데리다가 만나는 지점이 여기다.

7

그렇다면 작금의 한국적 상황에서 진리의 윤리학과 환대의 윤리학이 갈등할 이유는 없어진다. 이방인은 진리처럼 도래하고, 진리는 이방인처럼 환대받아야 한다면, 사건으로서의 이방인이 제기한 문제에 충실하고자 하는 자는 또한 그를 어떠한 선별 과정 없이, "이중의 말소" "이름의 말소와 물음의 말소"(『환대에 대하여』, p. 72) 속에서 환대해야 한다. 2000년대 한국의 상황에서 이방인은 이렇게 이중적으로 윤리의 문제를 제기한다. 그는 우선 사건으로서 도래한다. 그는 최소한 세 가지 진리 산출적 공정을 작동시킨다. 정치와 사랑과 예술. 그럼으로써 진리의 윤리학의 대상이 된다. 동시에 그는 문자 그대로 이방인, 타자로서 도래한다. 백만 명의 그들을 어떻게 환대할 것인가. 그렇게 그들은 다시 환대의 윤리학의 대상이 된다.

<br>

## 8

완전히 다른 타자tout-autre, '절대적으로 외부에 있는' 타자는 '무조건적 환대'를 위한 전제 조건이다. 타자의 절대적 외부성을 말하는 것과 타자에 대한 무조건적 환대의 윤리를 말하는 것은 사실상 이음 동의어를 말하는 것과 별다른 차이가 없다. 조건 없는 환대란 그가 나와 완전히 다른 이방인이라 하더라도 손님으로서 영접한다는 말이다. 이름의 말소와 물음의 말소란 말은 그런 의미이다. 따라서 타자의 절대적 외부성을 강조하는 것이 타자를 결국엔 신격화함으로써 나와 타자 사이에서 어떤 윤리도 발생하지 않게 만들 것이라고 비판하는 이는 무조건적 환대의 윤리에 대해 말할 수 없다. 양날의 칼을 쥐고 자신은 다치지 않은 채로 상대방에게 공격을 가하기는 불가능하다. 가령 "타자에 대해 그 절대적 외부성을 인정한다고 할 때 그로써 얻게 되는 것은 무엇인가. 절대적 외부성에 대한 인정이란 사실상 오고 가는 것이 아무것도 없이 다만 인정이라는 재화만 주고받는 것으로 종료되는, 일종의 상징적 교환에 불과한 것은 아닌가. 거기서 남는 것은 타자의 외부성을 인정했다는 주체의 자족감 외에 아무것도 없지 않은가. 주체가 그렇게 자족해하고 있는 동안 타자는 자신의 목소리를 드러내거나 자신이 거주할 수 있는 조금의 자리도 갖지 못한 채 그저 하나의 공동체 바깥에 유령처럼 떠돌고 있는 것은 아닌가. 그렇다면 타자와의 연대란 타자에 대한 무관심과 다를 것이 없지 않은가"(「윤리의 표정」, p. 298)라고 말한 사람이, "레비나스라면 타자와의 비대칭적 관계 속에서 타자에 대한 윤리적 의무를 짊어지는 이러한 주체를 '나그네와 고아와 과부'의 얼굴, 곧 고통받는 사람의 얼굴로 출현하는 타자들에 대해 책임을 지고 그들의 짐을 대신 짊어져주는 주체의 모습으로 설명할 것이다. 레비나스에게 '윤리적인 것, 또는 윤리적이 된다는 것은 타인의 고통과 고난에 자신을 노출시키는 것을 의미한다'. 고통받는 타자의 호소에 응답할 때 비로소 나는 '응답하는 자'로서 '책임적 존재' 또는 윤리적 주체로 탄생할 수 있다"라고 말할 수는 없다(같은 글, p. 301). 왜냐하면 타자의 절대적 외부성을 인정하지 않은 이가 타자를 무조건적으로 환대할 수는 없기 때문이다. 레비나스나 데리다가 말하는 환대는 '나그네와 고아와 과부'처럼 환대하기에 적합하도록 '선별된' 이방인들에 대한 환대만은 아니다. 절대적 외부로부터 도래한 이방인이 항상 동정과 연민을 불러일으키는 온순하고 가난한 자들이라는 보장은 없다. 타자에게 이름을 묻고, 소속을 묻고, 위험 여부를 확인하는 것은 환대의 윤리가 아니다. 타자의 절대적 외부성이 보장될 때만, 환대는 윤리가 된다.


9


가령 황호덕이 주장하는 윤리가 바로 그런 것이다. 일본 구비전승담 중 '마레비토'에 대한 이야기로 시작한 글을 마무리하면서 그는 다음과 같이 말한다.

그러니까, 초입에서 말했던 마레비토—이방인, 외국인은 우리에게 바로 이 주권적 권력의 문제를 묻는 맹목적 장소로서, 인간과 국민의 일치·불일치를 묻는 절대적 질문의 장소로서 존재하는지 모른다. 국경을 넘는 자들을 동물로서, 벌거벗은 생명으로서 적출하고 배제하는 일을 막을 수 있는 길이란 서로가 서로에게 완전한 타자라는 전제에서 출발하는 보편적 응답의 길, 책임의 길뿐이다.[6]

　　마레비토—이방인은 두 가지 모습으로 묘사된다. 그는 주권적 권력의 문제를 묻는 자, 인간과 국민의 일치·불일치를 묻는 자, 곧 새로운 문제를 제기하는 '사건'으로서 도래한다. 진리의 윤리학이 거기서 비롯될 것이다. 그러나 그는 또한 환대의 윤리학을 개시하기도 하는데, 이방인을 주권 권력의 '포함하는 배제'로부터 해방시킬 수 있는 길이란 "서로가 서로에게 완전한 타자라는 전제"(절대적 외부성)에서 출발하는 응답 가능성response ability, 즉 책임responsibility밖에 없기 때문이다. 유사하게 서동욱은 바디우의 『사도 바울』에 대한 놀랍도록 정교한 한 편의 글을 『고린도 전서』의 한 구절을 인용해 끝맺는다. "……스스로 **모든 사람의 종**이 되었습니다."[7] 강조는 서동욱의 것이다. '모든 사람의 종.' 이때의 모든 사람이란 양적으로 많다는 의미가 아닐 것이다. '집을 내준 주체' 바울, 곧 환대의 주체 바울에게 모든 사람이란 절대적 외부로부터 도래하는 익명의 타자 전체를 일컫는 말임에 틀림없다.

6) 황호덕, 「넘은 것이 아니다—국경과 문학」, 『문학동네』 2006년 겨울호, p. 432
7) 서동욱, 「사도 바울, 메시아, 외국인」, 『세계의 문학』 2008년 가을호, p. 274.

그러나 다시 정색을 하고 묻는 이들이 있다. 무조건적 환대라니, 타자의 절대적 외부성이라니, 그것이 가능한가? 먼저 이명원이 묻는다.

타자를 신으로 섬기라는 황호덕의 주장은 레비나스와 데리다 식 타자론의 영향을 보여주지만, 이는 인간은 인간에게 이리일 뿐이라는 홉스 식 타자론의 물구나무 선 단순성으로 환원되며, 현실 속에서 타자와의 소통가능성 자체를 역설적으로 봉쇄하는 담론의 효과를 발휘한다.[8]

고인환도 대동소이한 질문을 던진다.

필자는 '그들에 대한 동정과 연민은 이제 그만'이라는 진술이나, '그들의 목소리를 완벽하게 재현할 수 없다'는 주장, 혹은 '그들의 삶을 형상화한 텍스트들에는 그들과 자신을 구별 짓는 주체의 음험한 욕망이 도사리고 있다'는 관점 등은 이방인 문학에 접근하는 데 있어 적지 않은 문제점을 노출하고 있다고 생각한다. 이러한 이상론적 태도는 늘 상 현실의 문제를 도외시한 채, '완전한 소통의 불가능성'이라는 무소불위의 공허하고 자족적인 결론을 되풀이하는 데 급급하기 때문이다.[9]

---

8) 이명원, 「마음의 국경: 연대는 불가능한가──탈국경 서사 비평의 현재성」, 『문학수첩』 2007년 여름호, p. 38.
9) 고인환, 「이방인 문학의 흐름과 방향성──이주 노동자와 탈북자의 삶을 다룬 작품을 중심으로」, 『문학들』 2008년 가을호, pp. 30~31.

타자를 절대적 외부에 위치시킬 경우 그들과의 소통은 영영 불가능하지 않겠느냐는 우려는 나름대로 정당하다. 무조건적인 환대란 분명 이론적 이상이거나 절대적 정언 명령에 가까워서 그것의 구체적 실천 방안에 대한 이야기가 뒤따르기는 어렵다. 그러나 그런 우려의 끝에서 되풀이되는 결론이 국가기관의 공익광고에 등장하는 '그들도 우리와 같은 사람입니다' 수준의 교훈이이어서는 곤란하다. 대개 이런 질문에 대한 답은 이렇게 내려진다.

그들과 우리가 다르다는 사실을 인정하고, 이 차이를 어떻게 좁혀갈 것인가, 나아가 차이들의 네트워크를 통해 어떠한 삶을 지향할 것인가에 대해 고민하고 논의하는 것이 필요하다. (고인환, 같은 글, p. 31)

이주노동자를 소설의 주동인물로 설정하고 있는 최근 소설을 "국민주권의 문제와 인간 개념의 정치성을 단순한 거주의 인정이나 기존의 주권 안에 포괄하려는 시도"로 보는 것 역시 논리적 단순화다. 오히려 이런 소설들은, 작중의 이주노동자들이 국민주권의 권역으로부터 이탈되었음에도 불구하고, 인간으로서 보존되어야 할 존엄과 권리 문제를, 국민국가적 상상력으로 해결할 수 없는 탈근대적 주체화라는 맥락에서 새롭게 고민하도록 독자들에게 촉구하고 있는 것이 아닐까. (이명원, 앞의 글, p. 38)

다르다는 사실을 인정한 위에서 건설되는 차이들의 네트워크! 이주노동자들의 인간으로서 보존되어야 할 존엄과 권리! 전자는 그 해묵은 다문화주의 선언에서 그리 멀지 않고, 후자는 그보다 더 오래된 프랑스혁명의 인권선언에서 그리 멀지 않아 보인다. 알다시피 아감벤은 이 인권선언이야말로 근대 국가가 "천부인권과 자연권의 이름으로 '조에zoē'를 폴리스에 포함시키고 헐벗은 삶의 차원에서 인간의 권리 주장과 해방을 정치적 목적으로 내세우며 등장하"[10]게 한 결정적인 계기였다고 말한다. 생체정치적 예외화(포함하는 배제) 전략은 인권선언에서 시작한다. 게다가 모두에게 동일한 자연권으로서의 인권이란 사실은 근대적 주권 권력이 마련한 법체계 속에서의 권리다. 요컨대 인권과 자연권을 거론하는 순간, 타자들의 모든 차이는 소멸하고, 그들 모두는 근대적 주권 권력 내에서 '동등한' '차이 없는' 법적 주체가 된다. 결국 타자의 절대적 외부성이 오히려 타자와의 소통을 불가능하게 할 것이라는 정당한 우려는 그 악명 높은 TV쇼 「미녀들의 수다」만큼만 세상을 바꿀 수 있다. 그들도 우리와 동일하게 (즉, 차이 나지 않게!) 인권을 가진 존재들이고, 다양한 문화적 기원을 가진 존재들이다. 그러니 그들과 다문화적으로 사이좋게 연대하자. 서동진의 다음과 같은 비판은 그런 의미에서 사실은 타자의 절대적 외부성을 주장하는 이들에게가 아니라, 타자와의 다문화주의적 소통을 말하는 바로 자신들에게 돌아가야 한다. "있음의 사실성을 긍정하는 것에 불과한 차이의 윤리란 고작해야 현존하는 사물의 세계의 상태를 순순히 받아들이도록 강요하는, 세련된 말장난에 불과"[11]하다.

---

10) 김재희, 「외국인, 새로운 정치적 대상」, 『세계의 문학』 2008년 가을호, p. 243.
11) 서동진, 「차이의 윤리라는 몽매에서 어떻게 벗어날 것인가」, 『문학 | 판』 2005년 가을호(정영훈, 앞의 글에서 재인용).

## 11

'타자의 절대적 외부성에 기반한 무조건적 환대'에 대해서라면 차라리 바로 그 무조건적 환대의 주창자 중 한 명인 데리다를 참조하는 편이 낫다. 해체철학의 창시자답게, 그는 자신이 세운 개념과 체계를 스스로 반성한다.

달리 말하면 이율배반이 있다. 환대의 법과 환대의 법들 사이엔 해결할 수 없는 이율배반, 변증법화할 수 없는 이율배반이 있는 듯하다. 한편 환대의 법은 무제한적 환대에의 무조건적 법(도래자에게 자신의 자기—집과 자기 전체를 줄 것, 그에게 자신의 고유한 것과 우리의 고유한 것을 주되 그에게 이름도 묻지 말고 대가도 요구하지 말고 최소의 조건도 내세우지 않을 것)인가 하면, 다른 한편 환대의 법들은 언제나 조건 지어지고 조건적인 권리들과 의무들로서, 그리스—라틴 전통이, 유대—그리스도교적 전통이 규정하고 있으며, 칸트 그리고 특히 헤겔까지의 모든 권리(법)와 모든 법철학이 가족·시민 사회·국가에 걸쳐 규정하고 있는 환대의 권리들과 의무들이기 때문이다. (『환대에 대하여』, pp. 104~05)

예상과 다르게 데리다는 무조건적 환대가 '현실적으로' 불가능함을 직시한다. 우선 그는 "절대적이고 무조건적이며 과장적인 환대의 (유일무이한) 법la loi"과 "한계들·권한들·권리들·의무들을 정해놓음으로써 환대의 법에 도전하는 환대에 관한 모든 법들le lois"을 구분한다. 그리고 이 양자 사이에는 이율배반이 존재한다고 말한다. 즉 어떠한 법적 제약 없이 무조건적으로 환대하라는 것이 무조건적 환대의 법이다. 그러나 가정해보자. 누군가 이방인을 환대하기 위해서는 최소한 환대의 처소로서의 안정적인 주거가 보장되어야 한다. 환대는 항상 환대를 행하는 주체의 처소를 필요로 한다. 그런데 바로 그 환대의 처소는 법들에 의해 지켜져야만 한다. 물론 이방인들 중 바로 그 환대의 처소를 파괴해버릴 자와 그렇지 않을 자를 구분하고 선별하는 것도 법들의 몫이다. 결국 무조건적 환대를 위해서는 환대의 법들이 필요하다는 말인데, 법들에 의해 선별되는 환대란 무조건적일 수 없다. 그가 무조건적 환대의 "환원 불가한 타락 가능성pervertibilité"(『환대에 대하여』, p. 72)에 대해 말하거나, "이방인은 타자가 아니다. 사람들이 절대적이고 야생적이고 야만적인, 전(前)문화적이고 전(前)법적인 외부에 내밀어 버리는 극도의 타자, 가족과 공동체와 도시와 국민 또는 국가의 저쪽 외부로 추방해 버린 극도의 타자가 아니다. 이방인에 대한 관계는 권리에 의해, 정의의 권리의 생성에 의해 규제된다"(『환대에 대하여』, pp. 99~100)라며 무조건적 환대의 윤리와 일견 상반되는 주장을 펼칠 때, 그가 염두에 두었던 것이 바로 이러한 이율배반이다. 이 이율배반 속에서 "환대는 이름의 순수한 가능성에서 이름의 부름 또는 상기를 전제하는가 하면, 또한 동시에 그 이름의 말소를 전제한다"(『환대에 대하여』, p. 143). 그러니까 타인의 이름을 말소해야만 환대는 발생한다. 그러나 역설적이게도 타인의 이름을 불러야만 환대는 발생한다. 이 이율배반을 어찌할 것인가? 그러나 데리다는 이 지점에서 손쉬운 다문화주의적 차이의 윤리로 나아가지 않는다.

이 딜레마는 끊임없이, 한편으로 권리나 의무나 정치까지도 초월하는 무조건적인 환대와 다른 한편 권리와 의무에 의해 테두리가 정해지는 환대 사이에서 우리를 번민하게 할 것이다. 한쪽 환대는 언제나 다른 한쪽을 타락시킬 것이다. 그리고 이 타락 가능성은 환원 불가능한 것으로 머물 수밖에 없다. 이러한 질문 삼가("오시오, 들어오시오, 우리 집에서 머무시오, 당신 이름을 묻지 않겠소, 책임 있게 행동하라고도 어디서 왔고 어디로 가는지도 묻지 않겠소")는 유보 없이 증여를 제공하는 절대적 환대에 훨씬 합당해 보이는 것은 사실이며, 게다가 어떤 이들은 거기서 언어의 가능성을 가려낼 수도 있을 터이다. 침묵하기le se-taire 는 이미 발언 가능한 말의 양태가 아니던가. 우리는 언어의 개념에 있어서도, 또한 환대의 개념에 있어서도 이러한 두 가지 의미 확대 사이에서 끊임없이 투쟁해야 할 것이다. (『환대에 대하여』, pp. 141~42)

영원한 번민, 발언하기와 침묵하기 사이에서의 끊임없는 투쟁, 이것이 데리다의 결론이다. 이런 의미에서라면 타자의 절대적 외부성이 공허하다는 비판도 인정될 수 있을 것이다. 절대적 외부에 존재하는 타자에 대한 무조건적 환대는 결국 필연적으로 환대의 법들, 권리들, 제약 들을 수반할 수밖에 없다. 그러나 그 역도 마찬가지다. 어떤 권리나 법에 의해 매개된 환대는 더 이상 무조건적 환대가 아니다. 누군가는 그 이야기를 끊임없이 해야 한다. 차이의 윤리는 기만적인 다문화주의에 불과하다고, 타자와의 모든 소통 시도의 끝에는 포함하는 배제가 있다고. 그것은 부끄럽거나 부당한 일이 아니다.

# 12

그러나, 바디우의 윤리가 되었건, 데리다의 윤리가 되었건, 그 윤리는 그대로 문학에도 요구되는 윤리일 수 있을까? 문학은 철학 혹은 정치와 동일한 윤리를 요청받는가? 이와 관련해 조강석의 글 「시에 있어서 윤리적인 것의 목적론적 정지에 대하여」[12]는 도발적이고 의미심장하다. 우선 그는 흥미로운 비유로부터 이야기를 시작한다.

시의 윤리를 묻기 위해서 우리는 동시대의 윤리에 대한 담론 A와 개별 작품 고유의 미학적 전략, 혹은 전략이라는 말이 지나치다면 고유의 스타일 B, 그리고 개별 작품 C의 관계를 일의적으로 설정해야 하는가? 시인의 윤리에 대해서는 일단 논외로 한다고 해도——이 말이 작가와 작품은 별개라는 논의의 재판이라는 오해를 피할 수 있기를!——담론 A가 시 속에 잘 안착되었다면 그 시는 윤리적인가? 분석자가 시에서 담론 A를 잘 정돈해 낼 수 있다면 작품 C는 윤리적인가? 디아스포라 문제를 잘 다룬 시가 있다면 그 시는 윤리적인가? 그렇다면 우리가 시의 윤리에 대해 말하기 위해 길게 검토해야 할 것은, 그것이 정언명법에 의한 것이건 실재의 윤리이건 간에, 윤리란 본래 무엇이며 우리 시대의 윤리란 어떠한 것이어야 하는가와 같은 문제인가? 굳이 시에 대해 윤리를 묻지 않는다 하더라도 동시대의 윤리의 핵심을 파악하는 것은 인문적 사유의 핵심이므로 이는 물론 중요한 것이다. 그러나

---

12) 조강석, 「시에 있어서 윤리적인 것의 목적론적 정지에 대하여」, 『너머』 2007년 여름호. 이하 본문에 「목적론적 정지」라 표기하고 쪽수만 기재.

그렇게 추려진 담론 A를 개별 작품 C 속에서 발견하기만 하면 될 것인가? (「목적론적 정지」, pp. 293~94)

이방인이 문학에 대해 제기하는 문제를 종종 오해하는 이들이 있다. 윤리에 관한 담론(그것이 철학적 담론이 되었건 정치적 담론이 되었건) A가 있다. 그리고 그것을 잘 안착시킨 작품 C가 있다. 그렇다면 C는 윤리적인 작품인가? '그렇다'라고 대답할 경우 그것은 범주의 오류를 범하는 것이 된다. 그래도 '그렇다'라고 주장하기 위해서는 정치 담론과 문학 작품이 동일한 범주에 속함을 증명해야 한다. 그러나 그도 실패한다면 이제 다른 가능성을 찾아야 한다. 그것은 혹시 정치에 의한 문학의 '봉합suture'은 아닌가? 혹은 대상을 가지지 않는 개념들의 장소로서의 철학이 문학을 자신의 대상으로 복속시키려는 시도는 아닌가? 바디우는 '봉합'이란 개념을 다음과 같이 정의한다.

내가 주장하는 것처럼, 네 가지 산출적 조건들(시, 수학소, 정치, 사랑)이 **시대의 진리를 규정하는 사건적 형태 속에서** 공속적으로 가능해지는 것을 사고 속에서 엮어내는 것이 철학이라고 할 때, 철학의 중단은, 철학을 조건짓는 진리의 공정들 사이의 지적인 이행과 순화의 체계를 규정하기 위해 필요한 자유로운 놀이가 제한되거나 봉쇄되는 것에서 유래한다. 이러한 봉쇄의 가장 빈번한 이유는 철학이, 시대의 사고가 실행되는 공속적 가능성의 공간을 세우려고 하기보다는, 자신의 기능들을 자신의 이러저러한 조건들에게 위임한다는 것, 사고의 전체를 **하나의** 산출적 공정에 맡겨버린다는 것에 있다. (『선언』, p. 75)

네 가지 진리 산출적 공정들에 공속적인 개념들의 접대소 역할을 해야 할 철학이, 어느 순간 그 네 가지 진리 산출적 공정들 중 하나에 사유를 위임하게 될 때, '봉합'이 발생한다. 그런 의미에서 바디우는 영미의 논리실증주의를 '과학에 의한 철학의 봉합'이라 불렀고, 스탈린주의는 '정치에 의한 철학의 봉합'이라 불렀으며, 모리스 블랑쇼나 데리다의 철학을 '시에 의한 철학의 봉합'이라고 불렀다. 한국의 전(前) 시대는 아마도 그러한 봉합의 사례 하나로 인용될 만하다. 1980년대는 (한 시대는 매번 자신만의 운명이 있는 법이니, 그 시대를 가치절하하고픈 생각은 추호도 없지만) 분명 사유가 단 하나의 진리 산출적 공정, 즉 정치에 의해 봉합된 시대였다. 철학만이 아니다. 사실은 문학 역시 정치에 의해 봉합되었던 시대였을 터인데, 조강석이 지적하는 바 정치적 담론과 문학 작품 간의 범주를 혼동한 채, 후자에 대해 전자의 잣대를 무매개적으로 들이대는 관습은 바로 그 시대가 우리 문학에 남긴 유서 깊은 흔적이다. 정치적으로 윤리적인 것은 문학적으로도 윤리적인가? 철학은 매개 없이 문학 작품에 적용되어도 무방한가? 아니라면 도대체 문학의 윤리란 무엇인가? 조강석의 답은 '윤리적인 것의 목적론적 정지'가 바로 문학의 윤리라는 것이다. 이 말을 이해하기 위해서는 물론 칸트를 경유해야 한다. "칸트에 의하자면 본래 취미판단은 주어진 보편에 특수를 포섭시키는 규정적 판단력에 의한 것이 아니고 보편이 주어져 있지 않은 경우 새로운 보편을 찾아 특수를 그 새로운 보편에 포섭시키는 반성적 판단력에 의해 이루어지는 것이다. 소위 '상상력과 지성의 자유로운 유희'란 새로운 보편을 찾는 미적 고투의 과정을 설명하기 위한 것이었다. 만들어진 보편, 확립된 보편, 기성의 보편은 더 이상 예술이 더듬는 윤리가 될 수 없다. 예술의 윤리는 확고부동한 보편을 거부함으로써 즉자적 실존 상태로 전락하는 것이 아니라 그 거부를 통해 새로운 보편을 찾아가려는 데서 성립한다"(「목적론적 정지」, p. 297). 요컨대 보편적 윤리에 대한 순수 이성의 탐구, 환대의 윤리가 실현되는 절대선에 대한 실천이성의 탐구는 '목적 없는 합목적성' 혹은 '무관심의 만족'이라는 취미판단과 일차적으로는 무관하다. 그렇다면 예술에 있어 윤리는 어떤 것이어야 할까?

시의 '윤리'는 외려 윤리적인 것의 목적론적 정지를 통해 성립한다. 이때, 시의 '윤리'는 목적 없는 합목적성으로서 미(美)를 자신의 목적으로 삼는다. 시의 '윤리'는 보편적 선 개념을 통해서 즉, 보편적인 것이 되기 위해 단독성을 지양하는 것을 통해서 성립하는 것이 아니라 보편적 선 개념에 의지하지 않고 단독성을 위해 보편성을 지양하는 데서 성립한다. (「목적론적 정지」, p. 297)

그런데, 앞서 살펴본 것처럼 보편을 전제로 한 시작(詩作) 행위는 이미 시의 윤리를 위반한 것이 되기 때문에 보편을 앞세우는 시가 있다면 그것은 외려 비윤리적이다. 따라서 외부의 윤리 담론과 시의 만남을 억지로 주선하는 것은 결과적으로 시인의 윤리적 일탈을 부추기는 것과 다를 바 없게 된다. 우리는 종종 이 성급한 주선과 악의 없는 일탈을 목도한다. (「목적론적 정지」, p. 299)

'윤리적인' 비평가 조강석은 말을 아껴서 윤리 담론과 시의 만남을 억지로 주선하는 일이 "종종" 일어난다고 말하지만, 사실인즉 이 "성급한 주선과 악의 없는 일탈"은 아주 '자주' 목도된다. 한국의 주류 문학사는 사실 바로 이 성급한 주선과 악의 없는 일탈의 역사였다고 해도 과언이 아닐 정도로.

13

윤리 담론을 무매개적으로 작품과 주선하려는 시도 속에서 질문들은 대개 이런 식으로 던져진다. 이방인이 등장하는가? 주동인물은 누구인가? 이방인을 그리는 작가의 시각은 충분히 윤리적인가? 차이나는 타자들의 연대는 모색되었는가? 대안은 현실적인가? 등등. 그러나 진리 산출적 공정으로서의 예술에 대해서는 또 다른 진리 산출적 공정으로서의 정치에 대해 요구할 만한 것을 동일하게 요구할 수 없다. 문학은 문학적인 방식으로 진리를 산출한다. 문학은 이방인이란 사건에 대해 문학적인 방식으로 충실해야 한다. 그리고 이방인이라는 사건의 도래에 대한 문학적 충실성은 아마도 '모국어의 한계를 어떻게 돌파할 것인가' 하는 질문에 응답하려는 고투 속에 있을 것이다. 왜냐하면 사건으로서의 이방인은 모국어의 경계 밖에서 도래하는 자이기 때문이다.

14

먼저 복도훈이 어떤 글에서 다음과 같이 말한다. "요점은 타자의 언어가 소설이라는 상징적 언어의 경제를 위기로 몰아붙이고 무너뜨릴 수 있는가의 여부에 달려 있다."[13] 그러자 신형철이 응답한다.

(복도훈이 말한 것처럼——인용자) 문학의 언어는 "오염된 언어"여야 한다. "이방인의 언어" "비-언어"라고 해도 좋다. 그것은 국가, 법, 모국어를 "그 한계에 이르기까지" 사고하는 언어다. 그러나 이것은 일반론이 아닌가. "지금의 문학적 현실"과 무관하게, 문학의 언어는 본래 그런 언어가 아닌가. 아직 필자(복도훈을 말한다——인용자)는 그만의 한 걸음을 내딛지 않았다.[14]

신형철의 말이 맞다. 누구나 문학의 언어는 오염된 언어여야 한다고 말하고, 이방인의 언어이자 '비-언어'여야 한다고 말한다. 누구나 문학이란 언어를 그 한계에 이르기까지 밀어붙이는 작업이라고 말한다. 그런 의미에서라면 복도훈은 "그만의 한 걸음을 내딛지 않았다". 그러나 바로 그 일반론조차 받아들이지 않는 '성급한 주선자들'과 대조해서 읽는다면, 복도훈은 이미 그만의 한 걸음을 내디뎠다. 사건으로서의 이방인은 진리 산출 공정으로서의 문학을 다시 가동시킨다. 문학으로 하여금 "모국어를 그 한계에 이르기까지" 사고하게 한다. 이방인들을 주동인물로 다루고, 그들과의 화해를 얘기하고, 고통받는 자들의 연대를 얘기하는 그 많은 작품들보다도, 김연수(그의 작품에

---

13) 복도훈, 「연대의 환상, 적대의 현실——최근 한국소설의 연대적 상상력과 재현에 대한 비판적 주석」, 『문학동네』 2006년 여름호, p. 498.
14) 신형철, 「우리가 '소설의 윤리'를 말할 때 너무 많이 한 말과 거의 안 한 말——세 편의 평론에 대한 노트」, 『너머』 2008년 여름호, p. 275.

서는 몇몇 예외를 제외하고는 이방인이 등장하지 않는다)와 강영숙과
배수아가 여전히 우뚝 솟아 있는 것처럼 보이는 이유[15]가 그와 같다.

---

15) 이에 대해서는 졸고, 「성(性)을 사유하는 윤리적 방식」, 『단 한 권의 책』, 문학과지성
사, 2008 참조.

# 문학과 정치 2009
## ─ '윤리'에 관한 단상들 2[1]

### 1

서울 시민이 아닌 나로서는 2008년 광화문 촛불시위의 장관을 직접 목격하지 못했다. 지방 도시 내 집 거실의 TV를 통해 그 거대하고 밝게 빛나는 행렬들의 모습을 처음 대했을 때 내 입에서 터져 나온 일성은 '아름답다!'였고, 아이들도 마찬가지였다. 딸아이가 그랬다, '예쁘다!'라고. 사적인 얘기 같지만, 나는 지금 '정치의 미학화'라는 제법 큰 주제를 염두에 두고 이런 말을 한다. 지나치게 냉소적인 말

---

1) 이 글은 이 책 앞에도 실려 있거니와 애초에 2008년 『문학들』 겨울호에 「사건으로서의 이방인──윤리에 대한 단상들 1」이란 제목으로 발표되었고 그 뒤로 이어지는 글이다. 이 글을 발표하고 난 이후로도, 여러 지면에서 '문학과 정치/윤리'에 대해 다양한 논의가 있었고, 또 졸고에 대한 직접적인 비판(황정아, 「묻혀버린 질문── '윤리'에 관한 비평과 외국이론 수용의 문제」, 『창작과비평』 2009년 여름호)도 한 차례 있었다. 따라서 이 글은 그간 문학과 정치/윤리를 둘러싼 논의들도 점검해보고, 곁가지로 황정아의 비판에 대한 답변도 필요할 듯하여 썼다.

일지 모르겠으나, 촛불은 세상을 바꾸기엔 너무 예쁘기만 했다는 게 내 생각이다. 그래서 가령, 이문재가 발언하고 백낙청이 동의[2]한 다음의 구절에 대해서도 다른 해석이 가능하다고 생각한다.

우리가 놓치고 있는 대목이 하나 있습니다. 이번 촛불집회를 최초로 제안했던 친구가 문창과 4학년 여학생입니다. 그리고 최초 연행자도 문창과 학생이고, 아고라의 대표 논객 가운데 한 사람도 시인 지망생이라고 알려져 있습니다. 그렇다면 촛불집회에 문학이 없었던 것은 아니지요. 시대의 흐름을 먼저 읽어내는 문학적 감수성은 엄연히 살아 있다고 봐야 하지 않을까요? 문제는 저를 포함한 '기성 세대'의 안일함이 아닐까 싶습니다. 문학에 안주하는 문학이라고 해도 될지 모르겠습니다.[3]

아마도 문학이, 혹은 문인이 매 시기의 '정치적 사건(바디우 이후로 이 단어는 이제 엄밀하게 사용되어야 한다)' 한복판에서 중요한 역할을 해주기를 기대하고, 또 그럴 수 있으리라 믿는 충심에서 나온 발언이겠으나, 이문재가 들고 있는 위의 사례들은 달리 해석하면 촛불시위의 문제적인 지점이 바로 '정치의 미학화'('광고의 미학화' 같은 말들과 유사한 용법으로)라는, 그러니까 자율적이던 '미'가 사회의 제반 영역에 이음새 없이 융화되고 만, 포스트모던 특유의 사회 현상에 대

2) "촛불시위에서의 문학의 역할에 대해서는 이문재 시인의 지적과 자성이 모두 경청할 만하다"(백낙청, 「문학이 무엇인지 다시 묻는 일」, 『창작과비평』 2008년 겨울호, p. 14). 이어서 그는 바로 위의 인용된 구절들을 거론한다.
3) 심보선·이현우·오은·이문재 좌담, 「'촛불'은 질문이다」, 『문학동네』 2008년 가을호, p. 44. 이하 본문에 '촛불'로 적고 쪽수만 표기.

한 훌륭한 예는 아니었을까 하는 의심을 떨치기 힘들다. 문창과 학생의 미적 감수성과 정치적 행위로서의 시위가 만났을 때 촛불이 탄생했다는 사실(마찬가지로 마치 여가를 즐기듯 가족 동반 시위가 선을 보이고, 십대들이 가장 적극적으로 시위에 참여했으며, 다양한 문화 행사가 다발적으로 열렸다는 사실 등등)은 그러므로 반드시 반길 일만은 아니다.

그러나 문학의 입장에서 촛불시위를 기리고자 기획된 여러 문예지의 특집들에서 나온 발언들은 내 생각과는 사뭇 달랐다. 앞서 거론한 좌담에서 나온 몇몇 발언들을 보자. 먼저 이문재가 "그날 오후 광화문에 나가보니 '경축, 서울의 랜드마크 명박산성'이란 플래카드가 컨테이너 정중앙에 붙어 있었습니다. 그걸 보는 순간, 저는 '졌다'라고 중얼거렸습니다. 시는 졌다, 시인인 나는 졌다…… 저에게는 그 플래카드가 시보다 훨씬 강력했습니다"(「촛불」, p. 41)라고 말한다. 그러자 시인 오은이 "촛불집회에 나갈 때마다 현장의 그 무시무시한 에너르기를 문학으로 승화한다는 것이 과연 가능할까 하는 생각이 들었습니다"(「촛불」, p. 42)라고 운을 뗀 후, "이문재 선생님의 말씀처럼, 시인들이 이번 집회에서 너무 소박하고 안일한 참여를 하지 않았나 하는 생각이 듭니다. 심보선 시인께서도 말씀하셨지만 일반인들이 기획하고 진행한 퍼포먼스가 훨씬 더 재치가 번뜩였거든요. 그 과정에서 풍자와 조롱이 재기발랄하게 이루어졌고요. 그것을 보고 즐기면서도 한편으로는 부끄러운 마음을 감추기 어려웠습니다"(「촛불」, p. 43)라고 반성하고, 이현우는 황지우의 "나는 양식을 파괴한다, 아니 파괴를 양식화한다"라는 유명한 문장을 거론한 다음, "그런 정도의 실험과 해체정신을 과연 현재 나오고 있는 시들이 현실과의 긴장관계

속에서 보여주고 있는지 궁금합니다"(「촛불」, p. 45)라고 질타한다. 다른 좌담에서이긴 하지만, 원로 시인 고은 역시 촛불 앞에서 문학의 초라함을 한탄하기는 매한가지다. "한국의 촛불은 지구상의 축복입니다. 나는 너무 황홀해서 촛불시 한편도 쓸 수 없었습니다."[4]

플래카드를 시의 경쟁 상대로 여기고("시는 졌다"), 막 일어난 '정치적 사건'에서 분출한 에네르기를 촌각을 다투어 시적으로 승화시켜야 할 대상으로 여기며, 행렬의 황홀함 앞에서 주눅 들고 자탄하는 시인의 이런 발상법들 어디에서도 정치와 문학 간의 복잡한 '매개'를 사유해보려는 시도는 찾아보기 힘들다.

촛불시위의 장관이 우리에게 가져다주었던 감동과 흥분의 여운이 남아서였을까? 심지어 백낙청 같은 거장의 글에서도 비슷한 예가 발견된다.

하지만 축제와 시위의 현장에서 문학이 어떤 직접적인 역할을 했는가 하는 것으로 한국문학의 생명력을 가릴 일이 아니다. 다만 '촛불'이 세계적으로도 유례가 드문 사태이자 한국사회의 체질을 바꿔놓은 일대 사건이라고 한다면, 촛불의 정신에 부합하는 문학을 얼마나 생산해왔고 앞으로 어떤 문학을 만들 것인지가 문학의 생명력을 가늠하는 하나의 판단기준이 될 것이다.[5]

"축제와 시위의 현장에서 문학이 어떤 직접적인 역할을 했는가"가

4) 고은·이장욱 대화, 「정박하지 않는 시정신, 고은 문학 50년」, 『창작과비평』 2008년 가을호, p. 200.
5) 백낙청, 앞의 글, pp. 14~15.

결정적인 기준이 될 수 없다고 함으로써 일견 유연한 태도를 견지하는 듯하지만, '정치적 사건'으로서의 '촛불'에 부합하는 문학을 생산해낼 수 있는지의 여부가 한국문학의 생명력을 가늠하는 관건이 될 것이라는 발언은 앞서 다른 문인들이 전제하고 있는바, 정치와 문학 간의 매개 없는 접합론에서 그리 멀지 않아 보인다. 촛불이 발생했으니, 촛불에 부합하는 문학 작품이 생산되어야 한다는 논지가 그렇다.

그러나 과연, 아무리 촛불이라는 예외적인 상황을 인정한다 하더라도, 문학과 정치는 이렇게 거의 아무런 매개 없이 접합 가능한 것일까?


## 2


흥미롭게도 백낙청의 글이 실린 같은 지면에서 진은영이 제기하는 질문이 바로 이것이다. 우선 "사회참여와 참여시 사이에서의 분열"[6]이라는 문제를 "문학과 윤리 또는 미학과 정치의 관계에 대해 영원회귀하는 질문들"(「분배」, p. 69)이라 전제한 후, 그는 이즈음 우리 비평계 초미의 관심사인 랑시에르의 이론을 통해 이 질문에 답하고자 한다. 그에 따르면, 문학은 "세계의 낡은 감각적 분배를 파괴하고 다른 종류의 분배로 변환시킴으로써 삶의 새로운 형태들의 발명을 동반한다. 이런 의미에서 랑씨에르는 감성적 체제에서 예술로 식별되는 활동을 정치와 조우시킨다. 그에게 정치는 감성적인 것을 새롭게 분

---

6) 진은영, 「감각적인 것의 분배」, 『창작과비평』 2008년 겨울호, p. 69. 이하 본문에 「분배」라고 적고 쪽수만 표기.

배하는 활동, 즉 감성적 혁명을 가져오는 활동에 다름아니"(「분배」, p. 76)다. 이 말은 특정 '정치적 사건'에의 참여 여부가 문학의 정치성을 좌우하는 기준일 수 없다는 점, 말의 어원적 의미 그대로 '미적인 것'은 곧 감성의 활동에 대한 것이고, 예술이 감성적 활동인 한에 있어서 그것은 감성적인 것들의 분배 형태를 쇄신하는 일과 관련해서만 정치적일 수 있다는 점을 명백히 한다.[7] 즉, 미는 매개적으로만 정치적이다. 아마도 랑시에르가 현재 우리 비평계 초미의 관심사가 된 이유도, 이처럼 미와 정치를 1980년대 이전과는 다른 방식으로, 즉 예술이 미적 자율성을 유지하면서도 정치적일 수 있겠는가라는 '영원 회귀하는 질문'에 (썩 만족할 만하지는 않은 대로) 해답을 줄 수 있을 것이라는 기대 때문일 것이다.

한편, 진은영이 제기한 질문의 연장선상에서 이장욱이 제시하고 있는 문학과 정치의 관계에 대한 대답 역시 주목할 만하다. 그는 우선 진은영이 던졌던 "사회참여와 참여시 사이에서의 분열"이란 질문을 약간 다른 방식으로 다시 던진다. "시민으로서의 사회참여가 곧바로 시인으로서의 시로 전이되지는 않는다. 왜 그런 것일까? 시의 무엇이 이 전이과정을 방해하는 것일까?"[8] 그리고 그가 내리는 답은 이렇다.

우리는 건전한 상식을 가진 시민으로서 촛불집회에 나간다. 정치적 신념으로서 진보적 정당을 지지하고 보수당을 비판할 수 있다. 하지만

---

7) 물론 진은영은, 초현실주의가 어떻게 광고의 이미지로 전락했는지, 개념 미술이 어떻게 아이디어 상품이 되었는지에 대해서도 경고를 아끼지 않는다. 즉, 미적 자율성이란 이름 하에 행해지는 미학적 도피 역시 진정한 의미에서 정치적일 수 없음을 강조한다.
8) 이장욱, 「시, 정치 그리고 성애학」, 『창작과비평』 2009년 봄호, p. 295. 이하 본문에 「시, 정치」라고 적고 쪽수만 표기.

그것으로는 아직 '정치적인 시'를 쓸 수 없다. 시 외부에 완성되어 있는(이미 알려져 있는) 정치적 메씨지의 반복이나 그 감성적 보완에 그친다면 말이다. 현실정치의 퇴행이 명백한 오늘에조차, '온몸'을 요구하는 시의 '윤리'는 많은 경우 시민적 '윤리'의 단선적인 시적 변용을 초과하는 무엇인가를 요구한다. 랑씨에르의 문장을 바꾸어 말하자면, 어떤 방식으로든 정치에는 제 미학이 있고, 시에는 자신만의 정치가 있다. 당연하게도 이 말은 시가 현실정치적인 주제를 다룰 수 없다거나 문학과 정치가 혼용될 수 없다는 뜻이 아니다. 사정은 거꾸로다. 시는 정치의식의 표층적인 발화를 넘어서서 시로써 갈 수 있는 심층의 '정치'에 닿아야 한다. (「시, 정치」 p. 296)

한 시인이 건전한 상식을 가진 시민으로서 촛불집회에 나가는 것과, 그가 쓴 시가 정치적인 것으로 화하는 것은 다른 문제다. 시는 김수영의 표현을 따르자면 '온몸'을 필요로 하기 때문이다. 즉 "표면적 의식의 차원을 넘어서는 발화, 시인의 몸에 기입된 감각과 정신이 최초의 언어로 육화하는 과정, 그래서 시는 삶 자체의 근저에서 형성된 언어를 요청하는 것이"(「시, 정치」, p. 296)기 때문이다. 정치에 그 나름의 미학이 있듯이 (촛불!) 시에는 자신만의 정치가 있다. 이것이 이장욱의 답이다. 시가 정치적일 수 있다면, 그것은 앞서의 좌담자들이 부끄러워하고 질타했던 것과는 달리, 시인이 혹은 그의 시가 '정치적 사건'의 한복판에 있었다는 알리바이 때문이 아니다. 시는 랑시에르 식으로 말하자면 감성적인 것의 새로운 분배를 행하기 때문에, 김수영 식으로 말하자면 온몸을 요구하는 윤리 때문에 정치적이다.

3

그러나 진은영과 이장욱(뿐만 아니라, 나를 포함하여 '문학은 문학적인 방식으로 정치적이다'라는 식상한 문구 속에 자주 숨곤 했던 많은 사람들)의 대답이 서동욱의 다음과 같은 질문마저 피해 갈 수 있을지는 미지수다.

이번에는 다른 좌담[9]의 한 장면이다. 사회자인 신형철이 먼저 질문을 던진다. "시는 무엇을 할 수 있는가, 그러니까 오늘날 시의 사회적, 정치적 기능은 과연 존재하는가라는 물음을 정색하고 던져볼 시점이 아닌가 합니다"(「사이에서」, p. 363). 그러자 이야기가 몇 순배 돌도록 잠자코 있던 서동욱이 뒤늦게 다시 묻는다. "어떤 시대적 필연성이 당신에게 지금 이 질문을 던지게 했습니까?" 서동욱은 지금 좌담의 주제로 제출된 신형철의 질문에 대해 당신의 질문은 "다른 시기와 변별적인 시대를, 또는 다른 시기의 시와 변별적인 시를 지반으로 삼고 던져지는 물음인가?"(「사이에서」, p. 368)라고 되묻고 있는 셈이다. 그가 보기에 지금 그런 식의 질문을 던져야 할 이유는 별로 없는 듯하다.

게다가 더욱 주목을 요하는 것은 신형철의 질문에 대한 심보선이나 김행숙의 답변에 대해서도 그는 거의 동의하지 못한다는 점이다. 가

---

9) 심보선·서동욱·김행숙·신형철 좌담, 「감각적인 것과 정치적인 것 사이에서—오늘날 시는 무엇을 할 수 있는가」, 『문학동네』 2009년 봄호. 이하 본문에 「사이에서」로 적고 쪽수만 표기.

령, 사르트르의『문학이란 무엇인가』에서 "작가는 반항아였지 결코 혁명가는 아니었다"라는 문장을 인용한 뒤, "반항아는 어떤 가정에나 있을 수 있는 법이고, 집안의 질서를 어지럽히는 온갖 성가신 말썽을 일으키지만, 집안을 붕괴시키기보다는 그 안에 작은 놀이터 하나를 가질 뿐이라는 이야기지요. '비약 없이는' 언어적 변화로부터 정치적 변화의 도래를 약속받을 수 없거나, 언어적 변화와 정치적 변화가 병행적이다라고도 말할 수 없다는 것입니다"(이상 「사이에서」, p. 381)라고 말할 때 그렇다. 또 "그러면 간접적으로 어떻게요?"라면서 문학이 '매개적으로(는)' 정치적일 수 있다는 심보선의 논의에 반박의 운을 뗀 후, 바르트의 "텔켈 그룹은 소설장르와 권력의 부르주아적 형태 사이의 이질적 동형성에 대해 충분히 고민하지 않고 늘 바로 결론(문학적 아방가르드가 필연적으로 정치적 아방가르드이다)으로 비약했다"라는 문장을 인용할 때 그렇다. 설사 정치적인 것과 문학적인 것의 매개를 인정한다 하더라도, 최종적으로 그의 결론은 "감성의 혁신과 정치적 효과 사이에는 비약이 있다는 것이지요"(이상 「사이에서」, p. 386)이다.

이어지는 그의 냉소적인 비판들, 가령 랑시에르와 유사하게 감성적인 것의 재분배에 관심이 많았던 초현실주의자들을 두고 "초현실주의 혁명은 실제 사물의 질서를 변경시키는 정치에 근접하는 것이 아니라, 정신적 세계 안에 안주하는 것, 머릿속 세계의 혁명—또는 정신적 삶의 퀄리티 증진—을 꾸민 것에 불과한 것, 즉 정치적으로 아무것도 아니라는 것이지요"(「사이에서」, p. 387)라고 말한다거나, 감각적인 것의 연대를 말하는 심보선을 두고 "문학이 그런 전위성과 혁명 사이의 혼동을 매우 오랫동안 자기의 알리바이로 사용해오기도 했지

요. 자기의 별볼일 없음을 은폐하기 위해서⋯⋯"(「사이에서」, p. 388)
라고 말할 때, '문학은 자율적으로 정치적이다'라는 오래된 신화에 기
대는 어떤 논의도 변명이 궁색해지고 만다.

　이런 의미에서라면 조강석이 어떤 글에서 "두루 고해진 고통이 고
통의 연대를 낳으리라는 기대 때문이라면 시를 읽는 것보다 직접 머
리띠를 다시 묶는 것이 훨씬 더 의미 있는 일이 될 것이다"[10]라고 말
한 것도 그냥 냉소적인 독설로만 들리지 않는다. 이 논지대로라면 시
인들은 촛불시위 행렬 앞에서 시를 고민할 것이 아니라, 건전한 상식
을 가진 시민으로서 어떻게 그 '정치적 사건'에 참여할 것인가를 고민
하는 것이 더 적절하고 타당했다. 시는 그 '정치적 사건'과 (비약 없
이는) 무관하고, 이장욱의 표현을 빌리면 온몸의 육성을 통해 발화될
때까지 숙성을 기다려야 한다. 물론 그때의 시는 전혀 촛불을 닮지
않은 상태로 제출될 수도 있다.

　내가 바디우의 소위 '진리 산출적 공정'이란 것을 떠올리게 되는 지
점이 여기다.


## 4


　이 글의 전편에 해당하는 이전의 글에서 나는 바디우를 인용해 이
렇게 썼다.

---

10) 조강석, 「'서정'이라는 '마지막 어휘'」, 『세계의 문학』 2009년 봄호, p. 336.

정확히 네 종류의 진리 산출적 공정이 있음을 암시한다. 즉 정치(프랑스혁명과 중국 문화대혁명), 사랑(엘로이즈와 아벨라르의 만남, 개인적 사랑의 열정, 그리고 여기서 거론되지는 않지만 자크 라캉의 정신분석), 과학(그로텐디크의 수학과 갈릴레오의 물리학), 예술(하이든과 쇤베르크의 음악, 그리고 여기서 거론되지는 않지만 파울 첼란의 시)이 그것들이다. 사건은 바로 이 네 가지 진리 산출적 공정을 가동시키는데, 바로 이 사건에 대한 충실성fidélité이 새로운 진리를 도래하게 한다.[11]

하나의 진리가 아니라 최소한 네 종류의 진리 '들'이 존재한다. 바디우가 거론하는 예에서 보듯이 사건 '들'은 그러므로 이 각각의 진리 산출적 공정 '들'에 대해 작동한다. 프랑스혁명과 중국 문화대혁명은 정치적 진리 산출 공정에 대해(서만) 사건이다. 마찬가지로 파울 첼란의 시는 예술적(문학적) 진리 산출 공정에 대해(서만) 사건이다. 이 글 내내 촛불시위를 두고 '정치적 사건'이란 표현을 유독 강조했던 것도 이런 이유다. 촛불시위는 '정치적 사건'이어서 정치적 진리 산출 공정을 작동시킨다. 그것이 예술적 진리 산출 공정 '또한' 작동시키리라는 보장은 없다.

"기존의 것들을 뒤흔드는 타자의 '절대성'과 환대의 '무조건성'을 한층 강조하기 위한 수사 이상의 역할을 하는지"[12]라는 황정아의 의혹과 달리, 바디우의 이 네 가지 진리 산출적 공정에 대한 논의는 우

---

11) 졸고, 앞의 글, p. 15.
12) 황정아, 「묻혀버린 질문—'윤리'에 관한 비평과 외국이론 수용의 문제」, 『창작과비평』 2009년 여름호, p. 105.

리 문학에 시사하는 바가 많다. 바로 정치와 문학의 무매개적 접합이라는 오래된 한국문학사의 관습에 대해 적절한 비판의 논거를 제시하기 때문이다. 따라서 앞서의 좌담자들처럼 촛불시위가 문학에 제기한 문제를 고민하려거든, 우선 촛불시위라는 '정치적 사건'이 어떻게 문학적 사건이 될 수 있는지에 대한 논의가 선행될 필요가 있다. 조강석의 글[13]을 인용하면서, 그리고 바디우의 '봉합' 개념을 설명하면서, 졸고의 후반부 내내 거론하고자 했던 것이 바로 그것이다. 즉, 정치 혹은 윤리 담론과 문학 담론을 매개 없이 결합하려는 시도는 대개 바디우가 말한바 '정치에 의한 철학의 봉합(정치에 의한 문학과 예술의 봉합도!!)'이 일반화되었던 1980년대가 우리에게 물려준 유산이다. 요약하자면, 황정아의 비판과 달리, 바디우는 졸고에서 차이와 타자의 절대성을 강조하기 위한 수사를 위해서만 동원된 것이 아니라, '비약 없이는' 문학적 변화와 정치적 변화가 병행적일 수 없음을 말

---

13) 조강석, 「목적론적 정지」.

14) 이 글의 논지와 다소 무관한 측면이 있지만, 다른 지면에서 굳이 거론할 필요를 느끼지 못하므로 황정아의 비판에 대한 내 입장을 몇 마디 더 덧붙이는 것도 용인되리라 믿는다. 우선 바디우가 말한, 그리고 황정아에 의해 내가 의도적으로 무시했다고 지적된, '보편성'의 문제가 있다. 바디우는 물론 황정아의 말대로 "실상 "진리만이 그 자체로서 차이에 무관심"하고 "모든 자에게 동일"한 것"(황정아, 앞의 글, p. 106)이라고 함으로써 그 보편성을 강조한다. 그러나 황정아는 그 보편성에 대해서만 말할 뿐, 그 보편성이 제한적이고 한시적이란 점에 대해서는 눈을 감는다. 언급한 대로 바디우가 보기에 진리는 네 가지 산출 공정들을 갖는다. 그리고 그 진리를 도래시키는 사건들은 당대적으로는 유일하지만 역사적으로는 다양하다. 하이든의 음악이 사건인 만큼, 쇤베르크의 음악도 사건이다. 프랑스혁명이 사건인 만큼, 문화혁명도 사건이다. 즉 진리는 보편적인 것으로 도래하지만, 그것은 이내 의견이나 상식으로 굳어지고 어떤 시기 새로운 사건만이 다시 작동을 멈춘 진리 산출적 공정들을 재가동한다. 진리의 보편성은 이처럼 제한적이고 한시적이다. 게다가 그것은 내가 보기에는 '타자'처럼 도래한다. 즉 "진리는 지식의 구멍으로 존재하는 것, 현재의 의견과 상식 들로는 포착할 수 없는 잉여이자 초과, 아직 존재하지 않으므로 우리가 선택하거나 배제할 수 없고, 그것이 호의적일지

하고자 소환되었다.[14] 서동욱의 논지는 그대로 바디우의 논의를 통해서도 논거를 확보할 수 있다는 말이다.

---

적대적일지조차 알 수 없는 것이다"(졸고, p. 21). 이 말은 황정아가 곡해한 것처럼 '절대적 차이가 진리이다'라는 말이 아니라, 바디우의 사유 구조 속에서 진리가 도래하는 방식과 레비나스의 사유 구조 속에서 타자가 도래하는 방식이 유사하다는 의미다. 따라서 졸고의 '타자는 진리이다'라는 말은 두 사상가의 사유가 갖는 '구조적 상동성'을 지칭하기 위해 고안된 문장이지, 축자적 의미 그대로를 주장하기 위해 고안된 문장이 아니다. 게다가 진리의 윤리학과 환대의 윤리학을 어떻게든 결합시켜보려고 한 의도에 대해서도 황정아는 거의 안 읽거나 못 읽는다. 1992년 노동시장 개방 이후 우리 사회에 도래한 100만의 이방인들, 그리고 그들이 우리 사회에 제기하는 문제에 어떻게 답할 것인가라는 고민이 그 글에는 깔려 있었다. 즉 '윤리'와 관련된 이러저러한 추상적이기도 하고 산발적이기도 한 논의들을 객관적 사회 변화의 입장에서 좀더 구체적이고 생산적인 방향으로 추동하고자 하는 의도가, 이방인들의 도래를 바디우적인 의미에서의 사건으로 보자는 제안 속에 들어 있었다. 워낙에 말 그대로 졸고인지라 그런 의도가 읽히지 않았는지는 모르겠으나, 바로 그 이방인들이야말로 정치적으로는 단일 혈통에 기반한 민족국가를 넘어서야 한다는 문제를, 예술적으로는 표상 불가능한 것들을 어떻게 표상할 것인가 하는 지난한 문제를, 사랑에 있어서는 우리 사회의 혈족 중심주의와 유교적 가부장제의 문제를 발본적인 차원에서 뒤흔드는 '사건'으로 볼 수 있겠다는 논지였다. 즉 우리 사회의 이방인들은 진리의 윤리학의 대상이자(왜냐하면 이렇게 최소한 세 가지 진리 산출적 공정들에 대해 사건으로 작용할 수 있으므로), 환대의 윤리학의 대상이기도 하다는 점이 내가 주장하려는 바였다. 그러나 황정아는 그런 의도에 대해서는 단 하나의 각주로 갈음할 뿐 어떤 언급도 하지 않는다. 그가 자주 거론하는 '법'의 문제도 마찬가지다. 레비나스나 데리다의 추종자들이 정언명령으로서의 환대의 윤리만 말할 뿐 현재적 제약으로서의 '법'에 대해 말하지 않는다는 것이 그의 불만인데, 졸고의 상당 부분이 바로 '법'과 '법들' 사이의 이율배반에 대한 데리다의 논의에 할애되었다는 점을 무시하지 않고는 그렇게 말하기 힘들다. 무조건적 환대의 명령과, 그 환대를 위해 반드시 필요한 처소를 지키기 위한 법들 사이의 긴장과 갈등, 그 속에서 쉬사리 법들의 세계에 안주하지 않기 위해서는 누군가 타자는 절대적 외부에 있다고, 환대는 명령이라고 말할 필요가 있다는 것이 정작 졸고의 논지였다. 그러나 황정아는 이에 대해서도 전혀 언급하지 않는다. 그야말로 '묻혀버린 질문'이 되고 만다. 그리고 결국엔 오지 한 문장으로 요약 가능한 글 한 편을 남겨놓는다. '바디우와 아감벤을 제대로 읽자!' 당면한 한국문학의 구체적인 의제들에도 기여하지 못하고, 제목과 달리 외국 이론의 생산적 수용(주석적 수용이 아니라!)에도 도움이 되지 못하는 이런 글들이 이제 씌어지지 않았으면 싶다.

　다시 서동욱의 질문으로 돌아와서, 그는 이제 어떻게 '비약 없이' 문학과 정치의 관계를 재설정하려는 것일까? 사실 이 문제에 관한 한 그는 앞서의 좌담에서 이미 그 대강을 예고한 바 있다. "시는 그것이 우리의 본래적인 자리를 찾아주리라는 모든 열망——이 열망의 한 표현이 오늘 다룬 시의 정치적 역할에 대한 물음이지요——에도 불구하고, 중력을 못 견디는 별처럼 비진리의 자리로 떨어지는 경향이 있습니다. 〔……〕 차후에 이 시인들(김경인, 이근화, 김지녀 등을 말한다——인용자)과 더불어 시가 차지하고 있는 비진리의 자리를 생각해보고 싶습니다. '문학과 인식' 또는 '문학과 진리' 사이에 수립된 오랜 밀월 관계에 대해 심술을 부리면서 말이지요……"(「사이에서」, pp. 392~93) 즉 그가 보기에 시의 정치적 역할에 대해 묻는 것은 시가 진리에 대해 우리에게 특권적으로 누설하는 바가 있을 것이라는 오래된 믿음으로부터 나오는 것인데, 자신이 보기에 시는 비진리의 영역에 속한다는 것이다. 그는 '문학과 인식' '문학과 진리' 그리고 '문학과 정치'의 오래된 밀월 관계에 딴지를 걸 생각이었던 듯하다. 그리고 그 결과물이 최근의 글 「시와 비진리」[15]다.

　이 글에서 그가 펴는 논지는 비교적 단순하다. 우선 서구 형이상학의 전통에서 시를 진리와의 관계에서 특권화시킨 사례들을 나열한

---

15) 서동욱, 「시와 비진리」, 『세계의 문학』 2009년 여름호.

후, 그가 던지는 질문은 이렇다. "그러나 과연 진리와 얼마나 멀리 떨어져 있는가라는 거리 가늠 속에서 시인의 시대, 노래가 비로소 탄생할 수 있는 시대라는 좌표는 수립되는가? 오랫동안 당연시되어온 이러한 생각을 비판적으로 음미하기 위해서 가장 기초적인 물음 가운데 하나인 '시 작품의 본질'에 관한 물음을 던져야 할 것이다"(「시와 비진리」, p. 428). 이 질문을 통해 서동욱은 앞서의 좌담에서 보여주었던 것과는 사뭇 다른 문제틀로 가볍게 이동한다. 즉 좌담에서 내내 그가 물었던 것은 대개 문학의 '정치적 효과'에 대한 것이었다. 그리고 그런 한에서 초현실주의도, 아방가르드도 모두 한낱 집안에서 잘 노는 반항아 외에 다른 것이 아니었다. 그러나 이 질문을 통해 그는 이제 '시 작품의 본질' 즉 시의 존재론으로 이동한다.

그 이동의 재빠름이나 무책임함은 제쳐두고, 그렇다면 그가 감행한 이런 범주 이동의 의도는 무엇일까? 다음의 구절들은 그가 어쩌면 (문학을 정치적 '효과'와 직접 연결시키려는 어떠한 시도도 '비약 없이는' 불가능할 때), 아예 문학이 '존재론적'으로 어떻게 정치적인가, 즉 문학은 어떻게 정치적으로 '존재하는가' 하는 점을 밝히려는 것이 아닌가 하는 추측을 갖게 한다.

개념이 이 이미지로 대체되는 순간 개념의 기능에 의존해 왔던 모든 것이 깨어져 나간다. 예술은 진리를 정립하는 것이 아니라, 반대로 실재에 대한 인식을 중지시킨다. "예술은 실재의 특정한 유형에 대해서 알지 못한다. 예술은 인식과 대립한다. 예술은 불명료하게 하는 사건 자체이며, 밤의 다가옴이며, 그림자의 범람이다."(RS, 126쪽) 인식할 대상은 사라져 버린다. 이미지가 개념을 파괴하고 대상이 실재성이란 개념에 매개되는 일이 일어나지 않기 때문이다. "표상된 대상은, 이미지로 변신하는 단순한 사실을 통해 비(非)대상으로 전환된다."(RS, 131쪽) 그리고 시는 본성상 바로 실재하는 사물과 상관없는 이런 이미지를 통해 탄생한다. 〔……〕 그것은 대상과 적대적이라는 뜻에서 이미지인 것이다. 이렇게 이미지는 실재하는 사물이 아닌 것, 존재하는 대상이 아닌 것, 바로 '비존재'이다. (「시와 비진리」, pp. 429~30)

플라톤이 『국가』에서 말한 그대로, 예술은 이데아로부터 두 단계나 떨어져 있는 '이미지'다. 상식과 달리 서동욱은 이 사실을 부인하는 것이 아니라 반긴다. 아니 반기지는 않더라도 최소한 중립적으로 인정한다. 만약 시가 정치와 직접 관련될 수 있다면, 그것은 진리의 세계, 이데아의 세계로부터 정치적으로 추방당하는 방식밖에 없다. 오히려 시는 이미지를 통해 실재에 대한 인식을 중지시키고, 대상을 비대상으로 전환시키기 때문이다. 예술은 바로 그런 의미에서 실재가 아닌 비존재다.

그러나 서동욱은 섣부른 추측과 달리 이러한 시의 (비)존재 방식에서 어떤 정치적 함의를 찾아내고자 하지 않는다. 일반적인 사유의 도식에서 벗어나 그는 걸음을 늦추고, 인식에 반하는 예술적 이미지의 파괴적 힘, 이성의 빛에 반하는 예술의 밤 같은 정치적 수사를 의도적으로 불러오지 않는다. 대신 이렇게 말한다. "이미지를 평가절하한 판정의 배후에서 도덕적 심급을 발견하고 그것이 지니는 최종 심급으로서의 지위가 임의적이라는 것을 폭로하는 시도, 또는 법을 와해시키는 이미지의 혁명적 힘을 부각하려는 시도는 문학의 정치성이라는 차원에서 의미 있는 것일 수 있으나 사실 이미지에 대한 이차적 접근 방식이다. 그럼 순서상 가장 먼저, 일차적으로 와야 하는 것은 무엇인가? 바로 이미지의 존립 방식, 이미지의 내적 논리에 대한 해명이다. 이 글은 이미지를 어떤 긍정적 가치나 정치적 효과에도 매개하려하지 않으며, 단지 겸손하게 이미지의 논리를 규명하는 데 멈추려 한다"(「시와 비진리」, p. 433).

읽기에 따라 이 말은 그가 시와 정치라는 사유의 주제에 어떤 순서를 정해둔 것처럼 읽힌다. 즉 "일차적으로 와야 하는 것" 그것은 예술, 즉 이미지의 존립 방식을 해명하는 것이다. 그러고 나서야 "이차적 접근 방식"으로서의 문학의 정치성을 논할 수 있다는 것이다. 즉 그는 문학의 정치적 효과를 논하기 전에 실재에 대한 이미지로서의 문학, 혹은 예술 일반의 존립 방식에 대한 해명을 당면한 자신의 과제로 여긴다. 그가 앞서의 좌담 내내 삐딱했던 이유가 드러나는 부분인데, 그는 예술의 존재 방식에 대한 선행 논의 없이 진행되는 예술의 정치성에 대한 질문 자체가 자못 부담스러웠던 셈이다.

6

실재에 대한 인식을 중지시키는 이미지의 존립 방식, 비존재로서의 예술의 존립 방식을 밝히고 나서야 문학과 정치에 대한 질문이 가능할 것이라는 서동욱의 문제 제기는 자못 발본적인 데가 있다. 그러나 그러한 수고의 끝에 예술과 정치에 대한 정당한 관계 설정 방식이 주어져 있을지는 미지수다. 왜냐하면 우리는 이성의 빛 너머에 있는 예술에 대해, 사물을 재현하는 것이 아니라 그 자체로 ('완전히 다른')

사물이 됨으로써 대상에 대한 인식을 방해하는 낯선 예술에 대해 이미 충분히 들어왔기 때문이다. 가령 레비나스는 이렇게 말한다.

주어진 세계의 일부이자 지식의 대상이자 유용한 대상인 사물들은 하나의 내재성un intérieur을 지시한다. 이 대상들은 실천의 연쇄 고리 속에서 파악되었(pris, 거머쥐어졌)으며 여기서 이 대상들의 이타성은 거의 두드러지지 않는다. 예술은 이 대상들이 세계로부터 벗어나게끔 해주며, 이를 통해 주체에 귀속되지 않고 떨어져 나오게 해준다.[16]

인식의 대상이자 자기 보존을 위한 유용성의 기준으로 '파악된' 대상은 더 이상 주체 바깥에 있지 않다. 인식의 빛이 내려 쪼이는 순간 사물들은 주체에 귀속된다. 주체는 결코 이타적이 될 수 없고, 사물을 포함해 타자에 대해 정당하게 사유할 수 없다. 그러나 예술이 있다(고 레비나스는 말한다). 예술은 이 대상들이 주체에 의해 포획당한 세계로부터 벗어나게끔 해준다. 주체로 하여금 자신에 귀속되지 않는 대상을 이타성 속에서 경험하게 해준다. 아마도 레비나스가 '이국 정서'란 말로 표현하고자 한 것이 이것일 것이다. 세계 바깥의 정서, 동일자의 '인식'으로는 도달할 수 없는 영역이 있음을 예술은 경험하게 해준다.

물론 예술의 존재 방식에 대한 이런 식의 논의가 레비나스에게서 처음 등장하는 것은 아닐 것이다. 아도르노의 '미메시스'도, 러시아 형식주의자들의 '낯설게 하기'도, 그리고 서동욱이 지금 다다른 지점

---

16) 에마뉘엘 레비나스, 『존재에서 존재자로』, 서동욱 옮김, 민음사, 2003. p. 83.

도 여기서 그리 멀어 보이지는 않는다. 그러나 그렇다고 해서 서동욱이 다다른 이 지점을 무시하기도 힘들어 보인다. 레비나스의 말은 그 자체로 예술의 정치성을 말하고 있지는 않지만 우리로 하여금 예술과 정치의 접합 가능성에 대해 사유할 때 반드시 짚고 넘어가야 할 전제를 마련해주기 때문이다. 아니, 예술이 직접적으로 정치적일 수는 없다 할지라도, 최소한 가장 정당한 의미에서의 정치에 대해 필수적이기는 하다는 사실을 상기시켜주기 때문이다.

정치는 관계 맺음이다. 그것이 사물이 되었건, 타인이 되었건 나의 세계 바깥에 있는 것들과의 대면이 정치를, 그리고 또한 윤리를 발생시킨다. 그럴 때, 예술은 인간을 포함한 생명체의 그 지독한 자기 보존 본능, 그리고 인간 특유의 동일성 사유에 의한 대상의 포획으로부터 벗어나, 나의 세계 밖에, 내 인식 너머에, 나와 다른 존재자들이 '있음'을 경험하게 해준다. 그런 경험 없이 이루어지는 정치란, 한갓 "옷을 입은 존재들êtres habillés과 관계"(『존재에서 존재자로』, p. 63)하는 것 외에 아무것도 아닐 것이다. 그런 의미에서 예술은 정치에 대해서도 윤리에 대해서도 필수적이다.

고작 여기가, 문학과 정치에 대한 우리 시대의 사유가 다다른 지점이다. 문학과 정치에 대한 이야기는 아직 많이 남았고, 그것을 정밀하게 다듬어야 할 사람들은 아직 게으르다.

# 범람하는 고통

## 1

다음과 같이 쓸 때, 데리다는 사실 '무조건적 환대'가 실제에 있어
서는 실현되기 힘든 (거의 불가능한) 정언 명령에 불과할 수도 있단
사실을 알고 있었다.

달리 말하면 이율배반이 있다. 환대의 법과 환대의 법들 사이엔 해
결할 수 없는 이율배반, 변증법화할 수 없는 이율배반이 있는 듯하다.
한편 환대의 법은 무제한적 환대에의 무조건적 법(도래자에게 자신의
자기-집과 자기 전체를 줄 것, 그에게 자신의 고유한 것과 우리의 고유한
것을 주되 그에게 이름도 묻지 말고 대가도 요구하지 말고 최소의 조건도
내세우지 않을 것)인가 하면, 다른 한편 환대의 법들은 언제나 조건지
어지고 조건적인 권리들과 의무들로서, 그리스-라틴 전통이, 유대-그
리스도교적 전통이 규정하고 있으며, 칸트 그리고 특히 헤겔까지의 모

든 권리(법)와 모든 법철학이 가족·시민 사회·국가에 걸쳐 규정하고 있는 환대의 권리들과 의무들이기 때문이다.[1]

이미 이 글의 전편에 해당하는 다른 글[2]에서 인용한 바 있거니와, 데리다는 환대의 윤리에 대해 적대적인 논자들이 흔히 생각하는 것과 달리, 무조건적 환대의 불가능성에 대해 이미 사유하고 있었다. 그는 환대의 '법law'과 환대의 '법들laws' 사이의 이율배반에 대해 말한다. 사실 『환대에 대하여』의 상당 부분이 바로 그 이율배반을 논의하는 데 할애되는데, 요약하자면 이렇다. '무조건적 환대는 정언명령이다. 그러나 그 대문자 법이 실현되기 위해서는 환대를 위한 필수 조건으로서의 주인, 그리고 그의 처소가 전제되어야 한다. 왜냐하면 환대란 주인된 자가 자신의 처소로 타자를 들이는 행위이기 때문이다. 그런데 그 처소는 어떻게 유지되는가? "가족, 시민사회, 국가에 걸쳐 규정하고 있는 환대의 권리들과 의무들" 즉 소문자 법들에 의해 유지된다. 이 법들 없이 처소는 지켜지지 않고 따라서 환대의 조건은 마련되지 않는다. 그러나 이 법들은 또한 제약이므로 무조건적 환대라는 정언명령에 대해서는 적대적이다. '환대하라, 그러나 그러기 위해서는 환대에 제약을 가하라!' 이것이 바로 데리다가 말하는 이율배반이다. 그리고 데리다는 이 양자 사이에서의 끊임없는 진자 운동, 곧 '침묵과 발언' 사이의 끊임없는 투쟁을 강조한다.

이런 의미에서라면 무조건적 환대의 윤리가, '어리석은 빛의 자녀들' 특유의 인간 본성에 대한 지나친 낙관에서 기인한 것은 아니겠는

---

1) 자크 데리다·안 뒤푸르망텔, 『환대에 대하여』, 남수인 옮김, 동문선, 2004, pp. 104~05.
2) 졸고, 「사건으로서의 이방인──'윤리'에 대한 단상들 1」, 『문학들』 2008년 겨울호.

가 하는 우려[3]는 그 진정성에도 불구하고 전혀 타당하지 않다. 데리다가 그렇게 일면적이고 단순한 주장에 안주하지 않았다는 사실에 대해 눈감고 있기 때문이다. 게다가 '무조건적 환대'의 원조라 할 만한 레비나스를 두고 '어리석은 빛의 자녀들'이라 할 수 있을지에 대해서도 미지수다. 그의 사상이야말로 세계사의 가장 어두운 곳, 즉 아우슈비츠의 경험에서 탄생한 것이란 점, 그가 이성의 '빛'에 맞서 '어둠'과 '밤'의 가치를 그토록 강변했다는 점 등은 제쳐두고라도, 조금만 강조점을 달리해 읽으면 레비나스만큼 비관적인 철학자도 드물다. 그가 말하는 환대의 윤리는 사실상 지상에 존재했던 가장 비관적인 '존재론'의 산물이다.


2


단순하게 읽을 때, 레비나스의 『존재에서 존재자로』는 (그리고 『시간과 타자』도) 스피노자의 '코나투스Conatus' 개념에 대한 아주 세밀한 존재론적 번안으로 읽힌다. 종족보존을 위해 기꺼이 무모한 소모를 감행하기 전까지 (그러므로 꽃과 열매만이, 레비나스가 '에로스와 리비도는 윤리적으로 의미가 있다'라고 말할 때, 그리고 애무와 출산에 대해 말할 때와 똑같은 의미로 윤리적이다) 식물은 자신 외에 아무것도 돌보지 않는다. 사자는 오로지 자신만을 위해 사냥하고 잠들 뿐, 자신으로부터 용맹과 야성을 찾는 인간의 눈을 고려하지는 않는다. 모

---

3) 정영훈, 「앓는 시대의 소설과 윤리」, 『문학수첩』 2009년 봄호, p. 41.

든 생명 가진 것들은 모두 자기 보존 본능이란 것을 내장하고 있어서, 자기 밖의 대상에 대해서는 동일화(섭취)하거나 배제하는 방식 외에 달리 대하는 법을 모른다. 인간도 마찬가지다. 자기로부터 자아를 (잠정적으로만) 분리시켜 소위 '객관적으로' 대상 세계를 '인식'할 때조차, 그는 대상을 파악(把握— '주먹에 쥐다'라는 어원적인 의미 그대로)한다. 즉 섭취하고 동일화한다. 가령 이런 구절이 그렇게 해석되어야 한다.

자아임(자아로 존재함, être moi)은 자기에게 결부되어 있음을 함축하며, 자기를 처치해 버리는 일이 불가능하다는 점을 내포한다. 물론 주체는 자기에 대해 뒤로 물러설 수 있지만, 이 물러섬의 운동은 (자기로부터의) 해방이 아니다. 이는 마치 죄수를 놓아주지는 않고 그를 매어놓은 밧줄만 느슨하게 해주는 격이다.

자기와의 결부, 그것은 자기 자신을 처치할 수 없다는 불가능성이다. (자기와의 결부는) 성격이나 본능과의 결부일 뿐 아니라, 그 안에서 이중성이 지각될 수 있는 자기 자신과의 소리 없는 연결이다. 자아임(자아로 존재함), 그것은 자기에 대해 존재함(être pour soi)일 뿐 아니라, 자기와 함께 존재함(être avec soi)이다.[4]

베르그송적인 의미에서의 '순수 지속'을 절단하고, 절단된 '순간'에서부터 수고와 노동에 의해 자기 규정성을 확보하는 존재자는(자기 정립) 바로 그 자기 규정성을 유지하기 위해 스스로를 일종의 탈출

4) 에마뉘엘 레비나스, 『존재에서 존재자로』, 서동욱 옮김, 민음사, 2003, p. 148.

불가능한 감옥에 영원히 가둬버린다. 시간적으로는 특권화된 현재의 순간에, 그리고 존재론적으로는 자기와 자아 간의 운명적인 연루 속에 갇힌 존재자, 그것이 인간 주체다. 죽었다 깨어나도 그는 '자기' 바깥에 이르지 못한다. 혼자서라면, 시간적으로는 무한에 그리고 존재론적으로는 타자에 스스로를 개방하는 일 같은 것은 그에게 일어나지 않는다.

정영훈이 인용한 라인홀드 니버라면 아마도 그러한 사태를 단순하게 이렇게 기술했을 것이다. "인간 정신이 도달할 수 있는 전망이 아무리 넓어도, 인간의 상상력이 그려볼 수 있는 충성심이 아무리 크다 해도, 인간의 정치력이 조직할 수 있는 공동체가 아무리 보편적이라 해도, 성인에 가까운 이상주의자들의 포부가 아무리 순수하다 해도, 인간의 도덕적 혹은 사회적 성취물 중에서 터무니없는 이기심의 영향을 받지 않는 것은 하나도 없다."[5] 무조건적 환대의 윤리에 대한 낙관적 환상을 비판하기 위해 인용된 이 구절은 그러므로 실상에 있어서는 무조건적 환대의 윤리가 요청되는 바로 그 지점을 지시한다. 스스로의 '자기 됨'을 유지하기 위해, 인간은 선험적으로 이기적일 수밖에 없다. 인간은 엄밀한 의미에서 결코 타자에 이르지 못한다. 타자의 절대적 외부성이란 아마도 이런 의미일 터인데, 그러나 정영훈은 니버의 바로 이 구절을 들어 환대의 윤리가 혹시 어리석은 빛의 자녀들의 무모한 낙관주의에서 비롯된 것은 아니겠느냐고 비판한다. 사실에 있어서는 정확히 그 반대다. 환대의 윤리는 코나투스의 완고함, 그래서 타자에 결코 이를 수 없음, 결국엔 타자의 절대적 외부성, 그 비극

---

5) 정영훈, 앞의 글, p. 41에서 재인용.

적인 존재론으로부터 도출되는 윤리다. 니버의 말은 그대로 타자가 왜 동일자에 대해 항상 절대적 외부일 수밖에 없는가에 대한 논거가 된다.


## 3


타자가 '항상―이미' 동일자의 외부에 있을 때, 윤리는 어떻게 발생하는가? 동일자의 내부에서, 그의 결단이나 정신 수양, 동정이나 연민을 통해서는 발생하지 않는다. 심지어는 연대와 공동체를 통해서도 발생하지 않는다. 레비나스가 다음과 같이 말할 때, 그가 염두에 두었던 것도 그런 점일 것이다.

사람들이 서로 다툰다는 것은 사람들 사이에 아무런 공통점commun 이 없다는 것을 확인해 줄 뿐이다. 공통적인 어떤 것에 대한 참여, 하나의 이념, 하나의 관심, 하나의 작업, 하나의 식사, 그리고 '제삼자'에 대한 참여를 통해서 계약은 성립한다. 인간들은 한 사람이 그저 다른 한 사람과 마주 대하고 있는 그런 관계에 있지 않다. 인간들은 어떤 것을 중간에 놓고 그 주위에 몰려 있다. 이웃, 그것은 한패(공범자)이다. 이런 관계의 한 항인 자아는 이 관계 속에서 자신의 자기성의 그어떤 것도 잃지 않는다. 이런 까닭에 인간들과의 관계로서 문명은 적절한 몸가짐을 갖추는 형식 속에서 유지되는 동시에 결코 개인주의를 극복할 수 없다. 개별자는 전적으로 자아로 머무른다.[6]

다툼이란 지상에 존재하는 사람들 사이에 공통점이라곤 없기 때문에, 즉 서로가 타자에 대해 절대적 외부에 있기 때문에 발생한다. 하나의 이념, 작업, 식사, 참여 (아마도 연대나 투쟁 역시 여기에 포함될 것이다) 같은 계약을 통해서는 인간이 자신의 자기성을 잃는 일이란 발생하지 않는다. 인간은 항상 예의를 차리고 '옷을 입은' 채로만 타자와 '나란히' (얼굴을 마주 대하지는 않고) 존재한다. 그것이 '세계 안의' 공동체이고, 소위 연대라고 하는 것이다. 그러나 그럴 때도 여전히 "개별자는 전적으로 자아로 머무른다".

그렇다면 다시 윤리는 어떻게 발생하는가? 자아가 자기를 벗어날 수 없는 한, 그것은 어쩔 수 없이 주체의 외부에서 도래해야 한다. 그것이 타자이다. 절대적 외부로부터, 완전히 다른 타자의 도래만이 자기와 자아의 완고한 연루를 파기하고 윤리를 도입한다. 그러나 그는 확실히 절대적 외부에 존재하므로, 그가 어떤 모습으로 (가령 위협이나 호의로, 폭력이나 비참으로) 우리에게 도래할지는 알 수 없다. 그는 무조건적으로 도래한다. 환대의 윤리가 발생하는 지점이 바로 여기이다. 그런 의미에서 정영훈의 비판과 달리 환대의 윤리는 '어리석은 빛의 자녀들'의 이념이 아니라, 지상에서 가장 비관적인 존재론의 필연적인 귀결이었던 것이다.

---

6) 에마뉘엘 레비나스, 앞의 책, p. 65.

# 4

같은 이유로, 절대적 외부에서 도래하는 타자가 반드시 선에 대한 정언명령만을 부과하는 것은 아니다. 타자는 레비나스적인 의미에서라면 해방자이자 구원자이기도 하다. 그는 어떻게 해방하고 구원하는가? 시간적으로는 무한을 도입하고, 존재론적으로는 자기와 자아 간의 피할 수 없는 연루를 파기함으로써 그렇게 한다.

그러나 존재는 이 이타성을 스스로에게 줄 수 없다. 시간을 변증법적으로 구성하는 일은 불가능하다는 것은, 자기 혼자의 힘으로 스스로를 구제하는 일, 그리고 전적으로 혼자서 스스로를 구제하는 일이 불가능하다는 것이다. '나'는 나의 현재로부터 독립적이지 못하며, 혼자서 시간을 가로지를 수도 없고, 단순히 현재를 부정함을 통해서 보상을 얻을 수도 없다. 현재의 결정성 속에 인간의 비극을 위치시키고 나의 기능을 이 비극과 뗄 수 없는 것으로 설정할 때, 우리는 주체를 구원할 수 있는 방법을 주체에게서 찾아내지 못한다. 주체 안의 모든 것이 여기(ici) 있을 때, 구원은 오로지 다른 곳에서만 올 수 있다.……이 이타성은 오로지 타인으로부터만 나에게 올 수 있다.……시간의 변증법은 타인과의 관계의 변증법 자체이다.[7]

존재가 스스로를 자신이 얽매어 있는 특권화된 현재로부터 구제할

---

7) 에마뉘엘 레비나스, 앞의 책, pp. 158~59.

수 없을 때, 주체를 구원할 힘, 그를 무한한 시간 속으로 확장하게 하는 힘, 그것은 '오로지 다른 곳에서만' 올 수 있다. 즉 주체의 절대적 외부, 타인으로부터만 구원과 해방은 온다. "시간의 변증법이 곧 타인과의 관계의 변증법"인 이유는 여기에 있다.

물론 타자의 도래와 함께, 현재의 속박과 자기보존의 감옥으로부터 벗어나는 주체, 자기와 자아의 완고한 연루를 파기하는 주체는 격렬한 자기정체성의 위기를 감수해야 할 것이란 점은 덧붙여야 한다. 레비나스의 '타자의 얼굴'에 관한 사유가 등장하는 지점이 여기이거니와, '벌거벗은' 타자의 얼굴은 그가 단순히 경제적으로 더 비참하다거나, 정치적으로 소수자라는 이유들 때문에 우리를 불편하게 하고 공포에 빠지게 하고 고통스럽게 하는 것이 아니다. 자기와 자아의 필연적인 연루를 파기할 것, 그리하여 완고한 자기 동일성으로부터 벗어날 것을 그들이 요구하기 때문에, 즉 존재론적 위기 상황 속으로 스스로 걸어 들어갈 것을 요구하기 때문에 그러하다.


5


그런 이유로, 최근 한국 소설에서 목도되는 '고통의 범람'을 타자의 고통에 대한 자기 방어 정도로 해석해서는 곤란하다. 김사과, 서유미, 전혜정, 황정은 등 최근 젊은 작가들의 작품에 등장하는 인물의 고통에 대해 차례차례 거론한 후, 정영훈은 다음과 같이 결론짓는다.

타인을 환대할 때 이들은 자기가 돌려받을 것에 대한 기대 속에서 대접하고, 성급하게 자기 자리로 돌아온다. 환대를 기대하는 의식 속에서 자기 고통에 대한 자각은 솟아난다. 타자가 곧 헐벗은 존재이고 고통당하는 자라면 고통당하는 자신이야말로 환대받아야 할 대상이 아닌가.

스스로 타자의 자리에 처하고자 하는 이 기묘한 존재들은 이 시대 윤리 담론의 가장 숭고한 자리로부터 출현한다. 윤리라는 경제에서는 주체보다는 타자가, 성년보다는 미성년이 되는 것이 이문 남는 장사라는 사실을 알려준 것이 바로 타자들에 대한 무조건적 환대를 요구한 윤리 담론이기 때문이다. 과도한 고통에 몸부림치는 최근 소설들은 이러한 전도의 가능성을 알려준다는 점에서 징후적이라 할 만하고, 저 어리석은 '빛의 자녀들'을 닮아가는 최근 비평의 윤리담론을 교정해줄 수 있다는 점에서는 교훈적이기까지 하다.[8]

최근 젊은 작가들의 소설에서 빈번하게 등장하는 '고통의 범람' 현상이, 눈앞에서 벌어지는 타자의 고통을 외면하고 자신의 고통을 과장함으로써 스스로를 환대의 주체가 아닌 환대의 대상으로 만들려는 욕망에서 비롯되었다는 것, 그리고 바로 그러한 사태의 기원에 무조건적 환대를 요구한 윤리 담론이 있다는 것이 그의 요지다. 그러나 소설 속 주인공들의 고통으로부터의 도피가, 어떻게 환대의 윤리에 대한 비평 담론의 과도한 요구에서 비롯되었다는 것인지에 대한 설명은 없다. 자세하고도 매개적인 설명이 없는 한, 그런 논의 전개는 지극한 비약일 것이다. 작가의 의도는 증명될 수 없다는 점에서 이런 식의 가정은 증명될 수 없는 억측에 가깝다.

---

8) 정영훈, 앞의 글, p. 54.

게다가 레비나스가 말한 그대로, 타자의 고통은 곧바로 주체에게도 동일한 고통을 요구하는 바, 그때의 고통은 사회적 불평등을 목도한 자의 동정이나 연민이라기보다는 자기 동일성의 파괴에서 오는 위기감의 발로일 때가 많다. 그런 의미에서라면 최근 한국 소설에서 자주 목도되는 '고통의 범람'은 오히려 무조건적 환대를 요구하는 윤리 담론의 '탓'이라기보다는 '덕분'이라고 해야 맞다. 한국의 젊은 소설은 지금 고통스런 타자의 얼굴들 앞에서 심한 존재론적 위기를 앓고 있는지도 모른다. 자아와 자기 간의 긴 연루를 파기해야 하는 주체가 맞은 절체절명의 위기, 스스로의 고통을 과장해서라도 도피하고 싶을 만큼 깊은 위기, 그것은 진정한 의미에서의 환대를 위해 극복해야 할 성질의 것이지, 윤리 담론이 봉착한 한계의 징후로 치부되어서는 곤란하다.

놀랍도록 타인의 고통에 민감한 작가 김사과의 「정오의 산책」[9]이 명민하게 극화하고 있는 것이 바로 그런 장면이다. 정영훈의 해석과 달리 '한'의 광기는, '정'과 '회'의 고통 앞에서의 도피라기보다는, 타인의 고통을 온몸으로 이해하게 된 자가 그로 인해 감수해야 할 존재론적 위기의 크기를 지시한다.

그는 자신을 내려다보았다. 그가 입은 양복과 구두와 넥타이 모두가 너무나도 우스꽝스럽고 부자연스럽게 느껴졌다. 그는 티베트의 수도자들과 같은 옷을 입고 있어야 했다. 사무실이 아니라 산속에 있어야 했다.[10]

9) 김사과, 「정오의 산책」, 『문학동네』 2008년 가을호.
10) 김사과, 「정오의 산책」, p. 309.

그는 정과 회를 고통에서 벗어나게 할 방법을 알고 있었다! 그것은 그들을 자신과 같은 길로 이끄는 것이다. 그는 그들에게 그가 봤던 것, 그리고 본 것, 과거와 현재와 미래, 자신과 그들과 세계에 대해서 이야기할 것이다. 그것은 언어로 정확하게 설명할 수 없는 것이기 때문에 길고긴, 아름다운 비유로 넘치는 모호한 이야기가 될 것이다. 하지만 어쨌든 그는 해낼 것이다. 그리고 정과 회를 넘어서 더 많은 사람들, 그의 도움이 필요한 모든 사람들에게 달려가 언제까지라도 손을 내밀 것이다. 그러나 그러기 위해서는 먼저 그가 오늘 겪은 것을 완벽하게 이해하고 받아들이는 것이 필요하다.[11]

그간의 자명한 자기 정체성을 회의하고 스스로를 우스꽝스럽고 부자연스럽게 여기기 시작한 '한', 타자를 구원하기 위해 스스로에게 일어난 일을 완벽하게 이해하려고 시도하는 '한', 그의 지금 상태는 단순히 광기라기보다는 존재론적 위기의 심대함에 대한 증거라고 해야 맞다.[12]

---

11) 김사과, 「정오의 산책」, p. 311.
12) 차라리, 김사과를 비롯하여, 김이설, 황정은, 김미월 등의 작품에 등장하는 고통의 범람과 미성숙으로의 도피를 '21세기식 신경향파' 소설로 읽는 것도 그럴듯한 독법이다. 가령 최서해의 빈궁 소설과 이들의 소설 사이의 유사성은 자못 흥미롭다. 카프 등장 이전, 전망도 인식적 지도도 없는 상태로 식민지 조선의 극악한 빈궁상을 그려낸 작품들이 소위 '신경향파'에 속하는 최서해의 작품들이다. 김사과 등의 작품과 그의 작품이 유사하다는 사실 이면에는 바로 그와 같은 유사한 사회적 상황이 있을 것이다. 현실 사회주의의 몰락, 세계자본주의의 승승장구, IMF 경제위기 도래와 사회적 전망의 완전한 소멸, 인식적 지도 그리기의 불가능성 등등의 조건이 이번엔 역으로 신경향파 소설과 유사한 이들의 빈궁문학을 낳았을 것이라는 가정은 충분히 타당해 보인다. 전망 이전의 빈궁과 전망 이후의 빈궁은 이처럼 유사하다.

# 6

우리 사회에 타자들이 늘어난다는 소식은 이제 어제오늘의 일이 아니다. 그런 점에서 「정오의 산책」의 '한'은 어쩌면 우리가 오늘, 아니면 내일, 아니면 멀지 않은 언젠가 겪을 일을 지금 겪고 있는 셈이다. 무조건적 환대는 필연적으로 주체의 존재론적 위기를 수반한다. 순간에 얽매인 존재, 자기에 완전히 고정된 존재가 '무한'과 '완전히 다른' 것을 받아들이는 일이다. 자신의 고통을 과장해서라도 도피하고 싶을 만큼은 커다란 위기가 준비되어 있다. 그러나 그들은 또한 구원자이자 해방자이기도 하다. 우리를 순간과 자기의 감옥으로부터 탈출하게 해줄 수 있는 자들이 그들이다. 벤야민의 말처럼, 어쩌면 우리는 '매초 매초가 언제라도 메시아가 들어올 수 있는 조그만 문'인, 그런 시대를 사는 것인지도 모른다. 고통이 범람해야 그 문들이 열릴 것이다.

# 한국문학의 미래와 문학의 민주주의

1

한국문학의 '발전'(이라는 이 의심스러운 시간관!) 과정이 완료된 먼 훗날의 어떤 시점을 상상하는 일은 결국에는 항상 일종의 과대망상을 수반한다. '먼 훗날'까지 아직 많은 시간이 남아 있다는 안도감은 상당 액수의 노후 보험에 든 이가 자신의 말년을 상상할 때와 흡사한 감정을 불러일으키고, 거기에 근대인에게 가해지곤 하는 '전망적 사유'(그러나 전망이란 고작해야 인위적으로 고안된 원근법의 소실점일 뿐이지 않던가!)에 대한 무의식적 강제가 더해진다. 그러면 미래는 거창하고 위대해진다. 나 또한 예외는 아니어서, 진행 과정이 종료된 미래의 한국문학을 상상하다 보면 42년 전 어느 대책 없는 이상주의자가 써놓은 이런 문장들이 떠오른다. 어김없다.

스칸디나비아라든가 뭐라구 하는 고장에서는 아름다운 석양 대통령이라고 하는 직업을 가진 아저씨가 꽃리본 단 딸아이의 손 이끌고 백화점 거리 칫솔 사러 나오신단다. 탄광 퇴근하는 광부(鑛夫)들의 작업복 뒷주머니마다엔 기름묻은 책 하이덱거 럿셀 헤밍웨이 장자(莊子) 휴가여행 떠나는 국무총리 서울역 삼등대합실 매표구 앞을 뙤약볕 흠쓰며 줄지어 서 있을 때 그걸 본 서울역장 기쁘시겠오라는 인사 한마디 남길 뿐 평화스러이 자기 사무실문 열고 들어가더란다. 남해에서 북강까지 넘실대는 물결 동해에서 서해까지 팔랑대는 꽃밭 땅에서 하늘로 치솟는 무지개 빛 분수 이름은 잊었지만 뭐라군가 불리우는 그 중립국에선 하나에서 백까지가 다 대학 나온 농민들 추럭을 두 대씩이나 가지고 대리석 별장에서 산다지만 대통령 이름을 잘 몰라도 새이름 꽃이름 지휘자이름 극작가이름은 훤하더란다 애당초 어느쪽 패거리에도 총쏘는 야만엔 가담치 않기로 작정한 그 지성(知性) 그래서 어린이들은 사람 죽이는 시늉을 아니하고도 아름다운 놀이 꽃동산처럼 풍요로운 나라, 억만금을 준대도 싫었다 자기네 포도밭은 사람 상처내는 미사일기지도 땡크기지도 들어올 수 없소 끝끝내 사나이나라 배짱 지킨 국민들, 반도의 달밤 무너진 성터가의 입맞춤이며 푸짐한 타작소리 춤 사색(思索)뿐 하늘로 가는 길가엔 황토빛 노을 물든 석양 대통령(大統領)이라고 하는 직함을 가진 신사가 자전거 꽁무니에 막걸리병을 싣고 삼십리 시골길 시인의 집을 놀러 가더란다.[1]

노무현만이 잠깐 보여주고 (바로 그 이유로!) 죽었던바, '아무나' (demos, 이 말은 다수란 말과 구분되어야 한다고 랑시에르는 지적한다. 민주주의란 다수에 의한 지배가 아니라 아무나에 의한 지배다. 그러고

1) 신동엽, 「산문시 1」, 『신동엽전집』, 창작과비평사, 1975, p. 83.

보면 노무현은 얼마나 민주주의자였는지……)가 지배하고 아무나가 하이데거와 헤밍웨이를 읽고, 아무나가 시인이고, 또 아무나가 농부인 세상, 대통령이 자전거로 시인 친구를 만나러 가고, 광부들이 사색하고 토론하며, 삶이 곧 시와 같아서 달밤 무너진 성터 가에서 입맞추는 청춘들이 장관이라면, 그 사회는 문학적으로도 더 바랄 것 없는 완전한 미래다. 설사 문학 자체가 사라진다 해도 여한 같은 것은 없다. 왜냐하면 문학만 아니라, 모든 예술의 꿈은 그 자체가 삶이 되어버리는 상태, 그러니까 삶이 곧 예술이어서 더 이상 예술이란 이름의 어떤 식별 체제 자체가 존재하지 않게 되는 상태일 테니 말이다. 말하자면 예술이 해소되어버리는 곳이 예술의 유토피아이고, 문학이 해소되어 '버렸을 것'인 지점이 문학이 바라마지않는 미래 상태다. 그런 사회는 물론 일찍이 마르크스가 다음과 같은 말로 예견한 바 있는 사회이기도 하다.

노동이 분화되자 각 개인은 하나의 일정한 배타적 영역을 갖게 되고, 이 영역이 그에게 강요되기 때문에 그는 이것을 벗어나지 못한다. 그는 한 사람의 사냥꾼, 한 사람의 양치기, 한 사람의 어부 혹은 한 사람의 비평가이며, 그가 그의 생계수단을 잃지 않고자 하는 한 계속 그렇게 살아가야 한다. 이에 반하여 아무도 배타적인 영역을 갖지 않고 각자가 그가 원하는 어떤 분야에서나 스스로를 도야시킬 수 있는 공산주의 사회에서는 사회가 전반적인 생산을 조절하기 때문에, 사냥꾼, 어부, 양치기, 혹은 비평가가 되지 않고서도 내가 마음먹은 대로 오늘은 이것을, 내일은 저것을, 곧 아침에는 사냥을, 오후에는 낚시를, 저녁에는 목축을, 밤에는 비평을 할 수 있게 된다.[2]

마르크스는 현재의 자본주의적 분업이 철폐되는 어떤 이상적인 사회에서는 인간의 소위 '유적 본질'(이라는 이 수상쩍은 본질수의적 멈주!)이라는 것이 만개하여 누구나가 다 사냥꾼이고 목동이며 문학 비평가이자 음악가일 수 있다고 말한다. 게다가 분업이 사라지게 되므로 특정한 직업군으로서의 예술가, 곧 시인이나 건축가 화가 같은 전문직 개념 자체가 사라진다. 예술이 해소됨으로써 만인이 예술가가 된다. 문학이 사라짐으로써 일상의 모든 언어가 문학 언어와 구별 불가능하게 된다. 가령 아침마다 '아무나'의 집(지금 같은 가족 형태는 아닐 테지만)에서 이런 대화가 들려오는 사회가 그런 사회는 아닐지.

**부**: 애야, 오늘 네 표정이 마치 방금 쓸모없는 전당포 노파를 죽이고 온 라스콜리니코프의 표정만큼이나 어둡구나. 고민이 있더라도 밥은 먹으렴.

**자**: 재밌는 비유네요, 아빠(웃음). (한쪽 눈을 찡긋하면서) 그런데 많이 걱정하진 마세요. 살인 같은 건 꿈꿔본 적도 없고, 또 아빠가 친아빠는 아니지만 그렇다고 제가 햄릿의 고뇌에 빠져 있는 건 더더욱 아니랍니다. (엄마 쪽을 눈짓으로 가리키면서) 게다가 전 아직 스핑크스의 수수께끼를 풀 만큼 지혜롭지 않아서——인간이란 뭘까요?——, 엄마를 차지할 생각은 당최 없어요. 다만 사춘기에 접어들었는지, 세계 전체가 아프고 아름답고 그러네요. 제 표정에서 어둠 말고, 다른 건 느껴지시지 않나요? (진지하고 간절하게) 마치 20세기 남미 대륙

---

2) 칼 마르크스·프리드리히 엥겔스, 『독일 이데올로기 1』, 김대웅 옮김, 두레, 1989, pp. 74~75.

의 한 소설가가 쓴 「기억의 천재 푸네스」의 주인공처럼 매일 24시간 전체가 절 슬프게 하고 감미롭게 하네요. 어제 바람에 떨어지던 나뭇잎들의 숫자와 그것들이 나풀거리며 하강하던 모습 전체가 다 제 기억 속에 남아 있어요. 그런데 그걸 말로 옮길 재간이 없군요. 칸트라면 '숭고'라고 했을까요? 19세기와 20세기인들은 이럴 때 시란 걸 썼다죠? 말할 수 없는 것을 말하고 싶을 때…… 아직 바짝 마른 오동잎 하나가 머리 위에서 어떤 우주적 궤적을 그리며 떨어지고 있어요.

**모:** 애야, 누군가 그랬지. "만약 6월의 그날에 모든 것이 의미가 있었다면 블룸의 머리는 터지고 말았을 것이다"라고…… 아마 프랑코 모레티인가 하는, 20세기 사람이었을 거야. 조심하렴, 머리 터질라(일동 웃음). (잠깐 의아한 듯한 표정으로 침묵) ……이런, 그러고 보니 너…… 사랑에 빠졌구나. 맞지? ……애야 넌 이제 열두 살이란다. 하지만 일단 축하는 해야겠지? 호홋. 남자니, 여자니?

**부:** (기뻐 날뛰듯이) 이런, 이런, 내 그럴 줄 알았지! 애야 오늘은 일찍 들어오마. 아침에 포도 농장에 잠깐 다녀오면 그걸로 오늘 하루의 일은 마치는 셈이니, 오후엔 낚시를 가자. 아니, 좀 멀지만 자전거를 타고 이웃 마을에 있는 노무현 아저씨께 가자. 그가 예전엔 대통령이었다지만—그런 걸 왜 하는지 몰라—내가 알기로 사랑과 시에 관한 한 모르는 게 없는 사람이야. 연애 선수였거든. 뭐 가는 길에 이 아빠가 평생 겪었던 사랑 이야기도 들려주지.

**자:** 좋아요, (다소 냉소적으로) 아빠. 학교가 아무리 이데올로기적 국가 기구라지만 더러 그 사실 자체도 가르쳐주는 곳이기도 하니 일단 다녀올게요.

**부:** 다들 20세기에 빠져 있군. 그럼 나도 한마디 하지. 애야 너무

열심히 공부하진 마라. 로렌스가 그랬단다. "정신생활을 시작한 인간은 사과를 따는 것과 같은 격이 되지. 사과와 그 나무 사이에 있는 유기적인 연결을 끊어버리는 거라고…… 그러니까 정신생활밖에 모르는 인간은 따버린 사과 같은 존재야……" ……하여튼 이따 보자꾸나(온화한 웃음).

## 2

그려보자니 역시나 과대망상에 가깝지만, 어쨌거나 신동엽과 마르크스가 꿈꿨던 것, 그것은 아마도 (아직 이 말이 쓸모가 있다면) 진정한 의미에서의 민주주의 사회였을 것이다. 그 사회에서는 회화와 건축과 음악이 이미 생활이고 문학이 이미 일상의 언어에 습합되어버려서 더 이상 예술이 불필요하거나 식별 불가능한 상태가 된다. 그러나 이 두 예언자들의 예언은 실현되지 않았다. 마르크스 이후에도 신동엽 이후에도 상황은 그들이 기대하던 것과는 완전히 반대편으로만 진행해서 오늘날의 상황은 아직(이라니! 언제인들 저런 날이 올까?) 이렇다.

민주주의는 소수의 사람만이 누리며, 살고 있다고 믿는 성벽들의 성벽지기이자 상징이다. 보수적인 과두정의 모든 책무(그것은 흔히 전쟁이다)는 부당하게 취한 '세계'라는 이름 아래에 동물적 삶의 영토일 뿐인 것을 유지하는 데 있다.[3]

민주주의라는 용어는 결국 상품 전제주의, 그리고 시장의 왜곡되지

않은 경쟁에 붙은 가짜 코에 불과하다.[4]

민주주의라는 말은 누구나, 그리고 모두가 자신의 꿈과 희망을 싣는 텅 빈 기표이다. '버락 오바마'라는 이름이 그렇듯이 말이다.[5]

오늘날 '민주주의'는 무의미의 전형적인 사례가 됐다.[6]

당대 최고의 사상가들 왈, 냉전 체제 붕괴 이후, 미국 주도하 세계 자본주의의 약진은 그야말로 눈부신 것이어서, 정치는 완전히 경제에 병합되어버렸다. 민주주의는 이제 고작해야 상품의 전제주의에 붙여진 가짜 코, 자유 경쟁하는 시장의 후원 부대, 그래서 누구나 사용하지만 그 의미는 아무것도 없는 텅 빈 기표이자, 무의미한 단어의 전형적인 사례가 되어버렸다. 민주주의 정체의 주인이라는 다수는 하나같이 소비와 욕망의 주인이 되었고, 항상 침묵하거나 냉소하거나 무관심하다가, 투표 때에만 공공영역에 불려 나온다. 그러자 신동엽의 꿈도 마르크스의 꿈도 다 과대망상이 된다. 노동자도 농민도 그 흔하디흔한 (그러나 사실은 희귀한) 중산층도 모두, 낚시는커녕 시집 한 권 읽지 못하고, 전람회 한 번 다녀오지 못하고, 읽어도 무슨 의미인지 모르고, 봐도 해석하지 못한다. '88만원 세대' '77만원 세대' 운운하는 (오디세우스가 세이렌들의 난관을 돌파할 때부터 예술이란 이미

3) 알랭 바디우, 「민주주의라는 상징」, 조르조 아감벤 외, 『민주주의는 죽었는가?』, 양창렬·홍철기 옮김, 난장, 2010, p. 31.
4) 다니엘 벤사이드, 「영원한 스캔들」, 같은 책, p. 45.
5) 웬디 브라운, 「 "오늘날 우리는 모두 민주주의자이다……"」, 같은 책, p. 85.
6) 장-뤽 낭시, 「유한하고 무한한 민주주의」, 같은 책, p. 107.

가진 자의 여유와 노예들의 피에 의해서만 유지되었단 사실을 잊지 말아야 한다) 비관적인 (그러나 객관적인) 용어가 함의하는 바는 제쳐두고라도, 우리는 나고 자라고 살아가는 동안 단 한 번도, 빛의 질감을 보고, 구도를 파악하고, 붓질과 물감의 농도를 인지할 수 있는 시간과 여유와 교육을 누려본 적이 없다. 우리는 나고 자라고 살아가는 동안 단 한 번도, 시험 답안에 체크하기 위해서가 아니라면 시를 낭송하고, 운율을 즐기고, 상징과 은유와 알레고리를 해석하는 능력을 권장받아본 적이 없다. 우리는 나고 자라고 살아가는 동안 단 한 번도, 화성의 원리를 이해하고, 수학과 음악의 관계를 터득하고, 소리의 진동이 영혼을 울리기도 한다는 사실을 경험해본 적이 없다. 예술을 여전히 대학에서만 가르치고, 극소수 전문가들만 만들고 향유하고 이해하고, 오로지 그들만이 그것 때문에 아파하고 고뇌한다. 먼 곳에 예술의 공화국이 있다지만, 어딘가에 소위 '문단'(이라는 텅 빈 중심)이 존재한다지만, 그곳에 닿는 이는 몇 되지 않는다. 이대로라면, 예술도 문학도 고사(해소와 고사는 얼마나 다른지!)하거나, 감히 범인들은 범접하지 못할 초월적 영토에서 겨우 존재하거나 존재하지 못하게 될 판국에, 완료된 한국문학의 미래라니, 그곳은 디스토피아가 아닌가.

3

그런데 생각해보면, 냉전 체제 종식 후 민주주의가 지체되거나 퇴보하게 된 세계 정세야 그렇다 치더라도, 신동엽과 마르크스의 저런 예언(이 단어에는 어떤 허황과 망상의 기미가 감추어져 있다)에도 이미 어떤 오류가 있었던 것은 아닐까? 문학과 예술의 민주주의란 저런 방식으로 먼 미래에 '도달해 있을' 것으로 가정된 어떤 고정된 실체가 아니었던 것은 아닐까? 중립국이나 사회주의 국가의 도래가 그대로 문학의 민주주의적 해소를 보장하지는 못하는 것 아닐까? 마치 1980년대의 많은 좌파 지식인들이 꿈꾸었던 세상이 이제 와 생각해 보면 완성된 채로 도달 가능한 실체였던 것이 아니라 항상 점근적으로만 도달하면서 동시에 항상 연착하는 이상적인 사회 모델이었던 것처럼 말이다. 게다가 문학의 민주주의와 정치적 민주주의는 전혀 다른 방식으로 작동하는 두 가지 진리 산출적 공정(바디우)이어서 정치적 민주화가 반드시 문학과 예술의 민주화를 수반하지는 않는 것 아닐까? 문학의 민주주의는 이런 의문으로부터 다시 사유되어야 한다. 아마도 랑시에르와 바디우가 작금의 한국에서 일종의 이론적 유행이 된 이유도 여기에 있을 텐데, (민주주의) 정치란 감성적인 것들의 '항상적인' 재분할 시도라는 것(랑시에르), 그리고 정치와 문학은 실로 전혀 상이한 두 가지 진리 산출적 공정이라는 것(바디우)을 논증해 보인 이들이 바로 그들이기 때문이다. 먼저 랑시에르의 말이다.

어떤 의미에서 정치행위는 정치적 능력이 입증되는 감성의 경계를 추적하기 위한, 이를테면 무엇이 말이고 외침인지를 결정하는 하나의 갈등이다. 정치는 자기 일 외에는 다른 것을 살필 시간이 없는 사람들이 분노하고 고통 받는 동물이 아니라 공동체에 참여하면서 말하는 존재라는 것을 입증하기 위해 자기들에게 없는 시간을 가질 때에야 비로소 시작된다. 시간들과 공간들, 자리들과 정체성들, 말과 소음, 가시적인 것과 비가시적인 것 등을 배분하고 재배분하는 것은 내가 말하는 감성의 분할을 형성한다. 정치행위는 감성의 분할을 새롭게 구성하고 새로운 대상들과 주체들을 공동 무대 위에 오르게 한다. 문학의 정치는 실천들, 가시성 형태들, 하나 또는 여러 공동 세계를 구획하는 말의 양태들 간의 관계 속에 개입한다.[7)]

우선 저 문장들 바로 직전에 랑시에르가 "문학의 정치는 작가의 정치가 아니다. 그것은 작가가 자신이 사는 시대에서 정치적 또는 사회적 투쟁을 몸소 실천하는 참여를 의미하지 않는다. 그렇다고 저술을 통해 사회적, 정치적 운동을 또는 다양한 정체성들을 표상하는 방식을 의미하는 것도 아니다"란 말로 서두를 떼었다는 사실을 상기할 필요가 있다. 문학의 정치란 문학인이 혹은 문학 작품이 정치에 '참여'하는 것이 아니다. 문학은 고유의 논리에 따라 작동하는 정치 그 자체다. 문학은 우리가 나날이 수행하는 감성적인 활동에 있어 지배적인 시간적, 공간적 분배들(갈 수 있는 곳과 갈 수 없는 곳, 누릴 수 있는 시간과 누릴 수 없는 시간), 볼 수 있는 것과 볼 수 없는 것의 분배들(향유나 표현의 가능성과 불가능성), 말로서 받아들여지는 소리와 소음으로 치부되는 소리의 분배들(소위 말과 단어를 둘러싼 투쟁들)에 개입한다. 랑시에르가 문학적 혁명의 사례로 플로베르를 자주 언급하는 것도 이런 이유인데, 그가 보기에 플로베르는 이전 시대까지 맹위를 떨치던 재현적 식별체제라는 감성 분할 방식을, 문체 혁명을 통해 완전히 민주화한 작가이기 때문이다. 플로베르 이래로 이제 문학에서 다루지 못할 소재는 없어지고, 사용되지 못할 언어 또한 사라진다.

---

7) 자크 랑시에르, 『문학의 정치』, 유재홍 옮김, 인간사랑, 2009, pp. 10~11.

문학은 그런 방식으로 정치적이다. 즉 감성적인 것들의 분할을 새롭게 구성함으로써 전혀 새로운 대상과 주체 들을 정치의 공동 무대 위에 오르게 한다.

사실 랑시에르를 꾸준히 따라 읽다 보면, 문학의 정치성에 대한 그의 기대는 자못 과도하기까지 해서, 그는 다른 어떤 형태의 정치보다도 문학의 정치를 우선시하는 듯싶기도 하다. 가령 그가 "기술 혁명은 미학 혁명 이후에 온다"[8]라거나 "예술적 실천들에 의해 산출된 사물 현시 양식들 또는 논리 연쇄 양식들을, 그것들 본래의 사용을 위해 전유하는 것은 정치들이지, 그 역이 아니다"[9]라고 말할 때 그렇다. 그는 기술 혁명이나 정치적 혁명보다도 미학적 혁명(이 혁명에서 문학적 혁명이 가장 특권적으로 서술된다)이 항상 앞선다고 말한다. 그러나 그가 자주 예로 드는 플로베르의 문체 혁명이 프랑스혁명이라는 '사건'(바디우)의 출현 없이 가능할 수 있었을지는 미지수다. 가령 동일한 문체상의 혁명을 스탕달과 발자크에게서 찾고 있는 아우어바흐의 다음과 같은 발언을 보자.

스탕달과 발자크가 일상 생활 속의 개인을 당대의 역사적 상황에 매달려 있는 대로 아무렇게나 취하여 심각하고 문제적이고 나아가 비극적인 묘사의 주제로 삼았을 때, 그들은 별개 차원의 스타일을 설정한 고전주의 이론과의 단절을 선언한 것이었다.[10]

8) 자크 랑시에르, 『감성의 분할』, 오윤성 옮김, 도서출판b, 2008, p. 44.
9) 같은 책, p. 92.
10) 에리히 아우얼 바하, 『미메시스──근대편』, 김우창·유종호 옮김, 민음사, 1979, p. 275.

아우어바흐가 말하는 '고전주의 이론'이 바로 랑시에르 식으로 말해 '재현적 식별체제'라는 점을 고려한다면 플로베르가 수행한 문체 혁명은 그 혼자만의 공적이 아니라 발자크와 스탕달을 포함한 낭내 리얼리스트들 전체의 공적이다. 그러니까 당대의 시대적 분위기가 문체상의 민주주의를 요구했던 셈이고, 그 이면에 프랑스혁명과 이어지는 민주화의 진행 과정이 존재한다는 사실에 이의를 제기하기는 힘들 듯하다. 그렇다면 이런 식의 일반화가 가능할 것이다. 어떤 혁명적 '사건'이 발생한다. 그리고 이어지는 감성적인 것의 재분배 시도가 이루어진다. 아마도 이런 과정을 바디우라면 사건에의 충실성, 곧 '윤리'라고 불렀을 것이다. 그리고 사건에 대한 문학적 충실함, 그것이 문학의 윤리이고 문학의 민주주의다. 왜냐하면 사건이란 항상 이미 굳어지고 지배적이 된 '의견'들(이 안에서 분란은 발생하지 않는다. 그러나 분란만이 민주주의를 보장한다)에 반하여 완전히 다른 것들을 도래시키기 때문이다. 굳어진 지배적 식별체제 내에서는 말해질 수도 이해될 수도 없는 상황 그것이 사건이라면, 문학적 민주주의는 바로 그 사건들에 충실함으로써 새로운 식별체제를 항상적으로 재구성해 내려는 일종의 영구 혁명이 될 수밖에 없다.


4


우리 문학사에서도 사건에 충실해서, 기존의 굳어진 의견과 예술적 식별체제들에 균열을 가져온 문학적 혁명의 시기가 존재한 적이 있다. 찾으려면 더 찾을 수도 있겠지만(가령 정조 시대의 문체반정이 있을 것이다), 가깝게는 1980년 5월 이후의 한국문학이 그 좋은 예가 될 만하다. 「깃발」(이제는 그것이 비문학적이라는 이유로 아무도 읽지 않는 작품, 그러나 도대체 문학적이란 것, 문학을 문학이게 하는 식별체계는 무엇이란 말인가?)의 다음 장면들은 5월 항쟁이 한국의 예술에 어떤 변화를 불러일으켰는가에 대한 좋은 예가 된다.

형자는 겉장이 다 닳아진 잡지책을 갖고 왔다. 『대화』지였다. '불타는 눈물'이 어찌 석정남 하나뿐이겠는가.

"언니, 이런 글이라면 우리도 쓸 수 있겠네."

하고 순분이는 말했었다.

"글이란 게 별게 아니야. 혼자서 간직하기엔 너무 벅찬 것 있잖니? 또 공장에서 일하다 보면 화나는 일들이 많잖아. 그런 일들을 글로 쓰는 거지."

"그래두 글재주가 있어야지."

형자는 도서목록 중에서 책 한 권을 꺼내 보였다. 『난장이가 쏘아 올린 작은 공』. 순분이는 페이지를 넘겨 보았지만 너무 어려웠다.

"뭐가 뭔지 모르겠네. 언니. 분명히 우리 얘기 같기도 한데."

"이게 바로 글재주라는 거야. 우리 얘기를 이상하게 써 놓았잖아. 우리 얘긴 우리가 써야 되지 않겠니?"

그래서 그녀들은 작은 책자를 만들었다. 시도 있었고, 수기, 고향으로 보내는 편지, 수필 등등이 실렸다. 형자의 의견으로 이름을 모두 떼었다.[11]

---

11) 홍희담, 「깃발」, 『꽃잎처럼』, 풀빛, 1995, pp. 247~48.

"색다른 그림인데?"

"전태일 열사예요."

미숙이가 대답했다.

"새로운 형식이야. 예술도 달라지는 것일까."

"예술이 어떤지는 잘 모르겠고요. 이 판화를 그린 화가도 5월 항쟁에 참가했대요. 얘기하려는 것이 분명하고 값도 싸요."[12]

저 오래된 작품을 랑시에르를 따라 다시 읽어보자니, 1980년대 문학은 민중을 발견하고 주인으로 내세우고, 변혁 이념을 설파했기 때문에 진보적이거나 급진적인 것이 아니었다. 5월 항쟁이라는 거대한 '사건'에 대한 문학적 충실성이 실로 지배적인 예술적 식별체제를 붕괴 직전에까지 이르게 했다는 점, 그래서 민중 판화와 고흐 간의, 바흐와 노가바 간의, 조세희와 석정남 간의 구별을 무화하는 지점에까지 이르렀다는 데에 있다. 물론 홍희담의 「깃발」을 한국문학의 미래 완료라고 말하는 것은 아니다. 나는 「깃발」을 문학 작품으로서가 아니라 하나의 사료로서 인용했다. 랑시에르가 말하는바 '사물들에게도 말하게 하는 문장' '의미화를 거부하며 이유 없는 사태들이 만드는 분자적 민주주의'[13] 같은 것, 혹은 "볼 수 있는 것, 사유할 수 잇는 것 그리고 가능한 것의 영토를 재지형화하는 데 적합한, 단어들과 이미지들의 몽타주로 이루어진 헤테로토피아들"[14] 같은 것을 일종의 사

---

12) 홍희담, 『깃발』, p. 288.

13) 자크 랑시에르, 『문학의 정치』, p. 51.

14) 자크 랑시에르, 『감성의 분할』, p. 56.

회과학적 역사 기술물인 「깃발」에서 찾을 수는 없기 때문이다. 그러나 「깃발」이 당시 전대미문의 사건으로서의 오월 항쟁 앞에서 인민들이 어떤 방식으로 지배적인 예술적 식별체제에 개입하고, 어떤 방식으로 굳어진 감성 분할 체계에 도전했는가를 기록하고 있다는 사실에는 변함이 없다. 항쟁 이후로 1980년대 내내 한국문학은 바로 그 사건에 충실하고자 했던 주체들(바디우에 따르면 사건에 충실한 자만이 주체가 된다)의 고투의 역사였다. 노동자가 시인이 되고, 민중가요가 시어가 되고, 등단이라는 제도가 무화되고, 무크지와 동인지 들이 게릴라전을 방불케 하는 이합집산을 계속하고, 파괴를 양식화하겠다는 시인이 등장하고(따지고 보면 해체시와 민중문학은 한 사건에 대한 두 종류의 충실성에 다름 아니었을 것이다), 소설이 르포가 되는 사태, 그것은 '문학의 민주주의'였다.

5

그리고 사회주의권이 무너졌고 20년이 지났다. 그간의 상황은 전술한 그대로, "분노자본의 고갈"[15] 상황이 완전히 전 세계를 지배하게 되었다. 지상의 어느 곳에서도 혁명은커녕 이제 그럴듯한 '사건' 하나도 발생할 것 같지 않을 만큼 전 지구적 자본주의는 전일적 지배체제를 완성해가고 있다. 희망과 전망을 잃지 않는 것, 비관에 빠지지 않고 사태를 냉철하게 관찰해 이로부터 대안을 모색해 나가는 것

---

15) 슬라보예 지젝, 「민주주의에서 신의 폭력으로」, 『민주주의는 죽었는가?』, p. 181.

이 비평가의 임무인지는 모르겠으나, 주위를 둘러보면 남아 있는 것이 없다. 충실하려도 충실할 사건이 발생하지 않고, 발생할 것 같지도 않고, 마르크스가 예언했고 신동엽이 꿈꾸었고 노무현이 잠깐 보여주었던 세상은 한갓 일장춘몽인 것만 같다. 거론하자니 성석제, 김영하, 박민규, 이기호, 박형서, 윤이형, 최제훈 같은 민주 투사들이 아우어바흐가 규칙화한 소위 '스타일 분리의 원칙에서 스타일 혼합의 원칙으로'라는 오래된 경향을 관철시키면서, 고급 문학의 식별체제를 부수고 넓히고 여느라 고군분투하고 있다고는 하나, 그들을 추동하는 것은 피와 고통으로 물든 분노 자본이 아니라, 시니시즘과 절망으로 물든 냉소 자본인 듯만 싶다. 요컨대 한국문학의 미래, 어둡다는 말이다.

# 문학, 사건, 혁명: 4·19와 한국문학
## ─백낙청과 김현의 초기 비평을 중심으로

## 1. 무너진 극장에서

1968년 박태순은 「무너진 극장」에서 4·19 당시 거대한 '사건' 앞에 선 자의 혼란스러운 감정을 이렇게 묘사한다.

극장 안에 이루어져 있었던 여러 형상물들은 점점 망가져서 쓰레기 더미로 화하였다. 말하자면 추상물이 되어가고 있었다. 열을 지어 뻗어 있던 의자들은 사람들에 의하여 파괴되어 의자로서의 기능을 분해당했다. 의자는 다만 약간의 금속판과 나무의 합성 제품으로 구성된 것에 불과한 것이었다. 그것은 마치 괴팍한 화학자가 이 세상의 물질이 무엇으로 되어 있는가를 실험할 적에 내보이는 원소와 원자에의 회귀와도 같은 것인지도 모른다. 또는 사실화만 그리던 사람들이, 그런 객관의 질서를 무너뜨려서 추상화, 초현실화를 그리지 않을 수 없었던 때의 그 와해 감정과 같은 것인지도 모른다. 사람들은 관람석을 분해시켜 그곳의 효용 가치를 파괴시키는 무질서에의 작업을 열렬한 흥분 속에서 감행하고 있었다. [……] 그리하여 사람들은 이러한 파괴에서 묘한 쾌감조차 느끼고 있는 것이었으나, 반면에 붕괴되고 있는 저 굉음에 대하여는 어떤 본능적인 공포를 자극받았다. 그들은 공포를 느낄수록 더욱 집착하고 있는지 모른다. 어떤 절망 같은 것, 이 세계가 이것으로 끝나버릴지도 모른다는 아득한 허탈감 속에 너무나도 깊이 빨려들어가 있었다.[1]

흔히 4·19를 두고 별 자의식 없이 우리 현대사를 획한 거대한 '사건'이라고 부르곤 하거니와, 그 사건성의 내포는 아마 저와 같을 것이다. 바디우에 따르면 '사건'이란 간단히 말해 "상황·의견 및 제도화된 지식과는 '다른 것'을 도래시키는 것"[2]이다. 이미 주어진 것, 이미 굳어진 채로 어떠한 진리 산출적 공정procédure도 가동시키지 못하는 '의견'들만이 난무하는 상황에 대해 '잉여적 부가물'로서의 어떤 것이 발생한다. 그것은 의견들 속에서는 한 번도 고려의 대상이 되어본 적이 없는 절대적 외부라는 점에서 '잉여적 부가물'이고, 우리로 하여금 기존과는 완전히 다른 존재 방식을 요구한다는 점에서 '사건'이다. 사건은 그런 방식으로 멈춰버린 진리 산출적 공정을 가동시킨다. 그런 의미에서 만약 4·19가 사건이었다면, 그것은 거기에 으레 따라붙곤 하는 '시민의식의 개화' '주권적 시민의 탄생' '민주적 국민국가의 정립' 등과 같은 상식화된 수사들 때문이기보다는, 가령, 의자에 대한 관습화된 인식을 깨뜨리고 그것이 "약간의 금속판과 나무

1) 박태순, 「무너진 극장」, 『무너진 극장』, 책세상, 2007, pp. 303~04.
2) 알랭 바디우, 『윤리학』, 이종영 옮김, 동문선, 2001, p. 84.

의 합성 제품"에 불과하다는 충격 속에 우리를 빠뜨렸기 때문이다. 또한 "사실화만 그리던 사람들이, 그런 객관의 질서를 무너뜨려서 추상화, 초현실화를 그리지 않을 수 없었던 때의 그 와해 감정", 곧 이전의 식별체제를 부수고 감성적인 것이 새롭게 분할되는(랑시에르) 인식적 공백 상태를 가져왔기 때문이다. 물론 그러한 인식적 공백 상태는 공포와 불안을 유발할 것인데 박태순이 "무질서에의 작업" "열렬한 흥분" "파괴의 쾌감" "본능적인 불안" "아득한 허탈감" 등등의 말들로 표현하고자 한 것도 아마 그것일 것이다. 만약 바디우가 정의한 대로 '윤리'를 사유할 수 있다면 바로 그 복합적인 충격 상태에 충실하는 것, 곧 사건에 충실하는 것, 그것이다. 그러나 박태순은 끝내 그러지 못했던 것 같다. 그는 「무너진 극장」의 말미를 두 차례에 걸쳐 수정한다. 그리고 그 수정 작업은 안타깝게도 어떤 목적론적 도식에 의한 '사건의 의견화' 과정처럼 보인다.

그러나 우리는 나이를 먹어갔으며, 어떤 철학자의 말처럼 '한 순간의 흥분을 너무 과대평가하여 기억하는 것의 무의미함'을 어느덧 배우기 시작하였으며 우리가 힘들여 끌어올렸던 그 무질서의 위대한 형식이 역사성 속의 미아처럼 다만 한 순간의 고립에 불과하고 말았음을 보았다. 그것은 마치 그날 밤에 우리가 저질렀던 그 놀라운 긴장감의 파괴가 시시한 것이지나 않았는가 하는 부당한 생각조차 가져다 줄 때가 많은데, 물론 거기에 대해서는 나의 사적인 느낌으로 완강히 부인해 두는 수밖에 없을 것이었다. 마치 진실을 엿본 듯한 느낌으로……[3)]

그러나 우리는 얼마 안 가서 어떤 철학자의 말처럼 '한 순간의 흥분을 너무 과대평가하여 기억하는 것의 무의미함'을 배우기 시작하였으며 우리가 힘들여 끌어올렸던 그 무질서의 위대한 형식이 역사성 속의 미아처럼 다만 한 순간의 고립에 불과하고 말았다고 주장하는 세력이 여전히 의연히 버티고 있음을 보았다. 그것은 마치 그 날 밤에 우리가 이룩하였던 그 놀라운 긴장감의 파괴를 부정하고 모든 변혁과 가치를 부정하는 것처럼 보이는데, 물론 거기에 대해서는 우선 나 자신으로부터 완강히 부인해 두는 수밖에 없을 것이다. 그러니까 인생과 사회와 역사에 대한 진실을 엿보는 듯한 느낌으로……[4]

그것은 마치 그 날 밤에 우리가 이룩하였던 그 놀라운 긴장감의 파괴를 부정하고 모든 변혁과 가치를 부정하는 것처럼 보이는데, 물론 우리는 결코 속아넘어가지 않을 뿐 아니라 혁명은 의연히 계속 진행 중임을 도리어 확인하는 것이다. 그러니까 인생과 사회와 역사에 대한 우리의 시련이 도리어 그때부터 출발되고 있었던 듯한 느낌으로……[5]

『월간중앙』에 처음 발표되던 당시 「무너진 극장」의 결말에서 "그 무질서의 위대한 형식"이 "다만 한순간의 고립에 불과하고 말았음을" 본 주체는 '우리'였다. 그러나 정음사판에서 그 주체는 어떤 "세력"으로 타자화된다(흔히 그런 식으로 주체의 죄는 타자에게 전이되는 법이다). 유사하게 "저질렀던" 파괴가, "이룩하였던" 파괴로 가치 상승하고(그러나 사건이란 이룩하는 게 아니라 저지르는 것이 아닌가! 그러니

3) 박태순, 「무너진 극장」, 『월간중앙』 1968년 6월호, p. 419.
4) 박태순, 「무너진 극장」, 『무너진 극장』, 정음사, 1972, pp. 368~69.
5) 박태순, 「무너진 극장」, 『무너진 극장』, 책세상, 2007, p. 315.

까 주체가 통제할 수 없는 방식으로 절대적 외부처럼 도래하는 것이 아니던가!), 그날 개시되었던 "진실"(바디우라면 사건에 의해 개시되는 '진리'라고 불렀을!)은 이제 구체적으로 (실은 목적론적으로!) "인생과 사회와 역사에 대한 진실"로 고정되고 전미래 시제의 자격을 부여받는다. 급기야 2007년의 책세상판에서는 사건이 주는 불안과 공포, 인식적 충격 상태를 묘사한 모든 어휘는 사라지고 "결코 속아넘어가지 않"겠다는 단호한 의지와 "인생과 사회와 역사에 대한 우리의 시련이" 바로 그때부터 시작되었다는 선조적 역사의식이 견고하고 차가운 문장의 옷을 입고 (사건성이 삭제된 채로) 그 자리를 차지한다. 박태순에게 있어 4·19는 그런 방식으로 향후에 도래할 그러나 현재에는 부재하는 최상급의 어떤 상태, 그 위대한 소실점을 향한 여정 중에 발생한 하나의 에피소드가 된다. 역사적 원근법이 탄생하는 순간이다.

## 2. 어떤 원근법

원근법이란 말은 전혀 비유가 아니다. 게다가 계보도 있다. 가령 백낙청은 「무너진 극장」이 발표되던 때와 비슷한 시기에 이와 유사한 용법으로 원근법에 대해 말한 적이 있다.

18세기에 대한 비판에는 사실이 아닌 이야기가 섞여드는 경우도 없지 않다. 혹은 후일의 반계몽주의적 세대에 의한 명백한 왜곡이 있는가 하면, 혹은 18세기와 그 이후의 차이만 생각하고 18세기와 그 이전의 차이를 소홀히 하는 데서 오는 원근법의 착오, 또 18세기 훨씬 이전부터 18세기 훨씬 이후까지를 어떤 공통점에서 볼 수 있는 안목의 결여가 개재하고 있는 수가 많은 것이다.[6]

인용문이 지시하는바, 백낙청에게 정당한 역사적 원근법이란 역사의 선조성에 대한 인정과 같다. 이 말은 백낙청이 여러 계몽주의 비판자들이 보여주는 원근법의 착오를 지적하면서 극구 구해내려고 애쓰는 '이성'에만 국한되는 이야기가 아니다. 「시민문학론」을 집필하던 당시 그는 샤르댕의 사도였던 것처럼 보이는데, 세 차례나 자세히 거론되는 샤르댕의 우주진화론을 그는 이렇게 요약한다.

인류역사 및 인류사회의 출현이야말로 진화하는 우주의 역사에서 지구의 형성이나 지구에서의 생명의 탄생에 비할 만한 획기적인 사건이요 가장 새로운 형태의 진화로 보아야 된다는 것이다. 동시에 인류 자체가 하나의 미완의 종이요 우리가 아는 인류역사는 생명의 보다 높은 단계, 인간 각자가 보다 더 인격화되면서 하나의 사회로서 전체화되는 단계를 향한 진화의 첫 걸음에 지나지 않는다는 통찰을 그는 내세우고 있다. 이러한 관점에서 볼 때 오늘날 정체 모를 열병처럼 전세계를 휩쓸고 있는 민주주의에의 집념은 한 동물학적 집단으로의 인류가 자신의 우주진화사적 위치를 어렴풋이나마 인식하고 이에 고무되어 있다는 증상이라 할 수 있다. 즉 스스로를 조직화함으로써 더욱 고차원의 인격화를 이룩할 수 있다는 인류의 〈진화의식〉 내지 〈종의 의식〉이야말

---

6) 백낙청, 「시민문학론」, 『민족문학과 세계문학』, 창작과비평사, 1978, p. 19.

로 오늘날 민주주의 이념의 배후에 있는 추진력인 것이다. 그리하여 〈자유·평등·우애〉의 진정한 의미도 적어도 이론적으로는 우주론적인 근거 위에서 명확히 정립될 수 있다.[7]

물론 진화란 나은 상태로 나아감을 의미한다. 우주 진화의 최종 단계에 인류사회의 출현이 있고, 인류사회 진화의 최종 단계에 시민 혁명의 이념인 자유와 평등과 박애의 완전한 실현이 있다. 인류의 '종의 의식'은 이러한 진화의 배후에 있는 추진력이다. 이어지는 문장들에서 그는 이러한 우주진화론을 한국의 역사에 대입한다. 진화의 각 단계는 갑오년 동학혁명, 기미년 3·1운동, 그리고 1960년의 4·19가 획한다. 이 각각의 정치적 사건들은 매번 성과와 한계를 동시에 가지는데, 그때의 성패를 가르는 기준은 미래에 있다. 우주 진화의 최종 지점, 곧 프랑스혁명과 함께 개시된 시민의식이 완전히 개화하여 "모든 세계진화적 세력이 〈사랑〉과 〈자유〉의 동의어로서 참다운 시민의식으로 일체화할 때", 그리하여 "인류가 현재의 인류로서는 개념화하기조차 힘든 어떤 높은 경지, 초인화라 부르건 성불이라 부르건 우리로서는 어렴풋이 짐작만 하거나 개별적인 은총의 순간에야 홀연히 깨칠 수 있는 어떤 경지에 함께 이르"[8]게 되는 순간에 진화는 완성된다. 말하자면 백낙청의 원근법은 그 선조성과 함께, 부재하는 미래의 최상급을 소실점으로 갖는 그런 원근법이다. 역사는 바로 그 최상급의 미래를 향해 나아가는 중이고, 그 최상급의 미래에 의해 과거와 현재의 개별 사건들은 의미화되고 평가되고 성패를 가르게 된다. 백낙청

---

7) 백낙청, 같은 글, p. 16.
8) 백낙청, 같은 글, p. 50.

이 보는 한국문학사는 바로 그러한 원근법에 의해 재배치된 문학사다.

그러나 본질적으로 연속되는 상황이라도 민주회복이 되고 국토통일이 될 때 민족사의 새로운 단계가 시작될 것이 확실하듯이, 19세기 후반 이래로 이어져온 민족문학의 역사도 중대한 고비를 여러 번 넘기면서 변화하고 발전해왔음을 본다. 극히 상식적이고 개괄적인 시기구분을 하더라도 동학농민전쟁과 갑오경장이 있은 1894년은 하나의 중요한 분수령을 이룰 것이고 식민지로 줄달음치던 때와 정작 식민지가 되고 난 다음이 구별될 것이며, 식민지시대의 문학을 말할 때 1919년의 3·1운동이 차지하는 획기적 중요성도 누구나 인정하는 것이다. 마찬가지로 1945년의 해방이 민족문학의 새로운 한 단계를 이룩했음은 더 말할 나위 없다.[9]

우주 진화의 종결을 향해 나아가는 발걸음에 있어 한반도 차원에서는 획기적인 장을 열게 될 사건이 민주회복과 국토 통일이다. 한국의 현대사는 바로 그 미래의 최상급 상태를 향해 전진하고 있는바, 1894년, 1919년, 1945년 그리고 1960년은 그 도정의 각 단계를 획하는 연대가 된다. 그러나 인용문에서 가장 걸리는 문구 하나가 눈에 띈다. "본질적으로 연속되는 상황이라도". 뒤집어 읽을 때 저 인용문은 사실은 다른 시기에 다른 형태로 일어났다 하더라도 본질에 있어서는 전혀 구별되지 않는 사건(에피소드란 의미에 가까운)들의 연속에 대한 서술에 불과하다. 이유는 그것들 모두가 도래할 최상급을 향해

---

9) 백낙청, 「민족문학의 현단계」, 『민족문학과 세계문학 II』, 창작과비평사, 1985, p. 14.

나아가는 도정이라는 점에서 똑같고, 도래할 최상급에 비추어 항상 미진하거나 부실하다는 점에서 똑같고, 그러한 동질화의 논리에 따라 그 사건성을 심하게 박탈당한다는 점에서 또한 똑같기 때문이다. 고진의 말처럼 원근법 또한 근대적 코기토의 산물이라면, 한 시대의 이성이 파악할 수 없는 상태로 도래하는 사건들은 원근법에 포착되지 않는 법이다. 소실점이 확정된 (혹은 확정되었다고 상상된) 이상 코기토는 그 소실점을 향해 사태들을 배치한다. 그러나 소실점을 향해 배치되지 않는 잉여가 사건일진대, 사건은 결코 원근법에 의해 포착되지 않는다. 바우만이 '설계도'와 '전망'(이것이 백낙청의 원근법, 아닌 근대적 역사주의 일반의 소실점이 아니면 무엇이란 말인가!)에 대해 말하고자 하는 바도 그와 같을 것이다.

　형태 없는 원석 덩어리 안에 감추어져 있는 완벽한 형상에 대한 전망이 그것의 탄생 행위에 선행한다. 쓰레기는 그러한 형상을 숨기고 있는 포장이다. 그러한 형상을 드러내 우리 눈앞에 나타나게 하고 진정한 조화와 아름다움 속에서 완성된 형태를 감상하려면 먼저 형상을 둘러싸고 있는 것을 풀어야 한다. 어떤 것이 창조되려면 다른 어떤 것이 쓰레기가 되어야 한다. 포장——창조 행위의 쓰레기——은 바닥에 쌓여 조각가의 움직임을 방해하지 않도록 벗기고 찢어서 버려야 한다. 쓰레기 더미 없는 예술 작업장은 없다.[10]

　현대사는 설계하기의 역사이자, 자연에 맞서 진행된 꾸준한 정복전

10) 지그문트 바우만, 『쓰레기가 되는 삶들——모더니티와 그 추방자들』, 정일준 옮김, 새물결, 2008, p. 50.

/소모전에서 시도되고 퇴색되고 폐기되고 버려진 설계도의 박물관/묘지였다.[11]

전망은 결단코 미래 시제란 점에서, 그리고 최상급일 수밖에 없다는 점에서, 그것이 지시하는 장소는 항상 부재다. 그리고 그러한 전망을 소실점 삼아 그려진 근대의 수많은 설계도들은 그 설계에 따라 현재와 과거를, 다루어야 할 재료와 소재를 취사하고 선택하고 배제한다는 점에서 쓰레기를 양산한다. 설계도가 질서를 만든다는 말은 진실이지만, 질서가 만들어지는 만큼 그 질서 바깥에는 쓰레기가 쌓인다는 말도 진실이다. 질서란 질서 외부의 것을 쓰레기로 치부하는 속성을 가지고 있기 때문이다. 그리고 백낙청의 원근법 내에서, 그리고 박태순의 원근법 내에서 쓰레기로 내버려진 것, 그것은 사건들의 사건성 자체다. 왜냐하면 사건이란 항상 질서에 대해, 의견에 대해, 이미 주어진 상황에 대해 잉여적인 것들이어서, 설계도를 위협할 수는 있으되 설계의 대상이 될 수는 없기 때문이다.

## 3. 혁명과 문학

원근법이 비평을 지배하게 되자, 백낙청의 비평에서 사라지는 것은 형식에 대한 고려다. 종종 지적되는 것처럼, 백낙청의 비평에는 작품에 대한 나이브한 패러프레이즈만 있을 뿐 형식 분석이 거의 존재하

---

11) 지그문트 바우만, 같은 책, p. 53.

지 않는다. 가령 "한용운의 『조선불교유신론』 자체가 철저한 시민적 자각에서부터 씌어졌음은 그 서론에서부터 드러난다"(「시민문학론」, p. 48)라고 하며, 논문과 문학 작품의 구분 없이 그 내용에 있어 시민의식의 철저성 여부를 작품 평가의 유일한 척도로 삼을 때, 최인훈의 형식 실험을 두고 작가의 결함이라고 일축하면서 오히려 그의 장점은 "작가 자신의 소시민적 한계를 비판하고 넘어서려는 노력"(「시민문학론」, p. 64)이라고 말함으로써 작품 분석을 작가의 의식에 대한 평가로 대체할 때, 김수영 시의 원숙함이 아니라 시인 자신의 "원숙한 시민의식"을 상찬할 때(「시민문학론」, p. 70), 항상 그가 문제 삼는 것은 작품의 형식이 아니라 작가의 의식이다.

이러한 편내용적 비평의 저변에 예의 그 원근법이 있음은 물론이다. 하나의 정치적 사건이 발생한다. 그 정치적 사건은 그 사건을 사건으로서 체험한 (사건과 함께 탄생한) 주체들에게 사건에 대한 충실성, 곧 윤리를 요구한다. 윤리적인 작가는 해당 사건이 주체에게 요구하는 바 의식의 상승(가령 시민의식의 획득)을 이루고, 그렇지 못한 작가는 불충분하게, 한계적인 방식으로만 사건에 반응한다(가령 소시민의식에의 함몰). 충분하게 혹은 불충분하게 상승한 작가의 의식이 작품에 투영된다. 작품은 그리하여 시민의식에 투철한(한용운, 김수영) 작품이 되거나, 미진하게 투철한(최인훈, 김승옥) 작품이 된다. '정치적 사건 → 작가의식의 상승 → 작품의 질'이라는 단순한 도식이 성립한다. 이 와중에 작품의 형식을 논할 계제는 없다. 그러나 도대체 문학 작품을 문학 작품이게 하는 특성 그것은 무엇인가? 한용운의 「조선불교유신론」과 「님의 침묵」을 가르는 기준은 무엇인가? 언어의 운용, 곧 형식이 아닌가?

질문을 다른 식으로 던져보자. 정치적 사건은 매개 없이 문학적 사건이 될 수 있는가? 바디우 식으로 말해 전혀 다른 진리 산출 공정에 속하는 정치와 시는 하나의 사건에 의해 공히 공정을 개시하는가? 정치의 진리와 시적 진리는 같은 것인가? 정치적 목표와 문학적 목표는 같은 장소에서 같은 방식으로 같은 단계를 밟아 실현되는 것인가? 백낙청이 고려조차 하지 않는 질문들이다. 반면 회고가 사실이라면 최인훈은 혁명 당시부터 고려했던 질문들이다.

그러나 나는 지금도 살아 있는, 지식인이라는 차원에서는 불변의 요소이고, 예술가의 경우엔 지식인 가운데서도 가장 양보 없는, 단 이것은 예술이라고 하는 실험실 조건을 확실히 자각하는 입장에서, 그러니까 기초 생물학의 연구에서는 위생 조건이 보통 생활에서는 있을 수 없을 만큼 병적인 뭔가를 했을 때, 전기기기를 다룰 때 지켜야 할 온도, 기압, 항균 등 실험의 외연적 조건을 충분히 지킨다는 입장에선 예술의 심미적 법칙도 바로 그런 게 아닌가 합니다. 그걸 항상 점검하고, 우리가 실험실 속에서 확인했던 그 원칙이 우리 분야 바깥에, 이를테면 정치, 경제에 그대로 수평 이동된다는 환상을 늘 경계하면서 할 일을 하면 되지 않을까 하는 거죠.[12]

최인훈이 말하는 정치와 미학의 '실험실'을, 각각 조건을 달리하는 두 가지 진리 산출 공정이라 번역해보자. 최인훈은 정치적 사건이 촉발하는 과업과 미학적 사건이 촉발하는 과업이 다르다는 사실, 나아

---

12) 김치수·최인훈 대담, 「4·19정신의 정원을 함께 걷다」, 『문학과사회』 2010년 봄호, p. 326.

가서는 정치적 사건이 매개 없이 그대로 문학적 사건이 될 수는 없다는 사실을 지적하고 있다. 하나의 정치적 사건은 그것에 충실하고자 하는 주체들에게 윤리를 요구하거니와, 그런 주체들 모두가 시인이나 작가나 비평가로서 발언하는 것은 아니다. 4·19라는 정치적 사건이 그것에 충실하고자 하는 당대 한국의 시민들에게 원숙한 시민의식을 요구하는 것은 사실이겠지만, 그렇게 각성한 시민들 모두가 시를 쓰게 되는 것도 아니다. 어떤 문학적 사건이 따로 발생하거나, 혹은 정치적 사건으로서의 4·19를 문학적 사건이(도) 되도록 하는 매개 작용이 일어나지 않는 한 문학과 혁명의 관계는 규명되지 않는다. 이광호의 어법을 빌리자면 "4·19의 정치사회적 모더니티와 1960년대 이후의 한국문학의 미적 모더니티가 원인과 결과의 관계일 수는 없다".[13]

그렇다면 결국 남는 문제는 정치적 혁명과 다른 문학적 혁명이란 무엇인가 하는 점이다. 문학의 자율성을 고려할 때, 문학에서의 혁명이 정치적 혁명의 결과로서 발생하는 것이 아니라면, 문학 고유의 혁명은 어떤 방식으로 일어나는가? 최근 문단의 이슈가 되는 주제이기도 하거니와, 랑시에르가 중요하게 부각되는 문맥이 여기다. 랑시에르에 따르면 문학의 정치는 작가의 정치가 아니다. 문학적 실천은 작가의 사회적 투쟁을 의미하지도 않는다. 저술을 통해 자신의 정치적

---

13) 이광호, 「4·19의 '미래'와 또 다른 현대성」, 『문학과사회』 2009년 겨울호, p. 334. 이어서 이광호는 이렇게 제안한다. "그렇다면 4·19를 복수의 의미를 가진 '사건'으로 이해할 수는 없을까? 4·19는 정치적인 사건이고 사회적인 사건이며, 동시에 문화적인 사건이며, 다른 층위에서 미학적인 사건이다. 이 사건들의 층위에서 어떤 위계가 있을 수 없다." 이처럼 4·19를 정치적 사건임과 동시에 미학적 사건이기도 하다는 방식으로 이해하자는 제안은 흥미롭다.

정체성(이를테면 시민의식)을 표상하는 행위도 아니다. 그에게 문학의 정치란 '언어를 통해 이루어지는 감성적인 것들의 분할에 대한 개입'이다. 언어는 항상 감성적인 것들을 분할한다. 물론 그 분할을 현재의 지배자들에 유리하도록, 혹은 그들에 의해 고안되고 고정된 분할이다. 문학은 바로 그 기분할된 감성적인 것들에 언어를 통해 개입함으로써, 즉 감성적인 것들을 재분할함으로써 혁명을 수행한다. 가령 플로베르는 그가 가진 정치적 진보성 때문에, 혹은 그가 정치적 투쟁에 행위로써 혹은 작품으로써 참여했기 때문에 문학적 혁명가의 반열에 오른 것이 아니다. 그가 이룩한 것은 문체의 혁명, 곧 언어를 통한 감성적인 것의 재분할이다.

이 와해 중에 가장 두드러진 부분은 주제와 인물 간 위계의 배제, 문체와 가장 두드러진 부분은 주제와 인물들 사이의 적절성이라는 원칙의 배제였다. 19세기 초엽, 워즈워드와 콜리지의 『서정민요집』 서문에서 공식화된 이 혁명적 원칙을 플로베르는 극단적 지점까지 밀고 간다. 더 이상 아름답거나 저속한 주제들이 있을 수 없다. 이는 보다 급진적으로 주제는 전혀 존재하지 않으며, 시작 구성에 있어 핵심적 역할을 했던 플롯 구성과 사상과 감정의 표현이 중요치 않게 되었음을 의미한다. 작품의 짜임새를 결정짓는 것은 문체이며, 문체야말로 "사물을 보는 절대적인 방식"이다. 문체의 절대화는 민주주의 원칙인 평등이 문학적 공식으로 변형된 것이었다. 이 절대화는 일상에 대한 행동의 우위라는 전통적 원칙의 파괴와 일상을 반복, 재생산하도록 운명지워진 헐벗은 존재들, 그리고 보통 사람들의 사회적, 정치적 지위 상승과 맞물려 있었다.[14]

플로베르는 소위 데코럼의 지배하에 있던 아리스토텔레스 이후의 '미메시스적 식별체제'에 균열을 낸다. 그의 문체 속에서 더 이상 아름답거나 저속한 주제는 없다. 다루지 못할 인물도 자연물도 없다. 쓰지 못할 어휘도 삼가해야 할 표현도 없다. 그런 방식으로 플로베르는 프랑스혁명이라는 정치적 사건이 촉발한 평등 이념을 문학적 사건으로 변형시킨다. 그의 문체와 함께 문학에 있어 감성적인 것이 재분할된다. 이제 누구나가 문학의 주인공이자 생산자이자 향유자가 되는 시대가 열린다. 요컨대 새로운 글쓰기 체제, 감성적인 것의 새로운 분할, 새로운 미학적 식별체제의 개시, 이것들이 문학적 혁명의 조건이자 요소들이다. 만약 4·19가 문학적으로도 혁명이었다면 과연 그것과 함께 이후 한국문학에서 그러한 일들이 일어났는지를 추적하는 것이 작가들의 시민의식이 얼마나 원숙했는가를 살피는 것보다는 필요하고도 유효한 작업일 터인데, 이른 시기 김현의 비평에서 종종 편린들처럼 발견되는 것이 바로 그것이다.

사실 생성의 역사 속에서 어느 한 위대한 시인이 혹은 위대한 집단이 어떤 식으로 양식화하면, 그러면 모든 현실은 그 양식화를 통해 바라보이게 된다. 그 양식화된 현실을 우리는 사실형이라고 부를 수 있을 것이다.

이 양식화의 경향은 새로운 현실을 보는 양식이 나타나지 않는 한, 계속해서 사회를 지배한다. 그리고 어떤 대립된 계급이라도 그것이 한 사회 속에 있다면 같은 양식화의 길을 밟는다.[15]

---

14) 자크 랑시에르, 『문학의 정치』, 유재홍 옮김, 인간사랑, 2009, p. 23.

세계를 양식화한다는 말을 랑시에르 식으로 감성적인 것을 재분할한다는 말로 이해해보자. 그리고 한 위대한 시인 혹은 위대한 집단을 플로베르나 신생 계급이라고 이해해보자. 그러면 소위 김현이 말하는 '양식화'란 문학적 사건, 곧 감성적인 것의 새로운 분할 방식의 출현이라 불러 마땅하다. 김현이 구상하는 문학사란 곧 감성적인 것의 분할과 재분할에 관한 역사다.

그는 작가의 시민의식이 얼마나 원숙한가를 묻는 대신 항상 이렇게 묻는다. "그렇다면 한국에서는 어떤 예술의 기술 방법이 가능한가?"[16] "그렇다면 다시 한 번 묻는 것이지만, 한국에서는 어떤 형태의 기술이 가능한 것일까."[17] 그러니까 그는 백낙청과 달리 정치적 사건이 매개 없이 작가 의식에 반영되었다가 작품으로 거처를 옮긴다는 단선적인 이해에 반대한다. 대신 그는 문학을 문학이게 하는 것, 그것은 곧 언어의 세계 표상 방식으로서의 형식이라고 주장한다. "한국 소설의 가능성은 고문하는 기술 형식을 발견하는 데서 찾아질 수밖에 없다"[18]는 그의 전언이 뜻하는 바가 아마 이것일 것이다. 그는 우리로 하여금 정치적 혁명이 어떤 방식으로, 어떤 글쓰기 방식을 통해, 어떻게 기존의 감성 분할 방식을 파괴하면서, 문학적 혁명으로 변형되는가를 고민하도록 한다.

---

15) 김현, 「한국문학의 양식화에 대한 고찰」, 『현대 한국 문학의 이론/사회와 윤리』 전집 2, 문학과지성사, 1991, p. 13.
16) 김현, 「한국 소설의 가능성」, 같은 책, p. 88.
17) 김현, 같은 글, p. 91.
18) 김현, 같은 글, p. 94.

## 4. 사건의 처소

김현이 우리에게 문학적 사건의 표상 방식에 대한 일단의 실마리를 제공해주고 있다고는 하지만, 정치적 사건으로서의 4·19가 문학적 사건으로 변형되는 지점이 어디인가에 관한 구체적 논의는 쉽게 이루어질 성질의 것이 아니다. 왜냐하면 사건이란 항상 명명할 수 없는 형태로, 틈이나 공백으로부터 발생하기 때문이다. 그러나 사건에 충실한 것이 또한 윤리라면 마다할 수만은 없는 과제가 또한 그것이기도 하다.

앞서 인용한 「무너진 극장」의 한 구절에는 4·19가 어떤 방식으로 문학적 사건일 수 있는가에 대한 단초가 (작가는 의식하지 못하는 채로) 제시되어 있다. "사실화만 그리던 사람들이, 그런 객관의 질서를 무너뜨려서 추상화, 초현실화를 그리지 않을 수 없었던 때의 그 와해 감정과 같은"이란 구절이 그것이다. 사건이란 굳어진 의견들과 상황 바깥에서 도래한다고 했다. 그것을 굳어진 원근법에 따라 선조적인 인과관계의 그물망으로 포착할 수는 없다. 사건은 항상 잉여다. 그럴 때 소박했던 사실화가는 감정의 와해를 겪지 않을 도리가 없다. 포착할 수 없는 것을 포착해야 한다. 문학은 몸살을 앓고, (김현의 표현을 따르면) 새로운 언어적 표상 방식을, (랑시에르의 표현을 따르면) 새로운 감성 분할 방식을 고안해야 한다. 그럴 때 정치적 사건은 또한 문학적 사건이 된다. 여기 그러한 사례들에 대한 몇몇 보고들이 있다.

우선 이제는 거의 관용적 수사가 되어버린 평문 「감수성의 혁명」에서 일찌감치 유종호가 보고한 김승옥의 사례가 있다.

주인공의 감수성으로 직결되어 있는 작가의 감수성, 자재로운 변화나 갑작스럽고 당돌한 전환, 첨예한 감성과 감각적 지각의 폭넓은 진폭, 항구적인 것에 대해서 순간적인 것을 우위에 놓는 태도는 요컨대 세상을 도회인의 눈으로 바라보고 현대 도회인의 과도히 긴장된 신경으로 외부인상에 반응한다는 점에서 도회인의 감수성이다.[19]

애기의 해체를 디디고 선 주인공이 외적 사상에서 촉발받는 생기 있는 인상, 과거와 현재를 일거에 넘나드는 기동성 있는 의식, 신경질적으로 섬세한 신경의 반응이 그대로 이 작품에서 가장 실속 있는 재미를 이루고 있다.[20]

가장 중요한 것은 속도와 변화에 있어서의 차이이다. 〈장 선 이런 날 밤이었네〉로 시작되는 허생원의 목가적인 유장조와 〈나〉의 자재로운 전환·변화·속도 있는 서술은 가장 대조적이다. 30년의 시간적 거리를 분명히 보여주는 감수성의 낙차에서 가장 두드러진 것은 도시와 시골 사이의 낙차다. 김승옥이 거둔 압도적인 공감—특히 도시 청년 사이에서의—이면에는 모더니스트들이 이루지 못한 도회의 서정과 우수와 신경의 시를 조성하는 데 그가 성공했다는 사실도 크게 작용했을 것이다.[21]

---

19) 유종호, 「감수성의 혁명」, 『비순수의 선언 : 유종호 전집 1』, 민음사, 1995, p. 428.
20) 유종호, 같은 글, pp. 426~27.
21) 유종호, 같은 글, pp. 428~29.

인용문들에서 유종호가 사용하고 있는 어휘들이 지시하는 바가 무엇인지를 헤아려볼 필요가 있다. "첨예한 감성과 감각적 지각의 폭넓은 진폭" "항구적인 것에 대해서 순간적인 것을 우위에 놓는 태도" "긴장된 신경으로 외부인상에 반응" "기동성 있는 의식" "신경질적으로 섬세한 신경의 반응" "속도와 변화에 있어서의 차이" "도회의 서정과 우수와 신경의 시" 등의 어구들은 작품의 의미론적 분석에 앞선 신경생리학적 분석을 방불케 한다. 물론 그것들이 공히 지적하고 있는 것은 감수성의 혁명, 곧 새로운 감성 분할 방식의 등장에 관한 것이다. 백낙청에게는 과도한 소시민의식의 소유자로서 비판받았던 김승옥이 유종호에게는 전혀 다른 문학적 식별체제를 출범시킨 1960년대 한국의 플로베르가 되는 기이한 풍경이다. 두 비평가의 관점 차이는 명백하다. 정치적 사건이 제기한 임무에 따라 작품을 평가하는가, 아니면 정치적 사건이 문학적 사건으로 변형되는 지점을 포착하고 그것이 이루어지는 방식을 기술하는가 하는 점이 그것이다. 만약 문학에도 혁명이란 것이 있다면, 그것은 후자의 방식으로만 일어날 것이다.

권명아는 그런 사태를 최인훈의 「구운몽」에서 본다. 그는 먼저 "「구운몽」이 4월 혁명의 '문학적 유산'으로 적극적으로 평가되지 않은 것은 이 작품이 혁명의 문학적 계승에 주력하고 있지 않다는 점과도 관련이 깊다"[22]고 밝힌다. 사실 이 글에서 내내 논의해온 대로 "혁명의 문학적 계승"이란 불가능하다. 혁명은 매개 없이 문학적으로 계승되지 않는다. 문학이 혁명을 기록하는 것과, 문학이 스스로 혁명을 일

---

22) 권명아, 「죽음과의 입맞춤: 혁명과 간통, 사랑과 소유권」, 『문학과사회』 2010년 봄호, p. 279.

으키는 것은 다른 영역의 일이기 때문이다. 문학 자체가 혁명이 되어야 한다. 권명아가 보기에 최인훈의 「구운몽」은 그런 의미로 재해석될 수 있는 작품이다. 죽은 자가 촉발시킨 혁명, 죽은 자의 꿈으로서의 4월 혁명은 「구운몽」에 이르러 전혀 다른 기술 형식을 낳는다.

　살해당한, 죽은 자의 꿈에는 생애사적 시간과 공간이 없다. 15세에 죽은 소년, 봄, 차가운 강물을 헤엄치던 그 소년의 갈기갈기 찢긴 몸의 이야기는 생애사적 시간과 공간 속에 담길 수 없다. 그래서 그 시간은 계속 돌연한 결락, 파열이라는 형식에 담길 수밖에 없다. 그래서 「구운몽」의 꿈은 살아남은 자의 시간으로 환원될 수 없는 죽음의 경험을 되사는, 유일한 형식이다. 그래서 「구운몽」의 꿈은 철두철미하게 역사적 형식이다. 이 형식은 살아남은 자의 생애사적 시간으로 환원되는 한 그 죽음의 몸을 되사는 일이 불가능하다는 점을 환기한다. 그래서 꿈은 그 불가능함을 가능하게 하고자 하는 역사적인 실험이자, 혁명을 '다시 사는' 불가능한 실험이다.[23]

　생애사적 시공이 결락된 죽은 자(김주열이다)의 꿈, 돌연한 결락과 파열로 이루어진 꿈의 형식, 그럼으로써 죽어버린 혁명을 다시 사는 그 불가능한 실험을 수행하는 글쓰기의 수립, 그것이 바로 「구운몽」의 진정한 가치다. 권명아는 그렇게 말하고 있지 않지만, 그런 의미에서라면 「구운몽」은 4·19가 문학적으로도 혁명이었음을 증명하는 최초의 사례에 속한다고 해야 맞다.

———————

23) 권명아, 같은 글, p. 304.

다른 예로 강계숙이 보고하는 김수영의 사례도 있다.

　김수영은 이러한 혁명이 정치적 영역의 현실태일 수 없음을 이미 4·19에서 목격한 바 있다. 그는 「시여, 침을 뱉어라」에서 '시작의 영원한 반복'이라는 혁명 이념을 미학의 영역으로 이행시킨다. "시도 시인도 시작하는 것이다"라는 구절은 '온몸의 시학'의 명제 중 하나로, '시작(始作)을 시작(始作)하는 것'으로서의 영구 혁명은 예술에서만 가능하며, 예술만이 이러한 시작의 갱신을 실천할 수 있다는 테제의 정립은 새로움이 곧 시작이며, 새로움의 끊임없는 자기 혁신이야말로 예술의 목적이자 현대적 미임을 뚜렷이 한다. '시작＝새로움'이라는 등식은 김수영이 영구 혁명의 이념을 미학적으로 전유하면서 얻게 된 미적 가치 체계라 할 수 있다. 그는 이 등식에 자유라는 항을 덧붙인다.[24]

　강계숙의 논지에 따르면 사건으로서의 4·19가 정치적으로 좌절되고, 그 앞에 선 시인의 절망이 "혁명 이념을 미학의 영역으로 이행시킨다". 이 말은 정치적 사건이 어떤 방식으로 문학적 사건이 될 수 있는가에 대한 해명으로 읽어 무방해 보인다. 김수영에 의해 4·19는 좌절된 정치적 혁명에서 미학적 영구 혁명으로 자리를 옮긴다. 이후 김수영은 스타일의 "자코메티적 변모"를 지속적으로 추구함으로써 시에서의 영구 혁명을 수행한다. 다른 말로 하자면 정치적으로 좌절된 혁명이 김수영의 문학 속에서, 언어 속에서, 형식 속에서, 지속적으로

24) 강계숙, 「미적 전위가 탄생하기까지」, 『문학과사회』 2009년 겨울호, p. 382.

감성적인 것들을 재분할하면서 살아남는다. 문학이 혁명을 기록하는 것이 아니라 그 자체로 혁명일 수 있는 방식이 그 외에 달리 있을 것 같지는 않다.


## 5. 4·19와 문학의 윤리

'윤리'라는 말의 내포는 이즈음 그것에 대해 말하는 자들의 수만큼 이나 다양해서 함부로 거론할 어휘처럼 여겨지지 않는다. 그러나 이 왕 바디우의 논리를 빌려왔으니 그가 사용하는 어법에 따라 이 말을 '사건에의 충실성'이란 의미로 사용해보자. 4·19 이후 한국문학에 있 어 윤리란 무엇인가? 당연하게도 그것은 사건으로서의 4·19에 충실 하는 것 외에 다른 것이 아니다. 그러나 정치적 사건이 매개 없이 그 대로 문학적 사건이 될 수 없다는 점에 대해서는 이 글 내내 누누이 밝힌 바와 같다. 문학적 사건에 대한 충실성, 그것이 우리 시대 한국 의 문학인들이 4·19에 대해 취할 수 있는 윤리적 태도의 전부다.

최인훈이, 김승옥이, 김수영이 개시한 (명명 불가능한) 어떤 글쓰 기 체제가 존재한다. 그것들을 찾아내는 것, 그리하여 그것들을 공유 가능한 어떤 형태로 갈무리하는 것은 비평가의 윤리다. 그들이 촉발 한 글쓰기 체제를 따르고 이내 전복하는 것, 그리하여 그들이 했던 그대로 문학의 진리 산출 공정이 가동을 멈추지 않도록 하는 것, 그 것은 창작자들의 윤리다. 그러나 두 경우 중 어떤 경우가 되었건, 김 현을 경유하지 않기는 힘들어 보인다.

"문학사와 사회사는 분명히 구분되어야 한다. 문학사를 사회사로 대치시킨다는 것은 문학적 변모를 사회 변동으로 설명할 수 있다는 것을 뜻한다. 그렇다면 해답은 너무 자명해지며 문제를 제기하기도 전에 대답이 미리 주어지게 된다"[25]고 쓴 이가 김현이다. "어떤 것이 양식화된다면, 반드시 그 양식화에 대한 반발이 그 속에 내재하여 있지 않으면 안된다"[26]고 쓴 이가 김현이다. 아마도 그가 너무 일찍 가지 않았다면, 우리는 감성적인 것들의 언어적 분할에 관한 역사를 한국문학사의 이름으로 얻게 되었을 것이 분명하지만, 그가 그것을 남기지 못했으니 우리 시대 문학 하는 이들의 윤리는 김현에게 충실하기, 바로 그것일 것이다.

25) 김현, 「문학이란 무엇인가 2」, 앞의 책, p. 172.
26) 김현, 「한국문학의 양식화에 대한 고찰」, 같은 책, p. 15.

# 2부 증례와 징후들

사람들이 알지도 못하고 주목하지도 않는 것이 심장의 미로를 통해 밤을 배회하나니.

——괴테

# 살아 있는 시체들의 밤 1

## 1. 증기기관

애초에 머리도 없고 꼬리도 없는 글을 쓸 생각이었으므로, 윤성희의 「부메랑」[1]이나 김태용의 「포주 이야기」[2], 한유주의 「도둑맞을 편지」[3]나 정영문의 「어떤 작위의 세계」[4], 박형서의 「나는 『부티의 천년』을 이렇게 쓸 것이다」[5]나 김유진의 「숨은 밤」[6], 강영숙의 「문래에서」[7]나 김사과의 「움직이면 움직일수록 이상한 일이 벌어지는 오늘은 참으로 신기한 날이다」[8], 혹은 서준환의 「해몽」[9], 그도 아니면 프로

---

1) 윤성희, 『웃는 동안』, 문학과지성사, 2011.
2) 김태용, 『포주 이야기』, 문학과지성사, 2012.
3) 한유주, 『나의 왼손은 왕, 오른손은 왕의 필경사』, 문학과지성사, 2012.
4) 정영문, 『어떤 작위의 세계』, 문학과지성사, 2011.
5) 박형서, 『핸드메이드 픽션』, 문학동네, 2011.
6) 김유진, 『숨은 밤』, 문학동네, 2011. 이 작품은 이 글에 이어질 후속 글에서 다룬다.
7) 강영숙, 『아령 하는 밤』, 창비, 2011. 이 작품도 이 글에 이어질 후속 글에서 다룬다.
8) 김애란 외, 『제2회 젊은작가상 수상작품집』, 문학동네, 2011. 이 작품 역시 이 글에 이

이트나 사르트르나 롤랑바르트……, 그 어디에서 시작해도 좋았을 이 글을, 별다른 이유 없이 '증기 기관'에 대한 이야기로부터 시작해보자. 피터 브룩스P. Brooks의 말이다.

　미셸 세르가 주장했듯 18세기가 외부 힘의 전달을 위한 체계로서의 기계에 집착했다면 19세기에는 그 내부에 운동 자원을 지니고 있으며 (온도의) 차이, (연료의) 저장, 그리고 순환이라는 세 가지 원칙 위에 세워진 동력기motor에 매료되었다. 연소장치——전형적인 예로 증기기관——를 통해 작동하는 이 자족적 동력기는 또한 인간 욕망이라는 개념의 출현과 일치한다. 18세기에 라 메트리에에게 인간 기계 l'homme machine가 있었다면, 프로이트 시대에 이르러 우리는 인간 동력기l'homme moteur로 옮겨왔다.[10]

　저 문장들이 단순히 19세기에 일어난 물리학이나 공학, 혹은 심리학상의 변화만을 지칭하는 것이라고 이해해서는 곤란하다. 바로 저 증기기관을 브룩스는 19세기 사실주의 소설들에서도 다수 찾아낸다. 발자크의 『인간 희극』에서 주인공 뤼시앵의 열을 뿜는 방탕과 정력 소진 운동이 그 첫번째 예라면, 찰스 디킨스의 『돔비 부자』와 『고된 시절』에서 지칠 줄 모르고 반복되는 증기기관의 피스톤 운동이 그 두번째 예다. 그리고 졸라의 『인간 야수』에 등장하는 기관차, 『부인들의 행복에 관하여』의 압력용기, 『제르미날』의 증기 엘리베이터와 탄

어질 후속 글에서 다룬다.
9) 서준환, 『고독 역시 착각일 것이다』, 문학과지성사, 2010.
10) 피터 브룩스, 『플롯 찾아 읽기』, 박혜란 옮김, 강, 2011, pp. 78~79.

광, 『목로주점』의 알코올 증류기, 그리고 무엇보다도 『나나』의 불타는 성기 등등도 모두 브룩스가 19세기 소설에서 찾아낸 증기기관들이다. 19세기에 증기기관은 문학적 현상이기도 했던 것이다.

그러나 이 말은 단순히 증기기관이 당대 소설의 소재나 주제에 어떤 아이디어를 제공했다거나, 혹은 소설 속에 '반영'되고 '재현'되었다는 말과는 다르다. 당대 소설 작품들은 증기기관을 반영하거나 재현함으로써 소설 속 현실과 소설 밖 현실을 무매개적으로 동일시하는 대신, 아예 문학 내부로 증기기관을 들여온다. 스스로가 내부에 운동자원을 지닌 동력기, 즉 모터가 된다. 그 에너지가 플롯을 짜고 의미 있는 이야기를 만들어낸다. 가령 쥘리앵 소렐의 신분 상승 욕망, 엠마 보바리의 허영심도 유명한 증기기관이다. 내부의 증기기관이 내뿜는 에너지 없이 소설은 진행할 수 없다. 서사와 플롯은 욕망의 충족을 위한 에너지 요동의 결과다. 브룩스가 졸라의 작품을 두고 "졸라의 엔진은—발자크의 아귀 같은 인쇄기처럼—소설의 내러티브 동력기의 미장아빔mise en abyme이며 내러티브 운동의 원칙이 소설 안에 포함되어 있음을 분명히 진술해준다"라고 말할 때 의미하고자 했던 것도 이것일 것이다. 증기기관은 기차나 인쇄기만 아니라 내러티브의 동력이기도 하다. 그리고 독자의 리비도 에너지 집중을 유도하고, 인물의 삶을 요동치게 하고, 욕망이 만들어내는 삶의 굴곡을 인생이란 이름으로 정리 가능하게 한다는 점에서 그것은 프로이트가 말한 에로스, 즉 삶의 에너지를 닮았다.

그러나 그 역의 충동도 존재하는데, 에너지의 완전한 소진(주인공의 죽음, 욕망 실현의 완전한 실패 혹은 성공, 일종의 헛것으로서의 '대상 a'에 대한 깨달음, 독서 과정의 관습적 종결 등등)이 없다면, 소설은 끝날 수 없다. 그리고 우리는 끝나지 않는 소설, 그러니까 읽을 수 있는 문자가 더 이상 인쇄되어 있지 않은 마지막 페이지가 없는 소설책을 상상할 수 없다, 혹은 책의 뒤표지와 함께 그 운명을 다하지 않아도 좋은 그런 텍스트를 상상할 수 없다. 설사 보르헤스의 가상 소설 *April March*라 하더라도, 모든 소설에는 종결이 있는 법이다. 엔트로피의 법칙에 따라 모든 에너지는 소진되게 마련이고, 소설의 종결은 이제 더 이상 예의 그 증기기관이 작동하지 않는 어떤 상태와 함께 도래한다. 말하자면 소설은 또한 어떤 방식으로건 자신의 죽음을 향해 전진한다. 소설에도 라캉이 말한 일종의 '항상적 추동력'이 존재하는바, 그것은 프로이트가 말한 타나토스, 즉 죽음 충동을 닮았다.

그런 의미에서라면 우리는 소설을 일종의 유기체로 상상할 수도 있을 것이다. '잘 빚어진 항아리' 운운하던 신비평가들의 문학 신비주의를 반복하자는 말이 아니라, 소설에도 역시 모든 생명체와 마찬가지로 에로스와 타나토스, '쾌락원칙'과 '쾌락원칙 너머', 곧 자기 보존 충동과 종족 보존 충동(라캉의 말처럼 유성생식을 택한 생물에게 성 혹은 번식이란 곧 죽음이므로)이 존재하고, 그 둘 간의 길항이 서사(유기체에게는 삶, 혹은 인생)를 창출해낸다는 점에서 그렇다. 다시 브룩스의 말이다.

반복을 통해 텍스트에서 작용하고 있는 것은 죽음 본능이다. 쾌락원칙 너머에 그리고 밑에 이 플롯의 기본 노선 즉 기본 "충동"이 있는데, 이것은 텍스트에서 우리를 되돌리는 반복을 통해 감지하고 들을 수 있다. 그러나 반복은 또한 텍스트의 또 다른 전진 진행의 동인인 쾌락 원칙의 발산만족의 추구를 지연시키기도 한다. 전진 진행의 두 원칙이 지체, 지연의 공간을 생산하기 위해 서로에게 작용하는 신기한 상황이다……. 두 원칙은 각기 다른 방식으로 우리에게 끝의 필요성을 환기시켜주기도 하지만 연기를 통해, 그리고 연기로부터 쾌락을 주며 실제로 지연될 수 있다. 이 분명한 패러독스는 반복이 우리를 전진시키기도 하고 후진시키기도 한다는 사실과 한 몸을 이룰 수도 있다. 즉, 끝은 시작 이전에 존재하는 시간이다.[11]

인용문에서 브룩스가 말하듯이, 모든 텍스트는 결국 끝을 향해 진행한다는 점에서 텍스트의 기저에서 작용하는 충동은 '쾌락원칙 너머'의 죽음 충동이다. 그것은 존재 이전의 상태로 되돌아가려는 항상적 '반복'의 형태로 현상한다. 그러나 텍스트의 급격한 종결을 지연시키면서 쾌락원칙에 따라 만족스러운 욕망의 충족에 이르게 되기까지 죽음 충동의 실현을 유보하려는 원칙이 동시에 존재한다. 바로 그 원칙이 플롯과 서사를 만들어내는바, 유기체의 돌연한 죽음을 방해하면서 인생, 혹은 삶이라는 한 주기를 의미 있는 시간적 단위로 지탱시켜주는 자기 보존 충동이 소설 텍스트에서 작동하는 방식이 그와 같다. 그런 의미에서 소설은 잘 빚어졌다기보다는 오히려 모순적으로 빚어진 유기체다.

---

11) 피터 브룩스, 같은 책, p. 167.

## 2. 내가 죽은 지 1년이 지났다

애초에 머리도 없고 꼬리도 없는 글을 쓸 생각이었으므로, 이 글은 윤성희의 「부메랑」으로부터 시작해도 좋았을 텐데, 이 작품에는 주인공이 아직 완성하지 않은 두 개의 자서전 텍스트가 등장한다.

그제야 그녀는 자서전의 시작이 잘못 되었다는 것을 깨달았다. "나는 가을에 태어났다. 태몽은……" 그녀는 집으로 돌아가거든 그 첫 문장을 지울 것이다. 그리고 이렇게 쓸 것이다. "내가 죽은 지 1년이 지났다." 그래 거기서부터 다시 써야 해. 꽃집 여자가 그녀에게 손수건을 건네주었다. 그녀는 눈물을 닦았다. 손수건에서 생선 비린내가 났다.[12]

하나의 텍스트는 "나는 가을에 태어났다. 태몽은……"으로 시작한다. 다른 곳에서 화자는 그 태몽이 "금으로 된 복숭아씨가 하늘에서 비처럼 쏟아진" 꿈이었다고 말한다. 좀더 강력하고 효과적인 쾌락원칙의 실현을 위해서라도 몇 가지 사소한 환란이야 준비되어 있겠지만, 이 텍스트의 주인공이 겪게 될 인생은 삶의 에너지로 충만해 보인다. 신화적 탄생과, 얼마간의 유기 상태, 수련의 다른 이름인 일정기간의 고난과, 가족 로망스적 친부(모) 찾기, 그리고 그 와중에 모험과 사랑을 다 겪어야만 이 주인공은 죽음에 이를 것이다. 이것은

---

12) 윤성희, 「부메랑」, 같은 책, p. 148.

시작하는 텍스트고, 욕망하는 텍스트고, 삶의 텍스트고, 의미 있는 종결을 향해 유보적으로 전진하는 텍스트다.

다른 하나의 텍스트는 "내가 죽은 지 1년이 지났다"라는 문장으로 시작한다. 이야기가 시작되었으나, 주인공은 이미 죽은 상태다. 삶이 끝났으므로, 그가 더 누릴 것은 지상에 없어 보인다. 버려지지도 돌아오지도 사랑하지도 모험하지도 못할 것이다. 이것은 끝내는 텍스트이고, 욕망을 철회하는 텍스트고, 죽음의 텍스트고, 시작이 곧 종결인 텍스트다.

아마도 모든 서사적 텍스트는 이 두 텍스트 사이 어디쯤에 위치할 텐데, 작품집 『웃는 동안』에 실린 대부분의 작품들은 윤성희가 전자에서 후자로 이행하고 있음을 감지하게 한다. 윤성희의 이전 소설들을 가장 잘 요약하는 두 어휘가 있었다. '유머'와 '감정지출의 경제'가 그것인데, 이 두 용어는 공히 그간 윤성희 소설들이 어떤 방식으로건 쾌락원칙을 실현하는 텍스트였음을 암시한다. 가장 열악한 상태에서도 웃기, 웃음으로써 과도한 감정의 지출을 피해 가기, 그것이 유머라면 유머는 쾌락원칙의 실현 도구이다. 그런데 『웃는 동안』의 작품들은 사뭇 다르다. 여기 마치 윤성희 소설집을 염두에 두고 쓴 것처럼 정확하게 『웃는 동안』을 요약하는 지젝의 문장들이 있다.

그러므로 지불되지 못한 상징적 부채는 어떤 의미에서 우리의 경험을 구성한다. 우리의 상징적 존재 자체가 하나의 '타협 형성', 만남의 연기인 것이다. 막스 오퓔스의 멜로드라마 〈미지의 여인에게서 온 편지〉에서 상징적 회로를 실재계의 만남과 연결하는 이 고리가 완벽하게 예화된다. 영화가 시작하는 바로 그때 '편지가 목적지에 도착'하여 주인공을 부인된 진실과 대면시킨다. 즉, 그에게는 오직 희미하게만 기억되는 일련의 연결되지 않은 짧은 연애 사건들이었던 것이 한 여인의 삶을 파괴하였다는 진실……. 그는 자살적인 몸짓을 통해 이것에 대한 책임을 떠맡는다. 그가 질 것이 뻔한 결투를 피하지 않음으로써 말이다.[13]

지젝의 표현을 빌려오자면 『웃는 동안』에 실린 대부분의 작품들은 마치 막스 오퓔스의 영화 「미지의 여인에게서 온 편지」의 주인공이 그러는 것처럼, '지불되지 못한 상징적 부채'를 청산하려는 주인공들의 노년 혹은 사후 이야기로 이루어져 있다.

「5초 후에」 「공기 없는 밤」 「부메랑」 「매일매일 초생달」 「웃는 동안」의 주인공들이 반복하는 크고 작은 도적 행각들, 「느린 공, 더 느린 공, 아주 느린 공」의 인물들이 반복하는 샤워와 쇼핑, 「구름판」의 주인공이 반복하는 멀리뛰기 같은 증상들은 모두가 일종의 타협 형성으로서의 강박증이다. 이 증상들 이면에는 자신이 언젠가 타인에게 가했던 결정적인 위해를 상징적으로 회피하려는 무의식적 의도가 숨어 있다. 인생 말미, 죽음을 준비하는 윤성희의 늙은 주인공들이 대면하게 되는 것이 바로 그 상징적 부채가 가리고 있는 '실재'다. 그들이 무의식적이나마 스스로 삭제해버림으로써 만남을 연기시킨 어떤 기억이 있다. 그것은 타인에게는 틀림없이 트라우마였을, 심지어 타인을 죽음으로 몰아넣기도 했던 그런 종류의 기억이다. 비열하게 빌려놓고 갚지 않은 돈, 먼저 죽은 아들에게 가혹했던 젊은 날, 어린 날

---

13) 슬라보예 지젝, 『당신의 징후를 즐겨라! : 헐리우드의 정신 분석』, 주은우 옮김, 한나래, 1997, p. 68.

친구에게 가한 왕따질, 경제적 착취 같은 것들이 그것이다. 그것들이 명확해지지는 않는 채로, 그러나 뇌리에서 떠나지도 않는 채로 강박과 불안으로 그들을 반복적으로 내몬다. 어떤 청산에의 예감, 죄책감과 불안의 되풀이, 곧 '반복'이 『웃는 동안』에 실린 작품들의 서사를 추동하는 에너지다. 그리고 그 반복의 최종적인 해소, 일종의 결여로서 존재했던 실재와의 대면(억압된 것은 '부메랑'처럼, 그것을 던진 이에게 정확하게 회귀한다)은 곧 주인공의 죽음을 의미한다.

프로이트나 라캉이 (죽음) 충동을 발견한 것이 바로 이 반복 강박에서라는 점은 의미심장한데, 예의 그 두 종류의 텍스트들 중 '내가 죽은 지 1년이 지났다'로 시작하는 텍스트가 자서전의 원본으로 확정되는 이유도 여기에 있을 것이다. 이 지점에서 윤성희의 텍스트는 홀쩍 쾌락원칙에 봉사하는 '감정지출의 경제'를 뛰어넘는다. 윤성희 소설에서 '증기기관'은 이제 상징적 경험들의 여백에서 입을 벌린 채로 강한 흡입력을 과시하는 '실재'로 대치된다. 그것은 내뿜는 텍스트가 아니라 빨아들이는 텍스트고, 팽창하는 텍스트가 아니라 수렴하는 텍스트고, 열렬하게 탄생하는 텍스트가 아니라 삶을 청산하는 텍스트다. 그러자 특유의 유머도 이제 감정의 지출을 통어하지 못한다. 그리고 물론 이 두 텍스트의 차이는 19세기와 20세기 이후의 차이이기도 하다.


## 3. 도둑맞을 편지

그 기원에서 드러나듯이 동화는 전형적으로 19세기의 산물이다.

동화만큼 철저하게 쾌락원칙(욕망의 상상적 실현)과 현실원칙(교육과 계몽)에 봉사하는 서사물도 달리 없다. 그러므로, 이 글은 동화의 불가능성 자체를 글쓰기의 동력으로 삼은 한유주의 소설 「불가능한 동화」로부터 시작했어도 좋았을 것이다. 아니 그보다는 아직 씌어진 적이 없었고, 읽힌 적도 없어서 라캉의 말과는 달리 수신인에게 결코 도착할 리가 없는 「도둑맞을 편지」에 대한 이야기로부터 시작해도 좋았을 것이다. 비유컨대 윤성희가 첫 줄만 써놓은 그 죽은 자의 자서전을 오래전부터 써온 작가가 한유주다. 비단 주인공의 생물학적 죽음에 관해 말하는 것이 아니다. 증기기관이 사라진 기차는 어떻게 달리는가, 삶의 충동을 삭제해버린 텍스트는 오로지 죽음 충동만으로 어떻게 나머지 백지들을 채우는가에 관한 이야기다. 기관차는 제자리를 달리고, 서사는 진행하지 않는다. 욕망은 인물에게서도 독자에게서도 발생하지 않고, 따라서 플롯의 지연과 의미 있는 종결에 따른 만족스런 욕망의 실현도 발생하지 않는다. 대신 소설은 이렇게 씌어진(다고 말하기 힘든 방식으로 씌어진)다. "무슨 말인가를 쓰려고 했는데, 잊어버렸다." 「도둑맞을 편지」의 첫 문장이다. 두번째 문단의 일부도 옮겨본다.

  붉은 나무 함이 다시, 주의를 끈다. 나는 말을 하는 대신, 이 문장들을 쓰고 있는데, 내가 이것을 쓰는 행위에 몰입하게 될수록, 어제 읽다 만 책의 문체를 자꾸만, 자연스레, 잊어버리게 된다. 그러면서 동시에, 나의 문체로, 혹은 나의 문체라고 부를 수 있는 어떤 것으로, 되돌아가고 있는데, 단언컨대 (나의) 문체 역시도 누구나 알 만한, 누구나 읽었을 법한 사람들에게서 빌려온 것이기에, 나는 이 글의 문체에

대해서는 더 이상, 언급을 하지 않을 것이다.[14]

사실상, "내가 죽은 지 1년이 지났다"란 문장과 "무슨 말인가를 쓰려고 했는데, 잊어버렸다"라는 문장은 형태론적으로는 달라도 의미론적으로는 같은 문장이다. 두 문장 모두 증기기관의 상실에 관하여 말하고 있기 때문이다. 서사를 지연시키거나 진행시킬 어떤 에너지의 부재 상태, 그리하여 씌어질 것이 없거나, 씌어진 것과 씌어지지 않은 것의 차이 또한 사라지는 글쓰기가 시작되었음을 (동시에 끝나버렸음을) 알리는 것이 저 문장들의 역할이다. 그러나 소설이 문자가 인쇄된 한 다발의 종이 뭉치의 형태로 존재하는 한에서 그것은 씌어져야 한다. 물론 내부의 동력은 없는 상태로. 그럴 때 어떤 글쓰기가 가능할까? 몇 가지 가능한 방식이 있겠으나 한유주의 방식은 '현재의 영속화'란 말로 표현 가능해 보인다.

나는 "붉은 나무 함이 다시, 주의를 끈다"라고 쓸 때, 실제로 작가 한유주의 눈앞에 붉은 나무 함이 그의 주의를 끌며 놓여 있었을 거라고 믿는다. "나는 말을 하는 대신, 이 문장들을 쓰고 있는데"라고 쓸 때, 실제로 작가 한유주 앞에 그의 말을 들어줄 누군가가 없었고, 그래서 저 문장들을 쓰고 있었을 것이라고도 믿는다. 자신이 쓰고 있는 글의 문체에 대해 더 이상 언급하지 않겠다고 작정하면서 그 다음 문장을 썼을 것이라고도 물론 믿는다.

플롯과 서사가 텍스트 내 삶의 충동으로부터 비롯된다는 브룩스의 말을 상기할 때, 저 문장들에는 삶의 충동이 배제되어 있다. 글은 시

---

14) 한유주, 「도둑맞은 편지」, 같은 책, pp. 139~40.

작되었다. 그러나 욕망을 불러일으키는 어떠한 증기기관도 장착하지 못했으므로, 그리고 의미 있는 종결에 이를 의도도 자신도 없으므로, 작가는 플롯과 서사 대신 글쓰기의 환경과, 조건과, 작정과, 주위의 사물들과, '지금 현재' 쓰고 있는 상황에 대해 쓴다. 일종의 '실시간 글쓰기'다. 그렇게 한유주의 작품은 '글'을 '글 쓰는 상황'으로 대체함으로써, 즉 글이 촉발되는 최초의 시작으로 돌아가기를 반복함으로써, 아무것도 쓰지 않지만 무엇인가 쓰는 글쓰기가 된다. 죽음과도 같은 에너지 유동 0 상태, 곧 항상성의 원칙은 지켜진다. 독자의 리비도는 이후의 충족을 위해 다음 문장들을 기대하지 않고, 작가는 그러한 기대를 불러일으키지 않으면서 어떠한 욕망에 의해서도 추동되거나 좌절되지 않는 백색의 글쓰기를 계속한다. 시작했으나 종결을 향해 진행하지 않으면서 현재를 영속화하는 글쓰기, 그것이 한유주의 글쓰기인데, 만약 작가가 말하는 편지가 소설의 은유라면, 편지는 씌어진 적조차 없거나 계속해서 씌어질 준비 중이니, 수신인에게 도달하지 못하는 것이 당연하다. 그런 의미에서 그것은 항상 도둑맞을 준비가 되어 있다.

나는 병에 넣은 편지를 바다로 던지지 않을 것이다. 그러한 낭만적 실수를 범하지 않을 것이다. 그러므로 이 글의 마지막 부분에서 편지는 되돌아오지 않을 것이다. 〔……〕 편지 안에는 아무것도 들어 있지 않다. 아니다. 어떤 명사들이, 어떤 동사들이, 어떤 문장들이 들어 있다. 그것들은 지금 가시적으로 드러나지 않는다. 나는 편지를 읽을 수가 없다. 그러므로 나는 그 편지를 쓸 수가 없다. 그 편지의 내용이 드러나는 순간, 이 글은 무너질 것이다. 나와 나는 그것을 동시에 예감한다. 편지를 읽지 않는 것은 나의 의지 때문이 아니다. 어쩌면 나의 의지 때문일 것이다. 나는 씌어지고, 나는 쓴다. 아직 편지를 읽을 시간이 되지 않았다. 나는 계속해서 걷고 있다. 걷는다. 걷다.[15]

## 4. 좀비 산책

사실 그 어떤 소설 텍스트도 그것의 최종적인 의미는 종결과 함께 도래한다. 그런 의미에서 전통적인 소설은 시작하고 진행하는 과정에서 이미 종결을 향해 플롯을 배치하게 마련이다. 유기체의 인생이 의미로 가득 차게 되는 순간이 죽음의 순간이듯, 소설은 종결에 이르러서야 시작도 중간도 이해 가능한 지점에 도달한다. 그리고 한유주가 '병에 넣은 편지를 바다로 던지는 낭만적 실수'라고 부르는 것이 그러한 종결이다. 종결은 의미의 완결점이고, 독자들이 한 편의 소설로부터 어떤 의미를 해독하고 동일시를 통해 투자한 리비도 에너지를 쾌락원칙에 따라 소모하는 순간이다. 편지를 담은 병이 수신인에게 전달될 때 그런 일이 일어나는데, 한유주는 그런 방식의 소설 쓰기를 거부한다. 그러니 이 글은 사르트르의 "나는 나 자신의 부고기사가 되었다"라는 유명한 문장이나 롤랑 바르트의 '의미를 향한 열정' 개념에 대한 이야기를 서두로 삼아도 좋았을 것이다. 물론 그런 일들이 지금 한국 소설에서는 예전처럼 자주 일어나는 일도 아닐뿐더러, 중요하게 일어나는 일은 더더욱 아니란 점을 보여주기 위해서.

---

15) 한유주, 같은 글, pp. 163~64.

하지만 기왕 한유주의 소설을 인용했으니 인용문의 마지막 세 문장으로부터 이야기를 계속해보자. "나는 계속해서 걷고 있다. 걷는다. 걷다." 화자는 독자에게 한 번도 지금 자신이 바닷가에 가는 이유를 (뜸들이며) 말해준 적이 없고, 자신을 바닷가까지 걸어가도록 추동한 욕망에 대해서는 더더욱 일언반구조차 해본 적이 없다. 인물에게도 독자에게도 카섹시스Cathexis의 결정적 배설(카타르시스라 부르는 것)을 위한 축적과 유보의 플롯은 없다. 게다가 '걷고 있다'가 '걷는다'로, 그리고 최종적으로는 가장 단순한 동사 원형인 '걷다'로 축소되는 과정에서, 결국 남는 것은 걷는 행위 그 자체일 뿐, 그 걸음의 기원도 목적도 모두 사라진다. 애초에 화자의 걸음에는 목적지가 없었고, 그것은 그러므로 (오디세우스 이후 근대 초입까지 모든 서사물의 주인공들에게 잘 어울렸던) '여정'이라기보다는 배회나 소요, 혹은 산책에 가깝다.

그런데 걷고 있는 것은 화자인가 문장, 혹은 단어인가? 이 단순한 세 문장들 앞에 먼저 등장하는 '나는 씌어지고, 나는 쓴다'라는 문장으로 미루어볼 때, 그리고 앞서 거론한 것처럼 이 작품이 철저하게 현재를 영속화하는 '실시간 글쓰기'로 이루어져 있음을 감안할 때, 걷는 것은 또한 쓰는 것과 등가이고 동시간적이다. 쓰게 될, 혹은 쓰고 있는 문장을 기록하며 걷는 화자의 산책은 단어의 산책이고, 화자의 걸음이 목적과 기원이 없는 만큼 단어들 또한 씌어지기 위해 씌어질 뿐 어떤 의미 있는 종결을 향해 진행하지 않는다.

내게 기원도 목적도 없는 배회, 그것에 가장 적절한 어떤 걸음걸이를 떠올려보라면 그것은 말할 것도 없이 "좀비들의 산책"(이장욱의 시 제목이기도 한)이다. 이미 죽어버린 채로 계속되는 현재의 영속,

정해진 목적지가 없고 완결되는 삶의 종결도 없으므로 줄기차게 걷지만 어딘가에는 도달하지 못하는 산책, 힘들게 전진하지만 그것을 전진이라고만은 말할 수 없는 그냥 그대로의 걸음 그 자체, 좀비는 그렇게 존재하고 그렇게 걷는다. 그리고 그런 문장들도 있는 법이다. 굳이 분류하자면 느리고 무료한 좀비 걸음(조지 로메로의 영화에서처럼)이 있고, 너무 활달해서 종잡을 수 없는 좀비 걸음(대니 보일의 영화에서처럼)이 있다.

정영문은 장편소설 『어떤 작위의 세계』 서문에 무책임하게도 (그가 바라는 것이 이것이니 이 말은 비난이 아니다) 이런 말을 남긴다.

내게는 샌프란시스코 표류기에 더 가깝게 여겨지는 샌프란시스코 체류기이다. 이 글에는 샌프란시스코에 관한 이야기도 있지만 이 도시에 관한 이야기는 아니다. 나는 이 도시에 머물면서 되도록 많은 것을 보고 듣고 느끼고 경험하려 하지 않았는데 특별히 보고 듣고 느끼고 경험하고 싶은 것이 없었기 때문이다. 이 글은 그냥 보이는 대로 보고 들리는 대로 듣고 느껴지는 대로 느끼고 어쩔 수 없이 경험되는 대로 경험한 것들에 대한 이야기이다.[16]

우선 '체류'와 '표류'의 차이가 '여정'과 '배회'의 차이와 같다는 사실을 확인할 필요가 있겠다. 목적하는 바가 있고 없음의 차이이다. 그리고 정영문의 문체가 그렇듯, 복문이나 중문의 형태를 취하는 짧지 않은 문장에서 첫번째 문장은 거의 대부분 두번째 문장에 의해 부

16) 정영문, 『어떤 작위의 세계』, p. 7.

인되거나 부정된다는 사실도 더불어 확인할 필요가 있다. 가령 이 소설(이라니 소설이랄 수밖에 없는 소설)에는 샌프란시스코에 관한 이야기도 있지 '만,' 이 도시에 관한 이야기는 '아니다.' 아울러 그가 부정문을 즐겨 사용한다는 사실도 중요한데, 한국어를 끝까지 들어봐야만 의미를 알 수 있는 언어로 만드는 주범이 바로 내내 중요한 사실들을 나열해놓고, 마지막 한 단어로 그 사실들을 일순 부정해버리는 문장 말미의 '않았다' '없었다' 같은 부정 의미 어사들이다. 그는 드물게 찾아온 샌프란시스코 표류에서 되도록 많은 것을 보고 듣고 느끼고 경험하려 하지 '않았다'라고 말함으로써 이국의 풍경에 집중할 준비가 된 독자들의 리비도를 순식간에 철회시킨다. 피동문도 마찬가지인데, 보거나 듣거나 경험하기보다 '보이'거나 '들리'거나 '경험되는' 것들에 대한 화자의 태도는 마치 어떠한 목적이나 욕망도 없이 오로지 우연에 의해 자신에게 일어난 일들을 기록하겠다는 의지(박약)의 토로로 읽힌다. 그리고 실제로 소설 내 문장들은 저 (박약한 듯 강고한) 의지를 그대로 실현한다.

그는 수많은 사람이 총에 맞아 죽는 시시한 서부영화에 등장하는 모든 인물들 가운데서도 가장 아무런 이유 없이, 그 죽음이 너무도 자연스러워 억울해할 것도 없이 죽음을 맞이하는 멕시코인 역에 어울릴 것 같은 얼굴이었다. 아니, 그것은 사실이 아닌데, 혼혈인 그는 나름대로 매력적인 얼굴을 하고 있었다. 아니, 내가 나름대로 매력적인 얼굴이라고 생각한 그의 얼굴은 사실은 상당히 매력적이었다. 이것은 나 혼자만의 완전히 쓸데없는 생각이었지만 나는 그를 보자마자 그의 적수가 못 된다는 생각을 했고, 꼭 그래서만은 아니지만 한 여자를 두고 과

거의 남자와 현재의 남자 사이에 있을 수도 있는 이상한 견제나 긴장 같은 것은 아쉽게도 처음부터 없었는데, 그의 매력적인 얼굴 때문만은 아니었다.[17]

저 문장들을 읽기 전과 읽은 후, 독자들의 심경에 일어날 변화는 아무것도 없어 보인다. 다만 의미를 구성할 듯했다가 금방 철회하는 단어들의 목적 없는 배회가 전부다. 저 많은 '없다'와 '않다'의 활용 용례들을 보라. 게다가 지금 옛 애인과 그녀의 새 애인이 사는 집에 동거하게 된 화자의 처지가 그 벗어나기 어렵다는 욕망의 삼각형 내에 있음을 고려한다면, 저 무심하고 무의미한 문장들에서 성욕이나 질투 같은 리비도 에너지의 요동을 찾을 수 없다는 사실이 기이하다. 단어, 구, 절 들의 좀비 산책이다. 어떠한 리비도 에너지도 투자받거나 투자하지 못하는 채로 종결의 알찬 예감도 없이, 그저 쓰려니 어쩔 수 없이 씌어지는 문장들의 배회, 이것은 죽음의 텍스트다.

단순히 문장 수준에서만 이런 일이 일어나는 것도 아니다. 목적이 없으므로 서사는 이제 완전히 우연에 내맡겨진다. 소위 의식의 흐름과도 다르다(민망해서 여기 쓰지는 못하지만 나는 지금 14쪽부터 거의 열 페이지에 이르는 그의 자지론과 불알론과 젖꼭지론의 유려하면서도 느닷없는 문장들의 환유적 유희를 염두에 두고 있다). 의식의 흐름 기법을 사용하는 작가는 최소한 그 흘러나오고 들어가는 의식에 관해서만은 정교하려고 애쓴다. 그러나 정영문이 정교하려고 애쓰는 것은 문장 그 자체의 흐름이다. 문장을 위해 문장을 고안할 뿐, 의식을 묘사

17) 정영문, 『어떤 작위의 세계』, pp. 10~11.

하기 위해 문장을 고안하지는 않는다.

　박형서의 소설에서도 이와 유사한 일이 일어난다. 다만 문장이 걷는 속도와 활기가 다를 뿐이다. 나는 박형서가 그의 소설 「나는 『부티의 천 년』을 이렇게 쓸 것이다」를 '우연히' 썼다고 믿는다. 여기서 '우연히'란 말은 느닷없이 혹은 성의 없이 썼다는 말이 아니라, '최선을 다해 종결을 고려하지 않고' 썼다는 말이다. 종결을 고려하지 않는다는 말은 이제 글의 시작과 중간이 어떤 목적론으로부터, 최종적인 욕망의 해소 서사로부터 자유로워지기로 결심했다는 말이기도 할 것이다. 「나는 『부티의 천 년』을 이렇게 쓸 것이다」의 서사(라고 할 수 있다면)를 대략 요약하자면 아래와 같은데, 나라면 이것을 루카치적인 의미에서의 '여정'이나 '탐색'으로부터 해방된 서사라 부르고 싶다.

　이태 전 '나'와 친구의 〈한분태 뼈다귀 해장국집〉 방문 → 허벅지에 쥐를 얹고 붉은 누더기를 뒤집어쓰고 앉은 주인 사내의 눈물과 조우 → 아직 쓰이지 않은 장편 『부티의 천 년』 시작 → 10세기 말 인도의 음유시인 하루디 부티와 쥐를 부르는 그의 피리 → 전쟁포로로 참수당할 위험에서 카르지니 여신의 힘으로 불사의 생을 살게 되는 하루디 → 어떤 노파에게 붉은 모자를 얻어 쓰고 방랑 시작 → 전봇대로 이를 쑤시는 괴물과의 혈전 등 무수한 모험과 2백 년의 방랑 → 루마니아에서 늑대에게 온몸의 살을 다 물어 뜯기는 경험 → 13세기쯤 독일 하멜른에 정착하여 뷘팅이란 이름으로 살게 됨 → 쥐들의 범람과 페스트 만연 → 시장에 의해 쥐 소탕 후 배에 실려 살아남은 쥐들과 항해 시작 → 아름다운 암쥐 마야와 선상 연애에 빠짐 → (이어지는 말도 안 되는 서사소들을 다 나열하기 힘듦) → 20세기 한국에 한분

태란 이름으로 살아가고 있음 → 그가 운영하는 분식집에서 나와 친구가 그날 술을 마시고 있었음

개연성 있는 플롯을 통해 리비도 에너지의 방출을 조절하고, 의미 있는 결말을 통해 쾌락원칙의 최대치를 실현하려는 작가라면 저런 서사를 만들(생각조차 하)지 않는다. 정영문의 언어들이 문장 단위에서 수행하고 있는 배회를 박형서의 언어들은 시퀀스 단위에서 수행하고 있을 뿐, 단어들의 걸음걸이에 목적지가 없고, 서사의 진행은 완전히 예측할 수 없는 우연에 떠맡겨진다는 점에 있어서는 다를 바가 없다.

아마도 마음만 먹는다면, 정영문과 박형서는 텍스트의 죽음 곧 종결을 한없이 유예하면서 문장들의 배회를 계속할 수도 있을 것이다. 그러나 우리가 좀비들을 살아 있는 유기체라고 부르지 않듯이, 죽음을 통해 혹은 죽음에 저항하면서 삶을 유의미한 것으로 만들지 못하는 문장들의 배회를 살아 있다고 말할 수는 없다. 오로지 죽음의 유예가 목적인 문장은 죽은 문장이다.


## 5. 살아 있는 시체들의 밤

이미 죽은 상태로 죽음을 끊임없이 유예하는 문장에 관해서라면 아마도 김태용의 「포주 이야기」를 다루는 것이 더 효율적이었을지도 모른다. 끝까지 "나는 포주였다"[18]라는 첫 문장으로 되돌아오는 반복의 글쓰기, 글을 쓸 수 없음을 글로 쓰는 그 이상한 글쓰기는 애초에 자

---

18) 김태용, 「포주 이야기」, 같은 책, p. 11.

신이 존재하지 않던 상태로의 회귀 욕망, 곧 죽음 충동의 가장 탁월한 언어적 등가물이다. 혹은 "이야기의 끝은 죽음일 것이다"[19]라는 문장으로 시작해서는, 마치 그 죽음을 한없이 유예하려는 듯, 텍스트 내부와 외부를, 시작과 결말을 뫼비우스의 띠처럼 연결해놓고, 독자로 하여금 그 안에서 빠져나오지 못하게 함으로써 텍스트의 죽음을 한없이 유예시키는 서준환의 「해몽」을 다루었어도 좋을 것이다. 그러나 애초에 이 글은 머리도 없고 꼬리도 없는 운명을 타고났으므로, 별다른 이유 없이 '지금은 밤이다'라는 문장을 쓴다. 우리가 사는 지금은 밤이다.

물론 백 년 단위, 천 년 단위가 끝나가거나 시작되는 어떤 시점이 아니라도, 자신의 시대를 밤이라고 인식한 사람들은 항상 있어왔다. 그러나 우리 시대의 밤은 좀 다른데, 새로운 세기가 시작되기 몇 해 전 크리샨 쿠마르는 다른 시대와 다른 우리 시대의 밤에 대해 이렇게 쓴 적이 있다.

우리의 세기에서 반유토피아의 인기는 유토피아의 인기를 훨씬 초월하는데, 반유토피아는 시인들과 작가들처럼 현재에 등을 돌렸다. 그것은 일반적으로 소생할 가능성이 없을 정도로 사라져버렸다고 여겨지는 가치와 관습의 이름으로 현대 문명을 매장했다. 그것은 묵시적 폭력의 거센 불길에 의해서든 권태를 통한 느린 쇠퇴에 의해서든, 현대 세계에 종말이 올 거라고 예측했다. 다만 죽음이 종종 재생을 의미한 적이 있었던 과거와는 달리, 이번에는 그러한 희망이 없다. 우주의 궁극적

---

19) 서준환, 「해몽」, 같은 책, p. 185.

인 쇠락을 예고하는 엔트로피의 법칙이 마침내 그것의 작동 영역을 인간 사회로 확장했던 것처럼 보였다.[20]

나로서는 인용문의 마지막 몇 문장을 이렇게 바꿔놓고 싶다. '종결이 종종 쾌락원칙을 보장했던 과거와는 달리, 이번에는 그런 희망이 없다. 우주의 궁극적인 쇠락을 예고하는 엔트로피의 법칙이 마침내 그것의 작동 영역을 소설로 확장했던 것처럼 보인다.' 나는 내내 이즈음 한국 소설에서 관철되고 있는 엔트로피의 법칙에 대해 말했던 셈이다.

다시 증기기관 얘기로 돌아가서, 19세기 소설들은 증기기관을 재현하거나 반영함으로써 그것을 주요한 소재나 주제로 다룬 것이 아니라, 아예 소설이라는 유기체의 몸속에 들여와 죽음 충동과 맞서는 삶의 충동의 에너지원으로 삼았다. 따라서 만약 크리샨 쿠마르의 말처럼 우리 시대가 더 이상 천년왕국에 대한 이상이 없는 묵시록(둘은 쌍둥이였다)의 시대가 맞다면, 증기기관의 예에 빗대어 소설은 종말의 징조로 보이는 이러저러한 현상들에 '대해' 쓰는 것이 아니라, 그 종말을 소설이라는 유기체의 몸속으로 들여온다는 추론도 가능할 것이다. 테러, 전염병, 불공평한 기아, 민족 분규, 홍수, 지진, 핵 위협 등이 이즈음 우리 소설 속에 빈번하게 등장한다. 앤서니 기든스의 말마따나 우리 시대에 묵시는 이제 차라리 진부한 것이 되어버린 느낌이다. 그러나 현실 세계의 재앙과 소설 세계의 재앙을 매개 없이 동일시할 수는 없는 노릇이다. 어떤 개개 소설 작품들은 재앙에 대해서

20) 크리샨 쿠마르, 「오늘날의 묵시, 천년왕국 그리고 유토피아」, 맬컴 불 엮음, 『종말론 ─최후의 날에 관한 12편의 에세이』, 이운경 옮김, 문학과지성사, 2011, p. 272.

말하고 그것을 다루기도 할 수 있겠지만, 좀더 넓은 범주에서 소설이라는 장르는 재앙을 제 몸의 내부로 들여와 그것을 몸소 앓는다. 그리고 그 '앓이'의 증상이 바로, 더 이상 삶의 충동과는 아무런 관련도 없다는 듯이, 이미 죽은 상태로 끝없이 죽음을 유예하는 글쓰기다.

그러니까, 밤이 깊다. 우리 시대 소설의 문장들은 그 밤을 배회하는 살아 있는 시체들이다.


## 6. 폭주기관차

죽음 충동이 반드시 온순하기만 하란 법은 없고, 또 재난과 묵시록적인 현실이 소설의 소재로 다뤄지지 말라는 법은 없으므로, 머리도 없고 꼬리도 없는 이 글은 김유진의 「숨은 밤」이나 강영숙의 「문래에서」, 혹은 김사과의 「움직이면 움직일수록 이상한 일이 벌어지는 오늘은 참으로 신기한 날이다」에 대한 이야기로 시작했어도 좋을 것이다. 그러나 이 작품들이 임박한 재난에 대한 기록으로 읽힌다면, 그 이유가 이 작품들이 다루고 있는 현실 때문인지, 그것을 기록하는 언어의 운용 때문인지, 혹은 죽음 충동의 이면에 있는 분노와 적의를 증기기관이 놓여 있던 자리에 들여놓았기 때문인지는 생각해볼 문제다. 또한 재난의 상상력에 관한 한 따를 작품이 없는 두 편의 소설을 써낸 조하형이 있으니, 머리도 꼬리도 없는 이 글은……

# 살아 있는 시체들의 밤 2

## 1. 노르아드레날린

노르아드레날린noradrenalin이라는 호르몬이 있다. 노르에피네프린norepinephrine으로 불리기도 하는데, 도파민dopamine과 아주 사이 나쁜 형제 분자라고도 할 수 있는 최강의 각성제 신경 전달물질이다. 증오, 분노, 분투, 강고한 적의, 결심 등의 감정과 결탁해 필요 시 뇌뿐만 아니라 전신의 교감신경에서도 분비된다. 혹자는 '분노의 호르몬'이라고도 부르는데, 별명답게 맹독성 물질이다. 노르아드레날린보다 더 독성이 강한 물질로는 뱀이나 복어의 독밖에 달리 찾을 수 없다고 할 정도다. 웬만한 마약과 비교도 되지 않는다. 생물학자도 정신분석가도 아니므로 단정할 수 없는 노릇이긴 하지만, 도파민이 주로 삶의 충동을 지배하는 '쾌락원칙'과 관련된다면, 노르아드레날린은 죽음 충동을 지배하는 '쾌락원칙 너머'와 관련된다고 보아 무방하지 싶다. 물론 '쾌락원칙 너머'라고 쾌락원칙과 무관한 것은 아니다. 종종 격렬한 소모와 탕진, 폭력과 파괴는 인간이 누릴 수 있는 쾌락들 중 최고의 것으로 거론되기도 한다. 리비도libido와 데스트루도 destrudo가 적대적인 듯하나 실제에 있어서는 형제 관계이듯, 도파민과 노르아드레날린 또한 적대적인 듯하나 형제 관계다. 심리적 자극이나 생물학적 욕구는 홀로 인간의 육체적 필요나 정신적 의지를 행동으로 옮기지 못한다. 행동을 위해서는 신체 각 기관을 움직이게 하는 어떤 동력이 내부로부터 발생해야 하는바, 삶의 충동(자기 보존 충동)과 죽음 충동(자기 파괴 충동, 혹은 종족 보존 충동)은 어쩔 수 없이 적절한 욕구와 욕망 충족을 위해 필요한 행동을 신체 기관을 통해 유발해야 한다. 그럴 때, 그 행동의 에너지원이 될 물질들을 신체 내부로부터 발생시키고, 그것들과 협력하지 않을 도리가 없다(생물학과 정신분석학은 어쩌면 이쯤에서 화해해야 하는지도 모를 일이다). 도파민은 우리를 삶의 충동으로 충만하게 하고, 노르아드레날린은 우리를 파괴적 충동으로 들뜨게 한다.

## 2. 선택적 변이

이 글은 최근 한국 소설에 자주 등장하는 재난과 묵시적 상상력에 대한 글이다. 그러니 호르몬 운운하는 저 서두는 참 이상한 문장들이다. 그렇더라도 이왕 내친김에 모자란 생물학적 상식을 좀더 동원해보자. '선택적 진화'라는 게 있다고 들었다. 특정 시기에는 변이종에 불과했던 것이, 그것에 유리한 환경이 주어지면 우세종의 지위를 점하게 된다는, 신진화론의 가설이다. 진화는 연속적이고 직선적으로 일어나지 않는다. 우연하게 돌연변이들이 생기고, 그것들 중 환경의 선택을 받은 종은 살아남아, 과거의 우세종을 누르고 새로운 우세종이 된다. 이 가설은 문학에도 들어맞는 것처럼 보인다. 나는 특별히 강렬했으나 쓸쓸했던 몇 문학적 돌연변이들을 생각한다. 최서해, 장용학, 박상륭, 최인석, 백민석 같은 작가들이 그들이다. 너무 잔혹하다거나, 너무 난해하다거나, 너무 극단적이라는 이유로 (무시당하지는 않았더라도) 예외적이고 이례적이라는 취급을 받았던 작가들이다. 평가나 이해 방식은 사뭇 달랐다 하나, 이 돌연한 작가들에게는 어떤 공통점이 있었던 것으로 보이는데, 그것은 노르아드레날린 계열의 호르몬이 승한 작가들이란 점이다. 본인들에게는 불행이었겠고, 한국문학사에게는 행운이었겠지만, 그들은 너무 일찍 그것도 고립된 채로, 마치 돌연변이처럼 삶의 에너지로 충만한 한국문학에 폭발적인 노르아드레날린을 유포시키려 애썼다. 그리고 지금 2000년대, 한국문학은 도파민이 아니라 노르아드레날린 계열의 호르몬으로 무장한 텍스트들이 주류를 형성하고 있는 것처럼 보인다. 조하형(『조립식 보리수 나무』『키메라의 아침』), 박민규(『핑퐁』「깊」「슬」), 백가흠(『귀뚜라미가 온다』), 김애란(「물속 골리앗」), 강영숙(『아령 하는 밤』), 편혜영(『아오이가든』『재와 빨강』『저녁의 구애』), 김사과(『02』), 김유진(『숨은 밤』) 등을 지금의 한국문학에서 변이종이라고 말하기는 힘들다. 다른 한편으로 이들과 문학적 경향이 다르고, 많은 독자는 확보하지 못하고 있더라도, 김태용(『포주이야기』), 한유주(『나의 왼손은 왕 오른손은 왕의 필경사』), 정영문(『어떤 작위의 세계』), 서준환(『고독 역시 착각일 것이다』) 같은 이들을 한국문학의 현재적 자산으로 인정하지 않기도 힘들다(이들의 작품과 묵시록의 관계에 대해서는 앞의 글「살아 있는 시체들의 밤 1」에서 언급한 바 있다. 이 글은 그러므로 앞선 글의 후속편에 해당한다. 만약 이 글이 머리도 꼬리도 없는 미완의 글처럼 읽힌다면 그런 이유 때문이다). '이미'는 아닐지라도 최소한 '점점' 그들의 작품은 한국문학의 우세종이다.

## 3. 도파민 계열

앤서니 기든스의 말마따나 우리 시대에 재난과 묵시는 이미 유행이자 일상이 되어버렸다. 그러나 재난과 묵시의 상상력이 우리 시대 문학에서 우세종이 되었다는 말을, 소재와 주제 차원에서 많은 작품들이 그것들을 다루게 되었다는 말로만 이해해서는 곤란하다. 굳이 호르몬의 비유를 들었던 것도 그런 이유인데, 문학이 재난이나 묵시를 재현하고 기록한다는 것과, 스스로 그 재난이나 묵시를 앓는다는 말은 다른 말이다. 플로베르의 『감정교육』이 그랬고, 보들레르의 『악의 꽃』이 그랬고, 프루스트의 『잃어버린 시간을 찾아서』가 그랬듯이 항상 문학상의 대대적인 변화는 소재와 주체 차원에서 일어나는 것이 아니라 형식과 스타일, 곧 문학 그 자체의 존재 방식 차원에서 일어난다. 피터 브룩스의 말마따나 19세기의 소설들이 근대적이었던 것은 그것이 증기기관이 지배하는 세계를 잘 묘사했기 때문이 아니라, 아예 소설 내부로 증기기관을 들여왔기 때문이다. 19세기의 위대한 소설들 내부에는 강력한 에너지를 뿜어내면서 서사를 추동하고 플롯을 만들고 의미 있는 결말이 있기 전까지 독자들의 리비도 집중을 유인하는 어떤 모터가 장착되어 있었다. 그것은 때로는 작품에서 중요한 모티프 역할을 했던 실제의 증기기관이기도 했고, 주로는 주인공들의 욕망이었고, 신분 상승에의 의지였고, 좀더 나은 삶에 대한 희망 같은 것들이었다. 더 크게는 근대 전체를 떠받치고 있던, 그러나 이제 와 생각하면 별 근거가 없어 보이는 '끝없는 진보'라는 신화였다. 한국문학에 대해서도 같은 말을 할 수 있는데, 전 시대 한국문학 내에도 증기기관은 장착되어 있었다. 설사 주인공(들)의 비극적 죽음이나 실패로 끝난다 하더라도, 그 죽음은 항상 더 나은 미래를 향한 시작이었거나, 시작이어야 했고, 그리하여 비유컨대, 도파민 계열의 작품들이 우세종이었다. 증기기관은 계급투쟁의 모습을 띠기도 했고, 분단 모순의 모습을 띠기도 했으나(어쩌면 헤겔과 마르크스의 변증법이란 근대적 피스톤 운동의 철학적 등가물인지도 모른다), 그것들은 어쨌든 끊임없이 전진하게 하는 기관이란 점에서는 별로 다를 바가 없었다. 그리고 그 증기기관들이 뿜어내는 에너지는 생물학적 비유를 다시 사용하자면 아마도 도파민 계열 호르몬과 유사했을 것이다. 달리 말해 한국의 1980~90년대 문학은 그것들이 단순히 근대적 풍물들을 재현하고 묘사했다는 이유, 한국 특유의 파행적 근대성을 주제화했다는 이유만이 아니라, 그 구조에 있어 근대적 에너지 운동과 상동관계에 있었다는 더 큰 이유 때문에 근대적이었다. 그러자, 사회주의권이 붕괴했고, IMF가 터졌고, 9·11이 일어났고, 구제역 파동이 있었고, 지구 곳곳에서 땅이 꺼졌고, 전쟁들이 발발했고, 시위가 번졌고, 물이 범람했고, 원전이 폭발했다. 게다가 한 주기의 천 년이 지나고 새로운 천 년이 시작되었던 것도 이즈음이다. 묵시록이 재등장하기에 최적의 환경이 조성되었던 것이다. 증기기관은 작동을 멈추거나 그 작동이 더뎌졌다. 환경이 변했고, 변이종들이 주목받아 마땅

했다. 이전의 증기기관과는 다른 에너지 기관을 장착한 문학이 우세종이 된 배경은 그랬다. 그러므로 우리 시대의 재난과 묵시의 문학을 말할 때 각별히 주의할 것은, 우리 문학이 재난을 자주 소재로 삼고 있다는 그 사실이 아니라, 도대체 전 시대의 증기기관을 대체한 어떤 새로운 에너지 기관을 장착했는지, 그 기관은 우리 소설의 몸체를 어떤 방식으로 바꿔놓고 있는지 하는 점이다.

## 4. 재해지역 투어 버스

그런 점에서 강영숙의 『아령 하는 밤』(창비, 2011)은 문제적인 텍스트다. 왜냐하면 이례적이게도 마치 작가가 애초부터 기획이라도 한 듯, 이 소설집에 실린 작품들은 모두 재난을 소재로 삼고 있기 때문이다. 게다가 그 재난들은 모두 최근 지구상에서 실제로 일어난 재난들이기도 하다. 그런 의미에서라면 『아령 하는 밤』은 전형적으로 동시대적 재난에 '대해' 다루고 있는 작품집이다. 과연, 소설 속 세계는 묵시록적 풍경들로 가득하다. 공기 중에는 뭐라고 말할 수 없는 고약한 냄새가 떠돈다(「문래에서」). 죽은 새들이 메마른 논바닥으로 쏟아져 내리고(「문래에서」), 불량한 아이들은 몰려다니며 담배를 피우다 이유 없이 개를 죽이기도 한다(「문래에서」). 강간과 연쇄 살인사건이 일어나고(「아령 하는 밤」), 주거단지 인근에는 항상 검은 연기를 뿜어내는 공장이나 기지 같은 것들이 있어서 음험한 풍경을 만들어내고(「라디오와 강」), 그곳에서는 거의 예외 없이 사고가 발생한다(「아령 하는 밤」「라디오와 강」「프리퍄트창고」). 호수에서는 쓰레기가 썩어가고(「아령하는 밤」), 도시의 그늘진 곳 어디에나 물이 고여 녹색으로 변한 채 발 디딜 곳조차 없게 만든다(「문래에서」「아령 하는 밤」). 시도 때도 없이 황사 바람이 불고, 폭우는 쏟아지고, 전염병은 창궐한다. 그러니 작품집 『아령 하는 밤』의 모든 소설들은 재난과 묵시적 상상력에서 기인한 소설들이 맞다. 그리고 저 풍경들에 대해서라면 우선, 평이하고 아주 '올바른' 해석이 주어질 가능성이 농후하다.

「문래에서」에서 드러나듯이 강영숙 소설의 인물들은 허기와 공포, 정체 모를 불안, 그리고 악몽을 통해 황폐하고 비극적인 현실에 반응한다. 구역질, 악몽, 진땀, 냄새 등 온갖 고통스러운 감각의 귀환은 그동안 억눌려왔던 소외된 타자들의 세계를 환기하는 것이기도 하다. 아파할 줄 모르는 무감각의 상태로는 현실의 모순을 인지하지 못하며 그것을 벗어나는 출구도 발견할 수 없다. 강영숙의 인물들은 고통을 느낌으로써 재해가 휩쓸고 간 도시에서 견디고 살아가는 방식을 모색하고자 한다. 타인과 세계의 고통에 대한 공감을 바탕으로 할 때만이 스스로의 치유도 가능한 것이라고 할 때, 강영숙의 소설은 고통의 발견을 통하여 윤리적인 감각을 획득한다고 할 수 있다. (백지연, 작품 해설 「도시의 꿈과 기억, 그리고 어떤 만남」, p. 233)

제아무리 암울하고 묵시록적인 작품에서라도 기어코 희망과 윤리를 읽어내려는 (도파민 계열) 비평가의 낙관주의는 높이 사야 한다고 치더라도, 저 인용문들과는 다르게 『아령 하는 밤』의 인물들은 고통을 느끼지 못하거나 느끼지 않고, 타인과의 공감을 통해 윤리적 감각을 획득하려는 의지도 별반 보여주지 않는다. 그리고 기실은 바로 그

점이 『아령 하는 밤』의 여러 단편들을 문제적이게 한다. 특별히 눈여 겨봐야 할 작품은 「죽음의 도로」다. 단편집이라기엔 오히려 삽화적 구성으로 이루어진 '재해지역 투어' 장편 다큐 소설이라 불러 무방한 작품집 한복판에 배치된 이 난편은, 선 시내의 증기기관(변증법 혹은 내면 탐구) 대신 작금의 우리 소설들이 장착한 새로운 기관의 실체를 비교적 명확히 보여준다. 느닷없이 세상에서 가장 험한 도로로 알려 진 볼리비아의 융가스 로드에 관한 이야기로 시작되는 이 소설의 서 사는, 거의 전체가 화자가 들었거나 가본 길에 대한 정보들로 가득 차 있다. 해마다 2백 명 이상이 그 위에서 목숨을 잃고 있고, 또 건설 당시에는 무수한 전쟁 포로들의 시신이 묻히기도 했다는 융가스 로드 다음으로 등장하는 길은 "쓰촨 분지의 청뚜에서 출발해 서쪽의 라싸 를 향해 달리는 길"이다. 이 길의 경우 "해발 4000미터의 높이에 2000킬로미터 길이의 도로를 건설하기 위해 삼천여 명의 사람들이 죽어 갔"으며, 그 도로 이야기를 들었을 때 화자는 "어떻게 해서든 그 길을 찾아가 죽었다면 참 좋았겠다"는 생각을 한다. 이어지는 이 야기는 자신의 우울증, 아버지의 자살, 그리고 배다른 동생의 우울증 에 대한 이야기다. 그리고 서울에 존재하는 죽음의 도로 '강변북로' 이야기가 이어진다. 이때부터 소설은 서울의 거리 곳곳에 대한 이야 기에 긴 지면을 할애하는데, 화자가 이 길들을 돌아다니는 이유는 자 살을 위해서다. 그런데 그 자살의 동기에 대해서는 끝내 함구한다. 굳이 이유를 찾자면 아버지가 자살했고, 동생과 자신은 아버지의 유 전자를 이어받아 항상 자살 충동에 시달리고 있다는 사실이 전부다. 그러니까 화자에게 죽음 충동은 '선험적'이고 '항상적'이다. 애초부터 자신 내부에 장착되어 있었고, 지금도 여전히 자신의 행동반경과 대인 관계를 결정하는 에너지원 그것이 바로 죽음 충동이다. 근거가 될 만한 사례들이 여기 있다.

네 바퀴로 굴러가는 자동차가 이렇게 많은데, 북극의 얼음은 계속해서 녹고 있는데, 건물들은 수시로 붕괴되고 전쟁은 여기저기서 터지는데, 암환자 천지인 세상인데, 그런 세상에 아이들을 남겨두고 싶지는 않았다. 강아지 한 마리, 고양이 한 마리도 키울 생각이 없었다. 그 소신에는 변함이 없었다. (「문래에서」, p. 25)

내가 사는 곳에는 봄이면 늘 황사바람이 불었다. 재해도 아닌데 늘 재해처럼 들끓고 사람들은 앓고 자살하고 분노했다. 겨울이 와도 눈이 내리지 않았고 모두들 흰 눈 따위는 까먹고 산성비를 맞으며 크리스마스를 보냈다. 분통 터지는 일을 당한 사람들은 새해 해돋이를 보러 바다로 갔다. 그리고 차에 가족들을 태운 채 바닷속으로 질주해 들어갔다. 끝없는 자학, 모멸감, 자기비하로 어린 학생들도, 노인들도 저 높은 고층아파트 꼭대기에 올라가 스스럼없이 몸을 던졌다. 자학은 가학으로 바뀌고 나날이 새로운 사건이 터져 앞의 일들은 금세 잊혔다. 얼마나 다이내믹한지 제대로 숨을 쉴 수조차 없었다. 광장에 사람이 많아질수록 길 위에 쌓은 거대한 씨멘트 장벽이 높이 올라갔다. (「재해지역투어버스」, pp. 107~08)

첫 인용문에서 화자에게 생명이 있는 것들의 멸종은 거의 소신에 속한다. 두번째 인용문에서 자신이 살던 나라(지금의 한국이 아닌가?)는 자학과 가학과 사건과 사고가 끊임없이 일어나는 지옥 같은 시공이다. 죽음이 번성한다. 그런데 화자는 왜 저토록 참혹한 묵시록의 풍경들 속을 배회하는가? 상식적인 욕망을 가진 (주로 해피엔딩이나 의지적 결말을 바라는) 독자들이나 관습적인 문명 비판 담론에 따라 작품을 읽는 (도파민 계열의) 비평가가 바라는 바와는 달리, 소통을 위해서라거나 윤리를 위해서라고 말하기에는 다소 억지스러운 데가 있다. 간단히 말해 화자는 죽기 위해 거리들을 배회한다. 죽음 충동이 화자를 도로로 내몬다. 특히 도로들 중에서도 죽음의 도로들로만 내몬다. 상상할 수 없는 재해가 일어났거나 일어나고 있는 도시의 거리들(뉴올리언스, 문래, 쓰촨, 강변북로, 체르노빌)로 내몬다. 그리고 그 거리의 묵시록적 풍경에 대한 기록들이 모여 만들어진 작품집이 바로 『아령 하는 밤』이다. 그러므로 이제 이런 말이 가능하다. 『아령 하는 밤』에는 전 시대의 소설들에서 플롯을 짜고, 서사를 추동하던 엔진과는 전혀 다른 엔진이 장착되어 있다. 그것은 삶의 충동이 아니라 죽음 충동이다. 에로스가 아니라 타나토스고, 리비도가 아니라 데스트루도다. 다시 비유컨대 그 충동들이 필요로 하고 생성해내기도 하는 호르몬은 도파민이 아니라 노르아드레날린이다. 그런 점에서 단편 「재해지역투어버스」의 제목은 절묘한 데가 있는데, 이 작품집을 통틀어 화자가 재해에 대해 취하는 어떤 태도를 이 제목처럼 잘 보여주기는 힘들 것 같기 때문이다. 재해 지역은 통상 '투어tour'의 대상이 아니다. 투어를 목적으로 일본의 원전 지역을, 러시아의 체르노빌 지역을 방문하는 이들은 없다. 그러나 마치 무엇에 휩쓸리거나 견인이라도 당한 듯(라캉이라면 아마 실재의 견인력에 대한 이야기를 했을 것이고, 알다시피 죽음이란 실재의 영역에 속한다), 강영숙의 주인공들은 모두 재해 지역을 향해 가고, 그곳을 '투어'한다. 즉 외부자의 시선으로, 아무런 리비도의 요동도 없이, 그저 일어날 일이 일어났다는 듯 그 험한 묵시록적 풍경과 사연 들을 건조하고 인상주의적으로 묘사한다. 그 태도에서 현대 문명에 대한 도저한 고발 정신이나, 그릇된 현실에 대한 개선 의지 같은 것은 찾아보기 힘들다. 왜냐하면 그 풍경들을 돌아보고 기록하는 화자 자신이 이미 죽음 충동에 심하게 노출되어 있고, 그래서 여행을 자신의 삶의 에너지에 따라 '추동하는' 것이 아니라, 여행에 의해 '견인당하고' 있기 때문이다. 비유적으로 말해, 강영숙의 주인공들 또한 (정영문이나 김태용의 소설들에서와 마찬가지로) 어떤 의미에서는 좀비와 같다. 묵시록적 풍경 속을 삶의 의지에 따라서가 아니라 죽음의 의지에 따라, 마치 이미 죽은 듯 무감하게 배회하는 좀비의 걸음걸이, 그것이 『아령 하는 밤』에 등장하는 인물들의 여행 경로다. 아마도 문학의 묵시록이란 이런 모습일 것이다. 그것이 재난에 대해 말하는가의 여부가 아니라, 그것이 어떤 방식으로건 묵시록의 시대를 앓고 있는가, 묵시록의 시대에 걸맞은 방식으로 자신의 몸체를 변이시키고 있는가의 여부, 그것이 중요하다. 문학사에서의 선택적 진화란 그렇게 일어난다. 그리고 이 소설 기관의 진화 실험은 다음의 문장들로 미루어 보건대 당분간 강영숙에 의해 계속될 것으로 보인다.

　　의외로 주문이 많은 게 집에서 키우던 애완동물을 맡아달라는 부탁이다. 그러나 아직 그런 건 받아줄 수 없다. 하지만 곧 애완동물도, 혐오동물도, 오갈 데 없는 유골도, 멈춰버린 시계도 다 받아줄 생각이다. 죽음, 기억, 추억, 보관할 수 없는 것을 보관해주는 것이 프리퍄트창고의 영업방침이기 때문에. (「프리퍄트창고」, p. 195)

소설가가 말하는 '영업 방침'이, 향후 자신이 쓰게 될 작품들의 글쓰기 전략에 대한 예고가 아니라면 무엇이겠는가? 강영숙은 당분간 자신의 소설들을 죽음에 경도된 존재들로 가득 채울 모양이다.


## 5. 폭주기관차


강영숙 소설의 주인공들을 좀비에 비유했으되, 생각과 달리 좀비에게 아무런 충동도 없는 것은 아니다. 주위에 너무 흔하므로 이제 우리 모두가 다 알다시피 이 살아 있는 시체들은 밤거리를 무목적적으로 배회하면서 살아 있는 모든 것들을 게걸스레 먹어치운다. 좀비라는 존재가 주는 공포는 그 아귀와도 같은 식탐, 살아 있는 모든 것을 흡수해버리는 그 파괴적인 충동에서 비롯된다. 파괴 충동은 생명 이전 상태의 항상성을 유지하려는 경향 이면에 존재하는 죽음 충동의 다른 형제다. 그러므로 우리는 김사과의 소설들도 이미 전 시대와는 전혀 다른 기관을 내부에 장착했다고 말해야 한다. 김유진의 최근작 『숨은 밤』에 대해서도 그렇게 말해야 한다. 실은 김사과와 김유진에게야말로 새로운 기관이란 말은 훨씬 더 어울려 보이는데, 이들이 이전 시대의 작가들과는 완전히 다른 사회 문화적 환경에서 성장해서 작품 활동을 시작한 세대의 작가들이란 점에서 그렇다. 변이종이 우세종으로 자리를 잡을 때는, 그 종이 우연적 변이를 통해서가 아니라 안정적인 후속 세대들의 생산을 통해 연속적이고 정상적인 종의 확장을 수행해낼 수 있을 때다. 김사과 소설의 전매특허가 '폭주'라는 사

146

실에 대해서는 대체로 독자나 평론가 들 사이에서 합의가 이루어진 것으로 보인다. 그런 특징 탓에 호오가 극명하게 갈린다는 것도 사실로 보인다. 한편에서는 정당한 분노의 크기를 높이 사고, 다른 한편에서는 대안 없는 폭력의 무책임을 질타한다. 그러나 김사과 소설을 우리 문학에 나타난 새로운 동력 기관과 관련해 읽을 때, 중요한 것은 호오의 여부가 아니다. 새로운 종의 출현을 두고 '옳다'거나 '그르다'라고 말할 수는 없기 때문이다. 이런 관점에서 볼 때 김사과 소설에서 눈여겨봐야 할 것은 그 이상한 이단 구조다. 김사과 소설에서는 거의 매번 전반부와 후반부 사이에 급격한 단절이 존재한다. 무료하고 느린 전반부가 있다. 그러고 나면 맥락 없고 느닷없이 출현하는 후반부의 폭주가 이어진다. 가령 단편집 『02』(창비, 2010)에 실린 그의 평판작 「정오의 산책」은 정확히 두 부분으로 나뉜다. '한'의 아주 불행했으되 전혀 저항이나 일탈은 없었던 인생사가 소설의 전반부다. 자라는 내내 형편은 무척 어려웠으나 그는 별다른 분노나 도피 없이 가족을 위해 자신의 몫을 충분히 해내며, 심지어는 지루하달 수도 있는 일상을 이어왔다. 그러던 어느 날 완전히 우연한 방식으로, 독자도 주인공 자신도 전혀 예측할 수 없었던 방식으로(그러니까 바디우적으로 말해 '사건'처럼), '그 일'이 일어난다.

그는 무심코 가슴에 손을 얹고 자신의 심장박동을 확인했다. 여전히 뛰고 있었다. 그는 안심했다. 신호등이 바뀌었다. 한은 길을 건너기 위해 한 발을 내디뎠다. 그리고 그 순간, 그 일이 일어났다.

그 일이 벌어진 것은 불과 일초, 길어야 이초에 불과했기 때문에 그의 주위를 둘러싼 사람들은 한의 변화를 전혀 눈치채지 못했다. 그들이 보기에 한은 왼발을 내디딘 뒤 넘어질 듯 잠시 휘청거렸고 그러나 다음 순간 다시 균형을 잡고 멀쩡한 걸음으로 천천히, 횡단보도를 가로지르기 시작한 것뿐이었다. (「정오의 산책」, pp. 169~70)

지면상으로는 한 문장 정도의 빈 공간으로 표시된 저 1초도 안 되는 시간 동안, 그 일이 일어난다. 타인들 보기엔 그의 몸이 잠깐 기우뚱거렸을 뿐인데, 그에게 세계는 이제 완전히 달리 보인다. 스스로 일종의 깨달음을 얻(었다고 여기)게 된 그는 지상의 모든 고통을 다 듣고 느낀다. 그리고 그 고통을 사라지게 하는 법을 순식간에 깨친다. 조퇴한 그는 그 모든 지상의 비참들을 온몸으로 느끼며 집으로 돌아간다. 소설의 후반부는 바로 그의 에피파니 이후 상태, 혹은 광기 발작 이후 상태를 기록한다. 달리 읽을 수도 있겠으나, 소설의 결말은 한에 의한 '정'과 '회'(조부모) 살해다. 다음과 같은 장면을 직계존속 살해 장면 외에 다른 장면으로 읽기는 힘들어 보인다.

정은 몸을 떨었다. 그녀의 입에서 신음 소리가 흘러나왔다. 회가 잠에서 깨어나 몸을 일으켰다. 그리고 한을 향해 뭐라고 웅얼거렸다. 그러나 한은 듣고 있지 않았다. 바퀴벌레가 머리카락 속에서 기어나와 한의 얼굴을 타고 빙글빙글 돌기 시작했다. 회가 놀라 입을 다물었고, 마침내 한이 입을 열었다. 열린 한의 입에서 무언가 쏟아져나오기 시작했다. 그것은 말이 아니었다. 소리조차 아니었다. 그건 미친 지진과도 같았다. 한이 혓바닥을 움직일 때마다 그를 둘러싼 모든 세계가 흔들리기 시작했다. 정과 회는 서로의 손을 잡았다. 그들은 꼭 잡은 손

너머로 떨리는 서로의 몸을 느꼈다. 두려움으로 가득한 그들의 눈은 한의 입을 떠나지 못했다. (「정오의 산책」, p. 185)

  김유진의 『숨은 밤』이 취하고 있는 구조가 정확하게 이와 같다. 게다가 묵시록적 구성에 관한 한 『숨은 밤』은 거의 전형적이라 할 만하다. 중세부터, 아니 조로아스터가 살던 고대에도 총체적 재난이나 묵시록의 서사가 항상 천년왕국설과 동반해왔다는 것은 주지의 사실이다. 종말은 항상 시작을 예고한다. 통제할 수 없는 악의 범람은 가령 거대한 홍수나 하늘에서 떨어지는 불덩이들과 함께 정죄되고, 완전한 선만이 존재하는 새로운 세계를 연다. 묵시록적 소설들이 흔히 신화적 서사소들이나 메시아 신앙의 구조를 차용하는 이유다. 그리고 김유진이 『숨은 밤』에서 참조하는 것도 그것들이다. 강영숙의 소설만큼이나 압도적인 묵시록적 풍경으로 이루어진 마을이 있다. 저수지는 썩고, 고기들은 죽고, 건물들은 무너지고, 아이들은 버려진다. 그 마을에 말구유에서 태어난 (혹은 발견된) 소년이 있다. 그의 이름은 '기(基)'다. 이 간략한 정보만으로도 그가 메시아임을 확인하기는 어렵지 않다. 우리는 많은 사람들이 세계가 완전히 타락했다고 믿던 시절(실은 모든 시절이 다 그래 왔지만), 말구유에서 태어난 메시아(이네 아니네 말이 많은)에 대해 잘 알고 있다. 그리고 그가 새로운 세상의 터를 닦는 인물이란 사실에 대해서도 알고 있다. 그러므로 기는 메시아가 맞다. 그런데 몇 가지 정보가 더 있다. 이 마을에는 소설이 시작된 지 얼마 지나지 않아서부터 소설이 끝나기 얼마 전까지 내내 비가 내리고 홍수가 진다. 그리고 소설은 비가 내리고 있는 긴 전반부와 비가 그치고 폭염이 찾아드는 짧은 후반부로 정확하게 나뉜다. 김사과 소설에서와 같은 이단 구조다. 짐작하건대 틀림없이 비는 마흔 날을 내렸을 것이다. 대개 신화적 홍수는 '40'이란 완전수의 날 만큼 내리는 법이기 때문이다. 그리고 비가 그치면 이제 기다렸다는 듯 급격한 불의 심판이 따른다. 메시아 '기'의 방화가 온 마을을 태운다. 전형적인 묵시록의 서사다. 그런데 기이한 것은 고대나 중세의 묵시록과 달리, 현대의 메시아 기를 추동하는 힘은 '사랑'도 '희생'도 '생명'도 아니란 점이다. 여기 화자인 '나'와 메시아 '기'의 간략한 대화가 있다.

> 뭘 만드는 거야?
> 덫.
> 덫을 어디다 놓으려고?
> 교실에.
> 왜?
> 복수하러.
> 누구한테?
> 전부 다. (『숨은 밤』, p. 122)

'전부 다'에게 '복수'하기 위해 방화를 일삼는 기를 추동하는 힘은 오로지 '적의'다. 그 적의에 의해 홍수 뒤의 마을이 불타 무너진다. 흥미롭게도 소설의 첫 문장은 "불은 구유에서 시작되었다"였다. 기는 자신이 태어난 곳, 자신에게 메시아로서의 상징을 부여했던 바로 그 장소부터 태워 없앤다. 자신의 메시아됨에 대한 부인으로부터 소설은 시작되고 끝난다. 그러므로 우리는 김사과에 대해 말했던 것과 똑같은 방식으로 김유진의 소설에 대해서도 이렇게 말할 수 있다. 그의 소설에도 새로운 기관이 장착되어 있다. 그것은 이유도 목적도 없는 적의다. 기의 적의가 화자를 매혹해 이야기를 기록하게 하고, 그의 적의가 세계를 불태운다. 플롯과 서사는 오로지 기가 뿜어내는 적의의 증가에 따라 재난의 결말을 향해 치닫는다. 이 소설에서 오로지 유일한 동력은 모든 것을 태워 없애버리려는 적의, 종결을 유예하려는 서사와 플롯의 에너지에 맞서 순식간에 재로 화해버리는 소설의 끝을 맞이하려는 에너지, 곧 타나토스다.


## 6. 변이종에서 우세종으로


결론을 대신해서, 김사과와 김유진의 저 구절들에 대해서라면 두 가지 유의미한 해석이 가능해 보인다. 그 첫째 해석은 이렇다. 이 두 작가는 이제 이전 시대의 소설들이 장착하고 있던 증기기관 대신 다른 기관을 장착했다. 그것은 이제 더 이상 증기기관처럼 삶의 에너지를 내뿜는 기관이 아니라, 죽음의 에너지를 내뿜는 (사실은 모든 것을 흡수해버리는) 기관이다. 급격한 단절을 특징으로 갖고 있는 이들의 소설 전반부와 후반부는 바로 그 죽음 충동의 두 가지 얼굴이다. 리비도 요동이 전혀 없는 항상성의 상태를 유지하려는 충동(강영숙의 소설에서처럼, 그리고 앞서 언급한 몇 메타소설 계열 작가들의 작품에서처럼)이 전반부를 지배한다. 그러나 그런 방식으로 항상성이 유지되지 않을 때, 죽음 충동으로부터 탄생한 사이 나쁜 쌍둥이 형제, 곧 파괴하고자 하는 욕망이 순식간에, 1초도 되지 않는 시간 내에, 소설을 지배해버린다. 폭주가 시작되고, 소설은 이제 피칠갑을 한 채 급격한 종말로 치닫는다. 두번째 해석은 이렇다. 소설은 그렇게 끝맺지 않는 것이 전통적인 관례였다. 왜냐하면 19세기의 증기기관은 항상 삶의 에너지로 충만해서 가급적 소설의 급작스런 종결을 지연시키면서 유의미한 플롯과 서사를 구성해내는 것을 자신의 임무로 삼았기 때문이다. 19세기 소설에 '파란만장'이란 말이 어울린다면 그런 이유 때문이다. 물론 모든 소설은 끝날 수밖에 없다는 점에서 어떤 방식으로든 소설에서도 죽음 충동은 관철된다. 그러나 그때의 죽음은 모든 삶을 다 살아낸 후의 죽음, 한껏 연기되어 의미로 충만해진 삶의 종결이다. 그러나 김사과와 김유진의 소설은 그런 결말을 맞이하지 않는다. 폭주는 순식간에 소설을 종결로 이끈다. 플롯을 포기하고, 서사를 포기하고, 의미 있는 종결 따위엔 무관심하다는 듯, 폭력적이고 급격하게 끝난다. 쾌락원칙은 관철되지 않고 그 너머까지 폭주한다. 이들의 소설이 표면적으로는 우리 현실에 만연한 권태와 재앙과 테러와 오염을 배경으로 삼고 있으면서도, 실제에 있어서는 19세기식 리얼리즘 소설, 혹은 파란만장한 대하소설이나, 전 시대의 혁명적 낙관주의 소설들과 완전히 다른 종으로 판명되는 지점이 여기다. 이제 한국 소설에서 도파민은 노르아드레날린보다 훨씬 적은 양만이 분비된다. 우세종이 바뀌고 있다.

# 장편소설의 적

## ─최근 장편소설에 관한 단상들

## 2007년에

2007년 여름, 계간 『창작과비평』은 「한국 장편소설의 미래를 열자」라는 제하의 특집 기획을 마련했었다. 물론 그 이전에도 한국 소설이 지나치게 단편 편향적이라는 지적은 산발적으로 있어왔으나, 장편소설의 성과가 단편에 비해 상대적으로 미흡한 한국 문단의 현실을 개탄하고, 문학 제도와의 관련 속에서 그 현황을 비판적으로 점검하고, 작가들의 목소리를 직접 전하고, 한국 장편소설의 르네상스를 대망하는 시도로는 하나의 계기를 이룬 특집이었다고 기억된다. 대개 그랬듯이, "장편소설이 근대문학의 챔피언이라는 사실은 누구나 인정하는 바입니다"[1]라는 (아직도 그러한지) 해명되지 않은 당위적 대전제로부터 시작해서, "중남미문학이 인디오의 전통 속에서 매직리

---

1) 최원식, 「창조적 장편의 시대를 대망한다」, 최원식·서영채 대담, 『창작과비평』 2007년 여름호, p. 151.

얼리즘을 구성하여 세계문학에 진출했듯이"(진출이라는 말은 자꾸 '시
장'이란 어휘와 조응한다는 느낌을 주는데), "우리도 서구에서 기원한
서사형태만이 유일한 서사모델이라고 생각하지 말고 근대 이전의 우
리 서사나 중국 서사의 풍요로운 전통에 주목해야 합니다"라거나,
"리얼리즘과 모더니즘이라는 서양손님들 너머 오히려 새로운 서사의
가능성으로 우뚝"[2]한 작품을 기대한다는 식으로 끝나는, 지극히 합당
해서 오히려 평이하기만 한 평론가들의 발언은 그다지 인상적이지 않
았다. 오히려 인상적이었던 것은 작가 이기호, 김연수, 배수아와 기
자 최재봉의 말들이다.

"모두가 알면서도 모른 척 멀뚱멀뚱 시치미 떼고 있는 상황. '시치
미'의 카르텔"[3]에서 벗어나 제발 솔직해지자고 운을 뗀 뒤, 이기호는
'왜 장편소설이 위기인가'라는 제법 그럴듯한 질문의 답을 성의 없는
척 찾아 나선다. 국문학 박사학위를 소지한 친구 왈 "레이먼드 카버
형님이 말씀하시길, 장편소설은 우리가 살고 있는 세계가 의미 있다
는 전제를 받아들일 때에만 비로소 존재이유를 지닐 수 있는 장르라
고 하셨지"란다. 그러니까 그 질문에 대한 첫번째 답은 우리 시대가
도무지 합리성이나 인과관계로 설명될 수 없는 시대이기 때문에, 인
과적 서사와 세계의 총체성을 전제로 한 장편소설이 불가능하다라는
말이다. 장편소설이 위기인 것은 세계 탓이다. 그러나 레이먼드 카버
는 시러큐스 대학 교수였다. 단편만 쓰고도 생활에 지장은 없었던 작
가였고, 절실하지 않은 자 대개 엄숙해지고 초연해지기 마련이다. 다
른 답을 찾아야 한다. 이기호가 찾은 두번째 답은 "전국의 조교들이

<hr>

2) 최원식, 앞의 대담, p. 179.
3) 이기호, 「전국의 조교들이여 단결하라!」, 같은 책, p. 205.

여 단결하라!"다. 장편소설이 활성화되기 위해서는 전국의 조교들이 단결해야 한다. 왜냐하면 조교들이 수업용 교재로 쓰이는 단편소설들을 복사하지 않는다면, 굳이 단편이 장편보다 더 많이 읽힐 이유도, 더 많이 교육될 이유도 없기 때문이다. 일견 황당해 보이는 이 답은 우선 정직하고, 그리고 생각보다 비관적이고 예리하다. 그 답 안에는 이제 한국 본격문학의 독자들이 거의 문창과 학생들 위주로 재편되고 있고, 또 소설 창작 또한 문창과 교육과정 내에서 이루어지는 전문적 직업(?) 훈련 수준으로 위축되고 있다는 진단이 숨어 있기 때문이다. 게다가 카버처럼 다른 직업이 없는 한, 장편소설을 쓰는 것이 작가들에게 그다지 이로울 게 없는 고단한 사업이란 사실도 저 답 안에는 들어 있으니, 이기호의 문장 몇 줄이 많은 평론가들의 수많은 진단과 평가보다 날카롭다는 사실에 이의를 달기는 힘들어 보인다. 촌철살인이란 이럴 때 쓰는 말이 아닐는지.

이기호가 문학 교육의 제도화를 문제 삼을 때, 김연수는 한국의 문예지 중심 문학 제도 자체를 문제 삼는다. 그의 말이다.

한국소설에서 단편소설의 비중이 높은 원인을 찾을 때만은 그런 식으로 말해서는 안될 것 같다. 내가 보기에는 그 이유가 간단하다. 문예지들이 단편소설을 청탁하니까 소설가들은 단편소설만 쓰는 것이다. 말은 간단하지만, 뜻은 복잡하다. 한국의 문학제도가 단편소설 위주로 구성돼 있다는 뜻이다. 이런 제도하에서는 백명의 소설가가 있다면 그 중 구십명은 단편소설을 쓰게 돼 있다.[4]

---

4) 김연수, 「그 입술에 아무리 귀를 기울여봐도」, 같은 책, p. 196.

조금 더 상세히 설명하자면, 문예지는 단편소설을 주로 청탁해 싣고, 정부의 지원이나 문학상 역시 주로 단편소설을 대상으로 한다. 게다가 원고료 수입도 오랜 기간 많은 노력을 들인 장편보다 짧은 기간 집중적으로 써서 여러 편 발표하는 단편의 경우가 더 나은 편이다. 그러니 이런 상황에서 장편의 수가 현저히 모자라고 질도 떨어지는 것은 어쩔 수 없다. 장편소설의 위기는 문학 제도 탓이다. 김연수의 진단은 이러했던 것으로 읽힌다.

이기호와 김연수의 너무 솔직한 진단을 기자답게 객관적으로 이치에 닿도록 풀어쓴 글이 최재봉의 「장편소설과 그 적들」이다. 등단 절차(신춘문예나 문예지 신인공모)와 등단 이후의 청탁과 발표(월간지와 계간지), 그리고 발표 작품들을 대상으로 한 (주로 단편 위주의) 문학상 제도가 어떤 식으로 단편 창작을 선호하는지를 나열한 후, 그는 제대로 된 장편소설이 요구되는 이유를 몇 가지로 요약한다. 그 첫째는 독자들이 장편을 선호하기 때문이고, 둘째는 해외에 우리 문학을 소개할 때 주로 요구되는 것이 장편이기 때문이고, 셋째는 상대적으로 평론가의 매개 없이 독자와 직접 만나게 되는 장편의 성향으로 미루어 장편소설이 활성화되면 문단에서 권력자로 활약하는 평론가들의 지위와 영향력을 축소시키는 결과를 얻을 수 있기 때문이다.

와중에, 레이먼드 카버가 대학 교수였다는 이유로 슬쩍 자취를 감춘 '장편소설의 위기는 세계 탓이다'라는 명제와, 다른 작가들의 말과는 (그의 작품세계 만큼이나) 사뭇 이질적이었던 배수아의 다음과 같은 발언은 제대로 음미되지 않은 채 꼬리를 감춘다.

여기서 세 장편소설을 예로 들긴 했지만 소설의 독자로서 나는 장편이냐 단편이냐 하는 구분에 연연하지 않고 읽는 편이다. 분량의 확대나 축소가 그 작품의 본질을 크게 바꾸어놓는 결정적 요인이라고 보지 않을뿐더러 가슴이 뜨거워지게 좋은 작품은 장편이냐 단편이냐에 상관없이 존재할 수 있는 게 원칙일 테니까.[5]

이것이 2007년 여름 한국의 장편소설이 처해 있던 상황이었고, 그 상황에 대한 진단이었으며, 그 상황을 타개할 방안들이었다. 그리고 고작 3년 하고 조금 더 많은 시간이 지났다. 그사이 많은 것들이 변했다.

## 2010년에

한 잡지의 단발성 기획이 한 사회의 문학 제도나 문학적 경향을 바꾼다고 믿는 편은 아니다. 어떤 거대한 감수성의 변화(작가들은 그 변화를 감지하기도 하지만 또 자기가 그러한 변화의 일부라는 사실을 모르기도 한다)가 동반되지 않는 한 새로운 양식도 사조도 경향도 출범할 수는 없다고 믿는 편이다. 평론가들이 어떤 문학적 사태의 변화를 진단하고 그 변화의 방향을 예측하고 제지하거나 고무하는 것은 그러한 변화가 이미 시작된 지점일 경우가 많다. 평론가들 또한 그 변화로부터 영향받지 않을 수 없기 때문이다. 그러니 이후 3년 반 동안 한국소설의 지형 변화가 모두 위의 저 특집 탓이었다고 말하려는 것은 아

---

5) 배수아, 「낙관주의자, 배신자, 행복한 사람」, 같은 책, p. 191.

니다.

그러나 우연찮게도 그동안 일어난 한국 소설의 주요 변화 양상을 한 구절로 요약하라면 그것은 '장편소설의 르네상스'다. 여러 문학상들이 장편들을 포함하거나 장편만을 심사 대상으로 삼기 시작했고, 국가의 지원도 장편 위주로 방향 전환했다. 계간지들의 장편 연재 편수는 두세 배로 늘었고, 어떤 계간지는 거의 장편 연재 위주로만 소설을 게재하기도 한다. 그것들은 연재가 끝나면 당연히 한 권의 단행본으로 묶여 출간된다. 2009년부터 2010년까지 한 해 동안 출간된 장편소설의 권수는 100편이 넘는다. 평론가 직함 가진 이로서도 다따라 읽기 힘들 정도다. 현상만 두고 볼 때, 2007년 김연수와 이기호와 최재봉이 진단했던 장편소설 위기의 이유들은 거의 사라졌다고 해도 무방한 수준이다.

무엇보다 큰 변화는 김연수가 지적했던 바와는 상반되게 이제 선택받은 몇몇 작가들만이 아니라 등단 후 채 5년도 되지 않은 작가들까지 다양한 매체에 장편을 연재한다는 사실이다. 여러 웹진, 출판사 블로그, 포털 사이트 등에서는 연재 작가 섭외하기가 힘들 정도로 많은 장편들이 연재되고 있고 연재를 예약해두고 있다. 이러한 변화를 정여울은 이렇게 요약한다.

2007년 박범신의 『촐라체』 이후로 본격화한 인터넷 연재 소설은 이후 황석영의 『개밥바라기 별』, 김훈의 『공무도하』, 신경숙의 『어디선가 나를 찾는 전화벨이 울리고』, 정이현의 『너는 모른다』, 박민규의 『죽은 왕녀를 위한 파반느』 등의 잇따른 인터넷 연재와 출간으로 이어졌다. 작가들의 연재 블로그가 곧 '파워블로그'가 됨으로써 오프라인

중심의 창작 활동은 온라인 커뮤니케이션과 긴밀한 관계를 맺게 되었다. 매일매일의 연재 자체가 광고 효과를 발휘했으며 작가들은 수많은 댓글을 통해 실시간으로 독자들의 응원을 받기도 했다. 인터넷 서점이나 포털사이트뿐 아니라 알라딘 창작블로그나 나비 웹진, 인터파크의 북엔 등 새롭게 독립된 사이버 창작 공간에서 인터넷 연재를 시작하는 작가들도 많았다. 조정래의 『허수아비춤』, 강영숙의 『라이팅 클럽』, 김현영의 『러브 차일드』, 이명랑의 『여기는 은하스위트』 등도 새롭게 열린 창작 중심 사이버 공간에서 연재되고 출간된 소설들이다.[6]

마치 사건 보도처럼 긴박한 저 문장들이 보고하고 있는바, 제도는 장편소설 편이고, 문예지도 장편소설 편이고, 게다가 인터넷이라는 막강한 매체마저 장편소설을 지원한다. 조교들은 단결한 적이 없으나, 장편소설이라는 장르는 르네상스를 맞았다. 기뻐할 일인가. 그런데 허윤진은 2007년에 한국문학이 그토록 대망했던 장편소설의 르네상스가 드디어 이루어졌다고 판단되는 현재의 상황을 이렇게 진단한다.

　문학 주체들의 창작 환경에 일어나는 주요한 변화도 시장과 자본의 요구에 따른 것인 경우가 많다. 시장에서 상업적인 효과를 창출할 가능성이 더 높다고 여겨지는 영역들이야말로 존재의 토대가 더 연약한 경우가 많다.—소설의 경우는 두말할 나위 없이 장르에 가해지는 자본의 요구가 거세다. 특히 내수/수출의 측면과 해외 문학상 진입의 측면에서 보았을 때 서양 문학에서의 소설(novel) 형태가 더욱 중요해

---

6) 정여울, 「장편 르네상스 시대의 명암」, 『자음과모음』 2010년 겨울호, p. 850.

졌고, 온/오프라인에서 장편소설에 할당되는 지면이 대폭 확대되었다. 그러나 장편소설로 분류되는 작품들을 내재적으로 분석해보면 서사의 길이가 갈등 구조나 인물 구성의 정교함을 담보하지는 않는 경우도 있다는 것을 알게 된다.[7]

한국문학의 세계 무대 진출, 독자 대중과의 소통 같은 말들의 경제학적 용어는 허윤진에 따르면 '내수/수출의 측면'이다. 상대적으로 독자 대중의 선호도가 높은 장편은 내수에 기여할 것이고, 세계 문학 시장과 노벨상은 표준화된 장편 양식을 선호한다. 그리고 그것은 자본이 소설 양식에 대해 요구하는 것과 동일하거나 유사하다. 장편소설의 르네상스는 사실에 있어서는 출판 자본의 요구에 부응했던 것이지 한국문학의 창조적 활성화에 이바지했던 것은 아니라는 것이 허윤진의 진단이다. 말을 아껴서, 최근 생산된 장편소설들을 두고 "서사의 길이가 갈등 구조나 인물 구성의 정교함을 담보하지는 않는 경우도 있다"고만 하고 말았지만, 실제로 허윤진이 하고 싶었던 말은 장편소설의 르네상스가 작품의 길이는 늘렸을지언정 작품의 질에 기여한 바는 없다는 말이었을 것이란 점도 미루어 짐작이 간다. 허윤진의 진단에 몇 마디 말을 보태자면, 최근 이러저러한 매체에 연재한 후 출간된 장편들에서 라틴아메리카의 마술적 리얼리즘에 비견할 만한 문제작이 산출된 적이 있는가 하는 질문에 대해 긍정적인 답을 내릴 평자는 그리 많지 않을 줄 안다.

물론 그렇게 생산된 작품들을 훑어보면 몇 가지 경향이나 변화를

---

7) 허윤진, 「신뢰와 영원 : 한국 장편소설의 가능성」, 앞의 책, p. 862.

추출할 수 없는 것은 아니다. 우선은 성장 소설이 눈에 띄게 많아졌다. 그러나 우리 사회가 느닷없이 괴테 시절의 교양 수업을 필요로 하게 되었다거나 성숙한 부르주아의 세계에 입문하는 미성숙 주체들의 성장담을 필요로 하는 어떤 시점으로 진행 혹은 퇴행했다는 증거가 발견되지 않는 이상, 이러한 성장 소설의 범람이라는 현상은 매체의 변화, 그리고 변화된 매체의 주 독자층에 부응하는 소설적 전략이라는 의혹으로부터 자유롭기 힘들어 보인다. 물론 그렇게 씌어진 작품들 중 수작이 없는 것은 아니다. 가령 은희경의 『소년을 위로해줘』[8]가 창출한 탈근대적 아웃사이더 가족 모델, 그리고 곳곳에서 출현하는 지혜로우나 무겁지 않은 잠언풍의 문장들은 그간 우리 문학사에서 흔치 않은 명대사와 장면 들을 연출해낸다. 강영숙의 『라이팅 클럽』[9]은 손쉽게 아무나 글을 쓰는 시대에, 그럼에도 불구하고 글쓰기란 목숨을 건 내기라는 사실, 글쓰기란 분노와 절망과 인정 욕망의 극복 뒤에 오는 그 자체로 목적인 거대한 사업이란 사실을, 손쉬운 글쓰기를 종용하는 바로 그 매체를 이용하여 보여줌으로써 일종의 내파 전략을 수행한다. 그러나 문제는 그러한 작업이 꼭 새로운 매체들에 연재함으로써만 가능한 것이었는지는 미지수라는 점이다. 왜냐하면 그 작품들에서 달라진 매체의 흔적은 오로지 단문 위주의 서술과 경쾌한 대사, 그리고 짤막짤막한 에피소드들의 병렬적 조합의 형태로 남아 있을 뿐인데, 그러한 기법적 시도는 연재 소설이 아니라도 가능한 것이기 때문이다. 인터넷상으로의 매체 이동이 작품 속에 가장 잘 반영된 소설이라면 아마도 인쇄 문화가 포괄하기 힘든 어떤 특성, 활자로 인

8) 은희경, 『소년을 위로해줘』, 문학동네, 2010.
9) 강영숙, 『라이팅 클럽』, 자음과모음, 2010.

쇄되지 못하는 새로운 글쓰기 방식의 창안을 실현하거나 시도하는 소설이어야 할 텐데 그런 시도는 어디서도 보이지 않는다.

작품들이 연대기식 서술을 선호하는 경향도 나타난다. 대개 장편 분량을 4회 정도에 걸쳐 분재하는 계간지 연재는 그렇다 치더라도, 거의 매주 단위로 연재가 진행되는 인터넷 매체의 경우, 복잡한 플롯은 애초에 시도 자체가 불가능하다. 연대기식 서술은 그런 필요가 강제한 서술상의 변화일 터인데, 문제는 이런 서술이 소설 양식을 플롯과 스토리의 구별 이전 상태로 퇴행시킬 수도 있다는 점에 있다. 플롯과 스토리가 구별되지 않는 소설이 문제라는 말이 아니라, 그러한 무구별이 매번의 연재 마감에 맞추기 위한 방편이 되는 것이 문제라는 말이다. 덧붙여 문장의 단문화 경향이나 경쾌한 어투, 그리고 잦은 장chapter 구별도 매체의 특성으로부터 유래한 변화로 보이는데, 이유는 알다시피 인터넷 매체는 '스크롤의 압박'을 가장 싫어하기 때문이다. 과문한 탓인지 모르겠으나 장편 르네상스 이후 장편소설에 일어난 창조적 변화의 조짐을 더는 찾기 힘들다. 내내 있어온 작품들이 여전히 있을 뿐이다.

그러다보니 애초에 한국문학이 바라마지 않았던 근사한 장편소설은 여전히 그 행방이 묘연하다. 복잡한 서사, 중층적 성격묘사, 사건들의 거대한 인과관계, 한 사회의 총체적 조망 같은 것이 흔히 장편소설에 거는 상식적인 기대가 맞다면(사실 나는 이런 요목들이 장편의 필수조건이라고 생각하지 않는다), 장편의 르네상스는 그 기대를 배반하는 르네상스다. 이를 두고 장편들의 총체적 하향평준화 운운하고 싶은 생각은 없다. 어느 시절이든 모든 장편이 다 훌륭했던 적은 없었다. 많거나 적거나 작품들은 항상 씌어져왔고, 그중 몇몇 편은 장편이었고 또 더 많은 작품들은 단편이었다. 그중 훌륭한 장편들은 소수였고, 단편들도 마찬가지였다. 그러니까 달라진 것은 없다. 더 많은 작품들이 다양한 매체들을 통해 생산되었으나, 한국 소설이 창조적으로 갱신된 흔적은 보이지 않고, 여전히 그중 소수는 좋은 작품이고, 대부분은 고만고만한 작품이고, 세계 무대로의 진출은 (굳이 필요하다면) 여전히 요원하고, 생활 형편이 좀 좋아졌는지 모르겠으나 작가들은 오늘도 마감 시간을 지키느라 분주하고 기진맥진해 있다. 르네상스치고는 참 이상한 르네상스다.


## 장편소설의 적


이기호와 김연수와 최재봉이 공히 지적했던 '장편소설의 적들'이 표면적으로는 사라졌음에도, 한국문학이 이렇다 할 장편소설의 성과작을 내지 못하고 있는 것이 사실이라면 (이렇게 말하자니 작년으로만 국한해도 한강의 『바람이 분다, 가라』에게, 황정은의 『백의 그림자』에게, 윤성희의 『구경꾼들』에게 미안해진다) 문제는 어쩌면 단편 위주 문학 제도나 독자들과의 소통 결여만은 아니었던 것이 아닐까? 작가들의 경제 사정이나, 문학 시장의 위기 타개가 장편소설 장르의 진정한 부활에 대한 합당한 이유가 될 수는 없었던 것이 아닐까? 교수 직업을 가졌다는 이유로 무시당한 레이먼드 카버의 말이 다시 들리는 것도 이 지점이다. '장편소설의 위기는 세계 탓이다.' '장편소설은 우리가 살고 있는 세계가 의미 있다는 전제를 받아들일 때에만 비로소 존재이유를 지닐 수 있는 장르'다.

사실 레이먼드 카버가 아니라도 현대 사회와 근대적 상징 형식인 장편소설 장르의 적대적 관계에 대한 지적은 여러 차례 있어왔다. 아우어바흐는 『미메시스』 말미, 버지니아 울프의 『등대로』 1부 5장 전문을 인용한 뒤, 이에 대한 분석을 통해 현대 소설의 스타일상 변화를 몇 가지로 요약한다. 객관적 화자의 소멸, 주관적 의식에 의한 객관 세계의 묘사 대체, 시간의 주관화, 서사의 연속성 소멸, 내부적 사건의 외부적 사건에 대한 우위, 극적 사건의 부재, 투사된 질서의 거부 같은 것들이다. 그리고 그가 생각하는 이러한 스타일상의 변화 원인은 다음과 같다.

16세기 이후, 19세기까지 내리 계속하여, 그리고 날로 더 급속하게 인간의 시야는 점점 넓어졌고 인간의 경험, 지식, 사고, 그리고 생존의 방법, 이런 것들은 날로 늘어나서, 20세기 초에 이르러서는 종합적이고 객관적인 해석들이 매 순간 새로이 형성되고, 파괴되고 하는 과정을 겪게 되었다. 이 뭇변화들의 엄청나게 빠른 속도는 인간이 그 전체를 한꺼번에 조망할 수가 없었기 때문에 더욱 혼란스러웠다. 과학, 공학, 경제 등 각 분야에서 동시에 같은 종류의 변화가 일어나기도 했는데, 결과적으로 아무도—각 분야의 지도적 위치에 있는 사람들까지도—그 변화에 뒤따르는 전체상황을 추측하거나 평가할 수 없었던 것이다.[10]

아우어바흐의 저 문장들은 카버의 말을 좀더 이론적으로 실례를 들

---

10) 에리히 아우어바흐, 『미메시스—근대편』, 김우창·유종오 옮김, 민음사, 1979, p. 270.

어 정리해놓은 것처럼 읽힌다. 프랑코 모레티 역시 이와 대동소이한
말을 한다.

『펠릭스 홀트』와『다니엘 데론다』가 우리로 하여금 우리 세계의 탄
생을 이해하도록 도와주지 않는다 해도, 너무 실망할 필요는 없다.
　이 소설들이 우리에게 알려주는 것은, 바로 이 새로운 세상의 상징
적 형식이 더 이상 교양소설일 수 없다는 사실이다. 교양소설은 그 모
든 다양한 표현방식으로 늘 젊은 개인의 역사를 이해하고 평가하는 데
가장 의미 있는 관점이라는 생각을 굳게 유지해왔다. 이는 근대의 서
구 사회가 생산해낸 최고의 예술적 관습일 가능성이 많다— 분명 가장
전형적인 형식이긴 하다. 그러나 어떠한 관습이라도 그 기초가 무너지
고 나면 살아남지 못한다. 그리고 새로운 심리학이 개인의 통일된 이
미지들을 벗겨내기 시작하면서, 그리고 사회과학이 '공시성'과 '분류'
로 돌아서게 되어 역사에 대한 공시적인 인식을 흩뜨리면서, 영원히
지속되려는 나르키소스적인 욕망으로 인해 젊음이 스스로를 배신하면
서, 교양소설의 세기는 진정 종말을 고하게 된 것이다.[11]

　프랑코 모레티에게서 인용한 위 구절들이 주로 교양소설에 국한된
판단이어서 장편소설 전체의 불가능성에 대한 논거는 될 수 없다고
말해선 곤란하다. 모레티에게 교양소설은 근대의 가장 탁월한 상징형
식이고, 그런 의미에서 교양소설의 몰락은 곧 근대적 상징형식 전체
의 몰락을 의미한다.

---

11) 프랑코 모레티, 『세상의 이치』, 성은애 옮김, 문학동네, 2005, pp. 411~12.

그런데 한 가지 드는 의문이 있다. 아우어바흐가 중요하게 인용하고 있는 버지니아 울프의 『등대로』나 프루스트의 『잃어버린 시간을 찾아서』, 그리고 모레티가 가장 중요한 사례로 꼽는 제임스 조이스의 『율리시즈』나 『젊은 예술가의 초상』 같은 작품들 모두 분량으로 치면 19세기 리얼리즘 소설 못지않은 장편이 아니었던가? 물론 그것들은 분량상 장편소설이다. 그러나 객관적 화자는 소멸하고, 주관적 의식에 의해 객관적 세계의 묘사가 대체되고, 시간은 연속성을 상실하며, 서사는 종횡무진 분기하고, 극적 사건 따위는 발생하지도 않고, 그러한 사건들에 외부로부터 질서를 투사하지도 않는 장편소설이다. 모레티의 말을 빌리자면 그것은 유기적이고 자기 완결적인 장르라기보다는 일종의 '브리콜라주bricolage'다.

다시 이기호가 인용한 카버의 명제로 돌아와서, 아우어바흐와 모레티가 지적하는 바도 역시 '장편소설의 위기는 세계 탓'이라 말과 별반 다를 바 없어 보인다. 세계가 더 이상 유기적이고 인과적인 인지의 대상이 되지 못하고, 사회의 총체적 조망은 더 이상 불가능할 만큼 모호하고 파편적일 때, 장편소설을 쓰는 일은 불가능하거나, 브리콜라주가 되거나, 아니면 존재하지 않는 가상의 총체성을 세계에 투사하는 가망 없는 작업이 되고 만다. 모레티가 말했던가, 규모로 세계에 대항하는 일은 어리석은 일이라고?

요약하자면, 장편소설의 적들을 문학 제도나 교육 제도, 혹은 문학상의 관례나 작가들의 경제 사정에서 찾는 일은 솔직하고 정확했으나 발본적이지는 않았다. 그리고 발본적이지 않은 문제 제기의 결과는 이상한 형태의 장편소설 르네상스로 이어졌다. 애초에 먼저 제기되어야 했던 질문들이 있었던 것이다. 장편소설은 아직 가능한가? 한국

사회는 장편소설을 필요로 하는가? 한국 사회는 서구와 달리 장편소설을 브리콜라주가 아닌 다른 형태로 부활시킬 만한 조건들을 아직도, 어떤 이유로 구비하고 있는가? 가능하다면 어떤 형태의 장편이 가능한가? 어떤 형태의 장편이 바람직한가? 매체의 다변화는 장편소설의 창조적 활성화에 기여할 수 있는가? 같은 질문들…… 그리고 우리는 그런 질문들에 대한 답을 항상 어떠어떠한 문학론의 논리 정합성 차원에서 찾는 것이 아니라[12], 시대의 거대한 감수성 변화에 (어떤 경우 자신도 모르는 채로) 민감하게 반응하면서 그것을 몸소 드러내고 그 변화를 온몸으로 밀고 나가는 텍스트들의 생산 현장에서 찾아야 한다. 그리고 물론 그 텍스트들의 이면에서 작동하는 감수성의 변화에서 찾아야 한다.

발터 벤야민은 「보들레르의 몇 가지 모티브에 관하여」에서 이런 말을 한 적이 있다.

대도시의 교통 속에서 움직인다는 것은 개개인으로 하여금 일련의 충격과 충돌을 체험하도록 하는 것을 의미한다. 위험한 교차로에서는

---

12) 충분히 예상되는 반론들이 있다. '우리가 말하는 장편소설을 굳이 19세기 리얼리즘 소설들이나 서구의 교양 소설에 국한시키려고 한다'라거나, '우리가 대망하는 진정한 장편소설은 리얼리즘과 모더니즘을 넘어서서 우리 민족 앞에 놓인 근대적 과제와 탈근대적 과제를 동시에 수행하는 그런 작품이다' 같은 반론들이다. 그러나 어떤 글에서도 말한 바 있거니와, 추상 수준의 논리 정합성 차원에서 제출되는 그런 제안들은 '아주 좋은 작품이 우리가 기대하는 작품이다', 혹은 '좋은 모든 작품은 리얼리즘적이다'란 말과 별반 다를 바 없어 보인다. 게다가 실제 작품 분석에서는 많은 경우 논리적 아량은 사라지고, 총체적 조망 능력의 부족, 서사의 부재, 개연성의 결여 같은 비평적 잣대들이 다시 살아나는 경우가 허다하다. 결국 나는 장편소설 대망론이 모델로 삼고 있는 장편소설이, 19세기 사실주의 소설의 형식에서 크게 벗어나지 않고 있다는 심증을 포기할 생각이 없다.

신경의 자극들이 마치 건전지에서 나오는 에너지처럼 잇달아 그의 몸
속을 관통한다. 보들레르는 전기적 에너지가 축적된 곳 속으로 뛰어들
듯 군중 속을 뛰어드는 한 남자에 대해 이야기하고 있다. 그러고 나서
곧 충격의 체험을 설명하면서 그는 그 남자를 〈의식을 구비한 만화경〉
이라고 부르고 있다. 포우의 행인들이 아직 별다른 이유도 없이 시선
을 사방으로 던지고 있다면 오늘날의 현대인들은 교통 신호를 보고 자
신이 가야 할 위치를 정하기 위해 그렇게 하지 않으면 안되는 것이다.
이처럼 기술은 인간의 지각기관이 복합적 성격을 띤 어떤 훈련을 받도
록 강요한다. [13]

보들레르의 시, 그리고 벤야민 자신의 성좌적 글쓰기 (특히 『베를
린의 유년시절』에서 도드라지는, 그리고 아도르노가 이어받게 되는)
양식 이면에는 무엇이 있었을까? 제도의 강제나 독자와의 소통 시도
같은 것들이 있었을 것 같지는 않다. 벤야민이 말하는바, 기술은 인
간의 지각기관에 어떤 훈련을 강요한다. 지각기관의 변화는 세계를
보는 방식과 감수성의 변화를 수반하고, 그로부터 새로운 글쓰기 양
식도 비롯된다. 랑시에르처럼 그 반대로 문학적 감수성의 변화가 기
술 혁명이나 사회 변화를 촉발한다고 해도 사정은 마찬가지다. 어떤
새로운 글쓰기 양식의 등장, 혹은 어떤 장르의 탄생이나 단절적 진화
는 최종심급에서는 주체들이 경험하는 지각 방식의 변화나 감수성의
변화로부터 기인한다. 단순히 등단 제도나 지원금 제도, 시장의 수요
나 해외 수출이 그러한 변화의 이유일 수는 없다. 후자는 다만 작품

13) 발터 벤야민, 『발터 벤야민의 문예이론』, 반성완 옮김, 민음사, 1983, p. 143.

의 분량이나 출간되는 책의 수, 그리고 본질적이지 않은 문장상의 변화나 구성상의 변화를 유발할 수 있을 뿐이다. 만약 지금 여기 한국에서 장편소설의 부활을 대망할 근거가 마련되어야 한다면 바로 이 지점에서부터일 수밖에 없는 것도 그런 이유다. 어떤 적들이 있어 장편소설이 활성화되지 못하는가를 찾을 것이 아니라, 새로운 장편소설들이 탄생할 만한 조건으로서의 감수성의 변화가 어디서 어떤 방식으로 일어나고 있는가를 찾는 것이 우선이다. 단초적이나마 몇 가지 징후들을 제시하고 글을 마치는 것이 장편소설 대망론을 원점으로 돌려놓으려는 자로서의 도리겠다.

## 3D, 스마트폰, 그리고 장편소설

이장욱의 『칼로의 유쾌한 악마들』[14]이 장편 분량이 된 것은 서사의 완결성 때문도 사회의 총체적 조망 요구도 아니었던 듯싶다. 이차원의 활자로 이루어진 페이지에 입체를 세우는 일, 그것이 이장욱의 관심사다. 지하철 철로에 널브러진 한 청년의 시신에 대한 잔혹한 묘사로 시작하는 이 소설은 그 사건의 전말을 먼저 이런 문장으로 시작한다. "토요일 아침의 이 모든 풍경들은, 한 여자의 두통에서 비롯되었다"(p. 15). 그러나 한 여자의 두통 말고도, 지하철 자살 사건의 전모가 모두 밝혀지기 위해서는 총 여섯 명의 인물들, 그리고 그들 각자의 이러저러한 사연들이 하나의 시간대로 우연히 모여드는 일이 필요

---

14) 이장욱, 『칼로의 유쾌한 악마들』, 문학수첩, 2005.

하다. 그러니까 이 소설에서 사건은 이차원의 활자 페이지 위에서 선조적으로 일어나지 않고, 시공을 달리하는 우발적인 사건들의 기적 같은 조우에 의해 입체적으로 일어난다. 작가의 의도였는지는 불분명하나 이 사건은 총 여섯 개의 면을 가진 입방체의 형상을 하고 있다. 소설이 끝날 때야 우리는 이 사건의 여섯 가지 면을 다 볼 수 있게 되고, 각각의 여섯 면이 하나의 입방체를 이루기 위해 한 사건으로 모이게 되는 복잡하고도 우발적인 서사들을 이해하게 된다. 『칼로의 유쾌한 악마들』은 일종의 입체파 소설이다. 비견하자면 이 소설은 한국 소설의 「아바타」다. 3D는 소설 속에서도 이루어질 수 있는 것인지, 지켜보아야 할 일이지만, 한 가지만 덧붙이자면 그의 입체소설 쓰기 작업은 단편집 『고백의 제왕』[15]에서도 변함없이 이어진다는 사실이다. 「밤을 잊은 그대에게」는 여섯 면을 가진 '불면'에 대한 입체파적 탐구이고, 「고백의 제왕」은 고백에 대한, 「곡란」은 죽음에 대한 입체파적 탐구다. 이장욱에게 장편과 단편의 구분은 최소한 지금까지는 무의미해 보인다. 단지 분량상의 차이가 있을 뿐, 두 장르 모두에서 그는 같은 방식으로 세계를 보고, 같은 방법으로 입방체를 만든다(종종 나는 그의 시에서도 이런 지각 방식을 목도한다). 그렇다면 『칼로의 유쾌한 악마들』을 우리가 전통적인 의미로 부르곤 하는 '장편소설'이라는 명칭으로 부르는 것이 타당하고 유효한 것인지 의문이다.

　유사하게, 윤성희의 『구경꾼들』[16]을 장편소설이라고 말할 수 있을까? 나는 이 소설을 장편이나 단편 같은 딱지보다 '무한 소설' 혹은 '퀼트 소설'이라는 새로운 장르 명칭으로 부르는 것이 합당하다고 본

---

15) 이장욱, 『고백의 제왕』, 창비, 2010.
16) 윤성희, 『구경꾼들』, 문학동네, 2010.

다. 이 새로운 장르에 포함시킬 다른 몇 편의 작품들도 있으니 말이
다. 가령 이 장르의 초입에는 『네가 누구든 얼마나 외롭든』[17]이 있을
것이고, 근래에는 『아무도 편지하지 않다』[18]나 『라이팅 클럽』[19]같은
작품도 있을 것이다. 이 계열의 작품들이 보여주는 특징은 이야기의
무한 증식, 이야기의 영원한 브리콜라주가 가능하다는 점이다. 수백
년을 격한 인물들이나 수백 광년을 격한 별들이나, 하다못해 우연히
흘린 펜이나 지나치던 전봇대 하나라도 다 사연이 있는 법이고, 그
사연들은 그것들을 수집하고 기록하는 화자(그들은 하나같이 청각이
예민하고 타자들의 이야기에 오래 집중할 만한 배려심과 인내심이 있어
야 한다, 그리고 여기저기 오래 걸어다닐 수 있는 튼튼한 다리가 있어야
한다. 벤야민 식으로 말해 선원이면서 어부여야 한다)에 의해 수집되고
나열되고 연결된다. 마치 수천의 천 조각들이 하나의 퀼트 담요를 만
들되 제 고유의 색감과 질감을 유지하듯이, 마치 수천수만의 별들이
낱낱이 다른 빛으로 빛나면서 은하를 만들듯이. 다음은 『구경꾼들』의
창작 원리를 윤성희 스스로가 고백하는 부분이다.

아홉 살의 내가 작은삼촌이 던진 부메랑을 따라 뛰었다. 부메랑은
하늘을 한 바퀴 돈 다음 다시 삼촌의 자리로 돌아왔다. 열두 살의 나는
어느 날 앨범에 정리된 엽서들을 모두 꺼내 바닥에 늘어놓았다. 아무
엽서나 네 개씩 집어서 이야기를 만들곤 했다. 자전거를 타는 소녀,
공원 앞에서 사진을 찍는 모녀, 아버지의 낡은 운동화, 시장에서 예쁜

---

17) 김연수, 『네가 누구든 얼마나 외롭든』, 문학동네, 2007.
18) 장은진, 『아무도 편지하지 않다』, 문학동네, 2009.
19) 강영숙, 『라이팅 클럽』, 자음과모음, 2010.

컵을 고르는 어머니. 네 장의 엽서를 연결하다 보면 수십 가지의 이야기가 만들어졌다.[20]

꼭 엽서가 아니라도 상관없다. 누군가 들려준 이야기들이어도 좋고, 편지여도 좋고, 사진이어도 좋다. 만난 사람이어도 좋고 만나보지 못한 사람이어도 좋다. 설사 사람이 아니라도 좋다. 이야기들은 많고 그것을 수집하고 받아들이고 연결하면 퀼트처럼 아름다운 이야기들의 연쇄(그러나 선조적이지는 않은)가 탄생한다. 중심 서사는 사라지고, 여담들은 아름답다. 소설은 그만 완결되어도 좋고, 더 이어져도 좋다. 이것은 단편들의 조합이면서 장편이면서, 그 둘 다 아니다. 그것은 우리가 스마트폰을 컴퓨터라고도 휴대전화라고도 하지 않는 원리와 일치하면서, 이 화면 저 화면을 옮겨다니며 구경하고 돌아오고 다시 구경하고 돌아와 양자를 조합하고 다시 떠나는 서핑의 원리와도 일치한다. 하이퍼텍스트는 요즘 항상 우리 손에 들려 있고, 우리는 이제 그런 방식으로 세계에 대한 정보를 얻고 세계를 지각한다.

그러고 보니, 다시 던져져야 할 질문 하나가 늘었다. 배수아가 이미 물었던 질문이지만, 이장욱이나 윤성희의 예에서처럼 장편과 단편이 분량의 차이 이외에 다른 유의미한 차이를 보여주지 않을 때, 그럼에도 작품들은 형식에 있어 문제적이고 문장에 있어 미학적이며 주제에 있어 첨예할 때, 단편과 장편이란 장르의 구별은 어찌되어야 하는가? 단편소설은 무엇이고, 장편소설은 무엇인가? 아니 3D와 스마트폰 시대에 소설은 무엇인가? 원점에서 다시 물어야 할 질문들이다.

---

20) 윤성희, 앞의 책, pp. 155~56.

# 프랑켄슈타인 박사의 소설 쓰기

## 1

특정 시기, 가령 2000년대 후반부터 2011년 여름까지, 한국 소설의 새로운 경향 같은 것을 추출하라는 숙제(계간지 중심으로 편성되어 있는 한국 문단에서 평론가들은 계절마다 숙제가 많다)를 받아놓은 한 평론가가 있다. 편의상 그를 K라 하자. 물론 그의 머릿속에 '2010년대 소설의 새로운 흐름'이라는 명명법에 합당해 보이는 몇 가지 사례들이 아예 없는 것은 아니다. 가령, 그는 최근 장편소설의 활성화(불)가능성을 둘러싼 논쟁에 글 하나를 보태면서 섣부르게도 '입체소설'이나 '무한소설', 혹은 '퀼트소설' 같은, 아직 채 다듬어지지 않은 유사 장르 개념을 제출한 바 있다고 얘기되기도 한다.[1] 그랬으니 이

---

1) 졸고, 「장편소설의 적」, 『문학과사회』 2011년 봄호. 사실에 있어 저 용어들을 신종 장르 개념으로 정색하고 읽은 것은 유머 없는 평론가 한기욱(「한국문학에 열린 미래를」, 『창작과비평』 2011년 여름호)이다. 그러나 저 용어들은 소설이라는 장르류의 하위 장르 개

번 숙제 역시 그 주제와 무관하지는 않은 글로 마무리될 거란 사실은 스스로도 예감하고 있다. 그러나 자신이 속한, 그래서 스스로가 그것을 이루는 요소이자 징후이기도 한 이 시대를 개관해야 하는 작업의 지난함 앞에서(비평적 무모함이 가져다주는 긴장감이 저절로 어떤 격정적인 에너지를 수반하던 나이를 그는 지났다) 움츠리고 머뭇거리기를 오래, 그러던 차 K는 한 가지 이상한 결심을 한다. '단면도.'

공간적 비유를 들어 시간에도 면적과 부피가 있다고 가정하고, 특정한 시기를 그 전후와 단절시켜 싹둑 잘라낸 후 그 절단면을 들여다보는 일, 그리하여 항상 '경향'에 대해 본질 구성적이게 마련인 주관의 연역적 개입을 최소화하고, 가급적 드러난 단면으로부터만 귀납적으로 경향을 찾아내는 일, 그렇게 써보겠다는 것이 그 결심의 요지

넘으로서 제출된 것이 아니라, 서사의 인과관계나 총체적 현실 반영이 갈수록 불가능해지는 상황에서 '장편소설'이 이제 선험적으로 '소설의 꽃'이 될 수 없는 시대가 도래했고, 더욱이 최근의 소위 '장편소설 르네상스'가 소설의 상업화와 대중화 이외의 별다른 문학적 성과로 귀결되지도 않고 있는 마당에, 굳이 장편소설 개념을 특권화하는 것은 현실에 부합하지도 않고 권장할 만하지도 않음을 지적하고자 제출된 것이다. 말하자면 최소한 지금 시기 한국의 '장편소설'이란 개념이 원고의 분량(그리고 그것이 주는 몇 가지 경제적 이점) 외에 별다른 내포를 지시하지 않는 개념이 되었듯이, 무한소설이나 입체소설이란 것도 몇몇 징후적인 소설들에서 나타나는 형식적 특징 외에 지시하는 바가 없다. 그것들은 장르를 지시하는 개념이라기보다는 '장편소설'이라는 개념이 누리는 특권을 조롱하기 위해 고안된 일종의 유머이고 반개념이다. 원고의 길이가 장르 개념을 형성할 수 있다면, 작품의 형식은 왜 장르 개념을 형성할 수 없단 말인가? 역으로 말해, 컬트소설이나 입체소설이 내포가 좁고 시대 제약적이어서 한시적이고 자의적인 개념인 것과 마찬가지로, 장편소설이 그간 누려온 특권적 장르로서의 지위 또한 그 지반이 취약하다. 물론 '총체적 장르를 지향하는 장편소설과 장르화된 장편소설'(백낙청, 「문학이 무엇인지 다시 묻는 일」, 『창작과비평』 2008년 겨울호, p. 33)이란 구분법도 마찬가지다. 유머러스하게 말해 이런 식의 구분법은 결국엔 '총체적 장르를 지향하는 듯하지만 그렇지 못한 것으로 판명되었다가 후에 다시 총체적 장르로 분류된 장편소설'이라든가 '분량은 못 미치지만 총체적 장르를 지향하며 장르소설의 문법도 차용하고 있는 예외적으로 훌륭한 소설' 같은 지루한 설명적 개념들을 무한대로 양산해내게 될 것이기 때문이다.

다. 미리 정해진 어떤 경향을 현상에 대입할 의도가 없었으므로(결국
엔 의도를 인정하게 되겠지만 최소한 지금 자신은 그렇다고 믿었으므로)
절단면에 몇 편의 작품(집)이 거의 우연하게, 무작위적으로 포착된
다. 최수철의 『침대』, 최제훈의 『퀴르발 남작의 성』과 『일곱 개의 고
양이 눈』, 김중혁의 『미스터 모노레일』, 김애란의 『두근두근 내 인
생』, 서준환의 「이보가 나무」와 『골드베르크 변주곡』, 김선재의 『그
녀가 보인다』, 김성중의 『개그맨』, 윤성희의 『구경꾼들』, 이장욱의
『칼로의 유쾌한 악마들』, 박지영의 「팀파니를 치세요」……

   그리하여 이제 그는 읽기 시작했는데, 얼마 전부터 때 이르게 노안
이 온 데다, 잦은 술자리의 유혹을 이기지도 못했고(않았고), 계간지
는 어김없이 계절을 앞서 출간될 예정이었으며, 가족은 이역에 있었
다. 결국 원고 마감을 고작 며칠 앞두고, K는 숙제를 마치지 못한 채
이역으로 출국한다. 그리고 20여 시간 넘게 비좁은 비행기 좌석에서
뒤척이던 중, 기내에서도 기필코 작품들과 벗하리라는 애초의 결심과
는 달리(K는 스스로의 결심을 자주 어기는 편이다), 시시껄렁한 미국
산 블록버스터 영화 한 편을 본다.


2


   인천공항발, 디트로이트행, 델타 항공 ○○○호. 민간항공기 순항
평균 고도라는 26,000피트 상공에서 예의 K가 본 영화 제목은
「2012」다. 「인디펜던스데이」와 「투모로우」 이후, 작품의 질보다는
크기와 물량으로 승부한다는 재난영화 전문 감독 롤랜드 에머리히의

2009년 작이다. 길게 말할 필요도 가치도 없는 영화지만, 그래도 오프닝 시퀀스가 아주 급박하고 단속적이란 점은 거론해두어야 한다. 인도의 한 젊은 지질학자가 지구에서 가장 깊은 폐광의 물이 끓어오르는 것을 발견한다. 컷. 모 호텔에서 검은 양복을 입은 요원들이 사우디아라비아의 국왕에게 어떤 긴요한 조건을 걸고 돈을 받아낸다. 컷. 다른 날의 깊은 밤, 파리의 루브르 박물관에서 괴한들이 다빈치의 「모나리자」를 위작과 바꿔치기 한다. 컷. 그 사실을 알고 있는 고위 인사가 살해되고 사건은 교통사고로 가장된다. 영화에 대한 그의 기억이 대체로 맞다면 오프닝 시퀀스가 이랬다는 얘기다.

이것들은 각각 다른 시간 다른 장소에서 아무런 인과적 설명 없이 일어난 사건들의 목록이다. 물론 K는 의식하지 못하겠지만 목록엔 몇 가지가 더 추가되어야 한다. 그러나, 알다시피 긴 비행기 여행은 탑승자의 기억력을 많이 약화시킨다. 어떤 종류의 서사물이건 일단 보거나 읽고 나면 분석하기를 광적으로 즐기는 직업적 평론가라 하더라도, 높은 고도와 지루한 시간과 불편한 자세를 오래 견디기 힘들단 점에서는 보통의 독자들과 다를 바 없고, 또 단속적인 장면들의 목록이 더 정확해지고 세밀해진다고 해서 크게 어렵지도 않은 영화의 이해도를 높이거나 할 이유도 없어 보인다. 관객으로서도 평론가로서도 이해가 필요 없는 영화니까. 다만 이 영화가 일종의 브리콜라주 형식을 취한다는 사실만 요점으로 취하면 되겠다.

쉽사리 사전적 정의를 가져와도 좋겠으나, 그보다는 브리콜라주에 관한 한 가장 고전적이고 권위적이라 정평이 나 있는 레비스트로스를 빌려와본다.

오늘날 '브리콜뢰르(bricoleur)'는 아무 것이나 주어진 도구를 써서 자기 손으로 무엇을 만드는 사람을 장인에 대비해서 가리키는 말이다. 신화적 사고의 특성은 그 구성이 잡다하며 광범위하고 그러면서도 한정된 재료로 스스로를 표현한다는 것이다. 무슨 과제가 주어지든 신화적 사고는 주어진 재료를 활용해야 한다. 왜냐하면 달리 이용할 수 있는 것이 아무것도 없기 때문이다. 그러므로 신화적 사고는 일종의 지적인 '손재주(bricolage)'인 셈이다.[2]

그가 사용하는 재료의 세계는 한정되어 있어서 '손쉽게 갖고 있는 것'으로 하는 게 승부의 원칙이다. 말하자면 그가 갖고 있는 도구와 재료는 항상 얼마 안 되고, 그나마 잡다한 것들이다. 왜냐하면 그저 주어진 것들의 내용은 현재의 계획이나 또 어떤 특정한 계획과 관련되어 구성된 것이 아니라 단지 우연의 산물이기 때문이다. 그는 어느 때고 종전의 파손된 부품이나 만들다 남은 찌꺼기를 가지고 본래 모습을 재생시키는가 하면 완전히 새것을 만들어내기도 한다.[3]

자, 이렇게 「2012」와 『야생의 사고』를 나란히 놓고 보니, 영화 도입부에 나열된 저 단속적인 장면들(그것들은 이러저러한 다른 기성품들, 가령 「다빈치 코드」「더 록」「인디아나 존스」「투모로우」 등등에서 사용된 바 있는 부품들이다)은 에머리히라는 이름의 브리콜뢰르가 자신의 새로운 재난 영화 「2012」를 조립하는 데 사용하게 될 재료들이었겠다. 그것들 사이에 인과를 부여하고, 배치를 달리하고, 조립의

2) 클로드 레비-스트로스, 『야생의 사고』, 안정남 옮김, 한길사, 1996, p. 70.
3) 클로드 레비-스트로스, 같은 책, p. 71.

순서를 다시 한 결과가 저 얼토당토않은 현대판 노아의 방주 서사였
겠다.

　이제 저 두 텍스트와 함께, 그가 비행기에 오르기 직전까지 읽었던
여러 작가들의 텍스트들을 추가적으로 병렬시켜보자. 그러면 그것들
은 고도 26,000피트 상공에서 비몽사몽 중에 있던 또 다른 한 명의
브리콜뢰르 K(비평가란 다소 경멸적으로 말해 주어진 텍스트와 이론과
현실을 요리조리 재배치하고 조립하여 유사하거나 새로운 생산물을 만들
어내는 재주꾼이 아닌가)에게 주어진 최초의 도구와 재료 들이 된다.
요컨대 그때 하늘 위에서 고단한 몸을 뒤척이고 있던 한 평론가가 보
기에 이즈음 한국 소설은 브리콜라주처럼 구조화되어 있었다. 그는
마음속에서 쾌재를 부르며 무릎을 쳤다. 그러자 많은 것들이 그의 사
유 속에서 브리콜라주 되기 시작했다.


3


　우선 얼마 전부터 재미를 붙인 트위터의 화면이 떠올랐고, 그는 그
중 아무 화면이나 캡쳐해 오려 붙이기(이 역시 전형적인 브리콜라주
작업의 하나일 텐데)하고 싶은 유혹을 참아야 했다. SNS 상에는 인쇄
된 활자 매체로 읽으면 낯부끄러울 만큼 사소하거나 감상적이거나 과
격하거나 돌발적인 글들이 많은 터라, 옮겨오면 익명의 트위터들에게
실례를 범하게 될 경우도 있는 법이다. 이견이 있겠으나, K는 논란을
일으키는 것을 많이 즐기는 편이 아니다. 그래서 오려 붙이는 대신
설명으로 대신하건대, 지난 몇 달간 그는 '모든 것은 연결되어 있다'

(우리는 최근 김연수를 필두로 윤성희, 김중혁, 최제훈에 이르기까지 이와 똑같은 문장이나 유사한 문장들을 얼마나 자주 읽었던가)라는 문장의 참의미를 트위터를 통해 진심으로 이해하기 시작하고 있었다.

그 안에서는 부산 영도의 한진중공업에서 2백 일 넘는 날들을 견디는 여성 노동자의 하루하루가 거의 실시간으로 중계되는 한편, 시인들은 140자면 충분하다는 듯 도저히 믿을 수 없을 만큼 멋진 명문들을 취중에도(만) 쏟아부었고, 누구는 실연의 고통을 피처럼 토했고, 누구는 방금 찍은 어항 속의 물고기 사진을 전시했으며, 때로는 일본 지진의 여파와 국제 관계의 변화를 폭풍 트윗하는 이가 있는가 하면, 아침마다 가장 먼저 떠오른 '오늘 아침의 단어'를 연재하는 이들도, 잃어버린 지갑이나 애완견을 찾는 이들도 적지 않았다. 물론 DM을 주고받았음에 틀림없는 두 남녀가 시치미를 떼며 공적 대화를 가장하는 기미도 여러 군데서 포착되었다. 많은 이들이 서로의 트윗에 무한 리트윗으로 공감했고 멘션을 달았으며, 함께 희망버스를 탔고, 위로하고, 감탄하고, 고발했다. 그러니까 트위터 화면 안에서 모든 것은 연결되어 있었다. 트위터는 각각 다른 곳에 속해 있던 부품들을 하나로 재조립하게 만드는, 말하자면 세계 전체 규모의 브리콜라주 작품이었다. 그는 세계를 조립하는 느낌에 사로잡혔다.

트위터만 아니라 그즈음 자주 드나들던 블로그들 중 아무 데서나 화면 한 컷을 배경음악과 함께 오려 붙이고도 싶었다. 적당하게 감미로운 BGM과 Canon Eos 50D 쯤의 지문이 각인된 풍경 사진, 그리고 그 아래 자신의 창작인 몇 구절의 잠언풍 문장, 아니면 최근 읽은 서정적인 시 한 편과 시집 표지 이미지를 짜깁기해두고 방문객들을 기다리는 그 많은 블로그 포스트들이 브리콜라주 작품이 아니면 무엇이란 말인가?

　대학 선생이기도 한 그는, 블로그에 더해 이역행을 위해 부리나케 서둘러 채점해야 했던 기말고사 시험지와 리포트들을 스캔해 오려 붙이고 싶은 욕심도 참아야 했는데, 'Ctrl + C'와 'Ctrl + V'는 이즈음 가장 자주 사용되는 소소한 브리콜뢰르들의 손재주가 아니던가? 이즈음의 대학생들은 교활하고 비양심적이지만 능숙한 브리콜뢰르들이기도 하다는 것이 K의 솔직한 대학생관이다.

　「개그 콘서트」(그는 특별히 '생활의 발견'과 '감수성'이란 코너를 좋아한다)의 이질혼종적 짜깁기는 또 어떻고, 같은 재료를 조립과 배치만 달리해 중년의 주부들을 사로잡곤 하는 그 많은 텔레비전 드라마들은 어떻고, 비동시적인 것들의 동시성에 대한 가장 훌륭한 증거라 해도 무방할 패션의 유행은 또 어떻고, 중세의 한옥들과 보나벤투라 호텔을 방불케 하는 포스트모던 건물 사이로 허물어져가는 재개발 대상 이태리식 가옥(일명 박정희 양식)들의 초라한 모습이 공존하는 도시 풍경은 또 어떻던가?

　말하자면 그의 눈에 작금의 세계 전체는 브리콜라주였고, 조물주 곧 시스템은 조립과 재배치에 관한 한 전지적 능력을 발휘하는 '절대 브리콜뢰르'였다. 그리고 홀로 고독하게 그러지는 않겠고, 또 구조적 인과성 속에서만 그렇게 할 수 있겠지만, '매우 복잡한 매개'를 거친다 하더라도 '최종심에서는' 토대가 상부를 결정한다는 말이 맞다면(이 문장들 또한 브리콜라주처럼 읽히는데), 세계의 변화는 그 안에서 살아가는 사람들의 인식이나 지각 방식의 변화를, 그리고 조금 더 문학적으로는 한 시대와 사회의 감성적 상징 형식인 소설 장르의 변화를 요청하는 걸 거라고, 그는 생각했다. 그렇다. K가 생각하기에 열에 아홉쯤, 우리의 의식과 무의식과 지각 방식은 브리콜라주처럼 구조화되어 있었다.

이때쯤 그는 이른 시기에 벤야민이 그런 생각을 간명하게도 이렇게 표현했었단 사실을 기억해냈다가 후에 그 구절을 찾아 여기에 옮겨 오기도 한다.

우리들의 술집과 대도시의 거리, 사무실과 가구가 있는 방, 정거장과 공장들은 우리를 절망적으로 가두어 놓은 듯이 보였다. 그러던 것이 영화가 등장하여 이러한 감옥의 세계를 10분의 1초 다이너마이트로 폭파함으로써 우리는 사방으로 흩어진 감옥세계의 파편들 사이에서 유유자적하게 모험에 가득 찬 여행을 할 수 있게 되었다. 클로즈업된 촬영 속에서 공간은 확대되고 고속촬영 속에서 움직임 또한 연장되었다. 우리는 확대촬영을 통해 "어차피" 불분명하게 보는 것을 분명하게 볼 수 있게 되었을 뿐만 아니라 오히려 전혀 새로운 물질의 구조들을 볼 수 있게 되었다.[4]

영화의 시각적 기법, 특히 클로즈업이 인간의 지각에 어떤 물리적 변화를 미쳤는지를 설명하는 저 구절은, 생산 기술의 발전이 어떤 방식으로 인간의 신경과 감각을 바꿔놓는지를 쉽고도 명확하게 설명한다. 그렇다면 벤야민이 다른 글(「보들레르의 몇 가지 모티브에 관하여」)에서 보들레르를 인용하며, 대도시의 길을 건너는 사내를 두고 '의식을 구비한 만화경'이라 표현할 때, 그것은 절대 비유가 아니었을

---

4) 발터 벤야민, 「기술복제시대의 예술작품」, 『발터 벤야민 선집 2 —기술복제시대의 예술작품/사진의 작은 역사 외』, 최성만 옮김, 길, 2007, p. 138.

것이다. 만화경이 이제 인간의 시신경으로 옮겨 앉는다. 카유아Roger Caillois의 '놀이하는 인간'이 흉내를 통해 자신을 정립하고, 거울 앞에 선 라캉의 아이가 이미지에 따라 신체를 지각하고 변화시키듯, 기술은 그것에 자극받은 인간의 지각기관을 생물학적으로 그리고 물리학적이거나 화학적으로도 '훈련시킨다.' 그리고 그렇게 새로운 자극에 의해 훈련된 수용자들의 감성은 새로운 예술 형식을 요구한다.

최소한 저 글을 쓸 때의 벤야민이 진정한 의미에서 유물론자였던 것은, 그가 생산력의 발전과 사회의 변화를, '총체성'이나 '전형' 혹은 '반영' 같은 예술의 내용적 층위에서만 거론한 것이 아니라, (마치 후대의 랑시에르를 '예상표절'하기라도 한 것처럼) 지각 방식의 전면적 변화와 그로 인한 매체의 변화, 그리고 작품 생산 및 수용 방식의 변화에 이르는 거대한 층위까지를 아울러 논한다는 이유 때문이다. 가령, 벤야민이 보기에 영화는, 생산 기술의 발달은 물론이고 근대인들에게 가해진 신경생리학적 자극 없이는 전혀 성공할 수 없는 예술 장르였다.

아마도, 같은 일이 지금 2010년대 한국의 소설에 일어나고 있을 것이다. 그리고 그 변화를 브리콜라주소설, 무한소설, 퀼트소설 등 어떤 용어로 부르는가 하는 것은 부차적인 문제다. 하늘 위의 평론가, 그는 그렇게 생각했다. 그러자 그가 읽은 작품들이 어떤 질서에 따라 배열되었고, 그것들에 대해 글을 쓰는 일이 가능할 것 같아졌다.

# 4

한국 소설에 관한 한 직업적인 전문가군에 속해 있는 K이고 보면 당연한 일이겠지만, 그 역시 김연수와 윤성희를 줄곧 따라 읽어왔다. 돌이켜 생각하면 지금 일반화되어가는 어떤 경향의 초입에는 그 두 작가가 있었다. '브리콜라주 소설'의 선구자로서, 그리고 원리적으로 무수한 서사소들의 끝없는 연쇄로 이루어진 '무한소설'의 선구자로서……

그래, 오래전 김연수의 『네가 누구든 얼마나 외롭든』에 대해 쓴 적이 있었지. 그리고 이제 와 생각해보면 반쯤 그을린 입체 누드 사진한 장의 입수 경위에서 시작해 세상에 존재하는 모든 이야기들을 다삼키려 들던 그 소설에 관해 쓸 때, 나는 브리콜라주를 염두에 두고있었다는 생각도 드는군. 기억이란 그렇게 사후적으로 재구성되는 경우가 많다는 사실을 잠시 망각한 채 K는 그렇게 중얼거렸다.

그런데 유대계 독일 비평가 발터 벤야민이 1927년에 쓴 일기와, 1960년대 부산에서의 히로뽕 밀매 사건, 후지이 간타로의 조선 입국과 강시우의 프락치 활동이 도대체 어떤 방식으로 연결될 수 있을까? 게다가 앞에 나열된, 서로 간에 어떠한 연관성도 찾을 수 없을 것 같은 수많은 이야기들이 선조적(線條的)으로, 연대기 순에 따라 배열되는 것도 아니다. 이야기들은 화자가 만나는 사람에게 듣는 순서대로, 혹은 화자의 의식 속에 떠오르는 대로, 전혀 시간적 순거를 고려하지 않고 교차되고 뒤섞인다. 그러니 이것은 우리가 소위 '역사'라고 부르는 이야기 방식(사건에 인과를 부여하고, 연대기적 순서에 따라 기록하는)과는 다르다. 그것은 차라리 천문학적인 이야기 서술 방식이다.[5]

벤야민의 성좌적 글쓰기를 염두에 둔(훗날 김연수는 실제로 그런 식의 글쓰기를 염두에 두었음을 사석에서 실토한 적도 있다), 마지막 문장의 '천문학적인 이야기 서술 방식'이란 문구를 그는 지금에 와서야 '브리콜라주적인 글쓰기 방식'으로 바꿔 적고 싶어졌다. 후지이 간타로가 조선에 입국하던 1904년부터 1990년의 독일 통일까지, 크고 작은 서사소들이 여기저기서 수집된 재료이자 부품들로서 존재한다. 그것들을 수집한 브리콜뢰르 김연수는 벤야민으로부터 차용한 '성좌적 글쓰기 방식'이라는 도구를 사용해 그것들의 순서와 배치를 요리조리 달리 조립한다. 그러자 "네가 누구든 얼마나 외롭든"이라는 제목의 '무한소설'(이것은 굳어진, 심지어는 굳어질 장르 개념이 아니다) 한 편이 탄생한다. 원리상 이야기는 무한하다. 수집된 이야기소들을 어디든 성좌의 원리에 따라 배치해주면 되기 때문이다.

윤성희의 소설도 원리에 있어 그와 동일하다. 윤성희 소설 특유의 서사적 분기야 이미 유명한 사실이지만 그가 특별히 떠올린 것은 다음의 한 구절이다.

아버지는 앨범을 들여다보면서 그런데 무슨 순서대로 사진을 꽂은 거니? 물었다. 당연히 날짜 순서대로 앨범을 정리했을 거라고 생각한 아버지는 두번째 장에 꽂힌 엽서를 보고는 고개를 갸웃했다. "이건⋯⋯

---

5) 졸고, 「단 한 권의 책」, 『단 한 권의 책』, 문학과지성사, 2008, p. 98.

내가 마지막으로 찍은 건데." 나는 엽서가 도착한 순서대로 정리를 한 것은 오래전 일이었다고 대답했다. 잠이 오지 않는 날이면 엽서들을 방바닥에 늘어놓고 네 개씩 사진들을 짝지어 새로운 이야기를 만들고는 했다. "덕분에 심심하지 않게 초등학교 시절을 보낼 수 있었어."[6]

물론 저 각각 다른 사연과 맥락 속에서 수집된 앨범 속 사진들은 윤성희란 이름의 브리콜뢰르가 수집한 재료들이다. 흥미로운 것은 그것들에 정해진 순서와 배치란 없다는 점이다. 아버지가 마지막으로 보낸 엽서가 앨범의 두번째 자리를 차지할 수도 혹은 다른 자리를 차지할 수도 있다. 엽서는 이야기소이고, 수집된 이야기소들의 배치를 달리하고 인과를 달리함에 따라 완성된 이야기들의 숫자는 순열 조합마저 가능하게 한다. 역시 무한소설이다. 비유컨대 김연수에게는 천문학이었던 것이 윤성희에게는 앨범 정리였던 셈이다.

K의 뇌리에 김중혁의 첫번째 소설집 서문의 두 문장이 불현듯 떠오른 것도 생각이 여기까지 진척되었을 때였다. "생각해보면, 나는 레고 블록이다. 나라는 것은 무수히 많은 조각들로 이뤄진 덩어리일 뿐이다"라고 김중혁은 썼다. 그는 기억한다. 그래 그러고는 저 문장 아래 "(이하 절대 무순)"이라는 팻말과 함께, '더 킹크스'에서 '베스 기븐스'(이 둘의 음악적 편차는 얼마나 심한지)까지, 예술가들의 이름과 사물들(그는 사물들의 해방자니까), 장난감과 책 제목과 만화 캐릭터 들을 두루 포함한 긴 목록을 작성했지. 그러곤 다시 "조립되고 해체되고, 또다시 조립되면서 이 블록들은 지금의 나를 만들었다"[7]고

6) 윤성희, 『구경꾼들』, 문학동네, 2010, p. 221.
7) 김중혁, 『펭귄뉴스』, 문학과지성사, 2006, p. 377.

썼지. 스스로를 브리콜라주된 생산품처럼 말하는 저 발상의 경쾌함이라니. 최근 낸 장편 『미스터 모노레일』[8]에서도 그의 브리콜라주는 계속되고 있더군. 오로지 주사위의 숫자에 따라 진행되고 조합되는 이야기들의 브리콜라주. 『미스터 모노레일』의 주사위는 그러니까 김연수의 천문학, 윤성희의 앨범 정리와 다르지 않은 셈이로군.

그러나 경향이란 무엇인가? 몇몇 개별 작가가 보여주는 창작상의 공통점만을 일러 '경향'이라는 거창한 말을 쓰지는 않는다. 김연수가 성좌를 그릴 때, 윤성희가 앨범을 정리할 때, 김중혁이 주사위를 던질 때, 그들은 각각 개별적인 작업을 영향 없이 수행했던 것이고, 그런 의미에서 자신이 수집한 재료와 부품 들을 가지고 독자적으로 작업하는 개별 브리콜뢰르에 불과했던 것은 아니었을까? 게다가 그들은 거의 동세대에 속하는 작가들이어서 그들의 작품만을 가지고 브리콜라주가 이즈음 한국 소설의 대세라고 말하는 것은 어째 좀 섣부르지 않은가? 노파심 많은 평론가인 그가 중견 작가 최수철의 장편 『침대』와 신예 작가 김성중의 단편 「내 의자를 돌려주세요」[9]를 추가로 호명하게 된 것은 이런 자의식 때문이었다.

최수철의 『침대』[10]만큼 많은 이야기소들로 조립된 소설을 한국 소설사에서 더 찾을 수 있을까? '1인칭 전지적 시점'(사실 언젠가 K는 이 특이한 시점의 증가도 망상과 편집증적 서사가 주류를 이루고 있는 한국 소설의 한 경향이라고 언급한 적이 있었다. 후에 그는 이 문제에 대해서도 조금 자세한 글을 하나 쓸 계획이다)으로 씌어진 이 소설은, 한국

8) 김중혁, 『미스터 모노레일』, 문학동네, 2011.
9) 김성중, 「내 의자를 돌려주세요」, 『개그맨』, 문학과지성사, 2011.
10) 최수철, 『침대』, 문학과지성사, 2011.

현대사 전체를 가로지르며 우연한 침대 하나가 '궁극의 침대'(그는 영화 「반지의 제왕」의 영향을 받아 '절대 침대'라는 말을 더 선호한다)로 완성되는 과정을 기록한 야심작이다. 재료는 방대해서 신화, 설화, 민담, 역사, 드라마, 시 등등의 다종다양한 소재와 스타일이 집대성되어 있는데, 이는 마치 소설 장르 초창기에 씌어진 짜깁기 문학의 걸작 『트리스트럼 샌디』를 방불케 한다. 김성중의 「내 의자를 돌려주세요」 역시 독특한 브리콜라주 소설인데, 화자가 앉게 되는 의자들마다 각자의 사연과 관점 들을 지니고 있어서, 화자가 돌아다니며 앉고 듣게 되는 의자의 수만큼 이야기는 증식한다.

원로급 중견 작가도, 한참 아래 세대의 신예 작가도, 한국 문단의 중추라 불리는 작가들과 나란히 오늘도 재료를 모으고 조립하고 재배치하느라 여념이 없다. 도처에서 작가들이 뭔가를 수집하고 옮겨 적는 모습을 잠시 상상하던 그는 그 모습이 보기에 좋아 잠시 웃는다. 그러나 그 웃음은 비단 침대의 재료가 될 나무 쪼가리를 줍는 최수철이나 여기저기 의자들을 전전하는 김성중이나 앨범을 정리하는 윤성희나 별자리를 쳐다보는 김연수나 주사위를 굴리는 김중혁 때문만은 아니었는데, 이제 그에게는 서준환과 최제훈, 그야말로 전형적으로 브리콜뢰르들인 두 작가에 대한 이야기가 남아 있었기 때문이다.


5


평론가 K, 그가 지었던 회심의 미소는 물론 서준환의 최근 장편 『골드베르크 변주곡』과 『고독 역시 착각일 것이다』에 실린 단편 「이

보가 나무」[11] 때문이었다. 그리고 최제훈의 장편『일곱 개의 고양이 눈』과 단편집『퀴르발 남작의 성』을 읽던 때의 흥분도 그 웃음을 이루고 있는 성분들 중 하나였다. 그가 보기에 이 두 작가는 이즈음 한국 소설의 단면도에서 주류를 차지하는 브리콜라주적 상상력 중에서도 그 핵심 부위를 이루고 있다.

　최제훈 소설을 통틀어 K가 가장 흥미롭게 읽은 작품은 다른 독자들이 동의하거나 말거나 단연코 「쉿! 당신이 책장을 덮은 후」다. 이 소설을 독립된 하나의 작품으로 인정해야 할 것인지부터가 독자로서는 일단 의문일 것이다. 왜냐하면 이 작품은 마치 몇 개의 막으로 이루어진 연극이 끝나자, 극 중에서 이미 죽었거나, 지나가는 행인으로 슬쩍 옆모습만 비치고 말았거나, 무대장치를 맡은 탓에 아예 관객에겐 얼굴조차 들이밀지 못했던 스태프들까지도 모두 나와 행하는, 일종의 무대 인사와 같기 때문이다. 앞서 실린 일곱 편의 단편들에 등장했던 인물들(그저 조역이었던 인물들까지 포함해서)이 거의 모두 한자리에 모인다. 그런데 그들이 함께 수행하는 임무가 흥미롭다. 살인 사건이 있었고, 토막 난 시체의 여러 부위들이 여기저기서 발견된다. K는 독자들을 위해 이 부분은 길어지더라도 반드시 인용해야 한다고 마음먹은 지 오래다. 상황은 마리아, 톰, 제리, 괴물, 마틴 경위, 헤카테, 강우빈 등 (이 인물들의 출처를 상기하라. 신화부터 탐정소설과 텔레비전 만화 시리즈에 이르기까지, 그들을 수집해온 출처는 다양하다) 여러 소설의 등장인물들이 시신의 일부를 찾거나 그것들을 두고 설왕설래하던 와중이다.

---

11) 서준환, 「이보가 나무」, 『고독 역시 착각일 것이다』, 문학과지성사, 2010.

팀원 파악을 위한 수색은 점차 보물찾기의 양상을 띠어갔다. 이현정이 오른쪽 상박을 찾았고 에르네스트가 왼쪽 허벅지를 트로피처럼 번쩍 치켜들고 달려왔다. 메데이아는 포도주 통 안에서 둔부 반쪽으로 추정되는 살덩이를 건져내고 환호성을 질렀다. 빙고!

　속속 옮겨진 조각들이 식탁 위에서 직소퍼즐처럼 맞춰졌다. 그런데 의문의 변사체는 온전한 사람 형태를 갖춰갈수록 기묘한 모양새가 되었다. 어떤 부분은 빵빵한 근육질이었고 어떤 부분은 뼈에 살가죽만 두른 말라깽이었다. 조각마다 피부색과 체모의 상태도 제각각이었다. 심지어 한쪽 가슴은 유두에 구불구불한 털 몇 가닥이 돋은 밋밋한 남성인데, 반대쪽은 C컵은 족히 되어 보이는 여성의 가슴이었다.[12]

　작중 또 다른 인물 나카자와 사토시의 "시공을 뒤섞어 한바탕 난장을 벌여봅시다"[13]란 제안은 저렇게 실현된다. 고대의 신화와 중세의 마녀사냥 기록, 근세의 탐정소설과 현재의 한국을 넘나들며 수집한 인물과 서사소 들을, 이리저리 배치하고 뒤섞고 해설을 덧붙인 것이 그의 일곱 편의 소설들이었다. 그리고 그것들을 다시 해체하여 하나의 작품으로 재조립하는 과정이 바로 저 인용문이다. 레비스트로스가 만약 저 작품을 읽었다면, 브리콜라주의 적절한 예로 의자나 침대를 만드는 장인을 들지는 않았을 것이다,라는 데까지 생각이 미치던 바로 그때, K의 머리에 이 글의 제목에 포함될 하나의 문구가 떠올랐다. 저렇게 만들어진 피조물이 있다면 그것은 프랑켄슈타인(박사가

---

12) 최제훈, 「쉿! 당신이 책장을 덮은 후」, 『퀴르발 남작의 성』, 문학과지성사, p. 276.
13) 최제훈, 같은 글, p. 282.

만든 괴물)이 아닌가!

　살펴보면 장편 『일곱 개의 고양이 눈』의 창작 원리 또한 괴물 만들기에서 그리 멀지 않다. 총 네 개의 장으로 이루어진 이 장편에서 첫번째 에피소드는, 끝내 소설 속에 모습을 드러내지 않을 것임에 틀림없는 제7의 인물(브리콜뢰르는 원래 재료들의 조립자일 뿐 작품에서 자신을 주장하지 않는다), 즉 작가 자신이 사용할 재료들을 소개하는 장처럼 읽힌다. 산장에서의 살인 사건에 여섯 명의 인물들이 초대된다. 태식, 민규, 현숙, 세나, 연수, 연우.[14] 한 사람이 살아남고 모두 죽는다. 끝내 그들을 초대한 자는 나타나지 않는다. 흥미로운 것은 이어지는 두번째 에피소드다. 「복수의 공식」이란 제목이 붙은 이 에피소드의 등장인물들은 첫번째 에피소드의 등장인물들로 보인다. 그런데 그들은 첫번째 에피소드에서 자신들의 캐릭터를 이전해오면서 동시에 지워버리는 존재들이다. 직업도 유사하고 살아온 삶의 행적도 유사하다. 그러나 나이나 대사 등에서 생겨나는 미묘한 차이는 또한 동시에 그들을 다른 인물들로 보이게도 한다. 그것은 마치 어떤 의자 하나를 해체해 전혀 다른 모양의 의자를 만들어내는 작업과 같아 보인다. 먼저의 의자는 나중의 의자에 의해 승계되면서 부정된다. K의 비유를 빌리자면, 이 소설은 그 전체가 마치 프랑켄슈타인 박사의 작업을 닮았다. 시신 조립자 프랑켄슈타인. 낡고 쓸모없는 기성품으로부터 부품을 수집하여 해체하고 다시 조립하기를 거듭하는 자 프랑켄슈타인. 최제훈이 그토록 프랑켄슈타인이란 캐릭터에 연연했던 것은 아마도 그이야말로 자신이 쓰는 소설의 창작 원리를 미리 선취했던

---

14) 최제훈, 『일곱 개의 고양이 눈』, 자음과모음, 2011, p. 21.

선배 작가였기 때문일 것이다. 그리고 물론, K가 이 글의 제목을 굳이 프랑켄슈타인 박사의 브리콜라주식 생명 탄생 설화와 관련시켰던 것도 그런 이유였다.

그런데 '조립과 해체'라고 했거니와, 사실 이 분야의 특허권은 서준환에게 있다. K의 말버릇을 흉내내 '지나가는 길에 덧붙이자면', 혹자는 그 특허권이 미국의 여류 작가 거트루드 스타인Gertrude Stein에게, 특히 그녀의 1925년작 *The Making of Americans*에 있다고 말하기도 한다. 그러나 K는 그런 말을 전혀 신뢰하지 않는 편인데, 그 이유는 보르헤스가 문장까지 완전히 같은, 그러나 서로 다른 작가에 의해 쓰어진 두 편의 『돈키호테』를 전혀 다른 작품이라고 우겼던 것과 똑같은 이유에서이다.

어쨌든 K가 아는 한, 서준환의 단편 「이보가 나무」는 저주받은 걸작이다. 아니 심지어 K는 종종 어떤 설문이 있어 '작금의 한국 문단에서 쓴 작품의 질에 비해 지나치게 저평가받거나 무평가받는 작가가 있다면 누구를 드시겠습니까'라고 물어주기를 바라기조차 할 정도다. 그러면 그는 망설임 없이 조하형(그는 SF의 문법과 각종의 과학적 이론들을 잘도 브리콜라주했던 훌륭한 작가다)과 더불어 서준환을 거론할 것이다. 강조하건대, 「이보가 나무」는 그 작품이 발표되었던 2008년 당시부터 K의 마음 한구석에서 떠나지 않던 작품이다. 그러던 차, 그 작품을 다시 떠올리게 된 것이 바로 장편 『골드베르크 변주곡』[15]을 읽고 나서다.

창작 원리에 있어 이 두 작품은 그 양의 차이에도 불구하고 동일하

---

15) 서준환, 『골드베르크 변주곡』, 자음과모음, 2010.

다(장편과 단편에서 그 분량 말고는 변별되는 지점을 찾기 힘들었던 K로서는 더더욱 그 차이를 구별해낼 의지가 없다). 변주 악곡의 형식, 그러니까 하나의 주제가 제시되고 그 주제에 대한 여러 변주가 이어지는 형식이 그것이다. 바흐의 「골드베르크 변주곡」의 구성이 서준환의 『골드베르크 변주곡』에서 언어화된다. 길렌 골드문트라는 가상의 피아노 연주자가 역시 가상의 음악 단체 골드베르크 재단의 요청에 따라 15명의 예술가들을 상상의 도시 비히니스부르크에 초대해 총 두 개의 칸토와 서른 개의 변주로 이루어진 언어적 변주곡을 연주한다. 초대된 열다섯 명의 연주자들을 소개하자면 이렇다. 골란 골드버그, 글렘 고든, 길란 기드먼스, 글렌다 주드, 뮬렌 구드, 글리오 골리에시아스, 괴란 골드, 길리아 골디코바, 길리나 고두노프, 알렌 골드스미스, 틀렌 툴스, 글리니스 굴디요바, 길리엔스 고디훈트, 글린카 굴모비치, 그리고 마지막으로 실명의 연주자 글렌 굴드. 소리 내 읽어본 독자라면 이미 느꼈겠지만 저 이름들 자체가 브리콜라주다. 몇 개의 동일한 자음과 모음이 해체와 조립을 열다섯 번 반복하면 탄생하는 이름들이 바로 저것들이다. 그러니까 저 이름들은 모두 길렌 골드문트라는 주제 제시자의 분신들이자 브리콜라주들이다. 이제 그들의 언어가 소리를 대체하지만 음악적 변주곡에서와 동일하게 그들의 언어적 변주에서도 각각의 에피소드들은 주제를 이어받으면서 부정하고, 되풀이하면서 지운다. 인물, 대사, 사건 들이 각각의 연주자들(시인, 행위예술가, 극작가, 조율사, 동화 작가 등등)에 의해 되풀이되지만, 그 되풀이는 그냥 반복이 아니라 들뢰즈식으로 말해 '차이 나는 반복'이다. 최초에 그들에게 주어진 몇 가지 재료들은 해체되고 조립되고 다시 해체되고 조립되기를 반복하면서 브리콜라주 작업의 전형적인 모델을 제시한다. 텍스트는 무한 조립가능한 부품들의 결합체가 된다.

　음악적 변주가 꿈의 변주로 바뀌었달 뿐, 「이보가 나무」의 형식 또한 유사하다. 굴다리와 고깔모자와 버섯 모양의 키홀더와 옥빛 터틀넥과 절단된 사지들과 카페 테라스와 쪽빛 음료와 범선 한 척과 빨간 머리 여자와 인디언 조란 남자가 꿈의 재료다. 그 꿈은 무한 반복되면서 이 재료들의 순열적 조합을 계속한다. 그렇게 이 소설은 마치 끝없이 되풀이되며 변형되는 꿈의 기록처럼 읽히는데, 알다시피 꿈 작업은 압축과 대치에 능하다. 재료들은 압축과 대치를 반복하면서 영원히 빠져나올 수 없는 무의식의 미로 같은 것을 구성한다. K는 이 작품을 읽는 내내 온몸에 소름이 돋았단 사실을 애써 부인하지 않는다. 그리고 소름이 돋은 와중에도, 우연히 잘린 2011년 여름 한국 소설의 절단면이 저렇게도 브리콜라주처럼 구조화되어 있었단 사실에 스스로도 놀랐다고 한다.

## 6

　이쯤, 평론가 K가 디트로이트에서 인천으로 돌아오는 길에 탔던 델타 항공 〇〇〇호기 54H 좌석에서는, 바로 앞 53H 좌석 등받이에 장착된 12인치 모니터를 통해 이미 링크되어 있는 영화 수 편을 더 볼 수도 있었다는 (그가 아이들과 조금만 덜 미친 듯이 뛰어놀았다면) 사실을 지적해두어야 한다. 종종 얼리 어댑터란 비판을 받기도 하는 일군의 영화 평론가들(K가 움찔한다) 사이에서는, 영화사 전체가 이 작품 이전과 이후로 나뉜다는 평을 듣기도 했던 작품, 그러니까 그 유명한 「아바타」를 볼 수도 있었다. 굳이 글이 끝나가는 마당에 이런 말을 적어두는 것은 브리콜라주적 소설 쓰기는 거의 필연적으로 소설의 입체화를 수반하고, 소설의 입체화 현상 역시 어쩌면 역시나 홀로 고독하게 그러지는 않겠고, 또 구조적 인과성 속에서만 그렇게 할 수 있겠지만, '매우 복잡한 매개'를 거친다 하더라도, '최종심에서는' 토대에 의해 영향 받고 있을 것인 바(3D는 소설에도 영향을 미친다), K는 이에 대한 짤막한 언급으로 이 글을 마무리할 수도 있었을 것이기 때문이다.

아마도 실제로 그랬다면 이장욱의 입방체 소설 쓰기에 대해서는 말할 것도 없고(K는 이에 대해 이미 두어 차례 공식적인 지면을 빌려 언급한 바 있기도 하다), 김애란의 『두근두근 내 인생』[16]이 K 같은 직업적 평론가의 눈에서마저 두어 번쯤 긴 눈물을 자아낼 수 있었던 것은, 오로지 주인공이 앓던 조로증 때문이었다는 사실, 그런데 조로증이란 한 신체에 여러 시간대가 입체적으로 공존하는 병이란 사실 등을 거론할 수 있었을 것이다. 늙었으며 어리고, 지혜로우며 유치하고, 행복하며 불행한 그 소년을 살아 있는 인물로 만들어내는 데에는, 피카소처럼 동시에 여러 면을 함께 보는 잠자리의 눈 같은 것이 필요했을 테니까.

보태자면 신예 작가 김선재의 「그녀가 보인다」[17]에 등장하는 주인공 사내의 기이한 안질에 대해서도 거론할 만했을 것이다. 그의 두 눈은 서로 다른 것을 보는데, 그 덕에 그는 마치 매직아이로 이루어

---

16) 김애란, 『두근두근 내 인생』, 창비, 2011.
17) 김선재, 「그녀가 보인다」, 『그녀가 보인다』, 문학과지성사, 2011.

진 입체화를 보듯 세계를 이중적으로 관찰한다. 병력을 조사해볼 수는 없겠지만 아마도 브라크나 피카소도 세계를 그렇게 봤을 것이다. 그 이상한 시력 덕분에 첫 소설집『그녀가 보인다』에 실린 김선재의 단편들은, 우리가 사는 세계를 선과 악, 환상과 현실, 욕망과 순응이 이중 인화된 입체화 형식으로 그려낼 수 있게 된다.

그리고 종종 채 검증되지 않은 신인 작가의 작품을 가지고도 내기를 일삼는 평론가 K의 성향으로 미루어볼 때, 그라면 틀림없이 박지영이란 다소 생소한 작가의 「팀파니를 치세요」[18]를 비중 있게 다뤘을 법도 하다. 그는 언뜻 그 작품에서 입체소설이 무한소설과 새롭게 결합하는 방식을 보았다고 믿고 있다. 즉 안과 밖을 동시에 그리면서 원리상 영원히 이어지는 이야기들로 이루어진 뫼비우스의 띠 혹은 클라인씨의 병. 입체가 반드시 입방체일 필요는 없는 것이다.


7


K의 게으름에 대한 아쉬움은 아쉬움대로 묻고, 자 이제 K는 이대로 글을 맺을 모양이다. 항상 그랬듯 그는 결론을 쓰지 않거나 쓰지 못한다. 세계에 대해, 문학에 대해, 그가 크게 기대하는 것이 없는 탓이기도 하고(그의 글에서 허무주의의 냄새를 읽는 사람도 있다고 들었는데 그로서도 크게 부인할 것 같지는 않다), 어떤 경향을 그저 포착하는 일에 비해 그 경향에 대한 가치 평가를 보태는 일은 더 많은 노

---

18) 박지영, 「팀파니를 치세요」, 『세계의 문학』 2011년 봄호.

력과 주관을 필요로 한다는 사실을 그가 알고 있기 때문이기도 하고, 실은 거론한 작품들 전부가 다 마음에 드는 것은 아니었기 때문이기도 하다.

브리콜라주의 한계는 그에게도 명확해 보인다. 글쓰기가 놀이로 전락하기 쉽다는 것, 창조력보다 재료 수집이 관건이 되는 글쓰기가 될 수도 있다는 것. 필요 이상으로 방만한 상상력이 중력을 상실한 브리콜뢰르를 양성할 수도 있다는 것. 두어 작품에서 그는 이런 우려들이 실현되는 것을 보았던 듯하다. 브리콜라주의 장점 역시 그에게는 명확해 보인다. 모든 것이 연결되어 있다는 윤리적 감각의 소중함, 소진될 리 없는 이야기에의 욕망과 에너지(셰에라자드는 얼마나 훌륭한 브리콜뢰르였던가!). 서너 작품에서 그는 이런 기대들이 실현되는 것을 보았던 듯하다.

그러나 지금 그에게 더 중요한 것은 어떤 경향의 장단점에 대해 가치 평가하는 일이 아니다. 이후에 (그는 아직 예감하지 못하고 있지만) 우연히 고도 26,000피트 상공에서 한국 인구의 거의 3분의 1이 봤다는, 그러나 그는 아직 보지 못한 영화 「아바타」를 보게 될 것이고, 다시 무릎을 치며 입체소설에 대한 좀더 세밀한 분석을 담은 어떤 글을, 이 글에 대한 후속작으로 쓰게 될 것이기 때문이다. 그는 아마도 입체소설에 대해서도 무한소설에 대해서와 동일한 말을 하게 될 것인데, 홀로 고독하게 그러지는 않겠고, 또 구조적 인과성 속에서만 그렇게 할 수 있겠지만, '매우 복잡한 매개'를 거친다 하더라도, '최종심에서는' 토대가 상부를 결정한다는 말이 맞다면, 그의 의지와도 작가들의 의지와도 무관하게 소설은 지금 그가 들여다보고 있는 단면도처럼, 그런 방향으로 씌어질 것이라는 게 그 글의 요지다.

# 병든 신, 윈도즈Windows 속의 영웅

## 아이러니에 대하여

　인류가 고안해낸 대부분의 법칙이란 것들은 대개 시간이 지나면 누적된 예외 사례들에 의해 그 법칙성을 의심받는다. 게다가 그 법칙이 인문과학적 탐구에 의해 마련된 법칙일 경우 더 그렇고, 지나치게 도식적일 경우에는 더더욱 그렇다. 그러나 노스럽 프라이가 자신의 다소 편집증적 저서인 『비평의 해부』에서 도식화한 서사 양식에 있어 '주인공의 신분 하강의 법칙'은 오늘날에 이르러서도 그 참됨을 의심하기 힘들어 보인다. 그에 따르면 '신화→로망스→상위모방→하위모방→아이러니'의 도식을 그리는 서사 양식의 역사는 그대로 주인공의 행동 능력이 축소되는 과정, 곧 신분 하강의 과정과 같다.

　물론 우리가 살고 있는 세계는 그 마지막 단계인 '아이러니 양식'의 시대에 속한다. 우리 시대의 서사 양식 주인공들에 대해 프라이는 다음과 같이 말한다.

힘에서도 지성에서도 우리들보다 뛰어나지 못한 까닭에 우리가 굴욕, 좌절, 부조리의 정경을 경멸에 찬 눈초리로 내려다보고 있는 듯한 느낌을 그의 행위를 통해 받게 될 경우, 이 주인공은 아니러니 양식에 속한다. 이것은 독자가 자기도 그 주인공과 똑같은 상태에 처해 있다든가, 혹은 똑같은 상태에 처하게 될지도 모른다고 느끼게 되는 경우에도 적용된다.[1]

'힘에서도 지성에서도' 우리들보다 뛰어나지 못한 자들이란 아마도 광인, 룸펜, 바보 등등을 지칭할 것인데, 이 인물들이 그리는 궤적 초입에는 당연히 도스토옙스키의 그 유명한 '지하생활자'가 있다. "나는 병든 인간이다……. 나는 악한 인간이다. 나는 호감을 주지 못하는 사람이다. 생각건대, 간에 이상이 있는 것 같다"[2]라는, 천재적으로 자학적이고 우스꽝스러운 (세상에, 간에 이상이 있는 것 같다니!) 첫 문장의 압도적인 매력을 기억하자. 「지하로부터의 수기」는 이렇게 독자들로 하여금 주인공과의 동일시를 일찌감치 포기하게 만든다. 아마도 루쉰의 '아Q'와 함께 세계 문학사상 가장 비루한 인물들 중 하나로 기록될 이 지하생활자의 등장이야말로 이제 하위모방의 시대, 곧 리얼리즘 소설의 시대가 아이러니의 시대에 자리를 내주기 시작했음을 알리는 신호탄이었을 것이다. 소위 '정신승리법' '세계에 대한 사유의 우위'란 말은 바로 그 비루한 아이러니 양식의 주인공이

---

1) 노스럽 프라이, 『비평의 해부』, 임철규 옮김, 한길사, 2000, p.97.
2) 표도르 미하일로비치 도스토옙스키, 『지하로부터의 수기 외』, 계동준 옮김, 열린책들, 2002, p. 439.

살아가는 방식에 대한 아주 적절한 명명법이다.

그러나 러시아의 상황은 이후 급변해서, 1917년 혁명 이후 하위모방 양식은 아이러니 양식이 아닌 변종 상위모방 양식으로 후퇴한다. 사회주의 리얼리즘의 주인공들은 비록 그들이 가난한 노동자 계급에 속해 있었음에도 불구하고 명백히 상위모방 양식의 주인공들에 가깝다. 고전 비극의 주인공들과 유사하게 집단적 영웅으로서의 프롤레타리아트는 탄생과 함께 예정된 운명을 부여받고(세계를 변혁하라!), 그 운명의 실현을 위해 고군분투하다가, 성공하거나 실패하는 서사의 주인공이 된다. 그런 의미에서 사회주의 리얼리즘은 상식과 달리 그것이 리얼리즘이라는 외피를 입고 있음에도 불구하고 상위모방 양식에 속한다고 해야 맞다. 오히려 아이러니 양식은 혁명이 일어나지 않은 서유럽에서 카프카와 함께, 그리고 채플린과 함께 완성되고 일반화된다. 「변신」의 그레고르 잠자는 벌레와 자신을 동일시함으로써, 그리고 「모던 타임즈」의 찰리는 스스로 기계 사이에 낀 톱니바퀴가 됨으로써, 이제 어떠한 영웅적 행위도 불가능할 만큼 견고한 독점자본주의 사회 시스템 속에 우리가 들어섰음을 증거한다.

한국의 경우 그와 유사한 일이 1990년대 중반 즈음에 일어난다. 황종연이 크리스테바를 따라 이른바 '비루한 것abject'이라 칭한 장정일과 최인석의 주인공들이야말로 한국적 아이러니 양식의 첫번째 주인공들이다. 사회주의권의 몰락은 좋은 의미에서건 나쁜 의미에서건 변종 상위모방 양식의 쇠퇴를 가져왔고, 이후 김영하의 양아치들, 성석제의 쌈마이들, 백민석의 대중문화적 아나키스트들, 윤성희·천운영·강영숙·김애란의 변두리 비정규직 노동자들, 정영문·김태용의 앙티로망적 무위생활자들, 백가흠의 신경증 환자들, 이기호의 유쾌한 백수들, 편혜영의 시체들 등등이 그 뒤를 잇는다.

2000년대 초반 소위 '주체의 왜소화'와 '망상적 이야기들의 증식' '무중력 공간에서의 글쓰기' 등의 주제를 두고 벌어졌던 논란들 역시 크게는 이러한 흐름의 직간접적인 영향 속에 있었던 것으로 보이는데, 아마도 이 흐름은 당분간 지속될 것으로 보인다. 여러 이유를 들 것도 없이, 개인들에게 적대적인 세계가 그 시스템의 견고화 작업을 성공적으로 수행하면 할수록, 서사 양식의 주인공들이 할 수 있는 일, 그러니까 소위 행동 능력이란 것은 축소될 수밖에 다른 도리가 없기 때문이다. 실제로 2005년 이후 등장한 젊은 작가들의 작품 속에서, 주인공들은 하나같이 고립과 자폐를 선험적인 것처럼 수긍하고 (마치 지하생활자처럼), 행위 대신 망상을 통해 세계를 파악하고(세계에 대한 사유의 우위), 그 망상 속에서 이런저런 방식의 변신을 (그레고르 잠자처럼) 감내한다. 특별히 『일곱시 삼십이분 코끼리열차』의 작가 황정은과 『셋을 위한 왈츠』의 작가 윤이형의 작품들[3]은 그 전형적인 예가 될 만하다.


## 지하생활자의 변신


황정은의 작품들에서 우선 눈여겨볼 점은 작중 인물들이 처한 환경

---

3) 이 글에서 다루고 있는 작품들은 각각 황정은의 『일곱시 삼십이분 코끼리열차』(문학동네, 2008)와 윤이형의 『셋을 위한 왈츠』(문학과지성사, 2007)를 참고로 했다. 앞으로 이 작품집에서 인용할 경우 작품명과 쪽수만 기록한다. 단, 이 작품집에 실리지 않은 작품의 경우는 출처를 따로 적는다.

이다. 그들이 처한 환경은 프라이의 예상을 훨씬 초과할 만큼 열악해서, 아예 불쾌를 넘어 일종의 '숭고'를 유발할 정도이다. 하수구에 담배꽁초와 함께 버려진 어묵 조각을 줍는 노숙자 노인(「문」), 고아가 된 후 외삼촌에게 갖은 고문과 학대(마치 요가를 방불케 하는)를 받으면서 자라는 형제(「일곱시 삼십이분 코끼리열차」), 태어나자마자 종이 가방(가방에 새겨진 코끼리 무늬가 비감을 더한다)에 담겨 유기된 영아(「마더」), 술집 골방에서 아버지도 모른 채 태어나 엄마의 정부에게 구박만 받고 자라다 가출하는 (하루도 지속되지 못한다) 십대 소년(「소년」) 등이 황정은 소설의 인물들이다. 더 이상 하강하려 해도 할 수 없을 만큼 추락한 주인공들인 이들은, 프라이식 어법을 빌리면 그간 한국 소설사에 출현한 그 어떤 인물들에 비해서도, 양적으로나 질적으로 행동 능력에 있어 탁월하지 못하다. 황정은의 주인공들은 앞서 언급한 1990년대 중반 이후 '비루한' 인물들의 계보 맨 마지막에, 가장 비참하고 가장 왜소한 형태로 위치해 있다. 많은 예를 들 것도 없이, 「문」에 등장하는 인물 '두리안'의 백화점 에피소드 한 장면이면 그들이 얼마나 야만적인 상태에 처해 있는지에 대한 증거로는 족하다.

주머니에 이따금씩 손을 넣어 상품권을 만지작거리면서, 매대에 놓인 물건들을 진지하게 들여다보고, 먹을 수 있는 것과 먹을 수 없는 것을 구분했어. 밀가루. 이건 먹을 수 있어. 식용 기름. 이것도 먹을 수 있어. 고무장갑. 이건 먹을 수 없어. 가루 세제와 욕실용 선반. 기타 등등. (「문」, p. 31)

등 뒤에 죽은 자들이 걸어 나오는 문을 단 m은 지하철 철로에 뛰어들어 자살한 노숙자 두리안의 말을 듣는다. m은 아마도 황정은이 생각하는 이상적인 작가일 것이다. 세계의 비참을 듣고 기록하는 자. m에게 들려주는 두리안의 말들은 거의 숭고하다. 그는 소비자본주의 사회의 총아 백화점에서 원시시대를 산다. 필요와 무관한 것들만 파는 것이 틀림없는 오늘날의 백화점에서, 오로지 생존에 필요한 먹을거리만을 구별하는 두리안의 이야기는 진정으로 칸트적 의미에서 '숭고하다.' 우리는 그 비참의 크기를 가늠하기 힘들다. 가늠하기 힘들만큼 큰 대상만이 우리를 숭고한 감정에 이르게 한다. 그리하여 우리는 이야기가 다 끝난 후, 두리안이 m에게 하는 말 "무섭지"라는 물음에 기꺼이 동의할 수 있게 된다. 그것은 참으로 무서운 이야기고, 무서운 세계다.

이와 관련해 황정은의 화자들이 즐겨 사용하는 어법은 주목을 요한다. 이토록 무서운 이야기를 끝내고도 두리안은 울거나 하소연하지 않는다. 아니 이야기를 하는 와중에도 그는 마치 남의 이야기를 하듯 담담하고 무감하다. 굳이 명명하자면 '일차원적 인간'의 어법이라 할 만한 그 어법은 가령 이렇다.

에이는 마곡동 유림마켓 앞 전봇대 밑에 버려졌다. 비는 개포동 현진상가 건물 삼층에 버려졌다. 씨는 영등포동 영보극장 132번 좌석 밑에 버려졌다. 디는 운이 좋게도, 꽃놀이가 한창인 놀이공원의 튤립꽃밭 한가운데 버려졌다. 나를 낳은 여자는 나를 종이가방에 담아 전철에 버렸다. (「마더」, pp. 225~26)

위 인용문은 작중 화자 '오'의 리포트 부분이다. '에이'와 '비'와 '씨'와 '디'에 대한 이야기가 있고, 화자가 '오'이니 그 사이엔 열 명의 사연이 더 있을 법하다. 흥미로운 점은 영아였던 시절 바로 자신들의 유기 사실에 대해 언급하는 이 화자의 태도다. 그는 오로지 간단한 단문들로 영아 유기의 사실만을 기록할 뿐, 그에 대한 어떠한 감정의 동요도 보여주지 않는다. 게다가 꽃놀이가 한창인 놀이공원에 버려진 디의 처지를 두고는 운이 좋다고까지 말한다. 다른 모든 작품들에서도 사정은 마찬가지다. 대부분 소년기의 화자거나, 소년기의 지능 정도를 유지하고 있을 것으로 보이는 성인 화자를 등장시키고 있는 황정은의 작품들에서, 인물들은 결코 자신들의 비참한 처지에 대해 하소연하거나 절규하지 않는다.

그렇다면 그들은 세계에 완전히 절망해서 더 이상 어떠한 기대마저도 포기해버린 우울증적 주체들인가? 그렇지도 않은 것 같다. 그들은 사실 절망해본 적조차 없다. 이들 주인공들이 대부분 고아임을 상기할 때, 그들에게 지금의 참담한 삶은 선험적이다. 즉 처음부터 주어져 있었다. 따라서 그들은 이보다 더 나은 상태를 알지 못한다. 비참은 '항상―이미' 일상화되어 있어서, 그것을 유달리 특별하게 여기거나 말할 필요조차 없다. 사람들은 원래 항상 굶주려 있고, 죽어가고 있으며, 버려지거나 외면당하는 법이다. 그럴진대 무슨 일이 일어난들 충격적일 수는 없는 노릇이다. 지하철에 노숙자가 뛰어들어 네 조각나고(「문」), 아버지는 모자로 변하고(「모자」), 밤에는 모기가 사람처럼 말을 걸어도(「모기씨」), 기이할 것은 없다. 모든 것이 가능하다. 그럴 때 그들은 기꺼이 사유하지 않는 인간, 반성하거나 비판하지 않는 인간, 일어나는 모든 사실을 아무렇지 않게 수긍하는 인간이 된다.

사유의 범위만큼, 그들의 행동 범위 역시 극도로 제한적이다. 황정은의 주인공들 중 그 누구도 골방 이상의 공간을 누리는 자는 없다. 둘이 살건 가족이 살건 혼자서 살건, 그들은 모두 골방을 벗어나지 못하고, 기껏해야 좁고 작은 마을을 돌아다닐 뿐이다. 용기를 내 가출을 시도해도 금방 돌아오고, 또 돌아오지 않을 도리도 없다. 모든 위생적인 곳에는 턱이 있고 지키는 자들이 있어(「소년」), 그들을 반겨주는 곳이 없으므로.

그렇다면 그들을 일러 '지하생활자'의 후예라 부른다 해서 과장이랄 것은 없겠다. 지하에 살지 않는달 뿐, 그들이야말로 도스토옙스키의 주인공보다도 지성에 있어서나 힘에 있어서나 우리 같은 장삼이사보다 나을 게 없기 때문이다. 게다가 그들은 지하생활자가 수행했던 바로 그 임무, '세계에 대한 사유의 승리' 곧 '정신승리법'을 능숙하게 구사하기조차 한다. 심지어는 카프카의 '그레고르 잠자'처럼 변신에도 능숙하다.

그들이 정신승리법을 구사한다고 말하는 이유는, 이 악몽 같은 현실로부터 더 이상 어떠한 출구도 발견할 수 없을 때, 그들이 마련하는 유일한 도피처가 바로 '환상'이기 때문이다. 황정은 소설들의 기이한 첫 문장들은 지하생활자들의 환상담 속으로 들어가는 입구와 같다. "m의 등 뒤에는 남이 볼 수 없는 문이 하나 있었다"(「문」), "세 남매의 아버지는 자주 모자가 되었다"(「모자」), "C는 최근 몇 년 동안 열심히 노력한 끝에 초코맨이 되었다"(「초코맨의 사회」) 등등.

현실이 그 어떤 희망도 수락하지 않을 때, "얻고자 하는 사람에게도 별로 주는 것이 없는 세계"(「문」, p. 28)에서도 삶을 포기하지 않기 위해서 할 수 있는 유일한 대안, 그것은 환상 속으로 도피하는 것이다. 아버지는 모자로 변하고, 죽은 자들이 등 뒤에서 걸어 나오고, 모기씨가 출현해 방 안을 뛰어다닌다. 그러나 사실을 말하자면 그 환상마저도 도피처는 못 된다. 그들의 환상은 그레고르 잠자의 꿈만큼이나 불쾌하다.

그레고르 잠자가 꿈을 꾸었다는 말은, 그의 변신을 일종의 환상담으로 이해할 수도 있다는 말이다. 항상 성실했고, 그리고 오로지 그 성실을 무기로 일가족의 생계를 도맡았던 외판원 잠자는, 아마도 그날 아침, 단순히 조금 더 많은 잠이 필요했을 것이다. 그러나 잠이라니. 카프카의 세계에서 잠자는 자는 추방당해야 마땅하다. 잠깐의 나태와 일탈은 그를 시스템 밖으로 추방한다. 물론 시스템 밖으로 추방당한 자는 벌레 같은 자, 혹은 벌레만도 못한 자다. 생산과 효율의 이데올로기는 늦잠 자는 외판원을 벌레로 취급한다. 그렇다면 잠자의 이야기는 사실은 견고한 시스템으로부터 쪽잠만큼의 일탈을 시도한 자에 대한 추방의 이야기다. 그는 변신한 것이 아니라, 사실은 추방당했던 것이다.

황정은의 주인공들이 그와 같다. 어떻게 해볼 도리가 없는 비참의 극한에서 그들은 환상 속으로 도피한다. 환상 속에서 아버지는 모자가 된다. 그러나 아버지는 어떤 경우 모자가 되는가? 아들에게 외면당하고, 아버지에게 꾸중 듣고, 자식이 당한 봉변에 대해 항의하지 못하고, 가난으로 인해 아내와 시어머니가 눈앞에서 싸울 때 모자가 된다. 교통사고로 어머니는 죽고, 자신은 반신불수가 된 「모기씨」의 주인공 체셔는 어떤 경우에 모기씨를 만나는가? 아버지는 떠나 연락이 없고, 도우미마저 이제 자신을 떠나려고 할 때, 그래서 이제 제 힘으로는 배변마저 해결하지 못하게 될 때다. 그들은 비참을 피해 꿈꾼다. 그리고 그 꿈은 대개 변신담인데, 이 변신은 저 오비디우스의 위대한 변신담들에는 털끝만큼도 미치지 못한다. 아이러니가 지배적인 서사 양식이 된 우리 시대에 변신은 추방의 다른 말에 불과하다.

## 1인칭 제한전지적 시점의 의미

도스토옙스키의 지하생활자와 카프카의 고레고르 잠자의 특징을 두루 갖춘 황정은의 주인공들은 21세기 초엽 한국문학이 다다른 서사 양식의 최후를 예고한다. 그러나 황정은의 소설에는 쉽사리 그 최후를 수긍하기에는 석연치 않은 지점이 존재한다. 작품집 『일곱시 삼십이분 코끼리열차』에 실린 두 편의 단편에서 사용되고 있는 기이한, 그러나 아주 징후적인 '시점'을 염두에 두고 하는 말이다.

나는 이런 식으로 체셔의 서랍에 들어 있던 사탕과 초콜릿의 종류에 대해 하루가 저물도록 말할 수 있지만, 그러자면 우선 내가 지칠 것이므로 여기까지만 말하겠는데, 체셔는 그것을 조금씩 꺼내먹으면서 시간을 보냈다. (「모기씨」, p. 140)

이날 저녁에도 곡도는 강낭콩 모양의 반점이 퍼진 옆구리를 툭툭 털어내며 일어서서 (내 분명히 말하는데, 누가 뭐래도 곡도는 직립에 능숙한 생물이었다는 거), 둥근 앞발을 더 둥글게 말아쥔 다음, 불만의 달리기를 시작할 준비를 하는 거였어. (잠깐, 잠깐, 잠깐.) (「곡도와 살고 있다」, p. 173)

첫번째 인용문의 화자는 '나'이다. 1인칭 시점이다. 그런데 이상한 것은, 작중인물이 아닌 이 1인칭 화자가 최소한 초점 주체 체셔에 대해서만큼은 전지적이라는 사실이다. 1인칭 제한전지적 시점이다. 두 번째 인용문의 화자인 '나' 역시 전지적이다. 화자는 작품 진행 내내 존재하지 않다가 갑자기 괄호 속에서만 등장해서 마치 자신 앞에서 말하는 고양이 곡도가 직립하고 달릴 준비를 하고 있는 것처럼 말한다. 물론 이 화자 역시 방에서 벌어지고 있는 일 외에는 전혀 아는 바 없다. 그 전까지 이 작품은 3인칭 제한전지적 시점에서 서술된 것처럼 읽히다가 순식간에 1인칭 제한전지적 시점으로 급변한다.

그런데, 1인칭 제한전지적 시점이라니! 이런 시점이 가능할까? 세 가지 경우를 상정할 수 있다. 첫째, 일반적인 경우로 자전적 소설일 경우다. 그러나 위 두 작품은 이에 해당하지 않는다. 왜냐하면 자전적 작품에서 화자는 항상 초점 주체와 일치할 수밖에 없기 때문이다. 자신이 겪은 일을 자신이 말하지 않고서야 어떻게 전지적일 수 있을 것인가? 게다가 이 소설이 자전소설이라면 곡도와 친한 작가 황정은은 안됐지만, 정상인이 아니란 말이 된다. 둘째, 화자가 신인 경우다. 신은 전능하시다니 신이 화자일 경우 어떤 인물에 대해서도 전지적일 수 있다. 그렇다면 이 작품들의 화자는 신일까? 그러나 신이라고 하기엔 너무 잘 지치고, 장난스럽고 관음증적이다. 게다가 작품의 성격상 굳이 신(우리가 알고 있는 의미에서의 신)이 등장할 이유는 없어 보인다. 무엇보다도 위엄있고 지상의 안위를 관장하는 신이란 황정은의 작품 세계에서는 가장 낯선 이름이다. 셋째, 이 경우가 가장 신빙성이 있어 보이는데, 1인칭 화자인 '나'가 이 모든 이야기를 꾸며내고 있는 작가인 경우가 있겠다. 존 파울즈의 『프랑스 중위의 여자』에서 효과적으로 사용된 메타소설 기법이다. 그러나 이 소설은 메타소설의 일반적인 형식이나 주제와도 무관해 보인다. 소설 쓰기에 대한 자기 반영적 소설은 아니기 때문이다. 그렇다면 인물 체셔에 대해서만 전지적이고, 그의 일거수일투족을 낱낱이 훔쳐보고 있는 듯한 이 화자는 도대체 누구일까?

병든 신으로서의 작가. 아마도 가장 합당한 이름은 이것일 것이다. 이 화자는 과거부터 이야기꾼이 누리던 전지적 힘을 복원한다. 자신의 이야기 속 인물의 모든 것을 알고 있는 자, 마치 그를 자신이 가두어둔 실험 상자의 쥐처럼 관찰하는 자, 그를 죽이거나 살릴 수 있는 무소불위의 권력을 가진 자가 20세기의 가장 참담한 이야기 속에서 부활한다. 신적인 작가의 부활이다. 그러나 이 '신―작가'는 오로지 한 인물에 대해서만 제한적으로 전지적이다. 스스로의 능력을 관찰에만 축소시켜두고, 인물의 운명에 관여하지도 않는다. 그래도 만약 그가 신이고 전지적인 작가라면 그는 병리적인 '신―작가'이다. 왜냐하면 그가 만든 이야기는 극한적으로 왜소해진 주체들의 망상에 불과한 것인 데다(화자 또한 환상 속 동물 곡도를 보고 있다는 사실에 유념하자), 그 또한 제가 만든 망상 속 인물들의 비참을 관음증적으로 훔쳐보면서 의기양양해하는 자이기 때문이다.

프라이는 이런 말을 한 적이 있다.

아이러니는 하위모방 양식에서 하강해간다. 말하자면 리얼리즘과 냉혹한 관찰에서부터 출발한다. 그러나 그러는 가운데도 아이러니는 꾸준히 신화 쪽으로 그 방향을 향하고, 결국은 희생제의나 죽어가는 신의 모습이 어렴풋이나마 그 아이러니 속에서 재현되기 시작한다. 앞에서 이야기한 다섯 가지 양식이 순환하고 있음이 명백하다.

특히 카프카나 조이스에게서는 아이러니 속에서 신화가 재현되는 것을 똑똑히 볼 수 있다. 어떤 관점에서 보면, 카프카의 작품은 「욥기」에 대한 일련의 주석이라고도 말할 수 있다.[4]

아이러니 양식이 어느 지점에 이르면, 그 주인공들이 희생양의 모습으로 재현되면서 오히려 신화가 귀환한다는 것이 프라이의 요지다. 최후는 다시 시작이란 말인데, 서사 양식의 다섯 단계를 구별하는 것도 도식화의 위험을 피하기 어려울진대, 그 다섯 양식들이 순환한다는 이 맹랑한 이야기를 믿어야 하는 것일까? 그러나 최소한 황정은의 소설은 프라이가 나열하고 있는 요소들과는 다른 지점에서 신적인 존재의 부활을 예고하는 측면이 있다. 다만 그 신적인 존재가 오로지 망상과 관음증 속에서만 전지적인 신, 곧 병든 신이라는 사실은 지적해둘 필요가 있다.


## 큰 늑대 파랑 신화: 윈도즈 속의 영웅


고립적이고 자폐적인 주인공, 선험적으로 주어진 의사소통 부재와 절대 궁핍의 상황 등은 윤이형의 소설을 황정은의 소설과 같은 맥락에서 읽게 한다. 게다가 종종 윤이형의 주인공들 역시 현실의 비참을 피해 자주 환상과 변신으로 도피하곤 한다. 「불가사리」「안개의 섬」

---

4) 노스럽 프라이, 앞의 책, pp. 113~14.

「스카이워커」[5] 「두드리는 고양이들」[6] 「완전한 항해」[7] 등의 작품은 모두 SF의 환상적 문법을 취하되 체계로부터의 일탈이 초래하는 몸의 변화, 곧 변신 및 추방의 모티프와 직간접적으로 관련이 있다. 윤이형과 황정은의 작품 세계는 많은 부분 공유하는 지점이 있다는 얘긴데, 그런 의미에서라면 윤이형 역시 황정은과 함께 프라이의 신분 하강의 법칙이 한국문학에서도 가장 마지막 국면에 도달했음을 보여주는 작가다.[8]

그렇다면 두 작가가 갈라지는 지점은 다른 곳에서 찾아야 한다. 당겨 말하자면, 윤이형의 작품에서는 신적인 존재가 부활하는 방식이 다르다. 그의 작품들에서는 황정은의 '병든 신/작가' 대신 신화와 영

---

5) 윤이형, 「스카이워커」, 『문학동네』 2008년 여름호.
6) 윤이형, 「두드리는 고양이들」, 『문학사상』 2008년 7월호.
7) 윤이형, 「완전한 항해」, 『현대문학』 2008년 5월호.
8) 그러나 윤이형의 작품 세계와 관련해서는 다른 법칙 하나를 더 들어야 한다. 프라이의 것 외에도 소설과 관련해 오랜 세월이 지나도 변하지 않는 법칙이 하나 더 있다. 그것은 에리히 아우어바흐가 『미메시스』에서 마련한 법칙, 곧 '스타일 혼합의 법칙'이다. 그의 말인즉슨 '세계문학사는 스타일 분리에서 스타일 혼합으로 나아가는 방향을 취한다'로 요약 가능하다. 물론 그러한 변화의 이면에는 사회의 평등화 경향이 작용하고 있다. 사실 그의 이와 같은 논지는 프라이의 신분 하강의 법칙과 일치하는 데가 있다. 사회의 민주화는 신분의 하향 평준화를 가져오는 것이 분명하고, 그러한 변화가 문체에 있어서는 스타일 혼합의 경향으로 나타날 것이기 때문이다. 아마도 1990년대 중반 이후 한국의 소설은, 살아 있었다면 아우어바흐에게 자신의 논지를 증명할 각별한 예를 하나 더 추가해주었을 것이다. 장정일과 김영하로부터 시작된 속어와 비어의 사용은 말할 것도 없고, 대중문화의 대대적인 확산은 이제 장르문학의 문법과 본격문학의 문법을 구별하는 것조차 힘들게 하고 있다. 그리고 그 계보의 끝에 SF 장르소설과 본격소설의 스타일을 뒤섞는 독특한 상상력으로 주목받는 작가 윤이형이 위치한다. 그러나 이 글에서는 윤이형의 소설 세계를 장르문학과 비교하여 논의할 여지가 없고, 또한 그런 여력도 필자에게는 없다.

웅과 심지어 혁명이 부활한다.

롤랑 바르트는『신화론』에서 "담론의 규칙을 따르기만 한다면 모든 것은 신화가 될 수 있"[9]다고 말한다. 적절한 담론의 규칙이 지켜진다면 우리 시대에도 무수한 신화들은 생산될 수 있고 또 생산되고 있다. 그리고 그런 의미에서라면 윤이형의 최근 문제작「큰 늑대 파랑」[10]은 전형적인 신화라 할 만하다.

「큰 늑대 파랑」이 신화인 이유는 무엇인가? 우선 이 작품에는 영웅의 탄생 설화가 존재한다. 늑대 파랑은 1996년 3월의 어느 날 한 명의 아버지의 세 명의 어머니에 의해 태어난다. 그리고 태어나자마자 신탁을 받는다. 그 신탁은 이런 것이다. "늑대의 이름은 파랑이다. 파랑은 우리를 지킨다. 우리는 파랑을 지킨다. 언젠가 우리가 우리를 잃고 세상에 휩쓸려 더러워지면, 파랑이 달려와 우리를 구해줄 것이다"(「큰 늑대 파랑」, p. 323). 파랑의 창조주들이 그에게 내린 약속이니 신탁이라 해야 맞다. 좀비들의 창궐(아마도 서로 물고 뜯는 작금의 세태에 대한 알레고리일 것이다)로 세계가 무질서 상태에 빠지고 네 명의 창조주들 역시 좀비로 변하게 되는 위기에 처하자 파랑이 깨어난다. 그러고는 자신에게 주어진 신탁을 실천한다. 그는 차례차례 자신의 창조주들, 아버지와 어머니 들을 구원한다. 물론 구원은 곧 세상에 휩쓸려 서로 물고 뜯는 약육강식의 법칙에 섞여들게 된 부모들을 죽임으로써 해방시키는 것이다. 파랑의 튼튼한 이빨 밑에서 부모들이 죽는다. 오이디푸스와 카라마조프 씨네 형제들이 행했고, 햄릿

9) 롤랑 바르트,『신화론』, 정현 옮김, 현대미학사, 1995, p. 16.
10) 윤이형,「큰 늑대 파랑」,『창작과비평』2007년 겨울호. 이하 본문에 작품명과 쪽수만 기재.

은 두고두고 망설였던 그 일을 이제 큰 늑대 파랑이 한다. 다행히 마지막 어머니는 좀비 바이러스로부터의 감염을 피해 자신의 아들 파랑과 함께 모험을 떠난다. 그 마지막 풍모는 다음과 같다.

도끼를 든 어머니가 등에 올라타자 파랑의 몸은 더욱 거대해졌다. 멀리서는 작은 섬 하나가 움직이는 것처럼 보일 만한 크기였다. 세상을 가득 채운 죽은 사람들은 그들을 보지 못한 채 깜깜한 길 위를 걷고 있었다. 파랑은 새파란 네 다리를 움직여 어둠속을 달리기 시작했다. 얼음기 섞인 바람이 파랑의 커다란 등을 세차게 밀었다. 아파트 뒤쪽 어딘가에서 찢어지는 비명소리가 들려왔지만 파랑도 어머니도 돌아보지 않았다. (「큰 늑대 파랑」, p. 325)

상상해보자. 섬 하나만큼이나 큰 늑대의 등에, 세상에 휩쓸리지 않고 영웅적 풍모를 간직한 여전사가 올라탄다. 그녀는 도끼를 들고 있고, 늑대는 어둠 속을 얼음 섞인 바람을 뚫고 달린다. 만약 신화가 거대한 존재들의 이야기라면 이 이야기야말로 신화다. 신탁, 구원, 영웅, 부모 살해가 있는 이야기가 신화가 아닐 수는 없다.

이 작품만이 아니다. 그리고 신화만도 아니다. 윤이형의 작품들 속에는 우리가 이제 영영 꿈꿀 수 없다고 믿고 있는 혁명과, 저항, 비상에의 꿈같은 것들이 아직 살아 있다. 큰 늑대 파랑이 태어나던 1996년 3월의 어느 날은 연세대 법학과 학생 노수석이 경찰의 과잉진압으로 숨진 날이다. 그렇다면 파랑은 96년 세대들의 울분을 먹고 태어나 좀비들로 가득 찬 세상을 갈아엎을 운명을 타고난 혁명가이기도 하다. 유사하게 「두드리는 고양이들」의 승용 수퍼 고양이들은 처우 개선을 위해 거리로 나가 시위를 하고, 「피의 일요일」의 '마지막마린'은 자신을 조종하는 거대한 시스템에 맞서 '뒤돌아본다.' 그뿐만 아니다. 「스카이 워커」와 「완전한 항해」에서는 아직도 중력에 저항해 비상하고픈 열망을 포기하지 않는 존재들이 등장해 이카로스의 신화를 재현하고, 「판도라의 여름」 역시 판도라 신화의 미래판 번안으로 읽힌다. 더 나열할 것도 없이. 혁명과, 영웅과, 신화가 윤이형의 작품들 속에서 귀환한다.

그렇다면 프라이의 순환론에 이제 손을 들어주어야 할 차례인가? 아이러니 양식의 끝에서 이제 다시 신화가 시작되는가? 물론 이미 살펴본 그대로 신화가 시작된다. 그러나 그것이 서사 양식의 끝에서 다시 시작되는 신화, 우리가 모든 주의를 다해 기다리고 영접해야 할 신화인지에 대해서는 아직 할 말이 남아 있다.

내내 말하지 않았지만, 파랑은 윈도즈 3.1 그림판에서 하이텔 대화화면의 파랑색을 받아 탄생했고, 출력되어 벽에 걸려 있다가, 좀비들의 세계에서 깨어난다. 「피의 일요일」의 '마지막마린'은 온라인게임 '월드 오브 워크래프트' 속에서 살고, 거기서 시스템에 저항한다. 「완전한 항해」의 루와 창은 SF 서사 속 미래에서 달을 향해 솟구쳐 오르고, 「두드리는 고양이들」의 시위는 인터넷 카페의 트랙백 놀이를 통해, 그것도 고양이들이 주인공인 우화 속에서 이루어진다. 프라이의 예언은 맞았다. 아이러니 양식의 최후는 신화를 부활시킨다. 그러나 그 신화는, 영웅들은, 그리고 혁명은 윈도즈상에서만 일어난다.

# 소설의 현황

굳이 루카치의 말을 인용하지 않더라도 소설은 돈키호테 시절부터 탐색담이었다. 그것을, 너무 오래되어 존재했을 것 같지도 않은 그리스적 총체성이라 부르건, 이제는 그 존재 여부조차 신빙성이 없어 보이는 타락한 사회의 진실이라 부르건, 종교의 냄새가 물씬 풍기는 말이기는 하지만 욕망의 삼각형에 의해 매개되지 않은 직접적 초월의 가능성이라 부르건, 소설은 항상 비참한 현재와는 다른 어떤 상태를 향한 문제적 개인의 모험담이었다(고 한다).

황정은과 윤이형의 소설을 보건대, 우리 시대의 소설은 아직은 그런 의미에서 소설이다. 그러나 가까스로 소설인데, 왜냐하면 그 탐색의 임무를 이제 더 이상 신분이 하강하려 해도 할 수가 없을 만큼 왜소해진 존재들이 수행하고 있기 때문이다. 모험은 이제 망상가들이나, 윈도즈 속 캐릭터들의 몫이다.

한 주기의 순환이 끝나가는 소설의 마지막 날들을 이들은 기록하기 시작했다. 그 뒤엔 무엇이 있을까? 용감하게도 서사 양식의 한 순환이 끝나가는 시점에 작가의 길로 들어선 두 작가가 부디 소설의 새로운 변신을 보여주기를 기대해본다.

# 돌아온 신경향파

## 신경향파의 귀환

대략 다음과 같은 신체상의 변화들을 유발하는 어떤 증상이 있다. "가슴에는 엉클엉클한 연덩어리가 꾹꾹 쑤심질하는 듯하고 목구멍에서는 겻불내가 팽팽 돈다. 소리를 버럭버럭 가슴이 툭 터지도록 지르면서 물이든지 불이든지 헤아리지 않고 엄벙덤벙 날뛰었으면 속이 시원할 것 같다. 목구멍을 먼지가 풀썩풀썩 하는 흙덩어리로 콱콱 틀어막아서 숨쉴 틈 없는 통 속에다가 온몸을 집어넣고 꽉 누르는 듯이 안타깝고 갑갑하여 울려야 소리가 나지 않는다" "입에서 검붉은 선지피가 울컥" 쏟아져 나오고, "쇠말뚝을 꽉 겯는 듯한 가슴을 부둥키고 까무러"친다(최서해, 「박돌의 죽음」, 『탈출기』, 문학과지성사, 2004, p. 44. 이하 최서해의 작품은 모두 이 책에서 인용). "사지가 경련되"고 "갑자기 하늘은 시커멓게 흐리고 땅은 쿵쿵 꺼져 들어간다. 어둑한 구석구석으로는 몸서리치도록 무서운 악마들이 뛰어나와서 세상을 깡그리 태워버리려는 듯이 뻘건 불길을 활활 내뿜는"(「기아와 살육」, p. 65)다. "온몸이 꽉꽉 얼고 오장에 얼음덩어리가 묵직이 차는 듯하더니 가슴에서 연기가 팽팽 돌면서 간장이 쭉쭉 찢기는 듯"하다. "이를 빠ー 갈"고 "소리를 어앙어앙 지르고 뛰어다니면서 다 닥치는 대로 짓모았으면 가슴이 풀릴 것 같"아진다. "오장을 우려 나오는 숨은 숨이 아니라 피비린내 엉킨 검은 연기" 같다(「백금」, pp. 109~10).

그러고 나면 '폭주'(나는 지금 김사과와 더불어 '신세기 에반게리온'의 그 '폭주'를 염두에 두고 있다)다. 이제 아무도 최서해의 주인공들을 말리지 못한다. 어이없게 죽어간 자들의 환영을 보고, (그토록 자애롭던) 어머니와 (그토록 가련하던) 아내와 (그토록 귀엽던) 딸을 불에 태우고(「기아와 살육」), 사위의 정수리에 도끼를 박고(「홍염」), 아들을 죽게 내버려둔 의원의 코와 귀를 물어뜯는다(「박돌의 죽음」).

박영희의 오류는 간단히 말해 피가 "질서 없이 뛰"(「해돋이」, p. 161)는, 이 명백히 신체적인 증상의 문학적 등가물에 사회학주의적이고 목적론적인 이름을 붙였다는 데 있다. 이른바 '신경향파'가 그것이다. 이 용어는 최서해를 비롯한 1920년대 초반의 몇몇 빈궁 소재 문학을 '전미래 시제'로 호명한다. 경향이란 항상 어딘가를 향해 가는 상태를 지칭하는바, 그 명칭하에서 상기한 증상은 '과학적 사회주의' 등장 이전에 아직 계급적 자각으로 무장하지 못한 과도기 문학의 다른 이름이 된다. 사적 유물론은 필연코 경향적으로라도 관철될 법칙이기에 저 가혹한 빈궁과 핍박은 이내 해소되고, 카프KAFP와 더불어 그리고 노동자 계급과 더불어, 무산자문학, 프로문학의 시대가 열린다.

그러나 도래할 미래의 시점에서 명명된 박영희의 저 용어는 정확하지 못했음이 판명되었다. 왜냐하면 그 명명 작업 이후 얼마 지나지도 않아 박영희 자신부터 "잃은 것은 문학이요 얻은 것은 이데올로기"라 며 마르크스주의자 시절을 후회하게 될 테고, 1990년대 초반 사회주 의권의 몰락과 함께 확인될 것인바 사적 유물론은 결코 '경향적으로 도' 관철되지 않을 것이며, 그로부터 80년도 더 지난 2010년대 우리 는 여전히 세계 도처에서 그 사회적 연원이 지워졌거나 지워지지 않 은 채로 출몰하는 폭주들을 목도하게 될 것인바, 저 증상은 전혀 해 소될 기미조차 보이지 않을 것이기 때문이다.

그러나 문학사적으로 이미 하나의 고유명사로 굳어진 지 오래인 데 다, 나름의 역사적 소명을 다했고, 그래서 나름의 외연을 획득한 '신 경향파'란 용어를 이제 와서 다른 용어로 바꿔 부른다는 것이 가능한 가? 역사를 다 겪은 자가, 아직 역사를 겪지 않은 자가 선의와 기대 에 차 붙인 이름을 두고 비아냥거린다는 것은 비겁할 뿐만 아니라 경 제적이지도 않다. 그러니 용어는 그대로 두되, 그 내포를 달리해보 자. 다시, 신경향파란 무엇인가? 그것은 바로 저와 같은 신체적 변화 를 불러일으키는 어떤 감정 상태, 그러니까 울분이거나 원한이거나 막막함, 더는 견딜 수 없음, 말하자면 '리비도 에너지의 데스트루도 화'에 대한 문학적 등가물이라고 하는 것이 적당해 보인다. 리비도를 집중하던 대상(대개 아이거나 아내거나 어머니다)이 어떤 사회적 부조 리(대개 극한의 가난이거나 재난, 혹은 계급적 폭력에 의한 죽음이다)를 만나 소멸한다. 그러자 대상에게로 향하던 카섹시스는 철회되어 자아 내부로 되돌아온다. 리비도 경제학의 원칙에 따라 자아에 누적된 과 도한 리비도는 불쾌를 낳고, 그 불쾌는 기필코 리비도 소모를 통해 해소되어야 한다. 그러자 자신에게서 리비도의 집중 대상을 앗아간

사회적 부조리가 눈에 들어온다. 목표를 찾았다. 리비도는 데스트루도로 전화한다. 충만해진 데스트루도는 원한과 분노, 그리고 그러한 감정의 지배 상태에서 거의 광기에 이른 주체의 폭주를 낳는다. 그 폭주의 문학적 형상화, 그것에 붙여진 이름이 바로 '신경향파' 문학이다. '사회적 부조리에 의해 철회된 리비도의 데스트루도화' 이것이 신경향파 문학의 프로이트적 정의다.

그런 의미에서의 '경향'이라면, 그것은 관철되었고 또 관철되고 있는 중인데, 21세기 초엽 김사과와 김이설은 자신들의 소설을 최서해의 방식으로 이렇게 마무리한다.

아홉번째로 내리치려는 찰나 엄마가 감았던 눈을 뜨자 그곳에 있는 것은 정말로 커다란 개 한 마리였다. 황갈색 몸이 피로 흥건했다. 개는 혀를 쭉 빼고 아무런 방어도 하지 않은 채 눈을 반쯤 뜨고 숨을 헐떡거리고 있었다. 엄마의 눈이 개의 눈과 마주쳤다. 흐릿한 검은 눈은 플라스틱 구슬처럼 아무런 초점도 없었다. 엄마가 삽을 떨어뜨리고 뒷걸음질을 치다가 감나무에 부딪혔다. 엄마는 입을 쩍 벌리고 그대로 주저앉았다. 엄마가 갑자기 웃기 시작했다. 그리고 말했다. 개새끼가 정말로 개가 됐네! (김사과, 「영이」, 『창작과비평』 2005년 겨울호, p. 276)

그러나 이미 나의 칼은 아빠의 팔을 스치고 지나가 버렸다. 아빠가 팔을 움켜쥐며, 조금 웃었다. 그때였다. 단말마의 비명이 들렸다. 가늘고 여린, 그러나 본능적으로 죽음에 대한 공포가 담긴 외마디였다. 비명은 곧 자지러지는 울음소리로 변했다. 그러나 그 울음소리는 오래 가지 않았다.

아이는 사지를 부들부들 떨고 있었다. 온통 피범벅이었다. 벌린 입속에 붉은 피가 한가득 고여 있었다. 아이의 머리맡, 바닥에 흥건히 고인 핏물 속에 아이의 잘린 혀가 보였다. 금방이라도 살아 펄떡거릴 것 같았다. 치우는 어디에도 보이지 않았다. (김이설, 「순애보」, 『현대문학』 2006년 4월호, p. 154)

극한의 빈궁, 폭력, 광기, 훼손되는 신체, 가족 살해, 흥건한 피, 그리고 어떠한 대안도 없는 막막한 상황 앞에서의 폭주, 이 모든 것은 죄다 최서해적 주제다. 김이설과 김사과(의 모든 소설들) 외에도, 황정은의 초기 소설들(「마더」 「소년」), 백가흠의 몇몇 단편들(「구두」 「광어」 「배꽃이 지고」 「귀뚜라미가 온다」), 그리고 넓게 잡으면 2000년대 내내 우리 소설계를 풍미한 소위 '포스트 IMF'적 감각으로 무장한 소설들(천운영, 박민규, 윤성희, 편혜영, 김미월 등등)에 이와 같은 모티프들이 징후적으로 산재해 있는바, 이것은 신경향파의 귀환이다. 해소되지 못한 리비도의 대대적인 데스트루도화, 그것이 2000년대 내내 한국 소설에서 경향적으로 관철되고 있다.


## 80년 전에는 있었던, 그러나 지금은 사라진


1929년 카프를 탈퇴하고 무속(그러니까 운명)에 심취하기 전까지, 최서해에게는 그러나 희망이란 것이 있었다. 신경향파 소설 주인공들의 데스트루도는 자신에게서 리비도 집중 대상을 앗아간 사회적 부조리를 향하게 마련이었고, 그런 이유로 그들의 폭주에는 이유가 있었다. 「기아와 살육」의 폭주가 경찰서에서 끝나고, 「홍염」의 폭주가 지주의 정수리를 향한 도끼질과 방화로 끝나고, 「박돌의 죽음」이 사람을 물건처럼 다루는 의원의 집 안방에서 끝나는 것도 다 그런 이유다. 가령 다음과 같은 구절들은 최서해의 주인공들이 행하는 가공할 만한 파괴 행위에 그럴듯한 윤리적 동기와 사회학적 원인을 제공해준다.

우선 최서해의 주인공들에게는 '이상'이라고 하는 것, 그리고 그것에 대한 동경이 있다. "그리고 그는 늘 고원을 바라보고 울었다. 이상을 품고 울었다"(「고국」, p. 13). "농사를 지어서 배불리 먹고 뜨뜻이 지내자. 그리고 깨끗한 초가나 지어놓고 글도 읽고 무지한 농민들을 가르쳐서 이상촌을 건설하리라. 이렇게 하면 간도의 황무지를 개척할 수도 있다. 이것이 간도 갈 때의 내 머릿속에 그렸던 이상이었다"(「탈출기」, p. 17). 그리고 부끄러움도 있다. "어머니의 시대에는 남부럽잖게 지내다가 어머니가 늙은 오늘날, 즉 자기가 주인이 된 이때에 와서 어머니와 처와 자식을 뼈저린 냉방에서 주리게 하는 것을 생각하는 때면 자기가 이십여 년간 밟아온 모든 것이 한푼 가치가 없는 것 같고, 차마 내가 주인이라고 식구들 앞에 낯을 드러내놓기가 부끄러웠다"(「기아와 살육」, pp. 52~53). 그런가 하면, 자신이 지금 처해 있는 이 극한의 위기 상황이 실은 사회적 원인을 품고 있다는 사실에 대한 어렴풋한 자각도 있다. "이 뒤로부터 나는 나의 존재와 사회적 관계를 더욱 생각하였습니다. 적자생존과 자연도태설을 그제야 절실히 느꼈습니다. 그것을 어떤 잡지에서 읽고 어떤 친구에게서 처음 들을 때는 이론상으로 그렇거니 하였다가, 공부한 친구들은 점점 올라가고 나는 점점 들어가는 그때에 절실히 느꼈습니다. 그리고 또 한 가지 생각이 일어나는 것은 불공평한 사회라는 것이었습니다"

(「전아사」, p. 216). 아마도 카프 비평의 영향하에서 씌어진 구절이 겠지만, 최종적으로 자신의 지난 삶을 전미래 시제로 인식하게 하는 어떤 대안이나 전망에 대한 인식이 발생하는 것은 바로 그런 이유에 서다. "형님, 나에게 사회주의적 사상이 만일 있다고 하면 이것은 벌 써 그때부터 희미하게 움이 돋혔던 것입니다. 그러나 그때에는 그것 이 사회주의 사상인지 무언지 모르고 다만 내 환경이 내게 가르친 생 각이었습니다. 이렇게 일어나는 여러 가지 생각은 어떠한 계통을 찾 아서 과학적으로 되지는 못하고 다만 이러한 결론을 나에게 주었습니 다"(「전아사」, p. 217).

그러나, 21세기에 귀환한 신경향파에게 부재하는 것, 그것은 바로 이와 같은 윤리적 동기와 사회학적 원인이다. 차라리 결정론과 운명 론이 동기와 원인을 대신한다. 그들에게 매일매일은 "매번 그날과 똑 같이 끔찍하다"(김사과, 「영이」, p. 268). 그리고 지금 공원을 거지처 럼 배회하고 다니는 할머니 할아버지와 똑같이, 양귀비를 불법 재배 하고, 매춘을 하고, 거지가 되어 맨홀 뚜껑을 훔치고, 미친 사람이 될 것임에 뻔하다(김사과, 「나와 b」, 『창작과비평』 2008년 겨울호, p. 205). 못생기고 살집 많던 여고생은 자라서도 천변을 벗어나지 못 한 채 뚱뚱하고 키 작은 노처녀가 될 것이고(김이설, 『나쁜 피』, 민음 사, 2009, p. 130), 아버지에게 버림받은 노숙자 엄마의 딸은 미혼모 가 되고, 또 엄마의 젖꼭지처럼 까만 젖꼭지를 단 채로 지하철역 계 단에 누워 구걸을 하게 될 것이다(김이설, 「열세 살」, 『문학과사회』 2006년 봄호, p. 291). 그러니까 21세기 신경향파 작가들에게 삶의 비참이란 비평가들이 흔히 말하는 것과 달리, 심지어 IMF와도 무관 하다.

-너 아이엠에프 때 기억나?

-아이엠에프?

난 고개를 끄덕였다.

-뭐 대충.

-사실 난 잘 기억 안 나.

-나도 그래.

풀이 웃었다. 난 만두를 한입 깨물었다.

-근데 사람들은 그게 이 나라를 완전히 바꿔놨다고 하잖아.

-그런가.

-근데 나는 그렇게 생각 안 해. 그전에도 세상은 똑같이 개 같았어. 부자는 부자고 거지는 거지였어. 사람들은 다 똑같이 말했어. 공부해라. 일등 해라. 대학 가라. 취직해라. 돈 벌어라. (김사과,『풀이 눕는다』, 문학동네, 2009, p. 277)


인용문에서 보듯 그들의 소설에서 빈궁과 결핍은 주인공들에게 선험적이다. 따라서 그들은 그것에서 벗어날 수 있다는 사실 자체를 생각조차 못 한다. 게다가 그것은 대물림되고 유전된다. 마치 공기가 우리 이전에 환경으로서 존재했듯이, 가난은 항상 이미 삶의 조건이었고, 그런 한에서 그들은 그것에 대해 반성하거나 분노하지 않는다. 미래는 이미 결정되어 있다. 태초에 비참이 있었고 이후로도 영원히 비참이 있을 것이다.

어떤 종류의 희망이나 낙관도 없는 삶이다 보니, 그들의 세계는 마치 동물들의 세계와 같다. 어떠한 도덕도 규범도 그들에게는 다 무가치하다. 김이설의 세계에서 불륜은 더 이상 불륜으로조차 불리지 않고, 강간과 폭행은 폭력이란 이름으로조차 불리지 않는다. 김사과의 세계에서 폭주는 매번 일어나고, 폭주 상태의 주체에게 윤리며 도덕이란 한낱 사치도 되지 못한다. 그들에게는 이미 정상성이란 개념, 그러니까 최서해의 주인공들이 그토록 갈망했던 삶의 이상적 상태란 개념 자체가 존재하지 않는다. 한국의 교육 제도가 싫으면 선생을 죽이면 되고(김사과, 「준희」, 『창작과비평』 2006년 가을호), 용돈이 필요하면 차에 깔린 할머니를 죽인 후 구겨서 유기하면 된다(김사과, 「이나의 좁고 긴 방」, 『현대문학』 2007년 3월호). 어머니를 괴롭히는 외삼촌에게는 그 딸의 잠지에 흙을 퍼 넣어서 복수하면 되고(김이설, 『나쁜 피』), 자신을 학대한 남편은 망치로 머리를 부숴 식육점 냉장고에 얼려두면 된다(김이설, 「오늘처럼 고요히」, 『문학과사회』 2007년 겨울호). 타인을 더 이상 사람으로 대하지 않는 동물들의 세계, 거기가 그들의 세계다.


## 사람도 아닌 서술자


그 동물들의 세계를 기록하는 이상한 서술자들이 있다. 지상에서 더는 있을 수 없을 만큼 비참한 어떤 상황을 앞에 두고도 한 치의 흐트러짐 없이, 심지어는 서정적이라 할 만한 어조로 담담하게 그것들을 묘사하는 서술자들. 대상 세계에 대해 어떠한 애정도 없다는 듯, 냉정하고 건조하게 그 비참을 기록하는 서술자들. 심지어는 일어나는 일의 끔찍함 자체를 이해하지 못한다는 듯, 백치처럼 시침을 뚝 떼고 그저 보이는 일의 세부만을 독자에게 전하는 서술자들.

　시벌, 그 새끼 좀 갖다 버리랑게.

　사내가 달려와 아버지 등에 업혀 있는 아이를 번쩍 듭니다. 병출 씨는 움찔하며 살짝 옆으로 비껴서고, 여자는 멍하니 쳐다봅니다. 과수원댁은 꼼짝도 하지 않고 땅바닥에 뻗어 있습니다. 누군가는 막아야 했지만, 아무도 사내를 막을 사람이 없습니다. 과수원집에서 정상인 사람은 오직 사내뿐이기 때문입니다.

　허공에 번쩍 들린 아이가 발악을 하며 몸부림칩니다. 사내가 아이를 마루 위로 집어 던집니다. 아이가 벽에 부딪히더니 마루로 떨어집니다. 순식간에 아이 울음소리가 멈춥니다. 병출 씨가 눈을 끔벅이며 마루 위에 아이를 쳐다봅니다. 여자도 멍하니 아이를 쳐다봅니다.

　얼매나, 조용햐. 개숭아, 우리 들어가자. 아저씨 약 좀 주라. (백가흠, 「배꽃이 지고」, 『귀뚜라미가 온다』, 문학동네, 2005, p. 226)


　에이는 마곡동 유림마켓 앞 전봇대 밑에 버려졌다. 비는 개포동 현진상가 건물 삼층에 버려졌다. 씨는 영등포동 영보극장 132번 좌석 밑에 버려졌다. 디는 운이 좋게도, 꽃놀이가 한창인 놀이공원의 튤립꽃밭 한가운데 버려졌다. 나를 낳은 여자는 나를 종이가방에 담아 전철에 버렸다. (황정은, 「마더」, 『일곱시 삼십이분 코끼리열차』, 문학동네, 2008, pp. 225~26)


　인용한 두 작품이 묘사하고 있는 장면들은 말할 수 없이 끔찍하다. 첫 인용문의 경우, 정신지체 여성과 남성을 과수원에 붙잡아두고 어

떠한 대가도 없이 노예처럼 부리면서 성적으로 착취하는 과수원 주인
이 있다. 여성이 아이를 낳자 그 아이를 대하는 주인의 모습이 저와
같다. 마치 무슨 물건 던지듯 아이를 던진 주인은 그 남편이 보는 앞
에서 관절염 약을 핑계로 여자를 범한다. 그가 달라는 약은 젖이다.
두번째 인용문의 경우 온라인상의 죽음 동호회 '티파니' 회원들에 대
한 소개다. 영아 유기의 체험을 공유하고 있는 그들의 사연이 하나씩
나열된다. 그러나 이 두 장면에서 더 끔찍한 것은 인물들의 사연이
아니다. 그들의 사연을 전하는 서술자의 태도다. 백가흠의 예에서 더
두드러지거니와, 소설의 화자는 지금 자신이 독자들에게 전하는 사건
의 심각성이나 처참함에 대해서는 아무런 관심이 없다. 그것은 그저
눈앞에서 일어나고 있는 일일 뿐, 그의 관심은 오로지 그것을 담담하
게 전하는 데에만 있다. 게다가 어른들을 위한 동화풍의 존칭 어미들
은 도대체 이 서술자에게 감정이라고 하는 게 있는가 하는 의문을 갖
게 한다. 저토록 처참한 상황을 동화처럼 아름답게 들려주는 저 서술
자, 그는 사람도 아니다.

　21세기의 신경향파 소설 속에서 이런 일들은 자주 일어난다. 황정
은의 대부분의 소설들은 극한의 곤궁과 의사소통 부재 상황을 겪는
인물들을 주인공으로 삼고 있음에도 불구하고, 대부분 정신적으로나
심리적으로 유년 상태를 벗어나지 못한 인물들을 화자나 서술자로 삼
는다. 그들은 일어나고 있는 사태의 심각성을 전혀 이해하지 못한
채, 마치 일차원적 인간이 엄존함을 증명이라도 하려는 듯 담담한 묘
사체 단문만을 구사한다. 그들은 모두 미성숙 상태에서 벗어나지 못
한 이들이다. 그러다 보니 사건에 대한 감정이입은 일어나지 않을 뿐
아니라, 심지어 그 사태에 대해 자신은 아무런 분노도 문제의식도 느

끼지 못함을 과시하는 듯하기까지 하다. 윤성희 소설의 서술자나 화자들은 비참을 그저 유머로 가볍게 웃어넘길 뿐이고, 편혜영 소설의 화자들은 아주 건조해서 마치 세상에 새로운 일이란 단 한 번도 일어난 적이 없다는 듯 조로의 어투를 취한다.

그들은 타인에 대해, 타인에게 일어나는 사건들에 대해, 그리고 자신에 대해서마저도 아무런 '염려'(하이데거적인 의미에서)가 없다. 대상 세계로부터 리비도를 완전히 철회해버린 듯한 우울의 상태, 바로 그 상태 속에서 그들은 이야기한다. 세계에 아무런 관심도 없는 서술자, 다시 말하지만 그들은 '사람도 아니다'.

이에 비할 때, 최서해의 화자는 얼마나 인간적이었던가? 조국과 가족 사이에서, 자신이 버린 딸 백금에 대한 죄책감과 식민지 지식인으로서 자신에게 주어진 사명 사이에서(「백금」), 썩은 고등어 대가리를 먹고 토하고 싸고 내지르며 죽어가는 자신의 주인공 앞에서(「박돌의 죽음」), 큰물 진 뒤 민초들의 고통 앞에서(「큰물 진 뒤」), 몰래 상한 귤껍질을 먹는 걸 들킨 아내 앞에서(「탈출기」) 그는 부끄러워하고, 결단하고, 광분하기도 했다. 그의 소설들이 자주 자신의 결단을 독자나 타인에게 납득시키기 위한 형식, 그러니까 서간체 소설의 형식을 취했던 사실을 떠올려보는 것도 좋겠다. 80년 사이에 도대체 무슨 일이 일어난 것인가.

## 물건들의 세계

당겨 말하건대, 최서해 이후로 80년 내내 물화(物化)가 예외 없이,

최소한 경향적으로라도 관철되었다. 만약 신경향파가 인지한 어떤 경향이란 것이 있다면 그것은 세계의 물화 경향이다. 최서해의 주인공들은 그런 의미에서라면 한국문학사에서 물화에 대해 가장 초기에, 그리고 가장 극렬하게 저항한 영웅들이다. 그들의 폭주는 어디서 비롯되었던가. 아이의 생명을 돈으로 환산하는 의원 앞에서(「박돌의 죽음」), 딸의 몸을 소작료로 환산하는 지주 앞에서(「홍염」), 농지를 홍수에 빠뜨린 근대화 앞에서(「큰물 진 뒤」) 그들은 폭주했다. 그들의 원한과 울분은 자본주의적 등가교환, 곧 인간의 물화에 적절한 대응방식을 찾지 못한 주체들의 광기였다. 그러나 문학이 물화를 막지는 못한다. 문학도 물화되고, 사람도, 자연도 물화된다. 화자도 서술자도 물화되고, 고양이나 개도, 학교도, 심지어는 그것들을 물화라고 인식해야 할 주체마저도 물화된다. 신자유주의의 승리는 이제 지구상의 모든 곳에 화폐로 등가교환이 가능한 사물만이 존재하게 되었음을 뜻한다. 80년 사이 그런 일이 있었다.

마르크스와 루카치의 물화 이론을 비판 이론의 전통 속에서 재해석하고 정치하게 개념화한 악셀 호네트Axel Honneth에 따르면 물화란 '인정recognition'의 결여다. 이때 '인정'이란 타인에 대한 '마음씀' 또는 '염려'라는 하이데거의 개념과 상통한다. 주체는 애초부터 타인과 상관적이다. 즉 타인에 대해 마음 쓰는 것이 주체를 주체로 탄생하게 한다. 마찬가지로 호네트는 인지 이론이나 아동심리학의 최근 연구 결과들을 통해 타인에 대한 인정, 그들에 대한 동일시가 인간의 주체화 초입에 놓여 있음을 보여준다. 그런데 물화 과정은 바로 그 인정, 혹은 마음씀에 대한 망각 과정이다. 내가 타자에 대한 인정을 통해 나로서 정립되었음을 망각하고, 타인을 사물처럼 대하기(타인의 물화), 자연을 재료나 자재로 대하기(자연의 물화), 자신을 변형 가능한 다중 인격체로 대함으로써 수단화하기(자기 물화)에 지배당할 때 물화가 발생한다.

그렇다면 어떠한 사회적 조건이 그리한 물화를 촉진하는가? 호네트에 따르면 "인간에 대해 순수하게 관찰, 등록 혹은 계산하는 실천이 법적 관계로 편입되지 않은 채 사람들의 생활세계적 맥락으로부터 자립화되는 모든 곳에서, 모든 상호주관적 물화의 핵심으로 묘사된 선행하는 인정에 대한 무시가 생겨난다"(『물화——인정이론적 탐구』, 강병호 옮김, 나남, 2006, p. 97). 타인에게 마음 쓰는 것 속에서 고려하지 않고, 순수하게 관찰, 등록, 계산하는 곳, 그러니까 타인에 대한 카섹시스 철회가 발생하는 곳, 자본주의적 등가교환에 따라 인간을 자원으로 판정하는 곳, 통계와 효율의 논리로 인간의 능력을 수치화하는 곳, 그 모든 곳이 바로 인정이 망각되고 물화가 발생하는 곳이다. 저토록 냉정한 20세기 신경향파 소설의 화자와 서술자 들, 그들의 연원에 바로 이런 현상이 놓여 있을 것이다. 자신의 등장인물들이 겪는 가난과 비참과 폭력, 그 앞에서 순수하게 관찰하고 등록하고 계산하는 서술자들, 그들은 물화된 세계의 물화된 의식에 대한 미메시스다. 호네트가 그러한 물화의 진전을 소설에서 발견하곤 했던 것도 무리는 아닌데, 그가 최근 한국 소설의 경향을 알았다면 틀림없이 그것들을 예로 들어 물화 개념을 설명했을 것이다.

7만 5천 원의 돈 때문에 차에 깔린 할머니를 죽이고 그 시신을 마치 쓰레기처럼 이리저리 구겨서 상자에 집어넣는 '이나'(김사과, 「이나의 좁고 긴 방」), 자신처럼 효율적인 삶을 누리지 않는다는 이유로 친구를 푸줏간의 고기처럼 난도질하는 수정(김사과, 『미나』, 창비,

2008), 사람과 자위용 인형 간의 경계를 구분하지 못하는 준호(백가흠, 「루시의 연인」, 『조대리의 트렁크』, 창비, 2007), 아버지와 모자를 동일시하는 딸들(황정은, 「모자」)이 보여주는 것, 그것이 최서해 이후 경향적으로 관철되어온 '타인에 대한 물화'의 결과물이다.

필요에 따라 매춘부였다가 극단 단원이었다가 가엾은 연인이 되기도 하는 「막」(김이설, 『문학동네』 2008년 겨울호)의 여자 주인공, 단지 치마와 스타킹 값을 벌기 위해 아무렇게나 몸을 파는 열세 살 소녀(김이설, 「열세 살」), 성공을 위해 스스로를 어디든 호환 가능한 상품으로 만들어가는 수정과 어떠한 '이유'도 생각하지 않는 민호(김사과, 『미나』), 그들이 최서해 이후 경향적으로 관철되어온 '자기 물화'의 결과물이다.

또한 그 인물들이 사는 도시 전체, 회색 시멘트와, 도무지 일관된 양식이라곤 찾아볼 수 없는 잡동사니 건물들과, 하수구와, 가짜 생태 하천과, 운하들, 그들이 장난처럼 죽이는 고양이와 먹어대는 고기와 생선 들, 그것이 최서해 이후 경향적으로 관철되어온 '자연에 대한 물화'의 결과물이다.

최종적으로 박영희의 명명은 옳았던 것인지도 모른다. 경향은 80년 동안 관철되었다. 한국문학은 내내 인간에 대한 이야기에서, 사물에 대한 이야기로 자리를 옮겨왔다. 그것이 경향이다. 사람도 아닌 사람들이 살아가는 이야기, 그리고 그들이 이야기하는 방식 그것이 2000년대 한국 소설이다.

# 과장만이 진리다

어떻게 벗어날 것인가? 박영희의 실수를 범해서는 곤란하겠다. 해방의 기획이 다시 가능할지 극심하게 의심스러운 상황에서 이들 새로운 경향의 소설들에게 또 다른 이름을 붙여주는 것, 그들의 경향이 어디로 수렴할지를 예언하는 것은 어리석은 일이다. 그러나 그들이 제안하는 것들은 있다. 김사과는 『풀이 눕는다』에서 이렇게 제안한다.

> 우리는 그 불안정한 방식을 유지해야 했다. 그게 우리가 세상에 맞서는 유일한 방법이었기 때문이다. 우리는 본능적으로 알고 있었다. 만약 우리가 하찮은 문제들—배고픔, 불편함, 불투명한 미래—따위가 두려워서 항복해버리면 그다음에 남는 것은 통째로 집어삼켜지는 것뿐이었다. 세상은 굶주린 어린아이 같아서 만족을 몰랐다. 아니 굶주림 그 자체였다. 그리고 그 굶주림이 우릴 노리고 있었다. 그렇다면 방법은 하나뿐이었다. 삶을 불확실성 속으로 완전히 밀어 넣을 것. 우리 자신조차 우리가 어디에 있는지 알지 못할 것. (『풀이 눕는다』, p. 161)

삶을 완전한 불확실성 속으로 밀어 넣는 것, 스스로도 자신이 어디에 있는지 알지 못하는 삶을 사는 것, 체계가 원하는 어떠한 행위도 거절하는 것, 말하자면 '신세기 에반게리온'의 폭주와도 같은 상태를 유지하면서 사는 것, 삶 전체를 행위예술로 만드는 것, 그것이 김사과의 제안이다. 그러나 바쿠닌 같은 무정부주의자들은 말할 것도 없고, 상황주의자나 들뢰즈주의자 들, 혹은 네그리 등의 아우토노미아

운동이나 고진의 NAM에 이르기까지, 우리는 그러한 전복적 실천이 성공했다는 소문을 들어본 적이 없다. 대신 '풀'의 폭주와 방화와 자살에 대해서는 들은 바 있다.

이와 유사하게 김이설은 '원한의 여성 연대'를 제안한다. 그 연대의 룰은 '눈에는 눈 이에는 이'이다. 『나쁜 피』의 여자 주인공은 평생 할머니와 어머니와 자신과 수연을 지배하던 폭력적 가부장 외삼촌을 몰락시킨다. 그러고는 진순과 혜주와 함께 외삼촌의 고물상을 차지하고 여성 공동체 하나를 출범시킨다. 「오늘처럼 고요히」에서도, 그리고 「막」에서도 모녀간 또는 이복자매 간의 연대는 만들어진다. 그러나 남성들이 자행한 폭력을 고스란히 그들에게 돌려주고 만들어낸 이 함무라비법전식 윤리가 해방의 기획이라면 그것은 너무나 원한적이고 여전히 신경향파적이다. 말하자면 그것 역시 폭주다.

그보다는 더 윤리적이고 실천 가능한 황정은의 제안이 있다. 최근작 『백의 그림자』(『세계의 문학』 2009년 가을호)에서 황정은은 가난한 타자들의 연대를 제안한다. 철거촌의 두 가난한 연인들의 사랑은 멀게나마 타인이 곧 나의 기원 초입에 있음을, 그들과의 연대란 소유나 집착이 아니라 자신의 단편 「문」에 등장하는 몸에 문을 가진 주인공처럼, 그들을 받아들이고, 그들의 이야기를 들어주고, 그들을 통과시킨 후 그로 하여 자신도 조금씩 변해가는 것이라는 점을 역설한다. 그러나 그 소박한 '문의 윤리'가 세계를 바꿀 만큼 강력한지는 아직 가늠할 바 아니다.

그보다는 차라리 아도르노의 말에 기대는 것이 이들 21세기 신경향파 소설들이 가진 잠재력을 판단하기에는 더 적절해 보인다.

'밝은' 사상가들이 이성과 범죄, 시민사회와 지배 사이에 존재하는 뗄 수 없는 밀착관계를 부정함으로써 보호한다면, 저 어두운 사상가들은 충격적인 진리를 무자비하게 폭로한다. "부녀 살해, 유아 살해, 수간, 암살, 매춘, 강간으로 얼룩진 손에 하늘은 부를 선사하셨습니다. 이러한 파렴치한 행위를 보상해주기 위해 하늘은 나에게 부를 누리도록 해주신 것입니다"라고 클레월은 자기 오빠의 일대기를 요약한다. 그녀의 말은 물론 과장된 것이기는 하다. 사악한 지배가 정의롭다는 말은 범죄가 보상을 받는다는 말에 비해서는 앞뒤가 덜 맞는다. 그러나 과장만이 진리다. 극단적인 잔혹성이 개별 사례 속에서 구체적으로 드러나는 데에 지나간 역사의 본질이 있을 것이다. (테오도르 아도르노·막스 호르크하이머, 『계몽의 변증법』, 김유동 외 옮김, 문예출판사, 1995, pp. 180~81)

　섣부르게 전망을 제시하고 희망을 말하는 '밝은' 작가들이 오히려 이성과 범죄, 시민사회와 지배 사이의 밀착 관계를 부정하고 보호하는 법이다. 반면 '어두운' 작가들은 충격적인 진리를 무자비하게 폭로한다. 김사과와 김이설과 황정은과 백가흠의 소설이 우리가 살아가는 삶의 평균치를 기록하고 있는 것은 아마도 아닐 것이다. 그렇다면 우리는 지옥에 사는 셈이 될 테니까. 그러나 아도르노식으로 말해, 과장만이 진리다. "극단적인 잔혹성이 개별 사례 속에서 구체적으로 드러"난다는 것, 그것이 역사의 본질이다. 세계의 비참함을 통계적으로 총체화하여 그려내는 일보다는 그 비참의 가장 극한적인 상태를 과장하여 보여주는 것, 거기서 한 사회의 진리가 빛난다. 파울 첼란의 시가, 아우슈비츠에서 죽어간 이들에 관한 어떠한 통계 수치보다도 더 진리에 접근해 있다면 바로 그런 이유 때문이다. 그렇다면 이들 21세기 신경향파 작가들의 소설을 두고 어둡다고, 잔혹하다고, 과장되었다고 욕할 일만은 아니다. 그들이 보여주는 그 입에 담기 힘들 만큼 끔찍한 세계가, 바로 우리가 속해 있는 사회의 진실을 말하고 있기 때문이다.

# 백년의 꿈, 사랑 기갈증의 서사

## 꿈과 문학

사전을 찾아보면 '꿈'이란 단어의 의미는 대략 다음의 세 가지다. 첫째, 실현하고 싶은 희망이나 이상. 둘째, 실현될 가능성이 아주 적거나 전혀 없는 헛된 기대나 생각, 즉 망상이나 몽상. 셋째, 잠자는 동안 깨어 있을 때와 마찬가지로 여러 가지 사물을 보고 듣는 정신현상.

그렇다면 비유적인 의미에서가 아니라도 문학은 그 자체로 꿈이다. 꿈에 대한 첫번째 사전적 정의와 관련해서, 문학 역시 현실에 대한 환멸과 그로부터 철회된 대상 리비도 에너지의 탈성화 작업(소위 승화)이 낳은 산물이라고 말한 이는 프로이트(『창조적인 작가와 몽상』)다. 그러니까 문학의 기원에는 현실에서 실현되지 못한 희망이나 이상이 있다는 말이다. 문학은 항상 현재에 대한 환멸과 그 너머의 어떤 이상적인 상태에 대한 바람과 희망을 먹고 산다. 즉 꿈을 먹고 산다.

234

두번째 정의와 관련해서도 우리는 역시 프로이트를 참조할 수 있을 터인데, 낮에 꾸는 꿈, 곧 백일몽과 문학의 관련성에 대한 프로이트의 언급[1]은 유명하다. 그에 따르면 작가란, 나르시시즘적인 목적에 봉사하는 백일몽을 보다 보편적이고 미학적인 형태의 이야기로 변형시킴으로써, '상여유혹' 혹은 '사전쾌락'을 산출하도록 가공할 수 있는 자이다. 요컨대 문학의 원재료는 몽상이나 백일몽, 곧 낮에 꾸는 꿈이다.

다소간의 논의가 필요하겠지만, 꿈에 대한 세번째 정의, 즉 '수면 상태의 산물'이란 정의 역시 기실은 문학의 정의로 환원하더라도 무방해 보인다. 문학 텍스트가 수면 상태에서 만들어지는 것이란 말은 물론 아니다. 초현실주의자들의 '자동기술법'이나 프루스트의 '의식의 흐름'도 수면 상태와는 거리가 멀다. 그럼에도 문학은 다시 꿈인데, 문학 텍스트가 즐겨 사용하는 문법은 수면 상태의 산물인 꿈의 문법과 유사하기 때문이다. 문학은 수면 상태의 산물은 아니지만 수면 상태의 산물인 꿈과 동일한 존재 방식을 보여준다. 꿈의 존재 방식인 압축, 전위, 시각적 이미지화(그리고 그에 따른 접속사의 부재, 모순의

---

[1] "작가는 어떻게 이러한 결과를 가져올 수 있는 것일까? 이것이 작가만이 갖고 있는 내밀한 비밀인 것이다. 한 개인과 다른 사람들 사이를 가로막고 있는 수많은 장벽들과 관련된 이러한 거부감을 넘어서서 즐거움을 줄 수 있는 바로 이 기교 속에 아마도 진정한 시학이 존재할 것이다. 이 기교는 두 과정으로 이루어져 있지 않을까 생각해 볼 수 있을 것이다. 문학 창조는 낮에 꾸는 꿈을 변형시키거나 베일로 가림으로써 자아 예찬이 주조를 이루는 꿈의 성격을 약화시키면서도 다른 한편으로는 그의 몽상을 통해 순수하게 형식적인, 다시 말해 미학적인 즐거움을 제공하여 독자들을 유희의 세계로 인도하는 것이다. 이렇게 얻어진 즐거움은 깊은 정신적 움직임들에서 시작하는 좀 더 큰 즐거움에 대한 욕구를 상쇄시킬 수 있는데, 바로 이것을 우리는 흔히 〈상여유혹〉이라거나 〈사전쾌락〉이라고 불러왔다"(지그문트 프로이트, 『창조적인 작가와 몽상』, 정장진 옮김, 열린책들, 1996, pp. 94~95).

허용, 시간의 중첩), 상징화 등 프로이트가 '꿈-작업'이라 불렀던 기교들[2]은 그대로 우리가 문학 텍스트에서 누누이 발견하고 개념화해 온 문학적 장치나 기교의 중요한 부분들에 대한 이름이기도 하다.

흔히들 문학은 (특히 시는) 일상어보다 훨씬 함축적인 언어를 사용한다고 말한다. 하나의 기표가 여러 개의 기의를 동시에 갖는 경우를 일러 '함축적'이라 지칭하는 것이라면, 함축적 언어란 곧 '압축'된 언어다. '전형'은 또 어떤가? 한 인물이 전형적이란 말 또한 다소 도식적으로 말해 그 인물이 프로이트가 말한 '혼성 인물' 곧 여러 인물들이 압축된 형상이란 말에서 그리 멀어 보이지 않는다. 좋은 텍스트일수록 다양한 해석을 허용하는 풍부한 의미를 담고 있다는 말은, 그렇다면 좋은 텍스트란 고도로 압축적인 텍스트란 말인 셈이다.

꿈-작업의 기교인 '전위'의 경우도 이와 유사하다. 문학 텍스트에서 즐겨 사용되는 모든 비유는 사실상 둘 간의 거리에 차이는 있을지언정 원관념과 보조관념 간의 자리 바꾸기〔轉位〕와 같다. 남근이 있어야 할 자리에 기다란 단도가 들어서듯, '내 마음'이 있어야 할 자리에 '호수'가 들어서고, '욕망'이 있어야 할 자리에 '녹색의 즙'이 들어선다. 어떤 꿈이 꿈-작업의 목적인 검열을 완벽하게 수행해 원래의 욕망이 무엇이었는지를 효과적으로 감추듯, 어떤 작가는 원관념으로부터 보조관념까지의 거리를 가급적 멀리해 (가령 그 유명한 로트레아몽의 '재봉틀과 양산이 해부대 위에서 만나듯이') 모호하고 난해한 텍스트를 산출한다. 반면, 어떤 꿈(특히 어린아이의 꿈)이 거의 왜곡 없이 순진하게 어제 실현하지 못한 소원을 성취시키듯이, 어떤 작가는

---

2) 지그문트 프로이트, 여섯번째 장 「꿈-작업」, 『꿈의 해석—상』, 김인순 옮김, 열린책들, 1997 참조.

원관념을 금세 상기시키는 보조관념을 사용함으로써 평면적이고 관습적인 텍스트를 산출하기도 한다. 그러나 어떤 경우든 문학에서 사용하는 비유는 꿈이 사용하는 전위의 기교와 그리 멀지 않아 보인다.

시각적 이미지화 역시 마찬가지다. 수많은 모더니즘 텍스트들, 특히 이미지즘 시에서 관념이나 서사가 시각적 이미지로 변형되는 사례(프로이트가 예로 든 꿈에서 "전망"이란 잡지 제목이 높은 곳에서 풍경을 내려다보는 시각적 이미지로 변형되듯이)는 자주 발견된다. 그리고 관념이나 서사의 시각적 이미지화에 따라 인과적 혹은 시간적 접속 관계가 결락되는 난해한 텍스트들에 대해서도 우리는 알고 있다. 이런 텍스트들에서 시간은 중첩되고, 상호 모순되는 이질적인 것들이 동시적으로 병치되는 광경들도 드물지 않다. 여기에 문학이 꿈과 마찬가지로 태곳적부터 전승되어온 집단 무의식에서 유래한 '상징'들을 즐겨 사용한다는 식상한 이야기를 다시 덧붙일 필요는 없을 듯하다. 요컨대 문학은 그 존재 방식에 있어서도 꿈과 유사하다.

이토록 문학이 꿈과 같다면, 문학을 다루는 일은 곧 꿈을 다루는 일이다. 그럴진대, 한국문학 100년의 역사를 '꿈'이란 키워드를 통해 정리하는 일은 곧 한국문학 전체를 다루는 일에 방불하다. 모든 문학이 꿈처럼 어떤 실현되지 못한 이상 상태를 희망하거나 기대하고, 몽상으로부터 재료를 가져오고, 꿈-작업과 동일한 방식으로 작업하는 한, 문학은 그 자체로 꿈이고, 문학사란 그 자체로 꿈의 역사다. 내내 이 말을 하려고 에둘러 왔던바, 따라서 꿈을 키워드로 한국문학사를 정리하는 작업은 그 문학사를 이루는 전체 작품을 다시 정리하는 작업이 될 공산이 큰, 그러니까 거의 불가능한 작업으로 보인다.

그러나 다행히도 우리 문학사는 막연한 이상이나 동경으로서의 꿈

(가령 개화기 계몽된 민족국가에 대한 꿈, 식민지 시기 해방된 조국에 대한 꿈, 1930년대 순수 언어에 대한 꿈, 분단 이후 통일된 나라에 대한 꿈, 산업화 이후 차별 없이 평등한 사회에 대한 꿈, 그리고 1990년대 이후 이제 더 이상 꿀 수 없게 된 꿈)이 아니라, 말 그대로 수면 상태에서 이루어지는 정신 작용으로서의 꿈을 소재로 한 걸출한 작품들의 계보를 가지고 있어 이 글은 씌어진다. 이르게는 『삼국유사』의 조신 설화에서 시작해, 이후 17세기 김만중의 『구운몽』, 근대에 들어서는 이광수의 『꿈』, 최인훈의 『구운몽』, 한승원의 『꿈』 1·2, 김성동의 『꿈』으로 이어지는 꿈-서사의 계보가 그것이다.[3]


## 전근대의 꿈-서사: 조신 설화와 김만중의 『구운몽』

한국문학사상 꿈-서사의 시원에는 조신 설화가 있다. 『삼국유사』에 실린 이 설화가 김만중의 『구운몽』(1689)에 미친 영향이나, 후에 이광수가 이 이야기를 바탕으로 『꿈』(1947)을 썼다는 사실, 그리고 근자에는 김성동이 그 서사 구조를 그대로 빌려 동명의 소설 『꿈』(2001)을 썼다는 사실에 대해서는 익히 알려져 있다. 게다가 김만중의 『구운몽』을 패러디한 최인훈의 『구운몽』(1962)과 한승원의 『꿈』

---

3) 이 글에서 인용하게 될 '꿈-서사' 텍스트들의 출처는 다음과 같다. 「낙산의 두 성인 관음, 정취와 조신」(일연, 『사진과 함께 읽는 삼국유사』, 리상호 옮김, 까치, 1999), 김만중의 『구운몽』(송성욱 옮김, 민음사, 2003), 『꿈』(이광수, 『무정·꿈』, 문학사상사, 1992), 「구운몽」(최인훈, 『광장/구운몽』, 문학과지성사, 1989), 『꿈』 1·2(한승원, 문이당, 1998), 『꿈』(김성동, 창작과비평사, 2001). 이하 이들 텍스트에서 인용할 경우 제목과 쪽수만 표기한다.

(1998)도 있다. 이런 이유로 조신 설화는 한국문학사에 있어 꿈—서사의 원형이라 할 만하다.

이야기는 태수 김흔의 딸을 사모하게 된 중 조신이 관음보살에게 그 여인과 함께 살게 해달라고 빌다가 잠이 드는 서장에서부터 시작한다. 입몽(入夢) 단계다. 이후 꿈속에서 김흔의 딸이 법당에 찾아들고, 둘은 야반도주하여 살림을 꾸린다. 본몽(本夢)에 해당하는 이 부분은 전체적으로 서사의 가장 많은 부분을 차지하면서 두 사람의 낭만적 사랑과는 반대로 파멸을 향해 치닫는 간난신고의 삶을 그려낸다. 결국 열다섯 된 큰 아이가 굶어 죽고, 열 살 된 딸이 구걸하다 개에 물리는 참혹한 일을 당한 후, 두 사람이 헤어지게 되면서 꿈은 끝난다. 각몽(覺夢)이 곧 깨달음의 순간이고, 서사의 종결인 구조다.

그러나 이 이야기는 정작 꿈을 소재로, 혹은 꿈을 통해 불교적 교훈을 이야기할 뿐, 꿈의 문법을 취하고 있지는 않다. 그것은 마치 프로이트가 '꿈—작업'을 통한 왜곡이 적어 분석이 용이하다고 말했던 어린아이의 꿈에 가깝다. 이드id의 애정 소원을 성취시키고, 그러자 불안을 느낀 초자아super-ego의 자기 징벌 소원을 다시 충족시키고 있는 이 서사는 거의 아무런 꿈—작업도 없는 단순하고 명확한 꿈으로 읽힌다. 고대인들은 아마도 우리보다는 소박했을 터인데 그들의 꿈은 감추어야 할 추잡하고 폭력적인 무의식적 의도를 그리 가지고 있지 않았던 듯하다. 혹은 주체 외부에 있는 타설(他說)의 힘이 강해서 개인 내면의 욕망이라는 꿈의 주제에 대해서는 살필 겨를이 없었을 것이다. 오로지 세상의 부귀, 영화, 애욕이란 것이 한낱 일장춘몽에 불과하다는 불교적 교훈을 설파하기 위해서 '고안'된 듯한 이 조신의 단순한 꿈에서, '압축' '전위' '시각적 형상화' '상징화' 등과 같은 꿈의 문법을 찾기는 힘들다. 차라리 조신의 꿈은 개인 욕망의 개입 없이 이루어진 타설적 서사, 즉 내면 없는 서사라 할 만하다.

따라서 조신 설화가 이후 꿈―서사의 원형이 된다는 말은 그 보잘 것없는 꿈의 내용이나 문법보다는 입몽과 각몽의 순간에 의해 세 부분으로 나뉜 구성을 염두에 두고 하는 말이다. 주인공의 이루지 못한 소원과 입몽, 소원의 성취, 각몽과 깨달음이라는 이 삼단구성은 이후 김만중의 『구운몽』에서 다시 차용된다.

성진이, 낮에 만난 팔선녀에 대한 그리움을 떨치기 위해 법당에 향로를 피우고 부처를 염송하기 시작하자 스승 육관대사가 보낸 동자가 그를 부르러 온다. 입몽이다. 이후 육관대사의 미움을 산 성진이 염라대왕에 의해 인간 세상의 양처사 댁 독자로 다시 태어나 겪게 되는 일들은 모두 꿈에 해당한다. 그리고 팔선녀와 차례차례 만나 운우지정, 부부지연을 모두 맺고 세상의 온갖 부귀영화를 다 누린 (이 이야기들이 소설의 대부분을 차지한다) 양소유가, 노년의 어느 날 홀연 나타난 노승의 법력으로 꿈에서 깨어나게 되는 장면이 각몽에 해당한다. 구성뿐 아니라 이 작품의 주제 역시 조신 설화와 많이 다르지 않다. 도교와 유교의 영향이 적지 않다고는 하나, 결국 인간 세상에서 누리는 부귀영화와 애욕이란 것이 일장춘몽에 불과하다는 주제는 여전하다. 최소한 겉으로는 개인 내면의 욕망은 찾아지지 않는다.

그러나 『구운몽』에서 성진이 꾼 꿈은 조신이 꾸었던 꿈과는 사뭇 다른 데가 있다. 성진의 꿈은 단순히 인생무상의 교훈을 설파하기 위해서라고 보기엔 필요 이상으로 방탕하다. 물론 그는 각몽의 순간에 "이 분명 사부께서 내 생각의 그릇됨을 알고 꿈을 꾸게 하여 인간 세상 부귀와 남녀 간 정욕이 다 허사인 줄 알게 함이로다"(『구운몽』,

p. 231)라는 깨달음을 얻지만, 불교적 세계관에 익숙했던 당대의 독자들이라면 몰라도, 프로이트에 더 익숙한 현대의 독자들에겐 먹히지 않을 소리다. 성진은 한순간의 깨달음으로 무마하기엔 놀아도 너무 놀았다. 이에 대해서는 민음사판『구운몽』의 역자도 지적한 바 있다.

양소유는 이들 여인들을 만나면서 주위의 시선이나 윤리 규범을 돌아보지 않는다. 마음에 드는 여인을 만나면 한순간도 참지 못해 당장 정을 통하려고 드는 성급함을 보여준다. 계섬월이나 적경홍과의 관계는 그녀들이 기생이었기 때문에 그럴 수 있었다 하더라도 진채봉이나 동정용녀인 백능파와의 관계는 상식을 뛰어넘는다. 특히 백능파를 만났을 때, 아직 백능파는 완전한 인간의 모습으로 변하지 않은 상태였기 때문에 몸에 비늘이 남아 있었다. 백능파가 그런 몸으로 남자를 대할 수 없다고 거절했음에도 불구하고 양소유는 상관하지 않고 곧장 정을 통했다. 정경패를 소개받았을 때는 굳이 얼굴을 확인하기 위해 여장을 하고 대갓집 안방에 들어가는 대담성을 보이기도 했다. 이런 양소유를 두고 정경패는 '여색에 굶주린 아귀'와 같다고 했다.[4]

송성욱만 아니라 여러 연구자들이 양소유의 이와 같은 성적 방탕에 대해 지적하고 있거니와, 특히 김병국[5]은 이를 김만중의 전기적 사실과 연결시켜 '모성 콤플렉스' 혹은 '돈환 콤플렉스'라 칭하기도 한다. 귀신(가춘운)도 인어(백능파)도 기생도 공주나 권세가의 여식도 마다하지 않고, 그들과 운우지정을 나누기 위해서라면 여장이나 접신도

4) 송성욱, 「작품해설」, 『구운몽』, 민음사, 2003, p. 245.
5) 김병국, 『한국 고전문학의 비평적 이해』, 서울대학교출판부, 1995. 14장 참조.

마다하지 않는 이 정력가의 모험담은 사실 각몽 순간의 몇 마디 반성적 언사로 덮여질 수 없을 만큼은 충분히 에로틱하다. 덧붙여 당시의 가족관이나 농경 사회의 관례에 비추어 보아 양소유가 2처 6첩과의 사이에 각 한 명씩, 고작 여덟 명의 자식들만을 두었다는 사실도 주의를 요한다. 양소유의 성은 생식과 무관한 용도로 활용되는데, 알다시피 생식의 목적에 사용되지 않는 성은 항상 도착(양소유와 적경홍의 복장 도착, 그리고 양소유의 여성적 기질과 처첩들의 동성애 성향!)과 에로티시즘을 유발한다(이에 대해서는 후술한다).

요컨대 성진의 꿈은 작가 김만중의 성적 욕망이 환상적으로 실현되는 무대라 보아도 무방할 듯한데, 그렇다면 김만중의 『구운몽』은 조신 설화와 달리 개인의 은밀한 내면적 욕망을 꿈의 서사에 담아 표현한 최초의 근대적 작품이라 칭해야 할까? 그러나 그러기엔 이 작품은 여전히 전근대적이다. 무엇보다도 '질투의 부재' 때문에 그러하다. 과도한 에로티시즘 외에 김만중의 『구운몽』에서 우리가 염두에 두어야 할 것은 '질투' 감정의 부재다. 서로가 서로를 처와 첩으로 천거할 정도로 양소유의 처첩들은 화해롭다. 계섬월은 '잠자리에서' 만옥연과 적경홍, 그리고 정경패를 양소유가 반드시 만나보아야 할 천하 절색으로 소개한다. 그중 적경홍과는 여성 동성애를 의심하게 할 정도로, 우정을 넘어서는 연모의 감정을 드러낸다. 정소저와 그녀의 시비 가춘운의 관계도 이에서 그리 멀지 않다. 후에 모두 양소유의 처나 첩이 된 뒤에도 이들 여덟 여성들은 하나같이 양소유를 심적으로나 육체적으로 정성껏 받들 뿐, 시기나 질투를 드러내는 법이 없다. 전형적인 남성 판타지로 읽히거니와, 17세기 조선 사회의 가부장 이데올로기가 개인적 질투 감정을 효과적으로 억제하고 있거나 금지하고 있는 것으로 보인다.

　물론 질투라고 하는 감정은 '모방 욕망' 혹은 '삼각형의 욕망'의 다른 이름일 터인데, 지라르는 공적인 서사에서 이 감정이 등장하는 예를 근대 소설의 효시인 『돈키호테』에서 처음 발견한다.[6] 신화에서도 확인할 수 있듯, 고대에도 질투는 있었을 것이다. 그러나 그것이 형이상학적인 양상을 보이면서 서사문학 주인공들의 심리와 이야기의 구조까지를 지배하기 시작하는 것은 근대적 장르로서의 소설이 탄생하면서부터이다. 그런 이유로, 김만중의 『구운몽』은 여전히 전(前)소설적이고 전근대적이다.


## 모방 욕망의 탄생: 이광수의 『꿈』


　지라르에 따르면 근대화의 진척과 모방 욕망의 증가는 비례한다. 이유인즉, 신이나 절대자, 정신이나 이념 같은 초월적 가치가 사라진 자리를 '차이 없는 타인들'이 대신하기 때문이다. 중개자가 절대적 지위를 가지지 못할 때, 그래서 나와 별반 차이가 없는 평범한 장삼이사일 때, 모방 욕망은 증식하고 강화된다. 그런 의미에서 근대는 끝없는 시기와 질투의 시대다. 근대의 이중간접화(욕망의 대상은 사라지고 경쟁하는 중개자들만 남은 상태)를 염두에 두면서 "사람들은 서로에게 신으로 비칠 것이다"[7]라고 쓸 때 지라르가 의미하고자 한 바가 바로 그것이다. 그리고 이 문장이야말로 이광수의 『꿈』을 조신 설화

---

6) 르네 지라르, 『낭만적 거짓과 소설적 진실』, 김치수·송의경 옮김, 한길사, 2001.

7) 르네 지라르, 같은 책, p. 103.

의 모작에 불과하다는 혐의에서 벗어나게 해주는 근거가 된다.

　물론 이광수의 『꿈』에 근대적 소설로서의 면모가 드러나지 않는 것은 아니다. 소설의 도입부에서부터 등장하는 묘사문들은 "천하에 이름난 산이 다섯 있으니, 동쪽의 태산, 서쪽의 화산, 가운데의 숭산……"(『구운몽』, p. 9) 운운하며 시작하는 『구운몽』의 도입부와는 확연히 구별된다. 구체적인 지명이 등장하고 관습적인 수사와 결별한 디테일들이 특징적이다. 상황도 개연성이 있고, 주인공의 탄생으로부터 시작하는 연대기적 서술을 피해 스토리와 플롯을 구별하고 있는 점도 역력하다. 요컨대 이언 와트가 『소설의 발생』에서 말한 근대 소설의 특징들을 그런대로 갖추고 있는 문장들이다. 이어지는 조신의 캐릭터에 대한 묘사에 있어서도 옥골선풍류의 스테레오 타입은 지양되고 대신 지극히 개성적인 면모의 인물이 탄생한다. "평목과는 정반대로 조신은 못생긴 사내였다. 낯빛은 검푸르고, 게다가 상판이니 눈이니 코는 모두 찌그러지고 고개도 비뚜름하고 어깨도 바른편은 올라가고 왼편은 축 처져서 걸음을 걸을 때면 모으로 가는 듯하게 보였다"(p. 368). 게다가 이후 조신이 김흔의 딸 달례와 야반도주하여 겪게 되는 가난의 세목, 살인에까지 이르는 도망자의 불안 심리, 그리고 신분 격차에 따른 갈등 등이 세밀하게 그려짐으로써 나름대로 근대 소설로서의 면모를 보여준다.

　그러나 소설의 근대성이 작품의 형식만으로 이루어지는 것은 아니라 할 때, 이 작품이 여전히 타설적 주제 의식에서 그다지 벗어나지 못하고 있다는 사실은 지적되어야 한다. 도망자로서의 삶이, 화랑 모례(달례의 약혼자)에 의해 결딴남으로써 각몽의 단계에 진입할 때, 달례와 조신의 깨달음은 결국 부귀영화 일장춘몽의 주제를 되풀이한다. 이광수는 그의 다른 많은 작품들에서 그랬듯이, 근대와 전근대 사이에 낀 과도기적 인간이었음이 다시 한 번 확인된다.

그러나 다소 의아할 정도로 길어지는 소설의 결말부가 있다. 모례에 의해 달례와 조신의 상징적 죽음 장면이 연출되고 둘은 자신들의 죄를 충분히(사실은 개연성이 없을 정도로 급격하게) 뉘우친다. 달례는 목 대신 머리카락이 잘려 중이 되고, 조신은 감옥으로 보내진다. 감옥에서 조신은 "이 속에서 기쁨을 찾기로 결심하였다. 이 생활을 수도하는 고행으로 삼으려는 갸륵한 결심을 하였다. 조신은 오래 잊어버렸던 중의 생활을 다시 시작하였다. 그는 일심으로 진언을 외우고 염불을 하였다"(『꿈』, p. 458). 조신 설화나 김만중의 『구운몽』에서라면 이제 충분히 각몽의 단계에 진입한 셈이다. 그러나 소설은 그렇게 끝나지 않는다. 질투가 소설의 결말을 연기시킨다.

「어느 놈이 내게서 달례를 빼앗았나?」

하고 조신은 소리소리치고 싶었다.

조신에게서 달례를 빼앗은 것은 모례인 것만 같았다.

「이놈아!」

하고 조신은 모례를 자빠뜨리고 가슴을 타고 앉아서 멱살을 꽉 내리누르고 싶었다.

이렇게 생각하면 달례는 지금 모례의 품속에 안겨 있는 것 같았다. 모례의 칼에 머리쪽을 잘렸으니 필시 달례는 어느 절에 숨어서 제 복을 빌어주려니하고 생각하던 것이 어리석은 것 같았다.

「그렇다. 달례는 지금 모례의 집에 있다. 분명 모례의 집 안방에 있다. 달례는 곱게 단장을 하고 모례에게 아양을 떨고 있다.」

조신의 눈에는 겹겹으로 수병풍을 두른 모례집 안방이 나오고 그 속에 모례와 달례가 주고받는 사랑의 광경이 환히 보였다.

……

「아아, 무서운 질투의 불길, 천하의 무서운 것 중에 가장 무서운 것!」

조신은 무서운 꿈을 깬 듯이 치를 떨었다. 못한다. 이것이 옥중이 아니냐. 두 발은 고랑에 끼여 있고 두 손은 수갑에 잠겨 있다. 꿈은 나 갈지언정 못 나간다. (『꿈』, pp. 460~61)


이 장면 후에야, 그 질투의 감정으로부터 해방되지도 못한 상태에서, 각몽이 찾아온다. 그러니까 조신은 빠져나올 수 없는 질투의 감정("꿈은 나갈지언정 못 나간다") '속에서' 깨어난다. 그러고 보면 처음에 조신이 달례를 적극적으로 욕망하면서 그녀와 도망갈 작심을 하게 되던 날이 왜 하필 화랑 모례와의 혼인 잔치가 있기로 된 날이었는지도 이해할 수 있게 된다. 또 도망의 와중에 평목을 의심(그가 달례를 욕망한다)하여 죽이게 된 사정, 끝없이 모례의 추적을 의식하면서 달례까지도 의심하던 사정도 이해가 된다. 그것은 모방 욕망 때문이다. 용모 수려하고, 화랑 신분인 데다, 칼도 잘 다루고, 언사도 유려한 모례가 중개자다. 그리고 이 중개자가 욕망하는 대상이 달례였으므로 조신은 그녀를 욕망했다. 이렇게 읽을 때에야 이광수의 이 작품은 근대적인 의미에서의 소설에 접근한다. 이광수는 애욕과 부귀영화의 무상함을 강조하고 불가에의 귀의를 권장하던 조신 설화의 타설적이고 전근대적인 서사를 모방 욕망의 발생과 종결에 관한 근대적 서사로 바꿔놓는다. 이 변형 과정이 성공적이었는가는 별도로 하더라도, 그것이『돈키호테』이후 만인이 서로에게 중개자가 되어버린 시대의 소설이 가장 즐겨 다루는 주제란 사실에는 변함이 없다.


## 꿈의 고현학: 최인훈의『구운몽』


이광수의『꿈』이 출간된 지 15년 후, 최인훈은 김만중의『구운몽』을 자신의 방식으로 다시 쓴다. 입몽과 각몽에 의해 나뉘는 삼단 구성은 여전하고, 환생한 주인공 독고민이 이러저러한 계기로 여덟 선녀를 만나는 서사도 원작과 같다. 그러나 이 작품에서 꿈은 단순히 서사의 편의를 위한, 혹은 주제를 전달하기 위한 도구나 소재의 수준을 넘어선다. 세 가지 의미에서 그렇다.

첫째로, 최인훈은 꿈을 근대적인 방식으로 이해한다. 즉 프로이트적인 방식으로, 압축, 전위, 시각적 형상화, 상징화 등과 같은 꿈-작업에 대한 근대적 지식 체계를 작품에 그대로 수용한다.『구운몽』은 꿈-작업의 전시장이라 해도 과언이 아니다. 우선, 그는 작품의 주인공들을 모두 '압축'해 혼성 인물로 만든다. 모두 세 단계의 서사로 이루어진 이 작품에서, 첫번째 서사의 주인공인 독고민은 두번째 서사의 주인공 김용길 박사와 그 전기적 약력이 겹친다. 또 세번째 서사의 주인공인 빨간 넥타이의 전위 시인(그의 이름도 '민'이다)과도 겹치고, 첫번째 서사의 감옥 에피소드에서 독고민에게 애인 숙의 사진을 건네던 죄수와도 겹친다. 독고민은 김용길 박사이고 시인 민이며 감옥의 죄수다. 게다가 그가 만나는 사람들마다 그에게 각각 다른 정체성을 부여한다. 그는 시인이면서, 무용 선생이고, 혁명군 지도자였다가, 죄수가 되기도 한다. 독고민이 소설 내내 찾아다니는 애인 숙 역시 혼성 인물인데, 낯익은 인상과 볼의 점을 매개로 해서, 에레나였다가 미라였다가 시인의 애인이었다가, 고관대작의 부인이었다가, 보조 간호사였나가, 관음보살이 되기도 한다. 팔선녀의 변형인물들인 이 여인들 모두가 숙이다.[8] 압축뿐 아니라 이 작품에서는 프로이트가 말한 꿈의 문법 그대로, 시간적이거나 인과적인 접속 관계가 거의 무시된다. 감옥은 문 하나를 열면 술집이 되고, 낯선 길은 순식간에 자취방에 이르는 계단을 마련한다. 독고민의 행동은 구체적인 시각을 확인할 수 없는 시간대에서 벌어지며, 결국 소설 속 사건이 며칠에 걸쳐 일어났는지는 모호해진다. 개연성 없는 이야기들이 꿈에서처럼 아무렇지 않게 전개되고, 이질적인 사건들이 마치 모순을 느끼지 않는다는 듯이 병치된다. 이처럼 최인훈의 『구운몽』은 꿈을 소재로 했을 뿐 아니라, 꿈의 문법을 그대로 옮겨놓은, 그 자체로 꿈―작업의 메커니즘을 보여주는 텍스트다.

둘째로, 최인훈은 꿈을 통해 자신만의 '고현학'적 탐구를 수행한다. 그에게 한국의 근대가 형성되어온 방식은 꿈이 출현하는 방식과 같다. 이 점은 마지막 세번째 서사에 등장하는 영화 「조선원인고」에 대한 발표자의 해설에서 드러난다.

우리의 유적은 제 꼴이 그대로 보존되고 있는 것은 거의 전무합니다. 그뿐 아니라, 햇수 짚어내기에 결정적인 요소의 하나인 매몰 상태도 엉망입니다. 고석기 시대의 유물이 신생대에 파묻혀 있는가 하면,

---

8) 임금희, 「최인훈의 소설 〈구운몽〉 연구」, 『새국어교육』 70호, 한국국어교육학회, 2005 참조.

그 바로 밑에는 아주 최근의 것과 닮은 기계붙이가 있는 형편입니다. 이것은 시대 가르기가 불가능한 경우인데, 난점은 한 시대의 유물 서로 사이에도 있습니다. 이를테면 화장실 자리에 고려 자기가 놓여 있습니다. 어느 땐지 아직 밝히지 못하고 있으나, 불행한 우리 조상의 역사에 뒷간 기물까지 고려자기를 쓴 시대는 아마 없었을 것입니다. 그런가 하면, 성경책 속에 피임 도구가 끼여 있는 화석이 나옵니다. 작전 서류 속에 연애 편지가 섞여 있기도 합니다. 장군이 시장 앞에 서 있는 것은 어떻게 풀어야 할지 알쏭달쏭입니다. 〔……〕이런 예를 들기로 치면 한이 없습니다. 그러나 뭐니뭐니해도 가장 난처한 것은, 전혀 성질이 다른 조각으로 이루어진 일기의 인물 화석입니다. 즉 머리는 신부. 얼굴은 배우. 가슴은 시인. 손은 기술자. 배는 자본가. 성기는 말의 그것. 발은 캥거루의 족부. 〔……〕이것은 누가 보나 희극입니다. 그러나 우리로서는 그렇게만 보이지는 않습니다. 이 이지러지고, 우습게 겹치고, 거꾸로 붙은 화석은, 고난에 찬 시대를 살았던 우리 선조들의 서글픈 자세가 아니고 무엇이겠습니까? 우리 조상들의 역사는, 생남 기념으로 아버지가 심어준 나무가 아름드리 노목으로 자란 뿌릿가에, 그 아들의 늙은 뼈가 묻히는 식의 역사도 아니었고, 한 도시의 아름다움을 보존하기 위하여 작전을 바꿨던 어떤 지역의 그것처럼, 복받은 역사가 아니었던 것입니다. (『광장/구운몽』, pp. 308~09)

인용문에 따르면 첫번째 서사인 독고민의 이야기는 「조선원인고」라는 다큐 영화의 내용에 해당하는데, 그 압축되고 모순적인 서사는 그대로 한국의 근대에 대한 훌륭한 알레고리라 할 만하다. 최인훈이 보기에 한국적 근대란, 고석기 시대의 유물이 신생대 지층에서 발견되고 바로 그 밑에 최근의 기계붙이가 함께 매몰되어 있는 근대(주변부 자본주의 특유의 '비동시적인 것들의 동시대성!'), 변기와 고려자기가 어떠한 양식mode적 구분 없이 병존하고, 성경책 속에서 피임도구가 발견되는 요지경식 근대(교양 없는 천민자본주의!), 그리고 마치 프랑켄슈타인 박사의 창조물처럼 이리저리 짜깁기된 분열적 주체들의 근대(탈식민적 혼종 정체성!)다. 인용문의 마지막 문장 "생남 기념으로 아버지가 심어준 나무가 아름드리 노목으로 자란 뿌릿가에, 그 아들의 늙은 뼈가 묻히는 식의 역사"는 전혀 꿈꾸어볼 도리조차 없었던 한국적 근대의 형상을 표현하기에, 비동시적인 시간대들이 병존하고 등장인물은 항상 압축된 혼성 인물이며 공간은 이리저리 뒤틀려 정연한 구획을 애초부터 포기해버린 서사, 그러니까 '꿈'처럼 좋은 형상은 달리 없을 것이다. 최인훈에게 한국의 근대는 꿈과 같다.

그러나 꿈을 통한 최인훈의 고현학은 여기서 멈추지 않는다. 이광수가 길을 터놓은 근대 특유의 모방 욕망과 이중 간접화의 소설화 문제에 관해서도 최인훈은 할 말이 많다.


오늘날 토끼란 동물은 존재치 않는다. 토끼의 뒷다리는 말의 뒷다리가 되고 싶은 욕망으로 중풍에 걸렸으며, 밤송이처럼 동그란 등은 집채 같은 코끼리 등이 되지 못한 열등감으로 애처롭게 꼬물거린다. 토끼는 이미 토끼가 아닌 것이다. 말의 멋없이 민숭한 낯짝은, 토끼 같은 타고난 미모를 갖지 못한 불만으로 늘 괴롭고, 코끼리보다 모자란 무게와 그 가는 다리 때문에 그는 괴로운 짐승이다. 코끼리는 그만인가. 아니다. 그는, 자신의 병신스럽게 육중한 물체성에 구역질이 난다. 토끼 같은 깨끗한 가벼움이 부럽고, 말의 비할 수 없이 멋진 우아함에 대한 부러움으로, 그의 기둥 다리는 짊어진 자학 때문에 오히려 무겁다. 오늘날 토끼, 말, 코끼리란 짐승은 없다. 다만 '토끼-말-코끼리' 혹은 '말-토끼-코끼리' 혹은 '코끼리-토끼-말'이란 짐승이 있을 뿐이다. 스스로에 만족한, 따라서 무자각한 인간이란 원리적으로는 현대와 가장 먼 것이다. 하기야 현대에도 소박한 인간이야 사실상 있긴 하지만, 조만간 진화(?)하게 마련이고, 안 그렇더라도 분열의 분위기는 널리 퍼져 있다. (『광장/구운몽』, p. 300)

달리 사족을 더 달 필요를 느끼지 않을 정도로, 이 구절은 현대인의 이중 간접화에 대한 절묘한 우화를 제공한다. 직접적 초월에의 욕망은 완전히 사라지고, 토끼는 말과 코끼리를, 말은 토끼와 코끼리를, 코끼리는 토끼와 말을 질투하고 모방하는 사회가 현대다. 욕망의 대상은 사라지고 중개자들 간의 질시와 쟁투만 만연한 시대, 이런 의미에서라면 현대에 진정한 욕망도, 확고한 자아 정체성도 존재할 자리는 없다.

요컨대, 조신 설화에서 시작된 한국문학의 꿈—서사는 1962년 최인훈에 이르러 어떤 단절의 지점을 형성한다. 꿈—서사는 최인훈의 『구운몽』에 이르러 완전히 근대화된다. 그것은 '꿈의 고현학'이라 할 만한데, 이 고현학은 1962년에 아시아 변방의 한 작가가 다다른 사유의 지점이라고는 믿을 수 없을 만큼 정밀하고 예지적이다.

## 꿈의 기원: 한승원의 『꿈』, 김성동의 『꿈』

1998년에 한승원이 김만중의 『구운몽』을 다시 쓴 『꿈』과 2001년에 김성동이 조신 설화를 다시 쓴 『꿈』은 꿈—서사의 개체발생적 기원에 대한 의문을 푸는 데 중요한 참고가 된다는 점에서 주목을 요한다. '누가, 어떤 이유로 꿈—서사를 만들어내는가?' 하는 문제가 그것이다.

한승원의 『꿈』 역시 조신 설화와 『구운몽』의 삼단 구조를 반복한다. 그러나 「폐촌」과 『해일』의 작가 한승원의 작품답게, 『꿈』은 불교적 교훈보다는 오히려 인간 육체의 관능적이고 우주적인 생명력을 묘사하는 데 더 많은 수고를 들인다. 산에 나는 정력에 좋은 온갖 약초를 섭취하고 복받쳐 오르는 욕정을 이기지 못해 수음을 하는 성진에 관한 초반부의 묘사(『꿈』 1, pp. 11~14)에서부터, 훨씬 더 노골적이고 당당하게 성애적인 장면들을 묘사하는 본꿈의 서사가 다 그렇다. 이 점, 패러디 작품은 당연히 원작의 변형 과정을 수반하는 법이니 새삼 문제 삼을 바는 없다. 그런데 다음과 같은 장면은 원작과 비교해 의미심장한 변형으로서 주목을 요한다.

유씨부인은 아들 소유를 치마폭 속에 가둬두었다. 바람 불면 날아갈까, 땅바닥에 놓으면 깨어질까, 잘못 만지면 부스러지거나 으깨어질까, 혹시라도 물에 빠질까, 산에 가면 나무뿌리에 걸려 넘어질까, 누군가가 훔쳐갈까, 불량한 이웃 아이들에게 두들겨 맞을까……. 한사코 곁에 두려고만 했다.

코를 풀어주고 따스한 물로 씻기고 닦아주고, 두꺼운 옷을 지어 입히고 안아주고 업어주었다. 잠을 잘 때는 그를 두 팔로 안아 품속에 깊이 묻고 자고 그러면서 등을 쓰다듬고, 고추와 불알이 신기하고 귀여워 만지고 또 만졌다.

〔……〕

소유는 사나운 씨암닭 같으면서도 자상하고 인자한 어머니의 품이 한없이 따스하고 포근했다. 스치는 그녀의 손길이 달콤하면서 간지럽고 저릿저릿하였다. 그녀의 품속에서 자지 않으면 잠이 들지 않을 지경이었다.

그녀는 눈에 보이지 않는 또 하나의 깊은 밑뿌리(자궁)를 가지고 있었다. 그것으로 그를 감싸주고 있었다.

그녀가 그를 한사코 옆에 두려고 하는 데는 까닭이 있었다. 그가 눈에 띄지 않으면 그녀의 자궁이 허전해 하고 슬퍼하면서 꿈틀거리는 것이었다.

그 어머니에 그 아들이었다. 소유도 어머니 없이는 한시도 살아 배길 수가 없었다. 어머니가 잠시만 눈에 띄지 않으면 불안해졌다. 그럴 때마다 그는 치마 입고 머리카락 땋아 늘인 다른 여자를 구했고, 그 여자에게서 날아오는 몸냄새를 킁킁 맡아야만 직성이 풀렸다. (『꿈』1, pp. 68~69)


인용한 구절 외에도 수월이란 소녀와 소유가 소꿉장난을 할 때, 그리고 오랫동안의 외입 후 아버지가 돌아왔을 때 보여준 어머니의 태도를 더 언급할 수도 있겠다. 아울러 원작에서는 신선처럼 그려진 소유의 부친 양처사가 이 작품에서는 거의 부재중인 건달이나 오입쟁이로 그려진다는 사실도 상기할 필요가 있다. 한승원은 양소유의 심리를 앞서 언급한 김병국의 해석, 즉 '모성 콤플렉스' 혹은 '돈환 콤플렉스'에 따라 다시 쓰고 있음이 밝혀지는 대목이다. 부친의 부재, 그로 인한 모성 고착, 그리고 이어지는 돈환적 행태(혹은 도착과 동성애 기질)가 한승원이 해석한 양소유의 심리적 비밀이다. 말하자면 양소유는 대타자 어머니의 욕망 대상 되기라는 라캉적 테마를 끝없이 되풀이하는 인물이 된다. 어머니와의 분리 불안이 그로 하여금 어머니를 대신할 영원한 여성 찾기의 모험을 되풀이하게 만든다. 팔선녀들은 모두 '대상 a'이다.

이와 유사한 변형을 우리는 김성동의 『꿈』에서도 만난다. 조신이 그랬듯 능현도 절에 염불을 드리러 올라온 여대생을 사랑하게 된다. 이후 3년의 시간 동안 그는 그 여대생만을 기다렸고, 모든 기원의 내용은 그녀와의 재회였다. 그 여대생을 만나고, 사랑하고, 헤어지고, 결국 사랑의 부질없음을 수락하게 되는 과정은 그대로 중으로서의 그의 구도 과정과 일치한다. 즉 그에게 구도는 곧 구애다. 게다가 그가 유독 어머니 부처인 관음보살에 집착하고, 기갈이라도 걸린 듯 사랑에 주려 있다는 사실도 상기할 필요가 있다. 주인공 능현에게 연인 정희남과 관음보살과 어머니와 자연과 정토는 하나다.

사실 김성동 문학의 기원에는 바로 그 사랑 기갈증이 있다. 1980년 작 「산란(山蘭)」은 일찍이 그 사랑 기갈증이 비롯되는 장면을 보여준 바 있다.

지쳐 쓰러져 잠이 들었다가 눈을 뜨면 아이는 다시 바늘구멍에 눈을 붙이고 뚫어져라 밖을 내다보았는데, 어둠이었다. 해가 지고 놀이 죽고 그리하여 우우 우우 아우성치며 달려가는 바람소리와 먼 골짜기에서 들려오는 산짐승들의 울부짖음에 흠칠흠칠 몸을 떨다가 아이는 지쳐 쓰러져 또 잠이 드는 것이었다. 잠이 들면 꿈을 꿨고 꿈을 꾸면 엄마를 만났다. 엄마의 얼굴에선 독한 분내음이 났고 엄마의 젖가슴에선 우르르 우르르 뜀박질하는 비릿한 피내음이 났다. (「山蘭」, 1980)

동자승 능선이 홀로 산방(山房)에 앉아 바늘구멍으로 소를 기다리는 심우삼매(尋牛三昧)에 빠져 있는 풍경이다. 그는 후에 김성동의 소설에 등장하게 될 법운(『만다라(曼陀羅)』, 1979), 능선(『황야(荒野)에서』, 1982), 그리고 능현(『꿈』)이 될 것이다. 그러나 정작 아이가 바늘구멍을 통해 나타나기를 기다리는 것은 소가 아니라 어미다. 그리고 그 어미는 프로이트적인 어미가 거의 그렇듯이 '성녀/창녀'의 양가적 대상이다. 이 어미 찾기의 서사가 김성동의 주인공들이었던 능선, 법운, 지선, 능현의 파계와 구도의 서사다. 그들이 꿈꾸는 '주관과 객관' '꿈과 현실' '극락과 지옥' '정신과 육체'의 분별이 없는 세계란 아무래도 라캉의 '상상계'나 크리스테바의 '코라chora'를 연상케 하거니와, 아비가 아직 개입하기 이전의 그 세계에 '어머니이며 고향'이란 의미를 부여하는 행위 자체가 자신의 구도가 이미 어미 찾기와 같음을 깨닫고 있다는 고백으로 보인다.[9]

한승원의 『꿈』과 김성동의 『꿈』 두 작품이 공히 보여주고 있는 이와 같은 유사성을 어떻게 해석해야 할까? 두 작품 모두 잃어버린 어머니 찾기 서사를 반복한다. 그렇다면 혹시 이들 작품에서 꿈─서사

---

9) 이에 대해서는 졸고 「옛사랑, 혹은 청천의 유방」(『켄타우로스의 비평』, 문학동네, 2004) 참조.

의 심리적 기원을 찾을 수 있을지도 모른다는 기대는 마냥 허황되기만 한 것은 아닐 듯하다. 이런 결론이 가능하지 않을까? '꿈—서사란 어떤 이유로 모성에 고착된 주체들이 만들어내는 변형된 가족 로망스의 일종이다.' 왜냐하면 가족 로망스의 본질이 바로 부모와의 분리 불안을 이겨내기 위해 아이가 고안해낸 또 다른 부모(그들은 대개 이상적인 시공에 이상적인 신분으로 존재한다)에 대한 백일몽이기 때문이다.

## 애타게 어미를 찾아서: 잠정적 결론

김만중은 병자호란 난리통에 피란하는 병선에서 태어난 유복자였다고 한다. 1689년 그는 귀양 중에 『사씨남정기』와 『구운몽』을 '어머니를 위하여' 저술했다. 이듬해에 저술한 모친 윤씨의 행장 『선비정경부인행장』에는 그가 어머니에 대해 가지고 있던 애모의 감정이 (과도하다 싶을 정도로) 여과 없이 드러난다. 『서포집』에는 오로지 모친에게 바친 김만중의 여러 구절들이 발견되기도 한다.[10]

이와 같은 전기적 사실들이 그대로 김만중의 모성 콤플렉스에 대한 온전한 증거라 하기는 힘들 것이다. 그러나 우리는 김윤식의 탁월한 연구에 의해 이광수의 고아 의식에 어머니와의 관계가 미친 심리적 영향 관계, 그리고 평생 그를 따라다녔던 '사랑 기갈증'[11]에 대해서도 익히 알고 있다. 그리고 또 우리는 최인훈이 『구운몽』보다 한 해 일

---

10) 김만중의 자세한 연보와 어머니와의 관계 및 관련 문헌들에 대해서는 김병국의 앞의 책, 11장과 14장 참조.
11) 김윤식, 『이광수와 그의 시대 3』, 한길사, 1986, pp. 579~87.

찍 썼던 걸작 『광장』의 결말이 어떠했던지에 대해서도 익히 알고 있다. 다시 확인하자면 이명준은 바다에 몸을 던지기 전, 여자들과 동굴과 유토피아에 대해 생각했었다.

정치는 경멸하고 있다. 그 경멸이 실은 강한 관심과 아버지 일 때문에 그런 모양으로 나타난 것인 줄은 알고 있다. 다음에, 부채의 안쪽 좀더 좁은 너비에, 바다가 보이는 분지가 있다. 거기서 보면 갈매기가 날고 있다. 윤애에게 말하고 있다. 윤애 날 믿어줘. 알몸으로 날 믿어줘. 고기 썩는 냄새가 역한 배 안에서 물결에 흔들리다가 깜빡 잠든 사이에, 유토피아의 꿈을 꾸고 있는 그 자신이 있다. 조선인 꼴호즈 숙소의 창에서 불타는 저녁놀의 힘을 부러운 듯이 바라보고 있는 그도 있다. 구겨진 바바리코트 속에 시래기처럼 바랜 심장을 안고 은혜가 기다리는 하숙으로 돌아가고 있는 9월의 어느 저녁이 있다.〔……〕마지막으로 은혜와 둘이 안고 뒹굴던 동굴이 그 부채꼴 위에 있다.[12]

이 인용문에는 앞서 김성동과 한승원의 작품을 다루면서 확인한 바가 모두 들어 있다. 아버지, 여자들, 알몸과 동굴, 유토피아 등등. 그것들은 또한 프로이트와 로베르가 가족 로망스라 부른 서사의 핵심이 되는 요소들이기도 하다. 부친에 대한 반항, 어머니에의 고착, 분리 불안, 현실의 부인, 낭만적 토라짐과 도피 그리고 잃어버린 어머니를 찾아 존재하지 않는 이상향을 찾아 떠나는 환상적 모험…… 아마도 꿈처럼, 쉽고 용이하게 어머니로부터의 분리 불안에 빠진 모성 고착

___
12) 최인훈, 『광장』, 앞의 책, p. 187.

적 주체들에게 아득하고 고통스러운 현실로부터의 도피처를 마련해 주는 기제도 달리 없을 것이다. 그러므로 우리는 이제 다소간의 확신을 가지고 이렇게 말할 수 있게 되었다. 이광수에서 (더 이르게는 김만중에서) 김성동까지, 한국문학 100년의 꿈—서사는 어미 찾기의 서사였다. 잃어버린 욕망의 대상 어머니를 찾아 꿈으로의 여행을 떠난 이야기들의 역사였다.

달리 이렇게 말할 수도 있겠다. 문학이 존재하는 한, 어머니가 존재하는 한, 그리고 우리가 항상 유년에 누렸던 영원한 여성으로서의 어머니를 잃어버렸다고 믿고 사는 것이 필연적인 한, 꿈-서사는 앞으로도 영원히 계속될 것이다. 게다가 이즈음처럼 우리가 대상 세계에 리비도를 투자하고픈 의욕을 상실할 만큼, 그래서 꿈으로라도 도피하지 않고는 견디기 힘들 만큼, 나날의 현실이 환멸스러워지는 시점에는 더더욱……

# Che Vuoi, Jacques Žižek?
## ─ 현대 정신분석학과 한국 문학비평

"누구냐, 너!"
─ 박찬욱 감독, 「올드 보이」

## 1. 지젝의 겸손

어떤 대담 장면으로부터 이야기를 시작해보자. 먼저 김상환이 "당신은 영화를 보는 새로운 방식을 보여주고 창안했다고도 할 수 있는데⋯⋯"라는 말로 운을 떼자 지젝이 답한다. "물론 그런 새로운 방식들이 있습니다. 가령 들뢰즈의 영화 이론 같은 것이 그렇다고 인정합니다. 영화에 대해 말하는 사람들은 누구나 들뢰즈를 암묵적으로 참조하고 있죠. 그러나 저에게도 새롭게 뭔가를 창안했다는 말을 하기는 어려울 것 같은데, 이 점에 관한 한 저는 매우 자기 비판적입니다." 이어지는 지젝의 답변 부분을 조금 더 인용해본다.

"⋯⋯대부분의 경우 저는 영화를 단지 정신분석이나 철학의 문제를 설명하기 위한 사례로 이용합니다. 이용만 있지 창조는 없는 것입니다. 두 번째 수준에서 저는 일상적 삶에 암묵적으로 함축되어 있는 이데올로기를 조명하기 위해 영화를 이용합니다. 오늘 이 시대의 징후로서의 영화라고나 할까요. ……그러나 이 역시 진정한 영화 분석은 아닙니다. 영화를 어떤 존재론적 사태로서 다루고 있지는 않기 때문입니다. 가령 이미지의 존재론적 지위는 무엇인가라는 질문을 던지는 건 아니죠. 저는 이런 물음을 소홀히 했고, 이 점을 자기 비판적 시각에서 지적하고 싶습니다. 대부분의 영화분석에서 저는 기본적으로 줄거리를 해석하고 배우들이 상호작용하는 방식을 해석하는데, 여기서 영화는 시각적 매개에 그치고, 정말 철학적인 분석은 아주 조금밖에 안 됩니다."[1]

지젝이 드물게, 아니 우리에게 소개된 문건들에 따르면 '거의 유일하게', 겸손해 보이는 장면이다. 그런데 저 장면에서 놀라운 것은 그의 이례적인 겸손만이 아니다. 더 놀라운 것은 그가 자기비판을 위해 발화하고 있는 저 문장들이 지시하는 바가 말 그대로 사실이라는 점이다. 그토록 많은 영화들을 인용하고, 분석하고, 해당 텍스트들에 대해 기발한 라캉주의적 해석들을 제안했음에도 불구하고, 지젝에게는 엄밀한 의미에서 영화비평이라 할 만한 저술이 없다. 왜냐하면 본인도 실토하는 바, 영화 텍스트에 등장하는 인물에 대한 분석, 텍스트의 줄거리(플롯이 아니라)에 대한 요약과 해석이 그가 영화 텍스트를 다루는 거의 유일한 방식이기 때문이다. 종종 '(스크린 속 왜상으로서의) 응시'와 '(디에게시스적이지도 미메시스적이지도 않은) 목소리'가 관객으로 하여금 어떤 방식으로 '실재'를 환기하게 하는가에 대

---

1) 김상환·슬라보예 지젝 대담, 「철학과 정신분석의 만남」, 『철학과현실』 제59권, 2003, pp. 82~83.

한 언급이 있다고는 하나, 이 역시 라캉의 정신분석 이론을 설명하기 위한 방편에 불과할 뿐, 그는 영화 텍스트를 "단지 정신분석이나 철학의 문제를 설명하기 위한" 혹은 "일상적 삶에 암묵적으로 함축되어 있는 이데올로기를 조명하기 위한" 사례들로써 "이용"한다. 영화 이용자가 영화 비평가가 아님은 물론인데, 왜냐하면 영화는 우선 무엇보다도 '움직이는 이미지'의 예술이고, 이 이미지의 존재 방식에 대한 탐구가 빠진 영화비평은 영화비평이라 하기 힘들기 때문이다. 소위 장르적 자율성에 대한 자의식이 없는 한 작품에 대한 비평은 불가능하다. 이 사실을 간과하거나 무시하지 않는다면, 지젝은 저 장면에서 겸손하지 않을 도리가 없었을 것이다.


## 2. 정신분석학적 문학비평의 방법과 대상

크리스티앙 메츠와 피터 브룩스를 경유할 경우, 정신분석이 예술비평과 접목될 때 자주 발생하곤 하는 이와 같은 곤경은 조금 더 일반화될 수 있다. 『상상적 기표』에서 메츠는 영화에 관한 정신분석학적 연구 방법들을 대략 다섯 가지로 범주화한다. '질병학적 관점' '성격학적 관점' '시나리오/기의 분석' '텍스트 시스템 연구' 그리고 '기표-영화 정신분석'이 그것들이다. 영화기호학의 기틀을 마련한 메츠였고 보면, 물론 그가 가장 호의적이었고 이후에 자신의 연구를 집중한 방법은 마지막의 것이다. 그리고 그가 다른 방법들을 거부한 이유는 다음과 같다.

요컨대 (질병학적 연구, 성격학적 연구, 그리고) 시나리오 분석이 내가 정의하고자 하는 연구 방법과 구분되는 지점은, 그들이 기표에 무관심하다는 것이 아니라, '영화적 기표'에 무관심하다는 것이다.[2]

　정신분석이 질병학적 관점에서 영화감독이나 영화 속 주인공들의 신경증적 징후들을 분석할 때, 그것은 엄밀한 의미에서 정신분석학의 연장일 수는 있으나 영화비평이라고 보기는 힘들다. 분석가는 이때, 영화감독을 피분석자의 차원에 두고, 그가 생산한 텍스트들을 마치 상담실에서 행해진 피분석자의 진술들처럼 다룬다. 이 경우 영화 텍스트는 흔히 많은 예술 작품들이 그렇듯, 너무나도 전형적이어서 아주 손쉽게 훌륭한 분석 결과들을 산출할 수 있는 임상 사례들의 보고가 된다. 왜냐하면 대개 영화, 특히 지젝이 즐겨 다루는 대중적인 영화들의 주인공은 성격적으로 너무나도 전형화(혹은 정형화)되어 있기 때문이다. 따라서 영화 장르, 혹은 특수한 영화 텍스트의 고유성(이것은 모든 예술 작품의 필요충분조건이다)에 대한 고려는 사라지고, 대신 그 자리에 정신분석 담론으로부터 '하강'한(적용된, 주입된) 성격 유형과 신경증적 증례 들만 남는다. 설사 시나리오나 요약된 줄거리를 통해 그 안에서 작동하는 이데올로기나 담론 들을 추적한다 해도 사정은 마찬가지인데, 이때 결과물로서 추상된 주제나 내용은 영화적 기표에 대해서는 알려주는 바가 거의 없다. 영화의 '영화성'이란 그 안에 등장하는 인물이나 함축된 이데올로기에 의해서가 아니라, 영화가 자신의 고유한 매질로서의 움직이는 시각적 이미지들을 어떤 방식

2) 크리스티앙 메츠, 『상상적 기표―영화·정신분석·기호학』, 이수진 옮김, 문학과지성사, 2009, p. 63.

으로 차용하고 생산하고 배치하고 재구성하는가 하는 기준에 의해 판단될 성질의 것이기 때문이다. 메츠가 굳이 정신분석을 기호학과 대면시켜 '영화 기호학'을 창설하려고 시도했던 이유가 여기에 있을 것이다. 그리고 이런 의미에서만 그는 '정신분석학적 영화 비평가'라 불릴 수 있다.

이 점은 문학에 대해서도 마찬가지인데, 어떤 문학 작품에 대한 비평적 분석은 그 작품에 등장하는 인물이나 그 작품의 요약된 줄거리에 대한 분석으로 환원될 수 없다. 왜냐하면 메를로퐁티의 말마따나 "프랑스어는 그것이 설립된 순간부터 문학을 내포하고 있었던 것이 아니"[3]어서 정태적인 요약이나 분류를 통해 그 문학성을 추출할 수는 없는 노릇이기 때문이다. 이때 프랑스어가 반드시 프랑스어일 필요는 없다. 문학이 매질로 삼는 모든 언어가 다 그러할 텐데, 문학의 '문학성'이란 해당 언어가 '바로 지금 이 텍스트'의 문장들 수준에서 어떤 방식으로 차용되고 배치되고 재구성되는가 하는 기준, 곧 기표들의 차이 나는 연쇄들에 의해 판단될 수밖에 없기 때문이다. 바로 그런 이유로 피터 브룩스는 자신의 저서『플롯 찾아 읽기』에서 일관되게 기호학과 정신분석의 수렴점을 찾아내려고 시도한다. 여전히 유효하다고 판단되는 기호학의 개념들은 그대로 사용하되, 그것을 프로이트의 개념들(특히 리비도 경제학적 개념들)과 화해시켜, 손택이 말한 "텍스트의 성애학"을 수립해보려는 야심, 그것이 바로『플롯 찾아 읽기』의 기저에 자리한 욕망이다. 비유컨대, 1984년의 피터 브룩스는 영화비평에서 크리스티앙 메츠가 이룬 일을 문학비평에서 동일한 방

---

3) 메를로-퐁티,『현상학과 예술』, 오병남 옮김, 서광사, 1983, p. 95.

식으로 이루어낸, 최소한 이루려고 노력한, '정신분석학적 문학비평가'이다.

브룩스와 메츠의 경우를 통해, 정신분석학이 문학(이제 '예술'이란 범주를 '문학'이란 특수한 범주로 국한하자) 비평으로 전화되기 위해서는 '언어'(문자)라는 고유한 매질에 대한 분석을 경유하지 않을 수 없다는 사실에 동의한다면, 그래서 정신분석적 문학비평은 필연코 '기표, 곧 언어적 형식과 구조에 관한 연구'를 그 방법으로 삼을 수밖에 없음을 인정한다면(바로 이점이 지젝을 영화비평가나 문학비평가로 부를 수 없게 한다), 이제 다른 질문으로 진행할 수 있다. 그렇다면 정신분석학적 문학비평의 '대상'은 무엇인가?

우선 떠오르는 자명한 답은 이미 '기표에 관한 연구'라는 말 속에 동어 반복적으로 드러나 있다. 그것은 '기표'다. 그러나 달리 생각하면, 문학의 기표를 분석하는 이들은 많다. 이르게는 아리스토텔레스에서부터 근자에는 러시아 형식주의자, 신비평가, 구조주의 및 기호학자 들, 심지어는 해체주의자들도 텍스트의 기표를 다룬다. 그러므로 단순히 정신분석학적 문학비평의 대상이 '기표'라고 말하는 것으로는 충분치 않다. 아마도 이 지점에서 우리는 라캉의 그 유명한 명제, '무의식은 언어처럼 구조화되어 있다'와 꿈에 대한 지젝의 다음과 같은 언급을 다시 한 번 참조할 수 있을 듯하다.

구조는 항상 세 부분으로 되어 있다. 항상 세 가지 요소가 작동하는 것이다. 외현적인 꿈텍스트, 잠재적인 꿈내용이나 꿈사고, 그리고 꿈속에서 표현된 무의식적인 욕망. 이 욕망은 꿈에 밀착되어 잠재적인 사고와 외현적인 텍스트 사이에 끼여 있다. 따라서 욕망은 잠재적인 사고와의 관계 속에서 '더 깊숙이 숨겨져' 있지 않다. 욕망은 전적으로 잠재적인 사고를 처리하는 기표의 메커니즘에 의해 구성되어 있으므로 분명히 보다 '표면'에 위치한다. 다시 말해서 욕망의 유일한 자리는 '꿈'의 형식 속에 있다. 꿈의 진정한 주제(무의식적 욕망)는 꿈작업 속에서, '잠재적인 내용'을 공들여 만들어내는 과정 속에서 표현되는 것이다. ……가장 깊숙이 숨겨진 중핵이라고 추정되는 무의식적인 욕망이, 꿈의 '중핵'인 잠재적인 내용을 숨기는 바로 그 작업을 통해, 말하자면 그것을 꿈-수수께끼로 변환시키는 방식에 의해 표출된다.[4]

실상, 지젝을 인용할 것도 없이 라캉의 저 명제만으로도 정신분석학적 문학비평의 대상은 확정될 수 있다. 브룩스가 보여주었듯이(그리고 메츠도 영화비평을 통해 보여주었듯이), 문학비평이란 그것이 문학 텍스트를 다루는 한에 있어서, 언어(기표들의 차이 나는 체계)를 분석할 수밖에 없다. 문학성이란 기표들의 너머가 아니라 기표들의 체계 속에서 '만' 현존으로서 실현되기 때문이다. 그런데 라캉은 무의식이 바로 그 언어처럼 구조화되어 있다고 말한다. 그렇다면 이런 삼단논법이 가능해진다. 정신분석학적 문학비평은 기표로서의 언어를 대상으로 한다. 그런데 무의식은 언어처럼 구조화되어 있다. 따라서 정신분석학적 문학비평은 언어처럼 구조화되어 있는 무의식을 분석의 대상으로 한다.

이를 보다 더 명확히 논증하기 위하여 위에 인용한 지젝의 꿈 작업과 무의식의 관계에 관한 언급을 문학 버전으로 번안해보자. 어렵지

---

4) 슬라보예 지젝, 『이데올로기라는 숭고한 대상』, 이수련 옮김, 인간사랑, 2002, pp. 36~37.

않게, '꿈'이라는 단어가 등장하는 자리에 '(문학적) 텍스트'라는 말만 가져다 놓으면 된다. '구조는 항상 세 부분으로 되어 있다. 외현적인 문학적 텍스트, 잠재적인 주제나 이데올로기, 그리고 텍스트 속에서 표현된 무의식적 욕망. 이 욕망은 텍스트에 밀착되어 잠재적인 주제와 외현적인 텍스트(번안이 불필요하게도 이미 지젝이, 그리고 애초부터 프로이트가 꿈을 텍스트라 명명하고 있다) 사이에 끼여 있다. 욕망의 유일한 자리는 '텍스트'의 형식 속에 있다. 텍스트의 진정한 주제(무의식적 욕망)는 텍스트 작업(아마도 프로이트라면 리비도 에너지의 탈성화 작업, 곧 승화 작업[5]이라고 했을 것이다) 속에서, '잠재적인 내용'을 공들여 만들어내는 과정 속에서 표현되는 것이다. 가장 깊숙이 숨겨진 중핵(말할 것도 없이 '실재'다)이라고 추정되는 무의식적인 욕

---

5) 프로이트는 승화의 과정에 대해 이렇게 말한다. "그러나 예술가들이 현실로 되돌아가는 방식은 다음과 같습니다. 〔……〕 그는 첫째로, 자신의 백일몽의 내용 가운데 다른 사람들이 이해할 수 없는 모든 개인적인 것들을 걸러내고, 다른 사람들도 함께 즐길 수 있는 형태로 가공하는 법을 알고 있습니다. 또한 예술가는 백일몽이 경멸스러운 원천들에서 연유했다는 사실이 쉽게 드러나지 않을 때까지, 그 내용을 완화시켜 표현할 줄도 압니다. 나아가서 그는 특정한 소재를 자신이 상상한 표상에 그대로 부합되는 형상을 갖출 때까지 가공할 수 있는 신비스러운 능력을 지니고 있습니다. 또 그는 자신의 무의식적 상상의 표현을 통해서 큰 기쁨을 느낍니다. 그래서 그런 예술적 표현들은 최소한 일시적이나마 억압들을 능가하고 지양합니다. 그가 이 모든 일들을 해낼 수 있다면, 그는 다른 사람들도 자신이 접근도 할 수 없게 된 무의식이란 쾌락의 원천에서 다시 위로와 위안을 이끌어낼 수 있게 만들어 줍니다. 이렇게 해서 예술가는 다른 사람들의 감사와 경탄을 불러일으킵니다. 그리고 자신의 상상을 통해서 처음에는 오로지 상상 속에서만 달성할 수 있었던 것에 도달합니다"(지그문트 프로이트, 『정신분석 강의』 하, 임홍빈 외 옮김, 열린책들, 1997, pp. 533~34). 이러한 언급 속에서 승화란 꿈처럼 '상징화 작업'의 일종이고, 이를 통해 예술 주체는 실재와의 대면을 피한다는 결론을 추출하기는 어렵지 않다. 백일몽의 노골적인 욕망(실재)을 타인과 사회에 의해 비난받지 않도록 예술적으로 가공하는 이 작업은 지젝이 언급하고 있는 꿈—작업과 증상 형성 과정에 대한 프로이트판 해설이다.

망이, 텍스트의 '중핵'인 잠재적인 내용을 숨기는 바로 그 작업을 통해, 말하자면 그것을 텍스트—수수께끼로 변환시키는 방식에 의해 표출된다.

요컨대, 정신분석학적 문학비평의 대상은 일차적으로 기표인데, 바로 그 이유로 그 기저에 있어서는 무의식을 대상으로 한다. 달리 말해, 정신분석학적 문학비평의 대상은, 텍스트의 승화 작업에 의해 숨겨진 무의식적 욕망의 중핵, 곧 '실재'다.

## 3. 시는 증상이다

지젝은 라캉을 따라, 마르크스의 상품 분석과 프로이트의 꿈 분석이, 그 사유 구조에 있어 상동적이라는 이유로 (별다른 매개 없이) '증상을 발견한 자는 마르크스'라고 말한다.[6] 그러나 여기에는 어떤 비약이 있어 보이는데, 그 이유는 간단하다. 왜냐하면 사유 구조상의 유비가 가능함에도 불구하고, 상품은 증상이 아니고 증상은 상품이 아니기 때문이다. 이를 다시 꿈과 문학 텍스트에 대입해 표현하면, 꿈 분석과 문학 텍스트의 분석 과정이 유사하다는 이유로 꿈과 문학 텍스트를 동일한 것이라 말할 수는 없다. 만약 양자를 완전히 동일시하는 것이 가능하려면 '꿈은 문학 텍스트'라는 명제가 참이어야만 한다. 과연 꿈은 문학 텍스트인가? 시는 꿈인가? 소설은 증상인가?

---

6) "그렇다면 마르크스적인 의미에서의 증상은 어떻게 정의할 수 있을까? 마르크스는 부르주아의 '권리와 의무'의 보편성과 모순되는 어떤 '병리적인' 불균형·비대칭·균열 등을 탐색함으로써 '증상'을 고안했다"(슬라보예 지젝, 앞의 책, pp. 48~49).

그런데, 정말로 시는 꿈이다. 시는 꿈처럼 구조화되어 있다, 혹은 꿈이 시처럼 구조화되어 있다. '시 작업'은 꿈 작업과 동일한 방식으로 기표를 다룬다. 프로이트가 대표적인 꿈 작업들로 지적한 '압축, 전위, 형상화'를 염두에 두고 하는 말이다. 우선 꿈은 압축한다. 다른 말로, 꿈에서 하나의 기표는 여러 개의 기의들을 동시에 거느린다. 꿈에서는 개 한 마리가 곧 아버지이자, 나날의 양식이며, 굶주린 자아의 모습이기도 하다. 리비도 경제에 따라 그것이 효율적이기 때문이다. 그런데, 바로 시어가 그렇다. 우리가 흔히 시를 두고 일상적인 언어와는 다른 '함축적 언어'를 사용한다고 말할 때, 이는 시어가 하나의 기표에 여러 개의 기의를 동시에 거느림을 의미한다. 꿈과 마찬가지로 시도 시적 경제에 따라 '압축'하는 것이다. 또한 꿈은 기표들의 위치를 자주 바꿔놓는다. 꿈속에서는 오이가 성기가 된다. '우산'이 '사랑'이 된다거나 '술'이 '양수'가 된다. 어떤 경우 내가 들어설 자리에 타인이 들어서고, 그 역의 경우도 발생한다. 프로이트가 '전위'라 불렀던 것이다. 그런데 소위 원관념의 자리에 보조관념을 들어앉히고, 의도적으로 문장 구조를 와해시키면서 단어들의 위치를 바꾸는 일은 시에서는 다반사다. '전위'에 관한 한, 시는 일가견이 있다. '비유법'이 그것인데, 비유란 꿈의 '전위' 작업에 대한 시적 개념화다. 마지막으로 꿈은 관념을 시각적 이미지로 '형상화'한다. 사촌이 펴낸 '전경'이란 관념적 제목의 잡지(프로이트가 부러워했던)를 높은 언덕 위에서 아래를 내려다보는 자신의 '형상'으로 변형시킨 프로이트의 꿈은 이에 대한 아주 적절한 예가 될 만한데, 우리가 흔히 '시적 이미지'라 부르는 것이야말로, 관념을 시각적 이미지로 표현하는 대표적인 시 작업이다. 요컨대, 유비적으로가 아니라 그냥 그대로, 시는

(다만 언어로 꿀 뿐인) 꿈이다. 그리고 물론 꿈이 또한 수면 중 무의식과 자아 간의 갈등이 빚어낸 타협 형성물, 즉 (정상인일지라도) 우리가 밤에 앓는 '증상'이므로, 시 역시 깨어 있는 동안 문자로 앓는 증상이라고도 말할 수 있다.


## 4. 소설도 증상이다


소설도 마찬가지다. 소설 또한 꿈이고, 증상이다. 왜냐하면 유년기에 우리가 처음으로 만들어낸 어떤 낮꿈(백일몽), 즉 '가족 로망스'의 승화된 판본이 바로 소설[7]이기 때문이다. 알다시피 동생이 태어나고 주체(?)가 오이디푸스 단계에 접어들 무렵, 엄습하는 '분리 불안'을 이겨내기 위해(라캉이라면 외설적 초자아에 대한 욕망의 실현이 임박했음에 대한 불안이라고 말했겠지만) 아이가 만들어내는 인류 최초의 판타지, 그것이 가족 로망스다. 당연히 이 역시 타협형성물로서의 증상인데, 아이는 분리와 퇴행 사이에서 환상적인 이야기(소설의 원시적 형태)를 만들어냄으로써 실재와의 대면을 지연시키기 때문이다. 그렇다면 소설 역시 깨어 있는 동안 (줄거리가 있는) 문자로 앓는 증상이라고 말하는 것은 다만 부연 설명에 불과할 것이다.

그런데, 라캉과 지젝에 따르면 증상이란 주체가 실재 앞에서 행하는 도피 혹은 지연 행위라고 했다. 기표들의 질서를 무효화하면서 실재가 상징적 질서에 침입한다. 상징적 질서 속의 주체가 실재와 대면

---

7) 마르토 로베르, 『기원의 소설, 소설의 기원』, 김치수·이윤옥 옮김, 문학과지성사, 1999, p. 70.

하는 외상적 순간이다. 이 순간이 외상적인 것은, 이제 주체가 그에게로 '소외'됨으로써만 자신의 정체성을 확립하고 유지했던 대타자가 실은 결여 그 자체였음이 드러나는 순간이기 때문이고, 그 결여의 자리에 들어앉혔던 '대상 a'가 소멸하면서 더 이상 욕망의 '목적'(목표가 아닌)으로서의 '욕망' 자체가 유지되지 않을 수도 있는 사태가 벌어지기 때문이다. 그런 이유로 소설은 바로 그 사태를 '문자'로 앓으면서, 이야기라는 '환상'을 통해 파국(정신병적 상태, 혹은 죽음)을 유예시키는 '증상'과 같다. 최종적으로 소설은 실재와 상징계 간의 간극을 문자로 된 이야기로 봉합하는 '환상'의 한 형태로 정의된다.

그러나 이는 그다지 놀라운 결론이 아닌데, 설사 정신분석에 정통하지 않았더라도, 혹은 그것에 대해 적대적이었거나 아예 몰랐더라도, 소설에 대해 오래 살펴본 적이 있는 사람들이라면 공히 저렇게 말해왔기 때문이다. 정작 본인들은 자신들이 말하는 바가 무엇인지 모르고 있었음에도 불구하고, 루카치도 지라르도 소설에 대해 무의식적으로는 저렇게 말했다.

"삶의 외연적 총체성이 더 이상 구체적으로 주어지지 않고 있고, 또 삶에 있어서의 의미 내재성은 문제가 되고 있지만 그럼에도 총체성을 지향하고자 하는 시대의 서사시"[8]라고 소설을 정의할 때, 루카치는 역사·사회학적으로 옳았던 것이 아니라(그런 그리스는 없다), '정신분석학적으로' 옳았다. 라캉과 지젝 덕분에 이제 어렵지 않게 추측할 수 있게 된바, 그가 말하는 '상실해버린 총체성'이란 바로 대타자의 결여일 것이기 때문이다. '그럼에도 불구하고', 그러니까 실은

---

8) 게오르그 루카치, 『소설의 이론』, 반성완 옮김, 심설당, 1985, p. 70.

그것의 결여를 무의식중에 인지하고 있음에도 불구하고(그러므로 그는 소설의 초입부터 이미 소외된 주체가 아니라 소급적으로 분리된 주체이기도 하다), 마치 그것이 결여되어 있지 않다는 듯이, 문제적 개인이 찾아 떠난다는 그 '목표'로서의 '환상'(엄밀하게 라캉의 마름모를 지칭한다)적 총체성, 그것은 물론 욕망의 대상이자 원인인 '대상 a'일 것이다. 또한, 실현되지 않을 것이 뻔한데도, 아니 뻔하다는 바로 그 이유로, 끝없이 여행을 떠나는 문제적 개인의 여정, 그것은 바로 '욕망함 그 자체'를 '목적'으로 하는 '욕망의 진행 경로'일 것이다. 물론 대부분의 소설 텍스트에 있어 여정의 필연적 실패는 (대)타자 '에게로' '소외'되었던 주체가 '타자의 타자'가 되는 과정, 즉 분리된 주체가 되는 과정에 대한 알레고리다. 타자의 타자는 바로 '주체'이기 때문이다.

같은 이유로 '욕망의 모방적 성격을 드러내주는 진실'[9]이라는 지라르의 소설 정의 또한 정신분석학적으로 옳은데, 그의 '모방 욕망의 삼각형'에서 중개자는 항상 '내가 가지고 있지 않은 내 안의 어떤 것'을 가지고 있을 것이라 가정된 주체이기 때문이다. 중개자에 대한 지라르의 저 정의가 문자 그대로 '대상 a'에 대한 정의이기도 하다는 사실은 이제 상식에 속한다. 그렇다면 모든 위대한 소설은 항상 모방 욕망의 허망함에 대한 주인공의 깨달음과 함께 끝난다는 그의 너무도 실증적인(그가 분석한 돈키호테, 보바리 부인, 소렐, 마르셀, 카라마조프 들의 경우를 보라. 물론 그는 인물들에 대해 말하지 않고, 그들이 그리는 삼각형의 구조에 대해 말한다는 사실은 기억해둘 만하다. 라캉이나

---

9) 르네 지라르, 『낭만적 거짓과 소설적 진실』, 김치수·송의경 옮김, 한길사, 2001, p. 56.

지적이었다면 그 삼각형을 마름모꼴로 그렸겠지만)인 결론은, 소외된 주체가 분리된 주체로 이행하는 과정에 대한 지라르식 변주라고 보아 크게 무리는 없을 것이다.

어쩌면 객쩍은 짓이겠지만, 환상과 '대상 a'에 관한 라캉의 공식을 루카치와 지라르의 소설 정의에 적용해 이런 식으로 변환하는 것도 가능해 보인다. 물론 아래 두 개의 공식에서 마름모로 표시된 '환상적 관계'는 문학 텍스트, 곧 소설에 의해 주조된다.

- 환상에 대한 라캉의 공식: $\$ \lozenge a$
- 루카치의 소설 정의에 따라 변형된 라캉의 공식: $\$($문제적 개인$) \lozenge t($총체성$)$
- 지라르의 소설 정의에 따라 변형된 라캉의 공식: $\$($모방욕망의 주체$) \lozenge m($모방욕망의 중개자$)$

한 가지 강조해둘 것은 위의 공식들에서 '환상'을 지시하는 마름모의 아래 두 변은 오른쪽으로 이동하는 '소외의 벨(vel: or)'을 이루고 위쪽의 두 변은 다시 왼쪽에서 오른쪽으로 이동하는 '분리의 벨'을 이룬다는 점이다.[10] 말하자면 저 도식을 확대했을 경우, 마름모의 아래 변의 끝과 윗변의 끝에는 각각 화살표가 붙어 있다. 이 말은 소설적 주체는 대부분 소외된 주체였다가, 분리된 주체로 이행한다는 얘기이기도 한데, 위대한 소설이란 항상 주인공의 깨달음과 함께 끝난다거나(지라르), 문제적 개인은 길이 이미 끝났다는 사실을 알면서도 ( 알

---

10) 자크 라캉, 『세미나 11: 정신분석의 네 가지 근본 개념』, 맹정현·이수련 옮김, 새물결, 2008, pp. 316~17.

기 때문에) 여행을 떠난다거나(루카치) 하는 말들은 모두 '소외에서 분리로'라는 '정신분석적 윤리'를 그 테마로 한다는 의미로 이해될 수 도 있을 것이다.


## 5. 콩깍지 혹은 공갈 젖꼭지

실은 한국의 정신분석학적 문학비평이 대부분 결여하고 있는 것이 바로 이상에서 논의한 것들이다. 정신분석학적 문학비평이란 작가에 대한 질병학적 분류도, 인물에 대한 성격학적 유형화도, 내용이나 이 데올로기에 대한 2차 가공적 기의화도 아니란 점, 그것은 반드시 '문 학성'이 현존하게 되는 장으로서의 기표들의 체계, 곧 형식에 대한 탐 구여야 한다는 점, 그럼으로써 텍스트의 무의식으로서의 욕망과 '실 재'를 드러내는 것이어야 한다는 점 등등.[11]

물론 1997년 즈음 프로이트 전집이 번역되고, 동시에 라캉과 지젝 의 저작들이 이러저러한 방식으로 소개되기 시작하고 나서 십수 년의 시간이 흐르면서, 많은 비평가들이 현대 정신분석학의 용어와 개념 들을 능수능란하고 유려하게 (그러나 때로는 럭셔리한 장식물들처럼

---

11) 꼽으라면 예외적인 사례가 없는 것은 아니다. 시인 이상 탄생 100주년을 기념하여 씌 어진 함돈균의 「시는 아무것도 모른다」(『문학과사회』 2010년 여름호)가 그것이다. 이 글에서 함돈균은 이상 시에 나타난 시적 화자의 발화 방식, 상승과 하강의 동선, 거울 이미지 등을 꼼꼼하게 분석하여 이상이야말로 라캉이 말한 '히스테리적 주체'의 전형이 며, 그런 의미에서 스스로에게도 대타자에게도 끝없이 'Che Vuoi(누구냐, 너!)'라고 질문하는 자임을 보여준다. 그 끝없는 질문이 그의 시의 난해성, 불편함, 그리고 역설 적으로 해석의 종결을 끝없이 유보하는 특징으로 나타난다는 것이 그의 결론이다. 당분 간 이 글은 정신분석적 문학비평의 전범이 될 만하다고 판단된다.

유용성과 무관하게 장식적인 용도로) 사용할 수 있을 만큼, 이들에 대한 논의는 충분히 그리고 활발하게 진행되었고, 진행 중이다. 이제 최소한 '실재계'를 '원초계'로, '상상계'를 '심상계'로, '상징계'를 '기표계'로, '도착'을 '변태'로, '숭고'를 '숭엄화'로 옮기는 따위[12]의 심한 번역상의 오류가 용인되지는 않을 것 같고, 또 앵무새처럼 라캉과 지젝의 이론을 개관하고 요약하는 식의 지식 수입상적 행태도 더는 매력적이지 않을 것 같다. 외국(특히 라캉의 나라 프랑스)에서 정신분석학으로 박사학위를 받고 돌아온 학자들의 수도 하나둘 늘어나고 (여기서 낱낱이 그 이름과 문서들을 거론하지는 않지만, 그들이 한국에서 라캉과 지젝의 엄밀하고 폭넓은 수용에 대해 한 역할은 누누이 강조되어 마땅하다), 번역과 논의가 활발해짐에 따라 국내 학자들 사이에서도 이러저러한 개념과 용어에 대한 이해와 합의가 충분히 이루어지고 있기 때문이라는 판단이다. 이제 누가 감히 실재계를 원초계라고 부르겠는가?

그러나, 쏟아져 나오는 라캉이나 지젝 관련 문건들, 혹은 그들의 이론을 한국의 문학 상황에 적용한 문건들을 일별하다 보면 아직 남아 있는 어떤 '결정적인' 문제점 하나가 눈에 띈다. 그것은 간단히 말해, '연구 목적'이 없다는 점이다. 특히 이런 문제는 한국문학 연구자들이 라캉과 지젝의 이론을 작품 분석에 활용할 때 두드러지는데, 이런 문건들에서 연구의 목적에 해당하는 내용은 하나같이 동어반복적이다. '라캉의 네 가지 담론을 통해 황석영의 『손님』을 분석해보고

---

12) 어도선, 「라캉 정신분석학과 '후기-오이디푸스' 사회: 라캉의 쥬이쌍쓰에 대한 새로운 이해와 응용」, 『라캉과 현대정신분석』 4, 새미, 2002.

13) 이봉일, 「라캉의 정신분석 담론을 통해 본 황석영의 『손님』론」, 현대소설연구 32집, 2006.

자'[13] '라캉의 RSI 이론에 따라 한국의 역사소설을 분류해보고자'[14]
'라캉의 실재계의 미학적 의미와 특성을 분석해 보고자'[15] '사이버
소설에 나타난 욕망을 라캉의 이론으로 이해해보고자'[16] '최인훈 소
설에 나타난 유년기 체험을 정신분석학적으로 읽고자'[17]…… 등등.
이 연구들의 연구 목적을 간단히 요약하자면 '라캉과 지젝의 이론이
이러저러한 작품이나 문학적 현상에 적용해도 유의미한 결과가 나오
기 때문에' 정도가 될 것이다. 즉, 라캉과 지젝 이론의 정합성을 확인
하기 위해 라캉과 지젝 이론을 한국문학에 적용한다는 동어반복적 연
구에서, 실제로 목적은 부재하다. 대신 우리는 라캉과 지젝이 그들
자신이 이론화한 바 있는 소위 '알고 있다고 가정된 주체'[18]의 지위로
승격되는 현상을 목도한다. 그리고 그렇게 승격된 (전이가 이루어진)
타자 앞에서 이론의 권위는 그 타자가 한 말의 진실성에 의해 가늠될
수 없다. 이론의 권위는 거의 선험적인 것이 된다.

　지젝은 '"나는 라캉의 프로이트 독해가 가장 지적이고 설득력 있기
때문에 그를 따른다'라고 말할 때, 그는 즉각 비라캉주의자로서의 자
신을 드러내는 것이다"[19]라고 언급한다. 이때 그가 염두에 둔 것, 그
것은 라캉 이론의 권위가 이론 내적인 설득력에서 부여되는 것이 아

---

14) 이동재, 「한국현대역사소설론」, 『한국근대문학연구』 5권 2호, 2004.
15) 권택영, 「되돌아온 미학: 지젝의 실재계」, 『비평과 이론』 제8권 2호, 2003.
16) 이명희, 「사이버 소설 연구―욕망이 지니는 문학적 의미를 중심으로」, 『상허학보』 11집,
　　2003.
17) 윤대석, 「최인훈 소설의 정신분석학적 읽기―『회색인』, 『서유기』를 중심으로」, 『한국
　　학연구』 16집, 2007.
18) 자크 라캉, 앞의 책, p. 353.
19) 슬라보예 지젝, 『당신의 징후를 즐겨라!―헐리우드의 정신 분석』, 주은우 옮김, 한나
　　래, 1997, p. 181.

니라 '바로 라캉에 의해 발화되었다'라는 사실 자체에 의해 부여된다는 점이다. 사실 모든 이데올로기의 존립 근거가 바로 여기에 있다. 전제를 묻지 않는 것. 그럴 때 그는 항상 나보다 더 많이 알고 있는 주체이므로 내가 할 수 있는 것은 그를 징후적으로 읽는 것, 그의 사도가 되는 것, 그의 이론을 널리 적용하고 그 정합성을 재확인하는 것 이상이 될 수 없다. 한국문학 연구에 있어 라캉과 지젝이 누리는 권위가 여기서 그리 멀지는 않아 보인다. '그의 이론은 선험적으로 옳으므로, 그의 이론을 한국문학에 적용하는 것 자체가 연구 목적으로서는 충분하다!'

이러한 연구들이 범하고 있는 오류는 단순히 그 결과물이 인물과 장르의 도식적인 유형화나, 텍스트 해석을 통한 정신분석학적 개념의 재확인 수준에 머문다는 점에만 있는 것이 아니다. 앞서 '결정적인'이라고 했거니와, 정작 더 큰 문제는 이런 연구들이 소위 '실천들' 간의 심급을 구별하지 않는다는 데에 있다. 알튀세르가 이론적 실천과 이데올로기적 실천을 두 개의 전혀 다른 심급으로 구별했다는 사실은 익히 알려진 바다. 그는 『마르크스를 위하여』에서 '이론적 실천'과 다른 제실천(정치적 실천과 이데올로기적 실천)을 구분함으로써 이론상의 경험주의와 마르크스주의를 단절시키고자 시도한다. 그에 따르면 모든 실천은 주어진 재료를 다른 생산물로 변형시키는 활동인 바, 정치적 실천은 '주어진 사회적 관계들을 새로운 사회적 관계로 변형'시키는 실천이고, 이데올로기적 실천은 '주어진 인간의 의식을 새로운 의식으로 변형'시키는 실천이다. 그리고 마지막으로 이론적 실천이 있다. 이론적 실천은 '다른 실천들에 의해 주어진 표상들, 개념들, 사실 들에 작용하여 지식을 산출'한다. 소위 '인식론적 단절'이란 말은

이론이 그렇게 전과학적 표상 체계들과 결별하는 순간을 지시하는 용어다.[20]

이러한 실천 심급들의 구별을 좀더 정교화한 이론가는 알튀세르의 제자였던 바디우다. 그는 알튀세르의 세 가지 심급 대신 네 가지 '진리공정'을 도입한다. '과학, 예술, 정치, 사랑'이 그것이다.[21] 그런데 이 네 가지 진리공정들은 상대적으로 자율적이다. 즉 과학적으로 사건인 것이 반드시 예술적으로 사건인 것은 아니며, 정치나 사랑도 마찬가지다. 사건은 각각의 공정에서 다른 모습으로 다른 시간차를 두고 일어나며, 각 사건에 대한 충실성으로서의 '윤리'는 따라서 각 공정을 넘나들기 힘들다. 문학적으로 윤리적인 자가 즉각 과학적으로 윤리적이지는 않고, 그 역도 마찬가지라는 말이다. 앞서 거론한 한국의 라캉주의 문학 연구가 범하고 있는 '결정적인' 오류가 이것이다. 라캉이 창안한 정신분석적 진리 공정이 산출한 결과물을 매개 없이 문학(예술)의 진리 공정에 도입함으로써, 하나의 문건 내에 두 종류의 이질적인 언어들이 생경하게 병치된다. 그럼으로써, 이론은 소개될 뿐 비판받지 않으며, 작품은 적용될 뿐 분석되지 않는다. 이런 문건들의 대부분은 정확히 두 부분으로 나뉜다. 이론 소개 부분과 실제 적용 부분. 이론에게도 문학 텍스트에게도 아무런 이득이 없는 이상한 브리콜라주.

기원을 통해 당위를 구성하는 일이 항상 옳다고 할 수는 없으나, 비평은 그 기원에 있어서 이론적 실천이 아니라 문학적 실천의 일부였다는 사실은 지적되어야 한다. 비평이 18세기 중반에 디드로와 함

---

20) 루이 알튀세르, 『마르크스를 위하여』, 고길환·이화숙 옮김, 백의, 1992, p. 193.
21) 알랭 바디우, 『철학을 위한 선언』, 이종영 옮김, 백의, 1995, 8장 참조.

께 출발한 이유는 알다시피 '취향의 개인화' 때문이다. 더 이상 한 사회 공동체가 공유할 만한 취향의 체계가 존재하지 않거나 발견되지 않는 것처럼 보일 때, 예술이 삶과의 관계를 끊고 골방의 천재에게 귀속되려고 할 때, 비평은 그 단절된 취향들 간의 간극을 메움으로써 삶과 예술의 관계를 회복하려는 시도로부터 출발했다. 그런 의미에서 비평은 예술적 실천의 '반성적 의식' 부분이다. 비평은 마치 뇌가 스스로를 반성하는 지상의 유일한 물질이듯이, 예술이 자신이 하고 있는 작업의 의미를 공동체가 알아들을 수 있는 언어로 번역해낼 임무를 위탁한 예술의 두뇌였다. 비유적으로 말해 예술 작품이 자신이 무슨 일을 행하는지 모르고 행하는 신체에 해당한다면, 그것의 의미를 반성하고 의미화하는 일, 그럼으로써 예술이 삶과의 접면을 유지하도록 하는 일이 비평의 몫이었다. 그러나 뇌는 또한 신체의 일부다. 뇌는 신체에 속해 있으면서, 신체를 반성하는 물질이다. 이론적 실천과 달리 문학적 실천의 일부로서의 비평이 항상 작품 없이는 존재할 수 없는 이유도 여기에 있다.

역시 객쩍은 짓일 수 있겠으나, 이런 예가 가능할지도 모르겠다. 여기 라캉의 '충동의 회로' 도식과 '대상 a'에 대한 도식이 있다.

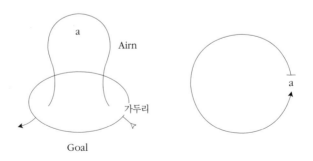

이론이 라캉이 창설한 진리공정에 따라 저것들을 개념으로, 그리고 또 다른 개념의 산출을 위해 장황하고 엄밀하게 설명할 때, 문학비평은 가령 이렇게 말할 수 있어야 한다. '저것은 누군가의 텍스트 속에서 유년기의 주인공이 빨던 그 가공할 만한 공갈 젖꼭지가 아닌가?' 왜냐하면 개념으로서의 '대상 a'는 그렇게 못하지만, 실물로서의 공갈 젖꼭지는 내가 아이였던 시절 엄마가 입에 물려주던 그것에서 나던 고린내와, 그것을 물었을 때의 안도감 너머 깊은 허탈감과, 빨아도 빨아도 충족되지 않던 허기와, 그러나 그마저 없으면 불안해 견딜 수 없을 것 같던 신체의 어떤 느낌 속으로 우리를 데려다 놓기 때문이다. 그리고 아마도 그것이 문학적 '대상 a'일 것이다.

또한 우리는 후자를 두고 '저것은 콩깍지가 낀 눈알이 아닌가?'라고 말할 수 있어야 한다. 왜냐하면 '눈에 콩깍지가 씌었다'라는 이 문장 안에, 한 종족이 수백 년간 맺어온 콩과의 인연, 한 종족이 사랑을 콩깍지 낀 눈처럼 경험한 방식, 한 종족이 자신의 연인을 실제와 다르게 본 어떤 열정의 순간들에 대한 경험 전체가 응축되어 있기 때문이다. 요컨대 문학비평은 여전히 문학의 두뇌로서 텍스트와 삶의 접면을 가능한 한 넓히고, 양자가 가급적 밀착되도록 추동해야 하며, 그런 의미에서 여전히 문학적 실천 내에 속한다. 비평은 이론으로부터 낙하산을 타고 하강하는 것이 아니라, 삶과의 접면을 가능한 넓게 밀착시키면서, 텍스트(기표들의 연쇄) 속을 박박 '기어야' 비평이다.[22]

---

22) 사족 같지만 첨언하자면, 비평과 출판자본의 결탁을 우려하는 상식적인 견해와 달리 작품 말미의 '해설'이야말로 가장 비평적이다. 왜냐하면 그것이 놓인 위치와 달리, 해설은 그 작품의 두뇌로서, 작품이 행한 일을 최초로 독자들에게 있다고 가정되는 어떤 '공통 감각' 속으로 도입하기 때문이다. 단 해설할 작품에 대한 선택권이 보장되었을 때의 말이다.

더러 이론의 도움을 받더라도 말이다.


## 6. 보유: ∅◇LZ


어쩌면 우리는 라캉과 지젝이 한국 지식인들에게 '알고 있다고 가정되는 주체'로 자리 잡게 된 배경을 사회 역사적 문맥 내에서 설명할 수도 있을 것이다. 1990년을 전후해서 우리(?)가 구축해온 상징 질서가 붕괴했다. (여러 형태를 띠었으나 최종적으로는) 마르크스주의의 붕괴가 그것이다. 레닌의 목에 동아줄이 걸리는 장면은 그런 의미에서 일종의 '실재의 침입'이었다. 도저히 기존의 상징적 질서로는 포획할 수 없는 일이 일어났다. 이때 문제는 그 결여를 어떻게 감당할 것인가 하는 점이었을 것이다. 얼마간의 격렬한 애도(소위 '분신정국'이 그것이다)가 있고 나서, 이제 그 결여를 '환상'적으로 메워야 할 필요가 현실적으로 절감되었을 때, 한국은 다양한 종류의 '지식'들이 일거에 쏟아져 들어오는 일종의 이론의 용광로가 된다. 다들 어설펐지만, 그중 몇은 살아남아서, 효과적으로 대타자 마르크스주의의 결여를 메우는 새로운 상징 질서가 된다. 그렇다면 1990년대 중반 이후의 정신분석 붐은 다시 이런 도식으로 설명될 수도 있을 것이다.


- 90년대 이전 한국 지식인의 환상 도식: $\$◇ML$(마르크스/레닌)
- 90년대 이후 한국 지식인의 환상 도식: $\$◇LZ$(라캉/지젝)
- 90년대 이후 한국문학비평의 환상 도식: (비평가)∅◇LZ

도식의 마름모가 각각 다른 방향을 향한 두 변들의 연접으로 이루어져 있다는 설명은 앞서 했다. 아래는 소외의 방향이고, 위는 분리의 방향이다. 그리고 재차 강조했듯이 정신분석에도 윤리가 있다면 그것은 분리의 방향이다. 대타자의 결여 앞에서 환상 속으로 숨지 않고 그 환상을 가로지르기. 그러한 '자살적 행위'로부터 윤리가 발생한다. 설사 그 환상이, 환상을 가로지르는 것이 윤리라는 사실을 가르쳐준 바로 그 이론에 대한 환상이라 하더라도, 환상은 증상이고 이데올로기적 봉합이다. 그렇다면 우리가 라캉과 지젝에게 이제부터 던져야 할 질문은 이것이다.

*Che Vuoi?*

오직 두 단어로 이루어진 저 간단한 의문문을 지젝은 잘도 길게 설명하지만, 「올드보이」의 최민식은 아주 간명하고 짧게 발화한다. "누구냐, 너?" 영화를 보았으므로 알다시피 이 짧은 의문문은 (최면을 통해) 자신에게 근친상간('향유하라'라는 외설적 초자아의 명령)을 유도한 유지태를 향해 있다. 그는 내내 타자의 욕망을 욕망해왔던 것이다. 그랬던 그가, 이번에는 그 대타자에게 대뜸 묻는다. '누구냐, 너?' 문장은 짧지만 그 울림은 짧지 않다. 왜냐하면 그 안에, 존재 전체를 건 의심이 들어 있기 때문이다. 도대체 왜 나는 나인가? 나의 욕망은 누구의 욕망이며, 그 욕망에는 근거가 있는 것인가?

라캉과 지젝에게 이 질문을 던져야 할 때다. 설사 그들이 바로 그 히스테리컬한 질문을 우리에게 가르치고 종용한 장본인들이라 할지라도 말이다.

# 3부 이 위험한 대리보충

대리보충적 매개를 불가피하게 증식시키는 무한한 연쇄의 필연성. 그 대리보충적 매개는 그것이 지연시키는 것 자체의 의미를 생산한다. 즉 사물 자체, 직접적 현전, 독창적 지각의 환영이 그런 것들이다. 직접성은 이탈된다. 모든 것이 중개물에 의해 시작되며, 바로 그 점이 "이성적으로 인식될 수 없는" 것이다.

——자크 데리다

# 민주투사 박민규

## ─박민규론

"내 죽으면 한 개 바위가 되리라./아예 애련(愛憐)에 물들지 않고/
희로(喜怒)에 움직이지 않고/비와 바람에 깎이는 대로/억년(億年)
비정(非情)의 함묵(緘默)에/안으로 안으로만 채찍질하여/드디어 생
명도 망각하고/흐르는 구름/머언 원뢰(遠雷)/꿈꾸어도 노래하지 않
고,/두 쪽으로 깨뜨려져도/소리하지 않는 바위가 되리라."

─유치환, 「바위」 전문

라고 쓰실 때, 외람된 말이지만 청마 선생께서는 ……음 ……뭐랄까
……죽고 싶었다. 틀림없다. 바위가 되는 것과 "사구에 회한 없는
백골을 쪼이"(「생명의 서」)는 일은 그리 멀지 않아서, 사람은 죽어야
바위(같은 물질)가 된다. 그러니까 "생명도 망각하고" "두 쪽으로 깨
뜨려져도 소리하지 않는" 상태가 된다. 작고한 선생이 저 먼 하늘나
라에서 "그건 네가 몰라서 하는 소리다"라며 꾸짖는다 해도 별 수 없
다. 시인의 의도는 시에 관철되지 않는 경우가 허다하고, 시에 의미

를 부여하는 것은 최종적으로 독자다. 게다가 이런 식의 해석에 내 편을 들어 말을 보탤 만한 이름들도 있다. 페히너Gustav Fechner가 그랬다. 만물에는 "항상성의 원리"가 깃들어 있다고. 그러니까 무릇 세상에 존재하는 모든 것들은, 어떠한 에너지의 유동도 없는 상태, 소위 우리가 '안정'이라 칭하는 어떤 상태를 유지하려는 경향이 있다고. 그것을 프로이트는 죽음 충동Thanatos라 부르기도 했고, 어떤 이는 (누구더라?) 엔트로피 법칙이라 부르기도 했다. 물론 드러내놓고 '작은 죽음'으로서의 성(性)과 진짜 죽음을 찬양했던 것은 바타유다. 그러니까 원했건 원하지 않았건, 의식적이었건 무의식적이었건, 「바위」를 쓸 당시 선생께서는 분명히 죽고 싶었다. 혹은 충동에 충실하셨다. 그러고 보면 십장생을 그리고 오우(五友)를 칭송하던 선조들도 다 죽고 싶었다. 변하지 않는 것에 대한 동경이란 따지고 보면, 물리적으로건 화학적으로건 심리적으로건, 에너지 유동이 전혀 없는 바위의 상태, 그러니까 무생물의 상태에 대한 동경에서 비롯된 것일 테니 말이다. 물도 돌도 소나무도 대나무도 달도, 학도 거북이도 또 그러니까…… 그, …… 하여튼 무엇 무엇도 그것들이 장수한다는 이유로 칭송받은 것은 아니다. 그것들이 별 움직임 없이 가급적 죽음(과 유사한) 상태를 잘 유지한다는 점에서 칭송받은 것이다. 그런 관점에서 보자면, 우주 내에서 가장 볼품없고 소모적이고 불안정한 것이 '생명'이다. 푸르고 아름다운 지구의 소중함 운운하는 말은 지구인의 생각이고, 태양도 지구도 존재하지 않는 것이 좀더 우주의 안정에 기여한다는 원리는 범우주적 진리 같다는 생각도 든다. 우주 전체가 선조나 시인들이 그토록 동경해마지않던 에너지 유동 '0'의 상태가 될 테니까. 우주 전체가 "드디어 생명도 망각하고, 흐르는 구름 머언 원뢰(遠雷) 꿈꾸어도 노래하지 않고, 두 쪽으로 깨뜨려져도 소리하지 않는 바위가" 될 테니까……

……라고 말해놓고도, 만취해 11미터(그보다 더 높으면 오히려 무섭지 않다) 건물 옥상에서 발 하나를 난간 바깥으로 아무렇지 않게 내밀 수 있는 상태가 되기 전까지는(곧 거두어들이겠지만), 제 몸에 박힌 장미 가시 하나에도 별 엄살을 다 떠는 것이 '나' 곧 '인류'다. 신(이라 불리는 생명체의 섭리)은 무릇 모든 생명 가진 것들에게 소위 자기 보존 본능이란 것도 심어주어서, 죽음 충동에 따라 세상을 하직하지 못할 만큼은 집요하도록, 먹고 자고 축적하지 않으면 제 몸의 고통을 견뎌내지 못하도록 만들어놓았다. 종종 독해서 제 목숨을 끊는 생명들(거의 인류다!)도 있다고는 하나, 죽음보다 못한 상황에서도 기어이 살아내는 생명체가, 살아 있는 게 더 나은 상황에서도 기어이 죽어내는 생명체에 비하면 수십 수백만 배 많은 이유도 여기에 있을 것이다. 요컨대 생각과 달리, 지구의 사활에 제 몸의 사활을 거는 것이 또한 인류를 포함한 생명체여서, 그날그날 먹고사는 데 바쁘다 보면 생명체의 소멸이 곧 우주의 평화라는 이 솔직하고도 대범한 극비 사항에 관한 한 함구하고 살게 마련이란 말이다.

……라고 말하고 보니, 그런데도 지상의 높은 곳마다엔 그토록 많은 전망대들이 있고, 이상은 「오감도」를 썼고, 오늘날 한국문학에선 박민규가 대세다.

높은 데서 성냥갑 같은 집채들이며 개미 같은 동족들을 내려다보자면 다 우습고 같잖아져서 아무리 힘들어도 그럭저럭 살아낼 것 같고,

시적 화자의 눈에 까마귀의 눈을 박아놓고 조감하다 보면 13인의 아해가 무서워하는 것과 무서워하지 않는 것이 다 좋고, 길은 막다른 골목이거나 막다른 골목이 아니거나 간에 다 적당해지는 것이 또한 인지상정이다. 그러니까 인류에겐 아주 발달한 대뇌라는 것이 있어서, 제 몸은 지구 표면에 붙이고서도 '생각'은 종종 창공으로 치솟아 우주적으로 한다. 다 괜찮다. 그래, 다 괜찮다. "금성인의 시각"[1]에서 보면…… 우리 모두 언젠가는 어떻게 살다 어떻게 죽든 다 바위가 될지인저…… 그것은 말하자면 우리가 거의 눈에 띄지도 않는 일 개미(비슷한 물질) 반 마리가 지금 막 오르가슴에 오르려는 순간을 고려하거나 고려하지 않고, 의도하거나 반쯤 의도한 채로, 밟거나 밟지 않을 때, 그럴 때의 무심한 시각과 흡사하다. 몸과 의식이 분리되어, 몸은 지구에 달라붙어 있되 의식은 수직 상승하여 우주적 시각에서 내려다본다. 그러자 일체 중생? 다 바위고, 나날의 삶? 다 허망하다. 웃음이 나온다. 웃음이……. 이것이 박민규식 '개복치 우주론'(김영찬)[2]이고, '반지구적 상상력'(권유리야)[3]이고, '판타지로의 도약'(차미령)[4]이다. 그리고 나라면 그것을 박민규식 '정신승리법'이라고 부르겠다.

……장담컨대, 박민규는 『지구영웅전설』(문학동네, 2003, 이하 『지구』)도 『삼미 슈퍼스타즈의 마지막 팬클럽』(한겨레신문사, 2003, 이하

---

1) 박민규, 「그렇습니까? 기린입니다」, 『카스테라』, 문학동네, 2005, p. 88. 이하, 「기린」.
2) 김영찬, 「개복치 우주(소설)론과 일인용 너구리 소설 사용법」, 『문학동네』 2005년 봄호.
3) 권유리야, 「지구촌 실향민」, 『오늘의 문예비평』 2009년 2월호.
4) 차미령, 「환상은 어떻게 현실을 넘어서는가」, 『창작과비평』 2006년 여름호.

『삼미』)도 『카스테라』에 실린 여러 단편들도, 『핑퐁』(창비, 2006)도 다(거의……) 그렇게 썼다. 슈퍼맨은 우주에서 오고(『지구』), 조성호와 나는 삶이 힘겨울 때 자주 하늘 너머 우주를 올려다본다(『삼미』). 그리고 결정적인 두 장면……

금성인들은 좋겠다. 그해 겨울엔 혹한이 닥쳐, 나는 늘 그런 상황에 젖고는 했다. 정보산업고의 겨울방학은 생각보다 가혹해서, 그런 상념에라도 빠지지 않으면 견딜 수가 없었다. 긴긴 겨울, 여전히 나는 여러 일터를 전전했다. 이른 아침의 전철역에서 늦은 밤까지의 갈빗집 주방, 또 새벽엔 세 구역의 아파트를 돌며—신문을 돌렸다. 파아, 하아. 펴오르는 입김과 옷 속의 땀. 돌이켜보면, 부근의 어느 지붕에서 그런 자신을 내려다보는 기분이다. 금성인의, 시각 같다.[5]

우주의 대부분은 빈 공간이래.

모아이가 말했다. 어떻게 생각해? 뭘? 태양의 크기를 유리구슬 정도로 가정했을 때 말이야…… 우리 은하에서 가장 가까운 항성도 200km 정도 떨어져 있는 셈이래. 그래서? 평균적인 크기의 은하는 천억 개 정도의 별들로 이루어져 있고, 말하자면 천억 개의 유리구슬이 서로 200km의 거리를 두고 모여 있는 거지. 그 사이는 전부 빈 공간이란 얘기고.

어쩌라는 걸까?

---

5) 박민규, 「기린」, 『카스테라』, p. 88.

그런데 요는, 그런 은하가 또 천억 개 정도 모여 있다는 거야. 이 우주에는 말이지. 어때, 아무렇지도 않다… 그런 생각이 들지 않아? 뭐가? 지구 같은 거 말이야… 거기서 어떻게 살든… 아니, 그런 게 정말 있기나 한 걸까? 이 지구나… 말하자면… 우리 같은 거 말이야.[6]

물론 이 두 장면에서 눈여겨볼 것은 화자들의 우주적 시야다. 「기린」의 화자는 금성인의 시각에서 자신의 혹독했던 정보산업고 겨울방학 시절을 돌아본다. 『핑퐁』의 모아이는 치수의 샌드백 이상도 이하도 아닌 자신의 삶을, 우주 전체를 조망하듯 먼 거리에서 내려다본다. 그러면 지구는 있기나 한 걸까? 그 존재하지도 않을 것처럼 작아진 지구에 한 점 티끌처럼 사는 '나'는 과연 '존재한다'라는 말에 합당한 부피와 면적을 가지고 있는 걸까? 그런 존재(한다라고 말할 수도 없는 물질)의 육체에 가해지는 고통(어떤 개미는 영문도 모르는 채 오르가슴 직전에 자신의 죽음을 적에게 알리지도 못한 채 밟혀 죽기도 하거니와)이라는 것은 도대체 무슨 의미가 있는 것일까? 그러니 웃자. 괜찮다, 우주적 시야에서 보면 인생이란 찰나고 존재란 무다. 웃자. 여기서부터 박민규 소설 특유의 제2차 우주적 상승이 발생한다. 그것이 '편집증적 서사'다.

그리고 여기서 잠깐, 편집증적 내러티브가 대개는 무력한 개인의 인식론적 상상 지도라는 점을 기억해두자. 그것은 흔히 아무 데도 기댈 곳 없이 고립되어 인식적·실천적으로 무력한 개인이 현실의 일관된

---

6) 박민규, 『핑퐁』, 창비, 2006, pp. 170~71.

전체 상을 상상적으로 파악하고 그 속에서 자신의 좌표를 측정하여 중심을 세우고자 하는 대중적(인 효과를 발휘하는) 인식론으로 기능한다. 그것은——박민규의 장편소설에서 그렇듯——현실의 핵심 국면을 요약하는 정확한 도해가 될 수는 있으나, 그렇기 때문에 더욱 어쩔 수 없이 더 이상의 깊은 성찰적 사유를 제약할 수밖에 없는 그런 것이다. 박민규의 소설이 이 세계를 향해 더 이상 질문을 던지지 않는 것도 그런 맥락이다. 사정이 그렇다면 그의 소설에서 세계는 이미 볼 것도 없이 그저 "그렇고 그런 곳"(「몰라 몰라, 개복치라니」, 352쪽)으로 처음부터 판명이 내려져 있는 것이기 때문이다.[7]

그가 기억해두자고 하니 기억해두었지만, 요약하자면 김영찬의 말은(참 잘 요약되어 있어서 내가 요약할 것도 별로 없지만), 편집증적 서사와 개복치 우주론이 그 유명한 '구조적 상동성' 위에 세워진다는 말되겠다. 너구리(「고마워, 과연 너구리야」)와 대왕오징어(「대왕오징어의 기습」)와 기린(「그렇습니까? 기린입니다」)과, 개복치(「몰라 몰라, 개복치라니」)와, 야쿠르트 아줌마(「야쿠르트 아줌마」)와 펠리컨(「아, 하세요 펠리컨」)과 마릴린 먼로(「축구도 잘해요」)와 헐크 호건(「헤드락」)이 외계 생명체가 아니고, 카스테라(「카스테라」)[8]가 외계 식량이 아니라고 해서 편집증적 서사가 우주적 조감의 깊은 염세주의와 무관해지는 것은 아니다. "아무 데도 기댈 곳 없이 고립되어 인식적·실천적으로 무력한 개인이 현실의 일관된 전체 상을 상상적으로 파악하고 그 속에서 자신의 좌표를 측정하여 중심을 세우고자" 한다면 그는

7) 김영찬, 앞의 글, p. 258.
8) 이상 작품들은 단편집 『카스테라』에 실려 있다. 이하 약칭한다.

무엇을 해야 하는가? 그는 무력하므로 이제 더 이상 현실로부터 '가야만 하고 갈 수도 있는 길의 지도'를 그려낼 수 없다. 그것은 마치 하루 종일 나사못만 돌리는 찰리가 나사라는 물체를 이루는 금속은 어떤 화학 조합식으로 풀이가 가능하며, 나사는 왜 돌리며, 나사는 어디로 가서 무엇의 부품이 되며, 나사와 단추와 젖꼭지의 차이는 무엇인지 이해하지 못하는 것과 흡사하다. 그럴 때 사유가 중력을 거슬러 높이높이 상승한다. 그래, 나사는 미연방항공우주국의 전신이다! 그 모양을 보라. 닮지 않았는가? 둥그런 머리통에 기다란 한 개의 다리, 정수리에 새겨진 나치 문양 모양의 크롭 서클과 나선형으로 치솟아 오르는 저 속도감 있는 물결무늬들…… 이것은 흡사 미확인 비행물체가 아닌가! 소고기와 곡물 가격 하락은 글로벌 자본주의 시대 다국적 자본주의의 농간에 의한 FTA 협상이나 우루과이 라운드가 우리 경제에 미친 악영향으로서…… 운운하는 것보다 간단히 '외계인의 침략' 때문이다(「코리언 스텐더즈」). 악으로 가득 찬 지구는 대왕오징어가 떼로 몰려오거나 범우주적 탁구 한 게임이면 언인스톨되고, 그나마 지구에서 (미국식) 정의가 지켜지는 것은 슈퍼맨과 배트맨 덕분(때문)이다. 그런 식으로 박민규의 편집증적 서사는 현실의 중력을 벗어난 상상력의 서사, 중력을 이탈한 망상적 사유의 자유를 이제 한껏 만끽한다. 오리배가 펠리컨이 되고, 아버지는 기린이 되고, 나는 전생에 마릴린 먼로였으며, 헐크 호건이 느닷없이 나타나 내 목을 졸라도 이상할 건 없다. 우주인이 옥수수밭에 KS마크를 새기고, 지구는 개복치 모양으로 생겼음이 확인되고, 직장 동료가 너구리와 낚시를 떠나도 할 말은 없다. 어차피 생각이 지구를 버렸으니까…… 우주적이다. 요컨대 우주적 시야는 편집증적 서사를 결과한다. 우주에서 보면 지구는 아무것도 아니듯, 현실 적부심을 포기하면 일어나지 못할 일이란 없다. 게다가 이 두 가지 사유 방식은 동일한 하나의 목표에 봉사한다. 그것은 현실에 대한 사유의 우위, 곧 '정신 승리법'이다. 우주적 시야가 확보되자 모든 것이 괜찮아지고, 편집증적 서사가 구축되자 모든 문제가 해결되고 모든 의문이 해소된다. 찰리는 이제 모든 것을 이해한다. 나사는 어디서 와서 어디로 가는지, 나사와 나는 어디서 무엇이 되어 다시 만날 것인지, 회전시 나사가 느끼는 어지러움과 비애까지도…… 그러나, 물론 세계는 변하지 않는다. 상상할 수 있는가? '지구를 언인스톨한 후 못과 모아이는 참 잘 살았습니다'라는 결말을?

성격이 원활하고 낙천적이어서가 아니라, 이 넓고 넓은 우주를 유랑하다 보니 우주의 운명이란 것은 이미 정해져 있고, 그것은 절대 바뀌지 않는다는 나름대로의 철학이 생겨났기 때문이다. 삼미와 나는—분명 변하지 않는 질량의 '노히트 노런'의 운명을 함께 타고났으며, 이 우주가 알아주는 '불쌍한 것'이었다. 눈을 감았다.

어차피 인생은, 눈을 감으면 꿈이다.[9]

그래서 행복하게 잘 살았답니다… 그건 엔딩이 아니야. 삶은 말이야, 그보다 훨씬 긴 거라구. 잔혹할 정도로 지루한 거지. 실은 그리고 왕자는 곧 싫증을 느껴. 신데렐라가 애를 하나 낳긴 했지만, 왕자에게 필요한 건 새로운 엉덩이였던 거지. 게다가 왕자는… 실은 그전부터

---

9) 박민규, 『삼미 슈퍼스타즈의 마지막 팬클럽』, p. 108.

유부남이었어. 결국 그런 거야. 해피엔딩은

없어.[10)]

경찰을 해보면 알 수 있다. 대한민국엔 아직도 이런 인간이 너무 많다. 저기…저 여자애가 십억을 쥐어도…아무리 크게 웃고 있어도…그렇다. 다들 먹고살아야 할 인간이다. 오십 년 전 여길 건너던 사람들은 상상이나 했을까? 이십일 세기에도 이 아치를 오르는 인간이 있다는 사실을. 옷 한 번 벗으면 십억을 버는 인간이 생길 거란 사실을…알았을까? 자신들의 후손이 또 그렇게 갈라질 거란 걸, 알았을까? 아직도 강은 흐르고… 어딘가로 흐르고… 아치에 올라야 하는 인간들이 있다. 널려 있다. 내몰리고 도망칠 수밖에 없는 인간들이 있다.[11)]

그토록 지긋지긋했던 그 삶이, 결국 내가 원하는 삶이었다니. 언젠가 퇴직을 하면, 하는 상상으로 33년의 직장 생활을 견뎌내지 않았던가. 내 삶은 과연 무엇이었을까. 삶이란… 무엇일까.[12)]

거짓말 하나 안 보태고, 저 인용문들은 방금까지 내 눈앞에 아무렇게나 놓여 있던 박민규의 소설들을, 열 살 먹은 아들(어찌나 귀여운지!)에게 눈을 감게 한 후 아무 데나 한번 펴서 읽어보라고 한 후 받아 적은 것이다. 뭐, 그만큼 박민규의 소설에는

10) 박민규, 『죽은 왕녀를 위한 파반느』, 예담, 2009, p. 108. 이하 『파반느』.
11) 박민규, 「아치」, 『현대문학』 2007년 1월호, p. 167.
12) 박민규, 「낮잠」, 『문예중앙』 2007년 여름호, p. 174.

소위 운명론적 염세주의의 흔적이 만연해 있다는 얘기를 하려는 것이다. 우주적 시야와 편집증적 서사는 다시 말하건대, 박민규식 정신승리법의 두 얼굴이다. 사유는 현실에 대해서 승리를 거두지만 현실은 사유에 의해 어떠한 영향도 받지 않는다. 박민규 특유의 염세와 멜랑콜리는 바로 그 사실에서 비롯된다. 그런데……

2006년 여름 즈음이었을까? 아니면 그해 가을 즈음이었을까? 「누런 강 배 한 척」[13]과 「깊」[14]을 쓰면서 저러했던 박민규의 소설에 뭔가 변화가 생긴다. 작품의 전체적인 정조가 우울해지고, 주로 늙음과 죽음에 대해 말하고, 그리고 무엇보다도 우주적 높이로의 상승 대신에 지상과 지하로의 한없는 추락과 하강이 주요 모티프로 등장하기 시작한다. 「근처」[15]와 「아침의 문」[16] 그리고 「별」[17]처럼 직접적으로 죽음에 대해 말하는 작품들은 말할 것도 없고, 「아치」[18]의 두 인물은 한강대교에서 '추락'하고 싶은 욕구를 견디지 못하고, 「크로만, 운」[19]의 융들은 네드들이 만든 빛의 도시로부터 지상으로 하강하며, 「절」[20]의 동방 사룡은 경공술을 포기하고 서른두 평 아파트에 연연하는 지상의 삶을 선택하거나 회피한다. 그러자 박민규 특유의 시적이고 리드미컬한 문장들은 남되, 나이 들고 삶에 지친 염세주의자들의 죽음을 향한

13) 박민규, 「누런 강 배 한 척」, 『문학사상』 2006년 6월호.
14) 박민규, 「깊」, 『문학동네』 2006년 겨울호.
15) 박민규, 「근처」, 『문학사상』 2008년 8월호.
16) 박민규, 「아침의 문」, 『문학사상』 2009년 12월호.
17) 박민규, 「별」, 『현대문학』 2008년 1월호.
18) 박민규, 「아치」, 『현대문학』 2007년 1월호.
19) 박민규, 「크로만, 운」, 『문학과사회』 2007년 가을호.
20) 박민규, 「절」, 『창작과비평』 2008년 봄호.

남루한 일상(「근처」「누런 강 배 한 척」「아치」)과 기원전 1700년에 자기 다리를 잘라 그 살로 가족을 부양할 수밖에 없는 가장의 처참한 생활고(「슬」[21])와, 서기 2487년에도 여전히 루저(이 말을 잊어버릴 뻔했다. 박민규 소설의 주인공들은 『지구영웅전설』에서 『파반느』에 이르기까지, 항상 사회적으로나 성적으로나 외모적으로나 항상 루저들이었다는, 누구나 다 지적하는 뻔한 사실을! 그러나 한 가지는 강조해두고 싶다. 박민규에게 루저들은 기원전 1700년부터 기원후 2487년까지, 그러니까 '영원히' 루저들이다)인 별종 인간들의 고단한 삶(「크로만, 운」)이 박민규식 정신 승리법을 대신한다. 물론 박민규의 이런 변화를 먼저 눈치챈 이는, (또!) 김영찬이다.

　　초기의 발랄한 실험 대신 고전적인 스타일로 회귀하는 듯한, 그리고 허공으로 떠오르는 대신 바닥으로 침잠하는 듯한 그의 최근 일련의 소설들이 초기 소설 세계와의 급격한 단절을 보여준다는 항간의 시각은 그런 측면에서 절반은 맞고 절반은 그르다. 그의 소설은 분명 변화했다. 그러나 그것은 실은 그의 문학적 실험의 또 다른 방향으로의 연장이며, 박민규 소설의 근원 정조로서 멜랑콜리의 명시적 확장이다. 그 소설들은 언뜻 고전적인 스타일로 보이지만 박민규식 "메리와 매리의 반 집 싸움"의 실험은 그곳에서도 여전히 다른 방식으로 계속되고 있으며, 다른 한편 숨어 있던 멜랑콜리는 수면에 떠올라 소설 전체를 눈에 띄게 장악하는 방식으로 몸을 바꿔 지속된다. 따라서 이것은 어떤

---

21) 박민규, 「슬」, 『문예중앙』 2010년 가을호. 이런 제기랄! 그리 길지 않은 7년이란 세월 동안 도대체 박민규는 어떻게 이렇게 많은 작품을 쓸 수 있었던 걸까? 일일이 각주 달기 참 고단하다.

측면에서 이전 박민규 소설과의 단절이라기보다는, 이를테면 조바꿈에 가깝다고 하는 것이 좀 더 정확하겠다. 「누런 강 배 한 척」, 「근처」, 등 삶과 죽음이라는 고전적인 테마를 다루고 있는 소설들이 특히 그러 하거니와, 예컨대 자신을 신용불량자로 만든 몹쓸 옛 애인과의 씁쓸한 재회를 그린 「별」 같은 작품 또한 크게 보면 마찬가지다.[22]

"그의 최근 일련의 소설들이 초기 소설 세계와의 급격한 단절을 보여준다는 항간의 시각"이 도대체 누구의 시각을 염두에 둔 말이지는 알 수 없지만 (곰곰 생각해보니 언젠가 사석에서 내가 그에게 그런 말을 한 듯도 한데, 취중의 기억이란 게 도통 믿을 수가 없어서……ㅠㅠ) 어쨌든 그의 말을 요약하자면 「누런 강 배 한 척」 이후 눈에 띄는 박민규 소설의 변화가 '질적인' 변화는 아니란 말 되겠다. 개복치 우주론에 내장되어 있던 '세상은 그저 그런 곳'이라는 염세주의가 전경화되고 유머와 편집증이 후경화되는 수위의 변화 정도로, 즉 장조에서 단조로의 변화 정도로 생각하자는 말로 이해할 수 있을 듯하다. 그러니까…… **내 말이 그 말이다!** 박민규식 정신 승리법의 연원에는 우주적 조감이 있었던 바, 그것은 청마 선생이 실제에 있어서는 생명을 내놓지 못하시면서도 사구에 백골을 쪼이겠다고 하실 때의 그 심정, 죽어 한 개 바위가 되겠다고 하실 때의 그 심정, 모아이가 우주 전체를 놓고 보면 우리는, 그리고 우리가 삶에서 받는 고통이란 것은 존재하지도 않는 것이나 다름없다고 할 때의 그 심정이었다. 말하자면 우주적 관점에서는 가장 안정적인 물질, 곧 생명 없는 물질로의 회귀 충동이 박민규를

---

22) 김영찬, 「괴물의 생태학, 희망 없는 희망의 멜랑콜리」, 『문학사상』 2010년 2월호, pp. 63~64.

오히려 발랄하게 하고 거침없이 유머러스하게 했던 셈이다. 그런데 이제 상승하고 초월하려는 편집증적 서사가 어떤 이유론가 스러지기 시작하자, 후경에 있던 바로 이 죽음 충동이 고개를 든다. 그런데 이것이 질적 변화인가? 사실 따시고 보면 우리 모두 죽으면 그 영혼은 하늘에 오르고 주검은 땅에 묻히지 않던가? 하늘에 오르는 것과 땅에 묻히는 것은 동시적으로 일어나는 일이고, 하늘과 땅은 우리가 죽지 않고는 이르지 못한다는 점에서 같은 곳이 아니던가? 그런 의미에서 「깊」은 그러한 변화를 극적으로 개시하면서 이후 박민규 소설의 변화를 알린 문제적인 작품이다.

서기 2487년, 19251미터 깊이의 해구가 발견된다. 그러자 "돌연, 모든 이들의 관심이 지구의 틈을 향해 쏟아지기 시작"한다. 그런데 흥미롭게도 박민규는 그 해구를 두고 "가까운, 그러나 한 번도 가보지 못한 침묵의 우주가 그곳에 존재했다"(「깊」, p. 285)고 말한다. '침묵의 우주'라고 했거니와 이 말은 그에게 지표에서 가장 먼 해구도 우주의 일종이란 말처럼 읽힌다. 해석하자면 상승이 하강으로 대체되었으나 목적지는 여전히 지상이 아닌 곳, 곧 우주란 의미다. 아니나 다를까, 지금의 (근대적) 인류가 그렇듯이 "의지와 탐구"라는 양 갈래 고리가 달린 닻이 그 깊은 해연을 향해 끊임없이 던져진다. 무모함이 본성인 바에야 인류의 끝없는 자연 지배욕과 지식에의 욕망은 일러 무삼하리라. 그런데 그러한 인류의 무모함을 표현하는 박민규의 언어들이 흥미롭다. "본능적으로 틈을 향해 스며들고 싶어했다"라거나 "그것은 유혹이었다. 심연의 유혹, 그 깊은 어둠의 유혹이 디퍼들의 체액 속으로 스며들기 시작했다"라고, 그는 쓴다. 결국 디퍼들은 인류가 사는 지표와의 연결 줄을 자발적으로, 영원히 끊는다.

스스로도 이것은 부작용일지 모른다는 판단을 하면서, 샘케는 통신을 차단했다. 어머니 얀의 잘린 탯줄은 무한한 부력을 얻은 채 심연의 세계에서 순식간에 사라졌다. 대신 유터러스의 탯줄을 움켜쥐듯, 크리스가 응고가속기를 힘차게 가동시켰다. 룸은 서서히 끝없는 심연을 향해 침잠하기 시작했다. 깊이가 전혀 계측되지 않아. 고개를 저으며 드미트리가 중얼거렸다. 지구의 중심으로 가는 물길은 그렇게 열려 있었다.[23]

"본능적으로 스며들고 싶어했다" "심연의 유혹" 같은 말들로부터 지금 디퍼들을 사로잡고 있는 것이 어쩌면 죽음 충동일지도 모른다는 생각을 해내지 못한다면 바보지 싶다. 이어지는 문장들에서, 그들로 하여금 스스로 어머니 얀의 탯줄(생명과의 연결선)과도 같은 통신 케이블을 차단하고 "깊이가 계측되지 않는" 암흑의 심연을 향해 자발적으로 빨려들게 하는 것도 아마 죽음 충동일 것이다. 이로부터 근대 인류의 무모한 탐구에의 열정이 결국은 죽음으로 이르는 길이라는 도저한 문명 비판을 읽는 것도 참 의의 있는 일이긴 하다. 그러나 지금 강조할 것은 이전 소설들에서 초월과 상승의 기운이, 만연한 염세주의를 억누르면서 유쾌한 편집증을 결과했던 것과 동일하게, 「깊」에서는 하강과 추락의 기운이 우울한 죽음 충동을 결과하고 있다는 사실이다. 그러자, 후경화되어 있던 염세주의는 이제 전경화된다. 그런데, 다시 말해야 할까? 저 멀리 우주에서 내려다보는 지구의 모습이

23) 「깊」, p. 301.

다 그저 그렇듯이, 저 아래 해연에서 올려다보는 지구의 모습도 다 그저 그렇다는 사실을? 차이가 있다면 높은 곳에서 내려다보는 자의 시야에서는 지표면이 하찮고 우습게 보이겠지만, 저 아래에서 올려다 보는 자의 시야에서는 지표면이 참 우울해 보일 것이란 사실 정도다. 그리고 상승한 자는 편집증적으로나마 세계를 완전히 이해하지만, 추락한 자는 묵묵히 세계의 비참을 견뎌야 한다는 사실 정도다. 박민규 가 만면에 가득했던 웃음을 버리고, 죽음과 남루한 노년과, 참담하기 그지없는 생활고에 대해 쓰기 시작한 이면에는 이런 속사정이 있었던 듯하다. 물론 지상의 삶이 달라질 건 없다.

······라고 말하고 보니, 아니나 다를까, 박민규의 이와 같은 염세주 의에 대해 쓴 말을 삼가지 않은 평자들도 적지는 않다.

이렇게 박민규 소설은 패배자는 가진자의 힘보다 '가진자의 비극에 더 열광'한다. 정확하게 말해서 박민규의 소설은 다수의 실패는 정당 하다는 이상한 논리를 정당화하고 있다. 나 혼자만의 실패가 아니라는 사실은 패배를 유예시켜주어, 자본주의에 대한 저항을 유보하고, 결과 적으로 '자본주의의 그늘로 돌아가게 하는 알리바이'가 되는 것이다.[24]

정말 어떻게 해볼 수 없다는 체념이 박민규 소설의 결말을 비약적인 소실의 결말로 만드는 이유로 생각되는데, 결말에서 갑작스럽게 등장 한 대왕 오징어나 헐크 호건, 미확인 비행물체, 오리배 등의 출현이

---

24) 권유리야, 앞의 글, p. 351.

나로서는 썩 믿음이 가지 않는다. 진정 박민규의 소설이 좀더 의미 있는 문학적 성취를 획득하기 위해서는 그 자신이 소설에 부여한 갈등, 긴장, 고독, 분노를 예기치 않게 출현한 오리배 안에 넣고 어디론가 보내버리는 초월적 구도(「아, 하세요 펠리컨」)를 뛰어넘어야 한다고 생각한다.[25]

그런데, 도대체 저런 쓴 말을 아무렇지 않게 뱉는 평자들은 박민규의 말버릇을 한 번쯤 고려해보았어야 하는 건 아닐까? 명약관화하거니와, 비평가들과의 대화를 그다지 좋아하지 않는 데다, 심지어 자신의 작품이 실린 문예지도 보지 않는다는 박민규라면 저 말들에 어떻게 반응했을까? 우선은 '좆 까라 마이싱!'(내가 아니라, 박민규가 한 말이다)……, 그리고 나서는 '나 꼴리는 대로 쓸랍니다'(역시 내가 아니라, 박민규가 한 말이다)…… 기왕 말이 나온 김에 한마디 하자면, 나로서는 종종 전자의 '구호'가 어떤 어원을 가지는지 궁금해죽을 지경인 데다, 또 그 문법적 오류를 바로 잡아 'X 깐 후엔 마이싱'이나 '마이싱 씨, 포경 수술하세요' 혹은 좀더 점잖고 학술적으로 '포경수술 후엔 반드시 항생제를!'이라고 정정해놓고 싶을 때가 많고, 후자에 대해서는 그 말이 '꼴릴 때마다 쓰겠습니다'란 의미인지 '꼴리는 방향에서부터 쓰겠습니다'라는 의미인지 궁금할 때도 많지만, 하여튼, 그건 그렇다 치고, 좀체로 비평가들의 말을 들으려고 하지 않는 박민규에게도, 그리고 박민규 같은 작가에게 대안과 전망을 요구하는 평자들에게도 문제는 있다고 본다. 박민규야 애초에 뭐 그런 사람이

---

25) 양진오, 「당대의 발견과 현존하는 리얼」, 『실천문학』 2005년 겨울호, p. 117.

었으니 여전히 그렇다 치더라도, 평자들의 저 말들은 '당신은 왜 박민규처럼 쓰십니까'라거나 '당신은 왜 황석영이 아니신지요'와 흡사하지 않은가 싶다. 박민규 소설이 대중적으로나 평단에서나 지지와 인기를 한 몸에 누리게 된 것은 바로 그 염세와 편집증과 하위문화와의 장르 횡단, 그리고 유머가 결합된 특유의 이종 격투기적 글쓰기 덕분이란 사실은 누구나 아는 바다. 그리고 그러한 글쓰기가 한국문학사에 흔치 않았다는 사실도 마찬가지다. 게다가……

박민규에게 이 염세적인 세계를 바로잡아보려는 대안적 사유가 아예 없다고 말하기도 힘들다. 혹자는 야쿠르트 아줌마의 건강한 목소리(「야쿠르트 아줌마」)를 불러들이고, 탁구야말로 타자와 나누는 대화 형식이란 점(「핑퐁」)을 지적하고[26], 그리고 무엇보다도 『파반느』의 '사랑'이 이즈음 그가 제시하는 타계책은 아니겠느냐고[27] 강조하기도 한다. 강동호의 언급은 이미 초기 소설에서부터 (가령, 「기린」「갑을고시원 체류기」『삼미』 등) 박민규의 소설 속에 '루저들의 연대' 혹은 '사소한 온기'의 형태로 잠복되어 있었으니 아직 더 시기를 기다려 그러한 타자 윤리가 어떤 방식으로 무르익는지 지켜볼 일이지만, 전철희가 지적한 소위 '사랑'에 대해서라면 좀 할 말이 있을 듯싶기도 하다. 박민규가 사랑을 말하다니…… 사랑이라니 민규 씨!

슈퍼맨과 배트맨이 지배하고, 프로의 윤리가 지구 전체를 뒤덮은 시절, 기원전 1700년부터 기원후 2487년까지, 한 번 루저는 영원한 루

---

26) 강동호, 「문학에 대한, 타자를 향한 변론」, 『창작과비평』 2007년 봄호.
27) 전철희, 「87년체제의 문학적 돌파」, 『창작과비평』 2010년 봄호.

저일 수밖에 없는 이 세계에서 사랑이란 결국 '손해' 외에 달리 무엇이란 말인가? 그런데 문제는 흔히 평자들이 놓치고 있는 사실이지만 박민규 또한 사랑이 손해라는 사실을 너무도 잘 알고 있다는 점이다.

사랑은 상상력이야. 사랑이 당대의 현실이라고 생각해? 천만의 말씀이지. 누군가를 위하고, 누군가를 위해 희생하고, 누군가를 애타게 그리워하고… 그게 현실이라면 이곳은 천국이야. 개나 소나 수첩에 적어다니는 고린도 전서를 봐. 오래 참고 온유하며 자기의 유익을 구하지 아니하며… 모든 것을 바라며 모든 것을 견디는… 그 짧은 문장에는 인간이 감내해야 할 모든 〈손해〉가 들어 있어.[28]

누군가를 위하고, 그를 위해 희생하고, 애타게 그리워하고, 그래서 모든 것을 바라며 모든 것을 견디는 마음, 그러니까 사랑이란 "인간이 감내해야 할 모든 〈손해〉"의 다른 말이다. 박민규 말마따나 '많이 배우신 분'인 비평가로서의 나는 좀체로 알은척하는 버릇을 버리지 못하는 편이어서, 저 말들로부터 데리다와 레비나스의 '환대'라든지, 바디우의 '사건'으로서의 '사랑' 같은 개념들을 떠올리고 싶어 안달이 나지만, 그래도, 오늘은 일단 여기서 접어두는 게 좋을 듯하다. 역시 시기가 무르익어 과연 『파반느』에서 그가 시작한 '손해로서의 사랑'에 대한 탐구가 어떤 방식으로 그 갈래를 뻗어갈지 가늠이 가능할 때 몇 마디 더 보태는 편이 현명하지 싶어서다. 대신 민주주의 얘기를 하자. 굳이 우리가 박민규의 소설을 두고 어떤 '대안'이나 '전망'에 대

---

28) 『파반느』, p. 228.

해 말해야 한다면 차라리 그편이 수월하다. 이유인즉, 그가 육성으로 민주주의에 대해 역설하고 있는 어떤 문건 하나가 존재하기 때문이다.

압도당한 기분을 처음 느낀 것은 고3 때였다. 말하자면 유와 함께 유럽 쪽의 포르노를 볼 때였다. 피부색이 '올림픽 화이트' 그 자체인 새하얀 여자가 나오더니 막 마구간에서 말과 관계를 가지는 것이었다. 쉬운 일이 아니란 건 알았지만, 그러나 뭐, 그 정도에 압도를 당한 것은 아니었다. 압도를 당한 건 정확히 2주일 후, 배달된 조간의 해외토픽란을 통해서였다. 올림픽 화이트, 바로 그녀가 이탈리아에서 국회의원으로 선출되었다는 내용이었다. 이탈리아에선 말에게도 투표권을 주나 보지? 입을 헤벌린 유가 탄식을 뱉었지만 나는 아무 말도 하지 않았다. 아니, 할 수 없었다. 아아 이것이 바로

민주주의,

바로 민주주의란 것이구나, 그 감정에 나는 압도되었다.[29]

상상해본다. 박민규에게 묻는다. '민주주의란 무엇인가?' 그러면 그가 대답한다. '말과 사람이 하고, 포르노 배우가 국회의원이 되는 것이지요.' 많은 이들에게 이 말은 농담처럼 들리겠지만, 내게 저 말은 어떤 거대한 은유처럼만 들린다. 내게 저 말이 지시하는 원관념을 살려 다시 적어보라면 이렇게 적겠다. 박민규 왈, '……내게 문학의

---

29) 박민규, 「점점점」, 『문학사상』 2005년 10월호, p. 241.

민주주의란, (난 읽지도 않은 랑시에르의 어법을 차용해 말씀드리자면) 감성적인 것의 재분할이지요. 시와 소설이라는 오래되고 고상한 문학적 식별체계를 포르노와 WWE 프로 레슬링과 『소년중앙』과 슈퍼맨과 SF와 그리고 필요하다면 서양의 고전이나 성경, 혹은 서정적 운문들과 교배시키고, 그리하여 마치 (역시 나는 읽지도 않은) 랑시에르의 『프롤레타리의 밤』의 프롤레타리아들처럼 굳어진 감성적인 것들의 분할 방식을 교란하고, 거기에 전혀(라고까지는 말하기 힘들겠지만) 새로운 식별 체계를 도입하는 것이지요. 『파반느』에서 저는 그런 시도를 여간 해봤답니다. 시디 받으셨죠? 글자들의 색깔은 유념해 보셨나요? 크기는요? 각주는 원래 하이퍼링크 되어 있었죠. 게다가 원래 제 행갈이나 어투, 그리고 그림 삽입은 유명하잖아요. 혹시나 제 문체에서 시적 리듬을 읽으셨다면 더 고맙겠고만요' 운운……

……네가 프롤레타리아냐, 네가 랑시에르가 『프롤레타리아의 밤』에서 거론한 노동자들의 삶을 아느냐, 감성적인 것의 재분할이란 노동자들이 시간과 공간과 감성적인 활동에 대한 지배적 분할에 맞서 자신들의 방식으로 그것을 재분할하려는 저항의 일종일진대, 너는 그런 말을 그렇게 함부로 해도 되겠느냐 등등…… 반론이야 만만치 않겠지만, 1980년대 문학 이후 그와 같은 일들이 이제 더 이상 벌어지지 않는 작금의 상황에서, 박민규만큼 활달하게 견고한 기존의 문학적 식별 체계에 저항하는 작가를 찾기는 당분간 힘들 듯하다.

박민규는 그런 의미에서라면, 염세적이고 황당하고 막 나가고 편집증적이고 종종 우울하지만……, 분명히, 민주투사다.

# 소설무한육면각체

## ─이장욱론

<br>

1

<br>

저것은 작은 입방체들cubes로 이루어진 그림이 아닌가.

─앙리 마티스

<br>

이장욱의 첫 장편 『칼로의 유쾌한 악마들』(문학수첩, 2005. 이하 『칼로』)은, 어느 토요일 새벽, 찢기고 부러져 여러 조각으로 분리된 채 지하철 철로에 널브러져 있는 한 젊은이의 시신을 묘사하면서 시작한다. 그것을 묘사하는 화자의 시선은 참으로 차갑지만 또 차분하기도 해서, 꺾인 다리와 흐르는 피, 입은 옷의 디자인과 문양까지를, 마치 자신이 공들여 마련한 미장센에 스스로 도취된 영화감독의 유려한 카메라처럼 세밀하게 그려낸다. 그런데 묘사된 시신의 참혹함에, 그리고 묘사하는 화자의 냉정함에 서서히 질려갈 때쯤, 돌연 다음과 같은 이상한 문장 하나가 독자들을 가로막는다.

"토요일 아침의 이 모든 풍경들은, 한 여자의 두통에서 비롯되었다." (『칼로』, p. 15)

그러나 두통이 타인을 죽일 수는 없는 노릇이니, 이 작품에서 화요일에 한 여자의 머리에 발생한 두통이 한 젊은 청년의 지하철 교통사고로 귀결되기 위해서는 여섯 명(나는 지금 이 단위 명사 '명(名)'을 '면(面)'으로 오타하고 싶다)의 인물들이 필요하다. 더도 덜도 아니고 딱 여섯 명이다. 무슨 말인가.

소설은 곧이어 이 사건과 관련된 여섯 명의 인물들을 소개하는데, 제1의 인물은 물론 두통이 발생한 머리의 주인, 곧 예의 그 여자다. 화요일에 그 여자는 두통과 함께 지하철역으로 진입 중이었다. 제2의 인물은 여자가 지하철역에 도착할 즈음, 지난겨울에 할부로 구입한 중형 승용차 옆자리에 자신이 근무하는 학과의 여조교를 태운 채 서해안 고속도로를 질주하고 있던 그녀의 남편이다. 제3의 인물은 그 시간에, "열차 운전실에 앉은 채 터널 끝의 소실점을 노려보고 있"던 "그 여자나 그 여자의 남편과는 별반 관계가 없는 한 남자", 곧 기관사이고, 제4의 인물은 기관사의 대학 동기로 같은 시간 "버스 전용차선으로 잠깐 끼어들었다가 버스 기사와 시비가 붙어 목청을 높이고 있"는 사내다. 제5의 인물은 기관사와 그의 대학 동기를 동시에 애인으로 둔 바 있으나, 바로 그 순간에는 전혀 그들을 떠올리지 않고 있는 한 여자고, 마지막 제6의 인물, 그는 "이 모든 사람들과 무관한", 무슨 이유론가 왼쪽 팔을 잃은 채 지하철 역내 복권 판매소를 운영하는 노인이다(『칼로』, p. 16).

자, 초입부터 지하철역에서 일어난 사고 현장을 정밀하게 재현해 놓고는, 그 사고와 무관하거나 유관해 보이는 여섯 인물들(그들은 마치 입방체의 면들처럼 어떤 방식으로든 하나의 변을 다른 면과 접하고 있는바)을 대뜸 별다른 연관 없이 나열하면서 시작하는 이 도발적이고 복잡한 소설을 어떻게 읽을 것인가? 추측건대 1908년의 앙리 마티스 Henri Matisse였다면 이렇게 말했을 것이다.

'이것은 작은 입방체들 cubes로 이루어진 소설이 아닌가.'


2


큐비즘은 안쪽과 바깥쪽, 위와 아래, 뒤와 앞을 2차원으로 나타내어
원근법적 환각을 버리고 전체를 즉시적으로 지각시키는 것이다.
—마셜 매클루언


종래의 원근법을 완전히 무시하고 마치 이차원의 평면에 삼차원의 입체를 실현해 보이겠다는 듯이, 기하학적 입방체들의 연쇄로 이루어진 조르주 브라크 Georges Braque의 「에스타크의 집 Houses at L'Estaque」 앞에서 마티스가 고작 뱉을 수 있는 말은 저것이었다. 소위 입체파 Cubism란 말의 시작이다.

그런 의미에서라면 우리도 『칼로』를 두고, 입체파 소설의 시작이라고 불러도 무방할 듯싶은데, 저 참혹한 젊은이의 주검이 널브러져 있는 토요일 새벽의 지하철역은 최소한 여섯 개의 면을 가진 입방체임

에 분명하기 때문이다. 하나의 사건이란 입방체와 같아서 동시에 무관하면서도 유관하게 연결된 여섯 개의 면을 한꺼번에 이해하지 않고서는 그 전말을 온전히 드러낼 수 없다고 제안하는 이 소설의 도입부야말로 종래의 서사적 원근법, 곧 계열적 인과관계나 선조적 서사 진행, 혹은 연대기적 사건들의 나열 같은 관행들에 대한 '입체파적' 도전처럼 읽힌다. 그리고 이후로 이장욱의 소설은 이렇게 세워진 방법론에 대한 다양한 변주로 이어진다.

이제 한국의 초등학생들까지 사로잡았다는 '불면'의 기원은 어디에 있는가? 첫 소설 『칼로』 이후, 입방체 소설 쓰기를 자신의 방법론으로 삼은 작가가 이장욱이라고 했거니와, 그러면 최소한 여섯 개의 면을 가진 불면을 그려야 할 듯싶다. 불면의 입방체를 그려야 한다. 단편집 『고백의 제왕』(창비, 2010. 이하 모든 단편은 이 책에서 인용한다)에 실린 「밤을 잊은 그대에게」를 두고 하는 말이다. 불면 또한 여섯 개의 면을 갖는다.

첫번째 면은 죽은 남편의 환각을 보는 여성이 채운다. 그녀의 불면은 외상 후 스트레스 장애로부터 비롯된다. 두번째 면은 그 여자의 집에 든 좀도둑을 추적하는 감식반 요원이 채운다. 그는 종종 범죄 장면이나 범죄자를 환각 속에서 보기도 하는데, 그의 불면은 소위 '사이코메트리'에서 비롯된다. 세번째 면은 예의 그 여성을 치료하는 의사가 채운다. 아내와의 이혼 후 청소와 소독에 집착하는 그의 불면 이유는 청결 강박이다. 네번째 면은 의사가 사는 아파트의 경비 노인(후에 유령이었음이 암시된다)이 채운다. 스스로의 죽음조차 자각하지 못하는 유령에게 밤잠이 있을 리 없다. 불면은 죽음의 세계와 닿아 있기도 하다. 다섯번째 면은 의사의 아들 '딘'이 채운다. 아버지의 슬품이 싫어 가출한 딘의 불면은 졸부의 딸 애슐린과의 좀도둑질 때문이다. 그리고 마지막 여섯번째 면, 그 면은 예의 그 여성의 죽은 남편이 채운다(유령도 체적을 갖는다면, 그런데 이장욱 소설 속에서 대부분의 유령들은 체적을 갖고, 대부분의 사람들은 유령과 다르지 않다). 그역시 유령의 몸인 데다, 살아 있는 아내를 위해 자신의 물건들을 밤마다 하나씩 치우느라 여념이 없으니 잠이 그를 찾을 리 없다.

소설 말미, 이들 여섯 인물들이 채운 각각의 면들은 하나의 공간에 모여 회화적으로 비유하자면 입방체의 형상을 이룬다. 여자가 아파트 베란다 너머로 하늘을 올려다보는 동안, 죽은 그녀의 남편은 그녀의 등 뒤에서 자신의 물건들을 챙기고, 그사이 노인은 그녀가 사는 아파트 주차장 경비를 돌고, 그 주차장에 주차되어 있던 차를 몰고 강변에 나간 의사는 수면제를 먹으며 잠을 청한다. 그의 아들 딘은 애슐린과 함께 여자가 틀어놓은 라디오 소리를 들으며 같은 아파트 어느 빈방에 누워 있다. 여섯 명의 인물들은 서로 변을 접한 입방체의 여섯 면처럼, 독자적인 평면으로, 그러나 동시에 입방체 전체의 일부로 존재한다. 그런 방식으로 불면은 하나의 기원이나 하나의 원인이 아니라, 여러 기원과 여러 원인을 가진 입방체가 된다. 불면의 비원근법적이고 비유클리드적인 고찰이다.

「고백의 제왕」에서 눈 내리는 제야의 밤, 고백의 제왕이 등장하기 전까지 그를 기다리던 대학 동창들의 숫자가 여섯이고, 제왕의 등장 이후 그들 모두 한 가지씩 가슴에 담아둔 비밀들을 고백한다는 사실, 그럼으로써 소설을 고백에 대한 입체파적 탐구로 만든다는 사실도 지적해야 한다. 「곡란」에서 귀신을 잡는다는 (그 외에 뭘 잡는지는 알수 없으나) 한국 해병대 출신 김상태의 얼을 빼놓은 202호실의 풍경 또한 여섯 면(스몰, 코끼리, 고희성, 두 여고생, 국회의원 노인, 프라모델 동호회의 세 회원 그리고 청소하는 노파)을 가진다는 사실도 덧붙여야 한다. 202호 방문 앞 김상태의 공포는 사실 브라크의 그림 앞 마티스의 공포에 비견될 만하다. 차원을 달리하는 세계가 거기 펼쳐져 있었으니 말이다. 그리고 '여섯'이라는 숫자에 굳이 딱 맞아 떨어져야 하는 것이 아니라면, 이장욱의 소설들은 거의 모두가 어떤 사태에 대한 입체파적인 탐구에 바쳐진다. 그는 입체파 소설가다.

## 3

> 회화에서 일어난 일은 철학에서도 똑같이 일어난다.
> 데카르트의 코기토도 원근법의 산물인 것이다.
> 〈나는 생각한다〉라는 주체는 바로 원근법에서 생겨난 것이다.
> —가라타니 고진

에른스트 곰브리치Ernst Bombrich가 갈파했듯 원근법은 전적으로 서양 근대의 산물이다. 원근법은 필연적으로 대상을 바라보는 주체, 곧 '나'라는 자율적 개인을 전제할 수밖에 없는 바, 바로 그 회화적 시선의 주인이 서양 근대 철학의 주인이기도 한 '코기토'다. 데카르트의 코기토가 원근법에서 탄생했다는 가라타니 고진(柄谷行人)의 주장은 그렇게 이해되어야 한다. 그리고 입체파가 무너뜨리고자 한 것, 그것이 바로 그 서양의 근대적 원근법이라면, 또한 입체파는 서양 근대 철학의 주체 코기토를 무너뜨리고자 했다는 말도 가능하다. 단편

「동경 소년」으로 미루어 입체파 소설가 이장욱은 이 사실을 알고 있다.

「동경 소년」을 한마디로 요약하자면 '탈근대적 추리소설'이 적당하다. 이런 식의 명명에는 물론 역설이 숨겨져 있는데, 추리소설이야말로 전형적으로 근대적인 서사 형식이기 때문이다. 「소세키의 알레고리」란 글에서 고진이 '추리소설'과 '마르크스주의' 그리고 '정신분석'을 나란히 언급하는 장면은 자못 흥미롭다. 징후이자 결과로서의 현상, 그리고 그 너머의 원인 찾기라는 서사 구조는 이 세 사유 형식을 일관되게 지배한다. 결과로서의 상부구조들 너머에 원인으로서의 경제적 토대가 있다. 결과로서의 징후들 너머에 원인으로서의 외상적 순간, 혹은 무의식이 있다. 추리소설은 19세기 후반에 탄생한 이 두 사유 체계와 그 기원을 같이 한다. 결과로서의 증거들 너머에 원인으로서의 범죄와 범죄자가 있다. 그런 의미에서라면 추리소설은 전형적으로 근대적인 서사 형식인데, 이성은 합리적 사유를 통해 기필코 현상 너머 본질에 도달할 수 있다는 믿음, 근대는 바로 그 믿음 위에 세워졌기 때문이다.

그런데, 「동경 소년」의 추리자들에게는 그런 일이 일어나지 않는다. 액자 밖 화자이자 부서사의 주인공들인 '우리'는 자신들이 경외해 마지 않는 추리소설 작가 와따나베 포오(실존했던 작가 '에도가와 란포'를 모델로 한 것임에 분명한)의 감추어진 행적을 취재하러 일본에 왔다. '우리'의 취재는 그것이 흔적 찾기의 줄거리를 취한다는 점에서 추리물의 서사(사실은 근대적 탐색담인 소설 장르 일반의 서사)와 등가다. 그러나 그들이 찾아내는 것은 아무것도 없다. 하나의 소실점을 향한 그들의 원근법적 탐색은 실패한다. 소실점에 있어야 할 최초의 증거, 소실점에 있어야 할 와따나베 포오의 신화는 존재하지 않는다.

그의 행적을 뒤지면 뒤질수록 드러나는 것은 너무도 평범해서 굳이 뭔가를 찾을 필요조차 없는 초라한 행색의 포오뿐이다. 「동경 소년」은 이런 방식으로 추리물의 서사를 빌려 전형적으로 근대적인 서사 형식인 추리소설의 세계관을 해체한다.

그러나 정작 더 흥미로운 것은 그들의 서사와 중첩되면서, 액자 안에서 그 빛을 발하는 한 한국인 사내의 이야기다. 무대는 동경의 허름한 여행객 전용 호텔, 이장욱 소설의 도입부가 흔히 그렇듯이 완벽하게 고안된 연극적 미장센(도스토옙스키로부터 비롯된 것으로 보이는)이 마련된다.

그의 입가에 차가운 미소랄까 하는 것이 희미하게 번져 있다는 느낌이 드는 순간, 때마침 번개가 쳤다. 번갯불이 순간적으로 실내를 하얗게 밝혔을 때, 우리 모두는 그의 손에서 도드라지는 붉은색을 보았다고 생각했다. 그것은 핏자국이 틀림없었다. 다시 실내가 어두컴컴해지자 기다렸다는 듯 천둥소리가 몰려들었다. 바닥이 흔들리는 느낌이었다. 그러고는 순식간에 축축한 빗소리가 정적을 만들어냈다. 우리의 시선이 갈 곳을 찾지 못하고 흩어지려는 순간, 그의 입이 천천히 열렸다. 우리는 갑자기 애거서 크리스티의 무대로 불려나온 인물들이라도 된 듯 그 입에 시선을 집중했다. (「동경 소년」, p. 11)

아가사 크리스티Agatha Christie의 탐정소설에나 나올 법한 고딕풍의 무대가 마련되면 도스토옙스키의 「지하로부터의 수기」의 화자라도 되는 듯 "나라는 인간은, 소변을 볼 때 옆자리에 아는 사람이 서 있으면 오줌이 전혀 안 나오는…… 그런 유형의 인간이죠"라며 낯선 한국인 사내가 입을 연다. 그는 우리에게 그리고 독자들에게 무슨 이야기를 들려주던가. 유끼꼬(雪子). 곧 눈처럼 사라져버린 자신의 여자친구에 대한 이야기다. 그러니까 사라지는 인간, 존재감 없는 인간, 존재를 증명할 수 없는 인간에 대한 이야기다. 그의 여자친구 유끼는 투명인간처럼 점점 투명해지면서 사라져간다. 그녀가 완전히 사라져가기 전에 그녀의 존재를 증명하고 붙잡아두려고 안간힘을 써온 그의 행적이 그가 하는 이야기의 줄거리이다.

그런데 한 인간의 존재는 어떻게 증명되는가? 우선은 그의 기원에 의해서다. 혈통과 태어난 장소와 가계가 일반적으로 한 존재의 존재됨을 증명한다. 그러나 유끼는 지금 고아다. 어머니는 러시아에서 스킨헤드들에 의해 살해당했고, 아버지는 비관과 도박벽으로 자살했다. 게다가 그녀의 존재를 증명하기 위해 찾아 나선 그녀의 지역적 기원, 그러니까 그녀가 태어나고 자란 일본의 도시들(교토, 나라, 도쿄, 요코하마) 어디에서도 그녀의 존재는 증명되지 않는다. 유년기의 해변도, 태어난 병원도, 고향의 집과 골목길마저도 헐리고 개발되어 사라진 지 오래다. 기원이 부재하므로 그녀의 존재는 증명되지 않는다. 이것이 그녀가 결국 완전히 사라져버리는 첫번째 이유다. 기원이 부재하는 자는 존재도 없다.

그러나 한 인간의 존재가 확고한 것으로 증명되는 더 유력한 방도가 있다. 코기토, 곧 사유하는 인간은 그가 사유한다는 그 사실만으로 존재의 확실성을 보장받는다. 예의 그 사내의 다음과 같은 말은 그러니까 데카르트의 『성찰』을 요약한 말이기도 하다.

네가 할 수 있는 말을 다 해봐! 해보라구! 아니면 미친 듯이 생각이라도 하는 거야! 생각하고 생각하고 또 생각해봐! 그러면 생각하는 넌 남을 거 아냐! (「동경 소년」, p. 36)

내 생각의 힘으로 유끼를 지킬 수 있다면, 나는 어떤 것도 감수할 수 있다는 느낌이었습니다. (「동경 소년」, p. 39)

생각하고 또 생각하고 나서 남는 '생각하는 너', 물론 그것은 데카르트의 명징한 사유의 주체, 곧 회의하고 회의하고 회의한 후에도 남는 생각하는 사람, 곧 코기토다. 그러나 유끼의 존재는 사유를 통해서도 증명되지 않는다. 근대적 이성은 존재감을 상실해가는 여린 소녀의 존재 증명 앞에서 무력하다. 유끼는 기원에 의해서도, 그리고 사유에 의해서도 그 존재를 증명받지 못한다.

원근법에 대해서도 우리는 같은 말을 할 수 있을 텐데, 다시 말하거니와 회화에서 일어나는 일이 철학에서도 일어나는 법이기 때문이다. 원근법이 가정하는 그 시선의 주체야말로 데카르트의 사유하는 주체다. 따라서 소실점이 존재하지 않는 한 그 주체는 이제 더 이상 증명될 수 없다. 추리소설에 대해서도 역시 같은 말을 할 수 있을 텐데, 추리소설이야말로 소실점으로서의 최초의 증거, 곧 기원의 확인 가능성, 그것도 명징한 이성적 사유를 통한 확인 가능성을 전제하지 않고서는 성립조차 힘든 서사 형식이기 때문이다.

「동경 소년」은 이런 식으로 입체파 소설가 이장욱이 소설의 형식에 있어서뿐만 아니라 소설의 내용에 있어서도 탈원근법적임을 보여준다.

# 4

> 고백이라는 형식 또는 고백이라는 제도가 고백해야 할 내면 또는
> 〈진정한 자기〉라는 것을 만들어낸 것이다.
> 문제는 무엇을 어떻게 고백할 것인가가 아니라 이 고백이라는 제도 자체에 있다.
> 감추어야 할 것이 있어서 고백하는 것이 아니다.
> 고백한다는 의무가 감추어야 할 것을 또는 〈내면〉을 만들어내는 것이다.
> ── 가라타니 고진

입체파가 해체하고자 한 그 원근법의 주체가 바로 코기토의 주체이
고, 그리고 그 코기토의 주체가 감추고 드러내야 할 소위 '내면'을 가
진 '고백'의 주체라는 가라타니 고진의 말은 우리에게 충분히 익숙해
진 지 오래다. 당연히 이장욱의 근대적 원근법과 코기토에 대한 비판
적 고현학은 '고백'에도 미친다. 단편 「고백의 제왕」은 감추고 있는
내면, 그래서 고백의 대상이 되는 내면 이전에 존재하는 근대적 제도
로서의 고백에 대한 소설이다.

사전에 치밀하게 고안된 미장센은 여전하다. 눈이 내리고 제야다.
여섯 명의 대학 동창들이 자신들이 다니던 대학 인근 허름한 호프집
에 모인다. 그 나이에 흔히들 그렇듯, 집의 평수와 정치와 혼외 연애
와 보험과 건강과 아이들의 교육에 대한 지리멸렬한 대화가 오가다
가, 누군가 말한다. "고백의 제왕을 부르자"(p. 80). 그 고백의 제왕
은 '곽'이다.

그가 매번 송년회 모임에 초대되지 못했던 것은 그가 여러 사람을
불편하게 했기 때문이다. 그는 지나치게 많이 고백하는 사람, 지나치

게 자세하게 고백하는 사람이었던 것이다. 고백에도 룰과 에티켓이 있는 법이어서, 가령 첫 경험은 아련함과 그리움 이상이면 곤란하다. 지나친 세부 묘사는 더더구나 불필요하다. 불쾌해지니까. 그런데 그는 중학교 3학년 시절 늙은 아주머니와 나눈 주방에서의 첫 경험을 표정과 말의 혼연일체 속에서, 너무도 세세하고 적나라하게 고백한다.

그의 고백은 이런 식으로 항상 선을 넘는다. 대학 시절 '고전 연습' 시간, 프로이트의 「도스토옙스키와 부친 살해」를 요약하면 끝날 것을 자신의 아버지의 등에 칼을 꽂은 이야기로 비화시키고, 달콤하거나 가슴 아프면 충분할 연애 이야기를 자신이 말로 죽여버린 누이에 대한 이야기로 옮겨놓는다. 동아리 남학생 누구나가 흠모했던 J를 임신시킨 사실, 그리고 동아리 선배 Y의 가짜 대학생 신분을 누설한 사실에 대한 고백에 이르면 그는 이제 더 이상 다른 멤버들의 동정을 사지 못할 처지에 몰린다. 곽의 고백을 못 견뎌 하던 한 여자 후배의 말처럼 실제로 진실은 듣는 이를 불편하게 하기 때문이다. 그러나 과연 그런가?

하지만, 생각해보면 기이한 일이기도 하지만, 한편으로 우리는 알 수 없는 허탈감을 느끼고 있었던 것 같다. 우리는 우리도 모르게 그의 고백에 이끌리고 있었는지도 몰랐다. 자기 자신에게 탐닉할 때 느껴지는 집중력으로 매번 곽의 이야기를 경청한 것은, 바로 우리였으니까 말이다. 이제 와서 고백하거니와, 나 역시 곽을 멀리하면서도 곽에게 이끌린 것은 사실이었다. [……] 곽의 침묵이 나의 고백을 부추길 때, 나는 쾌감에 몸을 떨며 내 내밀한 모든 것을 곽에게 고백했던 것이다. 그런데 그게 나만 그런 것은 아닌 모양이었다. 곽은 우리에게서는 사라졌으되 우리 각자와는 개인적인 관계를 유지하고 있었다. 심지어 그날 곽에게 달려들었던 강과 H조차도 때때로 곽과 술잔을 기울였다는 것은 나중에 알았다. 곽에 대해서는 아무도 말하지 않았으나, 누구나 그의 고백을 듣고 그에게 고백을 하고 있는 꼴이었다. (「고백의 제왕」, pp. 104~05)

끝내 모호한 답밖에 주어지지 않을 테니, '곽의 고백은 진실인가 허구인가' 하는 의문은 여기서 그다지 중요하지 않다. 중요한 것은 곽의 고백이 가지는 전염력, 그리고 인력이다. 그의 고백은 주위의 다른 이들을 끌어당기고 그들로부터 고백을 끌어낸다. 최소한 여섯 명의 멤버들이 그를 둘러싸고 마치 입방체의 여섯 면처럼 유관하면서 동시에 무관하게 그의 고백에 매혹당한다. 그리고 그에게 고백한다. 사실 그들 모두는 고백하는 인간, 그러니까 고백 없이는 감추어야 할 내면을 형성해내지 못하는 인간, 고백을 통해서만 스스로를 오로지 자신만의 비밀을 가진 자율적 주체로 상상할 수 있는 인간들이다. 그러니까 근대인들이다. 고백의 제왕 곽의 등장과 함께 홍수처럼 범람하는 여섯 친구들의 고백이 그 증거다. 고백하지 않는 한 그들은 내면을 가진 주체가 아니다. 원근법적 시선의 주인도 아니고, 데카르트적 사유의 주체도 아니다. 고백만이 그들을 주체이게 한다. 그러니 고백할밖에, 끝없이……

그런 이유로 친구 K의 죽음이 알려지고 조문을 위해 곽과 함께 인천행 택시에 오른 '나'가 차창 밖에 즐비한 교회 십자가들을 두고 던지는 다음과 같은 말은 곱씹어보면 참 무서운 말이다.

씨발, 웬 십자가가 이렇게 많냐? 내가 혼잣말인 듯 아닌 듯 뇌까렸다. K의 죽음조차 하나의 긴 고백 같다는 어이없는 생각이 들었다. 아니, K는 이제야 겨우 고백을 끝내고 안식에 든 것인지도 몰랐다. (「고백의 제왕」, pp. 112~13)

십자가는 항상, 아니 최소한 일주일에 한 번씩은 우리들에게 고백을 강요한다. 그로부터 죄로 가득한 내면, 성스러운 내면, 착하거나 악한 내면이 만들어진다. 교회만은 아닐 터인데, 학교나 가정이나 군대나 직장이나, 심지어는 애인이나 친구 앞에서도 우리는 고백을 강요받는다. 아마도 신경정신과 의원의 안락의자는 그 가장 대표적인 예일 것이다. 정신분석은 고해성사의 근대적 형태에 불과하다지 않던가.

'이제 와서 하는 말이지만……' '술기운이니 솔직히 말할게……' '비 오던 여름밤이었지……' '이제 다 말할게, 그 사람은 말이야……' 등등으로 시작하는 모든 말들이 다 고백의 형식이다. 그러니까 우리가 하루에 뱉어내는 얼마나 많은 말들이 고백인가. 오로지 죽음만이 그 많은 고백으로부터 자유로운 안식을 선사한다. 그 전까지 우리는 모두 끝없이 고백함으로써 끝없이 주눅 든 주체여야 하는 운명 속에 산다. 고백의 제왕, 곽이 전하는 전언이 그것이다. 그것이 소위 근대적 주체란 것의 본질이다.

# 5

죽음은 수용되지 않는다. 죽음은 오는 것이다.
─에마뉘엘 레비나스

요컨대, 이장욱이 소설 (그는 탁월한 시인이자 평론가, 산문가이기도
하니 소설에만 국한해서 말한다는 표지는 남겨야 한다) 쓰기를 통해 이
즈음 하고 있는 작업, 그것은 입체파가 회화를 통해 하려던 작업과 그
본령에 있어서는 유사하다. 매클루언이 지적한 바, 왼쪽에서 오른쪽으
로 위에서 아래로 시선의 움직임을 따라 선조적으로 하나의 소실점을
향해 진행해가는 문자들의 행렬, 그것이 전통적인 소설의 원근법적 서
사였다. 소설은 인쇄 문화의 출범 없이는 불가능했다는 그의 말도 그
런 의미다. 그러나 이장욱의 소설은 백지 위에 입체를 구성한다. 사태
는 입방체처럼 감추어진 이면들까지를 동시에 전체적으로 드러낸다.
그의 소설 속에서 모든 사건들은 고도로 중층 결정over determined
된다. 그럼으로써 입체파가 근대적 원근법을 회화 속에서 해체하려던
그 방법을 소설 속에서 구현한 훌륭한 예가 된다.

그가 고안한 입체파적 소설 형식은 물론 소설의 내용에도 관여한
다. 그는 고백이라는 제도를 문제 삼고, 데카르트의 코기토를 문제
삼는다. 그것도 전형적으로 근대적인 고백과 추리소설의 형식 속에서
그렇게 한다. 근대적 서사 형식을 차용해 바로 그 근대적 서사 형식
이 품고 있는 세계관을 내파(內破)하는 형국이다.

그런데 그는 그보다 종종 더 나아갈 때가 있다. 그러니까, 근대적

형식 속에서 근대적 내용들을 내파하는 데 머무르지 않고, 코기토가 감지하지 못하는 어떤 영역을 직접 재현하려고 시도할 때가 있다. 『고백의 제왕』에 해설을 단 권희철은 그 영역을 레비나스와 블랑쇼를 따라 '익명의 (비)존재'의 영역이라고도 명명했는데, 우선 그런 시도는 전혀 유클리드적이지 않은 어떤 기이한 공간의 모습으로 나타난다.

가령 「곡란」의 '202호실'이 그렇고, 『칼로』의 카페 '갈라파고스'가 그렇고, 「아르마딜로 공간」의 횡단보도가 있는 어떤 장소가 그렇다. 「곡란」에서 귀신 잡는 해병 출신 김상태가 마주한 공간은 단순히 입체파가 구상했던 입방체의 삼차원 공간 이상이다. 그곳은 죽은 자와 죽을 뻔했던 자와 죽지 않은 자, 그리고 죽은 자의 시간과 살아 있는 자의 시간이 중첩되어 있는 비유클리드적 공간이다. 말하자면 삼차원 입체 공간에 시간이 도입된다. 그러므로 김상태가 그 방의 문 앞에서 느꼈던 공포는 또한 브라크의 그림 앞에서 마티스가 느꼈던 공포를 초과한다. 그것은 삼차원의 인간이 도저히 상상할 수 없는 사차원 앞에서 느낀 공포다. 시간이 멈춰버린 『칼로』의 카페 '갈라파고스'도, 수십 년 전의 교통사고로 현재의 인간이 죽고, 현재의 교통사고로 수십 년 전의 인간이 죽기도 하는 「아르마딜로 공간」의 횡단보도 인근도 마찬가지다. 그러나 그런 시공을 언어화하거나 축조하는 것은 소설의 영역일까 시의 영역일까? 이장욱은 시인이기도 하니 그에게는 답이 있을지도 모를 일이다.

그가 근대적 형식들 속에서의 내파보다 한 걸음 더 나아가는 다른 방식을 찾는 것은 근대적 코기토 영역 바깥에 있다고 인정되는 것들을 작품의 주제로 삼을 때이다. 가령 「곡란」과 「안달루씨아의 개」, 그리고 그의 다른 작품들 곳곳에 넓게 분포되어 있는 '죽음'에 대한 탐구 그리고 「밤을 잊은 그대에게」에서 입체적으로 다루고 있는 '불면'에 대한 탐구가 그것이다. 레비나스는 이 두 주제에 대한 좋은 참조점이 될 만한데, 그에 따르면 이 두 주제는 공히 서양의 근대적 주체가 누려온 명증성을 의문에 붙인다. 죽음은 우리가 선택할 수도 맞이할 수도 없는 절대적 타자의 훌륭한 예이며, 불면이란 존재자가 희미하게나마 '존재의 익명성'을 감지하곤 하는 예외적 상태의 예시다. 그러니까 코기토가 사유할 수 없는 절대적 외부가 그것들이다.

그러나 그 영역 역시 모든 예술들이 꿈꾸는 영역임에는 틀림없으나, 소설의 언어가 그런 상태가 있음을 지시하는 것 외에, 그것들을 직접 재현해낼 수 있는지에 대해서는 미지수다. 다시 이장욱은 탁월한 시인이기도 하니 그에게는 답이 있을지도.

<br>

6

> 비누가통과하는혈관의비눗내를투시하는사람.
> ―이상

이상은 1932년 그의 시 「건축무한육면각체」에서 이렇게 쓴다.

사각형의내부의사각형의내부의사각형의내부의사각형 의내부의 사각형
사각이난원운동의사각이난원운동 의 사각 이 난 원.
비누가통과하는혈관의비눗내를투시하는사람. (『이상전집 1 시』, 뿔, 2009, p. 315)

그에겐 백화점이 저렇게 보였던 모양이다. 그러니까 갑자기 몰아닥친 근대는 이상처럼 예민한 촉수를 가진 시인에게 새로운 감각적 식별 체계를 요구했던 듯싶다. 그에게는 근대가 아마도 입방체로 보였으리라. 사각형의 내부에 있는 무수한 사각형들은 아무래도 입방체를 만들고 말 터이니 말이다. 종종 문물의 변화는 인간의 지각 방식에, 그리고 예술의 식별 체계에 일대 변화를 가져오기도 하는 것임에 틀림없다.

그런 의미에서라면 이장욱이야말로 어쩌면 우리 시대의 이상이 될 준비를 하고 있는지도 모르겠다. 그의 소설들이 그리는 죽음과 불면과 고백과 시공간의 입방체들이 이루는 프랙탈 구조에 대해, 아마도 이상이라면 '입방체의입방체의입방체의입방체의입방체의입방체……운운'이라고 썼을 것이다. 그러나 이상은 (설사 자신의 세기를 봉쇄해버렸다고 할지라도) 물론 자신이 속한 시대의 제약 속에서만 최첨단이었을 터이니, 시공이 접어지는 아르마딜로 공간이나 시간이 멈춰버린 카페 갈라파고스에 대해서는 예상할 수 없었을 것이다.

그것이 소설의 언어가 다룰 수 있는 영역인가 아닌가 하는 질문에 대한 답은 우선 그 불가능해 보이는 일을 시작한 이장욱 자신에게 달려 있다.

# 꿈

── 배수아의 「북쪽 거실」에 대하여

## 1. 먼지와 거미줄

해설가란 모름지기 최초의 독자이자 (널리, 특히 작가들 사이에서 많이 유통되고 있는바, '작가' 자신이야말로 작품의 완성자라는 상식과는 달리) 최초로 작품을 완성하는 자여서, 그가 해당 작품에 대해 (처음으로) 뱉는 말은 항상 신중해야 하고, 독자가 작품을 이해하는 데 길잡이가 되어줄 만해야 한다는 말에는 동의하나, 오늘은 틀렸다. 누가있어, 배수아의 이 책 (장르 간 구분을 무시하기를 즐기고, 작품의 완성도와 유기성, 그러니까 소위 그 명품됨을 소중하게 여기지도 않을 것임에 틀림없는, 이 작가의 글에 소설이나 작품이란 말은 아무래도 어울리지 않으므로, '책' 그저 종이와 문자 들의 묶음만을 지시하는 좀더 객관적인 명사로서의 '책') 『북쪽 거실』(문학과지성사, 2009)을 그렇게 일반적으로 요구되는 방식으로 읽고, 해석하고, 마치 엄마가 아직 이가 나지 않은 아이에게 그렇게 하듯, 삼키기 쉬운 형태의 젤리처럼 말랑말랑하게 만들어 독자들의 구미에 맞게 차려놓을 수 있을 것인가. 혹은 그렇게 한다는 것이 작가에게나 독자에게나 바람직한 일이기는 한가. 더더군다나 다른 누군가가 아니라 바로 배수아가 쓴 책을.

차라리 작가가 분명히 이 책을 쓰면서 원했거나 각오했을 것임에 틀림없는 방식으로, 이 한 권의 책이 (지금부터) 유통되도록 하자. 사력을 다해 읽거나, 혹은 가급적 이른 시기에 읽기를 포기해야 할 책. 한국문학사에서 유례를 찾기 힘든 실험 정신으로 유명한 문제작이 되거나, 독자라고는 몇몇 평론가들과 운 없는 다독 시민 몇과 소수의 문창과 학생들밖에는 갖지 못하게 될 저주받은 책이 되거나 할 수 있도록.

일반적으로 소설 말미 해설의 자리를 차지하게 될 이 글의 다른 제목은, 그러므로 '일조(一助)'다.


## 2. 입술의 와해

해석을, 심지어는 모든 수준에서 이루어지는 어떤 형태의 독서마저도 거부하는 듯한 텍스트들이 종종 있다. (흔히, 그것이 작품과 같은 책에, 마치 기생하듯, 함께 묶인다는 피치 못할 이유 때문에 행해지곤 하는, 해설자의 과장을 최선을 다해 배제한다 하더라도) 배수아의 책『북쪽 거실』은 그런 텍스트들 중에서도 가장 지독한 경우에 해당할 것임에 틀림없다.

(종종 소설 장르의 가장 중요한 본성이라 칭해지기도 하는, 그러나 나로서는 쉽사리 동의하기 힘든) '서사'는, 문단 나누기를 거의 하지 않

는, 시각적으로 빽빽하고 내용적으로 사변적이며 지극히 주관적이기도 한, 밀도 높은 문장들의 밀림 속으로 실종되거나, 마치 더 많은 여담digression들이 분기(分岐)할 수 있는 핑계만 만들어주면 제 할 일은 다 한다는 듯이, 끊어질 듯 끊어질 듯 한없이 유보된다. 가령 『북쪽 거실』의 3부와 4부는 '작중인물 수니가 이러저러한 상상과 회상 속에서 정체불명의 남자를 찾아 복도를 걸어갔다'라는 문장 하나로 (굳이 하자면) 요약 가능하다. 그러나 분량으로 치면 3, 4부는 텍스트의 반 이상을 차지한다. '이러저러한 상상과 회상'(물론 꿈이나 환각처럼 혼돈스럽고 모호한)으로 이루어진 여담들이 나머지 대부분의 부피를 채운다.

서사만 모호한 것이 아니다. 인물들은, 모두가 하나거나 하나가 여럿이고, 시간은 연대기적이고 인과적인 진행을 무시한 채, 흔히 무의식 속에서 그런 방식으로 존재하듯이, 과거의 일이 후에 이루어지고 미래가 앞당겨 이루어졌거나, 현재가 그 모든 시간들과 공존하는 방식으로 존재(시간도 '존재'할 수 있다면)한다. 프루스트의 『잃어버린 시간을 찾아서』나 조이스의 『율리시스』를 거론하면서, 익숙한 말로, '의식의 흐름'이나 '내적 독백' 같은 어휘들을 떠올리는 정도로는 결코 해소될 수 없을 만큼, 이 작품이 독자에게 불러일으키는 시간적 질서 감각의 와해 상태는 치명적이다.

공간도, 시점도 마찬가지다. 국적과 방위를 알 수 없는 어떤 도시의 여기저기가 거론되고, 이국의 정서와 여행지들이 종종 언급되지만, 오로지 주관이 경험한 바에 따라서만, 때로는 극사실적으로, 때로는 필요에 따라 많은 세부를 생략한 채로 묘사되는 풍경들은 '초현실적'이란 관형어로는 충분치 않을 만큼 과장되거나 간소화된다. 서술자는 때론 전지적인 '우리'였다가, 때론 익숙한 삼인칭이었다가, 어느 순간 별다른 안내나 표식 없이, 그것도 한 문장이나 한 문단 안에서, 일인칭으로 둔갑하기 일쑤다.

게다가 (서사를 이루지도 않는, 주로 여담에 속하는) 각각의 문장들이 발화되는 방식은 어떠한가? 마치 문학은 '낯설게 하기'이며 '일상어에 가해진 폭력'이라는 러시아 형식주의자들의 견해를 급진적으로 극한까지 밀어붙여보려는 듯, 해부대에서 만난 재봉틀과 우산대에 뒤지지 않는 낯선 비유와 표현 들이 게릴라처럼 속출한다. 물론 그것들은 개성과 독창성이 없는, 그러나 그것들을 간절히 욕망하기에 문체에 지나치게 신경을 쓰는 작가들의 문장에서 흔히 나타나곤 하는, 미숙함의 표지 같은 것이 아니다. 칼처럼 정확하고 거울처럼 반짝여서 그 비유와 표현에 대한 숙고만으로도 긴장 상태를 오래 유지해야 하는 피로가 독서 과정 내내 독자들을 괴롭힌다.

가령 이런 문장들(강조는 인용자). (무대에서의 여배우의 대사를 두고 희태가) "그녀는 여전히 허겁지겁 지껄이고 있었다. 그렇다, 그것은 이제 지껄임이라는 단어로만 표현될 수 있는, **입술의 와해나 상실로 인한 불타는 움직임**에 불과했다"(p. 44). (집 근처 버스 정류장에서 밤을 새운 순이의 행색을 두고 희태가) "옷차림도 전날과 똑같았지만 더 이상 피부는 촉촉하지 않고 먼지가 내려앉은 듯 거무스름한 회색빛으로 보였다. 어느 질투심 강한 조각가가 미완성의 님프상에다가 물에 젖은 신문지를 발라놓은 것 같았다"(p. 72). (정체를 알 수 없는, 정확하게는 모든 정체성을 가진 수용소의 유혹자를 두고 서술자가) "여죄수는 그런 생각을 하면서 자신도 모르게 부르르 떤다. 남자는 옛날이라는 이름을 가진 모든 것의 수놓인 겉옷이었을 것이다. 남자는 언젠가 여죄수가 비행기를 타고 통과한 구름의 벽이다"(p. 147). (자신도 모르게 희태의 편지를 소리 내 읽은 후 수니가) "자신이 원고의 어느 부분에서 늙은 동굴처럼 웅얼거렸고 어떤 부분을 눈으로만 읽었으며"(p. 171), (희태의 상상 속에서 어린 수니의 어느 겨울 밤 풍경을) "창밖에는 흰 창을 든 전사들이 너의 집을 공격해오듯 공포스러운 눈보라가 친다"(p. 185).

비유와 표현의 낯섦만 아니라, 외국어처럼 긴 관형절들을 여럿 거느린, 그래서 어떤 이들은 번역 투라고 싫어하고, 어떤 이들은 똑같은 이유로 문장 수준에서 관철되는 민족주의를 극복했다고 반기기도 하는, 또한 한 문장 안에는 하나의 생각만을 담으라는 글쓰기의 기초(도대체 누가 이런 글쓰기를 정석이라 가르치는지)를 의도적으로 무시하려는 듯, 순간순간 진행되는 사유의 변화에 따라 술어를 바꾸고 중문에 복문을 더해가는, 그래서 종종 비문이 많은 문체라는 비난을 듣기도 하지만, 나로서는 사유와 감정 그리고 관찰된 대상 세계의 찰나적인 변화에마저 민감하려는 작가의 태도가 문장 형태에서 그렇게 발현되는 것이라고 믿는, 그러다 보니 종종 단 한 문장이 한 페이지를 훌쩍 넘기기도 하는 문장 구조는 읽기에 더 가혹해졌다. 그러나 배수아의 글을 읽는 곤혹스러운 기쁨에 관한 한, 더 이상의 나열은 무의미하다. 이미 독자들은 충분히 이 책의 모호함과 낯섦 앞에서 당황했거나 포기했거나, 여기까지 따라 읽어왔을 터이므로.

그러니까, 이제 이 책의 모호한 서사와 낯선 비유와 시공의 뒤틀림 같은 것들(게다가 이것들은 이 책에서 '종합'되고 있을 뿐, 오래전부터 배수아의 책들을 읽어온 독자라면 그리 새로울 것도 없다)을 더 길게 나열하는 수고를 피하기 위해서라도, 요약하자면, 이 책은 '꿈'이다. 오로지, 우리의 경험이 허락하는 경계 안에서는 꿈만이, 그토록 경제적이고 효율적이면서도 혼란스럽고, 의미심장하면서도 줄거리로 요약되지 않으며, 낯설고 생경한 비유들로 가득 찬 말들을 마치 와해된 입술과도 같이, 늙은 동굴의 웅얼거림과도 같이 길고 줄기차게 쏟아놓을 수 있다.


## 3. 말하는 꿈


배수아는 의기양양했다. 종종 자신이 자신의 책에서 하고자 하는 이야기, 아니 정확하게는 이야기하고자 하는 '방식'에 대해 공공연하게 누설하는, 그것도 바로 씌어지고 있는 그 책 안에서 누설하는(마치 평론가와 독자를 의식해서, 그들에게 작품 이해의 실마리라도 주려는 듯이) 자신감 같은 것이 그에게는 있었다.

가령, 『동물원 킨트』(이가서, 2002)의 작가 서문에서 그는 "드물게도, 이 글은 분명하게 미리 생각되어진 면이 있다. 그것은 주인공의 성별을 규정하지 않겠다는 것이었다"라고 쓰고는, 실제로 그 책 전체를 "성 정체성의 의도적인 거세" 속에서 쓴다(그에 대한 논란이 한참 진행되었던 것을 기억한다). 게다가 이처럼 미리 계획된 책 쓰기가 본인의 말과는 달리 그리 드문 것도 아니어서, 『독학자』(열림원, 2004)의 작가 서문에 쓴 "오직 쓰는 자들과 읽는 자들만을 위해서, 언어의 영웅들, 그들의 언어만으로 존재하는 저 엘리시움Elysium의 세상을"이라는 헌사는, 책 전체를 '독학자들'과 그들의 언어에 바침으로써 지켜지고, 『에세이스트의 책상』(문학동네, 2003)의 작가 후기에 쓴 "어느 순간에 달콤한 멜로디에 의존한 크리스마스 선물용 바이올린 음악의 선율이 참을 수 없게 여겨질 수 있는 것처럼 어느 순간에는 글 속에 담긴 스토리 자체를, 혹은 그런 선명한 스토리에 의존해서 진행되는 글을 내게서 가능한 한 멀리 두고 그 사이를 뱀과 화염의 강물로 차단하고자 했다. 무엇이라고 불리는가 하는 것은 그 이후의 문제가 될 것이다"라는 문장이 피력한 의지는 책 속에서 그대로 관철되어, 그 책을 에세이와 소설의 경계를 허무는 시도들 중 가장 성공한 예에 속할 텍스트로 남게 한다.

서문이 필요 없는 단편들에서도 그는 의기양양해서, 작가의 의도가 스스로에 의해 표명되지 않았을 뿐, 실제에 있어서는 분명한 의도에 의해 씌어진 것임에 확실한, 가령 어떤 작품은 한국어에 없는 미래완료 시제를 실험하기 위해(「회색 시」), 어떤 작품은 비인칭의 익명 시점을 실험하기 위해(「마짠 방향으로」) 씌어진 것임에 분명한 글쓰기를 시도한다. 즉 읽기에 따라 배수아의 소설들은 그 안에 그것을 해석할 수 있도록 작가가 직접 흘려놓은 실마리들이 존재했다. 그리고 다음의 구절은 『북쪽 거실』도 바로 그런 텍스트들 중 하나에 속하며, 그 실마리가 바로 '꿈'이란 사실을 입증한다.

꿈의 내용을 글로 정리할 충분한 언어와 문장이 없다면, 그건 어떤 유형의 인간에게는 질병일 뿐 아니라 혹독한 형벌이나 마찬가지지. 그 언어나 문장이 형체와 소리가 없는 꿈의 장면 하나하나를 묘사하고 수많은 내용이 서로 중첩된 꿈의 고통과 색채와 떨림을 현실에서 다시 불러일으키며 꿈을 지배하는 그리움, 다른 해안에 대한 그리움의 성질과 증상을 증폭시킬 수 있을 정도로 섬세하면서도 예술적으로 문명화되어 있지 못하다면. 그리하여 언어를 통해 살아난 꿈의 그것들을 현실로 투입하여, 마침내 현실을 꿈으로 채색하고 현실이 꿈을 통해 호흡하도록 만들 수가 없다면. 그리하여 잠들지 않고도 꿈을 바라보고 만지고 느낄 수 있으며, 마침내 잠 없이도 꿈의 상태에 머무는 그런 단계에 도달하지 못한다면. 그러면 어떤 유형의 인간에게는 혀와 눈이 있더라도 혀와 눈을 뽑힌 것과 다를 바가 없을 테니까. (p. 117)

이 구절과 더불어, 희태의 꿈꾸는 듯한 표정, 금세 현실에서 백일몽 속으로 건너가곤 하는 그의 능력, 수니의 가공할 만한 상상력, 술과 약과 환각에 대한 감수성, 그리고 책 곳곳에 산발적으로 등장하는 린의 꿈과 그 꿈속의 인물(장 씨)의 꿈, 회상 속 술집에서 수니와 함께 잠자리에 들었던 사내의 꿈, 꿈, 꿈 들을 기억할 필요가 있겠다. 만약 배수아의『북쪽 거실』이 이전 그의 텍스트들보다 양적으로나 질적으로 더 모호한 혼돈 속에 있는 것처럼 여겨졌다면 그 이유는 바로 여기에 있는데, 그는 지금 어떤 언어, 그러니까 고도로 "섬세하면서도 예술적으로 문명화되어" 있는 언어, "잠들지 않고도 꿈을 바라보고 만지고 느낄 수 있으며, 마침내 잠 없이도 꿈의 상태에 머무는 그런 단계에 도달"하도록 해주는 그런 언어를 꿈꾸고 있다. 말하는 꿈, 그것이 지금 글을 쓰고 언어를 다루는 자로서의 배수아의 꿈이다.

## 4. 이차 가공

물론, 꿈과 문학의 유사성, 꿈의 해석 작업과 비평 작업의 유사성에 대해 가장 먼저 말한 자는 프로이트다. 어떤 텍스트가 꿈의 언어를 '꿈'꾼다면 그러므로 그를 참조해야 할 터이지만, 그래서 응축(인물과 장소와 시간의 압축)과 전위(원관념을 대체할 보조관념의 고안과 강조점의 이동)와 시각적 이미지화(그리고 그에 따르는 부조리와 모순의 허용, 상형문자의 사용)와 상징화(개별적 꿈에 무작위적으로 적용할 것을 가급적 자제하는 대신, 집단적으로 유전되었음에 분명한 상징들에 대해서만 꿈 해석의 장치로 사용되어야 할 태곳적 비유들) 등, 꿈 작업의 기제들(이것들은 그대로 문학적 장치들이기도 해서, 꿈은 곧 문학이라는 말을 단순한 비유가 아니게 한다)을 차례차례 나열해가면서 『북쪽 거실』에 적용하고 그를 통해 배수아가 꿈을 언어화하는 데 성공했는가의 여부를 따져야 하는가.

따져볼 수도 있다. (그렇게 해보자. 서너 차례에 걸쳐 등장하는 생애 최고 생일 파티의 주인공이었던 '노인'은 걸인이면서 부자이면서 죽은 자이면서 수용소의 환자다. 인물의 응축이다. 이른바 프로이트가 말한 '합성인물'이다. 수니는 순이고 수알란이며 a여인과 종종 동일시되거나 혼동된다. 그리고 그들 모두의 이름에서 익숙한 자모를 추출하면 '수아'로 응축 가능하다. 그들은 모두 배수아——낭송할 만큼 긴 호흡의 산문율을 가진 문체를 지녀서 오디오북 성우라 불려도 무방한, 한편 독립적이고 도도한 외모를 지녀서 페미니스트처럼 보이지만 한편 페미니스트마저 아닐 만큼 독립적이고 냉소적인, 또 제3세계 출신 유색인 여성 작가로 독일에서 틀림없이 언어의 장벽 때문에 벙어리 낭송 배우를 연기해야 하기도 했음에 틀림없는, 최근의 단편들을 보건대 이즈음 누군가 멀리 외국에 살던 지인의 죽음으로 북쪽 거실에서 온 여인처럼 죽음에 관심이 많은, 그리고 특히 꿈에 관심이 많은——가 아닌가. 인물만 아니라 글의 형식에서도 배수아의 문장들은 꿈의 응축 작업에서 그리 멀지 않아서, 하나의 문장 안에 여러 관형절을 두루 거느린, 그래서 하나의 문장이 여러 개의 기의를 동시에 지시하는 구조를 지니는데, 응축이란 원래 하나의 기표가 여러 개의 기의를 거느린다는 말과 같은바, 응축은 문장 수준에서도 관철되지 않는가. 따위의 분석. 연대기적 서사의 부재는 자주 분기하는 여담들에서 비롯되는바, 여담은 마치 꿈이 검열을 통해 정작 중요한 부분은 부차화하고 부차적인 부분을 전면에 배치하듯, 일종의 자리바꿈의 소산이 아닌가. 배수아의 텍스트는 그러므로 그 전체가 체계적인 전위의 결과물이 아닌가, 따위의 분석. 트로이의 헬레네와 파리스에 대한 잦은 상호 텍스트적 인용, 그리고 그들이 수나 희태와 응축될 때, 마치 꿈이 그러하듯 배수아의 텍스트는 태곳적 언어인 신화들을 불러와 자신의 작업 재료로 삼고 있는 것이 아닌가. 죽음을, 검은 관을 타고 멀리 바다로 흘러 내려가는 이미지로 묘사할 때, 아니 그보다 훨씬 더 많은 정교하면서도 주관화된 묘사문들은 프로이트가 말한 꿈의 '시각적 이미지화' 기제에 대한 적절한 예가 아닌가, 따위의 분석.) 그러나 그런 분석이 『북쪽 거실』을 읽는 데 큰 도움을 줄 것 같지는 않다.

우리가 내내 그렇게 읽어오지 않았지만, 그런 독법은 최인훈의 『구운몽』을 읽기에는 적합하다. 고도로 계산된 꿈의 문법의 구사, 『구운몽』은 그런 텍스트다(이쯤에서 꿈의 서사와 관련된 기나긴 계보 하나가 떠오른다. 『삼국유사』의 조신 설화에서 김만중의 「구운몽」으로, 다시 이광수의 「꿈」을 지나 최인훈의 『구운몽』, 김성동의 『꿈』과 한승원의 『꿈』으로 이어지는 업둥이들의 어미 찾기 서사들의 계보가 그것이다. 『북쪽 거실』은 그런 의미에서라면 꿈 서사의 계보 맨 마지막에서 꿈을 이용하거나 꿈을 통해서 말하지 않고 꿈 자체가 되어버린 텍스트에 해당한다.

사실『북쪽 거실』을 전도된『구운몽』으로 읽는 독법도 가능한데, 성진의 자리에 희태를, 팔선녀의 자리에 여성 인물들을 두면 멀고 희미하게나마 유사한 구도가 그려진다. 하여간 문학사적 위치 짓기의 욕망이란!). 그러나 그와는 달리, '전혀 계산되지 않은 꿈'이『북쪽 거실』의 꿈이다.

그러니까 꿈에 '대해서' 말한다거나, 꿈 '처럼' 말한다거나 하는 것은『북쪽 거실』과 거리가 멀다.『북쪽 거실』이 꿈꾸는 것은 그 자체로 꿈이 '되는' 것이다. 죽은 수니인 듯도 한, 혹은 순이이거나 배수아 자신인 듯도 한 a여인이 등장하는 소설 말미, 이제 더 이상 이성의 언어로는 분석 불가능한 지점까지 내려간 (꿈과 무의식을 말하면서 '내려간다'는 지정학적 비유를 피할 길은 없다) 지점에서 구사되는 북쪽과 지하 세계의 언어는 그러한 시도가 성공했음을 '원리적으로' 입증한다. '원리적으로'라는 단서를 붙이는 것은, 그 지점은 사실 언어 너머의 영역이어서, 그것이 성공했는지 실패했는지의 여부조차 우리로서는 확인할 수 없기 때문이다.


## 5. 불가능한 여행


내내 '책'이나 '텍스트'라는 중립적인 명사로 그것을 지칭해왔거니와, 그렇다면『북쪽 거실』은 아직도, 혹은 여전히 '소설'인가? 꿈이 되어버린 (최소한 원리적으로는) 언어들은 소설이라 불릴 수 있는가? 아마도 그것이 탐색담인 한 소설일 수 있을 것이다. 루카치의 정의 (소설은 잃어버린 고향을 찾아 나서는 문제적 개인의 탐색담이다)를 따르건, 지라르의 정의(소설은 자신의 욕망이 간접화된 모방 욕망에 불과

함을 깨닫기 위해 모험을 일삼는 주체의 탐색담이다)를 따르건, 로베르의 정의(소설은 우리가 황금시절인 유년기에 만들어낸 최초의 이야기 곧 가족 로망스——이 또한 탐색담인데——의 변형이다)를 따르건 소설은 운명적으로 탐색담이(라고들 한)다. 그런 의미에서라면 『북쪽 거실』은 소설이다.

문제적 개인으로서의 수니가 여행을 떠난다. 수용소에 스스로를 유폐시킬 때, 심지어 실종되었을 때조차도 그녀는 여행을 떠나고 있다. 그 여행은 그러나 루카치의 문제적 개인들의 그것과는 달리 (배수아의 주인공들이 항상 그랬듯이) 지극히 존재론적인 성질의 것이다. 그것은 부자유 없이는 상정될 수조차 없는 자아의 자유를 찾는 여행이고, 레비나스식으로 말하자면 존재의 무거운 짐으로부터 자신을 해방시키려는 자의 여행이다. 여기, 수니의 여행과 레비나스의 여행을 나란히 놓는다.

내가 처음 벽 안으로 걸어 들어올 때는, 이곳이 벽의 안쪽이며 반대편의 세상이 벽의 바깥이라는 믿음에 회의를 가졌고, 그 회의를 믿었던 거지만, 그래서 인간의 가장 기본적인 욕구인 삶의 성취에 대한 소망마저도 버릴 수 있으리라 생각했지만, 내가 곧 여기를 떠나게 되는 이 순간, 너무나 당연한 듯이 자연스럽게, 마치 한동안 떨어져 있던 두 개의 나사가 너무나 당연하게 합쳐지듯이, 그것이 유일한 자신의 자리라고 주장하는 것처럼, 다시 옛 직업으로, 옛날의 낡은 나로 돌아가는 내 모습을 발견하니, 그 시간은 다 무엇이었을까, 그 여행은 다 무엇이었을까, 기꺼이 잃어버리려 했던 그 시간은, 자발적인 감금은, 내가 아니고자 했던 모든 시도는, 무엇을 위한 것이었을까, 나는 결국

한 쌍의 나사, 내 부재와 귀환은 원인과 결과처럼 이미 결정된 한 쌍의 나사에 불과했던 것일까. 녹슬었으나 불가피하며 진부한 한 쌍. 그렇게 나는, 또 하나의 내가 있는 제자리로 되돌아오기 위한 긴 여행을 한 것에 불과했던 걸까. (pp. 250~51)

    자아임(자아로 존재함, être moi)은 자기에게 결부되어 있음을 함축하며, 자기를 처치해버리는 일이 불가능하다는 점을 내포한다. 물론 주체는 자기에 대해 뒤로 물러설 수 있지만, 이 물러섬의 운동은 (자기로부터의) 해방이 아니다. 이는 마치 죄수를 놓아주지는 않고 그를 매어놓은 밧줄만 느슨하게 해주는 격이다. [……]
    지루함의 이중성은 도피에 대한 향수를 일깨우지만, 그 어떤 미지의 고장도, 그 어떤 새로운 땅도 이를 만족시켜주지 못한다. 왜냐하면 우리의 여행에 우리는 우리 '자신'을 데리고 가기 때문이다. (에마뉘엘 레비나스, 『존재에서 존재자로』, pp. 148~49)

자아는 항상 자기에게 결부되어 있다. 스피노자식으로 말해 필연적인 자기 보존 본능은 항상 자기로부터 해방되려는 자아의 여행을 고작해야 느슨한 밧줄이 그리는 동심원의 한계 내로 제한한다. 어떤 도피도, 어떤 미지의 고장으로의 여행도, 그 밧줄을 잘라내지는 못한다. 여행할 때조차 우리는 우리가 돌아와야 할 곳, 밧줄의 나머지 끝이 묶인 곳, 그곳에 결부되어 있기 때문이다. 항상 우리는 우리의 여행에 '자신'을 지고 업고 다닌다. 수니가 아무런 기대도 없이 스스로를 수용소(독일 68세대들의 실패한 공동체를 연상시키는)에 유폐시켰던 이유, 항상 자유와 부자유의 변증법에 절망하고, 끊임없이 '아무도 아닌 자의 아내'이고자 집 떠나기를 마다하지 않았던 이유, 그리고 무엇보다도 북쪽의 그림자, 죽음의 그림자를 끌고 다녔던 것도 그 때문일 것이다. 수용소에서 그녀가 얻은 깨달음이란 그 여행이 결국엔 옛 자리, 곧 자기와 자아가 다시 나사처럼 결합할 수밖에 없는 바로 그 지점으로 돌아올 도리밖에 없다는 사실이다.

아마도 레비나스라면 이 지점에서 '에로스'와 '출산'(『시간과 타자』)을 제안했을 텐데, 아무래도 섹스에 인색하고 타자에 대한 책임에 무감하며 죽음에 매혹당할 만큼 독자적인 배수아의 주인공에게는 어울리지 않는 제안이다. 대신 수니는 어떤 경계를 택한다. 꿈과 현실의 경계, 그러니까 우리가 도달할 수 없는 곳과 이미 살고 있는 곳의 경계, 죽음과 삶의 경계. 그곳에 (언어를 통해!) 이르는 길이 그녀에게는 해방인 듯 보인다.

소설 말미, 꿈인지 죽음의 상태인지 모를 세계에서 그녀는 우리에게 쉽사리 대답하기 힘든, 감당하기 힘들 만큼 어마어마하고 진지한 질문 하나를 던진다. "삶과 죽음의 경계가 우리가 생각하는 것만큼 치명적으로 선명하지 않다면, 지금 이 말을 머리에 떠올리는 우리들 자신이 분명히 삶의 영토에 있다는 사실을 증명해줄 사람은 누구인가"(p. 202). 삶과 죽음의 경계가 그렇게 선명하지 않다면, 우리는 살아 있는가 죽어 있는가. 혹시 죽음만이 우리를 자기로부터 해방시켜주는 것은 아닌가.

이 질문은 한 나라(배타적이지 않은 의미로)에 최소한 몇 사람의 작가쯤은 집요하게 던졌거나 던지고 있어야 할 만큼 무게 있는 형이상학적 주제를 함축하고 있지만, 사실 한국문학사에서는 지나치게 자주 던져지지 않았던 질문이기도 하다. 생에 사로잡힌 한국문학사에서 지

금 배수아가 통과하고 있는 죽음과 꿈에 대한 탐구가 소중한 이유가
이와 같다.

# 푸네스의 고독, 셰에라자드의 뜨개질
## ── 한유주의 『얼음의 책』에 대하여

## 침묵의 문명에 맞서서

비평가 직함 떼놓고, 내 몸이 그의 글에 반응했던 어떤 날의 기억을 되짚어, 그저 일개 (그러나 다소 까다롭기는 한) 독자로서, 전형적인 해설은 아닌, 어떤 글을 쓰고자 했으나, 그렇게 하질 못했으니, 한유주의 첫 소설집 『달로』(문학과지성사, 2006)에 실린 단편 「죽음의 푸가」에 나오는 인상적인 문장 하나로부터 이야기를 시작해보자. "도시의 크기는 침묵과 비례한다"(『달로』, p. 37).

이 문장은 일종의 역설이다. 상식적인 견지에서 볼 때 도시는 커질수록 침묵하는 법이 없다. 도시가 커질수록 사람들이 뿜어내는 말, 만들어내는 이야기들은 증가한다. 그러나 작가는 반대로 도시가 커질수록 침묵이 증가한다고 말한다. 도시(의 상공과, 하수구의 긴 통로와, 침실과, 술집과, 스크린과, 브라운관과, 라디오)에 떠도는 온갖 이야기들은 한유주에겐 엄밀한 의미에서 말 축에 들지 않는 것임에 틀림없다.

그렇다면 그에게 진정한 '말'이란 무엇인가? 그리고 도시의 무엇이 그 말들을 소멸하게 하였는가? 다음의 구절들은 한유주 소설에서는 예외적일 만큼 직접적이고 명료하게 (한유주가 가장 싫어하는 것들 중 하나가 바로 이런 언어일 텐데) 이러한 의문에 답한다.

먼 옛날, 불사의 몸을 얻은 인간들은 지하 묘지에 안장되는 대신 하늘로 올라가 별이 되었다고 전해졌다. 그들을 위한 하늘의 곁방이 무수히 많은 신들의 이름으로 보장되었고……, 옛 영웅들은 검푸른 하늘을 일 년에 한 차례씩 엄숙하게 순회하며 신에게 사역했다. 수천 년 동안 변함없이 지속되어온 일이었다.

해가 거듭될수록 망원경의 가시 거리가 길어졌고, 그에 따라 발견되는 별들의 숫자도 늘어났다. 새로이 관측된 별들에게 고귀한 이름들이 하나씩, 그리고 하나씩 계속해서 붙여졌으므로, 하늘은 보다 더 조밀하고, 섬세한, 구획을 필요로 했다. 신들의 이름만큼 많은 이야기들이 밤이 되면 모습을 드러냈다. 그러나 도시를 뒤덮은 소음과 매연은 날이 갈수록 짙어졌고, 그리하여 수천 년 시간의 흐름으로 인하여 지상에서 벗어나게 된 책들이 한 장씩, 그리고 한 장씩 천천히, 뜯겨나가는 동안, 이야기는 얼굴을 흐리면서, 저 멀리, 저 먼 곳으로, 저 건너편으로……, 하나둘씩 사라져가고 말았다. 잠들지 않은 사람들은 눈을 가늘게 뜨고 하늘을 올려다보았다. 그렇지만 그들은 끝내 아무것도 볼 수 없었고, 그러므로 아무것도 들을 수 없었다.

이야기는 오래전에 모두 매진되었다. (「죽음의 푸가」, 『달로』, pp. 47~48)

위의 구절들로부터 고대적인 것들, 정확하게는 구술 문화 시대(월터 옹의 시대 구분에 따르자면)에 대한 낭만적 동경을 읽어내는 것은 그다지 어려운 일이 아니다. 「죽음의 푸가」를 쓸 당시의 한유주는, 루카치가 『소설의 이론』 첫 문장으로 삼은 그 위대한 별자리들(음악과 결별하기 전의 시, 어떠한 흠결도 없는 영웅들의 일대기, 듣고 전승하는 말의 공동체 등등), 그리고 그 별자리들의 죽음을 대가로 건설된 근대 문명의 불모성(신의 죽음, 신경증의 증가, 소외와 고독, 경험의 상실, 그리고 이야기의 매진 등등)이라는 낯익은 도식에 기대고 있었다. 많은 업둥이 유형 소설가들이 그렇듯이 한유주 역시 낭만주의 시대 이래(아니, 르네상스 이래) 줄곧 되풀이되어온 '위대한 고대/비루한 근대'라는 이분법에 매혹되었던 적이 있었다.

그러나 낯익은 테마의 영향 아래 씌어졌음에도 불구하고 그의 소설들이 식상했던 적은 한 번도 없었다. 우선은 그가, 미디어가 유포하는 날조된 이야기와 수사적 허위에 대한 자각이 뚜렷했고, 그래서 자신이 속한 시대에 글쓰기란 어떤 것이어야 하는가에 대한 자의식이 거의 결벽증에 가까울 정도로 강한 작가였음을 강조해야 한다. 가령 이런 문장들. "우리의 세대는 수사학이 선인 세대다. 수사를 제외하면 우리에게 대체 무엇이 남을까? 우리에게 언어는 다만 치장일 뿐이다. 치장된 언어는 윤리적으로 거짓말보다 더 나쁘다. 그러므로 우리는 옳지 않다. 가상의 세대에 걸맞은 가상의 언어—우리는 닥치는 법을 배워야 한다. 나는 두 입술을 맞물린다"(「그리고 음악」, 『달로』, p. 110). 또 이런 문장들. "우리의 과거는 전파로 얼룩져 있고 그러므로 우리는 어떠한 반성도 회의도 추억도 갖지 못한다. 텔레비전의 화면은 한 가지 전파만을 송신하고, 그마저도 뒷면을 갖고 있지 않으므로, 우리에게는 영혼이 없다. 오직 전파만이 영혼의 속도로 직진하고 있을 뿐이다. 그것이 우리의 야만이다"(「그리고 음악」, 『달로』, p. 118). 뉴미디어 시대 야만의 수사학을 피해 아예 닥치는 법을 배워야 한다고 말하는 이 젊은 작가의 당차고 반시대적인 선언(아서 단토는 우리 시대 예술의 종언 근거를 더 이상 쓰어지지 않는 선언문에서 찾기도 했는데)은 한국 소설사에서 실로 이인성 이후 찾아보기 힘들었던 문학적 절대주의자의 그것처럼 들렸다. 선언이 사라진 시대의 함구 선언은 그처럼 확고하고 결연했다.

그뿐이 아니었다. 정작 『달로』에 실린 단편들의 가장 심오한 매력은 다른 데서 뿜어져 나왔는데, 그것은 '음악'이었다. 우리는 한 줄의 글도 읽지 않고 오로지 음악만 듣던 「그리고 음악」의 주인공 '환영'을 기억한다. 그녀는 왜 읽는 행위를 중단했던가? 이 질문은 다시 이렇게 번역될 수 있다.

언어에 대한 결벽을 따르다 보면 결국 무엇이 남게 될까. 환영은 아무것도 읽지 않는다. 환영은 사방 곳곳에서 유령처럼 눈앞으로 달려드는 글자들을 어떻게 견뎌내는 것일까? 일방적인 전언들, 돌아서는 순간 대부분 증발해버리고 마는 덧없는 것들."(「그리고 음악」, 『달로』, p. 114)

언어에 대한 결벽증을 가진 환영. 물론 환영은 구술 문화 시대가 종말을 고한 후, 그러니까 언어에서 충만한 의미와 음악성이 사라진 후, 요망한 수사와 덧없는 관습들로 이루어진 문자와 전파의 침입을

'음악'으로 견딘다. 그는 읽지 않는 대신, 듣는다. 음악은 "모든 페이지들이 글자들을 털어버리던 그때"(「암송」, 『달로』, p. 210)를 약속한다. 야만의 수사학이 문자 문화의 피할 수 없는 폐해라면(왜냐하면 애초에 문자란 음소 수준까지 잘게 쪼개더라도 과장과 왜곡과 부당한 요약의 운명을 피할 수 없으므로, 요즘 유행하는 말로 하자면 문자는 실재에 결코 도달할 수 없으므로), 모든 페이지에서 글자들을 털어내는 가장 추상적인 예술로서의 음악, 어떠한 언어적·개념적 이물질도 포함하지 않는 (것으로 가정된) 절대 예술로서의 음악을 동경하는 것은 어찌 보면 당연한 일이기도 하다. 게다가 종종 문자 문화 이후 문학이 처한 위기 상황을 구술 문화 시절 '노래'의 복원을 통해 돌파하자는 논지의 발언에도 우리는 충분히 익숙하지 않은가?

그러나 한유주 소설은 왼쪽에서 오른쪽으로, 위에서 아래로 이어지는 문자들의 행렬을 통해 (말하자면 문자 문화가 우리의 영혼에 침입하는 방식으로) 음악의 복원을 주제 차원에서 '주장'하기만 했던 것은 아니다. 그의 소설은 기꺼이 음악이 '되고자' 했다. 한유주 문장 특유의 산문율에 대해서는 더 말할 필요를 느끼지 않는다. 한유주의 소설은 문어체 소설이 어떤 방식으로 낭송용 산문이 될 수 있는지를 보여준 희귀한 예에 속한다(나는 이쯤에서, 내내 읽히지 않던 한유주의 소설이, 어느 날 기차 안에서, 일정한 리듬에 따라, 덜컹덜컹. 내 몸이 흔들리고, 음악——아마도 포티쉐드Portishead——듣기를 포기하지 않자, 이내 읽혔던 경험에 대해, 길게 말하고 싶어진다). 그보다 정작 말하고 싶은 것은 그의 문장들이 아도르노가 말한 소위 '미메시스'의 형식을 취하고 있었다는 점이다. 반영이나 재현이 아니라 일종의 '흉내 내기'로서의 미메시스.

『달로』에서 한유주의 문장들은 특유의 산문율을 통해 음악을 '흉내 내고자' 한다. 물론 고전적인 화성에 충실한 음악은 아니다. 그것은 쇤베르크나 존 케이지의 음악, 소음과 화음이 뒤섞이고, 협화음과 불협화음이 하나의 문장 안에서 공존하는 그런 음악이었다. 아도르노는 예술 작품은 스스로 사물이 '됨으로써' 즉 물화를 흉내 냄으로써 물화를 고발한다고 말한 적이 있다. 한유주의 문장들은 스스로 소음과 뒤섞인 음악이 됨으로써, 혹은 문자를 의미를 실어 나르는 도구가 아니라 일종의 물질로 다룸으로써, 더 이상 충만한 이야기, 음악과 동거하는 문자가 불가능한 시대의 문명을 미메시스한다. 그렇게 우리 시대 이야기의 불모성을 고발한다. 고대의 이야기소와 현대 도시의 소음이 한 문장 안에서 충돌한다. 한 문장 안에 배열된 어휘들이 신화나 전설을 지시하면서 동시에 말라 죽어가는 도시의 가로수를 지시한다. 음악으로 치자면 의도적인 노이즈로 가득 찬 그런 음악이다. 예이젠시테인S. Eisenstein의 몽타주와, 초현실주의자들의 데페이즈망 dépaysement이 아마도 이 문장들에 대한 가장 적절한 유례가 될 만할 텐데, 종종 어떤 평자들이 그의 소설을 두고 현실로부터 완전히 탈각된 채 기억소 혹은 이야기소 들의 파편적인 나열 속으로 침잠한다고 비판했던 이유도 여기에 있다(정곡을 찔렀지만, 찌른 바늘의 길이가 그리 길지는 않았던 셈이다).

요컨대 『달로』의 진정한 매력은 음악(이 되려는 문자들의 불협)으로부터 뿜어져 나온 것이었다.

# 함구의 윤리

그러나 한편으로 『달로』에는 이런 구절도 있었다. "음악으로 나를 감당할 수 있을지도 모른다고 생각했었다. 이제는 아니다. 나는 구원 혹은 치유와 같은 말들을 믿지 않는다. 얼마나 많이 속아왔던가. 이제는 아니다. 무엇도 아니다"(「그리고 음악」, 『달로』, p. 110). 또 이런 구절도 있었다. "우리는 함구해야 하지. 완전한 이해, 완전한 묘사는 불가능하니까. 그럼에도 불구하고 자꾸만 말하고자 하는 것이 나의 야만이다"(「그리고 음악」, 『달로』, pp. 117~18).

거짓 수사로 가득 찬 문자들을 피해 음악 속으로 도주하는 환영 (그는 화자 자신의 분신이기도 하다) 곁에는 음악 또한 결코 치유나 구원을 보장하지 못한다는 자의식이 나란히 놓여 있다. 일상적으로 소비되는 구원과 치유의 이데올로기들이 음악에 달라붙을 때, 음악도 오염된다. 게다가 소설가는 음악가와 달라서 최종적으로는 소리가 아니라 문자를 상대하는 자다. 어떤 이가 소설가인 것은 그가 소리 그 자체가 아니라 그것을 분절하고 기호화한 문자를 다루기 때문이다. 음악으로의 도주는 그러므로 언어와의 정면 승부는 아니었던 것이다. 언어의 불모를 언어로 돌파할 때, 그러니까 언어의 한계에 정면으로 맞대면할 때, 그는 진정한 소설가가 된다. 즉 언어를 통한 대상 세계의 완전한 이해, 완전한 묘사의 불가능성을 알면서도, 그 한계를 다른 무엇이 아닌 언어 그 자체를 통해 돌파하(지 못하)려는 노력만이 소설가를 소설가이게 한다.

이쯤에서 한유주의 소설에 어떤 궤도 수정이 일어난다. 로베르식으

로 얘기하자면 『달로』를 쓴 업둥이 유형의 작가 (환멸적인 세계로부터
의 낭만적 도피와 토라짐이 그의 장기다) 한유주가 『얼음의 책』을 쓰는
사생아 유형의 작가(주어진 과제를 도피나 토라짐으로 회피하는 것이 아
니라 온몸으로 해결하면서 전진하는 것이 그의 장기다)로 변모하게 되는
것이다. 단편 「서늘한 여름 사냥」은 그 변모가 어떤 성질의 것인지를
일별하게 하는 많은 문장들을 거느리고 있다. 그중 두 구절이다.

　　그저 일어나는 사건들을 끝없이 지연시키고 싶었다. 목숨을 담보로
천일 동안 이야기를 계속했던 어느 왕비의 운명 위에, 나는 없는 이야
기들을 이야기하지 않는 것, 사건을 야기하지 않는 것, 아무것도 예기
치 않는 것에 대한 욕망을 덧입힌다. 고백하자면, 왕비의 운명이 (나
의) 욕망으로 변화했다고 썼던 문장을 조금 전에 지웠다. (「서늘한 여
름 사냥」, p. 270)

　　나는 모래 위에 곧 사라질 글자들을 새기고는 했다. 부풀어 오른 풍
선의 표면에 모래 먼지가 달라붙었다. 아마도 그러했을 것이다. 문장
은 없었으나 글자는 있었다. 음악은 없었으나 소리는 있었다. 유리는
모두 깨뜨려진 지 오래, 그러므로 창은 없었으나 창틀은 있었다. (「서
늘한 여름 사냥」, pp. 273~74)

첫번째 인용문의 '왕비'는 물론 『아라비안 나이트』의 셰에라자드다.
천 하루 동안 매일 이야기를 하지 않으면 죽을 수밖에 없는 운명에
처했던 이야기꾼. 이 왕비는 이야기하지 않을 수 없는 운명에 처해
있다는 이유로, 즐겨 소설가를 비유하는 특권적인 메타포로 활용되어

왔다. 그런데 흥미롭게도 한유주는 왕비의 운명을 전도시킨다. 이제 '이야기하지 않는 것'이 왕비(소설가)의 운명이 된다.

「서늘한 여름 사냥」의 화자는 "없는 이야기들을 이야기하지 않는 것" "사건을 야기하지 않는 것" "아무것도 예기치 않는 것"이 자신의 욕망이라고 말한다. 없는 이야기란 물론 소설의 허구성을 말함일 것이다. 사건이란 서사의 뼈대를 이루는 것이고, 예기된 일들이 일어나지 않는다면 이야기는 종결되지 않을 것이다. 그렇다면 소설가 한유주는 지금 소설의 허구적 성질과, 사건을 통해 진행하는 서사와, 완결된 이야기 구조를 모두 부인하는 글쓰기가 자신의 욕망이라고 말하고 있다. (만약 그렇게 씌어진 소설이 있을 수 있다면) 그것은 어떤 형태의 소설일까?

두번째 인용문의 "모래 위에 곧 사라질 글자들"로 씌어진 소설, "문장은 없었으나 글자는 있는" 소설, "창은 없었으나 창틀은 있"는 소설, 아마도 그런 소설일 것이다. 그러니까 씌어졌으나 종래엔 아무것도 쓰지 않은 소설, 끝없이 말하면서도 (그것이 왕비의 운명이니) 아무것도 말하지 않는 이야기, 그것을 쓰(지 않)겠다는 것이 한유주의 욕망이다. 음악으로의 도주를 포기하고, 오염된 문자들의 수사에 맞서서, 바로 그 오염된 문자를 통해, 그것들을 돌파해내고야 마는 (왜냐하면 이런 소설에서 문자는 최대한으로 겸손해져서 결국 아무런 수사적 위력도 발휘하지 못할 테니까), 순백의 소설 쓰기. 『얼음의 책』(문학과지성사, 2005)에 실린 단편들 전체가 모두 이 불가능해 보이는 작업을 위해 바쳐진다(그 작업은 『달로』의 작품들에서와는 달리 차갑고, 계산적이고, 해체적이고, 부정적이어서, 이제 다시는 한유주의 소설들을, 포티쉐드의 음악과 함께, 기차 안에서, 덜컹덜컹 흔들리면서,

읽게 되지는 못하리라). 그중 눈에 띄는 몇 가지 글쓰(지 않)기 방식을 살펴볼 차례다.

## 너와 함께 쓰다

한유주는 어떻게 이 불가능한 텍스트, 그러니까 저절로 녹아 사라지는 차갑고 허망한 '얼음의 책'을 쓰려는 것일까? 문자를 무화시키는 문자들의 행렬은 어떻게 가능할까? 우선 눈에 띄는 것이 글을 혼자서 쓰지 않는 방법이다. 한유주가 알려진 바와 달리 복수 혹은 집단 저자란 말을 하려는 것이 아니다. 그가 글을 쓸 때 최소한 두 명 이상의 서술자를 염두에 둔다는 말을 하려는 것이다. 하나는 쓴다. 그러면 하나는 지운다. 하나는 서사를 진행시킨다. 그러면 하나는 서사를 무화시킨다. 하나는 긍정한다. 그러면 하나는 부정한다. 예컨대 이런 문장들이다.

차가 식고 있었다. 아니었다. 차는 없었다. 그는 라이터를 찾다가 책상 위에 올려둔 촛불로 다가가 어깨를 숙인 채 담배에 불을 붙여 내게 건넸다. 나는 그 담배를 받아 들었다. 그는 자신의 담배에 불을 붙였다. 그가 촛대를 창문에 바싹 붙였다. 그 순간 바람이 부는 곳은 어디에도 없었다. 그것은 불가능하지 않았다. 우리는 각자 말없이 담배를 입에 물었다. 연기가 나지 않았다. 재가 떨어지지 않았다. 그가 내게 무슨 말인가를 하려고 입을 열지 않았을 때, 그의 등 뒤 검은 커튼에 촛불이 옮겨 붙지 않았다. 커튼은 순식간에 붉게 타오르지 않았다.

그 속도가 너무나 빠르지 않았다. 불길의 커다란 그림자가 검게 일렁이지 않았다. 나는 비명을 지르지 않았다. 그것은 불가능했다. (「재의 수요일」, pp. 208~09)

"차가 식고 있었다." 이 문장은 서사를 진행시키는 서술자(그를 A라 하자)의 문장이다. 그러나 이어지는 "아니었다. 차는 없었다"는 진행되는 서사를 무화시키면서 전자의 문장을 녹아 사라지게 하는 서술자(그를 B라 하자)의 것이다. 뒤의 문장들은 더 흥미롭다. A는 '우리는 각자 말없이 담배를 입에 물었다. 연기가 났다. 재가 떨어졌다. 그가 내게 무슨 말인가를 하려고 입을 열었을 때, 그의 등 뒤 검은 커튼에 촛불이 옮겨 붙었다. 커튼은 순식간에 붉게 타올랐다. 그 속도가 너무나 빨랐다. 불길의 커다란 그림자가 검게 일렁였다. 나는 비명을 질렀다'라고 말하고 싶은 서술자다. 실제로 그는 그렇게 말한다. 그래야만 이 작품의 제목 「재의 수요일」에 걸맞은 화재가 발생할 테니까. 그러나 B가 매번 문장마다 침입한다. 그러고는 '그러지 않았다' '그런 건 없었다' '그것은 불가능했다'라고 서사의 진행을 방해한다. 결국 이 B 때문에 이 소설은 서사가 녹아 사라지는 얼음의 소설이 된다. 서사는 구성되는 동시에 해체된다. 그러니까 '재'가 된다.

이런 식의 분리는 (혹은 분열은) 소설집 전체를 통해, (이미 독자들이 『얼음의 책』을 읽었다고 가정하고) 더 많은 인용의 필요를 느끼지 못할 만큼 계속해서 반복된다. 마치 작품들 전체를 상반된 욕망을 가진 두 인물이 함께 쓴 듯한 형국이다. 더 흥미로운 것은 서술자의 분리가 한유주 소설에서 특이한 '시점 실험'을 결과하기도 한다는 점이다. 가령 이런 식의 시점들을 우리는 어떻게 이해해야 할까?

오후가 되자 그는 다시 나를 결박한다. 주의 깊게 창문을 닫고 창고 안을 꼼꼼히 둘러본 뒤 밖으로 나간다. 그가 어디로 가는지는 알 수 없다. 아마 전화를 하기 위해서일 것이다. 휴일이 아닌데도 시내는 사람들로 넘쳐난다. 그는 주머니에 손을 찌른 채 한동안 걷는다. 보도에서 열기가 올라온다. 공중전화는 거리에서 점점 사라지는 추세에 있다. 그는 의료기구 상점 앞에서 잠시 걸음을 멈춘다. 혈압계를 하나 산다. 그 옆의 편의점에서는 빵을 산다. 빵의 유통기한은 12일까지다. 비닐 봉투 두 개를 손목에 건 그는 사람들을 헤치며 휘적휘적 걷는다. 지하철 출입구 계단 근처에 공중전화가 있다. 그는 전화박스로 들어간다. (「흑백사진사」, p. 130)

당신이 남해에 가본 적이 있던가, 당신의 여행에 대해서는 알려진 바가 없다. 1969년 5월, 봄. 꽃들이 단단히 쥐고 있던 주먹을 폈다. 당신은 마당에 피어난 온갖 꽃들의 이름을 모두 알고 있다. 그랬었다. 모란이 봄에 피는 꽃이던가, 당신은 생각한다. 당신의 마당에는 모란이 없다. (「육식 식물」, p. 152)

그는 6월 30일의 공란에 수첩, 도착, 소화라고 쓴다. 여자는 신문을 코앞까지 가져다 대고 읽기에 열중한다. 2008년 6월 29일, 경기도 가평의 한 부대에서 육군 일병이 탈영했다는 짤막한 기사를 읽고 있다. (「막」, p. 309)

첫번째 인용문은 특이하게도 '1인칭 전지적 시점'(신이나 망상증 환자가 아닌 이상 전지적인 1인칭이 가능할까?)을 취하고 있다. '나'는 화자이자 동시에 소설 속 초점 주체이기도 하다. 문제는 유괴범인 '그'가 인질인 '나'를 어딘가에 결박해놓고, 건물 밖으로 나가 걷고, 전화를 걸고, 혈압계를 사고, 빵을 사기도 하는데, 건물 안에 결박당해 있는 '나'가 그 사실을 모두 알고 있다. 결박된 화자 '나'는 심지어 그가 산 빵의 유통기한까지 인지한다. 어쩔 수 없이, 분리된 두 서술자를 가정하지 않을 수 없다. 결박당한 화자, 그리고 결박과는 무관하게 유괴범의 일거수일투족을 다 지켜보는 화자. 이렇게 이 소설의 시점은 일관성을 포기함으로써 의도적으로 서사에 혼란을 가중시킨다. 서사에 몰입하지 못하게 하고, 소설 자체의 허구성을 의식하게 한다. 물론 다른 방식의 이해도 가능하다. 전지적 화자의 발언을 모두 결박당한 화자의 상상으로 이해하는 것이 그것이다. 그러나 그렇게 이해한다고 해서 사정이 달라지지는 않는다. 어차피 소설 전체가 결박당한 소년 화자의 상상에 불과하다는 사실, 기록된 사건 전체가 모두 허구일 수 있다는 사실, 그래서 결국 이 이야기는 믿어도 그만 믿지 않아도 그만이라는 사실, 요컨대 이 소설이 녹아 사라지는 얼음의 텍스트라는 사실이 다시 한 번 강조될 것이기 때문이다.

두번째와 세번째 인용문의 시점 역시 기이하기는 마찬가지다. 두번째 인용문의 시점은 굳이 이름 붙이자면 '이인칭 선택적 전지' 시점이라 할 만하다. 1969년 5월에 핀 꽃들의 종류, 그리고 '당신'이 마당에 핀 온갖 꽃들의 이름을 알고 있다는 사실, '당신'이 모란에 대해 생각하고 있다는 사실까지 다 알고 있는 서술자는 분명 전지적이다. 그러나 이 서술자는 "당신이 남해에 가본 적이 있던가, 당신의 여행에 대해서는 알려진 바가 없다"라는 문장을 쓴 서술자이기도 하다. 전지적 서술자가 '당신'에 대해 모두 알되, 유독 남해 여행에 대해서만 모른다는 이 사실을 어떻게 해석해야 할까? 서술자가 분리되어 있다. 전지적 서술자와, 그것을 부인하면서 선택적으로만 전지적이고자 하는 서술자. 혹은 서술자가 갈등을 겪고 있다. 전지적 서사를 유지하려는 욕망과 작중 인물에 대한 전지성을 철저히 회의하려는 욕망 사이에서. 세번째 인용문은 (역시 굳이 이름 붙이자면) '삼인칭 선택적 전지' 시점으로 씌어졌다. 이 인용문의 몇 줄 앞서 서술자(그가 사람인지, 기차인지, 기차 속 공기인지, 아니면 어떠한 결정과 계획도 없이 두 인물을 기차 속에 덜컥 데려와버린 작가 자신인지는 알 수 없다)는 "여자가 천안에서 익산으로 가는 까닭은 알려지지 않았다"(「막」, p. 308)라고 썼다. 그래 놓고는 '그'가 수첩에 쓴 내용들, 여자가 읽고 있는 신문의 기사들에 대해서는 모두 다 인지하고 있음을 드러낸다. 역시 서술자가 전지적 서술자와 그것을 부인하는 서술자로 분리되어 있다. 혹은 전지적 서사를 유지하려는 욕망과 그것을 부인하려는 욕망 사이에서 서술자가 갈등을 겪고 있다. 그리하여 소설은 다시, 상반된 욕망들의 싸움터, 이야기를 해야 하지만 아무것도 이야기하고 싶지 않은 세에라자드가 하는 이야기의 모양새를 띤다. 이야기하면서 그 이야기를 신뢰하지 못하게 하는 얼음의 텍스트가 된다.


## 푸네스의 고독


  매일매일 자신이 지각한 모든 것(풍경과 사건과 인물과 감각과 사유)을 기억하는 자, 그러니까 보르헤스의 소설 「기억의 천재 푸네스」

의 주인공 같은 이는 소설을 쓸 수 있을까? 다른 식의 질문. 우리는
우리가 경험한 시간들을 있는 그대로 옮겨 적은 글이 진정성(이 의심
스러운 범주!) 있고, 훌륭한 글이라는 말들을 (특히 리얼리스트들의
입을 통해) 흔히 듣는다. 그러나 서술자가 우리가 경험하는 시간을
글쓰기를 통해 텍스트의 시간으로 온전히 옮길 수 있을까? 글 쓰는
시간과 실제 시간, 옮겨 적는 시간과 읽는 시간은 우리의 착각 속에
서처럼 동일한가? 우리는 조정래의 『아리랑』(좋지 않은 예다)을 읽으
면서, 수십 년의 시간을 사는가? 작가는 텍스트 속 수십 년의 시간과
동일한 시간 동안 글을 쓰는가? 텍스트는 실제 수십 년 동안 인물들
이 경험했을 모든 것을 말할 수 있는가? 소설적 시간과 실제 시간의
불일치에 관한 이런 질문들 또한 한유주가 소설 쓰기 자체의 불가능
성을 (소설 쓰기를 통해) 폭로하고자 할 때 품었음 직한 질문들이다.
다시 푸네스 이야기로 돌아와서, 그는 이런 사람이다.

우리는 한 번 쳐다보고서 탁자 위에 놓여 있는 세 개의 유리컵을 지각
한다. 그러나 푸네스는 포도나무에 달려 있는 모든 잎사귀들과 가지들
과 포도알들의 수를 지각한다. 그는 1882년 4월 30일 새벽 남쪽 하늘
에 떠 있던 구름들의 형태를 기억하고 있었다. 그는 기억 속에서 그 구
름들과, 단 한 차례 본 스페인식 장정의 어떤 책에 있던 줄무늬들, 그리
고 께브라초 무장 항쟁이 일어나기 전날 밤 네그로 강에서 노가 일으킨
물결들의 모양을 비교할 수 있었다. 〔……〕 그는 두어 차례 하루 전체
를 되돌이켜 보곤 했었다. 그는 전혀 머뭇거리지 않았지만 그러한 복원
작업만으로도 하루 전체가 소요되었다. (호르헤 루이스 보르헤스, 「기억
의 천재 푸네스」, 『픽션들』, 황병하 옮김, 민음사, 1994, pp. 183~84)

푸네스는 승마 중 사고로 운동 능력을 상실했다. 운동 능력을 상실한 많은 사람들이 그렇듯이 지각과 기억 능력이 고도로 발달한다. 그러자 그는 하루 전체를 되돌이켜 보는 데 하루 전체가 소요될 정도로 완벽한 기억력을 가진 사람이 된다. 그러나, 기억은 그렇다 치고, 그는 소설가가 될 수 있을까? 그 모든 기억들을 글로 옮길 수 있을까? 아마 결코 그럴 수 없을 것이다.

하루 전체의 기억을, 하루 전체를 통해 복원하는 일 같은 것은 일어나지 않는다. 사고의 속도와 경험의 속도는 다르다. 24시간의 경험이 24시간 동안 복원될 수는 없다. 사고는 직선적이거나 연대기적이지 않아서, 동시에 무수한 기억 속 이미지들이 의식 속에 떠오르는 일도 가능하다. 게다가 사고의 속도와 글쓰기의 속도 역시 결코 일치할 수 없다(내 머릿속에서 『얼음의 책』에 대해 쓰는 이 해설은 이미 다 씌어진 지 오래다. 그리고 다시 되풀이해서 수정되고, 다시 완성되고 하는 과정을 글 쓰는 속도와 무관하게, 종종, 아니 계속해서, 딴 생각도 하면서, 여전히 겪고 있다. 그러나 글은 참으로 더디고 힘들게 진행하고 있다). 우리는 문장이 씌어지는 속도로 사고하고 기억하지 않는다.

그뿐인가? 우리가 무언가를 쓴다는 것은 실제에 있어서는 더 많은 무언가를 쓰지 않는다는 말이기도 하다. 인물의 24시간을 모두 (그의 감각과 사유와 행위와 말과⋯⋯) 글로 쓸 수는 없다. 글은 항상 "장면의 단면"이거나 "시간의 순간"(「서늘한 여름 사냥」, p. 271)일 수밖에 없다. 글쓰기는 영원한 지속(베르그송)인 시간의 흐름 속에서 특정한 순간을 고정하고, 결코 완전하게 묘사할 수 없는 장면 속에서 특정한 단면을 포착할 수밖에 없다. 그런 의미에서 모든 글쓰기는 시간의 부

적절한 요약이거나 장면의 부당한 포획이다. 바로 그런 이유로, 푸네스는 결코 소설가가 되지 못한다. 그는 너무 많은 것들을 지각하고 기억하기 때문이다. 시간을 요약하고, 장면을 포획하지 않는 한 적당한 길이의 완결성 있는 소설은 씌어지지 않는 법이다. 「허구 0」과 「막」에서 한유주가 (실패를 알면서도) 실험하고자 한 것이 그것이다. 먼저 「허구 0」의 예.

늦은, 빠른, 빠르게, 더 빨리, 느리게, 더욱 느리게, 따위의 부사들에 대해 생각한다. 크레셴도, 데크레셴도. 그 어떤 부사도 정확한 시간을, 혹은 시각을 가르쳐주지 않는다. 커피를 마저 마신다. 아케이드 파이어Arcade Fire를 듣는다. 이들의 공연을 본 적이 두 번 있다. 운이 좋았다. 나는 생각하고, 생각하지만, 그 속도는 글 쓰는 오른손의 물리적인 속도와 방향을 따라잡지 못한다. (「허구 0」, p. 20)

이 작품은 (어떤 실시간 촬영 영화가 그러했던 것처럼, 그리고 실패했던 것처럼) 실시간 글쓰기가 가능할 수 있는지를 실험하기 위해 씌어진 소설이다. 화자는 일정 기간 동안 자신이 생각하고, 듣고, 겪는 일들을 만년필과 노트를 들고 다니면서 그대로 기록(하려고 노력)한다. 실제 시간을 글의 시간으로 옮기는 것만을 의도하는, 아무 용도 없는 글쓰기가 목적이다. 그런데 인용문의 "그 어떤 부사도 정확한 시간을, 혹은 시각을 가르쳐주지 않는다"라는 문장은 무슨 의미인가? 이 문장은 '늦은' '빠른' 따위의 부사는 실제 시간의 흐름을 정확하게 지시하지 못한다는 사실, 즉 언어는 결코 시간의 흐름과 동일하게 진행할 수 없으며, 그것을 정확하게 포착할 수도 없다는 사실을 지시한다. 생각의 속도는 글 쓰는 오른손(혹은 상당한 수의 왼손)의 물리적인 속도와 방향을 따라잡지 못한다. 그런 의미에서 이런 식의 글쓰기는 "점진적 실패가 될 것이다"(「허구 0」, p. 33). 점진적으로 실패하기 위해, 그리고 어떠한 서사도 주제도 용도도 없이 오로지 실제 시간을 텍스트의 시간으로 옮기(지 못하)기 위해 씌어진 소설이 이 작품이다. 그 결과는 실제 시간과 무관하게 다만 끝없이 진행하는 현재 시제 문장들의 연쇄일 뿐이다. 끝없는 현재형 문장들만이 존재하므로, 과거도 미래도 없다. 과거가 없으므로 인물들에게는 이야기할 만한 사연이 없고, 미래가 없으므로 이야기는 끝없이 (서사도 의미도 없이) 진행할 뿐 종결되지 않는다. 쓰면서 지워지는 (아니 애초에 씌어지지도 않은) 얼음의 소설이다.

「막」은 어떤가? 여기 아주 흥미로운 한 쌍의 양화와 음화가 있다.

그는 가만히 앉아 있다. 그가 몸을 움직이지 않는다. 고개를 왼쪽으로 약간 비튼 채, 시선을 내리고, 창밖을 보면서, 그저 앉아 있다. 그가 앉아 있는 상태를 유지한다. 그러므로 그에 대해 다른 묘사를 하는 것은 불가능하다. 아니, 그가 입고 있는 검은 스웨터와 낡은 청바지, 스웨터 소맷자락 밑으로 드러난 가죽 시계, 그가 의자 밑에 내려놓은 배낭, 그가 입고 걸치고 지닌 사물들로 그를 설명하는 것이 가능하다. 그의 성마른 어깨, 다소 긴 팔, 스웨터 소맷자락 밑으로 드러난 가느다란 손목, 바짝 깎아놓은 손톱, 고르지 못한 손톱의 표면, 손가락이 무릎 위에 놓여 있는 형태, 그가 입을 벌리고 무슨 말인가를 중얼거릴 때마다 드러나는, 하나가 살짝 비뚤어진 앞니, 뭉그러진 과육처럼 보이는 잇몸, 가운데가 조금 파인 코, 쉼표 모양의 콧구멍, 흐린 눈썹,

거무스름한 피부로 그의 얼굴 생김새를 적당히 묘사하는 것도 가능하다. 그의 체취를 묘사하는 것은, 아마도, 불가능할 것이다. (「막」, pp. 324~25)

여기, 그에 대한 한 장의 음화가 있다. 그는 흰 스웨터를 입고 있지 않다. 그의 턱은 둥글지 않다. 그의 머리카락은 어깨까지 내려와 있지 않다. 그의 콧날은 비스듬히 기울어져 있지 않다. 그는 입을 벌리고 있지 않다. 무슨 말인가를 중얼거리고 있지 않다. 그가 신고 있는 구두는 갈색이 아니다. 그의 손목에 감긴 가죽 시계는 갈색이 아니다. 그의 목에는 아무것도 걸려 있지 않다. 그의 손가락에는 아무것도 끼워져 있지 않다. 그는 모자를 쓰고 있지 않다. 그의 눈썹은 다듬어져 있지 않다. 그의 귀가 보이지 않다. 그가 일어서지 않다. 그가 움직이지 않다. 그가 비가 오고 있다는 사실을 의식하지 않다. 아니다, 이에 대해서는 그를 제외한 누구도 확신하지 않다. 그가 누군가가 남겨두었던, 이제는 여자가 남겨두고 간 신문을 꺼내 펼치지 않다. 그가 신문에 걸린 기사들의 제목을 일별하지 않다. (「막」, pp. 334~35)

첫번째 인용문은, 마치 알튀세르의 「유물론 철학자의 초상」에 나오는 니코스처럼 "자기가 어디서 와서(기원) 어디로 가는지도(목적) 모르는"(루이 알튀세르, 『철학과 맑스주의』, 서관모·백승욱 옮김, 새길, 1996, p. 133) 채로, 느닷없이 작가에 의해 불려 나와 기차에 오른 인물 '그'를 '묘사'하고 있다. 재미있는 것은 서술자의 어투인데, '~으로 그를 묘사하는 것이 가능하다'라는 식의 문장 종결은, 마치 다른 방식으로 그를 묘사할 수도 있었으나 그렇게 하지 않고 이 가능성만을 택했다는 말로 들린다. 푸네스가 소설가가 될 수 없는 이유가 바로 여기에 있다. 무엇인가를 말하기 위해서는, 누구인가를 묘사하기 위해서는, 어떤 시간인가를 설명하기 위해서는, 다른 더 많은 무엇인가를, 누구인가를, 언제인가를 말하지 않아야 하는 것이 소설의 운명이다. 지상에 존재하는 모든 시간과 인물과 장면을 다 말하려는 자는 결코 소설가가 되지 못한다. 그런 의미에서 모든 소설은 "장면의 단면"이고, "시간의 순간"이라고 했다.

이어지는 두번째 인용문을 쓸 때 작가 한유주가 드러내고자 했던 바가 그것이다. 그 문장들은 '그'를 묘사할 수 있었던 다른 무수한 가능성들이 존재했음을, 그를 묘사하기 위해 그의 묘사에 사용되지 않은 더 많은 문장들이 삭제되고 배제된 적이 있었음을, 그리하여 소설이란 모름지기 '이야기하기'가 아니라 '이야기하지 않기'에 더 가깝다는 사실을 폭로한다. 그는 흰 스웨터를 입지 않았어도 된다. 그의 턱에 대해, 그의 머리카락에 대해, 콧날이나 입에 대해, 그의 행동과 장신구에 대해 반드시 '그렇게' 묘사해야 할 필연적인 이유 따위는 없다. 오로지 우연만이 그를 '그렇게' 묘사하게 하고, 그럼으로써 '그렇게'가 아닌 다른 많은 묘사 가능성들은 배제되고 삭제된다. 소설이란, 사실은 더 많은 이야기의 가능성을 억압함으로써, 우연히 존재하게 된 "장면의 단면"이자 "시간의 순간"이다. 「막」이 말하고자 하는 바가 그것이다. 요컨대 「막」은 소설 쓰기의 우연성에 대해 고발함으로써, 소설이라는 장르의 견고한 이야기성을 훼손하는 소설, 다시 녹아 사라지는 '얼음의 소설'이다.

# 셰에라자드의 뜨개질

『얼음의 책』 전체를 통틀어 가장 눈에 띄는 문장 형태, 곧 한국어 부정문의 용법에 대해 말하지 않고 글을 끝낼 수는 없다. 이번 소설집에서 한유주가 한국어에 기여한 바 중 가장 큰 것은 '부정문의 발견'이다(나는 지금 데리다의 '흔적'의 글쓰기를 염두에 두고 있다). 『얼음의 책』 도처에서 이 부정문은 발견된다. (이 해설은, 소설을 이미 읽은 독자를 상정한 바 있으니) 여기 한 문장만 인용한다.

> 불씨가 남아 있는 담배꽁초를 쓰레기통에 던져 넣으면서, 그는 가끔 불이 붙기를, 쓰레기통이, 그가 일하는 슈퍼마켓이, 개를 데리고 지나가는 여자들이, 아이를 목말 태운 남자들이, 늘 이 근처를 어슬렁거리는 걸인들이, 납작한 운동화를 신은 계집아이들이, 길 건너의 유기농 식품 상점들이, 바로 옆의 빵집이, 그 옆의 수건 가게가, 그 옆의 향수 가게가, 그 옆의 아랍인 상점이 모두 타버리기를, 모두 타서 재로 변해버리기를 원하지 않았다. (「재의 수요일」, pp. 182~83)

우리말 문장은 세계의 다른 많은 언어가 그렇듯이 왼쪽에서 오른쪽으로, 그리고 위에서 아래로 쓰고 읽는다. 이 말은 독자가 이 긴 문장을 읽을 때, 부정 종결어미 '않았다'를 맨 마지막에 읽게 된다는 의미다. 따라서 '않았다'란 과거 시제 부정 어미가 등장하기 전까지, 모든 어휘가 불러일으키는 심상들이 차례차례 독자의 의식 속에 먼저 불려나온다. 불씨가 남아 있는 담배꽁초, 그것이 쓰레기통에 던져지며 그리는 주황색 포물선, 불타는 쓰레기통과 슈퍼마켓, 개를 앞세운 여자들, 아이를 목말 태운 남자들, 걸인들의 어슬렁거리는 걸음걸이, 계집아이들, 상점들, 그리고 순식간에 그것이 불타버리는 광경들 등등. 그리고 한순간, 문장의 맨 마지막에 등장하는 부정 어미에 의해 그 심상들이 부정된다. 의미론적으로는 그렇다는 얘기다. 이 문장은 그리하여 의미가 제로인 문장이 된다. 그러나 문장이 의미 없게 된다고 해서 이미 의식 속에 불려 나온 심상들이 불려 나오기 전의 상태로, 아무 일 없었다는 듯이 망각될 수 있을까? 독자는 이미 그 이미지들을 의식 속으로 불러왔고, 그것들을 잊기란 불가능하다. 의미는 없으나 효과는 남는 문장이다. 얼음이 녹아도 흔적은 남듯이, 문장은 부정되면서 유지된다. 아마도 데리다가 말한 '흔적', 지워지면서 동시에 남는 말들, 그것에 대한 문장 수준의 비유로 이보다 적합한 구문을 찾기는 힘들 것이다. 부정 표현이 미리 등장하는 (가령 영어 같은) 언어에서는 실현되기 힘든 흔적의 글쓰기가 한국어 부정문에서 실현된다. 아마도 이런 문장들로 이루어진 소설이 있다면 (당연히 한유주의 소설들이 그렇다) 그것은 스스로 녹고 있으므로, 존재하지만 이미 부재하는 얼음의 존재 방식과 유사한 텍스트가 될 것이다. 혹은 짜이면서 동시에 풀리는 어떤 기이한 뜨개질과 같은 텍스트(말의 어원적인 의미에서)가 될 것이다. 「막」에 등장했던 그 '여자'가 했던 뜨개질이 그것이다.

그녀의 뜨개질은 애초에 목적하는 대상이 무엇인지 알 수 없는 뜨개질이다. 무의미한 삼각형이 커진다. 그러나 그 삼각형은 반드시 삼각형이 아니어도 좋고, 또 언제든 풀려서 실로 돌아가도 좋은 삼각형이다. 오로지 시간의 흐름에 따라 면적이 늘어날 뿐, 온전한 종결을 전혀 약속하지 않는 뜨개질. 종결어미 하나로 순식간에 어떤 문장이 지워지듯이, 한 번의 긴 손놀림만으로도 다시 실로 돌아가는 직조물. 만약 예의 그 왕비, 한유주가 자신의 욕망에 따라 전도시킨 셰에라자드가 뜨개질을 한다면 이와 같은 방식일 것이다. 끝없이 짜고 끝없이 푼다. 짜면서 푼다. 텍스트는 만들어지면서 동시에 풀리고 얼면서 녹는다. 이야기하려는 욕망과 아무것도 이야기하지 않으려는 염결한 욕망 사이에서 셰에라자드가 짜는 텍스트, 그것은 한국어 부정문을 즐겨 쓰는 한유주의 소설에 대한 가장 적절한 은유다.


## 언어 결벽증 환자의 순수


이제 무엇을 더 말해야 할까? 해설의 완결성을 위해서라면, 한유주가 『얼음의 책』에서 행한 '이야기하면서 이야기하지 않기' 실험의 문학사적 의의와, 향방과, 몇 마디 고언과…… 그러나 그것들 모두 능력 밖이고 관심 밖이다. 다만 그 뜨개질의 결벽성과 염결성이 보기에 좋다고만 말할 참이다. 그리고 들이는 노고가 커 오래하기 쉽지 않을 것 같다고만 말할 참이다. 그러나 다행인 것은 그의 뜨개질은 페넬로페의 뜨개질과는 달라서, 갑자기 돌아와 이야기를 완결하는 영웅(가부장)에 의해 그만두게 되는 일 따위는 없을 거라는 위로는 가능할 듯하다. 『달로』 이후의 한유주가 이미 갈파했듯이, 우리 시대에 오디세우스는 트로이 전쟁에 나가지도(그런 위대한 전쟁이 없으므로), 10년의 모험을 거쳐 (세이렌도, 키클롭스도, 칼립소도 다 죽어 나자빠졌으므로) 집으로 귀환하지도 (낯부끄러워서) 못할 것이므로…… 요컨대 더 이상 그런 충만하고 완결된 이야기는 불가능할 것이므로…… 과거의 사연도 미래의 기대도 없이, 오로지 문학과 언어에 대한 결벽증으로만 유지되는 그의 뜨개질이 지루하고 고통스러운 대로나마 더 멀리 더 깊게 계속되기를 바란다(덕분에 한국어는 많이 부대끼겠지만).

# 동일성의 지옥에서
## —편혜영의 『저녁의 구애』에 대하여

### 필사의 공사

살펴보자니, 편혜영의 두번째 소설집 『사육장 쪽으로』(문학동네, 2007)에는 야음을 틈타 매일 밤 필사적인 공사를 하는 사내 하나가 있었다. 고작 담장 하나를 세우는 공사였지만, 유심히 지켜본 바에 따르면 그의 공사는 절체절명의 공사였다. 그가 수행하는 공사의 성패가 인류 문명의 존속 여부를 결정할 것처럼 보였기 때문이다. 그런데 그는 무슨 이유로 밤마다 저토록 열심히 공사 중이었던가? 우선은 잡초나 날벌레, 들쥐 들이 자신의 집을 넘보는 것을 막기 위해서였고, 습지와 자신의 집 사이에 경계를 단단하게 구획 짓고 싶어서였다.

그는 얼른 담장을 쌓아올리고 싶었다. 잡초나 날벌레들이, 들쥐들이 넘보지 못하는 단단한 집을 갖고 싶었다. 어디까지가 집이고, 어디까지가 습지인지 알 수 없게 만드는 잡초 군락을 모조리 불태워버리고

싶었다. 집 뒤의 고분을 파서 습지를 메워버리고 싶었다. 아예 집을
버리고 도망쳐갔으면 좋겠다는 생각도 들었다. (「밤의 공사」, 『사육장
쪽으로』, p. 111)


이 시기 편혜영 소설에 자주 등장하던 설치류들(레밍, 하수구 쥐,
들쥐 들은 말할 것도 없고, 개나 고양이나 새 들, 심지어는 인간마저도
편혜영 소설에서는 설치류처럼 그려진다)은 그렇다 치고, 습지가 어떤
모습이었던지는 한번쯤 더 유심히 살펴볼 필요가 있다. 초기 편혜영
소설에서는 쿨렁쿨렁(편혜영 소설에 가장 어울리던 의태어!) 무정형으
로 썩어가는 저수지나, 검은 물이 흐르는 쓰레기 하치장, 눅눅한 습
지, 헝겊에 묻은 채 버려진 월경혈, 유기된 시체에서 흘러나오는 시
즙과 시취 등, (반)점액 상태의 물질들을 묘사하는 장면들이 항상 압
권이었으니까…… 구역질이 날 만큼 그로테스크하고 역겨우면서도 또
한 이상하게 매혹적이어서, 얼굴을 찡그리면서라도 끝내 그것들을 겪
고 싶게 만들었던 (마치 내 몸에서 나오는 배설물을 바라볼 때의 그 묘
한 애착과 혐오의 이중 감정과도 유사한) 어휘와 문장 들이 바로 그 장
면들을 그려내고 있었으니까……


　순채나 검정말의 태반은 이미 까맣게 죽어 뿌리도 없이 부유하고 있
었다. 바람이 불어도 표면이 일렁이지 않았다. 습지에 가득 찬 것은
점액질의 물컹거리는 덩어리였다. 누구도 다가서지 못하게 한다는 점
에서 콘크리트처럼 단단한 것이었다. 가끔 표면이 일렁일 때도 있었
다. 아내가 집 안에서 잡은 들쥐의 꼬리를 휘휘 감아 던질 때나 습지에
닿아 있는 마을 하수관으로 오폐수가 쏟아져나올 때였다. 습지는 그

모두를 잘 받아넣었다는 신호로 잠깐 쿨렁거렸다. 그러면 깊이를 알 수 없는 물웅덩이가 시커먼 속을 드러냈다. 습지가 벌린 물구멍은 아내의 거웃을 연상시켰다. 더럽고 시커먼 터럭들이 엉켜 있으며 깊이를 짐작할 수 없는데다가 냄새까지 풍기는 구멍. 그는 가급적 습지 근처로 가지 않았다. (「밤의 공사」, p. 96)

이제 그의 소설들 전체를 정독하고 다시 생각해보니 저 습지가 불러일으키던 불쾌함(「저수지」「맨홀」「문득」「시체들」『재와 빨강』)은 구획 지을 수 없는 점액질이 가져다주는 불쾌, 그것이었지 싶다. 『재와 빨강』(창비, 2010) 해설에서 차미령도 지적했듯이, 크리스테바가 '아브젝트abject'라고 부른 것의 혐오스러움, '대상object'이라고 하기엔 경계가 모호해 실체의 식별도 불가능하고, 게다가 직전까지 '주체subject'의 내부에 있었으나 배설되고 버려졌으므로 이제 주체의 일부라고도 할 수 없는 물질이 불러일으키는 불쾌한 매혹(더럽고 추하지만 내게서 나온 것이므로), 그것이 저 습지가 불러일으키는 감정의 정체다. 모든 근대인들이 다 그렇듯이, 사내는 바로 그 감정이 두려웠던 모양이다. 주객의 구분을 무화시키는 아브젝트들의 범람 앞에서 그것에 매혹당한 주체의 불안과 공포, 그러니 사내의 공사를 두고 고작 담장 하나 세우는 공사라고 폄하해서는 곤란하다. 그것은 문명이 탄생한 순간부터 인류가 자신이 세운 문명을 유지하기 위해 기울여온 거의 유일한 노고였으니까…… 한때 자신의 태반이기도 했던 무정형의 자연(소위 야만이라 부르곤 하는)에 구획과 질서를 부여하는 노동, 인간의 주거와 야만의 주거, 코스모스와 카오스를 기필코 구분해내려는 사내의 공사는 바로 그런 의미에서 인류의 생사가 달린 절체절명의 공사였던 것이다.

편혜영의 초기 소설들에서 동물원을 탈출한 늑대나 코끼리보다도 쥐와 잡초와 울창한 숲(「서쪽 숲」)이 더 무서운 존재로 그려졌던 이유도 여기에 있다. 맹수와 코끼리 들은 구획된 공간 속에서 인류와 '구별'되어 산다. 동물원은 그들이 공간적으로 잘 관리되고 구분되어 있음을 항시적으로 상기시켜줌으로써 야만에 대한 인류의 승리를 자랑스럽게 전시한다(「동물원의 탄생」「퍼레이드」). 동물원은 그러니까 결코 인간이 잃어버린 야성을 보존하고 되불러오는 장소가 아니다. 그것은 항상 기만이었고, '변장한 유토피아'였다. 문명화된 자연은 더 이상 자연이 아니라 문명의 일부일 뿐이다. 그것들은 우리를 두렵게 하는 것이 아니라 우리의 향수를 자극하고 승리감을 고취한다.

그러나 잡초와 숲은 무섭다. 설치류(「맨홀」『재와 빨강』)는 더 무섭다. 이유는 그것들이 인류의 바람대로 구획된 공간만을 점유하면서 문명과 야만의 경계를 지켜주는 존재들이 아니기 때문이다. 그것들은 불쾌하게도, 아무 데나, 경계 없이, 구분도, 구획도, 질서도 없이 편재한다. 마치 인간이 아무리 자연을 정복하고 지배해도 억압된 것들은 반드시 회귀한다는 사실을 증명이라도 하려는 듯이…… 세상에서 가장 두려운 것, 그것은 시공의 구획을 벗어나 언제나, 그리고 아무 곳에서나 편재하는 존재들이다. 경계를 허무는 것들, 그것들이야말로 가장 무서운 것이고, 그런 의미에서라면 바로 잡초나 설치류나 다 아브젝트들이다.

자, 몇 년의 시간이 흘렀으니, 소설집『저녁의 구애』(문학과지성사, 2011)에서는 저 사내의 공사가 성공하기를 빌자. 집과 습지가, 쥐의 공간과 인간의 공간이 아무런 구별도 차이도 없게 되는 완전한 동일성(이것이야말로 최악의 혼돈일 터인데)이 세계를 지배하게 되지 않기를 바라자. 차이들의 체계가 무너지지 않기를, 주체와 대상의 경계를 모호하게 하는 그 이상하고 섬뜩하게 매혹적인 것들의 회귀를 막을 수 있기를 기대하자. 알다시피 저 사내는 아내와 더불어 습지에 빠져 죽고, 공사는 오히려 담을 무너뜨려 집의 안팎을 무구분 상태로 만들어놓은 채 중단되고, 습지는 넘쳐 더 느리고 넓고 단단하게 쿨렁거리게 되었지만, 만약 그 공사가 또 한 번 실패로 끝나고 만다면, 인류는 다시 야만의 상태, 그 동일성의 지옥을 살아야 할 테니까 말이다.


## 전원이라니


살펴보자니, 그러나 소설집 『저녁의 구애』(문학과지성사, 2011)에는 아직도 야음을 틈타 가망도 없이 필사적인 산책을 하는 사내 하나가 있다. 그의 산책도 일종의 공사라면 공사인데, 그가 개와 멧돼지에 맞서 지키려는 것, 그것 역시 자신의 가족과 집(전원주택)이기 때문이다. 자연과 문명이 무차별화되는 동일성의 지옥을 피해 카오스와 코스모스를 재구획하려는 그의 노고는 자신의 입장에서는 장엄하고 정당한 것이겠으나, 그에게도 잘못은 있다. 그는 '전원'과 '실재로서의 자연'을 착각했던 적이 있다. 전원이란 억압된 자연의 다른 이름에 불과하다는 사실, 그것은 문명에 의해 관리되는 자연이라기보다는 문명에 맞서 언제든 복수를 감행할 준비가 되어 있는 야만이란 사실을 그는 묵과했다. 그러니까 이런 식으로 자연을 얕잡아봤다.

"잠깐이지만 사는 곳을 바꿔보는 것도 나쁘지 않을 것 같아요."

아내가 결혼 후 그들이 내내 살았던 집을 돌아보며 말했다. 조금 뜨
끔했다. 그는 직장 생활이나 아내와의 관계가 사용 설명서처럼 균일하
게 돌아간다는 느낌을 받고 있었다. 익숙하고 편했지만 무신경해도 티
나지 않을 만큼 재미없고 지루했다. 무심하게 집을 돌아보는 아내의
표정에서도 그와 비슷한 생각이 읽혔다. 그들은 거주지를 바꿔보자는
데에 쉽게 합의했다. (「산책」, p. 126)

카프카 이후, 현대 사회가 완전히 균질화되어버린 '동일성의 지옥'
이란 사실에 대해 소설가들은 이미 합의한 바 있다. 바로 그 "사용설
명서처럼 균일"한 동일성의 반복을 피해 거주지를 전원으로 바꿔보자
고 "쉽게 합의"한 것이 그와 그의 아내다. 그처럼 자연과 문명의 경
계를 쉽사리 넘어서려 했으니 사내는 이제 그 벌을 받아야 한다. 이
번에는 설치류가 아니라 하루살이들이다. 흔히 도대체가 귀찮기만 할
뿐 아무런 위협도 되지 않는 것들의 비유로 즐겨 사용되는(가령 '하루
살이 같은 삶') 하루살이가 무섭지 않다고 말해서는 곤란하다. 하루
살이는 편혜영 소설에서 설치류와 등가의 공포를 불러온다. 편혜영
소설에서는 다른 많은 동물들이 그렇듯이 하루살이도 설치류다.

숨이 찰 때까지 달린 후에야 그는 아무리 달려도 하루살이 떼로부터
벗어날 수 없다는 걸 깨달았다. 하루살이들은 그를 따라 달리는 게 아
니었다. 그들은 어디에나 자리를 틀고 있다가 무리지어 그에게 달라붙
었다. 그들의 견고한 집단성과 집요한 추적을 당해낼 도리가 없었다.
(「산책」, p. 145)

아무도 없는 숲 속, 어두워지기 시작하는 산길에서 완전히 하루살이에게 포위당한 저 사내에게, '하루살이 목숨'이란 말은 하루살이에게보다 더 잘 어울려 보인다. 한국 소설사상 가장 두려운 하루살이들이다. 그러나 그것들이 두려운 것은 고작 피부를 가렵게 해서가 아니다. 물론 그것들의 공격이 치명적이어서도 아니다. 그것들이 두려운 것은 내 고유의 영역, 나를 이루고 있는 경계의 내부, 그러니까 눈과 코와 귓구멍 같은 데를 가리지 않고 드나들려고 하기 때문이다. 경계를 무화하면서 서로 점유할 공간에 대한 문명과 자연 간의 계약(일방적이고 불평등한 계약이긴 하지만)을 파기하고 도처에 편재하기 때문이다. 인류가 기획해온 수만 년의 구획 짓기를 무시하기 때문이다. 게다가 먹구름과 관목가지들과 이름도 모를 식물들과 멧돼지 울음과 죽은 개의 시신이 그들을 돕는다. 익숙했던 질서가 완전히 무너지자 어마어마한 공포가 사내를 엄습한다. 차이가 존재하지 않는 세계는 인간에게 지옥이다.

그래서 그가 마지막으로 그리워하는 것은 잘 구획되고 정리된 인공 자연, 곧 도시 문명의 소음들이다. 그리고 그가 마지막으로 인정하는 것은 "자신이 완전히 낯선 세계를 헤매고 있다는"(「산책」, p. 143) 사실이다. 그냥 낯선 세계가 아니다. "완전히 낯선" 세계다. 그가 기대했던 전원은 흔히 근대인들이 기대하는 휴식과 맑은 하늘과 청정한 바람의 자연이었다. 그러나 자연은 여전히, 수만 년의 필사적인 공사에도 불구하고 인류에 대해 완전한 타자tout autre다. 그는 결국 숲에서 미궁을 만난다. 어디로도 갈 수 없는 미로에서의 방황 상태가 그에게 주어지는 것은 당연해 보이는데, 도시는 이미 동일성의 지옥이고, 전원 또한 모든 차이를 무화시키면서 편재하는 하루살이와 잡초와 관목 들의 세계, 즉 역시 동일성의 지옥이기 때문이다. 『저녁의 구애』로 미루어 보건대, 전 인류의 기대와는 달리, 독한 작가 편혜영에게 인류의 구별 짓기 공사란 가망 없는 공사다. 억압된 것들은 반드시 모든 질서와 차이를 무화하는 방식으로 귀환한다. 하루살이와 설치류는 여전히 도처에 편재한다. 공사는 계속되지만 항상 쓸모없다.

그러나 「산책」의 사내가 맞은 숲에서의 최후(정황상 그는 자연이 가져다 준 혼돈 속에서 죽는 것으로 보인다)가 아주 가치 없는 것은 아니었던 듯싶다. 숲 속 미로에서의 그의 최후는 소설집 『저녁의 구애』에서 전면화되는 편혜영 소설의 방향 전환을 이해하는 데 중요한 실마리를 남긴다. 그는 죽기 전 (이전 소설집 『사육장 쪽으로』에 실렸던 「소풍」과, 『아오이가든』에 실렸던 「서쪽 숲」에서 잠시 등장했던) '미궁'의 모티프를 명료화해놓는다.

갈수록 숲이 깊어졌다. 한동안 조밀한 소나무 숲을 따라 밑으로 내려갔는데, 어느 지점에 이르자 숲의 모양이 바뀌어 있었다. 나뭇가지들이 팔과 눈을 할퀼 듯 덤벼들었고 키 작은 나무들과 밀집한 관목이 한데 엉킨 수풀이 나타났다. 어쩐지 같은 자리를 맴돌고 있는 느낌이었다. 기시감인지도 몰랐다. 숲이 깊어질수록 길은 모두 비슷해 보였다. 어디에나 잎이 하늘을 가린 키 큰 나무가 있었고 빼곡한 잡목 덤불이 있었다. 불길한 소리로 새가 울었고 바지를 입었는데도 무릎이 쓸릴 정도로 풀은 거칠고 길었다. 길은 희미하게 연결되다가 문득 끊어졌으며 없다가도 풀이 눌린 자리로 길이 나 있었다. (「산책」, p. 143)

저 문장들을 유념해 읽을 때, 편혜영에게 미로의 정의란 '낯선 길'

이 아니라 '아주 낯익은 길'이다. "같은 자리를 맴돌고 있는 느낌" "기시감" "어디에나 잎이 하늘을 가린 키 큰 나무가 있었"다는 말들은 사내가 길을 잃은 것이 그 길들 모두가 너무 익숙해서 구별하기 힘들었기 때문이란 말과 같다. 사실 인간은 (동물도 마찬가지겠지만) '차이 나는' 길에서는 쉽사리 길을 잃지 않는다. 도로 표지판은 이 길과 저 길이 다름을 지시하고, 표지석이나 랜드마크는 여기가 아무 데나와는 다른 곳임을 지시한다. 길만은 아닐 텐데, 구조주의자들의 '태초에 구조가 있었다'란 말은 태초에 '차이'가 있어서 세계가 분별가능한 대상이 되었다는 말일 것이다. 그러므로 미로란 상식과 달리, 차이가 없는 무구분 상태, 낯선 것들이 아니라 너무 낯익은 것들, 차이 나는 것들이 아니라 동일한 것들의 반복 때문에 만들어지는 지리감각의 손상에 해당한다. 그렇다면 「산책」의 사내는 다시 한 번, 습지와 저수지의 공격을 받은 것이라고 해도 무방하겠다. 모든 구별을 무화하는 혼돈 그 자체인 자연의 위력이 그에게 최후를 선물했다. 그가 최후를 맞기 전 마지막으로 그리워했던 것이 "매연이 섞인 공기, 일정한 간격으로 심어진 수종이 같은 가로수, 빌딩 숲 사이로 올려다보는 하늘 따위"(「산책」, p. 146)였다는 사실은 그가 완전한 동일성의 공포에 맞서 차이와 질서를 얼마나 원했던가를 역설한다. 그는 섣부르게 전원을 욕망할 것이 아니라 질서정연한 차이가 지배하는 도시에서 그냥 살았어야 했다.

아니나 다를까, 작품집 『저녁의 구애』에 실린 단편들은 「산책」을 제외하고는 거의가 그렇게 도시에 눌러 살기로 한 사람들의 이야기다. 자연은 후경화되거나 마치 그런 것들은 애초에 없었다는 듯이 삭제된다. 산책도 전원도 소풍도 동물원도 없다. 문제는 그럼에도 불구하고 미로의 모티프가 거의 매 작품에서 등장한다는 점이다. 그렇다면 이제 미로는 더 이상 자연이 문명에 가하는 복수나 억압된 것의 회귀가 아니다. 문명 자체가 미로를 만든다. 문명 전체가 미로 같은 동일성의 지옥이 된다.

그러자 초기 편혜영 소설들에서 자주 등장하던 그로테스크한 소재들, 가령 시체나 쓰레기, 악취 같은 것들은 사라진다. 마치 습지가 사막처럼 건조한 미궁이 된 형국이다. 그런데도 여전히 편혜영의 소설들은 아주 불쾌하고 섬뜩한데, 『사육장 쪽으로』의 해설에서 신형철이 편혜영 소설의 변화 방향을 '그로테스크에서 섬뜩함uncanniness으로'라고 요약한 것은 합당해 보인다. 이제 그로테스크한 자연의 회귀가 공포의 대상인 것이 아니라, 아주 낯익은 도시 문명에서의 나날의 삶 모두가 일순 낯설어지면서 섬뜩한 미궁이 된다.

『저녁의 구애』에서 우리가 확인하는 것은, 자연의 혼돈에 맞서 문명이 이룩한 질서와 체계가 실은 그토록 인간이 두려워하던 '동일성의 지옥'이라는 사실에 대한 경고다. 야만에 맞서 건설한 문명의 끝이 야만이다. 자연에 대한 계몽 이성의 지배가 최종적으로는 야만 상태로의 회귀로 귀결된다는 아도르노의 예언이 편혜영 소설집 『저녁의 구애』에서 확증된다.


## 복사실에서


살펴보자니, 『저녁의 구애』를 통틀어 가장 불쌍한 사내는 매일매일 동일한 시간 동일한 장소에서 동일한 점심을 먹는 「동일한 점심」의 주인공이다. 그의 삶은 나머지 단편들 속 주인공들의 삶(그리고 사실에 있어서는 이 글을 읽고 있을 독자들 대부분의 삶)을 압축하므로 특별히 길게 요약해볼 만하다(지면만 허락한다면 가급적 길게, 지루할 정도로 세밀하게, 반복해서, 작가가 바랐던 그대로, 아무런 희망이나 기대도 없이, 끝날 것 같지 않은 미로를 걷는 인생들이 자신의 미래에 대해 어떠한 고려도 하지 않고, 그저 하루하루 미세한 차이도 나지 않는, 동일하고 동일하고 또 동일한 길을 걸으며, 나는 이 미로에서 나가려고 노력하고는 있다고 자기 위안은 삼되, 정작 나갈 의지는 없듯이, 가급적 지루할 정도로, 길게, 반복해서, 작가가 바랐던 그대로, 지면이 허락한다면, 좀비의 걸음처럼 무기력하고 느리게, 질척거리는 문장으로, 우리의 삶이 얼마나 차이란 전혀 없는 동일성의 반복 속에서 살아가는지를, 가급적 지루할 정도로, 길고, 세밀하게 나열하고 싶지만, 그것은 소설의 몫일 것이다).

그렇게 늘 똑같은 한 끼 밥을 규칙적으로 먹는 것으로 그는 어제의 낮과 오늘의 낮이 같음을 실감하고 오늘 밤과 내일 밤이 다르지 않을 것을 확신했다. 그런 실감과 확신을 통해 자신이 지하 복사실에 있는 동안 매일 낮과 매일 밤이 각각 다르게 흘러간다는 사실을 잊었다. 말하자면 조금씩 반찬이 달라질 뿐 본질적으로 같은 식단이라고 할 수 있는 정식 A세트는 그의 일상과 꼭 닮은 식사였다. 규칙적인 기상 시간, 남색과 검은색으로 이루어진 비슷한 차림의 복장, 같은 시각에 출발하는 출근 열차, 언제나 일정한 복사실의 영업 시간이 그의 생활과 꼭 닮은 것처럼. (「동일한 점심」, pp. 66~67)

물론 비유나 수사를 허락하지 않는 편혜영의 하드보일드한 문장들
이 이 사내가 살아가는 일상의 지루한 동일성을 얼마만큼 세밀하고
건조하게 나열하고 있는지를 저 요약만으로 온전히 전달할 수는 없
다. 다만 몇 마디만 더 보태자면, 저 사내는 책도 동일하게 제본된 책
들(내용과 상관없이)만 읽는다. 그리고 그가 하루 종일 하는 일이란
고작 "손님이 내미는 자료를 받아 숫자 버튼을 눌러 매수를 지정하고
초록 버튼을 눌러 복사를 시작"하고, "복사광이 번지면 사람이 없는
벽이나 책장이나 복도 쪽으로 시선을 돌"리고 있는 것이 전부다. 복
사가 끝나면 "복사된 자료를 건넨다, 대개는 지폐를 받고 통을 뒤져
잔돈을 내준다, 다시 의자에 앉는다. 그게 다. 그런 일들이 하루에
수십 번 복사된다"(「동일한 점심」, p. 72). 심지어 지하철에서 자살을
목격하고도 그런 무의미한 반복을 관성적으로 되풀이하기 위해, 그리
고 오로지 출근 시간을 지키기 위한 목적으로, 경찰의 목격담 진술
요구를 거절하고 복사실로 향한다. 타인의 죽음보다 소중한 일상의
동일성이 그를 완전히 사로잡고 있다. 오로지 동일한 점심을 먹기 위
해, 시장기가 없어도 점심시간이 되면 반드시 예의 그 구내식당으로
향하고, 동일한 점심 A세트를 먹는다. 편혜영은 사내의 그런 일상을
이렇게 비유하기도 한다.

　　구내식당의 정식 A세트를 기준으로 그의 하루는 데칼코마니처럼 오
　전과 오후가 동일하게 반복되었다. 오전과 오후뿐만이 아니었다. 자정
　을 기준으로 하면 어제와 오늘이, 주말을 기준으로 하면 지난주와 이
　번 주가, 연말을 기준으로 하면 작년과 올해가 같았다. 그러므로 모든
　미래는 과거와 동일한 시간일 것이다. 현재가 과거와 같듯이 미래는

현재와 같을 것이다. 언제나 같다는 것. 그 때문에 그는 낮게 한숨을 내쉬었으나 이내 언제나 같아서 다행이라 생각하면 한숨을 거둬들였다. (「동일한 점심」, p. 83)

그리고 마치 동일한 점심을 기준으로 데칼코마니처럼 오전과 오후가 겹치는 그의 일상과도 같이, 소설은 점심을 먹던 그의 모습으로 시작해서 다시 점심을 먹는 그의 모습으로 끝난다(「토끼의 묘」「통조림 공장」「관광버스를 타실래요?」 역시 이러한 수미쌍관의 형식을 취한다. 동일한 것의 반복이란 주제에 합당한 형식이다). 물론 소설이 끝나기 전, 그의 미래에 대한 아주 정확한 예견도 빠뜨리지 않는다. 그 예견이란 이렇다.

그는 앞으로도 오랫동안 복사실에서 지내야 할 것이다. 종이에 살갗을 베는 일이 유일하게 상처가 되는 곳에서 복사광의 온기에 위로받으면서, 10원 단위의 거스름돈을 꼬박꼬박 내어주면서. (「동일한 점심」, p. 78)

그런데 저것은 예견인가, 저주인가. 동일한 공간에서, 동일하게 분절된 시간표를 지키며, 동일한 식사를 하고, 동일한 의복을 입고, 동일한 독서를 하고, 동일한 교통수단으로 출퇴근하는 삶, 그래서 어떤 차이도 없고, 차이가 없으니 상처도 없고, 그래서 어떤 굴곡도 없이 과거와 현재와 미래가 완전히 동일해지는 나날의 연속, 그것은 '삶의 복사'다. 그리고 저수지와 습지와 들쥐와 시체 들과 쓰레기와 악취와 하루살이가 주던 공포보다 더한 공포, 그보다 더한 '동일성의 지옥'이다.

그런데 더 살펴보자니, 「통조림 공장」의 사장과 공장장과 박과 다른 직원들이 사는 방식도 이와 다르지 않다. 하루 세 끼를 통조림으로 해결하고, 술안주도 통조림으로 해결하고, 동일한 시간에 기계를 켜고, 동일한 것들을 통조림에 담고, 동일한 고민과 동일한 생활고로 고통받는다. 그중 누군가 죽거나 시스템에서 빠져나가거나 크고 작은 실수를 한다 해도 동일한 나날은 계속된다. 공장장이 사라지면 박이 공장장이 되고, 박이 사라지면, 다른 누군가가 (똑같은 통조림을 먹고 만들던 사람이) 공장장이 된다. 그러면 그는 또 같은 통조림을 먹고 같은 시간에 기계를 켜고 같은 통조림을 만든다. 공간도 시간도 동일성의 지배에서 벗어나지 못한다.

또 살펴보자니, 「토끼의 묘」와 「정글짐」의 주인공들도 파견 근무자들이 근무 기간 동안에만 기르다 버리는 토끼의 삶과 그다지 다르지 않은 삶을 산다. 게다가 자신과 마찬가지로 모두 파견 근무자들이고, 자신이 무슨 일을 하는지 잘 모르고, 자신이 없어도 회사는 잘 굴러가고, 자신 또한 누군가처럼 사라져도 흔적조차 남지 않으며, 설사 그 동일한 지옥을 피해 도피하더라도 갈 데라곤 집밖에 없으며, 우연히 떠난 여행은 동일한 골목과 동일한 건물로 이루어진 미로를 무의미하게 헤매는 일 외에 아무것도 아니며, 설사 집에 머물러도 할 것이라고는 지금껏 해온 동일한, 바로 그 일밖에 없다는 사실을 다들 동일하게 확인한다.

역시 살펴보자니, 사랑도 현재와 동일할 것이 뻔한 미래를 바꿔놓진 못할 것이고(「저녁의 구애」), 현재나 미래나 죽음이나 삶이나 다 균질적인 것이어서, 이대로 살다 이대로 사라질 것이다. 자칫 그 동일한 나날의 삶에서 이탈이라도 했다가는 「크림색 소파의 방」의 주인공 '진'처럼 영영 국도의 웅덩이에 빠져 돌아오지 못하게 될 테니, 동일한 지옥의 삶은 차라리 편안함이다.

요컨대, 동일하고 동일하고 다시 동일한 공간과 시간 속의 저 군상들, 그들이 사는 곳은 바로 그 이유로 미로이고 저수지다. 미로와 저수지는 그것이 설사 문명과 자연이라는 익숙한 근친적 대립으로 나뉘어 있(는 것처럼 보인)다 하더라도, 동일한 것들의 지옥이라는 점에서는 동일하다. 야만이 문명이고 문명이 야만이다. 편혜영의 세번째 소설집 『저녁의 구애』가 우리에게 보내는 경고가 이것이다.


## 웰컴 투 하드보일드 헬!

다시, 서두의 「밤의 공사」 이야기로 돌아와서, 그의 공사는 『저녁의 구애』에 이르러 완전히 실패했음이 드러난다. 아니 실패했을 뿐만 아니라, 그가 그토록 두려워했고 필사적으로 막아보려다 죽어갔던 동일성의 지옥은 이제 저수지가 표상하던 억압된 자연의 영역만 아니라, 질서와 차이가 존재한다고 믿었던 도시 문명에까지 그 영역을 확대했다. 자연도, 문명도, 전원도, 도시도 모두 지옥이다. 탈출의 방법은 없다. 왜냐하면 편혜영의 세계에서 미래 또한 현재와 동일할 것이므로……

그런 이유로, 누구라도 『저녁의 구애』 이후 편혜영의 세계가 어떻게 변할지 짐작하기는 쉽지 않아 보인다. 기세로 보아, 편혜영이 이 지옥에서 탈출하는 방법을 우리에게 일러줄 것 같지는 않기 때문이다. 아마 더한 지옥을 보여주는 것이 그에게 어울리는 일이고, 한국문학의 지나친 전망주의에도 도움이 되는 일일 테지만(그리고 전염병이 만연하고, 온갖 재앙이 속출하는 작금의 현실에도 부합하는 일일 테지만), 그러나 그가 그려보이게 될 이보다 더한 지옥을 상상하기가 쉽거나 유쾌할 것 같지는 않기 때문이다.

『아오이가든』이 세상에 처음 나왔을 때, 평론가 이광호는 '웰컴 투 하드고어 원더랜드!'라는 환영사로 그 악몽 같은 작품들의 탄생을 반겨주었다. 이제 편혜영의 소설은 더 이상 하드고어적 상상력에 기대고 있지는 않은 듯하다. 그런데 나는 『저녁의 구애』의 편혜영이 더 섬뜩하고 무섭다. 억압된 야만의 귀환이나, 자연의 복수보다 더 공포스러운 것은, 우리가 안온하다고, 편안하다고 느끼는 이 문명 자체가 이미 어떠한 차이도 용인되지 않는 야만적인 자연이자 동일성의 지옥이라는 그 사실이다. 환영의 말을 바꿀 때다. 다들 달갑지는 않겠지만, 편혜영의 세번째 소설집을 읽는 우리 모두에게,

"웰컴 투 하드보일드 헬!"

# 기어서 넘는 벌레, 상처를 긍정하는 몸

── 조하형론

## 경고

한반도 전역을 초토화시키는 절대적인 불을 만나야 한다. 수십 수백만이 순식간에 몰살당하는 압도적인 지진을 이겨내야 하고, 온 산하를 진흙 천지로 만드는 토우(土雨)와 우주적 규모의 모래 장마를 맞아야 한다. 신화 속의 키메라보다 더 그로테스크한 트랜스제닉 동물들과 병들고, 이지러지고, 추락하고, 곪고, 자살하는 돌연변이 인간들을 겪어야 하고, 지금보다 더한 빈부격차와 소외와 고독을 지켜보아야 한다. 목숨을 걸지 않는 이상 (아니 목숨을 걸어도) 실낱같은 희망조차 존재하지 않고, 심지어 구원의 날이 곧 파멸의 날인 세계 속으로 발을 들여놓아야 한다.

게다가 그런 세계는 이런 문장들로 구축되어 있다.

등에 있는 알 때문에 허리가 90도 가까이 굽었고, 빈 자루처럼 쭈글

쭈글하게 오그라들었으며, 지구와 태양 사이의 거리를 알고 있는 남궁(南宮)여사는, 색유리창의 파편이 미광을 머금은 안개 속에서 피투성이 참새로 변하는 걸 보았다.

두 마리의 참새는 노인촌에 사는 두 개의 심장을 물고 갔다. 참새들이 펄떡거리다가 멈춰서는 순간, 노인들의 심장도 멈춰섰다. 5동 19번 골목, 전씨(全氏)(☞13-3)와 2동 4번 골목, 최씨(崔氏)(☞13-4)가 마지막 아침을 맞이하던 그 시각, 지구로부터 수천만 광년 떨어진 곳에 있던 쌍성(雙星)이 초신성으로 폭발했고, 노인촌 산 너머에 있는 종합병원에서는 이란성 쌍둥이 남매가 태어났다. 의사가 거꾸로 치켜들자 아이들은 금속성의 새소리를 터뜨렸고, 등에 달린 살덩어리는 180도로 펼쳐지며 생선처럼 퍼덕거렸다. 쌍둥이들의 아빠인 택배회사 트럭기사는, 탯줄을 자르면서 감동의 눈물을 글썽거렸다. 이 사내는 내일 밤 폭우가 쏟아지는 도로 한가운데에서 이 장면을 떠올리며, 또 다시 눈물을 머금게 된다.(☞35-1) (『키메라의 아침』, 열림원, 2004, p. 13. 이하『키메라』)

데페이즈망의 원리에 따라, 의미론적으로 가급적 가장 멀리 있는 수식어를 끌어다 피수식어를 꾸미는 문장들("지구와 태양 사이의 거리를 알고 있는 남궁 여사"), 전혀 연관성 없어 보이는 우주 도처의 사건들을 연기론(緣起論)적으로 한 문장 안에 나열하는 몽타주(두 참새의 죽음, 두 노인의 죽음, 쌍성의 폭발, 쌍둥이의 탄생), 현재와 미래 시간의 병치("……머금게 된다"), 마치 이차원으로 이루어진 활자들의 평면에 한 차원을 더 포개놓은 듯, 자꾸 앞으로 읽게 될 페이지를 미리 참조하게 만드는 하이퍼텍스트적 구성("☞")들을 확인하라. 질리도록 낯설고 복잡하고 입체적인, 그래서 피로물질의 누적 없이는 읽을 수 없는 이 문장들의 세계에 들어설 수 있겠는가? 피로물질은 읽는 행위에 의해서도 쌓이고, 읽히는 내용에 의해서도 쌓인다. 그러나 책은 손에서 놓여나지 못한다. 읽어갈수록 그 괴기스러운 세계는 우리가 지금 살고 있는 세계의 논리적 귀결임이 드러날 테니까. 읽는 자가 바로 그 안에 있으니까.

## 이미 겪은 미래

올더스 헉슬리의 『멋진 신세계』 이후, SF 장르로 분류되는 소설과 영화 텍스트들에서 인류의 미래는 거의 항상 암울한 디스토피아로 그려져왔다. 그러므로 조하형의 두 장편 『키메라의 아침』과 『조립식 보리수나무』(문학과지성사, 2008. 이하 『보리수』)의 배경이 되는 미래가 그처럼 악몽 같다는 사실 자체가 새로울 것은 없다. 우리는 미래에 대해 너무도 많은 잘못을 저질러서, 우리들의 미래가 악몽과 같을 거란 사실에 하등의 이견도 없다. 오히려 조하형의 작품들을 읽으면서 놀라게 되는 것은 미래의 디스토피아를 바로 현재의 논리적 귀결로 그려내는 작가의 솜씨다.

그의 소설을 읽다 보면, 우선 이 괴물 같은 작가의 두뇌 구조가 궁금해진다. 양자역학, 진화공학, 물리학, 수학, 컴퓨터공학, 미래학, 보존공학, 인류학, 건축학, 거기에 불교와 신화와 철학에 이르기까지, 그가 미래를 현재의 논리적 귀결로 만들어놓기 위해 끌어다 쓰는 지식의 종류와 양은 실로 가공할 만하다. 인문학 외에는 다른 학문이란 없는 것처럼, 컴퓨터에는 인터넷과 워드프로세서 외에는 다른 기능이란 없는 것처럼, 그렇게 살아온 자들로서는 그 진위 여부조차 가늠하기 힘든 무슨무슨 이론과 개념 들의 난장, 그리고 그에 걸맞게 차갑고 기계적인 단문들의 숨 쉴 틈 없는 폭주…… 일단은 망연자실, 그러고는 그가 그린 미래가 전혀 망상 위에 세워진 것이 아니라 오랜 논리적 추론의 산물일 거란 사실에 수긍할 수밖에 다른 도리가 없다. 그의 미래가 현재의 논리적 귀결이란 말은 일차적으로 그런 의미다.

그러나 나열된 자연 과학적 지식의 양만으로 그가 그린 미래에 쉽사리 수긍하는 것은 아니다. 오히려 그가 그려내는 악몽의 미래 도시가 바로 지금 우리가 살고 있는 세계의 알레고리로 읽힌다는 점, 그 점이 중요하다. 지금 우리가 우려하는 모든 것들, 우리 사회에 잠재되어 있는 커다란 오류와 재앙 들이 조하형의 미래에서는 전면적으로 현실화된 채로 우리 눈앞에 펼쳐진다. 그의 미래가 우리 시대의 논리적 귀결이라 말했던 이유는 정작 여기에 있다.

가령, 치매 걸린 홀어머니를 대포 휴대폰 하나만 달랑 쥐여준 채 노인촌에 버리고 호주로 이민 간 아들, 그러자 집도 잃고 아들도 잃고 매일 밤 한 뼘 담장 위에 날개를 펼치고 서 있는 조인(鳥人) 노파(『키메라』, pp. 46~47). 이 낯설면서 낯익은 풍경은 우리 시대 가족 제도의 논리적 귀결이 아닌가! "매일 밤 경찰들의 '바이오스틸 포획망'을 피해 곡예비행을 하며 날개를 낭비"(『키메라』, p. 50)하는 미래의 아이들은 우리 시대 십대들의 논리적 귀결일 것이고, 6동 9번 골목에 버려진 늙은 동성애자 강 씨(『키메라』, p. 109)는 우리 시대 성적 소수자들의 논리적 귀결일 것이며, "간이 실제로 배 밖에 붙어 있는 폴리염화비페닐 중독 멧돼지들"(『보리수』, p. 16.)은 우리 시대

유전공학의 논리적 귀결일 것이다. 빈자의 심장에는 도통 관심이 없는 미래의 민간의료보험제도, 한 뼘의 땅도 없는 유민과 부랑아들의 슈퍼슬럼과 워킹 시티walking city, 신인류의 희망과 절망을 오락가락하며 기자들을 분열증과 '녹색가루'의 환각 속으로 도피하게 만드는 상업주의 미디어 등등. 인용하자면 한없이 길어질 수많은 풍경과 풍물들이 모두, 이대로라면 한 치의 오차 없이 실현될 우리 시대의 논리적 귀결들로 읽힌다.

현재와 미래의 이 믿고 싶지 않은 연속성, 아니 동일성은 어디에서 오는가! 물론 돈의 논리에서 온다. 우리 시대의 많은 젊은 작가들과 마찬가지로, 조하형이 보기에도 승승장구하는 오늘날의 자본주의는 미래까지 건재하다. 미래의 이 모든 악몽을 초래한 것은 역시 우리 시대 자본주의의 논리적 귀결로서의 초국적 자본주의다.

조인의 탄생은 거대한 시장의 생성을 의미했다. 세상 모든 것이 새로 만들어져야 했다. 날개를 고려한 셔츠 디자인에서부터, 새로운 올림픽 게임에 이르기까지, 초등학교 자연교과서에서부터, 의자 등받이에 이르기까지. 건물 형태와 내부 인테리어 변경에서부터, 비행기에 로프를 걸고 날아간 뒤, 비행기에 매달렸던 게 아니라 그냥 로프만 붙잡고 있었던 거라고 주장하는 신종범죄에 관한 법률에 이르기까지. 불황기 자본은 하늘을 포섭해 이윤을 창출했고, 신용불량자와 실업자가 넘쳐나던 대지에 대안을 제시했다. 하늘로 갔던 조인들이 돌아오기 시작했다. (『키메라』, p. 70)

전 지구적 과잉생산 공황 이후, 금융 부문의 초팽창은 정해진 수순이었다. 하루에, 한국 1년 예산의 40배가 넘는 돈이, 국경을 가로지르며 움직이고 있었다. 초국적 자본은 이미, 충분히, 세계 시장을 지배하고 있었고, 사실은 세계 시장의 움직임, 그 자체나 마찬가지였다. 그리고 유효수요가 없는 생산능력 과잉 상태에서, 초국적 자본은 필연적으로, 투기 자본일 수밖에 없었다. 독고는 그 투기 자본의 최전선, '재난투자' 파트에서 일하고 있었다. 방재연구소는, 그의 입을 통해 비로소, 현실적 실체를 가지게 되었다.

이 세상에는, 전쟁이나 재난을 통해 이득을 취하는 인간들이 있다. 국제적 분쟁이나 내전을 '조정'하는 투자나, 자연재해 및 환경오염과 관련된 헤지펀드는, 더 이상 새로운 게 아니었다. (『보리수』, p. 55)

첫번째 인용문은 『키메라』의 무대가 되는 '미친, 새로운' 시대의 개막 이면에 자본의 거대한 음모가 있었음을 보여준다. 자본의 불황 타개책이 날개 달린 조인들을 양산하고, 날개 관련 산업으로 이윤을 창출하고, 날개를 비상(飛翔)의 상징이 아니라 소비의 구실이 되게 한다. 이후로 "아무도 날지 않는다. 기껏해야 주말 야외에서 삐걱거리는 날갯짓을 할 뿐". 오로지 "하늘을 휘젓고 다니는 건, 힘이 남아도는 양아치들이나 삼류 예술가들, 혹은 잠이 안 오는 백수들"(『키메라』, p. 49) 외에는 없다.

두번째 인용문은 『보리수』에서 시종 한반도 전역을 강타하고 있는 유례없는 불과 모래의 재앙 이면에 재난마저 투자의 대상이자 이윤 창출의 수단으로 삼는 초국적 자본의 논리가 작동하고 있음을 보여주는 대목이다. 방재연구소는 재난을 방재하기 위해서가 아니라 자본에 이로운 방식으로 재난을 조정하고, 투자 시점을 예측하기 위해 존재한다.

　요지부동, 꿋꿋하게 전진하는 자본주의의 무한 전개. 요컨대, 조하
형의 소설 세계에서 미래는 미래가 아니다. 미래는 현재이고, 그런
의미에서 우리가 겪고 있거나, 겪은 바 있는 사태들의 논리적 귀결이
다. 이 지점부터 조하형의 소설을 SF의 문법으로 읽는 것은 무의미해
진다. 사실 작가의 욕심도 여기에 있는 것 같지는 않다. SF 형식은
다만 악몽의 배경을 마련하기 위해 도입되었을 뿐, 정작 작가가 집어
든 화두는 다른 것이다. 자, 자본주의는 상상할 수 있는 최대치까지
극악해졌고, 그 시스템은 인간과 동·식물을 포함한 생태계의 제영역
을 두루 포획하게 되었다. 모든 비상의 시도는 무력하게 재영토화되
었고, 지상은 삼계화택(三界火宅), 모래사막 그 자체다. 무슨 삼매가
있어 이 지옥으로부터 벗어날 것인가? 조하형의 진정한 화두는 이렇
게 시작된다.


## 기어서 넘는 벌레: 『키메라의 아침』

　마르크스가 예견한 그대로, 자본은 모든 단단한 것들을 대기 중으
로 녹아 사라지게 했을 뿐만 아니라, 마르크스가 예견하지 못한 방식
으로, 모든 유연한 날개마저도 견고한 시스템의 일부로 편입시켜버렸
다. 일탈이나 저항도 산업이 되고, 거의 모든 방식의 탈영토화 시도
들도 재영토화된다. 『키메라』의 '미친, 새로운 세상'이 그렇다.

　그 앞에서 전면적 거부, 총체적 일탈을 꿈꾸던 신인류의 날개는 지

하철 패스 같은 게 되어버렸고, 한낱 지상의 우스꽝스러운 건물에 출입하기 위한 액세서리로 전락해버렸다. 그것은 하나의 전조였다. 조인 센터 빌딩은 앞으로 오게 될 시대를 예언하고 있었다: 유사-날개들의 시대, 주말-조인들의 시대. 날개는 지상에 더 잘 적응하기 위한, 미친, 새로운 일상에 활력을 불어넣기 위한, 마술적 도구가 될 예정이었다. (『키메라』, p. 51)

총체적 일탈의 상징이던 날개는 이제 '나도 한때는 날았던 몸이요'라는 식의 신분 증명으로나 쓰이고, 주말의 레저용 장신구 이상도 이하도 아니게 되어버렸다. 자, 누가 있어 다시 날아오를 수 있는가? 이것이 이 소설의 화두다.

『키메라』에는 바로 이 화두를 들고 고투하는 세 명의 인물들이 등장한다. 독고영감과 박영구, 그리고 김철수가 그들이다. 이카로스 이후로 인류가 고안한 서사물들의 가장 흔한 주제, '초월(超越)'의 서사가 시작되려는 것인가? 첫번째 비상 시도, 그러니까 독고영감의 경우에만 이 말은 맞는 말이다.

그는 닭이 식자재가 아니라 분명 조류에 속한다는 사실을 이해하는 사람이다. 신체적 조건의 진화 없이, 어이없는 날개만 달고 태어난 돌연변이 조인들의 비극적 운명을 평생의 화두로 삼고 살아온 독고영감이고 보면 그가 날려 보내려고 그토록 애쓰는 닭은 이제 날지 못하게 된 신인류 조인에 대응하는 객관적 상관물이다. 그는 닭을, 그러니까 악무한의 자본주의 시스템에 갇힌 인류를 어떻게 날려 보내려 하는가? 그에 따르면 닭이 날아오르기 위해서는 "허공의 감각, 비극의 감각이 필요하다"(『키메라』, p. 65). 곧 그가 생각하는 모험의 본질은, 닭으로 하여금 기억을 회복하게 하는 것, 그러니까 마약의 힘을 빌려서라도 "닭 날개 속에 숨어 있는 익룡의 10미터짜리 날개를 불러내려는"(『키메라』, p. 170) 시도에 있다. 그러나 짐작하듯이 이 시도는 실패하게 되어 있다. 그의 모험은 지나치게 낭만적이다. 신화적 과거를 되불러옴으로써 치욕적인 현실을 대체하도록 하겠다는 이 서사의 맹점에 대해서는 '기원이란 항상 비기원이다'라고 했던 데리다의 일갈 한마디면 족하다. 모든 낭만적 퇴행의 서사는 기원의 형이상학에 속할 뿐 현실적으로 새로운 하늘을 열지는 못한다. 이를 다른 등장인물 박영구는 이렇게 표현한다. "독고영감은 '기억'을 가리는 장애물을 제거해 나가는, 네거티브한 전략을 세울 수밖에 없었다. 부력(浮力)이 재생되는 조건을 갖추는 데만, 전념했기 때문이다. 그는 '비상(飛翔)이 아닌 것들'을 제거해 나가기만 했다"(『키메라』, p. 244). "그 부정의 전략이 비상(飛翔)의 기억을 불러왔는지는 모르겠지만, 비상하기 위해 대면하지 않으면 안 되는, 밀도 무한대의 폐허 앞에서는 무력했다"(『키메라』, p. 245). 비상의 기억이 조인을 날개 하지는 못한다. 기원은 결코 미래에 실현되지 않는다.

그렇다면 박영구는 이제 어떻게 닭을 날려 보내려 하는 것일까? 그는 말한다.

고등어에게 독수리의 날개를 이식한다 해서, 날 수 있을까? 불을 삼키고 내장을 모두 태워버리면, 확실히, 가벼워지겠지. 그런다고, 닭이 날 수 있을까? 비상을 위해서는, 몸 전체가 근본적으로 변하지 않으면 안 돼. (『키메라』, p. 66)

신인류의 비극은 몸 전체의 변화 없이, 날개만 달고 태어났다는 사실에 있다. 미친 새로운 세상을 바꾸려는 시도, 곧 초월에의 시도는 단순히 날아오르는 데에 있는 것이 아니다. 일순간의 비상은 곧바로 그것을 여가 산업으로 재영토화하는 자본의 시스템에 금세 포섭되어 버릴 뿐, 총체적 변화를 수반하지 못한다. 낭만적 향수에 기반한 일시적 일탈이 체계에 구멍을 내지는 못한다. 불구의 날개를 가지고 태어나 하늘에도 땅에도 등록될 수 없었던 '박쥐' 박영구의 대안은 그렇다면 무엇인가? 변신(變身)이 그의 답이다. 항상적인 비상이 가능하기 위해서는 비상에 걸맞은 몸이 필요하다. 그리고 생물들의 진화사는 바로 그 몸의 변화가 거대한 도약을 낳고, 새로운 태양을 열어온 역사이기도 하다고 그는 믿는다.

　미친, 새로운 태양. 잊지 마라. 진화의 역사는 미친, 새로운 세계의 엔진, 태양을 바꿔온 역사야. 광합성 세균은 태양을 자기 몸으로 전환시키면서 산소를 토해냈지. 그 결과, 미친, 새로운 대기를 바꾸고, 전혀 다른 아침을 불러올 수 있었어. 양서류는 태양에 노출되면 말라죽는다. 그러나, 파충류는 양서류의 태양을 바꾸고, 물가를 떠나 영토를 확장할 수 있었어. 전신으로 태양을 만질 수도 있었고, 다만, 과열을 막기 위해 오후의 태양을 피해야만 했고, 밤에는 체온 저하로 움직일 수 없었지. 조류와 포유류는 다시, 파충류의 태양을 바꿔버렸다. 단열조직과 체내 열발생장치를 갖추고, 공간은 물론 시간까지 확장할 수 있게 되었던 거야.(☞21-4) 그러므로 바랄 만한 건, 이거밖에 없어. 미친, 새로운 세계의 태양을 바꾸는 거.(☞21-5) 삶에 대한 질문도, 하나밖에 없어. 어떤 태양 아래 설 것인가, 하는 거. (『키메라』, pp. 157~58)

박영구가 고안한 이 변신과 새로운 태양에 관한 화두는 이후 『보리수』에서도 중요한 화두가 된다. 그러나 여기서는 그가 고안한 이 화두를 들고 깨달음에 이르는 이는 그 자신이 아니란 사실만 확인해두고 넘어가자. 도대체 무엇이 잘못된 것일까? 우주적 시간("창조 원리인 3과 4원소를 포괄하는 7"의 횟수만큼) 동안의 비상 훈련 후 박영구는 마지막으로 소도(小刀)로 닭의 목을 찌른 후 날려 보낸다. 그러나 실현되는 것은 비상이 아니라 작품 모든 곳에서 한없이 되풀이되는 추락 이미지의 반복이다. 닭은 잠시 날아오른다. 그리고 오래 떨어진다. 박영구는 그 닭의 목을 자르고, 자신 역시 예의 그 택배 회사 트럭에 몸을 던진다. 그 역시 생애 처음으로 날아오르지만 이내 영원히 추락한다.

『키메라』가 낡은 초월과 비상의 테마로부터 벗어나, 독자적인 주제를 찾아가는 지점이 바로 여기다. 변신해도 초월은 실패한다. '비상하는 닭'은 아마도 '초인 되기'의 알레고리일 터인데, 독고영감의 낭만적 비상 시도와는 사뭇 달랐던 박영구의 비상은 왜 실패한 것일까? 초인은 왜 더 이상 초월의 주인이 되지 못하는가? 이제 김철수가 등장할 차례다. 그러나 그는 말하지 않는다. 다만 행동으로 보여줄 뿐이다. 그러므로 그가 보여준 행위의 의미는 후에 할아버지의 삶을 기록한 손자 길동의 말에서 찾아볼 도리밖에 없다. 자폐에서 벗어난 손자 길동은 「벌레는 어떻게 태양을 넘어가는가」라는 의미심장한 글에서 이렇게 쓴다. *"하지만 날아서 도달할 수 있는 하늘 같은 건 없다"* (『키메라』, p. 129). 일찌감치 노인촌 상공을 선회해본 길동은 할아버지가 보여준 행동의 의미를 그렇게 이해한다. 이 문장에서 강조점은 하늘이 없다는 데 있지 않다. 하늘을 꾸미는 관형구 "날아서 도달할 수 있는"이 강조되어야 한다. 길동이 보기에 할아버지가 그의 목숨을 바쳐 도달한 깨달음이 그것이다. 날아서는 결코 하늘에 이르지 못한다. 비상은 초월의 전제가 되지 못한다. 닭에 집착했던 독고영감과 박영구의 실패는 그런 의미에서 당연하다. 기원에의 향수가 되었건 변신이 되었건 그들의 실수는 지상을 단순한 초월의 대상으로만 여겼다는 점에 있다. 그러나 지상의 고통을 온몸으로 겪어보지 못한 자가 어찌 초인이 될 것인가? 그렇다면 김철수는 비상이 아닌 어떤 방식으로 악무한의 현실 세계를 넘고자 했는가가 문제다. 닭 대신 벌레가 등장한다.

김철수가 소설 초입부터 반복해서 취하는 자세가 있다. 그는 미친 새로운 시대가 열리기 전에 암벽 등반가였다. 그러니까 절벽을 '기어서' 오르고 넘는 사람이었다. 조인들의 탄생은 고작 그를 다국적 기업의 사옥 유리창이나 닦는 신세로 만들어놓고 말았지만, 그는 한때 '조인센터'를 빌더링(기어오름) 함으로써 수많은 일상인들에게 저항의 상징이 되었던 적이 있다. 당시 정신병원에 있던 박영구에게 영감을 준 것도 김철수이다. 소설 말미, 죽음을 결심한 그가 아내 이순희와 함께 취한 마지막 자세도 기어서 오르는 자세였고, 아내 살해 혐의로 감옥에 갇혀서도 줄곧 취한 자세가 '벌레'처럼 벽을 기어오르는 자세였다. 그런데, 그런 그를, 길동은 "미친, 새로운 세상에게 꽃핀 얼굴을 보여준 그 사람"(p. 130)이라고 지칭한다. 무슨 말일까? 그는 어떻게 '날아서는 도달할 수 없는' 하늘에 도달해, 미친 새로운 세상에게 꽃핀 얼굴을 보여줄 수 있었던 걸까? 벌레처럼 '기어서 넘어감'으로써다. 다음 장면은 그가 초월하는(이제 이 말은 수정되어야 한다. 그는 초월한 것이 아니라, 기어서 넘어갔으므로) 벌레로 완성되는 순간이다.

공중에 떠 있는 느낌이다. 광자들 사이에, 손가락을 걸고. 공기분자들 속에, 발끝을 찔러 넣고. 허공을 기고 있는 느낌이다. 그는 산이 없어도 산을 오르며, 매순간, 전 생애의 밀도를 가진 오버행의 찰나를 살아낸다. 그리고, 넘어간다. 태양을 뚫고 지나가는 순간.

혼돈의 극한— 펌핑이 왔다.

추락하면서, 폭발한다. 한 우주의 아침 이후, 그를 구성하던 56억 7천만 종의 몸들이, 56억 7천만 종의 속도로 팽창하다가 에너지의 소용돌이로 미치고, 56억 7천만 종의 아침들과 연결, 접속되면서 스스로를 펼쳐 나가기 시작한다. 벽을 뚫고, 망을 넘어, 햇빛이 대지의 기운을 끌어올리는 대기에, 가득 찬다.

……오래된 얼굴이 쩡, 쩡, 갈라진다. 눈과 코와 귀와 입이 상처 속으로, 빨려 들어간다. 상처 깊은 곳에서 뜨거운 게 분출해 얼굴 전체로, 몸 전체로, 번져 나간다.

아침은 어떻게 오는가?

고개를, 쳐들어라. 벽을 뚫고, 쓰러뜨리고. 보라. 아침을 듣고, 맛보고, 냄새 맡고, 만져보라.

아침이, 왔다.

내가 바로 아침이다. (『키메라』, pp. 338~39)


기어오름의 극한에서 펌핑이 오고, 그의 몸은 이제 전혀 다른 몸으로 변한다. 그 몸은 더 이상 피부에 의해 외부와 격리된 그런 몸이 아니다. 『보리수』에서 이철민이 '정보-몸'이라고 부르게 될 그런 몸,

그 자체 시공간과 구별되지 않는 몸이다. 독고영감과 박영구가 괜한 닭만 죽이고 실패했던 변신에의 시도는 김철수의 기어 넘어감에 의해 완성된다. 기어서 넘어가기, 그것은 지상의 모든 고통과 신음으로부터 훌쩍 벗어남이 아니라 그것들을 그대로 온몸으로 받아내면서 정지한 듯 나아가는 행위, 넘어가는지도 모르고 넘어가는 행위이다. 더 이상 '초월'이란 말이 우리의 날고자 하는 본능을 일깨울 수 없게 된 시대에 김철수가 온몸으로 보여준 이 '기어서 넘기 모델'은 지상의 온갖 모순과 부조리를 포기하지 않으면서도 그 너머에 이를 수 있는 거의 유일한 가능성으로 보인다.

소설은 '아침은 어떻게 오는가?'라는 문장으로 시작했었다. 그리고 소설은 이제 벌레가 되어 새로운 태양을 연 김철수의 포효, "아침이, 왔다. 내가 바로 아침이다"라는 문장으로 끝난다. 『키메라』는 그렇다면 '포월(匍越)'[1]에 관한 소설이다.

## 상처를 긍정하는 몸: 『조립식 보리수나무』

조하형의 두번째 장편 『보리수』는 상상할 수 없는 규모로 번지는

---

1) 포월(匍越) 개념은 이례적인 철학자 김진석의 것이다. 그는 포월 개념에 대해 이렇게 말한다. "그 지역과 장소가 어쩔 수 없이 한 실존에게 주어져 있더라도, 곧 그것을 마음대로 쉽게 바꿀 수 없더라도, 그 장소와 자리의 무게를 긍정해야 한다는 것, 아니 긍정할 수 있다는 것, 그리고 바로 그 긍정을 통하여 그 무게를 견디고 또 넘어갈 수 있다는 것. '가장 무거운 무게'를 끌고 가면서 넘어갈 수 있다는 것. 이 넘어감이 바로 초월의 그것이 아닌 포월의 그것이다"(김진석, 『니체에서 세르까지─초월에서 포월로·둘째권』, 솔, 1994, p. 77).

불의 재난(앞 부분의 짝수장들)과 모래의 재난(뒷부분의 홀수장들) 한복판에서 시작한다. 강릉, 태백, 백두대간, 부산 할 것 없이, 숲과 산이 있는 모든 곳이 불타고 있다. 혹은 모래 장마에 의해 바스러지고 있다. 그러나 다음과 같은 구절은 이 압도적 규모의 불과 모래가 연출하는 악몽 역시 알레고리임을 짐작하게 한다.

> 삶이란, 몸의 궤적, 움직이는 몸의 다른 이름이었고, 그는, 몸을 꺾고 뒤틀고 난도질하는 모든 재난에, 논리적인 불을 지르기를 원했다. 그때의 재난이란, 일상을 뒤흔들어놓는 모든 것의 총칭이었다— 은총까지 포함해서. 일상 자체가, 사실은, 재난에 의해 네거티브한 방식으로만 정의될 수 있었다.
> 재난들; 너무 짧게 깎은 발톱에서부터 진도 9의 지진에 이르기까지, 아침에 깨진 거울에서부터 중심기압 900헥토파스칼의 태풍에 이르기까지, 일상을 꺾고 뒤틀고 난도질하는 모든 것들; 수학적 특이점들; 논리학적 폐허들. (『보리수』, p. 79)

"너무 짧게 깎은 발톱에서부터 진도 9의 지진에 이르기까지" "아침에 깨진 거울에서부터 중심기압 900헥토파스칼의 태풍에 이르기까지"가 모두 재난의 범주에 속한다면, 우리 일상에 재난이 아닌 나날은 없다. 재난이란 "일상을 뒤흔들어놓는 모든 것의 총칭"이란 말은 이렇게 이해된다. 일상이란 오로지 재난에 의해서만 정의된다. 물론 그 재난은 앞서 살펴본 대로 자본의 논리에 따라 방재되기도 하고 조장되기도 한다. 그러므로 불과 모래는 우리가 사는 항상적 재난의 상황에 대한 알레고리다. 나갈 곳은 없다. 그렇다면 다시 화두는 이렇게 주어진다.

자, 발톱에서 지진까지, 깨진 거울에서 태풍까지, 모두가 다 재난
이다. 그러니까 우리가 사는 세상 전체가 삼계화택이자 모래 지옥이
다. 무슨 삼매가 있어 타 죽지 않을 것인가? 모래시계 속의 개미는
어떻게 밖으로 나올 것인가? 아니나 다를까, 소설 속 인물 박인호가
되뇌이는 법화경(法華經)의 화두가 이와 같다.

박인호는 주문을 외우듯, 고봉삼관(高捧三關)의 세 번째 공안을 반
복해서 중얼거렸다: 온 천지가 불구덩이다, 어떤 삼매(三昧)를 얻어
서 타 죽지 않겠는가? (『보리수』, p. 96)

박인호의 이 화두는 이 소설이 읽기에 따라서는 『법화경』의 그 유
명한 화택 에피소드에 대한 패러디임을 암시한다. 그리고 다음의 장
면은 그러한 심증을 더욱 굳게 한다.

세계는 가망이 없었고, 남은 것은, 피부—몸과 근육—몸, 골격—몸,
순환—몸, 도관—몸, 신경—몸 레벨에서의 유토피아에 대한 약속이었
다. 피부는 탱탱해지고, 근육은 팽창하고, 뼈는 단단해지고, 내장은
신형으로 교체되고, 신경은 약물로 고양되었다, 그래서 행복해졌는가?
그 대답이, 북극점 바로 밑에 있는 열대의 해변에 있었다: 불감증 환
자들의 해변.

웰빙과 스마트에 중독된 중산층 사람들이, 불타는 세계의 인공해변
에서, 위장된 평화를 연출하고 있었다. 그것이 바로, 다국적기업들의
웰빙푸드와 스마트드링크가 한 일이었다—세계 시스템 차원의 문제를

개체 수준으로 축소하고 신경계를 식민지화한 것; 남은 것은, '세계의 비참'에 대한 전 지구적 규모의 불감증. (『보리수』, p. 146)

재난은 일상화되었다. 초국적 자본의 시스템은 모든 생명을 마치 모래시계 속의 개미처럼 가둔다. 무한 왕복만 있되, 누구도 그것을 눈치채지 못한다. 알려고 하지도 않는다. 근미래 한국의 인공 휴양지에서 위장된 평화를 연출하는 저 군중들의 불감증은 불붙은 화택에서도 놀이에 빠져 정신없는 『법화경』의 그 아이들을 닮았다. 어떻게 그들을 구할 것인가? 『법화경』대로라면 이제 세 대의 수레가 등장할 차례다. 양거(羊車), 녹거(鹿車), 우거(牛車).

도식적인 일대일 대응은 어렵겠으나 소설에서도 세 대의 수레가 등장한다. 박인호, 이철민·김희영, 김영희가 그들이다. 이들은 각각 양거와 녹거와 우거가 상징하는 바 성문승(聲聞僧: 부처의 말을 듣고 깨우친 자)과 연각승(緣覺僧: 홀로 연기를 깨우친 자) 그리고 보살승(菩薩勝: 이타를 통해 깨달음에 도달하는 자)의 역할을 부여받는 것으로 보인다.

먼저 박인호의 경우다. 그의 직업은 전에는 보존과학자, 지금은 묘지기다. 복원하고 보존하는 자, 그래서 그는 소설의 처음에서 끝까지 불타버린 낙산사의 보존과 복원에 집착한다. 낙산사는 관음이 있던 자리이니 그는 부처의 말씀을 통해 화두를 깨치는 자다. 그가 낙산사라는 건축물을 통해 깨달은 바, 그것은 '공중—가변—거대 구조물'에 관한 것이다. 어떤 불에도 타지 않고, 어떤 지진에도 무너지지 않으며, 어떤 모래바람에도 풍화하지 않는 건축물. 그가 화택 지옥을 벗어나는 대안으로 제시하는 것이 그것이다. 그 건축물에 대한 궁금증은 잠시 묻어두어도 좋다. 각각 이름을 달리하기는 하나 이철민과 김희영이 깨달은 바도 이와 대동소이하기 때문이다.

재난 시뮬레이터인 이철민은 화택 지옥을 '메타-재난-시뮬레이션' 프로그램을 통해 돌파하고자 한다. 논리학의 추종자인 그는 장자의 '귀대환약신(貴大患若信)', 즉 '재난을 네 몸처럼 여겨라'라는 문장을 논리학 체계에 따라 해석해낼 수 있는 프로그램을 꿈꾼다. 그 프로그램이 장자의 난제를 풀어냄으로써 각각 다른 모든 재난들에 대응할 메타 재난 시뮬레이션 프로그램이 완성될 수 있을 거라고 믿기 때문이다. 산림 연구사인 김희영은 그 지옥을 '정보-몸'으로 변신함으로써 돌파하고자 한다. 이철민이 실패한 지점에서 시작한 그녀는 한 번의 재앙을 통해 모든 재난을 이해하고자 한다. 그러기 위해서는 이철민의 재난 시뮬레이션 프로그램 속으로 들어가 재난을 직접 겪으면서 자신의 몸을 그 재난에 따라 변신시켜 스스로 재난 그 자체가 되어야 한다. 재난과 뒤섞인 몸, 그 자체로 재난의 시공간이 된 몸, 개체-환경 복합체, 그것을 일러 그녀는 '정보-몸'이라 부른다. 이제 살펴보겠지만 이철민과 김희영이 다다른 지점은 박인호가 다다른 지점과 유사하다. 그러나 그들은 부처의 말씀보다는 논리학에, 그리고 자신의 몸에 의지한다. 그런고로 그들은 연각승들처럼 보인다.

이 셋이 다다른 지점이 유사하다는 말은 무슨 말인가? 설명을 위해서는 메타-재난-시뮬레이션 프로젝트가 수포로 돌아가고, 시스템에 논리-폭탄으로 맞서던 시도마저 실패한 후, 이철민이 본 두 개의 풍경을 먼저 살펴야 한다.

공중-가변-거대구조물은, 10미터 높이의 미세 철망 스크린 프레임에 걸려 있었다. 수십 개의 항아리들이 한 덩어리로 녹아 붙어 공중에 거꾸로 떠 있는 형태였고, 1인승 삼륜차 크기보다 컸다. 바로, 사이보그 발광조들의 집합적 둥지였다.

사이보그 발광조의 '원형'은, 일명 '베짜기 새'라고도 불리는, 사막의 산까치 종류였다. 그 새들은 기하학도, 건축공학도 없이, 몸의 논리에 따라 공중에 집을 짓는데, 돔형 천장부터 시작해, 차양을 늘어뜨리듯 벽을 세우고, 바닥에 문을 내는 전도된 건축술을 사용했다. 그 둥지는, 지상의 건축처럼 중력에 저항하며 솟구쳐 오르는 것도 아니고, 중력에 투항해 바닥까지 내려가지도 않으면서, 기우뚱한 균형을 유지하는 건축물이었다. 〔……〕 완전하게 불완전한 균형을 유지하고 있는, 전각-둥지의 무정설법(無情說法)의 형태로 왔다: '완전하게 불완전한 건축물'을 지어야 하는 것이다. (『보리수』, pp. 314~15)

몸이 하나의 평면으로 펼쳐져 스킨스케이프 그 자체가 되는 순간, 태양의 각도와 바람의 방향과 파도의 강도에 반응한 산비둘기의 날갯짓 한 번으로, 새로운 스킨스케이프가 구축되기 시작했다. (『보리수』, p. 317)

기하학에도, 건축공학에도 기대지 않고, 오로지 몸의 논리에 따라 지어진 발광조들의 둥지에서 이철민이 본 것이 바로 박인호가 말한 '공중-가변-거대 구조물'이다. 이 건축물은 마치 지상을 초월하려는 듯, 혹은 하늘의 영역을 침범하려던 바벨탑인 듯, 울창하게 솟은 근대적 건축물들과는 완전히 다른 형태를 갖는다. 그것은 천장부터 바닥으로 내려오는 전도된 공법의 결과물이자 환경과 개체가 모두 불성을 가지고 있어 구분 불가능하다는 '무정설법'의 건축학적 대응물이다. 그래서 그것은 "완전하게 불완전한 균형"을 유지한다. 재난이 항상적일 때, 이제 그 재난으로부터 벗어나려는 헛된 시도는 독고영감과 박영구의 실패로 족하다. 재난과 더불어 살기, 시공간 속에서 재난과 겹쳐지고 재난과 차라리 하나가 되어버리는 구조물, 곧 포월하는 구조물이 바로 사이보그 발광조들의 둥지다. 이철민은 그러므로 이 순간, 박인호다.

이어지는 두번째 인용문은 어떤가? 이철민은 지금 재난을 피해 해변으로 도피해 온 짐승들의 더미를 보고 있다. 그 짐승들이 만드는 스킨스케이프는 태양의 미묘한 각도 변화나 바람의 사소한 방향 이동에도 마치 거대한 유기체처럼 반응한다. 그것은 거대한 몸, 개체를 초월하고, 환경에 민감하게 반응하면서 그 자체로 환경이 되는 개체―환경 복합체이다. 그것은 또한 시공과 하나가 된, 그래서 우리가 영화 「매트릭스」에서 본 정보―몸의 존재 양태와 동일하다. 이 순간, 이철민은 김희영이다. 김희영이야말로 짐승들의 스킨스케이프처럼, 재난을 몸처럼 여기라는 장자의 논리를 극한까지 밀어붙여 피부와 근육과 순환기와 소화기와 신경에 이르기까지, 재난에 불타는 숲과 나무들의 변화를 고스란히 제 몸의 변신으로 겪어낸 연각승이 아니던가! 요컨대, 이철민이 구상한 메타―재난―시뮬레이션은 김희영의 몸에서 완성되고 박인호의 건축에서 완성된다. 다음 구절은 이처럼 이들이 이른 지점이 유사하거나 동일함을 보여주는 좋은 근거가 된다.

정보―몸: 무정물(無情物)과 유정물(有情物)을 가로지르는 물질적 마음; 신체와 정신의 단절을 봉합하는 비물질적 몸; 몸들의 건축학적

398

시공간.

그것은, 피부―몸과 근육―몸, 골격―몸, 순환―몸, 도관―몸, 신경―몸의 복합체에서 창발하는 공중도시이고, 유동하는 몸들의 복합체와 더불어 해체―조립―증식되는 가변건축물이며, 기반구조와 사건들의 총체인 몸들의 복합체에 대응하는 거대구조물이기도 했다. 그 공중―가변―거대구조물의 연쇄, 혹은 서사가 '자아'라는 환상을 구성해 간다고, 이철민은 말했다. 메타―재난―시뮬레이션, 재난에 관한 논리―구조물은, 한 번도 얻었던 적이 없는 정보―몸, 한 번도 건축된 적이 없는 공중―가변―거대구조물 같은 것이었다―피부―몸과 근육―몸, 골격―몸, 순환―몸, 도관―몸, 신경―몸의 배치, 그 자체와 둘이 아닌. (『보리수』, p. 149)

도시는 몸이고, 몸은 정보다. 서로 다른 경로에서 출발한 세 사람이 동일한 지점에서 깨달았다. 그러나 남는 의문이 있다. 이들은 분명 자신들이 붙들었던 화두를 어떤 방식으로건 해결했다. 그럼에도 불구하고 작가는 왜, 김영희라는 인물을 세계적 테크노폴리스 마카오로부터 귀환하게 하는가! 왜 이철민과 박인호는 자신들의 구상이 실패했다고 말하고, 김희영은 깨달음의 순간 '변신인가, 파멸인가!'라는 반복적 질문을 던지며 최후를 맞는가? 게다가 김희영은 『키메라』의 김철수처럼 재난으로부터 수직 상승하는 것이 아니라 힘들게 수평이동하면서, 그것들을 고스란히 몸으로 육화하는 포월의 진행 방식을 감행했지 않았던가? 포월로는 모자란 무엇이 남아 있었던가?

대답은 이철민의 다음과 같은 말에 있는 것처럼 보인다. "상처가, 필요한 거야, 넘어가기 위해서는"(p. 265). 게다가 언젠가 김희영도 이런 말을 한 적이 있다.

　─마카오여자는, 아직 마카오에서 돌아오지도 않았어요.

　심희녕이 「법성게(法性偈)」 해설서 종이책을 뉘석이며 말했다. 마
카오여자를 창조하기 위해서는, 그녀의 과거도 필요했다. (『보리수』,
p. 78)

　이 말들과 함께 이제 김영희가 마카오로부터 귀환한 이유가 다소
분명해진다. 김영희의 과거는 상처로 점철되어 있었다. 가난한 대학
생, 난자 밀매자, 자궁 적출녀, 사이보그 창녀를 전전하면서 끝없이
상처와 더불어 살아온 이 여자의 과거가 있어야만 김희영이 꿈꾸던
정보─몸은 도래한다. 이철민의 실패는 논리학만으로 재난에 맞서려
고 했다는 데에 있다. 재난은 논리로 정복되지 않는다. 상처가 필요
하다. 물론 상처의 필요성은 이철민도 안다. 그러나 안타깝게도 대지
진 이후 그는 통증을 느끼는 신경에 이상이 생긴다. 그는 상처의 개
념은 이해하되 상처를 아픔으로 느낄 줄 모르는 유형의 인간이다. 상
처를 긍정할 줄 모르는 인간이다.

　박인호도 마찬가지다. 그는 말한다. "흔적을 남기면서 복원해야
돼. 상처와 더불어서 자유로워지는 거지. 교체가 아닌 성숙, 그건 마
음이 일어나는 방식을 재조립하는 일이야. 과거를 바꾼다는 건, 그런
의미지. 그러나, ……나 역시 성공하진 못했어"(p. 293). 그의 고백
그대로, 소설 초입 박인호는 유물 한 점을 깨뜨린 적이 있다. 그러나
그는 큐레이터와 공모해 흔적 없이 유물을 복원한다. 상처 없이 복원
한다. 상처에 대해 말하면서도 그는 상처를 긍정하지 않는다. 김영희

는 그래서 필요했다.

그렇다면 마지막 인물, 상처의 도입자 김영희에 대해서는 할 말이 많이 남아 있지 않은 셈이다. 이철민과 김희영과 박인호로부터 한 발만 더 나아가면 되기 때문이다. 그들과 모든 점을 공유하되, 상처의 긍정을 통해 그녀만이 온전한 의미에서 변신에 성공하고, 가난한 자들의 가변 건축물에서 들리는 음악을 들을 수 있게 되고, 무엇보다도 자신의 소외와 고통과 상처를 긍정하면서 이타적 행위를 통해 소내(疎內)[2]하는 법을 터득한다. 그녀는 보살승이다. 그러므로 소설의 대미, 그녀가 초록–사이보그(정보–몸, 공중–가변–거대구조물)로 변신하는 장엄한 순간은 기록해두어야 한다. 21세기판 초인의 탄생 장면이자, '조립식 보리수나무'(불교와 SF의 이 기이한 결합! 디지털 글쓰기와 박상륭 식 소설쓰기의 이 절묘한 결합!)의 탄생 순간이므로.

그녀의 날숨$CO_2$이 사이보그 전나무의 들숨이 되고, 사이보그 전나무의 날숨$O_2$이 그녀의 들숨이 되는 교환의 리듬이, 절단 불가능한 연속체의 폴리리듬으로 변해간다: 몸의 녹화, 얼굴의 녹화: 초록–사이보그.

---

2) 소내(疎內)의 개념 역시 김진석의 것이다. 그는 소내에 대해 이렇게 말한다. "고통을 줄이거나 없애려고 할수록 웃음이 줄어들거나 사라지는 역설적 상황에서, 현대인들은 입버릇처럼 말한다. 인간은 소외된다고. 그러나 심리학적 또는 병리학적으로 보자면, '소외'는 역사적으로 고통이 커지거나 심각해져서 생겨난 것이 아니다. 오히려 거꾸로 고통을 줄이거나 없애려는 문화적이고 이념적인 강박 속에서 생겨났다. 그와 달리 우리는 더 크고 더 깊은 고통 속에서 웃음을 짓고 희극을 긍정할 수 있다. 이처럼 고통과 위험 속에서 자라난 웃음을 통하여, 예술이 된 희극을 통하여, 현대인은 단순히 소외되지 않는다. 그 상태를 넘어간다. 고통의 웃음을 통하여 현대인은 소내한다"(김진석, 「소내하는 비극, 소내하는 희극」, 『포월과 소내의 미학』, 문학과지성사, 2006, pp. 306~07).

탈진한 몸들이, 감각의 과부하 상태에서 경계를 넘어 흐르고, 초록 안에서, 초록이 되어, 초록과 함께 움직일 때, 기묘한 식물성 기쁨이 감전의 느낌으로 밀려왔다.

빛을 인식하고 기쁨으로 떠는, 파이토크롬, 크립토크롬 분자들; 몸을 구성하는 원소들이 변환되고, 새로운 분자들($C_6H_{12}O_6$)이 생성한다: 정오의 광합성: 자립의 화학, 변신의 연금술.

초록-사이보그는 그 순간, 시민의 불안과 공포, 난민의 분노와 절망을 내려놓고, 완전하게 불완전한 건축물을 비로소 이해했다: 논리적 구조물, 윤리적 구조물…… 그리고 초록이 아름답다.

음악이 연주되기 시작한 것은 바로 그때였다.

(『보리수』, pp. 337~38)

# 촛불의 기원

## ─── 김연수의 「산책하는 이들의 다섯 가지 즐거움」에 대하여

## '그'의 정체

「산책하는 이들의 다섯 가지 즐거움」(『자음과모음』 2008년 가을호)의 주인공 '그'는 스스로를 영화감독이라 말하지만, 나는 그의 말을 믿지 않는다. 많은 예술가 소설들, 혹은 메타 픽션들에서 항용 그러하거니와, 소설 작품 속에서 다른 예술 장르에 종사하는 자(화가, 시인, 음악가, 영화감독 등)가 설파하는 예술론은 실상에 있어 소설가 자신의 문학론인 경우가 많고, 그의 작품론은 자주 소설가 자신의 작품들을 지시하는 경우가 많다. 따라서 나는, 그의 친구 말에 따르면 "서민들이 보기에는 너무 예술적"인 영화를 찍었다는, 그리고 자신의 말에 따르면 앞으로 찍을 영화가 「산책하는 이들의 다섯 가지 즐거움」이라는 이 영화감독의 말을, 그저 '나는 김연수라는 소설가의 분신이오' 정도로 이해한다. 알다시피 그간 김연수가 써온 소설들이야말로 그 명성에 비해 '서민들이 보기에는 너무 예술적'이어서, 장안의

지가를 높이는 데는 그다지 기여한 바가 없었지 않은가! 그리고 많은 메타 픽션들의 문법 그대로, 소설 속에서 영화감독인 그가 만들고자 하는 영화 「산책하는 이들의 다섯 가지 즐거움」은 이미 씌어진 바로 이 동명의 소설이 아니겠는가!

소설 속 주인공과 작가를 과도하게 동일시하는 것이 좋은 버릇은 못된다고 지적하려는 독자들을 위해서라면 다음과 같은 결정적인 증거도 제시할 수 있다. 이제 '고통'에 관한 한 그의 스승이 될 암 환자 Y가 묻는다. "제가 영화를 본 지가 오래돼서. 어떤 영화를 찍으셨나요?" 그러자 잠시 생각한 후 그가 답한다. "어떤 영화를 찍었다기보다는 어떤 여자를 찍은 거죠" '영화 전체를 그 여자에게 바쳤다', 혹은 '그 여자를 탐구하는 데 바쳐진 영화였다'라는 말의 우회적 표현으로 읽히기도 하는 문장인데, 도대체 그녀는 누구일까? 그러나 그녀는 소설 속에서 끝내 등장하지 않는다. 다만 "그로서는 그저 짐작만 할 뿐이었던, 그녀의 고독했을 밤처럼"이라거나, "결국 그는 그녀처럼 죽게 될 것이었다. 자기 안에서, 혼자서" 같은 문장들에서 풍문처럼, 그러나 결코 지워지지 않을 상처의 쓸쓸함을 동반한 채로, 잠시 상기될 뿐이다. 그러나 그것으로 족하다. 그 구절들만으로도 이 영화감독은 작가 김연수의 분신이라 불릴 자격이 있다.

이 여자는 오래전부터, 항상 그런 방식으로만 자신을 드러내왔다. 이 여자는 「다시 한달을 가서 설산을 넘으면」(『나는 유령작가입니다』, 창비, 2005)에서는 영원히 그 의미를 의해할 수 없는 유서 한 장의 형태로 존재했다. 『네가 누구든 얼마나 외롭든』(문학동네, 2007)에서는 오랫동안 헤어져 있어서 끝없이 추억하고 상기해야만 하는 대상으로 존재했고, 『밤은 노래한다』(문학과지성사, 2008)에서는 서두만 읽을 수 있었던 편지 한 장을 남긴 채 소설 초반부에 목숨을 끊어버렸으며, 「달로 간 코미디언」(『세계의 끝 여자친구』, 문학동네, 2009)에서는 황야의 달 속으로 종적을 감추기도 했다. 그러니까 주로 김연수의 좋은 작품들 속에, '부재하는 현전'의 방식으로만, 그녀는 항상 존재해왔다. 영화감독 '그'는 그러니까, "어떤 영화를 찍었다기보다는 어떤 여자를 찍은 거죠"라는 한 문장으로 그간 김연수의 작품 세계를 요약하고 있는 셈이다.

김연수가 연애소설 작가는 아니었을진대, 과도한 비약인가? 그렇지 않다. '너무 일찍 사라져버린 여자 찾기'의 서사가 그간 김연수의 소설에 보탰던 것은 결코 연애 소설의 감미로움만은 아니었다. 그 서사는 우선, 문자로 된 공식 기록물들에 대한 인식론적 회의라는 후기 구조주의적 테마를 소설적으로 형상화하는 데 에너지원으로 사용되기도 했다. 「다시 한 달을 가서 설산을 넘으면」의 주인공이 쓴 소설 속 소설을 상기해보자. 「뿌넝쉬」(『나는 유령작가입니다』)의 우리말 의미가 '말할 수 없음'이란 사실도 함께. 말로 그녀를, 그녀와의 사랑을, 어찌 옮길 수 있을까? 말로 전쟁을, 그 말할 수 없을 만큼 참혹했던 격전과 격정의 기억을, 어찌 옮길 수 있을까? 그러나 그는 '말의 불완전함 앞에 선 소설가의 고독' 따위의 식상한 수사 뒤에 숨지 않고, 그 말 너머, 설산보다 더 멀리 오리무중 속에 있는 어떤 절대의 지경에 도달하고자 했는데, 단언컨대 아마도 거기에 (가령 설산 너머의 '동녀국'에) 일찍 사라져버린 바로 그 여자가 있을 거란 믿음만이 그런 무모한 도전을 가능하게 했을 줄 안다.

이것만이 다가 아니다. 그녀의 이른 부재는 또한, 철학적 혹은 윤리적으로 '우리는 타자에 도달할 수 있는가?' '타자를 이해하거나 언어화할 수 있는가'라는 주제로 즐겨 변주되곤 했다. 그 여자는 항상 너무 일찍 죽거나 사라져버리는 관계로, 남성적 상징계의 언어 밖에서, 포착 불가능한 형태로 남는다. 「달로 간 코미디언」 「모두에게 복된 새해」 그리고 그가 쓴 연애소설들 모두가 그 변주의 탁월한 결과물들인데, 이 작품들이 보여준 그대로 남성에게 여성은 항상 도달할 수 없는 타자가 아닌가! 이방인은 무조건적인 환대의 대상일 뿐, 이해라는 이름의 동일화 대상은 아니지 않은가! 라캉이 그토록 어렵고 현란하게 밝혀놓았던 그 주제를 김연수는 가슴을 찢어놓을 듯 감미롭고 예민한, 그러나 정확하고 지적인 소설적 문장으로 변주했다. 그 여자는 그런 방식으로, 김연수를 본의 아니게 페미니스트이게 했고, 여성들을 포함한 타자들에 대해 윤리적일 수 있게 했다.

요컨대, 스스로를 영화감독이라 칭한 '그'의 말, "어떤 영화를 찍었다기보다는 어떤 여자를 찍은 거죠"라는 그 한 문장은, 내가 아는 한 김연수 소설에 관한 가장 적확한 요약이다.


## 타인에겐 타인의 고통인 나의 고통


충분한 논거가 되었는지는 자신할 수 없으나, 앞의 여러 정황에 기대 '그'를 이제부터 작가 김연수의 분신, 아니 내친김에 그냥 '김연수'라고 불러보자. '그─김연수'는 그간 어떤 영화를 찍으면서, 정확히는 이 작품 이전까지의 소설들을 쓰면서, 오랫동안 한 여자를 사랑했던 것으로 보인다. 물론 그녀는 실제 인물이 아니라, 정민(『네가 누구든 얼마나 외롭든』)이고, 정희(『밤은 노래한다』)이고, 그의 소설에 등장했다가 일찍 사라져버리곤 했던 안개 같고, 별 같기도 했던 그 많은 여자들(나는 특별히, 장대비를 견딘 후의 여름새처럼 생명력 넘치고 여리고 처연했던, 『밤은 노래한다』의 여옥을 이 목록에 추가하고 싶은 마음 간절하다. 그러나 다행히도 그녀는 소설 속에서 일찍 사라지지 않는다) 일반일 것이다. 그녀에 대한 영화감독 '그'의 사랑은, 자신의 작중 여성 인물들에 대한 김연수의 사랑이다. 그리고 그런 의미에서라면 그의 이상문학상 수상작 「산책하는 이들의 다섯 가지 즐거움」이 바로 그 여자의 '부재하는 현전', 즉 사별했으나 여전히 강력하게 남아 그를 괴롭히는 애도의 감정으로부터 시작한다는 사실은 그다지 놀라운 일이 아니다. 김연수의 소설들이 내내 그래왔기 때문이다.

그의 고통, 육중한 코끼리가 발로 왼쪽 가슴을 누르는 듯한 심장통은 그녀의 죽음과 함께 그를 찾아왔다. 그러나 그는 그녀와의 사랑에 대해, 그녀가 죽은 이유에 대해, 그날 밤 그녀가 느꼈을 고독에 대해 독자들에게 아무 말도 전하지 않는다. 심지어 그녀의 죽음을 도저히 이해할 수 없는 자신의 심정에 대해서마저도…… 그는 다만 고통에 대해, 고통을 어떻게 다스릴 것인가(그것을 사라지게 할 수는 없으니)에 대해, 고통을 안고 살아가는 방식에 대해 차근차근 깨달아가는 자신의 심정 변화를 보여줄 뿐이다.

이 작품에서 고통에 대한 작가 김연수의 태도가 이전의 작품들에서와 사뭇 달라 보이는 지점이 바로 여기다. 아마도 「다시 한 달을 가서 설산을 넘으면」 시절의 그였다면 수수께끼처럼 닫힌 여자의 부재를 메우기 위해 사력을 다해 소설을 쓰고, 그녀가 마지막으로 읽었던 혜초의 『왕오천축국전』에 표시된 경로를 따라 설산을 넘었을 것이다. 『밤은 노래한다』의 그였다면, 돌연한 그녀의 죽음을 이해하지 못해 아편굴에 몸을 던지고, 그녀가 목을 걸었던 나뭇가지에 자신의 목을 걸고, 그리고 입을 닫고 귀를 닫은 채 매일 밤을 증오와 질투에 몸서리쳤을 것이다. 그것은 타인의 고통을 이해하려는, 언어 너머를 언어화하려는, 넘어설 수 없는 어떤 지점을 돌파하려는 자의 '위대한 실패', 그것이었다. 그러나 이제 그는 그렇게 하지 않는다. 대신 그는 산책을 한다. 세 달이 넘는 불면의 밤을 이기기 위해, 그는 여동생과 아홉 명의 친구들과 그리고 마지막으로 암 환자 Y와 산책을 한다.

산책은 위대한 실패 대신 그에게 무엇을 깨닫게 하는가? 우선은, 충분히 걸으면 "코끼리도 재울 수 있으며", 집안일들을 "짧은 시간에 척척" 해낼 수 있게 한다는 것이다. 그러나 물론 그뿐일 리는 없다. 그의 산책은 '나의 고통' 또한 타인들에게는 '타인의 고통'에 불과한 것임을 깨닫게 한다. 다시 말하건대, 나의 고통 또한 타인의 고통이다. 일찍 죽어버린 연인의 고통이 나에게는 설산 너머처럼 불가해한 것이듯, 나의 고통 또한 타인에게는 다시 한 달을 가서 설산을 넘어도 다 이르지 못할 만큼은 불가해한 것이다. 외상증후군이 실제적이고 물리적인 고통을 수반한다는 사실을 이해하지 못하는 친구와의 산책, 아픈 아이를 핑계로 황급히 자리를 피하는 친구와의 산책, 자신의 최근 정황을 전혀 모르는 (그래서 그의 고통 또한 전혀 짐작하지 못하는) 여동생과의 산책, 그리고 그 산책 중에 본 많은 타인들의 표정이 그로 하여금 자신의 고통 또한 누구에게도 이해받지 못할, 또 그 사실이 전혀 억울할 것도 없는, 완전한 '타인의 고통'이라는 사실을 깨닫게 한다.

아홉 친구와의 산책 끝에 그는 이렇게 말한다. "그래서 이렇게 사람들로 북적대는 길을 걸어가는 일은 혼자 집에서 걱정하는 일들의 목록을 작성하면서 지내는 것보다 더 위험한 일일 수도 있었다. 그렇게 많은 사람들이 존재하는데도 그가 말하는 실제적인 고통을 온전하게 느낄 수 있는 사람이 하나도 없다는 자각에 이른다는 점에서 말이다. 그가 지구를 던진다고 해도 사람들이 받는 건 저마다 각자의 공일 것이다." 또 이런 말도 한다. "어쩌면 모든 사람들의 내부에는 그의 코끼리와 같은 것들이 하나씩 존재하고 있기 때문에 사람들은 혼자 산책하는 일을 두려워하는 것인지도 몰랐다. 오랑우탄이나 코뿔소, 토끼, 어쩌면 매머드나 티라노사우루스 같은 것들 말이다." 모두가 고통과 함께 걷는다. 자신에게는 코끼리인 고통이, 타인에게는 코뿔소, 토끼, 매머드, 티라노사우루스 모양의 고통일 뿐. 나의 고통도 타인에게는 타인의 고통이다.

이전 작품들에서 그가 보여준 '위대한 실패'에 비할 때, 이 깨달음이 너무 소극적이고 개인주의적이고 초라한가? 그러나 타인의 고통을 이해하기 위한 장대한 모험이 반드시 전제하고 수반해야 할 것, 그것은 타인에게는 나 또한 타인일 수밖에 없다는 사실, 타인을 이해하는 것만큼 어려운 것이 또한 타인에게 나를 이해시키는 일이라는 사실, 나의 고통이 타인의 고통에 비해 반드시 클 이유는 지상에 존재하지 않는다는 사실 바로 그것 아닌가? 그러니까 김연수의 이번 소설은 타자 윤리에 대한 그의 소설적 탐구가 종래에는 다다를 수밖에 없었던, 예정된 도착 지점이 아니겠는가? 게다가 소설은 아직 끝나지도 않았다.

아홉 친구 모두와의 산책이 끝난 후, 그는 마지막으로 암 환자이자 산책의 달인인 Y를 만난다. 그녀는 어떤 사람인가 하면, "피부를 오그라들게 만들던 방사선 치료에 회의를 느끼고 존엄하게 치료 받을 권리를 주장하던" 중 "부작용으로 고통받으니 차라리 내 몸의 병으로 고통받겠어요"라는 말을 남기고 대학병원을 떠난 사람이다. 그러니까 내 몸의 고통을 외부의 어떠한 도움 없이 견디기로 작정한 사람이다. 게다가 그녀의 고통은 '그-김연수'의 실연통(失戀痛) 따위와는 비교도 되지 않을, 목숨 자체를 담보로 한 고통이다. 그녀는 말한다. "그런데 그보다 더 싫은 건 사람들이 이렇게 말할 때죠. 그건 일단 네 몸이 나은 뒤에 그때 얘기하자. 그럼 저는 그렇게 말했어요. 내 몸은 이제 영영 낫지 않아. 지금 얘기해. 무슨 말인지 아시겠어요? 걸어다니면서 나는 그걸 알게 된 거예요."

'몸이 나은 뒤' 따위는 없다. 왜냐하면 누구에게나 크건 작건, 코끼리건 공룡이건, 고통은 있게 마련이고, 그 고통의 완전한 소멸이란 죽음 전까지는 기대할 수 없는 법이기 때문이다. 걸어다니면서 Y는 그것을 알게 된다. 고통은 이해받거나, 소멸시키거나 할 수 있는 것이 아니라, 인정하고, 껴안고, 데리고 다녀야 하는 것이다. 지금까지뿐만 아니라 앞으로도 영원히……

Y의 이와 같은 전언이 있고서야 소설은 이제 끝날 채비를 한다. 수수께끼 같은 **'그것'**의 등장과 함께……


## 촛불의 기원


다소 긴 인용이 필요하다. 이미 읽었더라도 꼭 다시 읽어야만 한다. 도대체 (굵은 고딕체로 강조된) **'그것'**의 정체는 무엇일까?

"어때요? 괜찮아요? 조금 더 걸어볼까요?"

Y 씨가 그를 바라보면서 물었다. 그는 고개를 끄덕였다.

"조금 더 걸어보자는 말이지요? 그래요, 이 거리. 제가 좋아하는 거리니까."

그리고 그녀와 꼭 붙어서 다니던 거리니까.

"맞아요. 저도 좋아하는 거리에요."

그렇게 걸어가는 그들을 향해 무전기를 든 경찰 하나가 두 팔로 X 자를 만들어 보인 뒤, 오른손을 뻗어 길 뒤쪽을 가리켰다. Y 씨와 그는 경찰이 가리키는 쪽으로 고개를 돌리고 바라봤다. 또한 코끼리와 지네와 베짱이와 수컷 사마귀와 함께. **그것**을.

오래, 아주 오래 생각했다. **그것**은 무엇일까? 답은 다음의 문장들에 있었다.

혼자서 걷기 시작할 때, 사람들은 저마다 다른 곳에서부터 걷기 시작한다. 저처럼 한낮과 다름없이 환하고도 파란 하늘에서, 혹은 스핀이 걸린 빗방울이 떨어지는 골목에서, 분당보다도 더 멀리, 아마도 우주 저편에서부터. 그렇게 저마다 다른 곳에서 혼자서 걷기 시작해 사람들은 결국 함께 걷는 법을 익혀나간다. 그들의 산책은 마치 이 세상에 존재하는 모든 동물들과 함께 하는 산책과 같았다. 그들의 산책은 마치 세상에 존재하는 모든 동물들과 함께 하는 산책과 같을 것이었다. 앞으로도. 영원히. 주차장을 빠져나온 그들의 눈앞으로 버스로 바리케이드를 치고 4차선 도로를 봉쇄한 경찰들이 보였다. 어디선가 함성이 요란했다. 두 사람은 눈앞에 펼쳐진 장면을 바라봤다. 검은색 진압복을 입고 열을 맞춰 앉아 있는 경찰들과, 그보다 뒤쪽에서 무전기를 든 손으로 팔짱을 끼고 그들을 바라보는 지휘관들과, 그보다 더 뒤쪽에서 대기하고 있는 살수차와, 앞쪽에서 서로 뒤엉킨 채 버스와 담벼락 사이를 막고 선 또 다른 경찰들과, 그들의 검은색 투구에서 2미터 정도 위쪽으로 지나가는 바람과, 어디선가 들려오는 함성과, 또 함성과, 또 다른 함성과……. 고통, 아아, 그 고통을. 지네와 베짱이와 수컷 사마귀와, 또 오랑우탄이나 코뿔소, 토끼, 어쩌면 매머드나 티라노사우루스 같은 것들을.

저마다 다른 곳에서, 파란 하늘이나, "스핀이 걸린 빗방울이 떨어지는 골목"이나, "분당보다도 더 멀리, 아마도 우주 저편에서부터", 저마다 홀로 걷기 시작한 고통들이 함께 걷는 법을 익혀나간다. 끊이지 않는 함성은 바로 그 고통들이 지르는 소리다.

각각 다른 곳에서 걸어온 고통들의 거대한 물결. 다른 고통들의 연대. 하나된 고통. 그러니까 희망으로 전화하는 고통.

아무리 생각해도, '**그것**'은…… '**촛불**'이다.

# 고대 동물들의 후일담

## —김유진의 『늑대의 문장』에 대하여

> 사람들이 알지도 못하고
> 주목하지도 않는 것이
> 심장의 미로를 통해
> 밤을 배회하나니
> —괴테

## 1

　신을 하나라고 믿는 사람들, 혹은 이제 신이나 영웅들에 관한 이야기는 고대인들의 잠꼬대에 불과하다고 믿는 사람들, 그러니까 바로 우리 같은 사람들에게 김유진의 소설은 매우 낯설고 불쾌하다. 소설 곳곳에서 덜 퇴화한 사랑니나 꼬리뼈처럼 귀찮고 성가시게, 그리고 종종 아주 고통스럽게, 고대적 존재들의 흔적이 출몰한다. 그러고는 극심하게 앓는다. 그들의 앓는 모습, 그들이 앓는 소리, 그것을 기록하는 자, 아니 소설 쓰기를 통해 그들과 같이 앓는 자, 그가 김유진이다. 그런 의미에서 김유진의 소설 세계는 '하대당한 신과 영웅들의 비참한 후일담'이라 할 만하다.

  지라르의 견해를 참조하자면 김유진의 소설은 아무래도 '근대의 서사시'라기보다는 '근대의 비극'에 가깝다. 문제적 개인의 가망 없는 총체성 회복 서사 대신, 상호 폭력의 만연과 그에 따른 희생 위기의 출현, 그리고 폭력적 만장일치에 의한 희생 제의로 이어지는 비극의 서사구조가 김유진 소설의 뼈대를 이룬다.

  고대 비극에서 만연한 상호 폭력과 이어지는 희생 위기는 항상 원인모를 재앙의 형태로 나타난다. 가령 지라르는 소포클레스의 비극 『오이디푸스 왕』에 등장하는 죄악과 재앙 들을 차이의 파괴에 따른 극단적인 상호 폭력의 상징으로 이해한다. "친부살해와 근친상간은 폭력의 무차별화 과정을 완성시킨다."[1] 물론 만연한 재앙으로서의 페스트는 이처럼 무차별적인 상호폭력이 집단적으로 전염되어 사회 전체가 '희생 위기'에 빠져 있다는 사실에 대한 은유이다. 그럴 때, 희생 위기에 빠진 이 사회를 구원할 유일한 방책은 희생제의뿐이다. 그런데 제의에서 희생되어야 할 희생양은 어떻게 선별되는가? 상호 폭력에 의해 이미 짝패double처럼 닮은꼴이 되어버린 사회 구성원들의 폭력적 만장일치에 의해서다. "증오를 더 증폭시키면서 또한 이 증오들을 서로 완전히 교체할 수 있는 것으로 만드는 차이소멸과 짝패의 일반화가 폭력적 만장일치의 필요충분조건이다. 수많은 개인에게 분산되었던 원한과 증오는 단 한 사람의 개인, 즉 〈희생물〉에게 수렴될

---

1) 르네 지라르, 『폭력과 성스러움』, 김진식 옮김, 민음사, 2000, p. 116.

것이다".[2] 그렇게 선별된 희생양이 도살되고 이어 그에 대한 사후 신격화가 진행되면 사회는 다시 안정을 찾는다. 비극은 이 과정에 대한 서사적 기록이다. "비극적 갈등은 일대일 결투의 칼을 말로 대체한 것이다"[3]라는 지라르의 명제가 지시하는 바 의미도 이것일 것이다.

고립된 단장(短章)들의 연쇄, 예이젠시테인의 시각적 몽타주를 연상시키는 강렬한 이미지들의 충돌, 그리고 구체성이 완전히 삭제된 초현실적 시공간과 그 속에서 발생하는 개연성 없는 사건들이 독자들을 자주 길 잃게 하지만, 세심하게 읽으면 김유진의 소설들은 이러한 희생양 제의의 절차를 고도로 정밀하게 재현하고 있다. 우선 항상적인 재앙이 있다.

고대 비극이 그랬듯이, 김유진이 쓴 신과 영웅들의 후일담 또한 예외 없이 만연한 재앙과 함께 시작한다. 원인 모를 폭사(爆死)가 전염병처럼 사람들을 덮치고(「늑대의 문장」, 『늑대의 문장』, 문학동네, 2009; 이하 언급되는 김유진의 작품들은 모두 이 책에 실려 있다), 저수지가 범람하여 실족사가 일상이 되고(「목소리」), 바람이 세상을 삼키는가 하면(「마녀」), 지진이 수백 명의 생명을 순식간에 앗아간다(「움」). 이처럼 김유진의 소설 속에서 세계는 항상 재앙에 빠져 있다. 물론 만연한 재앙은 『오이디푸스왕』에서 도시를 덮친 전염병이 그랬듯이, 희생 위기 상태에 빠진 사회에 대한 알레고리다. 특별히 「늑대의 문장」은 작가 김유진이 얼마나 주도면밀하게 희생 위기의 메커니즘을 재현하려 애쓰고 있는가를 잘 보여주는 작품이다.

소설은 세 여자 아이들의 느닷없는 폭사 장면으로부터 시작한다.

2) 르네 지라르, 같은 책, p. 129.
3) 르네 지라르, 같은 책, p. 70.

아무런 감정적 개입 없이, 차라리 서정적이고 시적인 문체로 "단무지처럼 얇은 다리와 덜 자란 내장이 흩어져 있는"(p. 8) 폭사 후의 장면이 묘사되고 나면, "이제는 그 죽음이 너무나 빈번하여 아무런 감흥도 일지 않"는 마을의 일상, "마을사람들의 죽음을 집단 폐사한 닭이나 장마철에 떠내려가는 돼지 보듯이" 하게 만드는 항상적인 재앙의 상태에 대한 서술자의 설명이 이어진다. "폭사는 전염병처럼 퍼져갔지만 발병의 원인이나 숙주조차도 알 수 없었고 그 어떤 규칙성도 발견할 수 없었다. 더군다나 예고도, 징후도 없었다"(p. 10). 소용없는 방책과 미신이 횡행하지만 폭사는 멈추지 않는다. 고립된 섬마을의 이와 같은 상태는 희생 위기에 빠진 사회에 대한 훌륭한 알레고리라 할 만하다. 게다가 다음과 같은 구절은, 희생 위기란 차이의 파괴에 따른 상호 폭력, 그리고 적대자들 간 모방 폭력의 전염에 의해 이루어지게 마련이라는 지라르의 주장을 즉각 연상시킨다.

가시적인 목표가 생기자 사람들은 적극적이고 전투적으로 현실에 대응했다. 분노는 더욱더 극렬해져가고, 마을에는 기이한 활기가 되살아났다. 사람들은 대낮에는 이중삼중으로 문을 덧대고 창문을 막는 작업을 했다. 늑대에 대해 원시적인 방어가 전부인 사람들은 길을 가다 보이는 강아지나 들개의 새끼들도 모조리 때려죽였다. 낮엔 사람이 늑대의 자식들을 죽여나갔고 밤이 되면 늑대가 사람을 습격했다. (「늑대의 문장」, p. 28)

사람들은, 찾을 수 없는 폭사의 원인을 피칠갑을 하고 돌아다니는 늑대들(원래는 개들이었던)에게 돌린다. 개와 늑대의 차이가 우선 소멸한다. "적극적이고 전투적으로"라는 말은 '폭력적으로'란 말과 같을 터이니, 위 구절은 늑대와 사람들, 야만과 문명 간의 상호 폭력이 어떤 방식으로 만연하게 되는가에 대한 설명이라 할 수 있겠다. 상호 폭력이 이처럼 가속화되던 어느 시점에서 소녀는 말한다. "어머니는 이제 늑대와 달라 보일 것이 없었다"(p. 29). 늑대와 사람들 간의 차이도 소멸한다. 마치 난투극에 휘말린 군중들에게서 개인을 분리할 수 없듯이, 만연한 상호 폭력 속에서 개와 늑대와 사람을 구별하는 일은 불가능해진다. 이제 당연히 요구되는 것은 희생양 제의뿐이다.

## 3

그런데 누가 희생양이 되는가? 고대였다면 아마도 사육되던 파르마코스pharmakos 중에서 선별되었을 것이다. 파르마코스란 "아테네와 같은 그리스의 큰 도시국가들이 타르겔리아 축제나 디오니소스 축제 때 집단적으로 살해하기 위해, 비용을 들여서 살려두고 있던 사람들"[4]을 의미하는데 그들은 대개 이런 사람들이었다.

복수를 피하기 위해서 그리스인들은 거주지가 없는 사람, 가족이 없는 사람, 불구자, 병자, 버려진 노인들같이 사회적으로 가치가 없는 사람들, 요컨대 우리가 『희생양』에서 '희생양 선택의 우선적인 특징'이라 부르던 것을 많이 지니고 있는 사람들을 택하였다.[5]

4) 르네 지라르, 『나는 사탄이 번개처럼 떨어지는 것을 본다』, 김진식 옮김, 문학과지성사, 2004, p. 102.

지라르가 말하는 "희생양 선택의 우선적인 특징"이란 무엇을 일컫는 것일까? 그것은 '배제'다. 부랑아, 불구자, 병자, 노인 들은 모두 주류 사회에서 배제된 자들이다. 사회에서 배척된 자들, 조르조 아감벤 식으로 이야기하자면 배제됨으로써 포섭된 '벌거벗은 생명들'이다. 이렇게 김유진 소설은 이즈음 인구에 회자되는 타자, 소수자, 배제된 자 들과 현대판 희생 제의를 연결시킬 만한 고리 하나를 마련한다. 그러나 김유진은 그렇게 손쉬운 길(이미 트렌드가 되었다는 의미에서)을 택하지 않는다. 희생양은 그처럼 왜소하고 버려진 존재들 중에서만 선택되는 것은 아니다.

〈그렇다면 왕은?〉하고 의문을 품을 것이다. 그는 사회 핵심부에 있지 않은가? 그건 분명한 사실이다. 그러나 이 경우에서는 핵심적이고 중요한 그 지위 자체가 그를 타인들과 분리시키며 그를 진짜 〈사회에서 배척된 자(hors-caste)〉로 만든다. 마치 파르마코스가 〈낮은 것〉으로 사회에서 유리되어 있듯이 왕은 〈높은 것〉 때문에 사회에서 벗어나 있다.[6]

우리는 고대 사회에서 흔히 한 사회의 재앙을 책임지고 도살당하는 희생양이 바로 누구도 아닌 왕이었단 사실을 자주 들은 적이 있다. 왕은 파르마코스가 너무 낮아서 배제당한 것과 대조적으로 너무 높아서 배제당한다. 너무 낮은 것과 마찬가지로 너무 높은 것 또한 소위 '정상적인 것'이 아니기는 매한가지이기 때문이다. 김유진 소설에서

5) 르네 지라르, 『나는 사탄이 번개처럼 떨어지는 것을 본다』, p. 103.
6) 르네 지라르, 『폭력과 성스러움』, p. 25.

희생 위기에 바쳐질 희생양이 선별되는 기준이 그와 같다. 그러나 우리 시대에는 재앙을 책임질 왕이 없으니, 왕은 아니다. 고대 동물들이 등장해야 할 시점이 지금이다.

도시는 놀라우리만치 선명했다. 햇빛은 대기층을 뚫고 그 어떤 장애물도 없이 도시에 도달했다. 빛은 맹렬히 빌딩의 유리벽을 향해 달려들었다. 여자는 전단지를 보며 걷고 있었다. 사기업에서 운영하는 동물원의 홍보물이었다. 여자의 커다란 엉덩이와 부은 다리가 천천히 멈춰섰다. 그녀의 눈은 코팅지에 찍힌 거대한 문어를 향해 있었다. 문어는 기원을 거슬러 올라가는 원시의 혈통이었다. 크기는 직경 15미터에 달했다. 무엇이든 크고 웅장했던 태초의 산물이었다. 문어 옆에는 거대문어의 출몰 기록이 남아있는 실록의 자료가 나란히 기재되어 있었다. 이 남태평양 태생의 거대문어가 난바다가 아닌 서해의 갯벌에서 발견된 것 역시 흥미로운 사실이라고 덧붙여져 있었다. 그 희귀한 아열대성 어종이 도시 한가운데 전시되기로 한 것이다. (「빛의 이주민들」, pp. 33~34)

「빛의 이주민들」의 도입부에 해당하는 위 문장들이야말로 김유진의 소설 세계를 압축해서 보여준다. 거대한 여자가 거대한 문어(다른 작품에서는 범고래나 늑대)에 매혹된다. 그런 방식으로 "무엇이든 크고 웅장했던 태초의 산물"인 거대 문어는 우선 외형상 여자와 동일시된다. 여자 역시 태초의 산물, 고대의 흔적이다. 거대 문어가 도시의 홍보관에 전시됨으로써 박제되고 사물화된 채로만 존재를 유지할 수 있듯이 코끼리보다 더 많은 배추를 먹어치우는 이 기형적으로 비대한 여자도 매일매일의 치욕스러운 노동을 통해서만 가까스로 그 문명을 견딘다. 크레인 기사인 그녀의 남편 또한 마찬가지다.

수십 미터의 철근 구조물의 정점에 운전실이 박혀 있었다. 그의 운전실은 거대한 동물의 작은 머리통 같았다. 그가 뼈대를 쌓고 지상의 인부들이 살을 붙여나갔다. 그러면 건물은 곧 백악기 시대의 공룡처럼 도시에 우뚝 섰다. (「빛의 이주민들」, p. 39)

거대한 조물주가 지상의 뭇 생명들과 문명을 건설하는 장면을 연상시키거니와, 고대의 신들이 세계를 창조한 방식이 이와 유사했을 것이다. 추위를 잘 타서 밤이면 둘이서 볼을 맞대고 잠드는 이들, 도시의 가로등 불빛에서 고대의 삼엽충과 해파리를 보는 이들 부부는 고대에서 이주해 온 신, 혹은 쇠락해가는 거인족의 후예들임에 틀림없다. 바로 이 거인족의 후예, 빛의 나라에서 이주해 온 이주민의 추락사야말로 이 소설에서 행해지는 희생 제의다. 작품 속에서 테러에 대한 공포가 사회 전체를 전염병과 유사한 방식으로 지배하고 있었음을 상기해보자. 바로 그 테러에의 공포 때문에 희생되는 것이 남편인 크레인 기사다. 왜인가? 고대의 왕이 그랬듯이 그들이 너무 높은 곳에서 이주해 왔기 때문이다. 왜소한 속물들로 가득한 우리 시대의 눈으로 보기에 그들이 너무 비정상적으로 크기 때문이다.

우리 시대는 캠벨이 말한 소위 '신화적 비방mythological defamation'에 아주 능하다. 신화적 비방이란 이런 것이다.

그것은 단순하게 다른 민족의 신들을 악마라고 부르고 그에 대응하는 자신의 신들을 확장하여 우주에 대한 헤게모니를 쥐도록 하며, 한편으로는 악마들의 무능과 악의를 보여주고 다른 한편으로는 위대한 신 또는 신들의 위엄과 의로움을 보여주는 크고 작은 이차적인 신화들을 발명해내는 일들로 이루어진다.[7]

캠벨이 신화적 비방이란 개념을 적용한 시대, 그러니까 폭력적 유목문화의 침입이 결과한 고대 여성 신들에 대한 체계적 폄하 과정이 진행되던 시절, 여성 신들이 가부장적 남성 신들(야훼도 그중 하나였다)에 의해 왜곡되고 변형되고 배제되던 시절은 그나마 나았다. 우리의 문명은 아예 신적인 것들의 존재 자체를 부정하고, 신적인 모든 것들을 절멸 상태로 몰아간다. 과학이 신화의 자리를 대신하고, 천체망원경이 하늘의 안식처를 쑥밭으로 만들고, 현미경이 신의 섭리를 백일하에 폭로하고, 그러자 신적인 것들은 이제 예의 그 부부의 처지를 면하지 못한다. 오히려 우리 시대에 신화적 비방 과정은 더욱 가속화되어, 고대를 연상시키는 모든 존재들은 혐오와 경멸, 아니면 공포와 외면의 대상, 그도 아니면 상품이 된다. 그들은 하나같이 '기형'이 된다.

아마도 김유진이 고대적인 예지를 갖춘 인물들의 외양을 항상 기형적이고 그로테스크하게 묘사하는 이유가 여기에 있을 것이다. 김유진은 고대적 존재들이 신화적 비방에 의해 기형화되는 모습을 낱낱이 기록한다. 초두에 이 작가의 소설 세계를 '하대당한 신과 영웅들의 비참한 후일담'이라 명명했던 이유도 여기에 있는데, 가령 몸 대신 곱

7) 조지프 캠벨, 『서양신화』, 정영목 옮김, 까치글방, 1999, p. 100.

슬머리만 자라는 반신불수(「마녀」), 나이를 알 수 없는 얼굴에 마녀 같은 백발(「목소리」), 몸의 반을 덮은 홍반과 기괴하게 거대한 팔 (「움」) 그리고 그 많은 양성구유적 여성들은 모두 고대적인 것들의 흔적, 우리 문명에 의해 신화적 비방 과정을 겪으면서 왜곡되고 과장된 흔적이다. 그러나 신화적 비방이 고대적인 것들의 풍모를 완전히 없앨 수는 없는 모양이다.

일찍이 멜빌은 『백경』에서 그답게 이런 말을 한 적이 있다. "품위가 있는 모든 것에는 약간의 음울한 기분이 감돌기 마련이다." 또 이런 말을 한 적도 있다. "비극적으로 위대한 인물이란 대부분 일종의 병적인 성향을 지님으로써 성립된다." 기형적인 외모에도 불구하고, 그들에게서 풍겨 나오는 음울한 품위, 병적인 위대함이야말로 김유진 소설 속의 인물들이 가진 최고의 매력이다.


4


비방당한 형상들 중 특별히 '움'의 형상은 더 거론할 만하다. 「움」의 주인공은 이렇게 생겼다.


움은 거대하고 단단한 팔을 가진 소년으로 자랐다. 그의 홍반은 이제 오른쪽 뺨의 일부분, 등과 가슴의 절반, 사타구니에 달했다. 그의 오른팔 근육은 운동을 하지 않아도 단단하게 자리잡았다. 오른쪽 어깨와 목이 발달했다. 멀리서 보면, 그는 한쪽 팔과 어깨에 갑옷을 댄 고대 전사처럼 보였다. 〔……〕 움의 존재는 예술적 영감을 불러일으키기에 충분했다. 그의 아름다움은 기형적이었다. 그의 팔은 크고 강해 보였으나, 나머지 신체는 마르고 볼품없었다. 그는 경이로움과 우스꽝 스러움을 동시에 느끼게 했다. (「움」, p. 130)

작가도 '고대 전사'라는 표현을 쓰고 있듯이, 움에게서 고대의 흔적 을 찾기는 어렵지 않다. 그러나 그것은 기형적인 형태를 띠고 나타난 다. 갑옷을 댄 것처럼 거대하고 강력한 팔과 어깨, 그리고 그것들을 제외한 나머지 신체와의 불균형 때문이다. 아마도 어원적인 의미에서 의 '그로테스크'란 말에 가장 적합한 신체 형상일 텐데, 마치 이질적 인 두 신체, 그리고 이질적인 두 시대가 움의 몸에서 꿰매어져 각축 하고 있는 형국이다. 움에게서 가장 전형적으로 나타나고 있달 뿐, 김유진 소설 속의 그로테스크한 인물군의 형성 원리가 이와 같다. 고 대적인 것과 비고대적인 것, 거대함과 왜소함, 예지력과 백치성, 강 력함과 유약함, 남성성과 여성성, 늙음과 어림이 서로 융화되지 않은 채로 꿰매어져 기괴한 감정을 유발한다. 물론 이 형상은 작품의 주제 와 직접 관련된다. 고대적인 것들의 비극적 몰락이라는 테마가 그것 이다. 고대적인 것들은 오로지 기형적으로만 살아남아 있다가 희생양 제의에 의해 소멸한다.

그러나 움의 형상은 그것이 지시하는 주제 때문에만 주목을 요하는 것이 아니다. 움은 김유진 작품의 주제만이 아니라 김유진이 글 쓰는 방식, 곧 작품의 형식을 이해하는 데에도 중요한 실마리 구실을 한 다. 이질적인 것들의 그로테스크한 결합, 그러니까 몽타주 형식, 꿰 매기 형식의 글쓰기가 바로 그것이다. 김유진의 소설 형식 자체가 움 의 형상과 유사하다. 고대적인 것들과 현대적인 것들이 한 문장 내에서 동시에 나열된다. 좀더 큰 단위에서는 짧은 단장들이 고립된 채로 맥락 없이 병치되기도 하고, 종종 시간적·공간적 구체성을 상실한 모호한 이미지들이 초현실주의적으로 마구 뒤얽힌다. 말하자면 인물 창조의 원리가 글의 형식 수준에서도 관철되는 셈이다.


5


이와 관련하여 「늑대의 문장」은 다시 한 번 문제적인 작품으로 부상한다. 작중 '이모' 때문이다. 이모는 어떤 사람인가?

> 수많은 바늘들과 두껍고 얇고, 밝고 어두운 천들이 방을 겹겹이 둘러싸고 있었다. 이모는 그 속에서 누에고치처럼 실을 뽑아내었다. 이모는 소녀에게 손짓하여 옷을 벗게 했다. 소녀는 순순히 붉은 공단원피스를 벗었다. 그 옷 역시 이모의 작품이었다. 소녀는 부드러운 모로 몸을 감쌌다. 좀이 슨 천 냄새가 났다. 이모는 옷의 가슴께에 수를 놓았다. 화장실에서 나온 기념이라고 덧붙였다. 소녀가 다시 옷을 입었을 때, 소녀의 왼쪽 가슴에 검은 나비가 나타났다. (「늑대의 문장」, p. 17)

인용문에서 이모의 방이 묘사되는 방식을 보자. 마을에서 바느질을 가장 잘하는 이모인 만큼 "수많은 바늘들과 두껍고 얇고, 밝고 어두운 천들"로 겹겹이 둘러싸인 방에 기거한다. 그러고는 거기서 "누에고치처럼" 실을 뽑아낸다. 이모의 이런 모습을 좀더 잘 이해하기 위해서는 이 마을에 번지고 있는 재앙이 '폭사' 곧 '신체의 파편화'란 사실을 상기할 필요가 있겠다. 요컨대 이모는 진행되는 파편화의 재앙에 맞서, 파편들을 꿰매는 자다. 봉합하는 자이자 신체들을 다시 화해시키는 자다. 그런 이모가 소녀의 옷 왼쪽 가슴께에 나비를 수놓아준다. 누에가 나비를 낳는다는 사실로 미루어 이 장면은 일종의 세례식에 틀림없다. 나비를 예비하는 존재, 요한적 존재로서의 누에가, 이제 늑대들에게 끌려가 죽임을 당함으로써 희생양의 역할을 치르게 될 소녀의 가슴에 나비를 수놓아주는 일이 세례식이 아니라면 무엇이겠는가?

그런데 우리는 이 소설을 읽으면서 이모가 요한적인 존재일 뿐만 아니라 또한 '이야기하는 자'라는 사실도 알게 된다(사실 요한도 이야기꾼이었을 것이다. 메시아가 도래할 것임을, 그래서 과거의 영광이 재현될 것임을 얘기하던 이야기꾼). 물론 이모가 말을 많이 하는 사람은 아니다. 오히려 이모는 어머니의 욕설과 경멸을 말없이 견디는 편에 속하는 사람이다. 그럼에도 불구하고 이모는 이야기꾼인데, 바로 그 침묵, 말더듬이야 말로 오늘날 '이야기'가 존재하는 방식이기 때문이다. 이모를 이야기꾼이라 함은 바로 그 이모가 고대적인 것들과의 끈을 간직한 마을의 유일한 사람이란 의미다. '이야기'는 '소설'과 달라서 고대 구술문화 시절의 기억들을 여전히 간직하고 있다. 소설 말미 이모가 새끼 늑대들에게 베푸는 교접 같기도 하고 수유 같기도 한 묘한 행위는 이모가 바로 고대적인 것들의 비밀을 이해하는 유일한 자라는 사실에 대한 증거가 된다. 그런 사람이 현대적인 언어, 혹은 문자문화에 서툰 것은 당연한 이치다. 구술문화 시절의 '이야기'와 우리 시대의 '말'은 늑대의 언어와 사람의 언어만큼이나 거리가 멀 텐데, 이모의 말 더듬과 침묵이야말로 이야기란 말은 그런 의미에서 형용모순이 아니다.

다른 작품 「목소리」에서 우리는 이와 유사한 정황을 발견한다. 인물들 간의 동일한 구도가 반복된다. 초점 주체인 소녀가 있고 그에 의해 관찰되는 고대적 풍모의 여성이 있다. 다만 「늑대의 문장」에서는 이모가 했던 역할을 이 작품에서는 언니가 한다. 소녀는 언니에 대해 "언니는 다리의 균 때문에 고열에 시달렸다. 정수리까지 열꽃이 피었다. 언니는 붉은 얼굴로 꿈결처럼 이야기를 내뱉었다. 그것은 오래된 전설 같기도 했고, 이국에서 떠도는 풍문 같기도 했다. 나는 그것으로 언니의 나라를 상상했다. 나는 언니에 대해 아는 것이 없었다. 고향이 어디인지, 왜 밤마다 불길한 소리로 가득 차는 이곳을 떠나지 않는지, 언니를 낳은 것은 누구인지를, 다만 질긴 거죽과 비쩍 마른 다리를 보며 언니의 나이를 가늠할 뿐이었다."(「목소리」, pp. 90~91)라고 말한다. 가늠할 수 없는 나이, 전설 같은 이야기, 기형적 외모(신화적 비방의 흔적!) 등이 언니를 고대적 풍모를 지닌 인물, 그리고 그 시절의 일들을 이야기하는 '이야기꾼'의 반열에 올려놓는데, 이 언니에 의해 세례를 받는 이가 또한 초점 주체인 소녀라는 사실도 앞의 작품과 동일하다. 등을 만들던 (언니의 연인으로 보이는) 사내가 죽고 언니가 말을 잃자, 그 언니의 뒤를 이어 이야기를 만드는 이는 바로 소녀다.

그 후 언니는 더 이상 마을의 지나간 이야기를 해주지 않았다. 이야기는 온전히 나의 입에서만 나왔다. 그것을, 언니가 원했다. 나의 이야기는 한정된 시간과 한정된 공간에서 무한히 반복되었다. 그의 집을 처음 찾았을 때, 울고 있는 그를 보았을 때, 그가 사라졌을 때의 이야기를, 노래처럼 읊조렸다. 시간이 흐르자 이야기는 일정한 주제 안에서 조금씩 변주되었고, 때로 한 부분이 여러 번 반복되었으며, 어떤 부분은 건너뛰기도 했다. 그의 이야기는 음조가 생겼고, 일정한 운율이 생겼다. 그는 곧 시가 되었다. 언니가, 그것을 원했다. 나는 별자리를 헤매는 언니를 바라보았다. 언니가 찾고 있는 별자리를 바라보았다. 오래전 언니가 속삭였던 낙타자리에 관한 전설을 떠올려보려 했지만 기억나지 않았다. (「목소리」, p. 97)

언니의 이야기가 멈추자, 소녀가 이야기하기 시작한다. 그렇다면 이 작품은 이야기의 '전수'에 관한 이야기, 이야기의 기원에 관한 이야기가 아닌가? 바로 그 사라져가고 잊혀가고 파편화되어가는 이야기들을 꿰매어 오롯한 운율의 전설을 만드는 자가 어떻게 탄생하는가에 대한 이야기가 아닌가? 그러나 앞선 세대의 이야기꾼이었던 이모나 언니와 달리 소녀의 이야기는 고대의 흔적을 물려받았다 할지라도 엄밀한 의미에서 '이야기'이기는 힘들다. 이야기의 뒤를 잇는 것, 이야기꾼의 뒤를 잇는 자, 우리는 그 이름들을 아는데 '소설'과 '소설가'가 그것이다. 소녀는 소설가였던 것이다.

김유진이 소설 쓰기를 어떻게 생각하는지, 어떤 방식으로 소설을 쓰는지 이제 말할 수 있게 되었다. 「늑대의 문장」의 이모는 꿰매는 자이자 이야기꾼이었다. 「목소리」의 언니는 세례자이자 이야기꾼이었다. 그들이 죽거나 침묵해버린 자리에서 살아남아 새로운 이야기를 시작하는 소녀, 그가 소설가다. 그렇다면 김유진에게 소설 쓰기란 우선은 파편화된 것들을 꿰매는 작업이고, 다음으로 소멸해가는 고대적인 것들과의 끈을 유지하는 작업이다. 전자는 김유진 소설의 형식을 규정한다. 몽타주적 글쓰기가 그것이다. 김유진 소설이 움의 신체처럼 그로테스크하고 모호하고 낯설다면 그 이유가 바로 여기에 있다. 후자는 김유진 소설의 비극성을 규정한다. 즉 결코 실현될 수 없는 일에 이 젊고 유망한 작가가 들어섰음을 의미한다. 불가능을 감수하지 않고서야 어찌 고대적인 것들을 우리 시대에 되불러올 수 있단 말인가?

## 6

  "좋은 고장은 대개 지도상에 나타나지 않는 법이다"라는 멜빌의 말을 조금 뒤틀어 표현하건대, 좋은 시절은 대개 말을 통해서는 드러나지 않는 법이다. 라캉을 염두에 두어도 좋고, 루카치를 염두에 두어도 좋다. '실재'가 되었건 '총체성'이 되었건 언어가 그것을 포착할 수 있을 거라는 믿음은 일찌감치 접어두는 것이 좋은 시절이다. 김유진 소설의 비극성이 여기에 있다. 김유진은 지금 무모하게도 불가능한 일을 시도하고 있는데, 고대의 신, 영웅, 동물 들에 대해 아무리 간절하게 애도한다 한들 그들을 우리 시대로 되불러올 수는 없기 때문이다. 그럼에도 불구하고 나는 단호하게 김유진을 '낭만적 향수' '기원에의 형이상학' 같은 언사들을 들먹이며 비판할 수는 없다고 말할 참이다. 신화를 이야기하면서도 낭만적이지 않은 희귀한 작가가 바로 김유진이란 사실에 대해서는 강조해둘 필요가 있다. 이런 구절들 때문이다.

뒷부분은 더 이상 알아볼 수 없었다. 어둠 속에서 휘갈겨 적은 글자들은 이국의 문자처럼 형체가 불분명했다. 순간의 기억을 잃지 않기 위해, 늘 급박하게 적어나갔기 때문이었다. 나는 더듬 더듬 꿈을 기억해 내 글자를 추측해나갔다. 그러나 도무지 알아 볼 수가 없었다. 꿈의 기록은 논리적인 작업이 되지 못했다. 문장도 불분명했다. 지난밤처럼, 휘갈긴 글자들을 알아보려 노력하다가 포기하기 일쑤였다. 내가 쓴 것이라고는 생각할 수 없는 문장들도 있었다. 그러나 그것은 분명 가치 있는 일이었다. 어제 날아간 소의 수나 마을사람들의 수를 기록하는 것보다는 유익했다. 그것은 우리가 다시는 보지 못하는 밤의 기록이기 때문이었다. (「마녀」, p. 66)

나의 무능과 언니의 무능 모두에게 화가 났다. 언니는 여전히 오래된 장독에서 간장을 퍼올렸고, 나는 수백 번을 속삭여도 언니의 병을 치유하지 못했다. (「목소리」, p. 101)

김유진이라는 작가가 고결해지고 믿음직스러워지는 이유 그것은 그가 목소리의 무력함, 말하기의 무력함, 소설이란 장르 자체의 무력함을 이와 같이 충분히 이해하고 있다는 데에 있다. 아니 그럼에도 불구하고 고대적인 것들의 후일담을 포기하지 않는다는 데에 있다. 우리 시대의 언어는 결코 「목소리」의 언니가 들려주던 전설 같은 이야기들을 만들어내지 못한다. 게다가 수백 번을 속삭여도 죽어가는 고대적인 것들의 병을 치유하지는 못한다. 주술과 제의, 신들과 동물들로부터 분리된 이야기는 무능하다.

그러나 김유진의 어법을 빌려 "그것은 분명 가치 있는 일"이다. 어제 폭락한 주가의 수치나, 교통사고로 죽은 사람들의 수를 기록하는 것보다는 유익하기도 하다. "그것은 우리가 다시 보지 못하는 밤의 기록"이기 때문이다.

# 유토피아 모델에서 뒤돌아서다

## ──김이설론

## 1. 자연주의의 귀환

만약 루카치가 살아 있어 김이설의 소설들을 읽었다면, 그는 틀림없이 '리얼리즘이란 세부의 진실성 외에도……' 운운하는 도입부로부터 시작해서, '전형'과 '총체성'과 '전망'에 대한 헤겔적 개념들을 사려 깊고 엄밀하게 (그가 항상 그랬듯이) 나열한 뒤, 최종적으로 '이 작품들은 지나치게 자연주의적이다'라는 평가를 내렸을 것임에 틀림없다. 사실 김이설의 소설은 우리가 종종 '자연주의적'이라고 부르는 유형의 소설들이 가진 여러 특징들을 두루 갖추고 있다. 자연주의 소설들에서 흔히 그렇듯이 참담하다 못해 잔혹하기까지 한 인물들의 일상은 지나치다 싶을 만치 자세하고 꼼꼼하게 묘사되지만 그러한 세부 묘사가 사회의 구조적 모순을 '총체적'으로 드러내기 위한 장치로 사용되지는 않는다. 난무하는 폭력과 파괴는 마치 일종의 발악처럼만 보일 뿐, 좀더 나은 세계를 향한 자각이나 실천으로 이어지지 않고,

대신 인물들 모두가 하나같이 마치 『종의 기원』의 여러 가설들(약육강식, 적자생존!)을 검증이라도 하듯이 환경과 본능에 지배당하고 계급과 성별에 운명적으로 결박당한다.

그리고 무엇보다도 '전망'이 없다. 지난 시대 내내 김이설의 많은 선배 작가들이 찾아 헤맸고, 종종 발견했다고 믿었고, 지금도 어떤 이들은 전가의 보도처럼 들이대기도 하는 그 전망이란 것이, 김이설 소설에는 없다. 어떤 글에서 나는 이러한 김이설 소설의 특징을 두고 '신경향파의 귀환'이란 다소 거창한 명명법을 사용하기도 했는데, 이르게는 최서해와 김동인, 그리고 비교적 최근에는 최인석과 공선옥이 희미하게 그려온 자연주의 계열 소설의 흐름을 김이설이 잇고 있다는 사실은 확실해 보인다.

유행이 지난 감이 없지 않지만, 어차피 '자연주의'란 말을 유행에 거슬러 호출해냈으니 내친김에 텐Hippolyte Adolphe Taine도 불러와보자. 클로드 베르나르Claude Bernard의 『실험의학 연구 입문』, 프로스퍼 루카스Prosper Lucas의 『자연유전론』과 함께 텐의 일련의 비평들이 자연주의 문학, 특히 에밀 졸라의 『실험소설론』에 결정적인 영향을 미쳤다는 사실은 익히 알려진 바다. 그의 입론을 한마디로 요약하면 물론 그것은 '결정론'인데, 그가 보기에 문학 작품을 결정하는 3대 결정 인자는 '종족'과 '환경'과 '시대'다.

## 2. 종족: 유전되는 검은 젖꼭지

종족을 종족이게 하는 속성, 자연주의적으로 말해 그것은 형질의 유전이다. 그런데 흥미롭게도 김이설 소설에서 형질이 유전되는 것은 민족이나 인종의 범위 내에서가 아니다. 성별의 범위 내에서다. 단순히 「손」(『아무도 말하지 않는 것들』, 문학과지성사, 2010. 이하 단편들은 모두 이 책에서 인용)을 제외한 그의 모든 소설의 주인공들이 여성, 특히 어머니로부터 버림받은 딸들이라는 점만을 두고 하는 말이 아니다.

단적인 예로, 김이설의 소설 속에서는 아이가 태어나는 장면이 자주 등장하는데, 그렇게 태어난 아이들 중 아들은 하나도 없다. 태어나는 아이들은 예외 없이 딸들이다. 『나쁜 피』(민음사, 2009)의 곽수연이 낳은 아이도, 「엄마들」의 젊은 대리모가 낳은 아이도, 「순애보」의 여주인공이 낳은 아이도, 「오늘처럼 고요히」의 연미가 낳은 아이도 모두 딸들이었다. 그리하여 김이설의 소설을 읽는 일은 마치 여성으로만 이루어진 어떤 종족의 가계를 읽는 일과 유사해진다.

그렇게 태어난 딸들에게 엄마들이 전해주는 유전 형질은 무엇인가. 운명, 그것도 아주 비참한 운명이다. 엄마들은 항상 비참하다. 그 엄마의 엄마들도 항상 비참했고, 그 엄마들이 낳은 딸들도 따라서 비참하다. 어느 정도로 비참한가 하면, 구타와 성폭행과 가난과 가출과 불륜과 생이별이 항상적으로 (그리고 선험적으로!) 그들을 기다리고 있다. 김이설의 소설 속에서 딸들의 역사는 항상 엄마에게 물려받은 비참의 역사다.

『나쁜 피』의 수연은 자신의 어머니가 자신에게 그랬듯, 딸 혜주를 버려야 한다. 「엄마들」의 '여자'는 자신의 어머니처럼 아들을 낳지 못하고, 「막」의 여배우는 할머니와 어머니가 아버지에게 두들겨 맞았듯이 오빠에게 두들겨 맞아야 한다. 그들은 대를 이어 두들겨 맞고, 버림받고, 버리고, 평생을 노역에 시달리고, 가난 속에 몸을 팔아야 한다. 딸로 태어난 이상 그들의 운명은 이미 그렇게 결정되어 있다. 운명이란 선험적인 것이어서 개인의 의지로 바꿀 수 있는 성질의 것이 아니다. 게다가 인물들 모두 그 사실을 알고 있고, 그 사실을 어떠한 이견 없이 받아들이고 감내한다. 다음의 예들에서 보듯 그들은 모두 이 전근대적인 운명론에 기꺼이 합의한다.

할머니에게 욕을 하거나, 할머니의 비위를 거스르는 것으로, 때로는 할머니를 때리는 것으로 화풀이를 했다. 병신 엄마를 만든 것이 할머니고, 그 병신 엄마가 나를 세상에 낳았으니, 나의 기원이 바로 당신의 실수다. 당신이 책임지지도 못할 일을 만들었으니, 이런 것쯤은 참아 내라는 화풀이였다. (『나쁜 피』, p. 129~30)

봄이 되어 나는 아가를 낳았다. 아가를 데려가는 날, 나는 울지 않았다. 다음 날이면 나도 아가처럼 녹색 지붕을 떠나야 했다. 내가 가진 건 들어올 때 입었던 옷뿐이었다. 너무 작아져버린 옷을 갈아입다가, 나는 보았다. 우뚝 솟은 검고 단단한 젖꼭지. 나는 엄마를 닮아 있었다. (「열세 살」, p. 34)

"우리 엄마는 나 하나만 낳았어. 그 시절에 아들 하나 낳지 못했으니 말 다했지. 할머니는 씨받이를 들였고 결국 그 여자가 들어앉았어. 뻔한 얘기. 딸은 어미의 운명을 닮는다더니, 나도 별수 없고."(「엄마들」, pp. 47~48)

이처럼 김이설의 소설을 지배하는 것은 지독한 딸들의 운명론인데, 여성들이 하나의 종족을 구성하는 바에야 남성들 역시 하나의 종족을 구성하지 않을 도리가 없다. 그리고 『나쁜 피』의 외삼촌, 「막」의 팀장, 「순애보」의 아빠, 「오늘처럼 고요히」의 병우 같은 남성 인물들을 보건대 이들 남성 종족은 예외 없이 폭력적이고, 가부장적이고, 왕성한 정력과 식욕을 자랑하는 '수컷'들이다. 그들은 마치 어떤 짐승들이 이루는 하렘의 우두머리와 같아서 수많은 암컷들에게 서슴없이 씨를 퍼뜨리고, 자신이 지배하는 공동체의 규율에 어긋날 경우 무지막지한 폭력을 행사하며, 따라서 어떠한 윤리도 도덕도 알지 못한다. 그중에서도 「오늘처럼 고요히」의 병우가 죽은 동생의 아내, 곧 제수를 성적 노리개로 삼아 밖에서 데려온 다른 여성과 함께 행하는 '쓰리 섬' 장면, 그리고 『나쁜 피』의 외삼촌이 발달장애인 화숙의 엄마, 곧 자신의 여동생이 죽어가는 것을 욕설과 함께 지켜보는 장면은 인상을 찌푸리지 않고는 읽기 힘들 만큼 곤혹스럽다. 김이설 소설 속에서 남성들 또한 하나의 종족, 정확히는 짐승들의 족속이다.

그렇다고 여성들로 이루어진 종족이 남성들로 이루어진 종족에 비해 덜 야만적이라거나 덜 자연주의적인 것도 아니다. 사실 이 점이 김이설 소설을 다른 여성작가들의 작품과 구별 지어주는 특징이자 장처이기도 한데 여성 종족 또한 남성 종족만큼이나 본능에 지배받고, 부도덕(김이설의 세계에서 도덕을 바라다니!)하기는 마찬가지다. 심지어 그들에게는 그 흔하디흔한 모성애라거나 낭만적 사랑이라는 이데올로기조차 발견되지 않는다. 가령 앞서 인용한 「열세 살」의 마지막 장면으로 돌아가보자.

고작 열세 살에 자발적으로 매춘의 길에 들어선 소녀가 '여성의 집'에서 아이를 낳는다. 그러나 김이설의 소설에서 해산과 함께 어머니의 산고를 이해하고 모성애를 획득하는 소녀의 개심을 기대해서는 안 된다. 아가를 데려가는 날조차 소녀는 울지 않는다. 대신 엄마의 젖꼭지를 닮은 "우뚝 솟은 검고 단단한 젖꼭지"를 확인한다. 물론 그 검고 단단한 젖꼭지는 수유, 곧 모성애의 상징이 아니다. 어머니는 다름 아닌 바로 그 젖꼭지를 드러내고 흔들어댐으로써, 지하철역에서 자신들의 영역을 침범해 오는 수컷들의 침탈을 물리친 바 있다. 그러니까 그 검고 단단한 젖꼭지는 수컷들의 남근에 필적할 만한 무기, 그것이다. 만약 아직도 이 소녀와 그 엄마가 여성이라면 그것은 전통적인 의미에서의 여성이라기보다는 아마존 여전사들에 가깝다. 아마도 김이설 소설을 통틀어 가장 압권인 장면, 『나쁜 피』의 말미 외삼촌의 고물상을 지배하게 된 화숙의 풍모는, 모성애나 여성성이란 오래된 이데올로기에 종지부를 찍으면서, 세상이란 어차피 짐승에서 그리 멀지 않은 두 종족 간의 피 터지는 투쟁으로 점철되어 있다는 자연주의적 주제를 역설한다고 보아 무방할 것이다.

겨울이 끝나고 봄이 돼서야 외삼촌의 시신이 발견되었다. 시신은 천변의 하수처리장에서 발견되었다. 부패된 시신을 확인하고 돌아오는데, 뒷덜미가 서늘했다. 한동안 잊었던 수연이 떠올랐다. 이제 더 이상 거짓말을 하지 않아도 된다. 나는 천변으로 돌아오는 내내 그 생각을 하고 있었다.

"다녀오셨어요."

안채로 들어서자 혜주가 큰 소리로 인사를 했다. 색연필을 쥐고 있던 혜주가 다시 바닥에 엎드려 발을 까닥거리며 그림을 그렸다. 여자 셋이 손을 잡고 있는 그림이었다. 그림의 구석에는 세모 지붕의 집 한 채, 하늘에는 노란 해가 떠 있었다. 뛰어왔어? 내 몸은 어느새 땀으로 흥건했다. 진순이 깨끗한 수건으로 내 이마를 닦아 주었다.

"밥 줄까?"(『나쁜 피』, pp. 178~79)


외삼촌이 죽자, 화숙이 고물상을 지배한다. 수연도 죽었고, 모든 남성들이 다 떠났으므로 이제 그곳은 화숙과 진순과 혜주, 이 세 명의 여성으로 이루어진 공동체가 된다. 그러나 달라지는 것은 없다. 다만 하렘의 우두머리가 외삼촌에서 화숙으로, 그러니까 수컷에서 암컷으로 바뀌었을 뿐이다. 사실은 암컷이 지배하는 하렘이라고 하기도 힘든데, 잔인하고 당차고 폭력적이고 음험하기로는 외삼촌 못지않은 화숙과 그녀의 귀가와 함께 밥을 준비하고 혜주를 돌보는 진순, 그리고 그들의 양육 아래에 있는 혜주가 그리는 삼각형은 사실 외삼촌이 지배하던 삼각형과 그리 달라 보이지 않기 때문이다. 김이설에게 수유하고 포용하고 화해하고 용서하는 여성 공동체란 없다. 세계는 누가 지배하느냐가 관건이지 어떻게 지배하느냐가 관건인 것은 아니다. 말하자면 적자생존의 법칙이 '동물의 왕국'에서만 통용되는 것은 아니다.

그런 판국에, 사랑이라니! 종종 김이설의 여전사들에게 사랑을 고백해 오는 순진한 남성들이 없는 것은 아니다. 그럴 때 그녀들은 이런 방식으로 그들을 물리친다.


"사랑했니?"

여자가 낄낄거렸다. 사랑이 뭐 대수니? 그치? 여자가 허리를 젖히며 자지러지게 웃어댔다. 나는 그를 떠올렸지만 얼굴조차 기억나지 않았다. 육 년을 만났던 남자의 얼굴이 헤어진 지 반년 만에 새하얗게 지워져 있었다. 다행히, 사랑하지 않은 모양이었다. (「엄마들」, p. 53)

뭐라 대답해야 한단 말인가. 보이는 것이 전부가 아니라고, 관계란 말로 설명할 수 없는 것이라고, 꿈은 환상일 뿐이라고, 불쌍한 건 오히려 너라고 말하고 싶었다. 하지만 단념은 빠를수록 좋다는 것을 나는 경험으로 알고 있지 않은가. 나는 치우의 말을 끝까지 다 듣고 깔깔거렸다. (「순애보」, pp. 88~89)

곧바로 뒤풀이 자리로 갔다. 정국은 내 가까이 오지 않았다. 며칠 전, 정국이 사랑이라는 단어를 꺼냈을 때 나는 그만 큰 소리로 웃고 말았다. 몇 번 잔 것으로 애인 행세를 하려 들었다. 정국은 나보다 일곱 살 아래였다. (「막」, p. 194)

그러니까, '낄낄거리기', 그것이 김이설의 여전사들이 사랑을 고백해오는 남성들에게 보이는 반응의 전부다. 낭만적 사랑, 그것은 생존이 위협당하지 않는 저 멀리 아득한 동화의 나라에서나 일어나는 일이다. 물어뜯고 싸워야 할 적대적인 두 종족 간의 사랑은 발생하지 않는다. 낭만적 사랑도, 가족도, 모성애도 다 이데올로기다. 그것이 자연주의 소설가 김이설이 세계를 바라보는 방식이다.

## 3. 환경: 공평의 의미

우리는 무엇을 두고 환경이라고 하는가? 환경을 환경이게 하는 속성은, 그것이 우리를 선험적으로 둘러싸고 있어서 애초부터 우리가 선택하거나 배제할 수 없다는 점에 있을 것이다. 아마도 텐이었다면 그런 환경적 요소로 지리적 풍토나 기후 같은 것들을 우선 꼽았을 터이지만 김이설은 다르다. 김이설에게는 사회적 조건 자체가 환경이다. 그러니까 사회적 조건은 '항상—이미' 우리에게 주어져 있고, 그것이 선험적인 한에 있어 우리는 죽었다 깨어나도 그것으로부터 벗어날 수 없다.

김이설의 주인공들 중 누구도 생계에 위협을 느끼지 않는 이는 없다. 대리모 광고를 내고, 남의 아이를 자신의 자궁에서 길러주면서라도(「엄마들」), 열세 살의 나이에 몸을 팔거나 시각 장애인 흉내를 내면서 지하철 바닥에 종일 엎드려서라도(「열세 살」), 아직 젖도 떼지 않은 아이를 두고 노래방에서 맘에 없는 교태를 부려서라도(「오늘처럼 고요히」), 고속도로를 지나가는 남성 트럭 운전사들의 성욕을 해결해주는 대가로 한 끼의 식사를 해결하면서라도(「순애보」) 살아가야하는 절대 빈곤의 상태, 그것이 그들이 영위하는 일상적 삶이다. 그러나 가난의 극악함이 곧 가난이 환경이라는 말과 등가인 것은 아닐 터이다. 그들에게 가난이 환경인 것은 애초부터 그 가난을 그들이 선택한 적이 없었고, 또 앞으로도 그것으로부터 벗어날 방도가 없다는데 있다.

그러니까 화해 불가능한 남성 종족과 여성 종족이 있는 것처럼, 결코 융화될 수 없는 절대 가난의 환경과 현란한 '뉴스트리트'(『나쁜 피』)의 환경이 있다. 전자와 후자의 구별은 애초부터 절대적이어서 그 양 세계를 오가는 일은 불가능하다. "못생기고 살집 많던 여고생은 뚱뚱하고 키 작은 노처녀가 되"(『나쁜 피』, p. 53)기 마련이다. 고물상이 즐비한 천변에서 밤마다 네온사인이 휘황찬란한 뉴 스트리트에 이르는 길은 평생의 노역으로도 열리지 않는다. 손과 얼굴이 하얗고 넥타이를 맨 아저씨는 결코 열세 살에 몸 파는 소녀의 아빠나 왕자가 될 수 없고(「열세 살」, p. 33), 실험극단에서 예술을 하고자 했던 교육받은 청년은 연예기획사 사장이 될 수는 있을지언정 사십을 바라보는 무명 여배우의 애인이 될 수는 없다(「막」, p. 204). 설사 야곱의 사다리가 아직 건재하다고 해도 그 두 세계는 결코 연결되지 않는다. 김이설의 주인공들은 이런 사실을 아주 이른 시기에 '경험적으로' 안다. 그들은 하나같이 이렇게 말하지 않던가. "현실은 동정으로 해결되지 않는다는 걸 나는 경험으로 알고 있었다"(「엄마들」, p. 45). "단념은 빠를수록 좋다는 것을 나는 경험으로 알고 있지 않은가"(「순애보」, pp. 88~89).

세상은 변하지 않는다. 가난은 벗어날 수 없고 비참은 계속된다. 천변엔 여전히 고물이 넘칠 것이고 뉴스트리트는 번창할 것이다. 교육받은 자는 예술을 할 것이고, 못 배운 노배우는 밤마다 몸을 팔 것이다. 그것은 경험이 말해준다. '선험적 비참, 경험적 체념', 이것이 그들의 확고한 세계관이자 신념이다.

그리고 그러한 신념이 그들의 '지식인 혐오증'과 '예술 혐오증'의 원인이 된다. 「순애보」의 '흰얼굴'이 소녀에게 한 짓을 보라. 몸을 어루만지고 다정하게 대하고 말을 들어주고 돈을 주었다. 그러나 후에 소녀가 본 잡지는 그가 그런 식으로 노숙자 소녀의 삶을 취재하고 자기 방식으로 첨삭하여 팔아먹는 지식인 나부랭이였음을 폭로한다. 「막」의 정국은 또 어떠했던가. 순정을 고백하던 그의 예술이란 고작 스타를 동원한 연예기획 사업에서 뻔뻔스런 종말을 맞는다. 지식이라니, 예술이라니, 그것은 다 저 멀리 빛나는 뉴스트리트에서나 있는 일이다. 「순애보」의 소녀가 신데렐라와 자신을 동일시함으로써 현실의 비극성을 증폭시키고, 「막」의 여배우가 네버랜드에서 돌아오는 웬디 역을 연기함으로써 삶의 아이러니를 폭로하게 한 작가의 의도는 그렇게 해석될 수 있다. 아도르노가 말했듯이, 사실 모든 문화적인 것들에는 피가 묻어 있게 마련이다. 그리고 그 피는 대개 오디세우스의 노예들처럼 가난하고 비참한 자들이 흘리는 법이다.

혹자는 김이설 소설의 이와 같은 '계급 분리 전략'을 두고 가혹하거나 일면적이라고 말할 수도 있겠다. 사실을 말하자면 김이설 소설 속에 '평등'이나 '공평함'에 대한 감각이 없는 것은 아니다. 가령 이런 구절들이 있다.

내 성장기에 수연이 없었다면 나는 아마 미쳤을지도 모른다. 엄마가 외삼촌에게 맞거나, 사내들에게 유린당하는 걸 목도할 때마다 나는 당당하게 수연을 괴롭혔다. 그것으로 분을 풀었다. 때리고 밟아도 성에 차지 않았다. 엄마를 생각하면 더 모질어도 될 것 같았다. (『나쁜 피』, p. 77)

여자애가 반짝이 스타킹만 신지 않았어도 나는 욕 따위는 하지 않았을 것이다. 내가 좋아하는 스타킹을 신고 있어서, 나에게 필요 없는 것을 가지고 있어서. 그러니까 나는 스타킹을 가져서는 안 된다는 사실에 화가 났던 것이다. (「열세 살」, p. 20)

예순이 다 되어가는 엄마가 젊은 깃들의 때를 벗기는 일이나, 시퍼렇게 젊은 내가 수정란을 받아 키우는 것이나, 연고 없이 떠돌고 있는 아버지도 따지면 마찬가지 아니겠는가. 공평하다고 생각하자. 앞일은 누구도 예상할 수 없다. 행이든 불행이든, 그건 개인의 능력으로 선택할 수 있는 일이 아니다. 그럼 정말 공평한 것일까. 텔레비전을 보는 엄마의 손에 꽉 쥐인 지폐가 구겨지고 있었다. (「엄마들」, p. 44)

나는 진심으로 혜경 엄마가 불행해지길 바랐다. 무엇보다도, 내가 다시 가질 수 없는 것들을 혜경 엄마가 가진다는 것이 분했다. (「오늘처럼 고요히」, p. 139)

김이설은 이토록 자주 공평함에 대해 말한다. 그러나 그 공평함이 이루어지는 방식이라니! 누릴 것을 다 함께 누린다는 의미에서의 평등함이나 공평함이 김이설의 세계에는 없다. 김이설은 결코 그런 것을, 그러니까 '전망'을 약속하지 않는다. 내 엄마가 외삼촌에게 유린당하면 그 딸의 잠지에 흙을 쑤셔 넣는 공평함, 또래의 어떤 여자애가 신은, 그러나 나는 신을 수 없는 반짝이 스타킹에 대해서는 서슴없이 욕을 퍼붓는 공평함, 행복한 그 누구도 예기치 않은 일로 나처럼 불행해질 수 있다는 사실의 공평함, 내가 잃은 가족을 여전히 가지고 있는 자에 대해 분노할 수 있는 공평함, 그러니까 그것은 행복의 평등이 아니라 불행의 평등이다. 아마도 어떤 법이 있어 그런 식의 평등을 제도화할 수 있다면 그것은 '함무라비'식 법이 될 것이다. 당한 만큼 같이 당할 것을, 잃은 만큼 같이 잃을 것을 강요하는 법, 누구나 다 비참하고 비참했고 비참할 것이라는 사실의 공평함, 그것이 김이설의 세계에서는 유일한 평등이고 윤리다.


## 4. 시대: 고물상에서


김이설 소설을 자연주의적이라고 말할 때 이미 염두에 두었던 바이거니와, 소설 속 인물들의 비참은 어떤 구체적인 시대, 어떤 구체적인 사회의 구조적 모순을 향해 정향되어 있지 않다. 비참의 세부 묘사는 지나치게 상세하고, 때로는 아도르노적인 의미에서 '과장되어' 있어서, 전형이라거나 총체성이라는 개념들이 지시하는 바에 이르지 못하거나 아예 무관심하다. 그러나 그런 이유로 김이설의 작품들이 시대에 의해 결정되어 있지 않다고 말할 수는 없다. 우선은 『나쁜 피』의 무대, 곧 천변의 고물상 때문이다. 그곳은 이런 곳이다.


천변을 따라 고물상이 줄지어 성 이 지역에서 외삼촌은 유명했다. 근처에서 제일 먼저 고물상을 시작한 사람이 바로 외삼촌이었다. 장삿속도 밝아 돈을 많이 벌었고, 번 돈으로는 땅을 사들였다. 쓰레기 더미 같은 고물이 산처럼 쌓인 동네의 땅값이란 헐값이었다. 천변은 1년 내내 썩는 냄새가 났다. 사람들은 늘 두통에 시달렸고, 콧물을 훌쩍거렸다. 공업단지에서 아무렇지 않게 폐수를 버리던 시절이었다. 경기가 안 좋아 문을 닫는 고물상이 수두룩해도 외삼촌의 고물상만큼은 굳건

했다. 얼마 뒤 재개발 소식이 들리고, 개천 정화 사업이 시작되었다. 공업단지가 다시 활성화된다고 했다. 닫았던 고물상들이 다시 문을 열고, 영세한 중간 고물상들이 새로 생겨났다. 주인이 바뀐 고물상도 많았다. 앉아서 떼돈을 번 외삼촌은 제대로 텃세를 부렸다. 물건을 노골적으로 가로채거나, 후하게 값을 쳐서 고물을 사들였다. 결국 규모가 작은 고물상 주인들이 고개를 숙이고 찾아와야 했다. (『나쁜 피』, pp. 16~17)

개천 정화 사업(!) 중인 천변이다. 공업단지가 활성화되고 재래식 상가들을 뉴타운으로 재개발(!)하는 중이다. 이 정도의 정보만으로도 충분하다. 말할 것도 없이 여기는 작금의 한국이다. 용산과 세운상가와 청계천과 4대강 사업이 이 각각의 정보에 일대일 대응한다고 하면 억지이겠지만, 그러나 항상적인 재개발, 항상적인 토목 공사는 한국적 모더니티의 오래된 상징들이다.

고물상들이 다시 성업을 이루는 것도 이해 못 할 바 아니다. 바우만이 『쓰레기가 되는 삶들』(정일준 옮김, 새물결, 2008)에서 말하듯, 현대(성)란 곧 쓰레기를 양산해냄으로써만 영원히 새로워질 수 있는 운명을 타고난 문명, 그러니까 쓰레기 문명이 아니던가? 외삼촌의 정력과 집념, 그의 성공과 독점은 그렇다면 한국적 모더니티의 의인화이기도 했던 셈이다. 그는 쓰레기 문명의 지배자다.

그러나 현대(성)는 광물만을 쓰레기로 만들지는 않는다. 사람도 쓰레기로 만든다. 바우만은 말한다. "'인간 쓰레기', 좀더 정확히 말하면 쓰레기가 된 인간들('잉여의', '여분의' 인간들, 즉 공인받거나 머물도록 허락받지 못했거나 다른 사람들이 그것을 바라지 않는 인간 집

단)의 생산은 현대화가 낳은 불가피한 산물이며 현대(성)에 불가피
하게 수반되는 것이다. 또 질서 구축(각각의 질서는 현존 주민들 중의
일부를 '어울리지 않는다' '적합하지 않다' 또는 '바람직하지 않다'는 이
유로 내쫓는다)과 경제적 진보(이것은 이전에는 효과적인 '생계 유지'
방식이었던 것을 격하하고 평가절하하지 않고는 결코 이루어질 수 없으
며, 그로 인해 과거의 생계 유지 방식을 유지하는 사람들의 생활수단을
박탈하지 않을 수 없다)가 초래하는 피할 수 없는 부작용이다"(『쓰레
기가 되는 삶들』, pp. 21~22).

   항상 너무 적은 '우리'들보다 항상 너무 많은 '그들', 그러니까 우리
들의 삶을 위협하고, 우리들의 삶을 소모적이게 하고, 우리들의 삶에
부당한 경비를 지출하게 하는 잉여 인간들 또한 현대화의 산물이라고
바우만은 말하는데, 김이설이 자신의 소설에 즐겨 등장시키는 인물들
대부분이 바로 이 인간 쓰레기들이다. 재래식 오락실을 고집하다 현
대화에 실패한 『나쁜 피』의 화숙은 말할 것도 없고, 퇴락한 무명 배
우(「막」), 노숙하며 몸 파는 모녀(「열세 살」), 철 지난 꿩 농장을 사
들인 트럭 기사와 말더듬이 순정파 청년(「순애보」), 자궁을 빌려주고
번 돈으로 아버지의 빚을 막느라 여념 없는 신불자 여대생(「엄마들」),
직장에 적응 못하고 누나 집이나 지키며 우유 배달하는 손만 하루 종
일 기다리는 청년(「손」) 등등……

   그런 의미에서라면 김이설의 자연주의는 시대에 의해 결정되었다
고 해도 무방하다. 고물, 고철 들을 양산하는 현재 한국의 신개발독
재, 수없는 인간쓰레기들을 양산하는 전 지구적 신자유주의, 그러니
까 모더니티의 가장 극악한 본성이 적나라하게 드러나는 오늘날의 시
점에 소설이 자연주의적으로 변했다고 해서 그리 놀랄 일은 아닐 듯

하기 때문이다. 애초에 자연주의란 바로 그런 삶들을, 너무도 비참해서 달리 전망을 드러내지도 못하는 그 상태 그대로 그려내던 예술 작품들에 붙여진 이름이 아니던가. 우리 시대에 어쩌면 자연주의의 귀환은 필연인지도 모를 일이다.


## 5. 유토피아 모텔에서 뒤돌아서기

여전히 김이설의 소설들이 너무 암울하기만 하고, 더 나은 삶과 사회에 대해 침묵한다는 점, 그러니까 그 전망 부재 상태가 아쉬운가? 그러나, 전망이란 무엇인가? 아마도 가라타니 고진이라면 데카르트의 코기토가 그런 것만큼이나, 루카치와 그의 후예들이 말하는 '전망'이란 것도 근대적 원근법의 산물이라고 했을 듯싶다. 소실점이 전제되지 않는 한 내 앞의 풍경들은 정리되지 않는다. 그러니까 소실점은 설계도다. 마찬가지로 전망은 현재의 사태들에 대한 설계도다. 상식과는 달리 현재의 사태들로부터 전망이 배태되는 것이 아니라, 전망으로부터 현재의 사태들이 정리되고 설계된다. 그리고 전망은 항상 아직 도래하지 않은 지점에, 예언과 당위의 형태로 존재한다는 바로 그 이유로 필연적으로 부정확하고 폭력적일 수밖에 없다. 다시 바우만의 말을 빌려보자.

오류와 위험이 없는 설계란 형용모순에 가까운 말이다.
설계가 '현실성 있고' 실현 가능해 보이려면 복잡한 세계를 단순화할 필요가 있다. '유관한 것'을 '무관한 것'으로부터 갈라내야 하고, 현실에서 다루기 쉬운 부분을 조작이 어려운 부분으로부터 걸러내야 하고, '합리적'이며 '우리 능력으로 이룰 수 있는' 목표—현재 이용할 수 있는 수단과 기술 그리고 곧 확보할 수 있는 수단과 기술에 의해 가능한 —에 초점을 맞춰야 한다.

위에서 열거된 모든 조건을 충족시키려면 많은 것을 버려야 한다— 우리의 시야 밖으로, 우리의 생각 밖으로, 우리의 행동 범위 밖으로. 또한 이 과정에서 버려진 나머지 것은 무엇이든 즉각 설계 과정의 쓰레기가 되어야 한다. 설계의 바탕이 되는 전략과 불가피한 결과는 행위가 낳은 물질적 산물을 '가치 있는 것'과 '가치 없는 것', '쓸모 있는 것'과 '쓰레기'로 나누는 것이다. 설계도 작성은 (앞에서 설명한 이유로 인해) 지속적인 과정이며, 규모도 계속 커지기 마련이므로 설계는 필연적으로 쓰레기의 영속적인 축적과 미해결의 또는 해결 불가능한 쓰레기 처리 문제의 증가를 초래할 수밖에 없다. (앞의 글, p. 55)

바우만이 보기에 현대적인 심성이란 세계의 변화 가능성과 함께 탄생한다. 현대(성)는 항상 기존의 것을 거부하고 그것을 새로운 것으로 변화시키려는 결의와 관련되어 있다. 『현대성의 경험』에서 마샬 버먼이 '생산과 파괴의 변증법'이라 칭했던 것도 아마 현대성의 그런 면모였을 것이다. 그러나 세계를 변화시켜야 한다는 의지는 반드시 그 변화의 목적지, 원근법적으로 말해 소실점을 상정하지 않을 도리가 없는바, 소위 그렇게 해서 그려지는 것이 바로 근대의 그 많은 설계도들이다. 사회주의 설계도, 사민주의 설계도, 주체주의 설계도, 수정주의 설계도, 신자유주의 설계도, 4대 강 사업 설계도, 용산 재개발 설계도 들 등등……

바우만이 보기에 근대란 '완전 고용'이라는 최종 목적지를 향해 그려진 설계도들의 전쟁터였다. 그런데 문제는 바로 그 설계도들이 항상 오류와 위험을 내장할 수밖에 없다는 점이다. "오류와 위험이 없는 설계란 형용모순"이라고 바우만은 말한다. 왜냐하면 설계도는 항상 만들어야 할 집 그 자체는 아니어서 선택과 배제를 통한 단순화를 모면할 수 없기 때문이다. 그렇게 해서 우리의 시야와 생각과 행동의 범위 밖으로 버려진 것들이 생겨난다.

전망이란 그런 것이다. 전망이란 그러니까 미래의 설계도와 같은 것이어서 현재의 사태들 중 가치 없는 것과 가치 있는 것, 쓰레기로 버려질 것들과 유용해서 남겨질 것들을 나눈다. 요컨대 전망이 쓰레기를 만든다. 미래에 유용하지 않은 것들은 모두 쓰레기로 만드는 것, 그것이 전망이다. 엄밀하게 말해서 '전망'이야말로 모더니티의 핵심이다. 변화 가능한 현재, 그리고 변화의 방향에 대한 설계 그것이 전망일진대, "현대사는 설계하기의 역사이자, 자연에 맞서 진행된 꾸준한 정복전/소모전에서 시도되고 퇴색되고 폐기되고 버려진 설계도의 박물관/묘지였다"(앞의 글, p. 53).

그럴진대, 우리는 도래하지 않은 유토피아를 그려놓은 설계도의 부재를 애석해해야 할 것인가 아니면 그것의 부재를 확인하고 결연하게 뒤돌아서는 자의 단호함에 박수를 보낼 것인가?


"신경 써도 도울 길이 없어요."
"그래. 그렇지."
아저씨의 나이 마흔아홉을 헤아려 봤다. 쉰을 앞둔 나는 어떤 모습일지 전혀 감이 잡히지 않았다. 밖으로 나온 아저씨가 성큼 앞서 걸었다. 늘 가던 여관 골목이었다. 그리고 늘 가던 여관으로 쑥 들어갔다. 여관 이름은 유토피아였다. 나는 뒤돌아섰다.

집으로 가는 택시 안에서 나는 아저씨의 집에 전화를 걸었다. 잠결의 여자가 받았다. 나는 내 이름과 우리가 들락거렸던 여관 이름을 말했다. 여자의 신음이 희미하게 들렸다. 눈발이 흩날렸다. 택시 기사가 나를 힐끔거렸다. (『나쁜 피』, p. 155)

저 앞에 모텔이 있다. 거기서 화숙은 처음으로 자신을 위로해주고, 자신을 항구까지 데려다 주고, 자신을 따뜻하게 안아주었던 중년의 유부남을 만나곤 했다. 그 모텔의 이름은 '유토피아'다. 그랬던 그 중년의 사내가 화숙에게 돈을 빌려달란다. 유토피아란 그런 곳이다. 다가가면 차용증을 들이미는 곳, 저당을 요구하는 곳…… 그 앞에서 화숙은 결연하게 뒤돌아선다. 그리고 제 스스로 그 유토피아의 허상을 허문다. 전망이 사라지고, 화해도 사라진다. 대신 다시 피가 뚝뚝 흐르는 한국의 모더니티, 그 안에서의 전쟁 같은 나날이 기다린다. 그러나 아도르노라면 화숙에게 박수를 보냈을 것이다. 그는 마치 이 소설의 결말을 읽기라도 했다는 듯이 이렇게 쓴 적이 있다.

삶의 충만이라는 이념은, 사회주의적 개념들이 사람들에게 약속하는 것조차, 그 스스로 오해하는 것처럼 유토피아가 아니다. 왜냐하면 그 충만이라는 것이 갈망과는 구분될 수 없기 때문이다. (『부정변증법』, 홍승용 옮김, 한길사, 1999, p. 487)

충만한 삶이란, 갈망이 만들어낸 허구다. 만약 용기 있는 자라면 누구나 그런 식의 유토피아 앞에서 화숙처럼 뒤돌아서야 한다. 전망 없는 자만이 현재의 고통을 미래에 전가하지 않을 것이기 때문이다.

김이설의 전망 부재, 김이설의 자연주의가 자랑스럽다.

# 마주 보고 잠든 그들이 꿈꾸는 세계

## ─ 김선재의 『그녀가 보인다』에 대하여

<br>

### 1

「고양이가 나타났다」* 라는 작품의 몇 구절에서 이야기를 시작해보자.

　문을 떠올리지 않았지만 문이 다시 문을 열고 여자의 기억 바깥으로 걸어 나왔다. (p. 252)

　문 너머에서는 아무 소리도 들리지 않았다. 여자는 그 완강한 침묵이 의미하는 바에 대해 알 것 같았다. (p. 263)

　문은 어차피 열린 상태였다. 여자는 입술을 깨물며 문을 잡아당겼다. 욕망은 욕망이 치솟을 때마다 피노키오의 코처럼 제멋대로 자랐

---

* 김선재, 『그녀가 보인다』, 문학과지성사, 2011. 이하 인용되는 김선재의 작품은 모두 이 책에 실려 있다.

다. 뭉뚝하고 굵은 자신의 손가락들이 오늘 아침보다 조금 더 길어진 것 같았다. 단지 문을 열기 위해 우주를 건너온 걸까. 목젖까지 내보이는 입처럼 문이 활짝 열렸다. (pp. 264~65)

첫번째 인용한 문장을 문맥에서 떼어내 읽으면 처음 드는 느낌은 모호함이다. 문을 떠올리지 않았는데 문이 문을 열고 기억의 바깥으로 걸어 나왔다니…… 그러나 이 소설에서는 종종 인물의 성(姓)이 삼인칭 지시대명사인 '그'나 '그녀'를 대신하는 용법으로 사용되기도 한다는 사실을 떠올리면 저 문장의 모호함은 다소 해소된다. 그러니까 저 문장은 다시 읽으면 '문'씨 성을 가진 사내가 떠올리지도 않았는데 불수의적으로 기억 속에서 문door을 열고 걸어 나왔다는 말이 된다. 뒤의 '문'은 축자적인 의미에서의 여닫는 문(門) 그대로이고 앞의 '문'은 지시대명사 역할을 하는 성씨 문(文)이다.

첫번째 인용된 문장을 이미 읽었으므로 두번째 인용된 문장을 독자는 이제 단순하게 축자적인 의미 그대로만 읽을 수 없다. 지금 여자는 여고생이 홀로 아기를 낳는 중인 대형 마트 화장실의 문 앞에 서 있다. 축자적인 의미에서라면 저 두 문장은 따라서 그런 상황 중에 문 너머 화장실에서 아무 소리도 들리지 않고 있다는 것을 의미한다. 그러나 여자도 문의 아이를 낙태한 적이 있다. 그렇다면 아무 소리도 내지 않고 완강하게 침묵하는 내면을 가로막고 서 있는 문(門)은 자신의 연인이었던 문(文)이라는 사내이기도 하다.

그런데 세번째 인용문에서 독자는 '문'이라는 단어의 또 다른 용법과 대면해야 한다. 욕망과 관련하여 활짝 열린 문, 비밀스런 낙태와 관련하여 활짝 열린 문, 그것은 관습적으로 여성의 자궁[玉門]에 대한 비유가 된다. 여자는 지금 여고생의 활짝 열린 문과 마주 대하고 있다. 그리고 문이라는 사내가 오로지 욕망의 문을 열기 위해 우주를 건너 자신에게 온 것은 아니었는지 회의한다. 세 개의 문이 겹친다. 사내 문, 여닫는 문, 욕망의 문인 자궁.

한 텍스트 안에서, 심지어는 한 문장 안에서, 같은 음가를 가졌으나 의미는 다른 단어들이 한자나 영자 병기로 그 의미상의 차이를 드러내지 않은 채 병존할 때의 효과를 우리는 지금 지켜보고 있다. 문(文)은 문(門)이고 또한 문(問)이고 문[玉門]이다. 그러므로 우리는 저 텍스트를 읽으면서 어떤 문장에 문이라는 단어가 등장할 때마다, 그 문장을 삼중의 의미로 해석해야 한다. 여자는 문 앞에 서 있다. 이 말은 여자가 문을 열려는 상태에 있거나, 문이라는 사내 앞에 서 있거나, 욕망과 마주하고 있다는 것 모두를 의미한다.

에둘러 왔지만 김선재 소설에서 엿보이는 이런 특유의 글쓰기, 그것을 '동음이의어를 활용한 입체적 소설 쓰기'라 불러도 무리가 없을 듯하다. 작가 스스로도 "앞과 뒤를 나란히 펼쳐 한 화면에 늘어놓던 어떤 세기의 유행"(「그녀가 보인다」, p. 136)에 대해 말하고 있거니와, 말할 것도 없이 그 유행은 브라크와 피카소가 속해 있던 회화 예술상의 한 유파, 곧 입체파를 일컫는 말이다. 이차원의 평면에 삼차원을 그리려는 회화적 시도와, 하나의 단어나 문장에 복수의 상황을 겹쳐놓으려는 문학적 시도는 등가처럼 보이는데, 사실 김선재의 소설집 『그녀가 보인다』에서 가장 두드러지는 문체상의 특징이 바로 이것이다. 한두 가지 사례들을 더 나열해보자.

나는 월요일부터 금요일까지 안나를 사랑했다. (「독서의 취향」,

p. 73)

　자신의 몸 위에 있는 안나는 나가 아는 여자가 아닐지도 몰랐다.
（「독서의 취향」, p. 75）

　또 다른 작품 「독서의 취향」은 첫 인용문에서처럼 자연스러운 일인
칭 소설로 시작한다. '나'라는 일인칭 대명사로 지칭된 남성 화자와
'안나'라는 삼인칭 여성 인물의 이야기다. 그런데 소설을 읽기 시작
한 지 얼마 지나지 않아, 독자는 어떤 오기(誤記)와 마주하게 된다.
두번째 인용문이 그것인데, 일인칭 소설이라면 저 문장은 '나의 몸
위에 있는 안나는 내가 아는 여자가 아닐지도 몰랐다'로 수정되어야
한다. 이 오기에 대한 감각은 물론 곧바로 바로잡을 수 있는데, 대부
분의 독자는 내내 일인칭 대명사로 읽었던 '나'가 '나'씨 성을 가진 사
내를 지시하는 삼인칭 대명사로도 사용될 수 있다는 것을 지각하게
될 것이기 때문이다. 이제 이 소설은 '나'라는 성을 가진 사내와 안나
라는 여자의 사랑 이야기를 다룬 삼인칭 소설로 읽으면 된다. 그러나
사태가 그렇게 간단하지만은 않아 보인다. 어떤 어휘에 달라붙어 있
는 관습적 용례의 흔적은 집요하고 강력해서, 저 소설을 읽는 내내
독자는 일인칭과 삼인칭 사이에서 오락가락하지 않을 수 없다. 나
〔我〕와 나〔羅〕는 마치 데리다의 '흔적trace'처럼 서로의 관습적 의미
를 지우지 않은 채로 혼용된다.
　그런데 이 작품을 읽은 독자들은, 이미 경험했겠지만, 이 복잡한
독서 과정이 불러일으키는 사태는 단순히 여기에서 멈추지 않는다.
'나'를 둘러싼 두 여성 인물 '안나'와 '안네'가 있기 때문이다. '안나'

는 알다시피 서양에서나 한국에서나 아주 흔한 여성 이름들 중 하나다. 그러나 그것이 '나'와 대비해서 등장하면 사정이 달라진다. '나'와 '안나'는 '나인 것I'과 '나 아닌 것not I'의 대립쌍을 연상시키면서 현대 소설에서는 꽤나 익숙한 '쌍자 모티프'를 통한 독서 과정을 작동시킨다. 그러나 그러한 독서 과정은 곧바로 '안네'의 등장에 의해 혼란을 겪어야 한다. 구조주의자들의 언어 이론을 들추지 않더라도 '안나'와 '안네'는 차이들의 체계에 의해 하나의 이분 대립적 구조를 이룬다. 모음 'ㅏ'와 'ㅔ', 즉 '나'와 '네'의 차이가 이 두 인물의 캐릭터를 결정하는 변별적 자질이 된다. 안나는 나에 가깝고, 안네는 너(네=너의)에 가깝다. 안나는 나와 친하고 안네는 나와 친하지 않다. 안나는 나를 사랑하고 안네는 나를 닦달한다. 그렇다면 결국 앞서의 대립 쌍 '나/안나'는 나와 나 아닌 것의 대립쌍이 아니었다. 그것은 '나/내 안의 나'를 지칭하는 대립쌍으로, 이때 '안나'의 '안'은 내부를 지칭하는 '안[內]'이었을 수도 있다. 즉 안나는 내 안의 나이고, 안네는 내 안의 너이다. 물론 이런 식의 해석에는 '안네'가 결혼한 남성 등장인물에게는 관례적으로 현실 원칙의 담지자 역할을 하는 '아내'와 음성적 유사성을 가진다는 점에 대한 고려도 포함되어야 한다.

설명이 길어졌으니 요약해보자. 「고양이가 왔다」와 마찬가지로, 「독서의 취향」 또한 간단하게 말해 '입체소설'이다. 삼인칭이면서 일인칭이고, 주인공 내부의 나와 주인공 바깥의 나가 하나의 텍스트에서 동시적으로 나란히 병치된다. 내가 욕망하는 것과 내 욕망을 금지하는 것이 한방 안에서 나란히 자고 교대로 나타났다 사라진다.

그런 의미에서라면 일인칭 대명사 '여(余)'를 삼인칭처럼 사용하다가, 느닷없이 '나'를 등장시켜 텍스트의 의미를 중층화하는 「그녀가 보인다」도(이 작품의 화자가 두 개의 눈으로 각각 세계를 달리 본다는 설정은 입체파 회화의 원리를 그대로 반복한다), '안'과 '박'이라는 등장 인물을 통해 한 사내의 일상을 그 '안과 밖'에 걸쳐 입체화하는 「어두운 창들의 거리」도, '정'과 '반'이라는 부부를 등장시켜 '올바른[正] 삶'과 '반(反)하는 삶'을 나란히 한 평면에서 고찰하는 「최선의 방어」도 모두 '입체파 소설'이다.


## 2


동음이의어의 효과적 활용을 통한 전면과 이면의 겹침, 보이는 세계와 보이지 않는 세계의 겹침이 김선재 소설의 창작 원리라고 할 때, 그 겹치는 두 세계는 어떤 세계인가? 다시 안나와 안네의 얘기로 돌아와서, 안나는 이런 사람이고 안네는 저런 사람이다.


나는 안나의 머리채를 잡고 몸을 끌어올렸다. 각각 분리되었던 문장들은 접속사도 없이 한 문장으로 이어졌다. 그 문장은 한 번도 들어보지 못한 화음을 만들 거였다. 금환식이 있던 날 밤, 나와 안나는 고유한 악기로 울며 새로운 이야기가 되었다. (「독서의 취향」, p. 76)


시 써? 파는 일이나 잘하시지.
나가 알기에 시는 그런 것이 아니었지만 안네에게 그건 중요한 게 아니었다. 그녀는 현실을 현실적으로 파악하는 힘이 있었다. 그건 안네가 맡은 역할이었다. 시는 시인이 쓰고 나는 책이나 팔고 나와 살지

456

않는 안나는 나를 사랑했고 나와 사는 안네는 나를 지상에 단단히 묶었다. 다들 각자의 역할에 충실했다. (「독서의 취향」, p. 78)

안나는 사랑의 세계에 속해 있고, 나와의 완벽한 합일을 형성하며, 둘만의 몸짓으로 완벽한 화음의 문장을 만들어낼 수 있는 세계에 속해 있다. 반면 안네는 (흔히 아내들이 그렇다고 여겨지듯이) 시를 쓰는 세계보다는 파는 세계, 현실을 현실적으로 파악해야만 하는 세계에 속해 있다. 그녀 앞에서는 못 박는 일(이 명백한 성 상징!)도 제대로 못한다는 핀잔밖에 듣는 게 없다. 이 둘은 그러므로 이분법적으로 나뉜 채, 쾌락원칙과 현실원칙의 세계를 각각 구현한다.

이와 유사하게 「어두운 창들의 거리」에 등장하는 두 주인공 '안'과 '박'은 의식과 무의식, 낮과 밤, 꿈(춤)과 일(노동)의 세계를 각각 구현하고, 「그녀가 보인다」의 두 여성 인물 '진(眞)'과 '그림[畵]' 역시 환상 세계와 실제 세계를 양분하면서 현실원칙과 쾌락원칙이 양분되어 대립하는 삶의 양상을 드러내준다. 「최선의 방어」에서 '정'과 '반'이 보여주는 좀체로 '합'에 이르지 못하는 이분화된 세계 또한 예서 그리 멀지 않다.

아마도 작가는 이처럼 이분화된 세계에 이제는 구식이 된 프로이트식 용어(현실원칙/쾌락원칙)를 이름으로 붙여주고 싶지는 않았던 모양이다. 김선재는 「모텔 제인 오스틴」에서 이 두 세계에 대한 더 이상 합당한 다른 명칭은 찾을 수 없을 만큼 매력적인 명칭을 제안한다. 그것은 바로 "젠장"과 "부디"다.

알다시피 젠장은 체념과 허탈의 의미를 거느리는 감탄사다. 그래서 그 세계에 속한 이의 사고체계는 다음과 같다.

그나마 녹슨 씨가 여태 내 곁에 남아 있는 것은 내가 언제나 녹슨 씨를 어깨에 메고 있기 때문일 테고, 연이 떠난 것은 내가 그녀를 잡았기 때문일 것이다. 내 손은 언제나 나를 배신하는 편이었지만, 어쩔 수 없는 일이다. 그저 그렇게 되기로 예정되었던 일일지도. (pp. 10~11)

내가 느끼기에 세상은 언제나 새로우면서 늘 재미없는 곳이다. 모든 얘기가 언제나 새로우면서 모든 얘기가 별로 재미없다는 말이다. 또한 그 세상에서 나는 말하거나 듣는 것에 별로 소질이 없다. 그렇다고 다른 어떤 것에 소질이 있는 건 아니다. 그저 듣고 잊어버리고 말할 때는 머뭇거리다가 돌아온다. 자고 나면 언제나 새날이었다. 지하의 새날이 산뜻한 것만은 아니었지만 할 수 없는 일이다. (p. 14)

나는 메리와 철수와 영희와 여러 개의 의미를 가진 올랜도에 지나지 않는다. (p. 29)

'젠장'을 연발하며 살아가는 젊은 여성 동성애자가 세계를 대하는 태도가 이같다. 이 화자는 마치 자신의 손과 자신의 뇌와는 무관한 것이어서, 손이 자신의 의지를 떠나 자신이 통제하지 못하는 방식으로 자신을 배신하지만, 그것은 아홉 살 이후의 운명일 뿐 어떻게 해볼 도리가 없다는 체념 속에서 살아간다. 또 이 '젠장의 세계'는 나아질 가망이라고는 조금도 없어서 재미있을 것도 산뜻한 것도 없는 날의 연속이지만 역시나 그런 세계에 대해 자신이 할 수 있는 일이라곤 없다고 여긴다. 그러니까 그 세계에서 자신은 메리이며 철수이며 영희인, 그러니까 특별한 고유명사로 불릴 이유조차 없는 익명적 개체들 중 하나일 뿐이다.

그런데 이와 같은 '젠장의 세계'에 어느 날 메모 하나가 도착한다. 그것은 '부디의 세계'에서 날아온 초대장이라 불릴 만하다. 이런 문구가 적혀 있었으니까. "3.12. 모텔 제인 오스틴 1207. 저녁 8. 부디"(p. 12). '젠장의 세계'에 가장 두려운 금기가 있다면 그것은 아마도 '부디'일 것이다. 간절한 기원과 기대와 희망과 염원 앞에 붙는 부사. 화자로서는 떠나는 '연'에게도 감히 발설해보지 못했던 바로 그 부사가, '젠장의 세계'로 날아든다. 화자는 그 세계에서는 사랑 때문에 목숨을 버릴 수도 있을 만큼의 (모텔 방에 죽어 있는 두 사람은 남성 동성애자들로 보인다) 진정성과 절실함이 통용되고 요구되고 필요하다는 사실 앞에서 주눅 든다.

> 여전히 미친 짓이라는 걸 알지만 쉽게 돌아서지 못한다. 부디, 때문이다. 젠장. (p. 35)

이 문장은 그렇다면 권태롭고 무미건조하고 고단하지만 그런 이유로 무모함이나 위험 같은 것은 없었던 '젠장의 세계'가 일순 '부디의 세계'에 의해 침입당하는 순간에 대한 기록이다. 그렇게 읽을 때, 소설집 『그녀가 보인다』에 실린 김선재의 단편들은 모두 '젠장의 세계'와 '부디의 세계' 간에 벌어지는 지난한 갈등의 기록처럼 읽히기도 하고, 바로 그 두 세계가 두 눈에 각각 달리 보이다 겹쳐지는 입체파 풍의 회화처럼 읽히기도 하고, 쾌락원칙과 현실원칙이 한 인물 안에서 분열하고 각축하는 프로이트적 전장으로 읽히기도 한다. 그러나 너무 빨리 쉬운 결론에 이르기 전에 눈여겨봐둘 자세가 하나 있다. '젠장의 세계'에 속한 두 동성 연인들의 주검이 취하고 있는 자세가 그것이다. "마주 보고 잠든 그들"(p. 35)의 자세.


3


'마주 보고 잠든 그들.'

이 문장이 표현하는 자세는 김선재 소설에 가장 자주 등장하는 주인공들의 어떤 특이한 자세들을 간단하게 요약한다. 여기 그 자세들의 목록이 있다.

> 정의 품에서 또르륵 몸을 말고 방울새처럼 재잘거리던 반이, 그립다. (p. 214)

> 그 와중에도 그림의 혀는 계속 움직여 여의 아랫니를 쓰다듬고 더 깊이 들어왔다. 네 것과 내 것을 구별하는 일이 힘들 지경이었다. 꼼짝도 할 수 없었다. 여는 마침내 아무리 애쓰고 노력해도 몸의 느낌을 버릴 길이 없다는 걸 알았다. 계시와 말씀 따위는 아무래도 상관없는지도 몰랐다. 자신이 마치 나와 너로 분리되어 서로를 어루만지는 듯했다. 꿈이 아니었다. 이토록 간단해질 수 있는 일이었다. (「그녀가 보인다」, p. 117)

여기에 「독서의 취향」에서 안나와 나가 접속사도 없는 하나의 문장처럼 겹치던 장면을 보낼 수도 있겠다. 또르륵 몸을 만 여성을 안고 있는 남성, 나와 너를 구별하기 힘들 만큼, 혹은 접속사도 없는 하나의 문장만큼 서로와 완벽하게 결합되는 포옹…… 에곤 실레의 「포옹」이나 툴루즈 로트레크의 「키스」 같은 그림을 연상시키는 바로 저런 자세들이야말로 김선재 소설의 남녀 주인공들이 즐겨 취하거나 취하고 싶어 하는 자세다. 그런데 저런 장면들 곁에 다음 장면을 나란히 놓아보자.

　어머니에게 나는 이미 아들이 아니라 젊은 날, 자신의 치마를 들추던 연인이었고 수시로 자신을 비춰보는 거울이었다. 어머니의 기억을 현재로 되돌리는 일은 불가능했다. 〔……〕 거울이 된 나는 종종 눈을 마주치지 못하고 대상을 왜곡하고 과장하기를 반복했지만 그래도 항상 한결같이 말했다.
　세상에서 자기가 최고야. (「눈사람과 나」, pp. 149~50)

　냉장고 문에 붙어 있는 사진을 본다. 지난봄 엄마와 함께 갔던 대형 수족관 앞에서 찍은 사진이다.
　안녕, 엄마.
　나는 3개월 전의 엄마에게 인사한다. 엄마가 저 방에서 나올 때까지 방해하면 안 되므로 하는 수 없다. (「21세기 소년」, p. 45)

첫번째 인용문에서 아들을 거울로 삼은 엄마의 이야기는 단순히 비유가 아니다. 역으로 말해 어머니의 거울이 되기를 자처하는 아들의 이야기 또한 비유가 아니다. 젊은 날로 퇴행한 어머니는 아들을 자신의 옛 연인으로 착각하고, 마치 거울이라도 되는 양 '거울아 거울아 세상에서 누가 제일 예쁘니'라고 반복해서 묻는다. 아들은 엄마의 거울 노릇을 거부하지 못하고, 엄마에게 인정받기 위해, "세상에서 자기가 최고야"라고 말해준다. 그러니까 어머니의 욕망을 욕망한다. 어머니는 아들을 통해, 아들은 어머니를 통해 자신의 결여를 부인하는 저 익숙한 방식을 '상상계적 이자 관계'라고 불러서 안 될 이유는 없어 보인다. 아들의 불안은 외설적 주이상스 특유의 불안이다.

두번째 인용문의 경우 약간의 상황 설명이 필요하다. 나중에 밝혀지지만 엄마는 이미 방에 들어가 죽어서는 썩어가고 있는 상태다. 그걸 모르(고 싶어 하)는 소년이 그리워하는 것은 역시 엄마와의 이자적 관계 속에서 행복하던 3개월 전의 사진이다. 물론 이때의 3개월이 꼭 현실에서의 세 시간일 필요는 없다. 상상계의 거리는 물리적 시간으로 측정되지는 않을 터이니까. 어머니와의 행복한 이자 관계가 유지되던 '상상계'로의 퇴행, 혹은 그러한 상상계적 관계의 파손 앞에서 소년이 보여주는 부인(否認)의 양태가 바로 소설 「21세기 소년」의 주제다.

그렇다면 앞서 인용한 김선재 소설 속 연인들의 저 자세들을 두고 성년이 되어서도 상상적 이자 관계를 벗어나지 못한, 혹은 상상적 이자 관계로 퇴행하거나 고착한 주체들의 자세라 부르는 것도 이상할 것은 없어 보인다. 그 자세가 의미하는 것, 그것은 김선재의 주인공들이 유지하려고 하고, 보호하려고 하고, 때론 두려워하거나 도망가려고 하는 세계, 곧 '부디'의 세계이자 어머니와의 행복한 이자적 관계로 특징지어지는 상상계 바로 그것이다. 요약하자면 김선재의 입체소설 쓰기는 상상계와 상징계를 하나의 텍스트 안에 겹쳐놓으려는 시

도와 같다. 그런데 왜? 왜, 김선재는 이 성장 없는 퇴행의 자세들로
자신의 소설 세계를 도배해놓은 것일까?


4


왜 김선재의 주인공들은 상상계로의 복귀를 꿈꾸는가? 상징적 질
서 안에 상상계적 상황을 끌어들여 자신의 소설을 암울하고 분열적인
입체로 만드는가? 그 질문은 단편 「21세기 소년」의 제목에 대한 질
문으로 대체해도 무방할 듯 보인다.

이 작품은 앞서 간단히 살펴본 그대로 어머니의 죽음을 부인한 채,
썩어 구더기가 나올 때까지 한집 안에 그 시신과 자신을 유폐한 소년
에 관한 이야기다. 상상계의 파손에 대한 불안과 공포, 그리고 결국
그로부터 벗어나는 소년의 우화는 주체의 형성 과정에 관한 라캉의
이론을 소설적으로 번안한 것처럼 읽히는 데가 있다. 그런데 '21세
기'라니!

작품에 특정 세기를 명기할 때, 그것이 소설 텍스트가 되었건 사회
과학 논문이 되었건 에세이가 되었건 뭐가 되었건, 저자는 자신의 텍
스트가 시대를, 혹은 자신이 속한 사회의 어떤 상황을 지시하고 있음
을 공표하는 것이나 다름없다. 그러니 이 작품의 제목 「21세기 소년」
은 달리 말해 '우리 시대 소년' '우리 사회가 만들어낸 소년' 같은 의
미로 읽어 무방해 보인다. 이어지는 수순은 저 텍스트로부터 21세기
에 대한 작가의 진단, 그러니까 우리 시대 우리 사회의 표식 같은 것
을 찾아내는 것이다. 그런데 뜻밖에도 그 적절한 답은 다른 작품의

첫 문장에서 찾아진다.

> 최선의 방어는 스스로를 가두는 것이다. (「최선의 방어」, p. 211)

　다른 텍스트의 주인공이 한 말이지만 이 말대로라면 소년은 방어의
일환으로 스스로를 유폐시켰다. 어머니가 썩어가고 있는 방 안에. 수
도와 전기는 곧 끊길 것이고, 죽기 전 엄마가 마련해둔 음식물도 이
제 바닥나간다. 인터넷도 끊겨 세상과 소통할 방법이라곤 없는 곳에
소년은 자신을 방치한다. 방어하기 위해서다. 무엇으로부터의 방어?
물론 각박한 세상도 방어할 대상이겠지만 그보다는 어떤 심리적 정
황으로부터의 자기 방어라는 말이 더 합당해 보인다. 어머니와의 상
상적 관계가 이미 사라졌음을 부인하는 것, 그것이 소년에게는 방어
다. 그래서 영원히 상상계적 이자 관계를 누리는 것, 그것이 소년의
방어다. 제목으로 미루어 작가의 전언을 유추하건대 이런 말이 된다.
21세기는 방어의 시대다. 21세기는 유폐와 고립을 통해 세계로부터
자신을 단절시키고, 골방 안에서 충만과 합일을 '상상해내는' 시대다.
　그런 의미에서 「독서의 취향」에 등장하는 주인공의 독백은 참 의미
심장하다.

> 왜 나는 자신이 그때 불멸의 책 한 대목을 떠올렸는지 알지 못했다.
> 대학 때 선배들을 따라 어두운 방에서 학습하고 토론하던 두껍고 어려
> 운, 그러나 결국 자신에게 한 문장으로 남은 책이었다. 토대가 상부를
> 구축한다는 거였다. 수없이 많은 단어와 묘사는 모두 한 문장을 위해
> 존재했다. (p. 75)

"토대가 상부를 구축한다." 세상의 각박함이 퇴행을 부추긴다. 맞는 말이다. 그러고 보니, 김선재의 주인공들이 상상계로의 퇴행 같은 것을 시도할 때마다, 그 병인은 다 사회적 연원을 갖고 있다. 「그녀가 보인다」의 주인공 '여'는 스스로를 전신마비 상태로 몰아넣은 이유에 대해 이런 말을 한다. "위나 아래나 끔찍하긴 마찬가지였으나 여는 자신이 결코 위에서는 살 수 없는 사람이라는 걸 굴뚝 꼭대기에서 알았다"(p. 128). 그리하여 그는 행동을 마비시켜 골방에 자신을 유폐한 후 그림을 만나 상상계적 합일을 꿈꾼다. 「최선의 방어」의 주인공 '정'은 "5년이 지나도록 대리 직급을 떼지 못하는" 사람이고, "올봄 인사에서 고배를 마시던 날 스스로를 비둘기만도 못한 놈이라고 자책했"(p. 213)던 적이 있는데, 바로 그와 같은 무능력이 '정'과 아내 '반'의 '합'을 지연시키고 방해한다. 하나같이 가난하고, 무기력하고, 권태롭고, 체념적이고 희망이 없다. 그리고 그런 상황으로부터의 자기 방어와 부인이 유폐로 나타나고, 그 유폐 상태 속에서 '상상계적이자 관계'를 꿈꾼다.

김선재가 보기에 이것이 21세기다. 「21세기의 소년」처럼, 이제 밖으로 나가면, 우리는 고아이고, 가난하고, 실업자이거나 실패한 외판원이고, 무능한 남편 대신 가계를 책임져야 할 "파출부"(「그림자 군도」)에 불과하다. 그 사실로부터 나를 방어하는 방법, 그것은 유폐이고 퇴행이다. 상상 속에서 충만하기, 그것이 21세기 사람들에게 주어진 비참하고도 비참한, 그러나 유일한 행복이다. 그 비관주의가 참 맘에 든다.

# 아팠지, 사랑해

## ── 정용준의 「가나」에 대하여

### 1

스끼가 오블로에게 묻는다. "그런데, 누나. 오블로모프는 죽을 때 어땠을까? 죽는 것이 슬펐을까? 아니면 이 무력감에서 벗어나는 것이 행복했을까? 난 그것이 궁금해…… 어떤 죽음은 차라리 삶보다 더 행복할 수도 있을 것 같아서"(「굿나잇, 오블로」, p. 130).* 노예 21이 자문한다. "나는 살고 싶은가? [……] 어차피 죽어버리면 통증과 감각이 분해될 것이고 아무것도 느끼지 못할 것이다. 또 생각한다. 그런데 죽기까지 얼마나 많은 고통을 이겨내야 하는 걸까?"(「벽」, p. 93). 이미 죽어 바다를 부유하고 있는 한 시신이 회고한다. "시간은 죽고 싶다는 생각의 끝없는 회귀이고, 삶은 그것을 버텨내는 불안함이자 미쳐가는 정신의 바다를 항해하는 돛 없는 배였다. 난 끝없이

---

* 정용준, 『가나』, 문학과지성사, 2011. 이하 인용되는 정용준의 작품은 모두 이 책에 실려 있다.

466

표류하고 조금씩 침몰했다"(「가나」, p. 52). 머리에 뿔이 난 K가 기도한다. "영원히 이대로 시간이 멈췄으면…… 해도 뜨지 않고, 아침도 오지 않고, 빛조차 완전히 사라져 이 세상이 온통 깜깜했으면"(「어느 날 갑자기 K에게」, p. 240). 검은 표범을 자아 이상으로 삼은 망상증 환자가 진술한다. "형사님, 검은 표범의 송곳니를 보신 적이 있으십니까? 그 크고 단단한 하얀 이빨을 보고 있으면 말입니다. 너무도 황홀해, 죽어도 좋다는 생각을 하게 됩니다. 저 이빨이 내 경동맥을 찢고 쇄골을 부스러뜨린다면 그래서 온몸이 조각조각 나뉘어 저 붉은 입속으로 한 점씩 넘어간다면 마지막 통증조차 쾌락으로 기억될 것 같았거든요"(「먹이」, p. 171). 더 나열할 필요가 없을 만큼, 예외 없이, 정용준의 작품 속 주인공들이 하는 (정확하게는 '하지 못하는') 말은, 요약하자면 '죽고 싶(었)어'다.

2

알다시피 프로이트가 죽음 충동의 존재를 발견했(다고 공언했)던 것은 1차 대전의 참상을 목도한 이후다. 이 사실은 죽음 충동이 파괴나 폭력에 우선적으로 관여한다는 말과 같은데, 억압가설을 받아들일 경우, 법의 과도한 억압은 언제나 리비도를 데스트루도로 전화할 수 있는바, 그것이 폭력적인 것은 바로 그 과잉억압에서 배태되었기 때문이다. 정용준의 소설에서도 사정은 마찬가지여서, 그의 인물들은 지극히 폭력적이고 파괴적이다. 대표적인 장면이 있다(가급적 천천히 또박또박 감정을 실어서 읽으면 좋다).

나는 발소리를 죽이며 선생에게 은밀히 다가가. 선생의 주름진 목 밑에 숨은 경동맥은 평화롭고 규칙적으로 천천히 뛰고 있겠지. 숨을 깊게 들이마시고 잠시 멈춰, 손가락 관절 하나하나에 힘을 주겠어. 그리고 아무 망설임 없이 선생의 목에 연필을 찔러 넣을 거야. 도살되는 돼지처럼 꾸익꾸익 소리를 지르는 선생의 사지가 버둥대며 흔들리겠지. 나는 연필을 똑바로 잡고 손바닥으로 꾹꾹 눌러. 목 밑으로 점점 짧아지는 연필을 보며 선생의 표정을 확인하지. 값나가는 돼지의 머리처럼 미소 지어서는 곤란해. 연필을 연필깎이의 핸들처럼 돌리며 선생의 숨이 고통스럽게 멎는 소리를 들을 거야. 눈 하나 깜빡하지 않고 조롱하며 소리 없이 웃어주겠어. 선생의 목에서 흐른 피가 녹아내린 딸기 맛 아이스크림처럼 흰 블라우스를 적시고 교탁 위에 동그랗게 고이면 선생의 눈앞에서 교과서를 쫙 펼치며 이렇게 말할 거야.

천천히 읽어봐. 한 문장씩. 또박. 또박. 또박. (「떠떠떠, 떠」, pp. 12~13)


정용준의 글쓰기를 추동하는 어떤 에너지가 있다면, 그것은 보다시피 죽음 충동, 혹은 그 충동이 용도 변경시킨 리비도, 곧 데스트루도 에너지다. 온순하고 착해 보이는 작가 정용준은 겉모습과는 달리 '죽음과 함께' 혹은 '죽음으로부터' 글을 쓰는 작가다. 그런데 다행인 것은 위의 장면(사실 저 장면 또한 성인이 된 화자의 머릿속에서만 발생하는 상상적 복수일 뿐이다)을 포함한 몇 장면을 제외하고 다른 주인공들의 죽음 충동은 직접적인 파괴와 폭력에는 이르지 않은 채, 어떻게

든 통제된다는 사실이다. 작가가 고안한, 가까스로 데스트루도의 분출을 막는 글쓰기 전략이 있는 듯싶다.

그 전략을 편의상 '갈등적 물화(物化)'라고 불러보자. 그의 소설에서 갈등적 물화는 대체로 묘사되는 사태(죽음과 폭력)와 묘사하는 서술자(관찰자)의 태도 간 '타협 형성물'로 나타난다.

그는 본다. 카메라에서 떨어져 나온 깨진 렌즈의 하얀 균열을, 가방에서 쏟아져 나온 여자의 속옷과 누군가의 발에서 빠져 나왔을 신발을, 피에 젖은 모자를, 목이 부러져 두 동강이 난 기타에서 삐져나온 터럭처럼 구부러진 여섯 줄의 현을, 부러진 안경을, 표지가 찢겨진 책을, 손톱이 붙어 있는 손가락을, 아직 죽지 않아 꿈틀거리며 피를 토하고 있는 목줄이 걸려 있는 개를, 상체가 콘크리트에 깔린 소녀의 하체를, 껍질이 으깨진 곤충의 다리처럼 규칙적으로 떨고 있는 사람들의 팔과 다리를, 바람 빠진 공처럼 찌그러져 있는 머리를, 상의가 벗겨진 채 죽은 남자의 오돌토돌한 척추뼈를, 그것들이 마치 꿈속에서 등장한 무의미한 사물들인 것처럼 아무 감정도 없이 그는 주위를 둘러본다. (「여기 아닌 어딘가로」, p. 206)

'그'는 그저 '본다'. 무심하고 무관하다. 오로지 주어와 동사로만 이루어진 이 가장 단순한 형태의 문장은 그가 지금 보고 있는 장면과 묘한 부조화를 일으킨다. 아무런 감정의 동요도 보이지 않는 이 문장의 고요와 냉정에 비할 때, 그의 시선에 잡힌 폭력의 정도나 사물 혹은 신체의 훼손 정도는 가위 엽기적이다. 손톱이 붙어 있는 손가락, 피 토하는 개, 상체는 콘크리트에 깔린 채 하체만 드러낸 소녀, 몸에서 분리되어 경련하는 팔과 다리, 찌그러진 머리, 드러난 척추뼈 등의 묘사는 '필요 이상'으로 상세하고 주의 깊다.

이외에도 「굿나잇, 오블로」에서 오블로의 심하게 훼손된 신체나, 「벽」에서 수인들의 몸에 가해지는 폭력의 강도, 「구름동 수족관」에서 '구름이'의 녹아내리는 듯한 얼굴 형체, 「떠떠떠, 떠」에서 '판다'의 간질 발작 등의 묘사들을 같이 상기해도 (그리고 싶지 않겠지만) 좋겠다. 동시간에 속해 있는 묘사 주체와 묘사 대상 간의 상태가 너무도 극렬하게 대조적으로 갈등한다.

게다가 이런 장면에서는 인간의 것과 인간의 것이 아닌 것, 고쳐 말해 사람과 사물 간의 경계도 사라진다. 그는 깨진 카메라 렌즈와 찢긴 사람의 다리를 구별하지 않는다. 찢긴 책과 찢긴 사지도 구별하지 않는다. 사람의 신체를 사물처럼 간주, 즉 물화함으로써 묘사 주체는 무엇인가를 획득하게 된다.

'필요 이상'으로 상세하고 주의 깊은 묘사라고 했지만, 엄밀하게 말해 그것은 어떤 '필요' 때문에 작용한다. 데스트루도는 오로지 시선의 쾌락을 통해 부분적으로만 죽음과 폭력을 향유한다. 그럴 때, 묘사 주체가 유지하고 있는 냉정함과 평정은 일종의 '방어' 혹은 '부인'이다. 자신과는 무관한, 사람이 아닌 사물들의 세계에서 일어나는 일이므로, 그것을 자세히 관찰할 자격을 부여받고, 그리하여 향유하지 않는 듯하면서 향유하는 정당성을 확보한다. 종종 정용준의 저런 장면들이 일종의 도착, 특히 시신애호증이나 관음증 증상의 형성 과정처럼 느껴지는 것은 그런 이유 때문이다. 알다시피 신경증은 항상 타협 형성물이다. 이것과 유사하게 정용준의 문체이자 특히 참혹한 것들 앞에서 자주 그 모습을 드러내는 갈등적 물화는 일종의 타협 형성물이자 죽음 충동의 부분적 향유이다.

3

그러나 그 향유가 부분적으로만 작용하는 한에서 데스트루도는 남는다. 묘사 주체의 냉정함은 또한 노골적인 향유의 포기이기도 하기 때문이다. 그렇다면 향유되지 않은 여분의 데스트루도는 어떻게 되는가? 프로이트는 저 데스트루도라는 용어를 사용하자마자 폐기했으니 그가 남긴 문헌에서 답을 얻을 수는 없겠으나, 만약 리비도와 데스트루도가 각각 상이한 충동에 동원되는, 그러나 그 기원에 있어서는 같은 에너지의 두 이름이라면, 데스트루도도 '승화suiblimation'가 가능하리라는 추론이 성립된다. 그리고 문학을 포함해 예술이란 리비도 에너지의 탈성화(脫性化) 작업이 낳은 산물이라는 사실은 상식에 속한다.

그렇다면 아마도 (이런 명칭이 가능하다면) 죽음의 작가들, 가령 장용학, 손창섭, 남정현, 박상륭, 백민석, 백가흠, 편혜영 등으로 이어지는 한국 소설의 아주 어두운 계보는 죽음 충동의 에너지, 곧 데스트루도를 탈성(폭력)화한 작가들을 담고 있다고 보아도 무방할 듯싶다. 그리고 문학적 계보란 그 기원에 의해서가 아니라, 항상 현재 시점에서 사후적으로 배열되고 구성된다는 말이 진실이라면, 정용준 소설은 그 계보의 맨 끝자리이자 맨 첫자리에 놓인다. 부럽게도 그에게는 이런 문장들이 있기 때문이다. 한국문학사를 통틀어 이토록 아름다운 죽음의 문장들을 만나게 되는 일은 쉽지 않다.

크고 작은 바위들이 곳곳에 솟아 있고 바위틈마다 색색의 말미잘들이 셀 수 없이 많은 촉수를 흔들며 움직였다. 크고 작은 물고기들이 뺨을 스치고 지나갔고, 작은 새우들은 머리카락과 수염 속에 기어들어와 제 몸을 숨겼다. 해류가 몸의 방향을 바꾸어놓았다. 난 꽃씨처럼 느릿느릿 바닷속을 떠다녔다. 모래 속에 반쯤 잠긴 폐선이 보였다. 수초와 이끼가 폐선의 몸체를 뒤덮고 있었다. 폐선은 진흙을 뒤집어쓰고 낮잠을 자는 게으른 당나귀 같았다. 불 꺼진 폐선의 선실은 발광하는 꼬리 민태들로 분주했다. 청록색으로 빛나는 꼬리가 흔들릴 때마다 낡은 선실은 등을 켜놓은 것처럼 조금씩 되살아났다. 조타실에는 해마들이 단정한 모습으로 떠 있었다. 마치 오래전부터 조타실의 주인은 자신들이라는 듯, 곧게 선 해마의 몸은 고상하고 위엄 있어 보였다. 폐선의 갑판에 달라붙은 검은 고둥들의 더듬이는 물속에서 느릿하게 흔들렸고 몇몇은 바지 위로 기어 올라왔다. 정수리 위로 커다란 바다거북이 천천히 지나갔다. 무심한 바다거북의 눈동자가 나와 잠시 마주쳤다. 폐선의 엔진이 곧 돌 것만 같았다. 녹슨 스크루가 회전하고 모래 속 깊이 처박힌 닻이 거품에 둘러싸여 천천히 떠오를 것만 같았다. 나는 조타실의 타를 잡고 바다거북이 만들고 간 길을 따라 항해하고 싶었다. 몸이 조금씩 짓물러갔다. 몸속에서 푸른 가스가 피어오르고, 난 점점 가벼워짐을 느꼈다. 발밑의 폐선이 우물에 떨어진 돌멩이처럼 조금씩 작아져갔다. (「가나」, pp. 62~63)

장용학과 박상륭은 사변화하고, (최근의) 편혜영과 백가흠은 사회화하고, 백민석은 탈승화한 그 데스트루도를 정용준은 서정화한다.

가까스로 죽음 충동을 이겨낸 곳에서 생성된 그의 문장들에서는 죽음이 유랑처럼 아름다워진다. 그의 소설 속 대부분의 죽음이 그렇다.


4


그런데 그들에게 무슨 일이 있었던 걸까? 무엇이 그들을 죽음충동에 사로잡히게 한 것일까? 틀림없이, 차마 입에 담지 못할 일이 있었다. 이때의 '차마 입에 담지 못할'이란 말은 수사가 아니다. 흔히들 언어를 초과하는 어떤 사태 앞에서 '말할 수 없는' 혹은 '차마 입에 담지 못할'이라는 표현을 쓰곤 하지만, 정용준의 주인공들은 단순히 비유로서가 아니라 '실제로 말할 수 없는' 어떤 상태에 이른다.

"힘겨워하긴 했지만 조금씩 움직였고 밥도 스스로 먹을 수 있었으며, 말도 잘 했"(「굿나잇, 오블로」, p. 120)던 오블로는, 스끼로서는 알 수 없는 어떤 일을 겪은 후 영원히 입을 다문다. 죽을 때조차 그녀는 입안에 빵을 가득 문 채 실어 상태에서 죽는다. 「떠떠떠, 떠」의 주인공, 그리고 「구름동 수족관」의 주인공은 둘 다 말더듬이 증세를 보인다. 「가나」의 주인공은 이미 죽은 상태이므로 말할 수 없다. 그의 아내 하비바 또한 벙어리다. 다시 말해, 그들은 모두 실어증자이며, 작가는 이러한 상태를 독자들에게 반복적으로 제시한다. 분명히 그들의 입을 차마 열지 못하게 할 만한 어떤 일이 있었다.

그 일의 실체를 밝혀내는 데 가장 직접적인 실마리가 되는 작품은 「벽」이다. 알레고리적으로 읽을 때, 「벽」은 폭력으로만 이루어진 세계에 내던져진 〔전(前)〕주체들이 어떤 방식으로 폭력에 전염되고 그것을 내재화하는지, 그럼으로써 어떻게 (폭력적) 주체로 거듭나게 되는지를 보여주는 작품이다. 문제는 그토록 극악한 폭력적 세계를 정초하는 최초의 폭력이 무엇인가 하는 것이다. 그것은 '법'이고 '계율'이다. 최초의 법은 어떠한 근거도 정당성도 필요로 하지 않는다. 다만 주어질 뿐이다. 의지와 무관하게 '굴도'라는 세계에 내던져진 존재들에게 가장 먼저 강요되는 것은 어떤 서류(문자로 이루어진 계율)에 손도장을 찍는 일이다. 그 서류에는 굴도에서 그들이 지켜야 할 최소한의 계율 네 가지가 적혀 있다. 그 첫 계율은 이렇다.

아, 저 사람은 법을 어기고 말았네. 지금 말해주려고 했는데. 그러니까 잘 들어. 먹여주고 재워주고 월급도 주는데 씨발, 말이라도 잘 들어야지. 아, 이것저것 많은데 차차 알아가기로 하고 몇 가지만 알려줄게. 일단 방금처럼 말하면 안 돼. 화장실 가도 돼요? 안 돼! 일은 언제 끝나요? 안 돼! 집에 가고 싶어요. 안 돼! 또. 씨발, 입 아파. 어쨌든 말은 안 돼. 알았어? (「벽」, p. 84)

단순해 보이는, 아니 너무도 단순하므로 저 금지의 명령문들은 아주 많은 의미를 담고 있다. 이어지는 다른 계율들, 가령 '귀향 금지' '질병 금지' '사유 금지'보다 '말의 금지'가 가장 선행한다는 사실, 그리고 최초의 입법은 금지(저 수많은 '안 돼'들)로 이루어져 있다는 사실, 그것은 초법적으로 외부에서 주어진다는 사실 등(이에 관해서라면 벤야민이나 아감벤을 상기해도 좋겠다).

그런데 프로이트 이후로, 우리는 최초의 입법자가 바로 아버지라는 사실을 안다. 굴도에서 작성한 서류 속 계율은 계통발생적으로는 모세가 시나이에서 '아버지'에게 받은 계율과 같고, 개체발생적으로는 상상계에 도입된 '아버지의 이름'과 같다. 물론 그것은 금지의 기표이기도 하고 상상계가 파열하는 신호이기도 하다. 아버지의 이름 아래서 그는 이제 주체가 될 테지만, 상상계의 언어(크리스테바의 주장처럼 만약 이런 것이 있다면)를 잃은 주체, 말에 의해 항시 결여에 시달리는 주체가 될 것이다. 그럴 때, 정용준의 주인공들이 앓는 실어증은 어떤 측면에서는 그들이 상상계에서 분리되어 상징계에 제대로 편입되지 못한 증거로 보이기도 한다. 상징계란 무엇보다도 말로 이루어진, 말과 같은 형태로 구조화된, 말하는 자들의 세계일 것이니 말이다.

「떠떠떠, 떠」의 주인공은 학교에서 가혹한 교사 때문에 실어증을 얻었는데(최소한 악화되었는데), 학교만큼 용의주도하게 주체를 법에 편입시키는 이데올로기적 국가기구는 없다. 그는 상상 속에서만 더듬더듬 선생님의 목에 연필을 박는다. 그러고 보니, 「가나」의 주인공은 또 어떤가? 조상들의 법에 의해 사랑하는 여자를 삼촌에게 빼앗겼는데(그는 처음에는 그것을 운명으로, 그러니까 벗어날 수 없는 계율로 받아들인다), 혈연으로 이루어진 가족만큼 자연스럽게 주체를 법에 편입시키는 이데올로기적 국가기구는 학교를 제외하고 달리 없다. 그러나 그는 결국 죽어서, 실어증 아내 하비바의 분신 '가나(노래)'로 말한다. 아마도 '가나'는 상징계의 언어로 이루어지지는 않았을 것이다. 오블로의 침묵 또한 '괴물―아버지'의 폭력으로 비롯되었는데, 입법자 아버지를 죽이고 스끼와 오블로가 택한 것은 완전한 침묵 속의 죽음이었다.

5

그들이 상징계의 언어에 서툴고, 그런 이유로 많이 더듬는다고 해서 그들의 언어 이전의 발성을 우리가 어떤 의미 있는 문장들로 번역할 수 없는 것은 아니다. 정용준의 첫 소설집 『가나』를 지금 막 읽은 우리들의 귀에 최소한 두 개의 단어가 들린다.

스끼가 오블로의 입을 막고 코를 막는다. "정신이 아득해지면서 오블로는 갑자기 스끼가 보고 싶어"진다. "스끼가 자신의 몸을 씻어내며 물었던 질문에 대한 답을 해주고 싶었기 때문이다"(「굿나잇, 오블로」, p. 133). 스끼가 오블로에게 물었던 질문을 다시 옮기자면 이런 것이다. "오블로모프는 죽을 때 어땠을까? 죽는 것이 슬펐을까? 아니면 이 무력감에서 벗어나는 것이 행복했을까? 난 그것이 궁금해"(「굿나잇, 오블로」, p. 130). 물론 오블로는 말하지 못한 채 실어 상태 그대로 죽는다. 그러나 이제 우리는 이 작품을 읽었으니, 러시아인 오블로모프의 아내가 남편에게 보낸 마지막 편지 내용이 '사랑한다'였다는 사실을 안다. 틀림없이 오블로와 스끼가 죽이고 죽으면서도 말하지 못한 그 말, 그것은 '그간 아팠지, 사랑해'였을 것이다.

죽은 사내가 아내에게 말한다. "하비바, 나는 당신이 좋아했던 노래가 되었다." 물론 그는 이미 죽었으니 결코 노래하지 못한다. 그러나 이제 우리는 이 작품을 읽었으니, 이국땅에서 연기로 사라진 한 아랍 사내의 아내 이름 "하비바"가 무슨 뜻인지, 그들의 아이 이름 "가나"가 무슨 뜻인지 안다. "오래 걸리지 않"아 먼지의 형태로 고향에 당도한 그가 아내에게 부르려고 한 노래 가사 첫 부분은 '그간 아

476

팠지, 사랑해'였을 것이다.

틀림없다. 엄마의 인생을 위해 이제 막 죽음을 결행할 작정인 태아가 태중에서 하지 못한 마지막 말(「사랑해서 그랬습니다」), 벚꽃 매달린 나뭇가지가 든 냄비를 앞에 둔 창녀와 말더듬이가 끝내 삭이고 만 그 마지막 말(「구름동 수족관」), 그것도 다, '그간 아팠지, 사랑해'였을 것이다.

그 결정적인 증거가 여기 있다.

떠, 떠떠, 떠떠, 떠떠떠, 떠, 떠, 아아, 아아아하아아, 아아아, 아, 사, 사, 사아, 아, 아아, 아아아, 라라, 라라라라, 라, 라라라, 아, 아 아아앙, 해. (「떠떠떠, 떠」, pp. 38~39)

번역해본다. 간단하다. 역시 같다.
'그간 아팠지, 사랑해.'

6

도착적이지 않을 경우에 한에서, 즉 타인과 인류의 재화를 파괴하는 데 사용되지 않을 경우에 한해서, 데스트루도가 리비도보다 윤리적일 거란 생각을 종종 한다. 리비도는 개체보존에 관여할 것이다. 에로스는 알려진 것하고 다르게, 이기적이다. 데스트루도는 종족보존에 관여할 것이다. 문명 이전에는, 나의 소진과 소멸로 타자를 살게 하는 것이 그것의 본성이었을 것이다.

사랑은 바타유의 말대로 목적 없는 '소모'이자 '작은 죽음'일 것이고, 바디우가 그토록 예찬해마지않는 '사건'일 것이고, 그런 의미에서 완전히 이타적인 유일한 인간 행위다. 그리고 그 사건의 에너지는 제자신의 탕진과 소멸을 두려워하지 않는 죽음 충동에서 오는 것일지도 모른다. 저 더듬거리는 문자들의 자간과 행간에서 우리가 읽어야 할 것이 그것이다. 저기서 들려오는 '가나', 그러니까 사랑의 노래를 듣지 못한다면, 그는 정용준의 훌륭한 독자가 아닐 것이다.

# 아버지, 제가 불타고 있는 것이 안 보이세요?

──윤성희론

## 1. 윤성희 소설에 대하여
## 우리가 합의하거나 합의하지 못한 것들

워낙에 일찍부터 자기만의 소설 세계를 독창적이고 탄탄하게 형성한 작가인 만큼, 윤성희 소설에 관해서라면 합의된 것들이 많다. 우선 문장과 관련해서는 철저한 단문 위주의 글쓰기, 전후 상황에 대한 세부적 설명 삭제, 그리고 짧은 서사소들의 한없는 분기 (나는 이런 이유로 윤성희 소설을 브리콜라주 소설이라 부르기도 했다) 같은 특징들이 도출되었고 대부분 별 저항 없이 곧 합의되었다. 아마도 문장의 진행 속도에 관한 한, 그리고 그 문장들이 만들어내는 이야기소들의 양에 관한 한 윤성희의 소설을 넘어설 작품들은 없어 보인다. 가령 그의 유일한 장편소설 『구경꾼들』(문학동네, 2010)을 V. Y. 프로프가 그랬던 것처럼 하나의 주부와 술부를 가진 단문의 이야기소들로 분해한다면, 그것들의 숫자는 아마 웬만한 대하소설에서 추출된 이야기소들의 양을 능가하고도 남을 것이다. 윤성희 소설의 이와 같은 특징은 독자들에게 굵은 별 몇 개가 선으로 연결된 앙상한 별자리를 감상하는 일과는 다른 종류의 기쁨, 가령 크거나 작은 별들이 한 무더기로 흩어져 있는 은하수를 감상하는 일과 같은 기쁨을 선사하곤 했다.

두번째로 윤성희 소설에 관해 합의된 것은 그가 소설 속에서 그려내 보이는 새로운 가족 공동체 모델에 관한 것이었다. 그것을 누구처럼 '식탁 공동체'라 부르든, 누구처럼 '의사 가족' 혹은 '합류적 가족'이라 부르든, 혹은 또 누구처럼 '상처받은 자들의 연대'라거나 '탈근대적 가족'이라고 부르든, 그 명칭들이 지시하는 바는 대동소이했다. 혈연관계에 기반한 전통적 가족 형태와는 완전히 구별되는, 상처받은 주변인들이 전혀 예기치 않은 방식으로 만나 합류하여 구성하는 기이한 형태의 가족이 탄생한다. 부권은 부재하거나 미미하고, 서로는 서로를 침해하거나 간섭하지 않는다. 위계는 없다. 그리하여 그들을 매개하는 것은 식탁이고 밥이다. 「감기」(『감기』, 창비, 2007)의 전혀 아버지 같지 않은 두 아버지와 아들이 만들어내던, 그리고 「유턴지점에 보물을 묻다」(『거기, 당신?』, 문학동네, 2004)의 존재감 없는 주변인들이 모여 만들어내던, 그 짠하고 따뜻한 식탁 공동체가 우선 떠오른다. 봉자 엄마(「봉자네 분식집」)가 끓여주던 된장찌개도 떠오르고, 이어달리기하는 자매들의 그 유명한 도마도 떠오르고(「이어달리기」), 그녀와 갈매기가 도서관을 나와 함께 먹던 해장국(「그 남자의 책」)도 떠오른다. 다 맛있어 보였고, 울컥했고, 뜨끈했다.

우리가 비교적 쉽게 합의한 윤성희 소설의 세번째 특징은 그의 작품들이 대개 흔한 성장의 서사를 거부한다는 것이었다. 과도하게 놀이에 집착하고, 매사를 게임이나 내기를 통해 결정하고, 가급적 비생산적인 일들로 시간을 죽이고, 엉뚱하며 종잡을 수 없는 여행을 떠나기도 하는 윤성희의 주인공들, 그들은 모두 호모 루덴스들이었다. 중년이 되어도 노년이 되어도 그들의 마음은 늙지 않는다. 행태도 늙지 않는다. 사유도 늙지 않고, 그들은 즐기며 논다. 그리고 그 놀이에의 집착이 그들의 생물학적 나이와는 무관하게 그들을 미성숙 상태에 있게 했다. 그리고 종종 이러한 미성장의 서사는 근대적 성장 서사에 대한 저항으로 해석되기도 했다.

그리고 누구나 지적하는 '유머'가 있다. 혹은 '감정 지출의 경제'(김영찬)가 있다. 처한 가난의 정도로 치면 최서해의 소설에 비견할 만하고, 인물들이 겪은 죽음의 양으로 치면 임철우의 소설에 비견할 만한데도, 윤성희의 인물들은 잘 웃는다. 윤성희 소설 속 주인공들 중 집이 있는 자가 몇이나 되며, 정규직에 종사하는 자가 몇이나 되며, 가족의 죽음을 수차례 지켜보지 않은 자가 몇이나 될까? 그런데 이처럼 비참의 극을 달리면서도 그들은 그것을 아무렇지 않게 말하고 겪으면서 웃는다. 웃음은 우선 그 처참한 사태를 기록하면서도 감정 상태에 있어서는 전혀 무심한 태도인 단문에서 비롯되었고, 그 심리적 원천에는 사태 안에 리비도 에너지를 절제 있게 투자해 고통을 피하려는 감정 지출의 경제가 숨어 있었다. 윤성희 소설을 많이 좋아하는 나 같은 독자들은 아마도 속담대로라면 엉덩이 깊은 곳에 수풀이 무성했을 것이다. 울어야 하는데 웃었고, 웃어야 하는데 울었기 때문이다. 속담에 이르기를 울다가 웃으면 신체 가장 그늘진 곳 어딘가에 털 같은 게 많이 난단다.

그러나 한 가지, 합의되지 않은 것이 있다. 원래 중요한 것들은 쉽사리 합의되지 않는바, 바로 저 유머, 저 감정 지출의 경제를 어떻게

평가할 것인가 하는 것, 그것만은 논란의 여지를 남겼다. 혹자는 바로 저 유머를 근거로 그의 작품들을 어른들을 위한 동화라고, 위무의 문학이라고 긍정했다. 혹자는 똑같은 이유로 그의 작품들은 고작해야 어른들을 위한 동화에 '불과하다'고, 현실을 개조할 수 없을 때 주체는 흔히 감정지출의 경제 원리에 따라 체념과 웃음으로 가볍게 도피하는 법이라고 부정했다.

솔직히 말해, 독자로서의 나는 전자 편이었고, 비평가로서의 나는 후자 편이었다. 내가 그렇게 둘로 분열했으니, 이후 윤성희의 작업 속에서 그 분열이 메워질 수 있기를 나는 간절히 바랐다. 다른 불만이 없었으니, 윤성희의 네번째 소설집에 거는 기대는 오로지 그것이었다.


## 2. 무너진 식탁 공동체

네번째 소설집 『웃는 동안』(문학과지성사, 2011. 이하 단편들은 모두 이 책에서 인용)에서도 윤성희 소설 특유의 서사적 분기는 여전하고, 유머도 여전하다. 문장은 역시나 단문들이고 이야기소는 넘쳐난다. 앙상한 서사의 별자리가 아니라 무수한 여담들의 은하수를 보는 즐거움은 여전히 윤성희가 우리에게 주는 기쁨이다.

그런데 몇 가지 도드라지는 변화가 눈에 띈다. 우선 주인공들의 나이가 많아졌다. 그것도 아주 많아져서 거의 대부분이 노년이거나 심지어는 이미 죽은 시신과 유령일 때도 있다. 「5초 후에」의 두 주인공은 정황상 초등학교를 다니던 시절로부터 62년이 지난 상태다. 줄잡아 칠십대 중반이다. 「눈사람」의 주인공은 지금 지하실에 죽은 채로 유기되어 있는데, 대학에 다니는 손자가 있다. 충분히 칠순은 넘겼겠다. 「공기 없는 밤」의 '영화 오래 보기 대회'에 참가한 주인공은 하룻밤에 팔굽혀펴기를 30회씩은 한다지만 73세나 된 김영희라는 노인이다. 「부메랑」의 주인공은 가상의 자서전을 쓰며 일생을 정리하고 있는 노년의 여성이다. 「느린 공, 더 느린 공, 아주 느린 공」의 주인공은 이미 명예퇴직을 한 상태로, 기러기 아빠인 사위와 종종 소주 한병을 나눠 마시는 노년의 사내다. 「매일매일 초생달」의 주인공들인 세 자매는 각각 전과 14범, 18범, 5범의 예순이 훌쩍 넘은 소매치기들이다. 「어쩌면」과 「웃는 동안」의 화자들은 젊거나 중년이지만, 안됐게도 이미 죽은 유령들이고, 「소년은 담 위를 거닐고」의 주인공들 역시 아직 늙지 않았으나 이제 노환으로 죽어가는 Y의 할머니를 위해 비디오를 촬영한다. 마치 작가가 애초에 이 작품집을 노년과 죽음을 다룬 테마 소설집으로 기획이라도 한 듯이 하나같이 늙은 인물들의 삶과 죽음을 담은 작품들이다.

말하자면 『웃는 동안』은, 『레고로 만든 집』(민음사, 2001)에서는 상당히 우울했고, 『감기』와 『거기, 당신』에서는 비참했으나 잘 웃고 잘 놀던 그 주인공들의 후일담처럼 읽힌다. 그렇게 읽을 때, 이제 궁금해지는 것은 그들의 삶이 늙은 뒤 어떻게 변했는가 하는 점이겠다. 그런데 기대는 말자. 그리 좋지 않다.


몸무게가 0.5킬로그램 줄었다. Y는 냉장고 문에 붙여놓은 식당 목록을 세 번 반복해서 읽었다. 그리고 삼계탕 집에 전화를 걸었다. (컵네 개와 접시 두 개만을 남겨놓고 모든 그릇을 버린 후 Y는 매끼를 사 먹

었다.) (「5초 후에」, p. 182)

변기를 팔아 돈을 모으기 시작하면서 그는 식당에서 음식을 먹을 때마다 반드시 2인분을 시켰다. 음식을 먹다 남기면서 그는 맞은편에 앉아서 같이 밥을 먹어줄 누군가가 곧 나타나리라는 희망을 품었다. (「공기 없는 밤」, p. 118)

식탁은 4인용이었는데, 한 번도 그 식탁에 네 명이 앉아본 적이 없었다. (「부메랑」, p. 126)

위암 말기였지만 어처구니없게 아내는 심장마비로 눈을 감았다. 딸과 내가 병원 정문 앞 분식집에서 순두부찌개를 먹던 그 순간에. (「느린 공, 더 느린 공, 아주 느린 공」, p. 231)

국수는 맛이 없었다. 김치는 지나치게 짰고 면은 너무 삶아 불어터졌다. "미안. 실은 요리를 안 해서. 거의 시켜 먹거든." (「매일매일 초생달」, p. 42)

「5초 후에」의 늙은이가 삼계탕을 시켜 먹는다. 혼자다. 「공기 없는 밤」의 늙은이는 반평생을 맞은편에 아무도 앉지 않은 식탁에서 밥을 먹는다. 게다가 식당 밥이다. 「부메랑」의 늙은 소매치기는 아홉 살이후 한 번도 식탁을 가득 채운 가족을 둔 적이 없다. 「느린 공, 더느린 공, 아주 느린 공」의 늙은이는 분식집에서 딸과 순두부찌개를먹는 동안 아내를 잃는다. 늙은 그들의 식탁 건너편에도, 옆자리에도 같이 밥을 먹어주는 이는 없다. 심지어 그들은 거의 밥을 해 먹지도 않는데, 밥 잘해 나누어 먹기로 유명했던 윤성희의 주인공들은 이제 주로 혼자서, 그것도 시켜서, 귀찮은 듯 식사를 해결한다. 종종 여럿이서 함께 죠스바를 먹기도 하지만, 죠스바를 먹는 순간은 그들이 죽음을 맞는 순간이다(「어쩌면」). 종종 가족끼리 회식을 하기도 하지만, 그것은 주말에 한 번 식당에서의 무미건조한 외식에 한정된다(「느린 공, 더 느린 공, 아주 느린 공」). 이런 상황은 마치 작가 윤성희가 자신의 전 시기 주인공들에게 가하는 소설적 복수처럼 여겨질 만큼 예외가 없다.

홀로 먹고 늙고 죽는 이 주인공들, 아마도 그들은 윤성희의 어떤 기획, 그러니까 혹자는 '의사 가족'이라 불렀고, 혹자는 '합류적 가족' 혹은 '식탁 공동체'나 '상처받은 자들의 연대'라 불렀던 어떤 기획의 실패를 뜻하는 것은 아닌가? 아니 더 정확하게는 그러한 기획이 낭만적이었음을, 감정 지출의 경제에 의한 방어의 일환이었음을, 객관에 대한 주관의 승리(정신 승리법!)에 불과한 것이었음을 작가 윤성희가 자의식적으로 반성하고 있음을 의미하는 것은 아닌가?


### 3. 삭제된 기억의 귀환


그렇다면, 여전한 유머는 어떻게 해석해야 하는가의 문제가 남는다. 유머야말로 비참한 현실에 투자해야 할 리비도의 양을 줄임으로써 고통을 피하는 주체의 전략일 테니 말이다. 늙은 주인공들이 처한 상태는 이전의 주인공들이 처한 상태보다 더 고독하고, 쓸쓸하고, 남루하고, 비참하다. 그런데 그들의 말과 태도는 그 정도가 좀 덜해졌다고는 하나 여전히 유머러스하다. 가령 이런 식이다.

고모는 친구들과 놀이동산에 갔다가 눈이 내리지 않는 나라에서 온 마술사와 사랑에 빠졌어. 마술사는 장모의 마음을 얻기 위해 동네 사람들을 불러놓고 마술쇼를 하기도 했지. 천 원짜리를 만 원짜리로 바꾸자 증조할아버지가 중얼거렸어. 굶어 죽지는 않겠구먼. (「어쩌면」, p. 12)

압정은 차 밑에 깔렸는데 다치지 않은 반 아이들이 힘을 합해 차를 들어 올렸어. 거울의 말에 의하면 한 20센티미터 정도는 들어 올렸다고 해. 그러다가 힘이 빠진 아이들이 버스를 놓쳤지. 그 충격으로 압정은 죽었어. "이게 다 밥도 안 처먹고 다이어트만 하는 년들 때문이야." (「어쩌면」, p. 13)

첫 인용문의 늙은 화자는 어린 시절 고모의 사랑을 회상한다. 그때의 할아버지 참 유머러스하다. "굶어 죽지는 않겠구먼"이란 한 문장의 말로 고난으로 점철될 딸의 미래와 대면할 고통을 피했으니. 두번째 인용문 '압정'의 욕설도 참 유머러스하다. 그런다고 죽음의 상태에서 벗어날 수는 없을 텐데 말이다. 다만 죽었다는 사실에 투여해야 할 감정의 소모를 웃음으로 피해 갈 수는 있을지언정. 그렇다면 감당하기 힘든 사태 앞에서의 방어기제로서의 유머라는 윤성희의 소설 쓰기 전략은 여전히 유효하다고 말해야 맞는지도 모르겠다.
그러나 한 가지, 이제 윤성희 소설의 주인공들이 유머를 통해 방어하고자 하는 어떤 상태의 성질이 바뀌었다는 얘기는 짚고 넘어갈 필요가 있겠다. 미리 말하자면, 『웃는 동안』에서 주인공들이 유머로써 방어하고자 하는 것은 현재 자신이 처한 상태의 비참함이 아니다. 그것은 자신이 언젠가 누군가에게 준 상처, 타인에게는 틀림없이 트라우마가 되었을 어떤 가해의 기억, 그것이다. 그러나 이 말을 하기 위해서는 약간의 우회가 필요하다. 도벽 이야기를 먼저 해보자.

「5초 후에」의 주인공은 초등학교 시절, 동화책을 훔친 적이 있다. 「공기 없는 밤」의 주인공은 큰어머니의 돈을 훔쳐 찐빵을 사 먹은 적이 있다. 「부메랑」의 주인공은 백화점에서 이러저러한 물건을 훔쳐와 남편에게 준 적이 많고, 지금도 식당의 물수건들을 훔친다. 생계형이란 이유로 「매일매일 초생달」의 세 자매가 하는 도둑질도 눈감아줄 수는 없는 노릇이다. 왜냐하면 소매치기를 업으로 삼기 전에도 셋째는 쓸데없는 물건들, 가령 옆집의 프라이팬이나 백화점의 구두, 심지어 화단의 나무나 자신의 집에는 잘 어울리지도 않는 스탠드를 훔친 적이 있기 때문이다. 그것은 가업이 아니라 도벽이다. 「웃는 동안」에 등장하는 일당들의 도벽도 기억해두자. 용돈이 필요했다고는 하나 그들의 도둑질은 그저 유쾌해 보일 따름이다. 이들이 보여주는 행태의 공통점은 별다른 이유 없이, 그러니까 경제적 필요라거나 급한 빚 때문이라거나 하는 이유 없이, 훔치는 행위를 '반복'한다는 데 있다. 도벽이란 그러니까 일종의 신경증이다. 그리고 쓸데없는 행동의 반복이라는 측면에서 그것은 분명 강박증의 한 종류로 보인다. 강박이야말로 반복을 증상의 핵심으로 삼기 때문이다.

도벽을 강박증의 일환으로 정의하고 나자, 이제 추가할 몇 인물들이 더 있다. 「느린 공, 더 느린 공, 아주 느린 공」의 화자는 하루에 불필요한 샤워를 다섯 번씩이나 한다. 샤워 강박이다. 그리고 그의 사위는 홈쇼핑 중독이다. 쇼핑 강박이다. 또 그의 형은 매일 술을 마시고 밭에 버려진 변기에 장엄한 자세로 오래 앉아 있기를 반복한다. 굳이 이름 붙이자면 좌정 강박이다. 덧붙여 「구름판」의 주인공이 되풀이하는 제자리 멀리뛰기, 「소년은 담 위를 거닐고」의 W가 거듭하는 식탐도 강박이라면 강박이겠다.

그런데 그들은 왜 강박증을 앓는가? 강박 행위나 강박 사고는 불안을 몰아내려는 주체의 무의식적 노력이라고 말한 이는 물론 프로이트다. 그렇다면 그의 권위에 기대 이렇게 말할 수도 있겠다. 지금 윤성희의 주인공들은 모두 뭔가 불안하다. 그 불안이 그들을 훔치게 하고, 먹게 하고, 쇼핑하게 하고, 샤워하게 하고, 변기에 앉게 하고, 멀리 뛰게 한다. 실제로 아무 소용도 없는 행위들을 반복하게 한다. 그렇다면 무엇이 그들을 불안하게 하는가? 어떤 불안이 그들을 강박적 '반복' 행위 속에 잡아두는가?

미리 말하자면 그들이 무의식적으로나마 스스로 삭제해버린 어떤 기억 탓이다. 그것은 자신이 타인에게 가한 위해의 기억이고, 그래서 타인에게는 틀림없이 트라우마였을, 혹은 타인을 죽음으로 몰아넣기도 했던 그런 종류의 기억이다. 굳이 윤성희의 주인공들이 아니더라도 늙고 지친 자는 회상과 반추를 사유의 형식으로 삼는다. 『웃는 동안』에 실린 대부분의 작품이 바로 이 회상과 반추의 형식으로 씌어졌는데, 죽음을 앞둔 늙은 주인공들은 삶을 마무리하기 전 자신의 삶을 되돌아보던 중 어떤 불안에 사로잡힘으로써 소설들이 시작된다. 뇌리에서 명확해지지는 않지만 뭔가 청산할 것이 있다는 예감, 곧 죄책감이다. 영영 삭제된 줄 알았던 기억이 가져올 죄책감, 타인의 삶을 송두리째 앗아간 어떤 순간의 재귀에 대한 예감, 그 불안이 그들을 강박증으로 내몬다. 복구된 그 기억들은 가령 이런 것들이다.

"실은 나 J에게 돈 빌린 거 있었다." "얼마나?" "좀, 많이." 장례식장에서 딸의 사진을 붙잡고 우는 J의 어머니를 볼 때만 해도 나는 그 돈을 갚을 생각이었다. 말주변이 없고 성격이 급한 남자와 데이트를 하면서 신경 쓸 일이 많아지자 돈을 갚는 게 무슨 소용이 있을까, 하는 생각이 들었다. "다시 꿈에서 J를 만나게 되면 내가 대신 사과할게." (「5초 후에」, p. 199)

선량한 사람이 되기에는 너무 먼 길을 와버렸지만. 그의 멱살을 잡고 치사한 놈이라고 소리치던 동업자의 입에서는 꽁치 비린내가 났다. 그는 동업자의 손을 잡고 말했다. "이나 닦고 와." 다시 그 시절로 되돌아간다 해도 그는 동업자를 배신했을 것이다. 하지만 이나 닦고 오라는 말은 하지 않았을 것이다. 이제야 그는 그 말이 얼마나 잔인했음을 깨달았다. (「공기 없는 밤」, p. 115)

우리가 그 애를 놀린 것은 그저 원숭이 때문이었다. 그 애 때문은 아니었다. 야구부 투수가 된 형이 그 애를 놀리자 다른 여학생들이 따라서 모두 그 애를 놀리기 시작했다. 도시락도 혼자 먹게 된 그 아이는 자신이 무엇을 잘못했는지 죽을 때까지 알지 못했을 것이다. 그 애가 죽었다는 소식을 들은 후 나는 일부러 절뚝이며 길을 걸었다. ……그 애가 죽었다는 소식을 들은 후 형은 동네 뒷산에 가서 하루 종일 공을 던졌다. (「느린 공, 더 느린 공, 아주 느린 공」, pp. 250~51)

「5초 후에」의 '나'는 죽은 J에게 빌린 돈이 있었다. J는 함께 여행을 가기로 했는데 자신과 친구들이 취소하는 바람에 혼자 갔다가 죽음을 당했다. 그러나 '나'는 그 어머니에게 그 돈을 갚지 않았다. 「공기 없는 밤」의 '그'는 동업자를 배신한 적도 있고, 아들을 친아들이 아니라고 내친 적도 있고, 그 아들이 페인트 칠을 하다가 아파트 18층에서 떨어져 사과나무 가지에 배가 뚫려 죽는 걸 본 적도 있다. 「느린 공, 더 느린 공, 아주 느린 공」의 늙은 형제는 어릴 적 오로지 동물원에서 원숭이가 그 빨간 엉덩이로 자신들을 기분 나쁘게 했다는 이유만으로 한 친구를 놀린 적이 있고, 그 놀림이 번져 그 친구가 죽게 되는 경험을 한 적이 있다. 그들의 강박증은 그때 시작되었다.

지면 관계상 세 장면만 인용했으되, 『웃는 동안』에 실린 모든 작품의 한가운데에는 마치 결여인 듯이, 삭제된 듯이 저런 어두운 기억 하나가 똬리를 틀고 있다. 무시했던 아들, 자신이 진 빚을 갚지 않음으로써 한 집안을 거덜낸 부채, 교활하게 가로챈 회사, 홀로 두고 도망간 여동생, 끝내 들어주지 않은 어머니의 마지막 말, 아들에게 물려주지 못하고 등에 깔고 죽은 돈 뭉치 등등. 흥미로운 것은 그 기억과 대면하는 것은 결국 항상 소설의 마지막이고, 그전까지 그들은 어떤 강박에 시달리기도 하고, 어떤 불안에 사로잡히기도 하지만, 내내 무심하고 유머러스하다는 점이다.

요컨대 이런 말이다. 늙었다. 삶을 마무리해야 한다. 불안해진다. 막연히 뭔가 지불할 것을 지불하지 않았고, 청산할 것을 청산하지 않았다는 불안이다. 딴짓하기, 유머를 가장하기, 그리고 강박증적 도벽은 그럴 때마다 그 불안을 이겨내기 위한 방어기제로서 등장한다. 도벽과 기타 강박증도, 그들이 무심한 듯 뱉음으로써 유머를 발생시키는 말들도 그렇다면 분명 감정 지출의 경제가 맞다. 그러나 그 대상과 이유는 이전의 소설들에서와 다르다. 그들이 감정 지출의 경제를 발동시키는 것은 자신의 비참한 현실 때문이 아니다. 그러니까 자기 연민 때문이 아니다. 삭제된 타인의 고통, 타인에게 자신이 가한 위해의 기억, 그것이 감정 지출의 경제를 발동시킨다.

## 4. 부메랑

그러나 이번에는 필연코 주체의 방어 시도를 실패에 이르게 하는 감정 지출의 경제다. 왜냐하면 예외 없이 『웃는 동안』에 실린 작품들의 주인공들은 바로 그 삭제된 기억과 어떤 방식으로든 결국에는 대면하게 되기 때문이다. 자신이 잔인했음을, 바로 그 위해의 날들부터 인생이 꼬였음을, 그리하여 그 벌로 식탁 공동체가 와해되었고, 지금 자신이 혼자 먹고 자고 쓸쓸히 죽어가는 것은 바로 그 때문임을 알아채고 인정하게 되기 때문이다. 「공기 없는 밤」의 주인공과 「부메랑」의 주인공은 그 전형적인 예가 될 만하다.

「공기 없는 밤」에서 영화를 보던 내내 딴소리만 일삼던 노인이 거울이 없는 방이 나오는 장면을 보다가 실토한 말이 있다. "자신의 삶을 똑바로 바라보는 것처럼 고통스러운 일은 없을 테니까"(p. 101). 그리고 마지막으로 떠올린 것은 자신이 그토록 구박하고 냉정하게 대하고 내치기까지 했던 아들의 죽음 장면이다. 그리고 바로 그 아들의 사망 보험금으로 자신이 연명하고 있음을 누설하면서 소설은 끝난다.

어머니가 갚지 않은 빚 때문에 친구 박미희 일가가 겪었을 고통과 대면하기를 두려워하던 노파가 십수 년 만에 박미희에게 전화를 건다. 예상 외로 그들이 잘 살고 있음을 확인한 후, 내내 거짓과 과장으로 쓰던 자서전을 다시 쓴다. 첫 문장은 "내가 죽은 지 1년이 지났다"(p. 148)이다. 원래는 "금으로 된 복숭아씨가 하늘에서 비처럼 쏟아진 태몽"에 대한 이야기가 그 자리에 있었다. 특히나 후자의 변화는 흥미로운데, 아마도 그녀가 쓰려던 자서전이야말로 종종 윤성희의 소설에 붙어 다녔던 '어른들의 동화'라는 명칭에 걸맞기 때문이다. 그러나 감정 지출의 경제에 실패한 소설 작품을 동화라고 부를 수는 없는 노릇이다. 제아무리 벗어나려 노력해도 결국 대면할 수밖에 없는 타인의 고통에 대한 소설을 동화라 부를 수는 없는 노릇이다. 윤성희 소설이 이제 더 이상 어른들을 위한 동화라는 소리를 듣기 힘들어졌다는 말이다.

물론 윤성희 소설 속에 여전히 유머는 존재한다. 그러나 그 유머는 이제 필연코 실패하는 유머이고, 부인되는 유머다. 그런 점에서 작품 「부메랑」이란 제목은 참 잘 지은 제목이다. 프로이트가 부메랑을 봤다면 그는 틀림없이 '억압된 것의 회귀'를 떠올렸을 것이다. 억압된 기억은 어떤 형태로라도, 심지어 신경증의 형태로라도 되돌아온다. 혹은 심지어 그것이 아주 끔찍한 기억일지라도 주체는 종종 그것을 향해 부메랑처럼 되돌아가곤 한다. 마치 프로이트가 예로 든 어떤 아버지의 반복되는 꿈속에서 아들이 자꾸 뱉어내던 문장처럼. "아버지 제가 불타고 있는 것이 보이지 않으세요?" 강박증에서 프로이트가 소위 '죽음 충동'을 발견한 것도 그 때문이다. 쾌락 원칙이 보편적인 것이라면 주체는 왜 그 고통스런 순간으로 자주 회귀하는가? 죽음 충동이 거기 있다고 프로이트는 믿었다.

라캉은 그 자리에 '실재'를 놓는다. 실재가 끌어당긴다. 반복은 그러므로 실재와의 만남이다. 물론 실재는 삭제이고 결여다. 그것과 대면하는 일의 불안과 공포, 그것 때문에 발생하는 강박증과 유머는 그러므로 많이 윤리적이다. 게다가 바로 거기 내가 타인에게 준 고통이 있다면 더욱. 그리고 어떤 경로로든 주체가 그것에 도달하려고 한다면 더더욱.

이제 그간 윤성희의 독자였던 나는 많이 아쉽다. 신체 깊은 곳 무성했던 수풀이 시들겠다. 그러나 윤성희의 소설에 대해 글을 써야 하는 비평가로서의 나는 『웃는 동안』이 고맙다. 내 안에서 분열되었던 독자와 비평가가, 많은 감정 지출을 감수하면서라도 화해할 수 있을 것 같다.

# 출노령기(出盧嶺記)

## ─손홍규의 「톰은 톰과 잤다」에 대하여

<br>

1

<br>

프랑코 모레티는 자신의 저서 『근대의 서사시』(새물결, 2001)에서 마르케스가 대표하는 '마술적 리얼리즘'이 특별히 라틴아메리카에서 탄생할 수 있었던 조건을 이렇게 설명한다.

이것은 유럽과는 전혀 다른 문학적 진화의 산물이다. 물론 여러 가지 이유가 있었지만 무엇보다 큰 이유는 3세기 이전에 이단 심문관들이 라틴아메리카에서 유럽 소설을 판매하는 것을 금지했기 때문이다. 이것은 아주 분명한 의도를 가진 검열행위였지만 참으로 기이한 결과를 가져왔다. 왜냐하면 일단 소설이 제거되자 소설의 체제가 유럽보다 빈곤해지기는커녕 훨씬 더 풍요로워졌기 때문이다. 〔……〕 유럽과 달리 그렇게 됨으로써 모두 휩쓸어버렸을 다른 모든 형식들이 그대로 보존될 수 있었던 것이다. (『근대의 서사시』, p. 361)

모레티가 말하는 '다른 모든 형식들'이라 함은 아마도 구래의 설화나 전설 같은 서사 양식들을 지칭할 것인데, 소설의 금지에 따른 전통 서사의 '보존'이 마술적 리얼리즘을 낳았다는 말이겠다. 바로 이런 이유로 나는 한국에서도 제2의 '마술적 리얼리즘'이 탄생하기를 기대한다는 최원식이나 황석영 등의 논의에 대해 회의적이다. 자본주의가 발달하면 발달할수록 '보존한다'란 말은 오로지 '상품 가치가 있다'라는 의미 외에 다른 내포를 가지지 않는다. 우리 시대에 전통이란 '문화 콘텐츠' 이상이 되기 힘들어 보인다. 게다가 한국의 경우, 3세기 전의 라틴 아메리카에서와는 달리 단 한 번도 소설이 박해당해본 적은 없다. 소설이라는 글쓰기 양식은 일단 수입되자마자 모든 전통적 양식들을 제치고 서사 문학의 왕좌를 차지했다. 이광수 시절부터의 이야기다. 오랜 시간이 지나 영화가 그 지위를 위협하기 전까지는 그랬다는 말이다.

그런데 여기, 스스로를 여전히 '마르케스주의자'라고 지칭하는 한 소설가가 있다.

그는 얼마 안 가 발자크라는 별명으로 불리었다. 합평이 끝난 뒤 뒤풀이 자리에서 반드시 분탕질을 했기 때문이었다. 그는 후배들이 자신을 발자크라 부른다는 사실을 알고 쓸쓸한 얼굴로 이렇게 말했다. "나는 마르께스주의자야."*

---

* 손홍규, 『톰은 톰과 잤다』, 문학과지성사, 2012. 이하 이 책에 실린 작품을 언급할 때는 작품명과 쪽수만 표기한다.

혹자들은 (인용한 작품에 등장하는 '그'의 누나들이나 복덕방 고리오 영감 같은 이들) '마르크스주의자'로 잘못 알아듣곤 하지만, 손홍규는 그의 첫 작품집 『사람의 신화』(문학동네, 2005) 시절부터 '마르케스주의자'였다. 기이한 일이기는 하지만 어쨌든 그간 발표한 작품들의 상당수가 그를 마르케스주의자로 인정하게 한다. 소설들 곳곳에서 직접적으로 거론되는 설화적 모티프들은 차치하더라도, 사진 속에서 걸어 나온 죽은 할아버지와 대화를 나누고, 곧 이무기가 될 뱀과 먹이를 나누어 먹고(「사람의 신화」, 이하 『사람의 신화』), 나이를 거꾸로 먹는 소년(실은 노인)과 신화적인 폭우가 쏟아지는 밤을 같이 보내고(「폭우로 걸어들어가다」), 거미-인간(「거미」), 쥐-인간(「장마, 정읍에서」), 소-인간〔봉섭이 가라사대」, 이하 『봉섭이 가라사대』(창비, 2008)〕, 뱀-인간(「뱀이 눈을 뜨다」), 심지어 이무기 사냥꾼(「이무기 사냥꾼」)까지 등장하는 그의 세계를 '마술적'이라고 부르지 않기는 힘들다. 게다가 그 마술 같은 인물과 이야기 들 속에 버젓이 자리한 한국 현대사 100년의 슬프고 거룩한, 혹은 잡스럽고 부조리한 사연들〔『귀신의 시대』(랜덤하우스코리아, 2006)〕을 '리얼리즘적'이라고 부르지 않기는 더더욱 힘들다. 그는 분명히 마술적 리얼리스트, 곧 마르케스주의자였다. 그런데 이런 일이 어떻게 가능했을까? 그는 무엇에 기대 스스로를 마르케스주의자라고 칭하는 것일까?

종종 마술적 리얼리즘의 가능성을 (그리고 한계도) 보여준 예외적 작가들이 없었던 것은 아니다. 가령 임철우의 '황천 이야기' 연작과 『백년여관』(한겨레출판, 2004)이 있고, 성석제의 『순정』(문학동네, 2000) 같은 작품들이 있다. 그리고 이 경우, '마술'의 비밀은 이 작품들의 시간적·공간적 배경에 있었다. 임철우의 황천은 일상적 공간이 아니다. 그곳은 실존할 법한 물리적 공간이라기보다는 고립되고 폐쇄된 설화적 공간이다. 그러므로 그 안에서는 현실에서와는 완전히 다른 방식으로 시간이 흐르고 사건들이 일어난다. 『백년여관』에서도 사정은 마찬가지인데, 특유의 샤머니즘적인 해원 서사가 가능해지는 것은 바로 이 소설의 배경인 고립된 섬과 오래된 여관이 지극히 신화적인 공간이기 때문이다. 유사하게 성석제 소설의 경우 이런 역할을 전근대 소읍 도시(주로 '은척'이라 불린다)가 맡는다. 충분히 근대화되어 있지 않은 곳에서는 이야기들이 승한 법이고, 전근대적인 시공에서 일어나는 일들의 개연성에 대해 독자들은 쉽사리 너그러워지는 법이다. 언젠가 나는 그런 시공간을 일컬어 마술사의 휘장과 같다고 한 적이 있는데, 휘장이 사라지면 마술은 금방 들통이 나게 마련이다.

손홍규의 경우도 예외는 아닌데 그의 소설들에서 마술사의 휘장 역할을 하는 것은 다름 아닌 '노령(盧嶺)'이다. 『귀신의 시대』 초반부, 마치 지난 시절의 이야기꾼처럼 말이 많고 논평을 자제할 줄 모르는 서술자는 이렇게 말한다.

이 지랄 맞은 애사와 같은 숱한 사연들이 저 노령산맥의 깊은 그늘에는 얼마나 많이 매장되어 있을까. 노령산맥의 그늘은 지난날의 이야기가 채굴도 되기 전에 오늘의 이야기가 다시 매장되어 앞선 이야기를 화석으로 만들어버리는 곳이 아닐까. (『귀신의 시대』, p. 50)

노령산맥의 깊은 그늘에 매장되어 있는 숱한 사연들, 그리고 그것들이 채굴도 되기 전에 다시 매장되는 오늘날의 이야기들이라고 했다. 그간 손홍규의 소설들은 거의가 그곳에서 직접 '발굴'된 지난 이야기들이거나, 최소한 그 노령의 자장권에서 형성된 오늘날의 이야기들이었다. 오래된 설화와 저개발의 고독과 피로 얼룩진 역사와 산맥의 원시적인 정기와 소외된 농촌의 원한을 간직한 노령이야말로, 이 놀라울 정도로 의뭉스럽고 노련한, 젊은 작가의 마르지 않는 소설적 자양분이었고, 그 마술적인 이야기들을 가능하게 하는 '휘장'이었으며, 든든한 버팀목이자 거대한 보호막이었다. 달리 말해 노령이라는 울타리가 손홍규 소설 특유의 마술, 곧 '비동시적인 것들의 동시성'을 가능케 했다.


2


흔히들 지난 시절의 유산이란 부질없다고 말하지만, 전근대의 마술적 이야기들에도 미덕은 있다. 가령 루카치가 『소설의 이론』(문예출판사, 2007) 첫 문장에서 향수 어린 어투로 그리스적 총체성의 상실을 한탄하자, 그가 속한 유럽의 근대 문명이 낯설고 하찮은 것이 되어버리는 이치가 그 좋은 예인데, 전근대적 감수성은 항상 근대성의 매몰참과 근대인의 왜소함을 되돌아보게 한다. 하늘에 떠 있는 별들을 보고 가야 할 길의 지도를 그리던 이들에 비하면 우리는 얼마나 왜소하고 물화되어 있으며 소외되어 있는가? 어떤 현재도 찬란했던 과거에 비교되면 낯설고 추한 무엇이 된다.

그러나 한편으로 전근대적 향수는 흔히 근대적 문제들에 대한 '상상적 해결' 이상을 결과하지 못한다는 한계도 지닌다. 마르케스의 '마콘도'가 필연코 몰락할 수밖에 없었던 이유도 거기에 있을 것이다. 전근대는 근대를 비판하는 거점은 될 수 있을지언정, 근대에서 발생한 이러저러한 문제에 현실적인 답을 가져다주지는 못한다. 한국 소설의 경우도 이는 마찬가지인데, 같은 이유로 임철우와 황석영은 결국 그 낯익은 샤머니즘의 서사로 돌아갈 수밖에 없었던 듯하다. 그리고 내가 보기에 한국적 샤머니즘은 해원 서사 이상이 아니고, 해원이란 항상 현실적 갈등의 상상적 봉합 이상이 아니다.

다행인 것은 손홍규가 이 길을 택하지 않았다는 점이다. 임철우와 황석영이 한국 근대사의 참혹한 상처들에 대한 애도를 상상적으로 완성하기 위해 전근대로 되돌아갈 때, 손홍규는 그것의 비극적 소멸을 미리 예감하고 그곳에서 걸어 나온다. 그의 노령은 처음부터 무너져가던 담장과 같은 것으로 기록된다. 「봉섭이 가라사대」에서 우사가 무너질 때, 『귀신의 시대』에서 전설적 황소가 죽고 노령에 터널이 뚫릴 때, 작가는 자신이 속한 설화적 세계가 이미 무너져가고 있음을 이해하고 있다. 「아이는 가끔 돌아오지 못할 길을 떠난다」의 어린 주인공은 끊임없이 탈노령을 꿈꾸고 시도하지 않았는가? 어린 인류는 무너져가는 곳에 둥지를 틀지 않는다.

손홍규의 주인공들이 자신을 보통의 인류와는 완전히 다른 족속으로 여기는 자학적 감정을 갖게 된 기원도 여기로 보인다. 이제 막 상상적 질서에서 걸어 나와 상징적 질서에 편입되려는 자의 막막함, 두려움, 열패감 같은 것이 그의 주인공들을 사로잡는다. 그들에게 세계는 낯설고 자신들은 이방인이다. 여기 그 좋은 예가 있다.

그를 처음 만난 날 나는 나만의 언어로 나 자신과 이야기하고 있는 중이었다. 이건 참으로 표현하기 곤란하다. 왜냐하면 나의 언어는 아직 문자를 갖지 못했기 때문이다. 굳이 소리를 따라 표현하자면 밝긂팽츑남긲럼좋향츕비슐…… 과 같은 암호가 되고 만다. 나는 그때 이런 말을 중얼거리고 있었다. 계문강목과속종, 척추동물문, 포유강, 영장목, 사람과, 사람속, 사람. 그 어디에도 나는 속하지 않는다. 그렇다면 나는 계(界)에도 속하지 않는 게 아닐까. 나는 헛것에 지나지 않는 게 아닐까. 나는 존재하지 않는 게 아닐까. (「사람의 신화」, p. 11)

그가 아직 제대로 된 문자의 세계에 진입하지 않았다는 말은 그가 언어로 이루어진 상징적 질서를 채 받아들이기 전의 상태에 있다는 의미다. 손홍규의 어리거나 젊은 주인공들은 노령에서 벗어나야 하지만, 노령 밖의 언어를 모른다. 그럴 때 스스로를 비인, 동물, 육손이, 괴물, 귀신 등으로 여기는 자학적 감정이 탄생한다. 그러나 따지고 보면 그 잃어버린 총체성의 시절에 대한 향수와 그것의 상실을 알면서도 포기하지 않고 찾아 헤매는 자학적 감정이 소설을 만드는 것이 아니던가? 손홍규의 어린 주인공들이 대개 글솜씨가 있고, 이야기를 잘 만들며, 훗날 소설가가 되기를 꿈꾸는 것은 그러므로 전혀 이상한 일이 아니다. 그들이야말로 루카치가 말한 '문제적 개인'이기 때문이다.
　게다가 그런 자학적 감정이 손홍규 소설에 가져다주는 이점은 생각보다 그 규모가 크다. 스스로를 정상적인 상징적 질서에 편입되지 못한 타자로 인식하게 하는 그 자학적 감수성이야말로, 훗날 그들이 노령을 벗어났을 때, 자신 이외의 다른 타자들에 대한 연민과 연대감의 기초가 되어줄 것이기 때문이다. 그런 의미에서 장편소설『이슬람 정육점』(문학과지성사, 2010)은 노령이 작가 손홍규에게 준 최고의 선물이다. 그에게 스스로를 타자로 인지하는 능력이 없었다면, 터키 출신 무슬림 하산의 종교적 신념과 지혜에도, 그리스 출신 야모스 아저씨의 신화적 비유들과 천성적인 게으름에도, 알코올 중독자 열쇠장이 노인의 선문답에도, 주기도문을 잊어버린 전도사의 절망에도, 말더듬이 유정의 그 아름다운 언어들에도, '맹랑한 녀석'의 지독한 짝사랑의 아픔에도, 그림자처럼 살아가는 이맘의 고독한 침묵에도 그는 결코 반응하지 못했을 것이기 때문이다. 그리고 무엇보다도 그들을 모두 한데 모아 '가이아' 같은 안나 아주머니의 식당에서 맛있고 따뜻한 국밥을 한 그릇씩 먹이고, 트럭 한 대를 빌려 그 기이하게 아름다운 소풍을 감행하게 하지는 못했을 것이기 때문이다.

그러나 우리는 『이슬람 정육점』 시절까지도, 손홍규가 여전히 노령의 자장권 안에 있었다고 말해야 한다. 설사 이 장편의 어린 주인공이 노령 출신이 아니고(그는 고아원에서 하산에 의해 입양된다), 또 배경이 서울 어디 변두리의 가난한 산동네라 하더라도 사정은 달라지지 않는다. 안나 아주머니 때문이다. 소설 속에서 그녀는 먹이고 치유하는 가이아 여신 같은 존재로 그려지는데, 그런 의미에서 이 소설은 그녀가 만들어내는 어떤 모성적 공동체에 관한 이야기다. 오로지 그녀가 만들어내는 밥과 그녀가 안아주는 품 안에서만, 정상/비정상의 경계가 사라지고 인종과 피부색의 경계도 사라지고, 가난은 죄가 되지 않는다. 그 마을은 분명 아직 노령이다. 안나가 노령이기 때문이다.

먼 길을 돌아왔지만 손홍규의 다섯번째 책이자 세번째 소설집 『톰은 톰과 잤다』에 대한 이야기는 여기서부터 시작한다. 이 소설집은 명실공히 손홍규의 '탈노령기'란 수사에 값한다. 노령을 떠난 손홍규가 서울로 표상되는 근대의 상징적 질서 속에서 무엇을 보고, 무엇을 느끼고, 무엇을 쓰려 했는가를 기록한 것이 바로 이 책이기 때문이다.

## 3

    자크 라캉이 말한 특권적 기표로서의 남근을 운운하지 않더라도, 상징적 질서란 대개 아버지가 부여하며 명령문(혹은 위엄 있는 청유문)의 형태를 취하기 마련이다. 그것에 대한 저항과 받아들임이 한 주체를 상징적 질서 내에 안착해 주체로 살아가게 한다. 앞서 손홍규의 어린 주인공들은 일찍부터 이야기를 잘하고 글도 잘 썼다고 했거니와(그 외에 다른 것은 못한다), 그래서인지 이번 소설집의 주인공들은 기이한 아버지를 두었다. 아버지는 회상의 형식으로 소설 곳곳에서 등장한다. 그것도 엄하거나 훈육적이라기보다는 결여를 가진 대타자의 모습으로. 그 역시 노령의 사람이었고, 그랬던 탓에 매몰찬 근대성(노령에 터널을 뚫어버린)에 적응하지 못하고 비운의 죽음을 맞은 것으로 그려진다.

    그런데 그가 남긴 유언이 있다. 마치 죽었으나 모호하고 거부할 수 없는 어떤 명령문의 형태로 햄릿의 주변을 떠나지 않던 부왕처럼, 혹은 존재하지 않게 되면서 더욱 그 존재감을 발휘하는 '투명인간'처럼 말이다. 그 유언은 이렇다.

    그즈음 나는 열병을 앓는 사람처럼 쉬이 달아오르곤 했다. 아버지의 장례를 치른 뒤였다. 장지에서 돌아올 때 고모는 내게 아버지의 유언을 전했다. "시인이 되어달라더구나." (「증오의 기원」, p. 174)

기이한 아버지다. 이 같은 시절에 시인이 되어달라고 명령하는 아버지라니(노령에는 지금도 더러 저런 아버지들이 있다). 그러나 일단 저 명령문이 아버지의 입을 통해 발화되어버린 한 다른 방도는 없다. 상징적 질서의 도입자 아버지가 시인이 되어달라고 했으니 그는 이제 꼼짝없이 시인이 되어야 한다. 달리 말해 이제 청년이 되어 노령을 떠난 손홍규의 주인공들은 서울이라는 근대적 공간 내에 '시인'으로서의 주체 위치를 점하기 위해 노력해야 한다. 그렇다면 마치 기획이라도 한 듯이 두어 편을 제외하고 이 작품집에 실린 단편들 모두가 예술가 소설로 읽히는 것도 이상한 일이 아니다. 어떻게 시인이 될 것인가? 어떻게 소설가가 될 것인가? 궁극적으로 문학이란 무엇인가? 이 질문들에 대한 젊은 시절 (지금도 젊지만) 손홍규의 고뇌가 고스란히 이 단편들에 담겨 있다.

그러나 저 질문들은 작가가 해결해야 할 질문들이고, 나 같은 독자에게는 우선 다른 질문이 먼저 떠오른다. 그는 스스로를 마르케스주의자(「마르께스주의자의 사전」)라 칭했다. 내 식으로 바꾸어 말하자면 그는 '노령의 사내'다. 유소년기 내내 노령에 빚진 게 아주 많다. 그런 그가 이 차갑고 비정한 도시 서울에서 어떻게 살아가며 문학을 할 것인가? 아니 살아갈 수는 있겠는가? 물론 근근이 살아가기는 한다. '매기'처럼.


우리는 키가 다 커버린 나이 많은 애송이에 지나지 않았다. 매기. 어쩌면 이미 우리가 매기였는지도 모른다. 매기들은 누구와 결혼하여 아이를 낳아야 할까. 또 다른 매기만이 유일한 배우자겠지. 그리하여 근친혼을 거듭하다 결국 도태되어 사라지겠지. 그럼에도 끝없이 되풀이되어 어디에선가 매기가 탄생했다가 소멸하겠지. 그가 속으로 이렇게 생각하리라는 걸 나는 알았다. 처음부터 그 모든 걸 알았다. 우리는 서로 달랐고 또한 비슷했다. 이 세상을 두려워한다는 점에서 일치했고 처음부터 이런 세상과는 어울리지 않는 사람들이라는 점에서도 그러했다. (「내가 잠든 사이」, p. 65)

그는 자신과 연인을 '매기'에 비유한다. 매기는 수퇘지와 암소가 흘레붙어 낳은 변종 괴물이다. 그러니까 그는 여전히 노령의 사내다. 스스로를 정상적 상징 질서의 내부인으로 생각하지 않고, 비인이자 괴물, 끔찍한 타자성의 표식을 가진 외부적 존재로 인식하는 노령의 사내다. 그는 애초부터, 그러니까 노령에서 보낸 유소년기부터 이미 자신이 이 세상에 어울리지 않는 구타유발자란 사실에 대해 너무도 잘 알고 있다. 이 작품집에 등장하는 거의 대부분의 사람들이 다 매기의 존재 형식을 취하고 있는 것도 같은 이유로 읽힌다. 그들은 모두 비루하고 졸렬하고 가난하고 엉뚱한 경계인들인데, 그 매기들은 결국 근친혼 속에서 살다 종래에는 소멸할 운명들을 타고났다. 노령의 사내는 서울에서 뼛속까지 타자였던 것이다. 시공이 완전히 다르기 때문이다. 그러니 다시 질문해야 한다. 이들은 어떻게 저토록 적대적인 세계에서 문학을 하며 살아남을 것인가? 노령의 아버지가 부여한 시인됨의 삶을 어떻게 살 것인가? 가능성은 두 가지로 보인다.

한 가지는 노령으로 돌아가는 것, 그것은 아마도 황석영과 임철우의 길일 것이다. 그러나 손홍규는 이 길을 택하지 않았다. 구질구질하고 비좁고 인간의 거주지라기보다는 거의 짐승의 서식지에 가까운 골방들을 전전하면서 비자발적 유목의 삶을 택하더라도(이 소설집은 그가 전전한 방들에 얽힌 자전적 개인사라고 읽어도 무방하다), 그는 서

울에 남는다. 그렇다면 나머지 한 가지 가능성은 무엇인가? 이렇게
말해도 된다면, 그것은 바로 서울에서 노령을 찾는 길이다. 그리고
무모하게도 손홍규는 이 길을 택했다. 그리고 나는 그가 택한 이 길
에 '불멸의 형식 찾기 서사'란 이름을 붙여주고 싶다.


                              4


  만약 '불멸의 형식'이 우리가 존재하는 상징적 질서 '너머'에 있을
것이라고 생각하는 낭만적 독자라면 이번 소설집에 큰 기대는 걸지
말아야 한다. 앞서 언급한 것처럼 이 소설집은 노령을 떠나온 젊은
소설가 지망생이 하루하루를 동족인 매기들과 다투고 놀고 마시고 사
랑하는 이야기들로 이루어져 있기 때문이다. 기대와 달리 비루하고
졸렬한 경계인들의 무모한 실패담만 발견하게 되기 십상이다. 그러나
만약 어떤 '불멸의 형식'도 저 '너머'에 존재하는 것이 아니라 우리가
살아가는 상징적 질서 그 안에 일종의 균열이나 예외로서 존재한다고
생각하는 현명한 독자라면, 이번 소설집에 크게 기대를 걸어도 좋다.
소설집『톰은 톰과 잤다』도처에는, 우리 시대에도 어떤 불멸의 형식
이 가능하다면, 그것을 이루는 요소들은 무엇이어야 할 것인가에 대
한 통찰과 암시로 가득하다.
  그 첫번째 요소는 '권총' 혹은 '증오'다.


  나는 시멘트 바닥에 녹슨 못으로 권총을 그렸다. 이게 선에 머물지
않고 진짜 권총이 되는 회화의 경지와 똑같은 형태의 소설이라고 말해

주었다. (「무한히 겹쳐진 미로」, p. 165)

나는 가끔 내 눈을 들여다본다. 혹시 그가 보이지 않을까 싶어서. 증
오를 모르면서 내게 증오를 가르쳐준 쁘띠가. (「증오의 기원」, p. 201)

첫 인용문의 화자는 쓰려는 소설이 무엇이냐는 미대생들의 질문에
권총 그림으로 답한다. 화가들이 이차원의 평면에 살아 숨 쉬는 권총
한 자루를 그려내려는 꿈으로 살듯, 그가 꿈꾸는 것은 문장들 그 자
체가 하나의 무기가 되는 경지의 소설이다. 두번째 인용문의 화자가
스스로 가장 경계하는 것은 자신에게 증오를 가르쳐준 '쁘띠'(프티부
르주아)의 눈빛을 제 눈에서 읽게 되는 사태다. '증오를 모르는 자'가
되어버리는 것에 대한 끝없는 자기 성찰에의 다짐, 그것은 권총을 문
장으로 쓰고 말겠다는 소설가의 다짐과 통한다. 작품집 마지막에 실
린 「화요일의 강」은 그 포기되지 않은 정당한 증오가 이 맹목적인 근
대적 상징 질서의 아주 깊은 치부에까지 미치고 있음을 확인하게 하
기에 족하다. 그리고 내가 보기에 이 증오 역시 노령이 그에게 물려
준 유산이다. 왜냐하면 우리는 노령 인근의 한 도시에서 권력이 행한
일에 대해 작가 손홍규가 얼마나 오랫동안 소설적 복수('테러리스트'
연작)를 꿈꿔왔는지 잘 알고 있기 때문이다. 이즈음 권력은 비슷한
일을 '강'에 대해 저지르고 있다. 「화요일의 강」은 그 강에 대한 증오
의 이야기다.
  손홍규가 꿈꾸는 '불멸의 형식'을 이루는 두번째 요소는 '고통을 보
는 눈'이다.

나는 눈을 뜬 채 아무것도 보지 못했으므로 영혼이 실명한 것이나 마찬가지였다. 배가 고팠을 그를 어딘가에 누워 깊이 잠들고 싶었을 그를 창밖에 홀로 내버려둔 것만 같았다. 다정하고 귀중했던 나의 그는 오래도록 쓸쓸했던 것이다—내가 오래도록 맹시(盲視)였듯이. (「내가 잠든 사이」, p. 69)

인용문은 자신의 고통만을 들여다보느라, 오랫동안 주변을 서성거렸을 연인의 고통을 살피지 못한 자의 고백이다. 이제 그는 말한다. 타인의 고통을 보지 못하는 자는 맹시, 곧 소경과 같다고. 알다시피 등단 초창기부터, '타인의 고통'이라는 주제에 관한 한 작가 손홍규가 지닌 감수성은 놀라울 만큼 예민했는데, 매기와 같은 삶을 살아본 자만이 매기와 같은 삶을 사는 자들의 고통을 이해할 수 있기 때문일 것이다. 『이슬람 정육점』에서 빛을 발했던 타인의 고통에 대한 공감력이 이 소설집 곳곳에서도 빛을 발한다. 이 역시 노령이 그에게 물려준 유산일 것이다. 노령은 수많은 고통들의 산맥이 아니던가.

그리고, 마지막 요소, 그것은 이것이다.

愛

읽고 있는 활자와 달리 '사랑'을 뜻하는 저 글자는 원래 붉은색이었고, 박형규란 사내의 피로 하얀 손수건 위에 씌어졌으며, 번지고 흘러내려 그 글자를 알아보기 힘든 상태였다. 작가는 "피에 흠뻑 젖어 무슨 글자를 썼는지 알 수 없게 된 손수건에서 愛만을 추출할 수 있는 기술이 발명되기 전까지는 아무도 그의 절망을 이해하지 못할 것이다"(「불멸의 형식」, p. 141)라고 말하지만, 눈 밝은 독자는 손홍규의 소설들에서 저 붉게 타오르는 글자 하나를 추출해낼 수 있다. 그에게 불멸의 형식을 이루는 제일의 요소는 "끝없이 번져가는 그래서 종국에는 무엇으로 시작되었는지 알 수 없는" '사랑'이다. 오로지 타인에 대한 사랑을 위해 자신을 소멸시킴으로써 궁극적으로는 자신의 불멸을 이룬 박형규야말로 불멸의 형식의 발견자고, 완성자다. 그가 얼마나 비루한 삶을 살았고, 무모했으며, 엉뚱하고, 게으르고, 유아적이었는지 소설을 읽은 우리는 알고 있다. 그러나 바로 그처럼 졸렬한 삶, 우리의 삶과 전혀 다르지 않은 삶, 그 안에서 불멸의 형식이 싹튼다. 타인에 대한 절대적 사랑이 그것을 가능하게 한다. 그리고 그 사랑은 번지고 전염되기까지 한다.

그런 이유로 나는 표제작 「톰은 톰과 잤다」 말미에서, 화자가 그립다고 말한 판도라 상자 속의 마지막 관념, 그것이 무엇인지 알 것만 같다. 희대의 난봉꾼 톰은 그날 밤, 선아의 몸 위에서 타인이 되어버린 자신을 안았다. 아니, 자신이 되어버린 타인을 안았다. 그날 그 역시 불멸의 형식을 완성했던 것이다.

그가 남긴 상자 속에 남아 있던 마지막 관념, 그것은 그러므로 다시, '사랑'이다.

# 실수하는 사회, 실수하지 않는 인간

## ─정소현의 『실수하는 인간』에 대하여

## 1. 유기된 자들의 가족 로맨스

정소현 소설은 표면적으로 읽을 때, 프로이트적인 의미에서 '소설'이란 장르의 기본에 충실하다. 무엇보다도 그의 소설들이 대부분 전형적인 '가족 로맨스'의 변형담으로 읽히기 때문이다. 소설의 배경은 거의 한두 가족의 범위를 벗어나지 않고, 주인공은 대개 제 출생의 비밀을 찾아 가족을 떠나거나 가족으로 돌아온다. 「양장 제본서전기」의 '영지'가 찾는 것은 1983년의 신문 속에 기록되어 있을지도 모를 자신의 기원이고, 「폐쇄되는 도시」의 '삼'이 집을 떠나 (이제 그 집에는 자신을 유기한 적이 있는 부모마저도 없다) 찾아 나선 것 역시 자신을 유기한 가족이 아닌 '다른 가족'이다. 같은 이유로 집을 나서거나 돌아오는 주인공의 행로를 그린 「빛나는 상처」와 「돌아오다」, 그리고 넓게 보아 '출생의 비밀' 모티프를 주 서사로 하고 있는 「너를 닮은 사람」과 「실수하는 인간」까지를 포함하면, 소설집 『실수하는 인간』(문학과지성사, 2012)의 거의 전체 작품이 결국 가족 로망스의 변형담이란 사실을 부인하기 힘들다.

정소현의 작품이 2000년대 이후 한국 소설의 우세종이 된 가족 로망스형 서사(특히 업둥이 유형)에서 한 지분을 차지하고 있음을 시적하고자 함이 아니다. 레비스트로스 식으로 말해 지상에 존재하는 모든 이야기란 어차피 원재료인 신화소들의 '브리콜라주'에 불과한 것이 맞다면, 문제는 그 이야기소들의 배치와 재구성이 얼마나 신선하고 새로운가 하는 점일 것이다. 이런 점에서라면 정소현의 가족 로망스는 특이한 데가 있다. 이것이 '전도된 형태'의 가족 로망스이기 때문이다.

원래 프로이트의 환자들에게 가족 로망스란 판타지, 곧 '심리적 보상물'이다. 그것이 만들어지는 시기가 대개 오이디푸스 삼각형이 그려지고 동생이 탄생하는 시기와 일치하는 것은 그런 이유에서다. 어머니와는 사랑하지 못하게 하고, 내게 주어지던 사랑마저 이제 동생 차지가 될 때, 어린 인류는 어떤 이야기를 만들어냄으로써 '분리불안'을 이겨낸다. 그것은 대개 지금 부모(중 하나)가 친부모가 아닐 것이며, 내 친부모는 이보다 나를 사랑하는 고귀한 신분에 속해 있으며, 나는 잠시 출생의 비밀에 갇힌 채 지금의 가족에 속해 있을 뿐, 곧 원래의 가족으로 복귀하리라는 형태의 서사를 취한다. 예수와 모세와 제우스와 테세우스와 주몽과 많은 저녁 드라마의 주인공들마저 이 익숙한 서사의 포로란 사실을 다시 설명하는 것은 다만 사족에 불과하다.

그런데 정소현의 주인공들에게 일어나는 일은 그와 다르다. 기원 찾기는 그들에게 어떠한 형태의 보상도 안겨주지 않는다. 마치 그들은, 오로지 자신들이 '항상 이미 유기된 존재'임을 확인하기 위해서만 출생의 비밀을 찾아 떠나는 자들처럼 보인다. 「양장 제본서 전기」의 영지는 1983년 신문 전체를 뒤지지만 신생아 유기와 관련된 어떠한 기록도 찾지 못한다. 「폐쇄되는 도시」의 삼은 결국 자신이 '유괴'된 것이 아니라 '유기'되었음을 확인하고, 「빛나는 상처」와 「돌아오다」의 주인공들이 소설 말미에 대면해야 하는 진실도 바로 자신은 버려진 존재였다는 사실이다. 정소현의 소설을 두고 '전도된' 형태의 가족 로 망스라고 했던 것은 바로 이런 이유에서인데, 스스로가 버려진 존재, 기원이 없는 존재였음을 확인한 주체에게 주어지는 '심리적 보상' 따 위는 없을 것이기 때문이다. 그들의 기원 찾기 서사가 여전히 원형적 서사로서의 '가족 로망스' 자장권에서 발생한 브리콜라주가 맞다면, 이것은 참으로 특이하고 새로운 브리콜라주다.

그런데 더 흥미로운 것은, 그간의 부인과 은폐에도 자신이 애초부 터 어떤 훌륭한 가족과도 무관한 유기된 존재라는 사실(라캉을 따라 '실재'라고 불러도 좋겠다)과 대면할 수밖에 없게 된 주인공들이 보여 주는 다소 황당한 태도다. 실망하거나 절망하기보다, 그들은 되레 그 사실을 반기는 것처럼 보인다. 아버지가 친부가 아니었음을 확인하 고, 또 자신의 출생에 대한 기록 찾기에 완전히 실패한 「양장 제본서 전기」의 영지는 "화장실에 들어앉은 것처럼 편안해져 더 이상 알고 싶은 진실 같은 건 없었다"(p. 38)라고 말하고, 「돌아오다」의 주인공 은 "엄마가 오래전에 재혼해 새로운 인생을 시작했으니 미련을 버리 라"는 할머니의 말에 "이상하게도 나는 그 말 한마디에 포박에서 풀 려난 사람처럼 홀가분해졌고, 그동안 품어온 미련과 원망이 순식간에 사라지는 것 같았다. 읽기만 해도 가슴이 터질 것 같아 외면했던 엄마라는 단어는 병따개, 나무토막, 손잡이같이 아무런 감흥을 불러일으키지 않는 단어로 변질되었다"(p. 157)고 말한다. 결정적인 말은 「빛나는 상처」의 여주인공 '미애'에게서 발화되는데, 그토록 찾아 헤매던 '다른 가족'이 이제 존재하지 않음을 알게 된 후, 그녀의 독백은 이렇다. "나는 그 좁고 어두운 방에 두 번 다시 이불을 펴고 잠들 수 없다는 것을 확인했다. 오히려 마음이 놓였다. 나는 그 집으로 돌아가기 위해서가 아니라 그 집이 어디에도 없다는 것을 확인하기 위해 찾아다닌 것 같았다"(p. 279).

"그 집이 어디에도 없다는 것을 확인하"자 실망이나 절망이 아니라 안정을 느낀다. 심리적 보상은 의외로 훌륭한 가족으로의 복귀에서가 아니라 스스로가 유기된 존재라는 사실의 확인으로부터 주어진다. 유추하자면 정소현의 주인공들은 시늉으로만 출생의 비밀 찾기라는 가족 로망스의 서사를 반복하고 있을 뿐, 실제로 그들은 그 어떤 가족(그것이 설사 판타지 속에서처럼 고귀한 가족이라 할지라도)에 대해서도 모종의 적개심을 가지고 있다.

무슨 이유일까? 당겨 말하자면, 그 이유는, 그 안에 필시 '엄마'가, 그 오래 묵은 '모성적 초자아'가, 어떤 형태로든 편재해 있기 때문이다.


## 2. '실수하는 인간'의 기원


유년기 학대는 정소현의 주인공들에게 다반사로 일어나는 일이다. 「실수하는 인간」에 등장하는 유일한 아버지(그는 프로이트와 라캉이 말한 여자들의 독식자, 거세되지 않은 외설적 아버지를 닮았다)의 폭력을 제외한다면, 학대의 주체는 대개 엄마(역할)들이고 그 범위는 질투와 매질과 착취와 무시와 다그침과 유기까지를 두루 포함한다. 그들의 표독스러움은 「지나간 미래」에서처럼 "작은 사무실에 앉아 돈을 빌려가고 이자를 내지 않은 사람의 명부를 정리하"다가, "사무실 한구석에 자리를 차지하고 멍하게 앉아 있는 남편에게 나가서 이자라도 받아 오라고 소리를 지른다"(p. 214)거나, 그런 식으로 자신이 준 모멸 때문에 급기야 자살해 머리가 으깨진 남편의 시체 앞에서 아들에게 "너는 아빠처럼 나약하게 자라선 안 돼"(p. 215)라고 태연하게 말하는 정도에까지 이른다.

원래 소리 지르고 나무라고 징벌하는 것이 초자아의 소임인바, 정소현식 인류의 또 다른 이름인 '실수하는 인간'들의 기원이 여기다. 여기 그 기원적 장면들이 몇 있다.

새어머니는 자기가 낳은 딸도 학대했다. 돌이 갓 지난 아기를 함부로 때려 뺨이 퉁퉁 부었고 팔도 부러졌다. 아버지나 다른 사람들에게는 그가 실수로 동생을 다치게 했다고 했다. (「실수하는 인간」, p. 62)

할머니는 초등학생이었던 내게 허술하고 모자란 아이라고 말하곤 했다. 가끔 할머니는 공부를 잘하고 매사에 똑 부러졌던 외삼촌 이야기를 들려주었고, 예쁜 엄마를 닮지 못한 못난 내 얼굴을 탓했다. 너는 외가의 좋은 유전자를 물려받지 못한 것 같으니 참 불쌍하구나. 네 애비가 누군지 모르지만 참 한심한 놈일 게다. 할머니는 내게 무언가를 할 수 있다는 생각을 버리라고 했다. 할머니의 말은 바늘처럼 내 가슴

을 콕콕 찔렀다. (「돌아오다」, pp. 158~59)

괜찮아요. 맞는 데는 이골이 났어요. 어렸을 때, 엄마는, 나를 밀가루 반죽 치대듯 두들겨 팼어요. 밥을 소리 내 씹는다고 때리고, 흘린다고 때리고, 더럽다고 때리고…… 그렇게 맞아봤어요? (「빛나는 상처」, p. 271)

워낙에 육화된 초자아의 역할을 맡은 이(대개 부모다)는 그 존재 자체만으로도 죄책감과 주눅을 불러일으키게 마련이다. 왜냐하면 초자아의 권위의 근거는 주체의 가장 깊은 죄의식에 기반을 두고 있고, 따라서 무소불위의 성격을 띠게 마련이기 때문이다. 하물며 그(녀)가 다그치고 질문하고 모멸할 때, 주체는 바로 그 초자아가 지시하는 바의 대상과 유사한 상태에 한층 근접한다. 맞을수록 맞을 만한 존재가 되고, 비난당할수록 비난받을 만한 존재가 되고, 모자란 취급을 당할수록 모자라게 된다. 동생을 때리고, 밥을 흘리고, 더럽고, 유전자가 온전치 못하고, 말을 더듬고, 뭣 하나 제대로 해내는 게 없는, 요컨대 '실수하는 인간'이 된다. 실수하는 인간들의 기원에는 실은 너무도 철저해서 실수라고는 모르는 초자아의 비난이 있었던 것이다.

그들에게 '집'은 바로 그 초자아가 기거하는, 아니 아예 초자아가 스며들어서 그 자체로 모성적 초자아가 되어버린 일종의 심리적 훈육 기관이다. 정소현 소설에 종종 등장하는 '집 속에 스며든 엄마(역할)'의 모티프는 그런 식으로 해석 가능해 보인다. 가령 「양장 제본서 전기」의 영지가 "나는 벽과 엄마를, 장판과 엄마를 구분하지 못했다. 가끔 누워 있는 엄마의 다리를 밟거나 머리카락을 밟았다. 밟고서도 밟은 줄을 모르고 지나쳤다. 엄마는 집 안 어디에도 없는 것 같았지만 어느 곳에서나 나타났다"(p. 28)라고 말할 때, 또 「돌아오다」의 주인공이 할머니(이 작품에서의 엄마 역할)를 오래된 일본식 목조 건물과 동일시한 후, "동네에서 가장 아름다웠던 이 집은 새로 지은 빌딩의 그늘 속에 납작 엎드린 채 흉물이 되어가고 있었다"(p. 153)라고 말할 때, 그리고 「빛나는 상처」의 남자 주인공이 마치 히치콕의 영화 「사이코」에 나오는 앤서니 퍼킨스처럼 유난히도 말을 더듬으며 "그래요. 엄, 엄마를 화장해서 저 위의 공원 큰 나무 밑에 뿌렸어요. 그런데, 자꾸 그 뼛가루가 집으로, 돌아오고 있는 것 같단 말이에요. 청소해보면 알아요, 걸레에 묻어나는 게 먼지가 아니라 뼈, 뼛가루라는 걸 말이에요. 곧, 지, 집을 뒤덮을 거예요"(p. 269)라고 말할 때, 집은 이미 일종의 심리적 감옥으로 변한 모성적 초자아의 처소다. 집은 정소현의 주인공들에게 단순히 주거 공간이 아니다. 그곳은 초자아의 처소고, 실은 초자아의 명령과 금지로 얼기설기 구조화된 훈육 기관 그 자체다. 그럴 때 그들이 가족 로망스적인 여행을 떠나 새로운 가족을 찾으려는 시늉을 하지 않을 도리는 없어 보인다.

그러나 왜 '시늉'만인가? 그들은 왜 되레 자신들이 애초부터 유기된 존재였다는 사실 앞에서 위안을 얻고 안정을 찾는가? 왜냐하면 어떤 가족이 되었건, 어떤 집이 되었건 그 안에는 항상 엄마 노릇을 자임하는 이들이 존재하기 때문이다. 원초적 아버지를 살해하고 여인숙에 장기 투숙 중인 「실수하는 인간」의 주인공 '석원'에게 나타난 것은 또 다른 엄마, 곧 여관 여주인이다. 생선을 발라주고, 반찬을 얹어주고, 이전의 엄마에 대해 끊임없이 질문(질투에 가득 찬 질문은 항상 실수와 거짓말을 유도한다)하고, 비밀을 캐 그것을 무기 삼아 그를 자신의 울타리 안에 포획해두는 존재야말로 전형적인 모성적 초자아다. 동일한 일이 「폐쇄되는 도시」의 삼과 복에게도(유기된 아이들의 수거자 고현자 할머니에 의해), 「빛나는 상처」의 미애에게도(그를 딸 삼겠다고 나서는 어떤 과부, 그리고 무엇보다도 죽어서도 집으로 돌아오는 사내의 엄마에 의해) 일어난다.

그런 의미에서라면 그들이 설사 고전적인 가족 로맨스의 도식에 따라 지금의 가족이 아닌 다른 가족에 안착한다 하더라도 항상 초자아는 회귀한다. 죽어서라도, 뼛가루의 형태로라도, 다시 돌아온다. 이유는 간단하다. 초자아는 그것에게서 벗어나려고 하는 주체의 외부가 아니라 바로 그 내부에 있기 때문이다. 그것이 자신의 내부에 있는 한 처소를 달리한다고 해서 초자아가 사라질 리는 없다. 내부에 있는 초자아의 영향력에서 벗어나지 않는 한, 라캉 식으로 말해 대타자의 욕망과 '분리'되지 않는 한, 그들은 천생 어쩔 수 없이 '실수하는 인간'으로 살아갈 도리밖에 없다. 초자아는 주체의 실수를 먹고 자라기 때문이다.


## 3. 그런데 정작 실수는 누가 하는가?


그런데 그들은 '정말로' 실수하는가? 프로이트와 라캉과 지젝의 군대가 한국에 대대적으로 상륙한 이래로 우리는 이제 정신분석의 충실한 사도들이니, 저 '정말로'라는 부사를 '무의식적으로'라는 부사로 바꿔 읽어도 무방하겠다. 주체의 진리는 항상 무의식 쪽에 있다는 것이 정신분석이 설파하는 교훈이니 말이다. 가령 「실수하는 인간」에서

따온 다음의 구절들은 주인공의 행위를 실수라고 딱 부러지게 잘라 말할 수 있는 근거를 제공하는가, 아니면 그 역인가?

석원이 화분을 가져왔을 때 꽃처럼 생긴 푸른 잎사귀들은 탱탱하게 물을 머금고 있었다. 손가락 한 마디보다 작은 오동통한 잎사귀들은 자꾸 만지작거리는 그의 힘을 견디지 못하고 쉽게 물크러졌다. 진득하고 투명한 수액이 손가락에 감겨오는 순간 그 작은 것을 또 실수로 상하게 했다는 사실이 수치스러웠다. 다시는 만지지 않으리라 다짐했지만 자신도 모르는 새 남아 있는 잎사귀들을 자꾸만 만지작거렸다. (p. 41)

그의 아버지는 실수투성이의 그가 큰 사고를 쳐서 감방에서 평생 썩게 될 거라고 악담을 퍼붓곤 했는데, 그 사고가 자신의 죽음이리라고는 상상하지 못했을 것이다. 석원은 아버지의 뒷머리에서 콸콸 쏟아지는 피를 보자 겁이 나면서도 기묘한 안도감을 느꼈다. 그는 쓰러져 있는 아버지를 향해 조용히 말했다.
실수예요, 아버지. 잘 아시잖아요.
아버지는 눈을 부릅뜬 채 대답하지 않았다. (p. 44)

아버지의 폭력을 경험한 이후로 생명력 있는 모든 것들을 증오하게 된 석원이, 반복적으로 식물들의 잎을 손으로 눌러 물크러지게 한 행동을 "자신도 모르는 새" 그랬다고 표현한다면, 우리는 그 말을 믿어야 할까? 게다가 아버지가 그 식물들을 유독 좋아하기까지 했다면 말이다. 자신의 발에 걸려 쓰러진 사다리에서 추락해 피를 콸콸 쏟으며 죽어가는 아버지 앞에서, 아무런 감정의 동요 없이 "실수예요, 아버지. 잘 아시잖아요"라고 꼭꼭 씹어 뱉는 석원의 저 말을 우리는 축자적 의미 그대로 읽어야 할까? 바로 그 아버지가 자신을 '실수하는 인간'으로 만든 장본인임을 익히 알고 있는데도 말이다. 아무리 실수하는 인간이라지만, 석원 역시 하나의 주체라면 그의 심리 대부분은 의식과 무의식으로 이루어져 있을 것이고, 프로이트의 말대로 의식은 무의식에 비할 때 빙산의 일각에 불과할진대, 석원은 지금 실수하고 있는 것이 아니다. 무의식은 결코 실수하는 법이 없다. 차라리 실수는 무의식이 유일하게 실수하지 않고 원하는 것을 얻어내는 방식이라고 하는 편이 맞다. 실수는 무의식의 진리이자 의도이고 존재 방식이다. 그러므로 석원은 지금 전혀 '실수하지 않는 인간'이다. 아마도 정소현의 소설 속 주인공들은 바로 그런 방식으로 초자아의 명령인 '실수하라'를 전혀 실수 없이 실현하는 주체들임에 틀림없을 것이다. 그들의 실수는 정확하게 대타자의 욕망을 실현하고 그것을 그들에게로 되돌려준다.

그렇다면 정작 실수는 누가 하는가? 대타자, 바로 초자아가 한다. 그러니까 소설 속 엄마들이 한다. 완벽주의자 할머니(「돌아오다」)가 하고, 경제적으로 무능력한 남편을 자살하게 만들고 아들로 하여금 아버지의 무능력을 비난하게 한 엄마(「지나간 미래」), 죽어서도 아들에 대한 걱정을 놓지 못해 뼛가루로라도 되돌아오는 엄마(「빛나는 상처」), 소아애호증 남편에게서 딸을 보호하기 위해 혼혈아를 의붓딸로 들여 성적 착취를 방조한 엄마(「이곳에서 얼마나 먼」), 딸의 출생의 비밀을 지켜주기 위해 두 연인의 인생을 완전히 파괴해버린 엄마(「너를 닮은 사람」)가 한다. 의도와 무관하게, 그녀들은 자신도 모르는 채로 실수한 적이 있다. 어떤 실수인가? 자식들을 '실수하는 인간'으로 '호명'하면서, 정작 자신들은 스스로를 호명한 사회적 상징체계에 대해 한 번도 반성해본 적이 없다는 것, 그것이 그들의 실수다. 지젝의 말이다.

> 따라서 어머니의 과실은 단지 순순히 착취당하는 희생자의 역할을 감내하는 그녀의 비능동성에 있는 것이 아니라, 자신이 그런 역할의 수행으로 축소되는 사회적인—상징적인 네트워크를 능동적으로 부양한다는 데 있다. (슬라보예 지젝, 『이데올로기라는 숭고한 대상』, 인간사랑, 2002, p. 363)

실수는 '엄마' 본인들이 한다. 그들이 실제로 부양에 성공하는 것은, 실수투성이인 아이들이 아니라 사회적이고 상징적인 '네트워크'이기 때문이다. 알튀세르식으로 간단히 말해 그들은 무의식적으로는 이데올로그들이다. 사회적 재생산에 유용한 이러저러한 규율들을 반성 없이 아이들에게 주입하는 기구의 부품이다. 그러므로 정소현의 소설 속에서 정작 실수는 엄마, 곧 모성적 초자아들이 한다. 자신의 욕망이 아니라 자신을 호명한 대타자의 욕망의 대리자로서 행동함으로써, 자신 역시 사회적 규율에 의해 호명당한 채 반성 없이 그것을 자식들에게 재부과함으로써, 그리하여 의식적으로는 실수투성이지만 무의식에 있어서는 결코 실수하지 않는 자들을 양산함으로써, 존재의 극히 일부분만 실수하는 인간일 뿐 주도면밀하게 실수하지 않는 정신증 환자들을 양산함으로써, 그들은 실수한다. 정소현의 가족 로망스적인 심리 드라마가 '사회적인 것'들과 만나는 지점이 여기다.

## 4. 결코 실수하지 않는 자들

정소현 소설 속에서 행해지는 모성적 초자아들의 실수는 두 가지 결과를 유발한다. 그 첫째는 원치 않게 '실수하지 않는 인간들'이라 불릴 만한, 사회적으로 지극히 무서운 주체들을 양산하고야 만다는 점이다. 「실수하는 인간」의 주인공 석원의 행로를 다시 따라가보자. 이제 와 상기해보니 그는 어떤 글 하나를 쓰고 있었다.

> 그는 2년이 넘도록 같은 문장을 반복해 써 내려갔다. '아버지를 죽였다. 실수였다. 아니다 실수가 아니었다. 아니다 실수였다······' 문장을 쓰다 보면 자신이 저지른 일이 실제로 일어난 일이 아니라 문장으로만 존재하는 일인 것처럼 느껴졌다. 그는 그 뒤에 쓸 문장을 생각해보았지만 어떻게 써야 앞의 문장이 주는 충격을 덜어낼 수 있을지 알 수 없었다. 날마다 규칙적으로 글을 쓰려고 노력했지만 좀처럼 진도가 나가지 않았다. (p. 48)

전혀 실수가 아닌 실수로 아버지를 죽게 한 후, 그는 두 해가 넘도록 어떤 갈등 상태에 빠져 있었던 것으로 보인다. 아마도 그 갈등은 라캉의 용어로 표현하자면 '아버지의 이름'이 갖는 권위와 그것의 '폐제' 시도 간의 갈등으로 보인다. 특권적 기표로서의 아버지를 죽였으니 그는 자신이 부과한 상징적 질서에서 자유로울 수 있는 기회를 얻었다. 그럴 때 선택지는 두 가지다. (이제 살펴보게 될) 라캉이 유일하게 '윤리적'이라고 한 자살적 행위, 아니면 상징적 질서의 완전한 붕괴가 수반하는 '정신증'이 그것이다. 양자 사이에서의 결정은 이후에, 그러니까 모성적 초자아로부터의 분리까지 수행된 후에 이루어진다. 여인숙 여주인 살해가 그것이다.

부권이 약화되거나 부재할 때 (가령 IMF 사태 이후의 한국처럼) 흔히 그렇듯이, 그녀가 어느 시점에서 석원에게는 모성적 초자아의 역할을 자임하고 나섰다는 사실은 앞서 지적한 바 있다. 여성 취객에 대한 또 한 차례의 '실수'가 감행된 후, 석원은 자신을 의심하게 된 여주인을 죽인다. 이 행위는 심리적인 의미에서 모성적 초자아와의 결별처럼 읽히는데, 왜냐하면 이후 두 해 동안이나 진척이 없던 예의 글에서의 '다음 문장'이 씌어지기 때문이다. 게다가 그 문장은 "앞의 문장이 주는 충격을 덜어"내는 것이 아니라 오히려 배가시키는 문장이기도 하다. 그는 이렇게 쓴다. '그에겐 두려울 것이 없었다'(p. 73).

다시 저 문장을 앞의 문장들과 나란히 놓고 읽어보면 이렇다. "아버지를 죽였다. 실수였다, 아니다 실수가 아니었다, 아니다 실수였다…… 그에겐 두려울 것이 없었다." 아버지를 죽였고, 그를 간섭하던 모성적 초자아에게서 분리된 주체가 저렇게 쓴다면, 그는 지극히 무서운 주체가 된 것이다. 게다가 저 문장은 앞의 문장들이 보여주는 갈등과 망설임을 일거에 제거해버리는 단호한 문장이기까지 하다. 아버지의 이름을 폐제한 주체는 상징적 질서 밖으로 이탈한 자이고, 그에게는 그 어떠한 법도 자신의 욕망보다 우선할 수 없다. 게다가 실수를 강요하는 대타자가 사라졌으므로 그는 실수할 리도 없다. 그야말로 파괴적이고 무서운 주체다.

아니나 다를까, 소설 말미는 그가 이제 실수와는 아예 거리가 먼, 치밀하고 용의주도하고 의식적인 연쇄살인마가 되었음을 보여주는 장면들로 채워진다. "그는 몇 개의 구멍을 깊이 파 화분 하나하나를 조심스럽게 묻고 돌아왔다. 그가 지금껏 가장 신경 써서 묻은 화분들이었다. 그녀를 모두 파묻는 데는 나흘이 걸렸다. 땅을 너무 얕게 파서 묻거나 비닐봉지와 함께 묻어 금세 눈에 띄게 되는 실수를 하지 않도록 조심했다"(p. 73). 그는 이제 '조심스럽게' '지금껏 가장 신경 써서' '나흘에 걸쳐' '금세 눈에 띄게 되는 실수를 하지 않도록 조심하는' 연쇄살인마다. 화분과 시신을 구별하지 못할 지경이니 그는 정신증자가 맞지만, 역설적으로 실수를 종용하는 초자아가 없으므로 정신증자에게 실수는 없다. 그는 이제 완전히 실수하지 않는 인간이 된 셈이다.

덧붙이자면, 자신의 악행(이 악행은 너무도 끔찍해서 줄거리를 요약하고 싶지 않을 정도다)을 모두 알고 있는 미술 교사를, 급발진 사고의 위장 가능성을 염두에 둔 채 차로 치어버리는 「너를 닮은 사람」의 주인공, 그리고 내내 자신이 믿어왔던 것과는 달리 혼혈아 제인이야말로 자신의 가족이 완전히 파괴해버린 희생자였다는 사실 앞에서, 동화 같은 망상 속으로 도피해버리고 마는 「이곳에서 얼마나 먼」의 주인공이, 석원과 한패거리에 속하는 인물들이다. 상징적 질서의 붕괴 앞에서 그들 모두가 정신증 속으로의 도피를 택한다는 점에서 그러한데, 정소현 소설은 이런 방식으로 IMF 이후의 (실은 지젝이 말한 후기 자본주의 시기 전체의) 점증하는 폭력과 광기의 분출에 대한 심리학적 설명을 제공한다. 최종적으로 사회가 실수한다. 사회적 규율들의 과부하를 이겨내지 못해 상징적 질서 너머로 이탈한 정신증적 주체들을 양산함으로써, 자신의 내부에 자신을 부정하는 적대를 산출한다는 의미에서 그렇다.

## 5. 유기물들의 연대

비록 석원의 반사회적 행동이 개인사적 견지에서 이해할 만하고, 또 일견 통쾌함을 수반한다고는 하나, 그는 감당하기에는 너무도 무서운 (비)주체다. 아버지의 이름을 폐제하고, 모성적 초자아와도 분리됨으로써 상징적 질서 일반을 송두리째 부정해버린 주체는 더 이상 주체라 불릴 수도 없는 어떤 폭력과 충동의 덩어리에 불과할 것이기 때문이다. 석원과 그 패거리들이 정신증 속에서 해결해야 할 것, 또 누릴 것이 있다면 해결하고 누리게 내버려두자. 그러나 만약 상징적 질서의 완전한 파기 이외의 다른 대안이 필요하다면, 이제 정소현의 또 다른 인물에 대한 이야기를 해야 한다.

정소현 소설 속에서 모성적 초자아들이 저지르는 다른 실수의 두번째 결과는 사회 내에 바로 그 사회를 부정하는 '윤리적 주체' 또한 출현시킨다는 점이다. 「폐쇄되는 도시」의 삼이 그런 인물인데, 그녀도 자신이 내내 세워온 상징적 질서가 실재와 대면하게 되는 위기에 처한 적이 있다. 그녀 역시 자신이 속해 있다고 믿었던 상징적 질서 내에 제대로 기입되어본 적이 없는 존재, 곧 유기되거나 실종되어 기원을 알 수 없는 존재라는 사실에 직면해야만 하기 때문이다. 그러나 실재의 침입이라고도 부를 만한 이런 외상적 사태 앞에서 그녀는 석원과 달리 정신증 속으로 도피하지 않는다. 폭력과 충동 속으로 스스로를 내던지지도 않는다. 대신 어떤 자살적 행위를 감행한다. 가령 그 행위는 묵시록적인 현실 속에 버려진 유기물들과 함께 머물기로 작정하는 '결단'의 형태로 나타난다. 「폐쇄되는 도시」에 등장하는 C시(자꾸 'Corea City'의 약자로 읽고 싶어지는)의 풍경이다.

　　이주가 막바지에 이르렀다. 시민들은 대부분 빠져나갔고, 관공서도 모두 다른 도시로 임시 이전됐다. 숨어 있지 말고 모두 나갈 것을 권유하는 방송이 매시 정각에 시보처럼 거리에 울려 퍼졌다. 옆 도시의 경찰과 용역 업체까지 동원되어 빈집에 남아 있는 사람이 없는지 순찰했다. 주인이 떠난 빈집에 기거하던 부랑자들이 도시 밖으로 추방되었다. 시내버스 대부분은 폐선되었고, 기차와 시외버스의 운행 시간이 대폭 축소되었다. 거리에는 경찰차와 응급차, 재활용쓰레기 수거 차량과 동물 보호 센터 차량들이 바쁘게 오갔다. (p. 138)

　　정소현의 소설에서는 예외적으로 사회적인 것이 뚜렷이 그 모습을 드러내는 장면인데, 여기저기 언급된 다른 정보들에 따르면, 30년 넘은 시민 아파트만 흉물스럽게 남아 있는 저 도시는 현재 재개발 중이고 주민들에게는 강제 이주 명령이 내려졌으며 버려진 개와 쓰레기들, 그리고 유기된 인간쓰레기들(노인들)만 남아 있다. 풍경은 지극히 묵시록적이지만 또한 지극히 현실적이고 낯익기도 하다. 용산 이후로, 그리고 최근 묵시록적 상상력이 만연하게 된 이후로, 우리는 그런 풍경에 아주 익숙해졌다.

　　아마도 저 도시에 남아 있는 '수거 대상'으로서의 '인간쓰레기'(지그문트 바우만)들이야말로 사회적 상징 질서에 기입될 수 없는 잔여, 곧 사회적 '실재'라고 불릴 만할 것이다. 그런데 주인공 삼은 처음에는 스스로를 '유기'가 아닌 '유괴'당한 존재로 여김으로써 저 버려진 것들의 일원이 되기를 거부한다. 대신 오랫동안 가족 로망스적 탐사를 지속하는데, 그 탐사는 동화 속에나 등장할 법한, 어떠한 초자아의 억압도 없는 '아이들의 집'을 찾는 여행을 연상시킨다. 그러나 결국 소설 말미에서 그녀가 발견하게 되는 것은, 그런 집은 더 이상 존재하지 않는다는 점, 자신은 바로 그런 집의 부재를 확인하러 여기 온 것에 불과하며, 외부에서 유괴된 존재가 아니라 처음부터 여기로 유기된 존재라는 사실이다. 삼은 원래 버려진 존재여서 천생 상징적 질서 내에 기입되지 못한 C시의 일원이다. 따라서, 이제 상징적 질서 바깥에 서게 된 그녀에게 주어지는 선택지 역시 「실수하는 인간」의 석원에게서와 마찬가지로 두 가지다. 여기서 그녀의 행로는 석원의 행로와 갈린다.

삼은 폐쇄 하루 전 C시에 남는다. 그리고 유기된 할머니를 찾는 복과의 공동 탐사를 마다하지 않는다. 결국 그녀가 찾은 가족은 할머니와 복과 자신, 곧 유기된 자들이 이루는 어떤 희귀하고 자살적인 공동체다. 그녀는 2010년대 한국의 안티고네인 셈인데, 폐쇄되는 도시와 함께 영원히 버려질 것임에 틀림없는 존재들과 함께 머물기, 그 결단이야말로 라캉이 유일하게 '윤리적'이라 할 만하다고 지칭한 '자살적 행위'임에 틀림없을 것이기 때문이다. 또한 그런 의미에서라면 그녀 역시 결코 실수하지 않는 인간이기도 한데. 어떤 억압도 존재하지 않은 '아이들의 집'이라는 환상, 곧 헛것으로서의 '대상 a'와 맺었던 환상적 관계를 청산하고 새로 탄생한 '주체'가 바로 그녀, 삼이기 때문이다.

## 6. 정신증과 윤리 사이에서

정소현의 소설은 이렇게 '석원'과 '삼' 사이에 있다. '석원'은 무섭고 감당하기 힘들지만 통쾌하고 매혹적이다. 그가 더 많은 화분들을 흙 속에 심더라도 한국문학에 그다지 손해가 될 것처럼 보이지는 않는다. 왜냐하면 문학 작품 속에서 어떤 악마적 인물은, 자신이 가진 위력을 기존의 세계를 파괴하는 데에 충분히 발휘하기 전까지는 사라지지 않고 견뎌주는 것이, 악을 어떤 진지한 탐구의 대상으로 승격시키면서 그 이름을 세상에 남기는 방식이기 때문이다. 『악령』의 스타브로긴이 오래오래 인구에 회자되는 이유다.

'삼'은 올바른 것들이 흔히 그렇듯이 온건하고 무력하나, 주체나 사회체에 필요하고도 설득 가능한 '윤리'의 모델을 제시한다. 그녀가 더 많은 유기된 '인간쓰레기'들과 접촉하더라도 역시 한국문학에 손해가 될 것처럼 보이지는 않는다. 왜냐하면 문학 작품 속에서 어떤 윤리적 인물은, 자신이 제안하는 이상적 인간상이나 사회상을 충분히 그려 보이기 전까지는 사라지지 않고 견뎌주는 것이, 선을 어떤 공동의 추구 대상으로 승격시키면서 그 이름을 세상에 남기는 방식이기 때문이다. 『백치』의 미시킨 공작이 오래오래 인구에 회자되는 이유다.

게다가 저 둘의 존재가 반드시 모순적이라고 보기도 힘든데, 스타브로긴과 미시킨 역시 한 작가가 탄생시킨 두 인물이기 때문이다. 신예 작가 정소현이 첫 창작집으로 단박에 이미 한국문학의 가장 앞쪽에 위치한 두 갈래 길에서 서성거리고 있다는 말, 그래서 앞으로 무엇을 쓰건 믿음 직하다는 말을 이렇게 하는 거다.

# 페스트를 앓고 난 후

── 최수철의 『갓길에서의 짧은 잠』에 대하여

## 감각의 무정부 상태

한국 평론가로서는 드물게 서구 형이상학에 밝은 복도훈은, 소설집
『몽타주』(문학과지성사, 2007)에 붙인 해설에서 최수철의 이름 옆에
나란히 데카르트의 이름을 적는다. 그에 따르면 최수철 소설의 창작
원리 핵심부에는 『성찰』에서 데카르트가 행한 소위 '방법적 회의'와
유사한 어떤 태도가 자리 잡고 있는데, 그런 이유로 그의 초기작들에
서는 인격, 정체성, 사유, 감각 모두가 회의와 불신의 대상이 된다는
것이다. 그리고 『몽타주』 이후로, '코기토 현상학'이라 명명해도 좋을
최수철 초기 소설의 특징은, '착란적 감각'에 탐닉하는 '감각의 현상
학' 쪽으로 선회한다는 것이 그의 주장이다. 대체로 공감할 수 있는
발언인데, 다만 나로서는 최수철의 주인공들이 착란적 감각에 몰입하
기 시작한 시점을 『몽타주』 이후라고 보아야 할 것인지에 대해서는
좀더 논의가 필요하다고 보는 편이다. 가령 우리는 최수철 초기 소설

들 곳곳에서(오히려 『몽타주』 이후의 소설들에서보다 더 자주), 이런 문장들과 대면하곤 했기 때문이다.

　　그러나 그가 점점 더 안구에 힘을 줌에 따라 그물 사이의 미세한 각각의 조각들도 차츰 그 윤곽을 드러내기 시작했다. 그리고 그 풍경의 부분들은 나일론 그물의 날과 올 덕분에, 그것들이 속해 있는 담벼락이나 줄장미, 은행나무 등등의 전체에서 독립하여, 모두 나름의 색깔과 소리와 냄새의 독특한 성질을 가지면서 이를테면 감각의 무정부 상태를 준비하기 시작했다. 맞은편 건물 중앙에 붙어 있는 창문의 푸른색이 게릴라처럼, 아니면 인디언 전사처럼 그물코를 타고 조금씩 확산되어나가다가 줄장미의 붉은색과 초록색에 부딪혀 갑작스럽게 원래의 크기대로 수축되어버리고, 줄장미의 붉은색과 푸른색은 바람 탓인지 가볍게 몸을 움직이면서 원숭이처럼 그물눈의 이쪽에서 몇 칸 건너 저쪽까지 넘나들고 있었다. 그러자 밤새도록 어두운 방구석에 버려져 있던 그의 코와 귀, 눈의 감각 세포들이 뇌(腦)가 잠들어 있던 동안에 부스럭거리고 뒤척이며 꾀하고 있던 음모를 결행이라도 하려는 듯이 조금씩 반란을 일으키기 시작했다. (「공중누각」, 『공중누각』, 문학과지성사, 1985, pp. 80~81)

　　사실 신체적 감각에 대한 이런 식의 극사실적 묘사문들은 최수철의 초기 소설들에서 예외가 아니라 상례다. 따라서, 인용문으로서는 같은 소설집에 실린 「어느 날, 모험의 전말」 초입, 이제 막 잠에서 깨어난 주인공이 자신의 손목에서 뛰는 맥박의 수와 간격(1초도 되지 않는)을 지각하고, 심지어 "육 초와 칠 초 사이의 순간"을 보기까지 하는 장면이 어쩌면 더 효과적이었을지도 모르겠다. 그러나 저 인용문에는 인용상의 이점이 하나 있다. 저 문장들 속에는 그의 초기 소설에서 자주 나타나는 기이할 정도로 정교한 '감각의 감속 장치'를 적절히 특징짓는 어떤 어휘 하나가 숨어 있는 것이다. 바로 "감각의 무정부 상태"다.

복도훈의 언급과 달리, 초기부터 최수철 소설의 많은 부분은 감각의 무정부 상태에 대한 기술에 할애되곤 했다. 아직 신경을 따라 뇌에 전달되기 이전의 순수 감각을 소설화하는 것이 마치 유일한 문학적 과제라도 된다는 듯, 그는 서사를 가급적 줄이거나 포기하고, 소설 속 시간을 한없이 늘이거나 정지시켜서, 사유 이전의 신체적 지각들을 언어로 포착하느라 여념이 없었다. 보르헤스의 소설 속 주인공 푸네스가 그랬듯, 최수철의 주인공들은 이성과 개념이 간섭하기 전 상태의 순수 지각들, 주체와 객체가 이제 막 접면을 형성한 감각의 표피들, 그것들을 최대한의 감속 장치를 동원해 지극히 예민하고 섬세하게 독자들에게 전한다. 그럴 때 그의 문장들은 마치 '현상학적 판단 정지' 상태에 대한 소설적 대응물처럼 읽혔다. 그러자 흡사 초고속 카메라로 찍었다가 정상적인 속도로 영사해내는 화면 속에서, 어떤 인물의 표정과 동선, 심지어는 내면 풍경까지를 들여다보는 듯한 기이한 낯설음이 독자들을 사로잡는다. 너무 느리고 세밀해서 그 문장들을 읽어내는 일은 고역이 되지만, 끝까지 읽어냈을 때 독자는 한 주체의 지각에 의해 묘사된 세계의 기이한 낯설음에 매료당한다. 최수철 소설이 재미없다는 말은, 실은 그것을 다 읽어낸 독자에게는 해당되지 않는 말이었다고 나는 생각한다. 극단적인 감속에 의해 재발견된 세계가 그 안에 흥미롭게 펼쳐져 있었기 때문이다.

그의 소설들을 두고 난해하다느니 읽히지 않는다느니 하는 평이 잇달았던 것도 비슷한 이유에서였을 거라고 생각하는데, 비유하자면 오래전부터 최수철의 소설들은 (퐁티가 사랑한 화가) 세잔 회화의 소설 판본이었던 것이다. 가령 원근법을 포기한 세잔의 '점묘'란 '감각적 무정부 상태'의 회화적 표현이 아니면 무엇이었을까? 그리고 일관된 서사에 의해 꿰매어지지 않은 채 '미통합' 혹은 '미봉합' 상태 그대로 우리에게 전달되던 최수철의 저 감각적 언어들은, 원근법을 무시한 점묘의 소설화가 아니라면 무엇일까?

세잔의 회화와 최수철의 소설이 지닌 유사성은 여기서 멈추지 않는데, 양자 모두 어떤 착란적 지각의 소산이라는 사실에도 우리는 주의를 기울여야 한다. 메를로퐁티는 세잔이 종종 정신분열증을 앓았음을 밝힌 후 이런 말을 한 적이 있다.

세잔느의 작품은 그가 가진 정신분열증이라는 병의 형이상학적 의미 ─모든 표현적 가치가 일단 중지된 채 얼어붙은 외관들의 총화로 환원된 세계를 바라보는 방식─를 드러내 주는 것이므로 그의 정신분열적인 기질과 작품 사이에는 하나의 친밀한 관계가 존재하고 있는 것이다. 고로 그의 병은 단순히 부조리한 사실이나 불행이 아니다. 그것은 곧 인간 존재의 일반적인 가능성인 것이다. 그리고 그것은 특히 인간 존재가 그의 역설들 중 하나인 표현이라는 현상에 용감하게 직면했을 때 일어난다. 이러한 의미에서 정신분열증에 걸렸다는 것과 세잔느가 되었다는 것은 동일한 것이다. (「세잔느의 회의」, 『현상학과 예술』, 오병남 옮김, 서광사, 1989, p. 205)

퐁티가 말하는 바 '표현'이란 거칠게 말해 '어떠한 기존의 형식에도 기대지 않고 홀로 스타일을 창출함으로써 사물들의 본질을 드러냄'이다. 다른 말로 하자면 '대타자' 없이 사물의 본질에 다가서기, 그것이 '표현'이다. 세잔이 생 빅투아르 산을 왜 수십 번씩이나 그렸겠는가. 표현을 얻고자 하지 않았다면 말이다.

물론 라캉이 말한 대로, 어떠한 대타자에게도 기대지 않는 자의 말로에는 정신증이나 죽음이 기다리고 있을 것이다. 그런 이유로 세잔은 '표현'을 위해 정신분열을 겪었던 셈이다. 메를로퐁티가 그의 정신분열증을 두고 "인간 존재의 일반적인 가능성"이라거나 "인간 존재가 그의 역설들 중 하나인 표현이라는 현상에 용감하게 직면했을 때 일어"나는 증상이라고 할 때, 그러고는 결국 "정신분열증에 걸렸다는 것과 세잔느가 되었다는 것은 동일한 것"이라고 함으로써 심지어 그 증상을 찬양하기까지 할 때, 그가 말하고자 한 것도 그 점이었을 것이다. '현상학적 판단 정지'란 어떠한 기존의 '상황'이나 '의견'에 대한 참조 없이, 매일매일의 지각을 하나의 '사건'처럼 대한다는 의미이고, 따라서 거기에 대타자가 개입할 여지는 없다. 정확히 이런 의미에서 정신분열에 걸렸다는 것과 세잔이 되었다는 것은 같은 말이다.

유사하게도 최수철의 주인공들이 보여주는 저 '감각의 무정부 상태'는 바로 일종의 분열증적 착란 상태의 산물이다. 그의 감각에는 '정부'가 없다. 곧 기대거나 간섭당함으로써 지각을 의미화할 수 있게 해주는 대타자가 없다. 앞서의 인용문에서 최수철이 보여준 (인식 이전 상태에 있는) 오감들의 분열은 그 증거가 될 만하다. 그런 착란적 감각들은 예외 없이 주인공들이 처한 '전의식 상태' 혹은 '가수면 상태'하에서만 발생하고, 그 감각의 주인들인 인물 자신들보다도 먼저 화자 혹은 서술자에 의해 포착된다. 주인공들은 만취한 상태, 잠이 덜 깨거나 덜 든 상태, 의식을 방기한 상태를 유지하려고 의도적으로 노력한다. 그들의 그와 같은 태도는 마치 어떠한 개념적 사유의 간섭 없이 한 인물의 감각 중추들이 지각하는 바를 언어에 의해 '표현'해내려는 작가의 의도가 연출해낸 것처럼 보인다. 따라서 복도훈이 최수철의 초기 소설들을 두고 '확실성에 대한 신의 보증조차 없는 방법적 회의'라고 했을 때, 그 말은 전적으로 타당했다. 초기 소설에서 최수철이 하려던 것은 어떠한 대타자에게도 기대지 않은 채, 순수 지각 그 자체를 '표현'해내려는 시도와 같기 때문이다. 그리고 그 시기가 1980년대였음을 고려한다면 그러한 시도는 또한 어떠한 소설적 아버지에게도, 소설 바깥의 초자아에게도 기대지 않은 채, "문학으로서 문학을 위반하려는 행위"(「작가의 말」, 『공중누각』) 그 자체이기도 했다.

## 편집증

게다가 그는 문학을 위해, 심지어 세잔처럼 어떤 증상을 앓기까지 한다. 그 증상은 이중적이었다. 라캉의 경고 그대로, 초기 소설 이후로 그의 소설들은 일종의 정신증으로서의 '편집증'을 앓아야 했고, 소설가로서 최수철 본인은 오랫동안 지독한 '죽음 충동'에 사로잡혀야 했다. 퐁티가 세잔에게 한 말 그대로, '편집증과 죽음 충동에 사로잡혔다는 것과 최수철이 되었다는 것은 동일한 것'이었다.

최수철의 소설에서는 편집증 외에도 다양한 증례의 신경증적 주체들과 정신증적 주체들이 등장한다. 우선은 부분 충동(라캉이 분류한 젖가슴, 남근, 똥, 시선, 목소리)에 대한 집착이 병적으로 심한 주인공들이 가장 흔하다. 그중에서도 호원 충동, 곧 목소리에 대한 강박적 집착이 두드러지는데, 여기서 '목소리'란 상식적인 통념과 달리 언어에 의한 성대의 분절 이후에 실재의 잔여로서 남은 소리들을 지칭한다고 보는 것이 타당하다. 의미화되지 못한 소리들에 대해 남달리 잘 반응하는 귀를 가진 작가, 말 이전의 말을 듣고자 하는 작가가 바로 최수철이라고도 말할 수 있겠는데, 이 점『성찰』의 데카르트가 '광기'에 이어 두번째로 추방해버린 것이 바로 '감각'이었다는 사실과 비교해보면 시사하는 바가 크다. 최수철 소설에서는 히스테리나 불안·공포증을 앓는 인물들 역시 흔하다는 사실도 이와 관련이 있어 보인다. 그들의 병인은 그들 모두가 데카르트와는 달리, '신', 즉 '아버지의 이름'이나 '대타자'를 '주인 기표'로서 받아들이기를 거부하고 자신의 감각에만 의지하기로 작정한 주체라는 사실에서 비롯된다. 신경증이란 정신적 아비 없음의 증거에 다름 아니지 않던가.

그런데『몽타주』에 이르면서, 정확히는 장편『페스트』1, 2권(문학과지성사, 2005)의 집필 시작을 전후해서, 그의 인물들이 보여주었던 다양한 증상들은 '편집증'으로 집결되고 또 그것에 의해 대표되기 시작했던 것으로 보인다.「몽타주」의 살해 편집증,「창자없이 살아가기」의 박해 편집증,「거인」의 구세주 망상 같은 것들은 그 전형적인 예이고, 대부분의 소설들에 두루 산포해 있는 '과대 망상' '정신승리법' '사유에 의한 행위의 대체' 같은 증상들 역시 이런 추측을 뒷받침한다. 물론 그의 인물들이 겪는 무수한 환영과 환청들 또한 정신증의 산물임은 말할 것도 없다. 이 시기 그의 소설들 말미에서 주인공들은 넘지 말아야 할 어떤 경계를 넘어서는 것처럼 그려지는데, 아마도 거기는 라캉이라면 '실재'라고 불렀을 그런 장소, 혹은 위치일 것이다. 환영과 환청의 세계, 경계 없는 물질들의 세계이자 상징계의 논리가 통하지 않는 세계가 소설 말미에 그 형체를 드러낸다. 그러므로 만약 최수철의 초기 소설들과 이후 소설들을 가르는 기준이 있다면 그것은 감각으로의 경도보다는 오히려 정신증적 경향으로의 경도에서 찾아야 하는 것이 아닌가 싶다.

그의 소설들이 이런 증상을 앓던 비슷한 시기에, 소설가 최수철에게도 어떤 커다란 위기가 닥쳤던 것으로 짐작된다. 『몽타주』에 실린 「확신」의 주인공은 이 시기의 작가 자신처럼 읽히는데, 그가 보여주는 끝 모를 죽음 충동이야말로 최수철 본인이 처했던 어떤 정신적 위기의 내용이었던 듯하다. 그가 '확신의 부재가 곧 온갖 오해의 근원'이라고 확신하는 면장의 연설(그는 확신의 도입자, 곧 상징적 아버지가 아닌가) 앞에서, 온몸의 수분을 다 쏟아내는 장엄한 '구토'를 겪고, 죽음에 방불한 영역으로 들어간다는 점은 의미심장하다. 또한 그가 그 섬에 당도하자마자 고추를 건네며 웃던 미친 여자와 모종의 연대를 맺는다는 사실도 흥미로운데, 죽음 충동과 정신증이 하나의 기원에서 유래하는 두 가지 종류의 증상이란 사실이 소설에서는 이런 방식으로 표현된다. 데카르트에게서는 신으로, 라캉에게서는 아버지의 이름으로 대표되는 상징적 질서의 위엄을 거부한 자에게 주어지는 두 가지 선택지가 바로 그것들이다.

그간 최수철의 소설에서 주인공들의 입을 통해 자주 반복되었던 권태와 무위와 진부함에 대한 토로는, 말하자면 상징적 질서 바깥에 선

(혹은 서기로 작정한, 혹은 최소한 그것과 무관하기로 작정한) 주체의 삶이 얼마나 무의미할 수 있는가에 대한 고백이었던 셈이다. 주인 기표로서의 아버지의 이름이 폐제되자 라스콜리니코프의 상상 속에서처럼 모든 것이 가능해진다. 그런데 모든 것이 가능해지자 그 순간 모든 것이 다 무의미해진다. 아버지의 이름이 하는 역할은 곧 삶의 질서화고 의미화(설사 여기에 권위 외에는 어떤 근거나 논리적 이유가 없다 할지라도)다. 따라서 그것을 받아들이기를 거부하거나 그로부터 벗어나기를 기도하는 자들에게서는 상징적 질서를 봉합하고 흩어진 기표들의 연쇄를 꿰매줄 주인 기표가 사라지는 사태가 발생한다. 삶은 권태와 무의미로 가득하게 되고, 상징적 죽음이 주체의 운명이 된다. 그럴 때 그를 죽음으로부터 구하는 방책의 하나로서 등장하는 것, 그것이 '편집증'이다. 편집증이란 대타자의 결여에 직면한 주체가 '타자의 타자', 즉 '대타자의 결여'까지를 연출하는 그 너머의 또 다른 음모적 타자(대개 추적자나 박해자의 형상을 띤다)를 상상함으로써, 상징적 질서의 완전한 붕괴를 모면하려는 시도라고 라캉은 말하지 않았던가.

그런데 도대체 이 시기 작가 최수철에게 어떤 일이 일어난 것일까? 어떤 위기 앞에서 소설들은 편집증을 앓고 소설가는 격렬하고 긴 죽음 충동에 포획당했던 것일까? 다행히도 이 궁금증은 작가의 육성을 통해 해소된다. 게다가 그 육성은 설사 허구의 형태를 취하고 있다 하더라도 충분히 신뢰할 만하다. 왜냐하면 우리가 잘 알다시피 작가 최수철은 자신의 신변이나 전기적 사실에 대해 허투루 누설하는 취미와는 거리가 먼 작가였기 때문이고, 그런 작가가 뒤늦게 누설하는 자전적 사실들은 대개 믿을 만한 것들이기 때문이다.

# 그의 전기

  먼 길을 에둘러 온 셈이지만, 이제 최수철의 소설집 『갓길에서의
짧은 잠』(문학과지성사, 2012)에 대한 이야기를 시작해야 할 차례다.
장편 『페스트』를 쓰던 당시, 그에게는 무슨 일이 일어났던가? 「페스
트에 걸린 남자」에서 작가는 드물게 친절한 육성으로 독자들의 이 궁
금증에 답한다. 이 소설을 두고 거의 소설 이전, 날것 그대로의 작가
의 육성(아마도 문학을 위반하는 문학에는 이런 형식도 포함되리라)이
라고 말하는 것은, 주인공 '그'가 『페스트』를 쓴 작가이고, 대학에 근
무하고 있으며, 2000년즈음부터 『페스트』 집필을 시작해 5년쯤 후
출간했고, 선배 소설가(아마도 임철우)의 보길도 작업실에서 작업한
바 있으며, 연구년을 맞아 유럽에 다녀온 적도 있다는 등등의 세부
사실이, 작가 본인의 그 시기 행적과 완전히 일치하기 때문이다. 그
런데 이 신뢰할 만한 전기적 사실들로 채워진 소설에 따르면, 그는
그 시기 아주 지독한 '페스트'를 앓았었다고 한다. 물론 중세에 유럽
을 휩쓴 그 페스트는 아니다. 그가 새로 정의한 '페스트'란 병은 이런
것이다.

  우선 "그것은 무엇보다도 마음의 병"인데, "그는 주위에서 많은 사
람들이 자신과 같은 증상에 시달리는 모습"을 본 적도 있다. 이 병은
"전염성이 강한 데다가 자칫 죽음이라는 결과를 유발한다는 점에서
치명적"이며 "온갖 합병증을 유발"(p. 191)하기도 한다. "간간히 공
황상태에까지, 빠져들게 하고" "집중력이 현저히 떨어"지며 "그로 인
해 논리적인 사고력이 저하되"기도 하고, "극심한 폐소공포증"에 "광

장공포증"과 "대인공포증"(p. 193)이 겹칠 경우도 있다. 환자는 "자연히 술에 의존하게 되어 거의 매일 술을 마시다가 잠이 들곤" 한다. 알코올중독과 우울증이 찾아든다.

이런 진술들을 한마디로 요약할 단어를 (요즘 우리 사회에 만연한) '죽음 충동' 말고 달리 더 찾기는 힘들어 보인다. 최수철은 그 시기 심각한 죽음 충동에 사로잡혀 있었던 것이 맞다. 문제는 그 충동의 원인이겠는데 이 역시 소설 속 작가의 발언에서 쉽사리 찾아진다. 작가는 스스로를 '늙은 표범'이라고 부르며 이런 말을 한다.

그가 문득 그런 생각을 떠올리게 된 건, '페스트'라는 제목의 장편소설을 써나가기 시작한 지 얼마 지나지 않았을 때였다. 그는 일단 의욕적으로 새 작품에 착수했으나, 채 구상도 끝나기 전에 자신이 뭔가 중요한 사실을 놓치고 있는지도 모른다는 생각을 떨칠 수 없었다.

한 마리의 늙은 표범이 자신을 유혹하는 그럴듯한 먹잇감에 회가 동한 나머지, 자신의 체력에 대한 고려를 마다한 채, 땅을 박차고 그 먹잇감을 향해 달려간다. 그러나 곧 그는 자신이 무리를 범하고 있다는 것, 어쩌면 이 경주가 자신이 원하는 방식으로 끝나지 않을지도 모른다는 것, 그리하여 그는 그 먹잇감을 잡지도 못하고, 그렇다고 추적을 멈출 수도 없어, 쫓는 게 아니라 끌려다니다가 종국에는 지쳐 쓰러질지도 모른다는 예감이 들었던 것이다. (「페스트에 걸린 남자」, p. 190)

그는 페스트를 앓으면서 장편 『페스트』를 썼고, 그가 앓았던 페스트의 다른 이름은 죽음 충동이었으며, 확실히 그 죽음 충동의 기원에는 '글쓰기에 대한 불안'이 있었다. 그런데 도대체 글쓰기의 어떤 측면이 그를 저와 같은 극심한 불안에 시달리게 했을까? 이미 방대한 양의 글쓰기 경험을 축적해온 중견 소설가인 그가 왜 하필 회심의 대작을 집필하기 시작하는 순간에 자신의 글쓰기 자체를 불신하고, 자신의 소설가로서의 위치를 먹잇감을 놓칠 게 뻔한 늙은 표범의 처지에 놓게 되었던 것일까? 그의 진술에 따르면 사실 그때 "그는 자신의 문제가 무엇인지 어느 정도 명료하게 파악하고" 있었다. 그는 말한다. "소설가로서의 그의 정신은 통합의 능력을 잃어가고 있었다. 머릿속에서 생각은 분분하고 영감은 꿈틀거리는데, 그것들이 내내 조각난 파편의 상태로 뒤엉켜 있었다. 그 결과 그의 생각과 영감은 각 방향으로 지리멸렬하게 흐트러지기 일쑤였으며, 그것들을 정리하여 한데 모으는 일이 그로서는 역부족이었다"(p. 195).

'통합 능력의 상실', 이것이 그가 내놓은 소설가로서의 위기에 대한 자가 진단이다. 그는 이제 『페스트』 앞에서 느낀 이 통합 능력의 위기를 돌파해야 한다. 집필 과정은 곧 그 위기의 돌파 과정이 될 것이다. 그는 『페스트』를 쓰면서, 그러니까 자신의 내부에 파편적으로 흩어져 있는 죽음의 이미지들을 모아 통합하면서, 동시에 자신이 잃어버렸다는 그 통합 능력을 되찾아야 한다. 통합 능력의 회복 시도는 바로 그 회복의 결과여야 할 텍스트에 대해 '구성적'이어야 하는 것이다. "그런 의미에서 『페스트』는 그가 쓰려는 소설일 뿐만 아니라, 그 자신의 임상기록이자 투병기라고도 할 수 있었다"(p. 191).

그런데, 저와 같은 최수철의 반성은 어떤 점에 있어서는 작가 스스로에게 보기보다 발본적인 성질의 것일 수 있다. 왜냐하면 앞서 살펴본 대로 최수철의 소설에는 그 초입에서부터 이미 통합 능력 같은 것은 없었기 때문이다. 아니 없었다라기보다는 애초에 배제해버렸다는 표현이 더 적합할 것이다. 즉 통합 능력의 부재는 그의 글쓰기가 보잘것없었다는 말이 아니라, 그가 택한 글쓰기가 애초부터 세계를 통합하는 원리로서의 대타자와는 무관한 곳에서 시작되었다는 의미이다. 전통적이거나 정전적인 한국문학이 위반되는 곳에서 시작된 문학은 애초에 통합의 원리를 모른다. 리얼리즘이라는 전통적 문학이 대세였던 1980년대에, 그가 오로지 자신의 감각에만 의존한 현상학적 글쓰기를 시도했었단 사실이 이미 그 훌륭한 증거인데, 그렇다면 그는 저 시기 단순히 『페스트』의 집필 상황에 처한 자신만을 회의하고 있는 것이 아니라, 자신의 글쓰기 내력 전체를 회의하고 있다고 보아야 맞다. 아마도 '페스트'라는 병의 진짜 이름은 바로 자신의 글쓰기 자체에 대한 회의일 것이다.

읽어본 독자는 이미 알겠지만, 최수철처럼 좀체 자신을 소설 속에 드러내지 않던 작가가 거의 알몸과 육성으로 뱉어낸 죽음 충동의 극복 과정은 장엄한 데가 있다. 한 작품의 탄생 과정이 얼마나 지난하고 고통스러운 것인지를 실감하게 하는 텍스트가 「페스트에 걸린 남자」다. 그리고 그렇게 지난한 자기 자신에 대한 임상학적 관찰과 투병기 쓰기를 경과하고 나자, 아니나 다를까 그는 일종의 통합 능력을 회복, 혹은 발견하게 된 것 같기도 하다.

『갓길에서의 짧은 잠』에 실린 소설들을 읽건대, 그가 발견한 통합 능력은 거칠게나마 세 가지로 나눌 수 있을 듯하다. 하나는 형식적 차원에서 '서사에 의한 부분들의 통합 작업'이고, 둘은 작가 의식의 차원에서 '자신의 기원적 글쓰기와 현재의 글쓰기를 통합하는 작업'이다. 그리고 마지막은 내용의 차원에서 '삶의 부정적 계기들과 긍정적 계기들을 통합하는 윤리'를 수립하려는 작업이다.

첫번째 작업은 장편 『침대』(문학과지성사, 2011)에서 시도된 바 있다. 이 소설에서 이제 문제는 '감속'이 아니라 '가속'이다. 수천 년의 인류 역사, 그 파란만장했던 전쟁과 정념과 애욕과 희생의 이야기들이 하나의 서사로 숨 가쁘게 통합된다. 방대하다란 말 외에는 다른 표현이 불가능할 만큼 많은 양의 에피소드들과 상상되거나 채록된 정보들이 하나의 침대 위에 집결한다. 모든 것을 다 겪은 후, 절대 침대의 입에서 발설된 소설의 마지막 문장은 이렇다. "이 세상의 모든 침대는 꽃을 피운다. 침대가 피우는 꽃의 향기를 맡는 사람은 모두가 하나의 꿈을 꿀 수 있다. 그 하나 된 꿈속에서 우리는 모두가 하나의 뿌리를 가진다. 서로가 서로에게 하나의 침대가 된다. 나는 침대다. 당신은 나의 침대다. 모든 것은 모든 것을 위한 침대다"(『침대』, pp. 579~80). 이것은 만물이 연결·통합되어 있음에 대한 메시지임에 틀림없다. 초기 소설에서는 찾아볼 수 없었거나 부차적이었던 '서사'가 그것들을 가능하게 한다.

두번째 작업은 이번 소설집에 실린 「낮고 희뿌연 천장」에서 시도되고 있다. 이 소설이 그대로 작가 자신의 기원과 내력에 대한 자전적 진술임은 20년 전에 행해진 한 좌담(김종회·한기·최수철 대담, 「말·삶·글」, 『문학정신』 1990년 11월호)을 통해 확인된다. 두 평론가(그들이 좌담 내내 작가와 나눈 짧지 않은 분량의 대화 내용은 간단하게 다음과 같이 요약될 수 있다. '소설이 너무 어렵다. 대중들도 고려하시길……')가 작가에게 왜 당신의 소설에는 다른 작가들의 소설에서와는 달리 자전적 내용이 거의 등장하지 않느냐고 묻자, 작가가 이례적으로 몇 가지 전기적 사실들을 나열한다. 요약하자면 이렇다. '부친이 국어 교사여서 『현대문학』이나 『문학사상』 등의 잡지와 가까이 지낼 수 있었고,

중고등학교 시절에도 틈만 나면 다락방에 올라가 독서를 했음. 그때 이야기에 대한 충동 혹은 욕망이 생겨났음. 여러 나라의 문학 작품을 읽었으나 특히 카프카를 읽은 충격은 남달랐음. 불문과에 진학했고, 학부 1학년 때까지는 시를 쓰고자 했음. 시에 대한 회의와 한계(아마도 시대 상황과 관련이 있는)를 느껴 소설로 전향했고, 시국은 무자비했음. 소설을 대학문학상에 투고했고, 정명환과 김현 등 스승들의 격려로 소설 쓰기를 계속할 수 있었음. (1990년 현재는) 누보로망에 대한 박사학위를 준비 중임……'

요약한 전기적 사실은 「낮고 희뿌연 천장」의 줄거리와 대부분 일치한다. 그러니 이 소설은 자전소설인 것이다. 그런데, 오랜 경력을 가진 중견작가가 그간 잘 쓰지 않던 한 편의 자전소설을 통해, 그것도 페스트와 같은 정신적 위기를 겪은 후, 글쓰기와 관련된 자신의 내력 전체를 일관한다는 것의 의미는 남다를 것임에 분명하다. 비유컨대 그것은 일종의 폐매기 작업이 될 것이다. 작가로서의 일생을 되돌아보는 작업이 될 것이고, 그것을 의미 있는 방식으로 다시 연결하는 작업일 것이며, 자신의 작품 세계 전체를 하나의 체계로서 통합하는 작업이기도 할 것이기 때문이다.

소설에 따르면 그의 글쓰기 기원에는 '내 안의 아이'와 그 아이의 삶을 평생 지배한 '갈색 가방 속의 쥐' 한 마리가 있다. 유년기에 '당신'(자의식이 강한 작가답게 최수철은 종종 일인칭으로 서술되어야 소설에서 주인공을 이인칭이나 삼인칭으로 대상화한다)은 다락방에서 책 읽는 것을 좋아하던 아이였다. 자신에게 유일하게 친근한 인물이었던 할머니가 죽던 날 당신은 다락에서(다락이 상징하는 '상상계'적 충만 속에서, 혹은 데카르트가 추방해버린 '실재'와 '상징화 이전의 목소리'의 세계로부터) 갈색 가방에 든 쥐 한 마리를 발견한다. 그것에 손이 닿고 나서부터 당신의 내부에 이야기가 자란다. 이야기란 대개 그런 식으로 문자들의 세계를 피해 살아남는 법이다. 온 동네의 아이들이 그의 청중이 되고, 그는 충만한 이야기의 세계에서 이야기꾼(전근대적 풍모가 농후한)의 행복한 지위를 누린다. 이후 성장함으로써 이야기를 상실한 당신에게 그 유년의 아이와 이야기가 다시 찾아오는 것은, 당신이 시를 쓰다 회의를 느껴 소설을 쓰고, 오랫동안 이야기는 포기한 채 스스로도 감당 못 할 '글'을 쓰고, 그러다 이제 이혼 법정에 소환되어 불려나가는 길, 천장이 낮은 차 안에서다. 도로는 인생의 상징이어서 직선으로 된 미로(이 이미지는 표제작 「갓길에서의 짧은 잠」에서 탁월한 소설적 형상을 얻는다)와 같고, 바로 그 도로에서 불쑥 튀어나온 개 한 마리가 차에 치여 죽는다. 그는 그 개의 사체에서 어린 날 조우했던 가방 속의 쥐를 다시 목격한다. 물론 그에게 이야기를 다시 시작할 용기가 주어지는 것은 그 순간이다.

이로써 최수철이 어떤 방식으로 자신의 기원적 글쓰기로부터 지금의 글쓰기에 대한 통합 능력을 되찾는지가 비교적 명확해진다. 입이 없는 사물들, 상징 질서에 의해 의미화하지 못한 실재의 잔여들에게 말을 돌려주는 현상학적 작업은 아마도 시의 몫일 것이다. 그러므로 그가 대학 때 입문했다 포기한 시의 세계는 어쩌면 자신의 초기 소설이 하려던 작업의 무모함에 대한 비유나 알레고리처럼 읽힌다. 사르트르적인 의미에서 산문의 세계와 시의 세계는 다르다. 산문의 세계에 속한 소설은 항상 특정한 '상황' 내에서 그 상황에 개입하는 방식으로 씌어진다. 그리고 소설이란 이제 이미 살펴보았듯 페스트를 앓은 후의 최수철에게도 모름지기 '이야기'의 장르다. 따라서 만약 삶이라고 하는 '상황'이 지금 '당신'이 처해 있는 '직선의 미로'와 같다면 소설 쓰기란 그 미로의 벽 위에 벽화를 그리는 일과 같다.

이제 당신은 그 벽들이 들려주는 이야기들, 그 벽에 불분명하게 새겨진 벽화들이 들려주는 이야기들에 귀를 기울인다. 그리고 그 벽들에게 어린아이의 목소리로 당신 자신의 이야기를 들려준다. 당신의 이야기가 그 벽들 위로 새로운 그림을 그려나간다. 이제 미로는 그 새로운 벽화들로 인해 전과는 다른 의미를 가지게 될 것이라고 당신은 믿고 있다. (「낮고 희뿌연 천장」, p. 185)

인용문으로 미루어 보건대, 이제 최수철은 오래 잃어버렸던 자신 내부의 그 '이야기꾼/아이'의 목소리(그 목소리를 우리는 이미 『침대』에서 들었다)로 말할 듯하다. 그리고 그 이야기들은 삶이라는 직선의 미로에 세워진 벽에 새겨짐으로써 그것이 속한 삶에 어떤 방식으로든 영향을 주(려)는 것들일 듯하다. 그것이 긴 죽음 충동을 견뎌낸 후에 그가 얻은 통합 능력의 두번째 양식이다.

## 페스트를 앓고 난 후

위기에 빠진 소설에 대해 '이야기(꾼)'의 회복이 적절한 해독제인지는 미지수다. 종종 소설의 이야기성에 대한 강조, 그리고 이야기꾼이 활보하던 시절에 대한 향수에서는 전근대의 냄새가 난다. 공동체성의 회복이라는 화두 앞에서는 절로 고개를 끄덕일 수밖에 없다고는 하나, 한편으로 생각하면 우리가 상실했다고 하는 것에는 실체가 없다는 사상가들의 말도 적지 않게 들어온 지 오래다. 사회가 적대에 의해 분열되어 있지 않았던 적은 없다. 소외와 파편화가 오로지 근대 사회의 산물인지도 역시 미심쩍다. 현재의 소외감이 소급적으로 소외 이전 상태를 상상하게 하는 것이고, 우리가 상실한 것이라고 부르는 것들은 실은 상실감에 의해 사후적으로 실체화되는 것일지도 모른다. 항상 사회는 적대적이었고 분열되어 있었으나, 그 사실을 봉합하고 은폐한 것이 상상된 과거에 대한 향수였다. 문학 작품이 종종 전근대적 가치를 찬양하는 지점과 마주칠 때마다 '기원에의 향수'에 대한 경계를 게을리하지 않아야 함을 강조하는 것도 그런 이유다. 그러나 소설이 어떤 방식으로든 '상황' 속에서 생산되며, 또한 역으로 그 상황에 개입할 수밖에 없다는 점에 대해서라면 이견이 있을 수 없다. 그런 의미에서 최근 최수철의 소설이 보여주는 다른 갈래의 행보는 의미심장하고 또 기대할 만하다.

그의 세번째 통합 능력 회복 시도는 이 소설집에 실린 세 편의 소설들에서 행해진다. 게다가 이 세 소설들이 가장 최근인 2008년부터 2011년 사이에 씌어진 것들임을 고려할 때, 페스트를 앓아낸 이후 최수철 소설의 향방과 관련된 기대감이 이 소설들에 집중되는 것도 당연한 일이다. 「망각의 대가들」 「피노키오들」, 그리고 「복화술사의 사랑」이 그 세 소설들이다.

「망각의 대가들」은 기억과 망각에 대한 소설이다. 첫 문장은 마치 이 소설이 일종의 '실험 소설'임을 공표하듯 독자들에게 어떤 화두 하나를 제시한다. "우리는 기억하려 하는 것을 실제로도 기억할 수 있고, 망각하려 하는 것을 실제로도 망각할 수 있는가. 이것은 정말 적절한 대답을 찾기가 어려운 질문이다"(p. 9). 물론 프로이트 이후로 우리가 알게 되었다시피 기억에도 이차가공 작업이 개입한다. 그에 따르면 우리의 진실은 의식보다는 무의식 편에 속하는 것이어서, 우리는 우리가 기억하고자 하는 것을 기억할 수 없고, 망각하고자 하는 것을 망각할 수 없다. 특히 외상적 중핵으로 작용하는 기억일수록 우리는 그것을 피하기 위해 증상을 만들고, 사실을 왜곡하고, 기억된 사건에 달라붙어 있는 감정을 떨쳐낸다. 그런 식으로 기억술은 실제에 있어서는 실재와의 대면을 회피하려는 일종의 망각술이 된다.

이 소설에 등장하는 네 명의 인물들은 각각 이 기억술과 망각술 간의 전투로 인해 차마 견디기 힘든 고통을 당하는 이들이다. 어떤 이는 모든 것을 기억하려다 정작 실연이라는 외상 앞에서 망각의 달인이 되고, 어떤 이는 고통스러운 고문 체험을 망각하려다 오히려 고통 그 자체가 된다. 어떤 이는 고통을 견디기 위해 단기 기억 상실 속으로 도피하여 매일매일 하루만을 기억하며 살고, 어떤 이는 그처럼 기억으로 고통당하는 이들의 곁에서 그들의 고통으로 인해 다시 고통받는다. 독자로 하여금 그들의 고통을 함께 겪을 만큼 겪게 한 후, 작가 최수철이 제시하는 기억과 망각의 변증법은 이런 것이다. "망각은 배설이 아니다. 망각은 잘 기억하기 위한 수단이다. 망각의 품 안에서 잊혀야 할 것들은 잊히고, 내가 가장 나다운 존재가 되게 해줄 것들, 내가 원하는 그런 존재가 되게 해줄 것들은 살아남아, 내게 불멸의 추억을 선사하는 것이다"(「망각의 대가들」, p. 51).

기억이 망각 속에 통합된다. 혹은 망각이 기억 속에 통합된다. 기억술과 망각술이 함께 작동함으로써 삶은 망각할 만한 것이자 기억할 만한 것이 된다. 망각과 기억은 타인을 사랑하는 데에 있어 반드시 필요한 회복 능력과 같은 것이다. 소설 말미에 주인공이 아버지와 화해하고, 어머니를 영원히 잊지 않게 되었음을 확신하고, 사랑하는 유희와 재결합하는 것은 그러므로 쉽게 얻어진 해피엔딩이 아니다. 기억과 망각을 둘러싼 그들의 고통스런 사투가, 그들을 외상적 사건들에 대해 회피가 아닌 대면으로 일관하는 윤리적 주체이게 한다.

「피노키오들」은 타인의 고통이라는 주제를 다룬 소설이다. 최수철 소설답게 이 작품 역시 지적 알레고리에 의존하고 있는데, 가령 우리는 어느 날 갑자기 주인공에게 찾아온 무통증 상태를 타인들의 고통에 대해 무감해진 우리 시대의 세태에 대한 알레고리로 읽어도 무방해 보인다. 소설이 진행될수록 화자는 피노키오들(자신의 몸이 타들어가는 것도 모르고 잠들어 있던 바로 그 목각 인형)이 의외로 우리 사회에 많음을 확인한다. 그러나 이 소설의 결론은 단순한 알레고리의 수준을 넘어선다. 통증을 되찾기 위한 화자의 시도는 정작 자신 내부로부터는 성공하지 못한다. 통증은 타인에게서 오는데, 그러나 타인의 불행이나 고통이 아니라 흔치 않게도 '사랑'을 타고 온다. 정다인과의 사랑이 '나'의 몸에 통증을 되돌려놓는다. 즉 최수철에 따르면 사랑은 통증이고, 통증은 사랑을 통해서만 느낄 수 있는 특별한 신체의 상태다. 그리고 그 통증을 통해 타인과 내가 공감할 수 있다면 그역시 그가 새로 발견한 통합 능력이다.

「복화술사의 사랑」은 일종의 메타소설이다. 애초에 어머니의 배 속에서 어머니의 심장박동을 통해 배운 언어(상상계의 언어, 코라의 언어)가 상징계의 언어(상징적 아버지로서의 미술관장이 강요하는 추궁, 회유, 심문, 협박의 언어)에 의해 어떤 방식으로 세속화되고 타락하는지, 그리고 그것이 어떻게 예술 작품의 언어를 통해 다시 (배의 언어,

곧 복화술이 아닌) '심장의 언어'로 변화하게 되는지를 보여주는 이 소설은, 그대로 소설 쓰기에 대한 소설로 읽히기 때문이다. 언어란 애초에 그 변별성, 분절성으로 인해 항상 더 말하거나 덜 말할 수밖에 없는 운명에 처해 있다. 언어는 항상 잔여를 남긴다. 소쉬르 이후 우리가 언어에 대해 배운 바가 바로 이것이다. 그런 의미에서 모든 언어는 일종의 복화술이다. 게다가 소설을 쓴다는 것은 타인의 입을 통해 말한다는 점에서 더더욱 복화술적이다. 그러므로 작가는 그 어쩔 수 없는 복화술사의 운명 '속에서'(왜냐하면 그 운명을 벗어날 수 있는 소설적 언어는 없으므로) 바로 그 복화술의 한계를 사유하고, 그 너머의 언어를 실현해야 한다는 윤리를 요청받는다. 소설 말미의 반전은 따라서 최수철이 글쓰기의 이 이중적인 곤란을 자의식적으로 반성하고 있음을 보여주는데, 소설이 끝났다 싶을 즈음 느닷없이 출현한 서술자가 남긴 마지막 문장은 이렇다. "이것으로 복화술사로서 나의 이야기는 끝이 났다. 앞으로 내 배 속은 오랫동안 텅 빈 상태로 남아 있을 것이다. 그런데 이 이야기를 한 사람은 과연 누구인가"(「복화술사의 사랑」, p. 137). 이 이야기를 한 사람은 누구인가? 작중 주인공인가? 아니면 복화술사인 작가인가? 후자라면 이제 심장의 언어를 터득했다는 저 주인공의 말은 믿을 만한 성질의 것인가? 이처럼 소설이란 어쩔 수 없이 복화술을 통해서만 상징적 질서에 속한 언어들의 거짓과 허위를 폭로하고, 그럼으로써 불가능한 심장의 언어를 회복하려는 역설적인 시도다. 소설은 항상 이중의 언어로 씌어짐으로써 오히려 그 이중의 언어 너머를 꿈꾼다. 이것이 최수철이 말하는 글쓰기의 윤리다.

  윤리 3부작이라 불러도 좋은 저 세 소설이 다루고 있는 주제를 각

각 '기억의 윤리' '타인의 고통에 대한 윤리' 그리고 '글쓰기의 윤리'
라 이름 붙여도 좋을 것이다. 그리고 알다시피 그것들은 작금의 한국
문학에서 가장 첨예한 주제들의 범주에 속해 있기도 한데, 페스트를
앓고 난 후, 최수철의 소설이 발견한 '통합 능력'이 이즈음 발화하고
있는 지점이 여기인 듯하다.


## 누빔점

　종종 한 작가에게 어떤 소설(집)은 그 작가의 작품 세계 전체를 다
시 조망할 수 있는 계기를 제공하곤 한다. 최수철에게 『갓길에서의
짧은 잠』이 그런 소설집으로 보인다. 이 소설집을 통해, 우리는 그가
초기에 얼마만 한 위반의 의지로 대타자의 언어들과 결별하려 시도했
는지, 그 무모한 노력들이 가져다준 거대한 긴장을 이겨내지 못해 얼
마나 오랜 시간 페스트를 앓았으며, 그렇게 죽도록 앓고 난 뒤 어떤
방식으로 삶과 죽음(『페스트』), 기억과 망각(「망각의 대가들」), 고통
과 사랑(「피노키오들」), 복화술적 언어와 심장의 언어(「복화술사의 사
랑」)라는 모순적인 것들의 통합 능력을 발견하게 되었는지를 이해할
수 있기 때문이다.

　그런 의미에서 소설집은 최수철 자신에게뿐만 아니라 그의 작품 세
계 전체를 조망해보고 싶은 독자들에게도 소중한 책이다. 이 책에 실
린 소설들을 통해 그간 보이지 않던 최수철의 면모가 보이고, 의미화
되지 않았던 그의 문장들이 의미화되기도 한다. 그가 이 소설집에 실
린 몇 작품에서 누설한 전기적 사실들에 따라 작가의 전체 작품 세계

가 일관된 총체를 형성하기도 하고, 혹은 이전에 이미 수립되었던 의미 계열체들이 이합집산하기도 한다.

라캉과 지젝의 표현을 빌리자면 최수철의 작품 세계에 대해 이 책은 '누빔점'과 같다. 그 누빔점 아래서 다시 배열된 최수철의 문장들이 증언하는 것은, 그가 참된 의미에서 항상 제 신체와 두뇌 속의 어떤 (그 자신의 표현에 따르면) '자발성'에 스스로를 기탁한 진짜 작가였다는 사실이다. 그가 고뇌를 두려워하지 않고, 무모함을 마다하지 않으며, 형식에 개의치 않고, 내용의 한계를 모르는 작가라는 사실, 그리하여 오로지 스스로의 자발성에 따라 변화와 모색을 거듭하는 작가라는 사실을 우리는 이 소설집을 통해 거듭 확인한다.

그는 확실히 우리가 실제에 있어서는 자주 발견하기 힘들지만, 항상 마땅히 그러해야 할 상태로서 머릿속에 그리곤 하는 작가, 바로 그 '작가'다.

# 불안과 무한텍스트
## ── 최제훈론

'……'

유독 말줄임표가 많은, 「그림자 박제」(『퀴르발 남작의 성』, 문학과
지성사, 2010)의 한 구절로부터 이야기를 시작해보자.

……예? 하아, 선생님은 저보다 상상 친구인 우빈이에게 더 관심이
많으신 거 같군요. 글쎄요, 그런 것까지야…… 아, 생각나네요. 우빈
이는 원래 왼손잡이였어요. 그런데 아버지가 왼손으로 밥을 먹지 못하
게 했죠. 재수 없다고. 왼손을 쓸 때마다 식탁 너머에서 큼지막한 손
바닥이 날아왔어요. 하지만 갑자기 오른손으로 젓가락질이 되나요. 가
뜩이나 손이 그 모양인데, 한동안 아버지 눈치를 살피며 숟가락으로
밥과 국만 퍼먹어야 했죠. ……우빈이 부모요? 원, 우리 부모님도 가
물가물한 판에. 우빈이 부모…… 그게 중요한가요? 제 사건하고는
관계가 없는 것 같은데. ……예예, 생각하고 있습니다. 재촉하지 마

세요, 선생님. 나 참, 그게 언제 적 일인데. 우빈이 부모…… 걔 부모
는 말이죠…… 쓰레기였어. 인간쓰레기들. (「그림자 박제」, p. 148)

  정황상 살인죄로 기소된 것으로 보이는 인용문의 화자는, 내내 자
신 속에 존재하는 여러 인격들(톰, 제리, 나)에 대해 심리학적 전문
용어까지 동원해가며 달변을 토하던 중이었다. 심지어 자신의 증상까
지 정확하게 진단해내는 그의 말은 아주 유창하고 지적이어서, 독자
는 한동안 그가 '믿을 수 없는 화자'의 범주에 속한다는 사실조차 인
지하기 힘들 정도다. 그러나 그의 말을 들어주는 자, 즉 그 모습을 드
러내지는 않고 있으나 화자 앞에 앉아 있는 것이 분명한 '내포 청자'
의 어떤 물음이 그를 곤혹스럽게 하자, 이제 그의 달변은 의심스러워
지기 시작한다. 갑자기 등장한 저 많은 말줄임표들은 그가 지금 무엇
인가를 의식의 표면에 떠오르지 못하도록 방어하고 있거나, 그것으로
부터 도피하고 있다는 증거가 된다. 어릴 적 상상 친구 강우빈과 관
련이 있어 보이는 그 기억이 무엇인지에 대한 궁금증도 적지 않으나,
우선은 저 달변의 화자 앞에 앉아 그의 말을 들어주고 종종 질문도
던지는 바로 그 내포 청자의 정체부터 밝혀보자. '선생님'은 누구인
가?
  그러나 청자의 정체를 밝히는 일이 그리 어려워 보이지는 않는다.
이유 없는 살인으로 기소된 화자 앞에 앉아 그의 살아온 내력을 들어
주는 이라면, 그가 누군지는 자명하다. 그는 살인자의 상담을 의뢰받
은 정신분석의임에 틀림없다. 특별할 것도 없는 얘기다.
  그러나 그의 신분이나 정체가 아니라 그가 이 작품에서 부여받은
역할에 대해서라면 이야기가 달라진다. 그는 소설의 시작에서 끝까

지, 단 한 번도 독자에게 그 모습을 드러내지 않을 뿐 아니라, 심지어 목소리마저 들려주지 않는다. 독자들은 상담(정확히는 정신 감정)을 받고 있는 화자의 대답을 통해서만 그의 질문을 유추해볼 수 있을 뿐이다. 우리는 저 인용문에서 화자가 답하고 있는 '선생님'의 질문을 들은 바 없다. 그저 화자의 대답("선생님은 저보다 상상 친구인 우빈이에게 더 관심이 많으신 거 같군요")을 통해 그의 질문이 강우빈과 그의 부모에 관한 것이었음을 짐작할 수 있을 뿐이다.

그러나 문장들의 밖에 있다고 해서 그의 존재감마저 미미한 것은 결코 아니다. 오히려 그는 부재 속에서 더 큰 존재감을 획득한다. 왜냐하면 오로지 화자의 독백으로만 이루어진 이 소설에서 그의 독백은 바로 자신 앞에 앉아 있는 저 '선생님'의 침묵에 의해 촉발되고, 유지되고, 주눅과 방어의 기미를 부여받고, 갈피를 잡거나 잡지 못하게 되기 때문이다. 실제에 있어 이야기의 주도권은 화자에게가 아니라 그의 앞에 앉아 그에게 이야기할 것을 암묵적으로 요구하는 정신분석의에게 있다. 말하자면 소설 속에 부재함으로써 현존하는 저 정신분석의는 영화로 치자면 '프레임 밖의 인물'이고, 라캉의 어법으로는 '항상 더 많이 알고 있다고 가정되는 자'이고, 「아라비안 나이트」의 인물들에 비유하자면 셰에라자드에게 끝없이 이야기를 강요하는 탐욕스런 술탄이다.

그가 이야기를 요구한다. 그러자 화자는 이야기하기의 의무를 부여받는데, 그때의 이야기는 원리적으로 말해 끝이 없어야 하는 이야기가 된다. 왜냐하면 정작 정신분석의는 (그가 아무리 친절하고 온화한 척하더라도) 결국엔 화자가 더 이상 말을 이어갈 수 없는 어떤 지점, 즉 말줄임표가 늘어나 문장들 전체를 덮어버리는 지점을 노리고 있고, 술탄은 셰에라자드의 이야기가 끝나는 순간을 그녀의 생명을 거둬갈 순간으로 미리 예비해두고 있기 때문이다. 외상적 기억을 보호하고 방어하기 위해, 혹은 목숨을 연장하기 위해, 화자는 끝없이 말해야만 한다. 죽음의 공포를 이기는 법, 혹은 상징계의 그물망에 의해 덧씌워진 실재의 중핵이 불러일으키는 불안을 이기는 법, 그것은 오로지 이야기일 수밖에 없다. 요컨대, 지금 화자는 항상 자신보다 더 많이 알고 있을 것이라고 가정된 대타자 앞에서, 그가 불러일으키는 불안을 이겨내기 위해 더 많은 이야기를, 인격을 꾸며내야 한다. 증상이 이야기를 만들어내는 것이 아니다. 이야기가 증상을 사후적으로 형성한다.

최제훈의 자가 증식하는 이야기들은 항상 이렇게 발생하고 번진다. 그의 많은 소설들이 내포 청자를 염두에 둔 대화체로 이루어져 있다는 사실은 따라서 주의를 요한다. 시선으로만 존재하는 대타자 앞에서의 불안, 그것이야말로 최제훈 소설의 동력이다.


## 쌍둥이 독자


불안에 관한 라캉의 익숙한 정의는 '모성적 초자아에 의해 집어 삼켜질 수도 있음에 대한 공포'이다. 그가 프로이트의 'fort-da' 놀이의 핵심을 '모친과의 분리에 대한 염려'의 감정이 아니라 반대로 '모친과의 근친상간 욕망이 실현되어버릴 것 같은 사태 앞에서 분출되는 감정'으로 재정의할 때 염두에 두었던 것이 이것이다. 이미 거쳤거나 거쳤어야 할 상상계로의 퇴행은 주체의 소멸을 의미한다. 그럴 때 주체는 심한 불안에 휩싸인다. 불안은 그러므로 상징적 죽음에 대한 저항이기도 하다.

최제훈 소설 속에서는 이러한 불안 감정이 종종 '쌍둥이' 혹은 '쌍자' 모티프를 통해 변주된다. 가령, 「복수의 공식」(『일곱 개의 고양이 눈』, 자음과모음, 2011)에 등장하는 '강민규'(로 추정되는 인물)와 '세나'(로 추정되는 인물), 「π」에 등장하는 '안경사와 그의 연인' '하루와 소녀'는 각각 이란성 남녀 쌍둥이들이다. 그리고 「π」의 주인공 'M'과 동거녀, 또 단편 「미루의 초상화」(『문학동네』 2011년 여름호)의 '노화가'와 '미루'는 정황상 한 인물 내의 분열된 두 자아로 추정된다.

최제훈의 소설들에서 쌍둥이들은 눈에 띄게 성적인 관계로 묶여 있는데, 흔히 어머니에 대한 근친상간적 리비도가 금기에 부딪혔을 때 대신 누이에게 집중된다는 사실은 여러 문학 작품들을 통해 잘 알려진 바와 같다. 「π」의 '하루'가 끝내 마주하고 싶지 않아 정신분열증으로까지 도피했던 다음과 같은 꿈 장면이 품고 있는 성적인 상징성은 강렬하다 못해 끔찍할 지경이다.

검은 진창에 널브러진 깡마른 몸뚱이, 너저분하게 헝클어진 빨간 머리칼, 살점이 뜯겨 나간 팔뚝과 허벅지, 그 사이로 드러난 누렇게 변색된 뼈다귀, 움푹 팬 옆구리에서 흘러나와 죽은 구렁이처럼 늘어져 있는 검붉은 창자…… 소녀의 사체 옆에 '그것'이 앉아 있었다. 커다란 개구리 같은 몸뚱이는 굽실굽실한 검은 털로 뒤덮여 있었다. 가슴에 늘어진 네 개의 젖과 쩍 벌린 다리 사이에 매달린 주먹만 한 불알, 이마 한가운데 뾰족한 뿔이 솟은 머리통은 돼지 같기도 하고 늑대 같기도 했다. 아니, 생각해보니 사람 같기도 했다. 녀석은 입안 가득 소녀의 살점과 내장을 베어 물고 있었다. 몽탕한 주둥이는 붉게 물들었고 입가로 피와 육즙이 흘러내렸다. (『일곱 개의 고양이 눈』, pp. 237~38)

뿔이 남근 상징이고, 소녀의 살을 먹는 행위는 성행위의 상징이고, 공포는 방어에 의해 형성된 반대 감정이며, 굳이 따지자면 정충 또한 개구리처럼 양서류라는 사실 등등을 일일이 거론할 것도 없이, 죽음과 성과 불안과 욕망이 통제할 수 없는 상태로 뒤얽힌 저 장면은 극도로 그로테스크하다. 나중에 밝혀지지만 저 장면은 심지어 꿈도 아니고, 게다가 시신이 된 소녀는 W읍에서 처음 만난 낯선 이가 아니라 하루 자신의 쌍둥이 누이다. 하루는 쌍둥이 여동생을 '먹어치웠던'(이 말의 뉘앙스는 얼마나 성적인지) 것이다. 그가 왜 정신분열증을 감수하면서까지 저 장면만은 기억 속에서 기어이 삭제하려 했는지 이제 자명하다. 쌍둥이 관계란 다른 어떤 관계보다도 직접적으로 상상계의 이자적 상황을 연상시키는데, 모친의 자궁 속에서부터 그들은 비유로서가 아니라 실제로 한덩어리였다. 이성 쌍둥이에 대한 사랑은 모친과의 상상계적 관계에 대한 가장 훌륭한 대응물인 셈이다. 따라서 이런 사랑에 빠진 남성 주체에게 '주이상스jouissance' 앞에서의 불안 감정, 곧 주체의 소멸에 대한 공포가 발생하는 것은 정해진 수순이다.

그런데 흥미로운 것은 최제훈의 소설 속에서 이러한 불안이 메타소설적인 변형을 겪는다는 점이다.

그녀는 탐욕스런 포식자였다. M의 책장은 빠른 속도로 점열되어갔다. 남은 책이 줄어들수록 그의 마음은 초조해졌다. 쓰고 싶다는 열망은 점차 써야 한다는 강박으로 바뀌었다. 등 뒤에 버티고 앉은 침묵. 규칙적으로 책장 넘기는 소리가 비수처럼 날아와 등허리에…… (『일곱 개의 고양이 눈』, p. 199)

바에서 만나 우연히 동거까지 하게 된 신비스러운 여인은 M의 집에 정착하자마자 닥치는 대로 책장의 책들을 읽어댄다. M의 눈에 그녀의 독서는 '포식자'의 행동(먹어치우기)처럼 보인다. 아니나 다를까, 그녀는 책장의 책들을 다 읽(먹)어 치운 후 그가 번역하고 있는 일본 추리 소설 원고의 다음 분량을 매 순간 탐욕스럽게 기다린다. 그것은 무언의 재촉인데, 인용문에서 보듯 침묵의 시선이야말로 대타자가 주체에 대해 즐겨 사용하는 독촉과 강요의 전술이기 때문이다. 그러므로 M이 TV의 모든 채널에서 맵시벌의 숙주가 되어 몸 전체가 파먹히는 거미의 운명을 보게 되는 것은, 근친상간적 욕망을 가진 주체가 모성적 초자아에 의해 집어삼켜질 수도 있다는 사태 앞에서 느끼게 되는 불안 바로 그것이다. M의 동거녀, 그녀는 M에게는 연인이자 동시에 '이빨 달린 질Vagina Dentata'이고, 그가 번역하고 있는 책에 대해서는 게걸스레 읽어대는 '독자'다.

번역가가 화가로 바뀌었달 뿐, 「미루의 초상화」에 등장하는 노화가에게서도 유사한 일이 일어난다. 면도사 미루가 다루는 칼날의 섬뜩한 매혹과 공포는 어머니에 대한 사랑의 달콤함과 위험, 그 양가성을 환기시킨다. 그 양가성이 불러일으키는 불안 속에서 화가는 끊임없이 그림을 그리지 않을 도리가 없다. 그림 또한 불안의 소산이다. 미루가 요구하는 그림, 그것을 그려내기 위한 그의 분투는 그러므로 술탄의 위협 앞에서 끝없이 이야기를 만들어내야 하는 셰에라자드의 분투와 등가이다. 잡아먹힐지도 모른다는 불안, 그것을 이겨내기 위해 화가는 끝없이 그림을 그리고, 작가는 종결 없는 소설을 쓰고, 번역가는 빠져나올 수 없는 미로같은 이야기들을 번역한다. 다시 한 번, 불안은 창작의 동력이다.

　그런데, 끊임없이 책을 먹어치움으로써 항상 새로운 이야기를 요구하는 자, 새로운 이야기를 만들어내지 않고서는 불안해서 견딜 수 없도록 작가를 종용하는 자, 그는 독자가 아닌가. 그렇다면 우리는 M과 신비스러운 여인(그녀야말로 M에게는 최초이자 절대적인 독자다)의 동거, 노화가와 미루(그녀야말로 노화가에게는 최초이자 절대적인 관람객이다)의 동거, 이 쌍자 모티프들을 독자와 작가(혹은 예술가와 향유자)의 관계에 대한 알레고리로 읽을 수 있다. 아니 그렇게 읽지 않을 도리가 없다. 최제훈의 화자들을 주시하는 대타자의 시선에 또 다른 의미가 부여되는 지점이 여기다. 모성적 초자아가 독자와 결합한다. 그러자 독자는 탐욕스럽게 책을 먹어치움으로써 작가인 나의 존재를 끊임없이 위협하는 대타자의 지위를 부여받는다. (남아가 모친에 대해 그렇듯) 그들을 만족시키고, 그들이 욕망하는 것을 제공함으로써 그들의 욕망의 대상이 되기 위해서라면, 다른 방도는 없다. 이야기를 만들어내야 한다. 끝없는 이야기를. 그렇게 하지 못하면, 더 이상 먹어치울 이야기가 없어진 독자들이 작가 자신을 삼킬 것이다. 이빨 달린 질처럼 탐욕스럽게. 이런 방식으로 최제훈에게 근친상간의 욕망에 사로잡힌 주체의 불안은 셰에라자드의 불안과 등가적인 것이 된다. 또한 탐욕스런 독자 앞에 선 작가의 불안과도 등가적인 것이 된다.

$\pi$

프로이트에 따르면 불안은 흔히 반복적인 행동이나 사고를 유발한다. 강박 사고와 강박 행동이 그것이다. 프로이트가 보기에 강박증은 불안에 사로잡힌 주체가 그것을 해소하기 위해 고안한 행동과 사유의 방식이다. 당연히 불안이 사라지면 강박 행동과 강박 사고도 사라진다. 이 말을 최제훈의 소설 쓰기에 대입하자면, 만약 최제훈의 화자들에게서 불안이 사라진다면 그들의 이야기는 종결을 고하고 말 것이다. 그들이 불안을 이겨내는 유일한 방식이 바로 이야기 강박이기 때문이다. 그렇다면 역설적으로 이런 말도 가능하겠다. 최제훈의 소설 쓰기에 대해 불안은 '본질 구성적constitutive'이다.

그의 소설에 등장하는 많은 인물과 화자 들이 '이야기 강박증 환자'처럼 보이는 이유도 여기에 있는 듯싶다. 최제훈의 거의 모든 소설(가)들이 이러한 강박으로부터 자유롭지 못해 보이지만, 특별히 혼자 살아남아 부재하는 '악마'와 끝없는 대화를 나누는 「여섯번째 꿈」의 '연우', 그리고 다 못 읽은 소설책의 나머지 줄거리를 강박적으로 메워가는 「일곱 개의 고양이 눈」의 화자가 그 대표적인 예이다. 최제훈의 주인공들에게 불안은 항상적이고 본질구성적이다. 그럴 때 그 불안을 이겨내기 위해서는 끝없이 계속되는 이야기를 고안해내야만 한다. 이야기의 종결은 곧 주체로서 작가 자신의 사라짐을 의미하기 때문이다. 대타자 독자에게 삼켜지는 것은 작가에게는 죽음의 공포에 맞먹는 불안을 유발한다. 그럴 때 그들 모두가 꿈꾸는 것이 다음과 같은 '무한 텍스트'다.

558

『일곱 개의 고양이 눈』은 말이죠. 내용이 끊임없이 변하는 책이에요. 제가 읽은 내용도 이미 사라지고 없을 겁니다. 익명의 작가가 자신을 책 속에 유폐시켜놓고 그 속에서 계속 새로운 이야기를 써나가고 있는 거죠. 마치 유령처럼. 백과사전에서 찾아본 원주율에 대한 설명이 단서를 제공해주더군요. "π는 소수점 아래 어느 자리에서도 끝나지 않고 무한히 계속되며 반복되지 않는다." 무한대로 뻗어나가지만 결코 반복되지 않는 이야기 사슬, 가장 단순한 폐곡선인 원을 규정하는…… 그야말로 완벽한 미스터리소설 아닙니까? '미스터리클럽 Q'는 그 한 권이 바로 시리즈였던 셈이죠. (『일곱 개의 고양이 눈』, p. 583)

끝내 다 읽을 수 없는 이야기를 만들어낼 수 있다면, 이야기 한 편이 마치 일종의 폐쇄 미로와 같아서 한 번 들어선 이상 빠져나올 수 없게 구조화되어 있다면, 셰에라자드는 죽지 않아도 된다. 그런데 '무한대로 뻗어나가지만 결코 반복되지 않는 이야기 사슬', 즉 원주율을 닮은 무한 소설을 쓰는 것은 어떻게 가능한가? 쉬운 일은 아니었겠지만 보르헤스 이후로 상당히 많은 소설적 장치들이 개발되어왔고, 한국문학의 경우 그 장치들이 가장 성공적으로 작동하고 있는 사례를 우리는 최제훈의 소설에서 만나고 있다.

그 장치들의 명칭은 다양할 수 있다. '브리콜라주 소설'(최제훈은 등장시킨 인물이나 소도구, 배경, 문장, 사건들을 한 번 쓰고 버리는 법이 없어서, 애초의 재료들은 약간의 손질을 거쳐 다른 작품 속에서 다시 등장하는 일이 비일비재하고, 그렇게 함으로써 마치 프랑켄슈타인의 몸체처럼 얼기설기 얽힌 재활용품들이 여러 차이 나는 복제품들로 재탄생하게 되므로), '데이터베이스 기반 소설'(그의 인문학적 교양은 실로 놀라워서 멀리는 고대 그리스 신화에서 가깝게는 현대 정신분석 이론까지 잘 정리되고 습득된 지식들의 적절한 인용과 가짜 인용들이 텍스트의 무한대에 가까운 확장을 유도하므로), '문화컨텐츠형 소설'(그의 소설 속에서는 추리소설이나 고딕소설 같은 장르문학을 통해 친숙해진 서사소나 관습 들이 적절하게 차용되고 종종 조롱당함으로써 읽는 이로 하여금 익숙함과 낯섦을 동시에 유발하므로), '차이 나는 반복'(원리상 그의 소설의 무한성은 '반복'에 의해 보장받고, 그러나 그 반복은 반드시 앞서 일어난 사건이나 사용된 요소들의 '번복'을 수반하므로), '흔적의 글쓰기' (그의 소설은 마치 앞서 썼던 문장들의 형체가 남아 있는 셀로판지 위에 다시 씌어진 문장들처럼, 나중의 문장들을 읽기 위해서는 먼저 씌어진 문장들로 자꾸 되돌아가는 독서 행위를 피할 도리가 없으므로) 등등.

또 그의 소설들을 비유할 만한 이미지들도 다양할 수 있다. 에셔의 회화(그의 소설은 서사적 환영을 통해 원근법이나 유클리드적 공간의 익숙함을 해체해버리므로), 뫼비우스의 띠(일단 최제훈의 소설 속으로 걸어 들어가면 소설의 입구는 소설의 출구와 한 번 뒤틀린 채 봉합되어 안과 밖, 처음과 끝의 경계가 소멸해버리므로), 레고 블록(이 작가에게 자신이 탄생시킨 이야기는 요소들로 해체될 경우 다른 방식으로 얼마든지 재조립이 가능하므로), 양파(부재하는 중심 주위로 수많은 곁이야기들이 겹과 층을 이루면서 동심원적인 확산을 거듭하므로), 우로보로스(그가 만들어낸 이야기는 항상 시작과 끝이 같은 지점에 위치하고 있어서 영원한 폐쇄 미로의 형상을 취하고 있으므로) 등등.

이렇게 최제훈의 소설에서 작동하는 적지 않은 장치들을 남진우(「부유하는 서사 증식하는 세계」, 『문학동네』 2012년 봄호)는 다음과 같은 다섯 가지 기법으로 요약하기도 한다.

1. 인용, 차용, 전유의 수사학  2. 반사, 복제, 대칭의 기법
3. 부정교합의 서술전략  4. 다중 액자 기법  5. 재귀순환의 구성

1은 작가 최제훈이 소설에서 활용하는 백과사전적 지식과 수많은 인유, 패러디, 전유, 페스티시 등의 기법을 일컫는다. 2는 마치 마주 보는 두 거울의 반사상들처럼 무한히 반복되고 복제되는 최제훈의 문장과 장면과 인물과 사건을 지시하고, 3은 앞서의 반복이 결코 동일한 반복이 아니라 차이 나는 반복이 되는 방식을 지시한다. 말하자면 '번복되는 반복'이다. 4는 수많은 액자소설들의 중첩으로 이루어진 소설의 구조에 대한 언급이고, 마지막으로 5는 꼬리를 문 뱀 우로보로스처럼 시작과 끝을 같은 지점에 설정함으로써 무한한 순환의 서사를 실현하는 수미쌍관적 구성법에 대한 언급이다. 무한한 텍스트를 만들기 위해 최제훈이 사용하고 있는 기교와 장치에 관해서라면 이보다 더 간명한 분류법을 제시하기는 힘들 듯하다. 다만 저와 같은 원리들에 따라 만들어진 최제훈의 텍스트들이 무엇보다도 미로, 그것도 폐쇄된 미로를 닮았고 또 그것을 지향한다는 사실에 대해서는 다시 한 번 강조가 필요해 보인다.

어떠한 텍스트도 그 양에 있어서 무한할 수는 없다. 그러나 그 구조에 있어서는 무한할 수 있는데, 미로의 구조가 바로 그것이다. 이야기에 걸신들린 그 어떤 독자라도, 심지어는 그가 술탄이라 할지라도, 일단 그 안에 들어서면 빠져나올 수 없는 이야기의 미로, 그것도 계속 변화하는 미로, 내용이 끊임없이 변하는 책, 그런 텍스트만이

독서 행위를 무한까지 연장시킴으로써 작가를 상징적 죽음의 불안으로부터 해방시킬 수 있다. 사정이 그렇다면 종종 평자들이 최제훈의 텍스트를 두고 자연스레 데리다의 '텍스트 바깥에는 아무것도 존재하지 않는다'는 명제를 인용하는 것도 무리는 아닌 셈이다.

　　요컨대 최제훈은 텍스트의 바깥에는 아무것도 존재하지 않는다는 사실을 다양한 인문학적 지식과 대중문학적 코드를 활용하여 효과적으로 서사화하고 있다. (이경재, 「텍스트 바깥에는 텍스트가 있다」, 『문학과사회』 2010년 겨울호, p. 370)

## 다시 '……'

　　물론 텍스트 바깥에는 아무것도 존재하지 않는다. 왜냐하면 세계가 언어적 상징화의 산물인 한에 있어서 세계는 텍스트 그 자체이기 때문이다. 그러나 텍스트 바깥이 아니라 텍스트 안에는 무엇인가가 존재한다. 정확히는 탈존(脫存)한다. 왜냐하면 그것은 아직 상징화 이전에 있는 결여 혹은 빈틈이거나, 상징화를 통해 걸러지고 남은 잉여이기 때문이다. 알다시피 라캉은 그것을 '실재'라 부르는데, 당겨 말하자면 최제훈의 텍스트들에도 그런 것이 있다.

　　다시 이 글의 초입에 인용했던 한 살인 피의자의 어눌한 문장들로 돌아가보자. 인용한 그 구절들 이후에 달변이었던 그의 발화는 더욱더 어눌해진다. 그럴수록 문장들의 말줄임표도 기하급수적으로 늘어나고 어투에도 변화가 생긴다. 그는 몹시 불안하다.

병원에서 수술만 하면 좋아질 거라는데, 씨발, 부모라는 게 하는 말
이 돈이 없대요. 술 처먹고 오입할 돈은 있고, 화투판에 꼬라박을 돈
은 있고, 응? 애새끼가 왕따를 당하건 손에 똥을 처바르건, 둘 다 전
혀 관심이 없었어요. 어쩌겠어? 새 나라의 어린이는 스스로 좆나게 수
술비를 법니다. 소, 소, 손…… 그, 그런 건…… 누, 누구 타, 타,
탓…… 아, 냐, 도, 도, 도둑질은 나, 나…… 빠. 개, 걔가 나, 나
쁜…… 지, 짓, 한…… 거, 거야, 하아, 이 새끼 또 찐따 같은 소리
하네. 네가 그러니까 병신 소리 듣는 거야. 그럼 대갈빡에 피도 안 마
를 새끼들이 친구를 병신이라고 까는 건 예쁜 짓이냐? 씨발, 애비라는
인간이 혁대에 맞아 기절한 애새끼를 캄캄한 지하실에 밤새 가둬놓는
건 아름다운 짓이야? 쓰레기들, 닥터 선생. 쓰레기는 어떻게 해야
돼?…… 분리수거는 무슨, 소각장에서 화끈하게 태워 없애야지. 큭
큭, 결국 새카맣게 타버렸어. 쥐새끼처럼 오그라들었지. 쯧, 그러게
자나 깨나 불조심을 해야 되는데 말이야. 아, 아…… 그……그, 그
건, 개, 걔가…… 너, 너무 까, 감, 깜해……깜깜해…… (「그림자 박
제」, 『퀴르발 남작의 성』, p. 149)

물론 다중 인격자인 '나'는 저 어투가 갑자기 튀어나온 또 다른 인
격 '톰'의 것이라고 변명한다. 그리고 자신의 어린 시절에 대한 이야
기가 아니라 상상 속의 친구 강우빈의 어린 시절 이야기라고 항변하
기도 한다. 그러나 말줄임표는 다른 말을 한다. '나'는 강우빈이었다.
문장 속의 결락이야말로 방어가 격렬해지는 지점이자 상징화되지 못
한 실재의 중핵이 위치한 지점이고, 그런 의미에서 레닌이 말한 '사

슬의 약한 고리'라는 사실을 우리는 알고 있기 때문이다.

유추해보건대, 아홉 살에 사라진 강우빈은 라캉이 말하는 주인기표 'S1'에 비견될 만하다. 그리고 이후에 탄생한 다른 인격들, 곧 '나', '톰' '제리' 그리고 '분노의 사내'는 모두 S1이 결락된 자리를 대신 차지한 이차적 기표, 곧 'S2'들에 비견될 만하다. S2들은 대체 가능하다. 그러나 애초에 그것들이 들어설 자리를 마련하는 것은 S1이다. S1이 억압이나 검열에 의해 결락됨으로써 텅 빈 공백으로서의 장소를 마련해두고 나서야 나머지 기표들은 대체 가능한 무엇이 된다. 그렇다면 이런 말도 가능하다. 더러 '나'에 의해, 혹은 '톰'에 의해, 그리고 '제리'나 '사내'에 의해 다른 상징적 정체성을 획득하려는 시도가 감행되곤 했지만, 강우빈은 항상 상징화되지 못한 잉여로 남아 '나'를 지배한 실재다. 병신이었고, 왕따였고, 부모에게 학대받는 아이였고, 기절한 채 지하실에 갇혀 막막한 어둠 속에서 정신증을 얻었고, 결국 부모들을 태워 죽인 소년 강우빈이 바로 자신이었다고 저 말줄임표들이 말한다. '나'가 과도한 불안 증세 속에서 방어하고 회피하려고 하는 기억, 그것은 그처럼 대면하기조차 고통스러운 유년기의 체험 바로 그것이다(하지만 이제 우리는 이러한 사례들에 대해 제법 친숙해졌다. 주위에서 다반사로 일어나는 일이기 때문이다). 그것이 이 살인 피의자의 외상이고 실재의 중핵이다. 그것이 돌아오면 '나'는 주체로서의 자리를 강우빈에게 양도해야 한다. 말하자면 상징적 죽음을 맞아야 한다. 따라서 어떻게든 강우빈의 귀환을 막고 그와 대면하지 않으려는 필사의 노력이 그를 다중 인격체로 만든다. 그러나 실재는 말줄임표의 형태로, 결여와 빈틈의 형태로, 과도한 불안과 함께 귀환한다.

실재의 귀환은 물론 다른 방식으로도 이루어진다. 가령 「퀴르발 남작의 성」에서는 열한 개의 이야기가 끝나는 시점에, 마치 양파 껍질처럼 두껍게 남작을 둘러싼 이야기들의 행렬이 소진되기를 기다렸다는 듯이 (왜냐하면 이미 언급했듯 최제훈에게 이야기란 실재의 귀환을 유예시키기 위해 주체가 고안해낸 방어기제이므로) 소설 말미의 마지막 에피소드로 등장한다. 이 에피소드가 우리에게 전하는 바에 따르면 퀴르발 남작에 대한 그 많은 탈중심적 담론들의 (부재하는) 중심에는, 가난을 이기지 못해 어쩔 수 없이 딸을 하녀로 보내야 했던 부모들의 고통이 놓여 있다. 소설은 핏빛 노을을 배경으로 어머니의 통곡과 함께 끝나는데, 이야기의 기원에는 그처럼 고통스런 기억이 있다. 다만 그 고통은 감정 지출의 경제에 따라 견뎌낼 만한 이야기(괴담, 영화, 소설, 논문, 보고서, 기사 등등)의 형태로 상징화되기 전에는 대면하기 힘든 성질의 것이어서, 이야기가 소진될 때까지 내내 여러 텍스트들 내의 부재 원인 역할만을 했을 뿐이다.

마찬가지로「그녀의 매듭」의 차화연이 기억상실증을 통해 회피하려고 했던 것도 자신이 이현정에게 가한 끔찍한 가해의 기억이다. 기억 상실증을 포함하여, 그녀의 인생은 오로지 그 기억의 귀환을 막기 위한 고군분투로 요약 가능하다.「π」의 하루가 앓고 있는 기억상실증과 망상증에 대해서도 유사한 해석이 가능한데, 그가 정신증을 앓으면서도 기어이 대면하기를 회피하고 있는 것, 그것은 자신이 쌍둥이 누이동생과 근친상간 관계였고 갱도에서 죽은 그녀의 시신을 먹어치웠다는 사실이다. 그는 현실에서 자신이 보고 들은 재료들을 이리저리 조합해 만든 망상들 속으로 잘도 숨지만, 실재는 그 망상들을 어떻게든 뚫고 귀환한다. 앞서 인용한 꿈속의 식인 장면이 그것이다. 그의 식인 행위는 달리 해석할 때, 만인이 만인에 대해 늑대가 되어버린 우리 사회의 참모습에 대한 알레고리로 읽힌다. 그가 대면하기를 꺼려 했으나 결국 대면할 수밖에 없었던 실재, 그것은 내가 살기 위해서라면 남의 살이라도 먹어치워야 하는 참혹한 현실 그 자체다. 실재는 꿈으로라도 귀환한다.

## 꿈속으로

글을 마치면서 다시 상기해보니, 『일곱 개의 고양이 눈』 첫번째 연작 「여섯번째 꿈」의 마지막 생존자 연우에게는 비밀이 하나 있었다. 그녀는 민규가 죽기 전 생리통을 핑계로 네 알의 약을 삼킨다. 민규는 그 약들을 아스피린이라고 생각했지만, 실은 아니었다. 그 비밀은 세번째 연작 「π」에 와서야 밝혀진다. M이 번역하고 있는 일본 추리 소설의 제목이 바로 「여섯번째 꿈」이고, 이 작품 속 마지막 생존자 '메이'는 번역본의 연우다.

메이는 생리통을 가장해 아스피린인 양 수면제를 삼킨다. 세 알, 아니, 한 알 더. 그녀는 곧 죽음 같은 잠에 빠져든다. 다급해진 빈키, 그녀를 마구 후려치고 앙상한 팔뚝에 이빨을 박아 넣는다. 하지만 메이는 깨어날 기미를 보이지 않는다. 다량의 수면제가 쇠약해질 대로 쇠약해진 그녀를 빈사 상태로 몰아넣은 것이다. 그래도 끊어질 듯 가냘픈 들숨과 날숨이 고르게 교차되고 있다. 메이의 얼굴에 떠오른 희미한 미소가 빈키의 귀에 속삭인다. 내가 이겼어요. 빈키는 그녀의 모가지를 감싸 쥔다. 울고 웃는 얼굴로 마지막 남은 힘을 열손가락 끝에 쏟

아붓는다. 하지만 그녀는, 이미 꿈을 꾸기 시작했다. (「π」, p. 274)

그녀가 삼킨 것은 수면제였다. 그런데 그녀는 왜 웃는가? 작품을 읽은 독자는 알겠지만 잠들지 않으면 죽기 때문이다. 그들을 산장에 초대한 악마는 잠든 누군가의 꿈속에서만 걸어나온다. 깨어 있으면 죽고 잠들면 산다. 그러므로 그녀가 이겼다. 민규는 깨어 있고 그녀는 이제 꿈꾸기 시작했으니, 그녀의 꿈속에서 걸어 나온 악마가 이제 민규를 죽일 차례다. 그런데 상식과 관습을 뒤집는 이 이상한 전도를 어떻게 이해해야 할까? 잠들어야 살고 깨어 있으면 죽는다니…… 관습에 어긋나지 않는가.

그러나 최제훈의 소설을 읽은 우리는 이제 이 전도의 의미를 이해할 수 있다. 최제훈의 소설 속에서 주인공들이 깨어 있기에는 현실이 너무나도 참혹하다. 현실 속에서 내가 당한 일, 내가 저지른 일을 주체는 감당하기 힘들다. 그 참모습과 대면하는 일은 마치 죽음과도 같은 고통을 유발한다. 그럴 때 주체는 꿈속으로 도피하거나 현실 자체를 꿈으로 만들어서라도 그것과의 대면을 연기하지 않을 도리가 없다. 최제훈 소설에서는 그런 식으로 현실이 꿈으로 전화하고, 그 꿈들이 이야기를 만든다. 빠져들면 헤어날 수 없는 미로 같은 이야기들을…… 깨어나면 거기, 내내 부재했던 원인, 우리들을 초대한 익명의 악마, 그 무시무시한 실재의 귀환이 우리를 기다리고 있을 것이기 때문이다.

그러니 연우처럼, M처럼, 셰에라자드처럼, 강우빈처럼, 이야기를 하자. 이야기를…… 악마가 우리를 다시 저 고통스런 현실의 기억 한복판으로 데려다 놓을 수 없도록, 끝이 없는 이야기를……

지난 금요일 저녁, 우리 일곱 명은 산장에 모였어. 하지만 정작 우리를 초대한 악마는 오지 않았지……

# 시간 밖에 있는 곳, 울란바토르
— 박성원의 「도시는 무엇으로 이루어지는가」에 대하여

## 시간에 맞서서

염려도 없고(미래란 항상 정해져 있었으므로), 빡빡한 업무나 일정도 없이(시간이 초/분 단위까지 정비되어 있지는 않았으므로), 계절의 흐름과 예정된 조화에 따라 시간(측정되지 않는)을 누리던 시대는 언제 끝난 것일까? 『모더니티의 다섯 얼굴』에서 칼리니스쿠Călinescu는 그러한 시대가 르네상스 시기부터 서서히 종말을 고한다고 말한다. 13세기 말 기계 시계의 발명은 그러므로 망원경(제아무리 먼 하늘에서도 신은 발견되지 않았을 터이니)의 발명만큼이나 중세인들에게는 충격적인 사건이었을 것이다. 기계적으로 측정 가능하게 되자 시간은 또한 축적될 수 있는, 절약될 수 있는, 화폐가치로 환산할 수 있는 물리적 실체가 된다. 아마도 창조, 발견, 생산, 노동, 효율 같은 르네상스 이후의 근대적 가치들은 바로 이 계측 가능한 시간의 발명에 빚진 바 많을 것이다. 근대 세계 전체는 시계와 어떤 방식으로든 이데올로기적 동맹을 맺었고, 오로지 진보를 위한 시간, 생산을 위한 시간, 돈 그 자체인 시간의 관념을 탄생시켰다. 그때부터 사람들은 결단코 달리 살아야 했을 것이다. 아등바등.

푸코는 르네상스 시기에 발견된 이 새로운 시간이 어떻게 근대적 규율 권력의 핵심에 자리하게 되는가를 다음과 같이 묘사한다.

여러 세기 동안 수도회 사람들은 규율의 전문가들이었다. 즉, 시간 처리의 전문가였고 율동 및 규칙적인 활동의 중요한 기술자였던 것이다. 그러나, 규율은 이어받은 이러한 시간 규제의 방식을 수정한다. 우선 정교하게 다듬어서 15분, 분·초의 단위로 시간을 계산하기 시작한다. 〔……〕 또한 국민학교에서는 시간의 분할이 점점 더 세밀해져서, 모든 활동은 그것에 즉각적으로 따르는 여러 규율체계로 면밀히 규제된다. 〔……〕 그리고 또한 임금 제도의 점차적인 확산으로 시간에 대한 보다 정밀한 분할이 이루어진다. 예를 들면, "노동자가 종이 울리고 나서 15분 이상 지각하는 일이 일어날 경우……"라든가, "정해진 시간에 작업장에 나오지 않는 자……" 같은 식으로 말이다. 그러나 또한 고용하는 시간의 질을 높이려는 경향도 있다. 즉, 끊임없는 통제, 감시자에 의한 압력, 작업을 방해하거나 산만하게 하는 모든 요소의 제거가 그렇다. 시간을 완전히 유익하게끔 구성하는 일이 중요해지는 것이다.[1]

19세기쯤, 오랫동안 수도회의 사제들이 담당하던 시간표를 이제

---

1) 『감시와 처벌』, 오생근 옮김, 나남출판, 2003, pp. 224~26 부분 발췌.

근대적 규율 권력이 담당한다. 시간은 학교에서, 병영에서, 작업장에서, 심지어는 가정과 같은 일상적인 공간에서조차도 정밀하게 고안된 규율로 작동하기 시작한다. 노동하고 학습하는 신체는 계측 가능한 시간 내에서 시간이 부여하는 리듬과 질서에 따라 매일매일의 삶을 영위한다. 삶 자체가 고도로 정밀하게 기획된 시간의 운용이 된다. 멀리 둘러볼 것도 없이 우리가 속한 세계의 시간이 그렇다. 우리 시대에 유독 극심해진 직업을 갖지 못한 자, 게으른 자, 노동 능력을 상실한 자, 그리고 소위 예술 하는 자들에게 따라붙는 경멸과 비아냥거림의 대부분은 모두 여기에서 비롯된다. 그들은 모두 시간을 알차게 보내지 않는 자들, 허비하는 자들이다. 바쁘지 않은 자, 곧 죄인인 세계가 우리의 세계이다.

아마도 벤야민적인 의미에서의 혁명만이 이 근대적 시간을 폭파할 수 있을 터인데, 「역사철학테제」에서 벤야민은 시간과 관련된 흥미로운 사실 하나를 보고한다. "이러한 역사의식이 아직도 생생하게 살아 있었던 것은 1848년의 7월혁명 동안에 일어났던 돌발적 사건에서였다. 투쟁의 첫날밤에 파리의 여러 곳에서 상호간에 아무런 관련도 없이 독자적으로 그리고 동시에 시계탑에 총격이 가해졌다는 사실이 뒤늦게 밝혀졌다. 아마 시의 압운에 힘입어 그의 통찰력을 획득했다고 생각되는 이 사건의 어느 증인은 다음과 같이 쓰고 있다. 〈누가 믿을 것인가? 들리는 말에 의하면 모든 시계탑 밑에 서 있던 새로운 여호수아가 마치 시간이 못마땅하기라도 하듯이 시계판에 총을 쏘아 시간을 정지시켰다고 한다.〉"[2]

---

2) 『발터 벤야민의 문예이론』, 반성완 옮김, 민음사, 1992.

혁명은 항상 당대에 인간이 이룰 수 있는 모든 가능성을 내장한 '사건'(바디우)임에 틀림없지만, 벤야민이 유독 주목했던 것은 시간의 정지와 관련된 것이었다. 혁명은 진보와 연속, 축적과 효율의 이름으로 진행하던 근대적 시간에 파열과 단절을 도입한다. 파리의 각각 다른 시계탑들이 거의 동시에 총알 세례를 받아야 했던 이 사건은 혁명의 무의식적 욕망이 무엇인지를 우리에게 일러준다. 그것은 시간의 종결이다. 에둘러 왔거니와, 박성원의 『도시는 무엇으로 이루어지는가』(문학동네, 2009)에 실린 작품들 전체를 관통하는 주제를 하나 고르라면 그것이야말로 바로 이 근대적 시간의 종결, 시간으로부터의 이탈이다.

우선 「캠핑카를 타고 울란바토르까지」의 '시간 내 존재론'(쯤으로 부를 만한 구절)을 읽어보자.

그러나 아버지의 눈에는 모든 것이 사막으로 보이는 모양이었다. 아버지는 술을 마시거나 책을 읽거나 아니면 혼자 공상했다. 아버지는 시간의 바깥에서 사는 사람이었다. 아버지의 말에 따르면 사람들은 누구나 시간 안에서 산다는 것이다. 출근시간, 회의시간, 약속시간, 시작시간, 하다못해 약 먹는 시간까지 사람들은 시간을 지키며 살고 있으며, 시간 안에 머무는 만큼 사람들은 살 수 있다는 것이다. 아버지의 말에 따르면 시간의 바깥으로 나가는 것은 사실상 죽음이다. 생산도 시간으로 따지며, 효율도 시간이다. 모든 것이 시간 싸움이다. 사람들은 누구나 시간 안에 머물며, 시간의 바깥으로 나간 사람은 그 누구도 돌보아주지 않는다. 그리고 시간의 바깥으로 나가는 것을 용납하지도 않는다. 왜냐하면 시간이 만들어낸 체제와 제도 자체가 위태로워질 수 있기 때문에 시간의 바깥으로 나가려는 사람을 절대로 용납하지 않는다는 것이었다. 그래서 법을 어길 수는 있어도 시간의 경계를 벗어나진 않는다고 했다.

　법은 바뀌지만 시간은 절대 바뀌지 않는다. 시간을 위해 법이 바뀌고 제도가 바뀌는 것이지 사람을 위해 시간이 바뀌지는 않는다. (「캠핑카를 타고 울란바토르까지」, pp. 10~11)


위 문장들은 다시 연작 후편인 「캠핑카를 타고 울란바토르까지 2」에서 동일한 문장들을 통해 반복된다(p. 89). 동일한 문장들을 통해서는 아니더라도 시간과 현대 문명의 이데올로기적 동맹에 대한 언급은 다른 작품들에서도 여러 가지 문장들을 통해 변주되어 나타나는데, 「도시는 무엇으로 이루어지는가 2」의 '매미'가 주인공 '그'에게 던지는 대사, "시간을 얼마나 줄까? 백 시간? 일만 년? 네깟 놈이 시간으로부터 영원히 벗어날 수 있을 것 같아?"(p. 148)라든가, 같은 연작의 전편 「도시는 무엇으로 이루어지는가」에서 엄마가 소녀에게 던지는 대사, "그건 말이야, 전체와 규칙이 깨지기 때문이야. 너 하나 때문에 엉망이 되고 만단다. 이 세상 누구나 경기장에서 태어나 트랙에서 살고 있단다"(p. 73) 등이 그것들이다. 이 문장들은 하나같이 근대 세계를 살아가는 이들이 모두 시간에 포획된 존재들이란 사실을 반복해서 강조한다. 사실 이 '시간 내 존재론'이야말로 박성원이 근대 사회를 어떻게 이해하고 있는지를 여실히 보여주는데, 생산과 효율이란 이름으로 출근과 회의와 약속 시간을 정하고 지키는 사회, 그것을 어기고 표준적인 시간표 바깥으로 이탈할 경우 누구도 돌보아주지 않는 사회가 그가 생각하는 근대사회다. 푸코가 갈파한 그대로 근대사회는 시간표가 지탱한다. 그리고 바로 이 시간표와 싸우고 그 시간표 바깥을 꿈꾸는 자들의 이야기가 박성원의 소설들이다.

그러나 어떻게? 우리가 사는 시대는 1848년이나 벤야민의 시대와 달라서, 그 어떤 시계탑에도 총알이 날아가 박힐 것 같지는 않다(게다가 그 예쁜 촛불들이 시계를 박살낼 수 있을 만큼 강력해 보이지도 않는다). 386세대의 마지막 대열에 속하는 작가들 대부분이 그렇듯이 박성원도 이 자명한 사실을 너무도 잘 알고 있는, 어쩔 수 없는 염세주의자다. "2525년까지 내가 살 수 있다 하더라도 내 삶은 아무런 변화가 없을 것 같았다. 건물의 높이가 매년 올라가고 미래에 대한 거창한 약속이 또 발표된다 하더라도 내 삶과는 아무런 상관이 없을 것이다"(「캠핑카를 타고 울란바토르까지 2」, p. 117)라고 말하는 이가 염세주의자가 아니라면 누가 염세주의자일 것인가?

박성원의 소설이 종래에는 바로 그 시간 바깥을 꿈꾸는 자들의 패배담, 좌절담, 도주담인 것은 이런 이유다. 시계를 멈출 수 있는 어떤 힘도 상실한 시대에 시계 바깥의 시간을 꿈꾸는 자들의 이야기는 항상 비극적일 수밖에 없는 법이다. 그러나 당연한 얘기지만 그 패배와 좌절과 도주의 방식, 그것이 박성원 소설을 흥미롭게 한다.


## 유폐와 유목


시간의 폭압에 맞서는 방식들 중 아주 흔해서 쉽게 떠올릴 수 있는 것, 그것은 물론 '탈주'나 '유목' 같은 통속화된 들뢰즈주의의 개념들이다. 「캠핑카를 타고 울란바토르까지」에서 예의 그 '시간 내 존재론'을 피력했던 아버지가 시간과 맞서기 위해 택한 방식이 바로 '유목'이다. 알다시피 이 말은 너무도 낭만적이지만 바로 그런 이유로 이제 쉽사리 뱉기 힘든 말이 되기도 했다. 가령 '국경 밖이 또 국경인데 어떻게 월경한단 말인가?' '가장 노마드적인 것은 바로 자본이 아닌가' 같은 (이 역시 유행이 되어버린 의문문들이긴 하지만) 단순한 질문들에도 쉽사리 갈팡질팡하다가 정주하고 마는 것이 유목이라는 어휘다. 박성원이 말하고자 하는 것도 우선은 이것이다. 시간의 압제에 맞서 평생 "뒤돌아보면 발자국이 사라지는 유목민의 삶"(p. 10)을 꿈꾸던 아버지의 말로는 어떠했던가? "아버지는 말뿐이었다. 아버지는 늘 집 안에만 있었다. 거실 바닥에 배를 깔고 누운 늙은 고양이처럼. 그런 아버지가 겨우 떠나간 곳은 몽고도 사막도 아닌 아주 작은 마을이었다. 아버지가 이사를 간다는 말을 들었을 때 적어도 아버지가 간 곳이 몽고와 비슷한 곳인 줄 알았다. 그러나 누나의 말로는 사막은커녕 펜션과 유흥업소만 간간이 서 있는 싸구려 관광지였다. 아버지는 낚시꾼을 상대로 한 민박집과 그 마을에 어울리지도 않는 북카페를 경영했다. 아쉬웠는지 그래도 카페의 이름을 몽고의 수도를 따 '울란바토르'라고 지었다"(「캠핑카를 타고 울란바토르까지」, pp. 12~13). 그러니까 아버지는 책과 술과 공상 속에서만 유목민이었을 뿐, 정작 한 번도 유목민이었던 적은 없었다. 그가 남기고 간 것은 킬로그램당 백 원으로 환산 가능한 3만 권의 책과, 손님도 들지 않는 북카페 '울란바토르'와, 온갖 잡동사니가 잔뜩 들어 있는 배낭 하나뿐이었다. 그러니까 아버지는 유목적인 삶이 아니라 유목적인 삶의 (불)가능성에 대한 '기호'들만을 남기고 죽었다. 들뢰즈주의의 광풍이 지나간 이후 하나도 달라진 것 없는 세계의 비참 앞에서 우리가 느꼈던 그대로,

유목은 시간의 압제에 맞서는 효과적인 대안이 되지 못한다. 고작해야 상징이 아니라면 유목은 불가능하고 진정한 의미에서의 노마드는 없다.

아버지의 실패를 지켜본 아들의 아들(연작 후편의 주인공은 전편의 손자이다)은 그 사실을 이해한다. 그는 다른 방식으로 시간의 압제에 맞선다. '미래주의'(라 부를 만한 어떤 경향)가 그것이다. 물론 이 편의적인 명칭은 아방가르드 예술의 한 유파로서의 '미래파'를 지칭하는 말이 아니다. 아들은 과거와 현재를 송두리째 부인하고 분명 지금과는 다를 '미래'에 온 삶을 투자한다. 미래에 대한 맹신, 그가 SF소설을 쓰는 작가 지망생이라는 사실은 정확하게 그의 세계관에 부합한다. 그는 말한다. "내가 SF소설을 쓰려는 이유는 내가 늘 미래를 꿈꾸기 때문이다. 현재는 지긋지긋하다. 지난날은 더더구나 생각하고 싶지 않다. 내 삶은 언제나 똑같았다"(「캠핑카를 타고 울란바토르까지 2」, p. 88). "과거는 죽은 것이고 만약 죽지 않았다면 내가 죽일 것이다. 해서 나는 오직 미래와 환상만 꿈꾼다"(p. 94). 그러나 그의 바람과는 다르게 그가 쓴 소설은 미래에 대한 이야기가 되지 못한다. 이 작품에서 가장 흥미롭고 탁월한 부분이 여기인데, 그가 쓰고 있는 소설 속 소설이 쓰어지는 방식에 대해서는 다소간의 주의가 요구된다.

나는 여자에게 내가 막 쓰기 시작한 소설에 대해 이야기해주었다.
사라진 책은 악령을 부를 수 있는 무서운 책이다. 그 책을 되찾기 위해 예언대로 13인의 전사가 소집된다. 부름을 받고 모인 13인의 전사는 이러하다. 변신술에 능하고 텔레파시가 통하는 네 쌍둥이(이 네 명의 쌍둥이들은 아주 멀리 떨어진 곳에서도 서로 의사소통을 할 수 있다.

텔레파시 능력 덕분에 다른 통신 수단이 없어도 된다. 그리고 똑같은 외모 때문에 적을 혼란에 빠뜨린다), 전직 경찰(전직 경찰이라는 신분을 이용하여 경찰 내부의 정보를 이용할 수 있다. 지금은 은퇴한 후 맹견훈련소를 경영하고 있다. 해외 시장을 겨냥해 나중에 맹견 한 마리를 추가할 것), 기자(미모의 여성. 거기다 똑똑하기까지 하다. 33-24-33. O형. 물고기자리. 나중에 주인공과 사랑에 빠진다), 기독교 사제, 불교 승려, 이슬람 신비주의 학자(그러니까 각 종교계를 대표한다. 필요하다면 전통적인 과거의 종교들보다 현재의 종교가 아니면 미래의 종교로 교체 가능하다), 흡수 스펙트럼을 전공한 천재 물리학자(파장과 파동 그리고 반중력과 스펙트럼을 이용하여 악령을 찾을 수 있는 영적 레이더를 개발한다), 무기 밀매상(악령이 든 로봇, DNA재조합으로 탄생한 괴물들과 싸울 무기를 제공해준다.……이렇게 13인의 전사가 모인다. 13인의 전사는 루시퍼가 보낸 악령과 싸운다.(대 무기부터 첨단 무기 그리고 초능력과 마법까지!) 번번이 실패를 한 루시퍼는 이제 13인의 전사 마음속에 악령을 집어넣는다. 악령이 든 첫 번째 전사는 공포를 이기지 못하고 질주한다. 악령은 전사들에게 전염병처럼 퍼진다. 두 번째 전사도 두려움을 이기지 못하고 질주한다. 세 번째 전사도, 네 번째 전사도. (「캠핑카를 타고 울란바토르까지 2」, pp. 111~12)

우리 시대의 독자라면 누구라도 그가 쓰고 있는 이 미래에 대한 소설에서 미래를 찾기는 힘들 줄 안다. 전체적인 뼈대는 존 맥티어넌이 감독하고 안토니오 반데라스가 주연한 영화 「13번째 전사」에서 가져왔다. 1999년 작이니, 그것은 꽤 오래된 '과거' 이야기다. 그 줄거리가 「오감도」의 도로를 질주하는 13인의 아이 모티프로 마무리될 때까지, 할리우드 블록버스터 영화들(「장미의 이름」「다빈치 코드」「헐크」「콘스탄틴」 등등)의 관습들이 뒤죽박죽되어, 그러나 분명히 확인 가능한 방식으로 등장한다. 관습이란 충분히 식상한 과거들이다. 말하자면 이 소설은 그가 그토록 바라마지않던 '미래'에 대한 소설이 아니라 온통 '과거'의 관습으로 짜깁기된 소설이었던 것이다. 따라서 냉동인간이 되었다가 백년 후에 나타난 '과거의 여자'(주인공의 고모, 곧 연작 전편에서 아버지를 배신하고 떠났던 배다른 누나이기도 하다)의 다음과 같은 전언은 시간의 압제를 피해 미래로 도피하려던 그의 시도가 그의 아버지가 꿈꾸던 유목만큼이나 부질없고 허황된 것임을 폭로한다. "백 년 전이나, 이백 년 전이나 지금이나 변한 게 없다는 걸 알아야지. 여자는 중얼거리듯 말했다. 그거 알아? 내가 백 년 만에 깨어났지만 하나도 바뀌지 않았다는 것을. 물론 나도 백 년 전에는 백년 후의 세상을 늘 꿈꾸었지. 백 년 후면 어떻게 될까?……백 년 전에 어떤 산에 있든, 백 년 후 어느 바닷가에 있든 똑같은 삶이란 걸, 그걸 알아야지"(「캠핑카를 타고 울란바토르까지 2」, p. 113). 그가 죽기 전의 아버지가 했던 말 "세상 사람들에게는 시간이라는 대못이 아주 깊이 박혀 있"(p. 90)다는 말의 의미를 온전하게 이해하게 되는 것은 이제 정해진 수순이다. 그 못은 아주 깊이 박혀 있어서 미래에 대한 환상, 그곳으로의 도피 정도로 빼낼 수 있는 성질의 것이 아니다. 유목민에의 꿈과 마찬가지로, 시간에 맞서려는 두번째 방식의 시도, 미래에의 맹신 역시 이렇게 실패로 끝난다.

그렇다면 이제 어떤 방식이 남았을까? 당겨 말하자면 아버지와 아들의 거듭된 실패 이후, 남은 방식은 '글쓰기'다. '캠핑카' 연작의 아들이 SF소설가였다는 점은 그가 미래로 도피하는 유력한 방도로 글쓰기를 택했다는 말이기도 하다. 프로이트를 들먹일 것도 없이, 글쓰기란 이루지 못한 소망에 투자되어야 할 리비도 에너지가 탈성적(脫性的)인 방식으로 승화sublimation된 결과물이다. 소망을 이루지 못하게 하는 현실에 환멸을 느낀 이들, 그래서 현실로부터 대상 리비도를 철회한 자들이 글을 쓴다. 게다가 박성원만 아니라 우리 시대의 많은 작가들이 현실의 비참을 망상적 글쓰기를 통해 보상받고 있다는 사실은 누누이 지적된 바 있다. '캠핑카' 연작의 아들이 시도했던 것, 그리고 '도시는' 연작의 소녀가 시도하는 것이 바로 그것이다. 소녀가 쓰고 있는 글의 핵심은 그것이 변형된 '가족 로망스'라는 데에 있다. 그 얘기의 첫 문장은 "나는 선택받은 아이입니다"(p. 137)이다. 개체로서의 인간이 최초로 만들어내는 이야기, 즉 가족 로망스는 항상 '나는 지금의 부(모)보다는 고결한 친부(모)의 자식이다'라는 문장으로 시작하는 것이 상례이다. 물론 이 이야기는 일종의 원초적 환상으로서, 부모로부터 분리될 것이라는 불안에 빠진 허약한 주체가 그 불안을 보상하기 위해 만드는 이야기다. 소녀의 이야기가 그렇다. 망원경을 들고 아무리 먼 곳을 응시해도 아버지는 본 적도 없고, 이제 어머니마저 죽어 고아가 된 소녀가 극심한 분리 불안 속에서 만들어낸 이야기의 서두가 "나는 선택받은 아이입니다"라면 그것은 분명히 가족 로망스의 변형이다. 게다가 아이의 음울한 이야기 속에서 자신은 희생 제의에 바쳐질 고귀한 희생양의 지위에 오르기도 한다. 아이는 '캠핑카' 연작의 아들과 마찬가지로 현실의 비참을 '글쓰기'를 통해 벗어나려고 시도하고 있는 것이다. 그러나 이 역시 실패로 끝나기는 마찬가지인데, 문자에서 주술적 힘이 사라져버린 것은 오래전 일인 데다, 가라타니 고진의 냉소적인 진단(「근대문학의 종언」)을 거론하지 않더라도 우리 시대에 펜으로 쓴 이야기(소설!)가 세상을 바꾸는 강력한 무기일 거라는 기대는 일찌감치 버려두는 것이 좋다는 사실은 이제 누구나 다 안다. 이야기 속에서와 달리, 아이는 유괴되고 미성년 매춘에 내던져지고, 그러다 '캠핑카' 연작에서 건너온 사내를 만난다. 포주 매미가 사내에게 던진 예의 "네깟 놈이 시간으로부터 영원히 벗어날 수 있을 것 같아?"라는 질문은 그러므로 글쓰기 역시 근대적 시간의 노예 상태로부터 우리를 구원하지는 못할 것이라는 의미로 읽혀도 무방하다. 유목도, 미래에의 기대도, 글쓰기도 시간으로부터 우리를 영원히 벗어나게 하지는 못한다. 시간의 규율이 엮어놓은 촘촘한 그물로부터 벗어날 수 있는 다른 방도는 더 이상 없어 보인다. 그것이 작가 박성원의 염세적인 전언임에는 틀림이 없다.

그러나 아직 할 말이 남아 있다. 「도시는 무엇으로 이루어지는가 2」의 결말부는 최근 한국문학에 익숙한 염세주의와는 사뭇 다른 득의의 반전을 준비한다.

도시에서 제 갈 길을 아는 것은 개들뿐이었다. 〔……〕 도시는 그에게 사막일 수 없는 사막이었다. 어쩐 일인지 그는 도시를 생각할 때면 언제나 황량하고 모래알만 날리는 사막이 저절로 떠올랐다. 아버지 때문인지 아닌지 이유는 알 수 없었다. 혈관을 타고 떠다니는 혈구처럼 그의 몸 속 어딘가에 사막의 모래가 항상 웅크리고 있었다. 사막의 거친 모래는 그의 머릿속에 숨어 있기도 했고 가끔씩은 옆구리나 심장 뒤쪽, 눈에 잘 띄지 않는 곳에 숨어 있기도 했다. 어쩌다가 한 번씩은 성기 끝에 머물러 있었는지 힘없는 정액이 되어 그의 눈앞에 툭툭 내던져지기도 했다. 천만이 넘는 인구, 폭우, 범람, 어지러울 정도로 밝음, 도저히 사막일 수 없는데도 도시가 사실은 사막이라는 것을 알게 되었다. (「도시는 무엇으로 이루어지는가 2」, p. 134)

소도시쯤 도착했을 때 그는 대형 마트에 들렀다. 그러고는 수중에 있는 돈으로 모두 통조림을 샀다. 그는 자동차 뒷문을 열고 그것들을 쏟아냈다.

─자, 보라고. 유통기한이 모두 3년 이상은 남았어. 이 정도면 적어도 3년은 살 수 있겠지? 3년만이라도 우리 시간을 벗어나 버텨보자꾸나. 우린 지금부터 유목민이야.

〔……〕

─좋은 캠핑카네요, 아저씨.

여자애가 말하자 그는 고개를 끄덕였다. (「도시는 무엇으로 이루어지는가 2」, pp. 150~51)

이 소설집 전체를 통틀어 가장 중요한 두 대목인데, 첫 인용문은 흔히 아버지를 부인했던 아들들이 그렇듯이, 죽음 후 부친의 삶을 이해하게 되고 그럼으로써 아버지와 자신을 동일시하는 장면이다. 아버지가 평생을 그리워하던 사막을 그는 이제 실물로 눈앞에서 보고 겪는다. 반전은 여기서 일어난다. 사막은 사실은 몽고에 있는 것이 아니라 우리가 매일매일을 살아가고 있는 도시 전체였다. 아버지는 왜 캠핑카를 타고 울란바토르까지 떠나질 못했던가? 그 정황이 이제 밝혀진다. 그것은 아버지의 용기 없음, 아버지의 나약한 정신승리법 때문이 아니었다. 사막이 바로 도시였기 때문이다. 내가 사는 곳이 사막인데 어떻게 사막을 찾아 떠나고, 거기서 유목민의 삶을 살아갈 수 있을 것인가? 처음엔 비겁한 도피책으로만 보였던 아버지의 책과 술과 민박집 울란바토르가 이제 절실해진다. 사막이 도시이고 도시가 사막이니 울란바토르행은 결국 도시에서 사막으로의 이동이 아니라 도시에서 도시로, 사막에서 사막으로의 이동에 불과하다. 이 진퇴양난 속에서 아버지가 결국 택할 수밖에 없었던 것, 그것은 유목 대신 유폐였다. 실제의 유목 대신 상징적 유목이었다. 그 선택은 절망적인 만큼 숭고하고 타당하다. 이어지는 두번째 인용문에서 아들이 3년간의 자발적 유폐를 유목이라 부르는 것은 바로 그런 연유다.

물론 박성원의 염세주의에 달라지는 건 없다. 그러나 이 반전은 박성원의 염세주의를 더 깊은 것으로 만들고, 단호한 것으로 만들고, 자발적인 것으로 만든다. 그리고 훨씬 더 미학적인 것으로 만들기도 한다. 왜냐하면 우리는 두 연작의 주인공이었던 사내와 소녀가 향해 가고 있는 북카페 울란바토르에 3만여 권의 책과, 사내가 그리다 포기했던 그림과, 소녀가 쓰던 이야기와, 그리고 어쩌면 데미스 루소스(「캠핑카를 타고 울란바토르까지」)나 뉴 트롤스(「이상, 이상, 이상」), 제거 앤 에반스(「캠핑카를 타고 울란바토르까지 2」)나 크리스틴 맥비(「아내 이야기―우리는 달려간다 이상한 나라로 4」)의 음악이 있다는 사실을 알기 때문이다. 그들은 지금 시간의 압제에 의해 사막화된 도시를 떠나 압도적인 규율 권력으로서의 시간이 통용되지 않는 거의 유일한 영역, 그러니까 예술 속으로의 도피를 감행하고 있다. 통조림이 떨어지기 전까지 이 최후의 진지는 건재할 것이다.

# 인타라망 속으로

　초기작 「유서」와 「크로키, 달리와 갈라」, 그리고 1990년대 한국 소설 최고의 문제작들 중 하나였던 「댈러웨이의 창」 등, 박성원의 많은 작품들은 소위 '예술가 소설'의 계열로 분류가 가능하다. 이 작품들에서 작가가 일관되게 견지한 예술론은 '보이는 것/보이는 것 너머'라고 하는 플라톤적인 주제였다. 가령 「댈러웨이의 창」은 시각적 이미지가 문화적 우점종이 되어가던 1990년대 한국의 문화 상황 속에서 사실과 허구의 경계가 무너져가는 현상을 고도로 계산된 서사와 이미지들의 배치를 통해 작품화한 수작이었다. 『도시는 무엇으로 이루어지는가』에서도 이 주제는 계속해서 탐구된다. 사실 이 작품집 전체가 어떤 의미에서는 근대적 시간의 압제를 이기기 위한 유일한 방책으로서의 예술, 그 최후 진지(陣地) 구축에 관한 이야기로 읽히기도 한다. 북카페 울란바토르로 스스로를 유폐하는 두 주인공의 결말이 지시하는 바가 그것이다.

　박성원의 예술관이 궁금해지는 지점이 여기다. 몇 가지 단서들이 있다. 가령 "선배의 말처럼 네가 쓰는 소설은 요즘 세상에서는 아무런 가치가 없다. 소설을 가지고 써먹을 데도 없으며, 비싼 것과 교환할 수도 없다. 때문에 역설적으로 가장 좋은 무기다. 그렇게 너에게 위로를 해주고 싶었지만 나 또한 너를 지켜보기만 할 뿐 아무 말도 할 수 없었다"(「분열」, p. 285)라는 구절이나, "그는 여자가 하는 블랙잭을 보면서 어쩌면 예술과 예술이 아닌 것의 차이가 블랙잭과 같을지 모른다는 생각을 했다. 21을 넘는 숫자는 예술이다. 왜냐하면 아무런 쓸모가 없으니까. 그러나 21 아래, 그 숫자를 가지고 다투는 모든 숫자놀음은 모두 예술이 아니다. 서열과 등수를 매기고, 높고 낮은 가치에 따라 승자와 패자가 결정되는, 그것은 상품들의 세계이지 예술의 세계가 아니다, 라고 그는 생각했다"(「몰서」, p. 251) 같은 구절들은, 김현으로 하여 유명해진 소위 '무용지용(無用之用)'의 예술론을 박성원 또한 자신의 신념으로 취하고 있음을 보여준다. 소용없는 일에 목숨 거는 행위, 교환가치와 무관한 세계…… 그가 예술에 대해 가지고 있는 기대, 그것은 우리가 흔하게 들어온 바 '게토로서의 예술'론에서 그리 멀지 않다.

그러나 박성원이 규율 권력으로서의 시간표로부터 자유로운 유일한 해방구라는 낭만적인 이유만으로 예술로의 도피를 감행하는 것처럼 보이지는 않는다. 그는 예술에 대해 아직 거는 기대가 있다. 그것은 바로 예술이 '보이는 것' 너머의 '보이지 않는' 어떤 것을 지시할 수 있다는 믿음과 관련된다. 전형적인 예술가소설인 「몰서」, 그리고 '우리는 달려간다 이상한 나라로' 연작은 그의 예술관에 대한 좋은 증거 자료가 된다. 당겨 말해서 「몰서」의 화가 주인공이 시도한 예술적 탐구는 '우리는 달려간다 이상한 나라로' 연작에 등장하는 '인타라망(因陀羅網)'에서 끝난다. 전자는 후자의 원인이고 후자는 전자의 결과다. 보이지 않는 세계에 대한 예술적 탐구는 논리와 이성의 소실점, 곧 치외법권으로서의 인타라망적 세계를 발견하고서야 종결된다.

순수이성의 영역 너머, 개념과 오성의 사용이 멈추는 지점에 취미판단이 존재한다고 말했던 이는 칸트다. 박성원이 예술에 거는 기대가 우선은 그와 같다. 초기작 「크로키, 달리와 갈라」에서 그가 그토록 크로키를, 그것도 대상 없는 상상력만의 크로키를 선호했던 이유,

「댈러웨이의 창」에서 아날로그 사진사가 피사체의 실재 여부를 회의할 수밖에 없었던 이유, 그리고 이 작품집에 실린 「몰서」의 주인공이 소박한 사실화를 거부하고 소위 '소설화(小說畵)'를 택했던 이유도 여기에 있는데, 눈에 보이는 것에 대한 모사 대신 그 이면에 있는 보이지 않는 것에 대해 강박적으로 집착하는 박성원 소설의 예술가 주인공들은 그런 의미에서 다들 칸트주의자들이다. 그리고 그러한 칸트주의적 탐구의 끝에서 발견한 세계, 그것이 이전 소설집 『우리는 달려간다』(문학과지성사, 2005)로 하여 이미 우리에게 친숙해진 인타라망의 세계, 논리와 이성이 소실하는 비논리와 악무한의 세계다. 아마도 플라톤이라면 (순진하게도) '이데아'를 발견했을 지점에서, 그리고 칸트라면 결국 다시 오성과 판단력의 유희로 회귀했을 지점에서, 박성원은 누군가 살기 위해서는 누군가 죽어야 하고, 누군가 부자가 되기 위해서는 누군가 착취당해야 하고, 논리를 위해서는 비논리를 동원해야 하는 모호한 혼돈을 본다.

그런데 어떤 이유로 그들은 눈에 보이는 현상 세계를 혐오하고 비가시적인 세계에 집착하는가? 「몰서」의 다음 장면은 그에 대한 합당한 이유를 제공한다.

온통 밝음뿐이었다. 그는 더위와 햇빛과 물장구치는 소리와 사람들의 재잘거림이 짜증났다. 수영장 한 켠에 있는 초대형 스크린에선 어느 기업체에서 스포츠 행사에 맞춰 만든 댄스를 추는 모습이 수천 개의 전구를 통해 흘러나왔고, 수영장을 가득 메운 사람들은 똑같은 동작을 흉내 내며 행복에 도취된 얼굴로 춤을 따라 추고 있었다. 함께 하지 않으면 무시당하고 도태당할 것 같은지 반란을 가장한 욕정의 얼굴로 함께 웃으며 춤을 추고 있었다. 도시에서와 마찬가지로 헛된 웃음과 즐거운 마취가 그 호텔에서도 가득했다. 넘치는 밝음. 도무지 어둠이라곤 조금도 찾아 볼 수 없는, 그림자가 지닌 어둠조차 찾을 수 없을 만큼 넘쳐흐르는 밝음. 밝음이 넘쳐흘러도 그 누구도 지나치다고 생각하지 않는 광신. 웃음 사이를 부유하는 맹목. 그 누구도 고통스럽지 않은 세상에서 아무도 고통에 대해 이야기하지 않는다. 그의 접혀 있는 살에서 빠져나가지 못한 땀들이 그를 괴롭혔다. (「몰서」, p. 248)

밝음은 가시적인 세계, 곧 보이는 것들의 세계를 보장한다. 박성원이 보기에 우리 시대는 가시적인 밝음에 대한 광신으로 가득 차 있다. 위의 인용문은 그 밝음으로 가득 찬 세계를 지배하는 것이 무엇인가를 잘 보여준다. 초대형 스크린, 기업체의 스포츠 행사, 수영장에서의 여가, 가장된 광란, 즐거운 마취…… 그러니까 다시 우리들의 여가마저 장악한 근대적 시간표가 문제다. 시간이 허락하는 한에서만 즐기고, 그것을 파괴하지 않는 선에서만 가장된 광란을 연출하는 세계, 모든 것이 계산된 자본의 시간표 안에서만 활성화되는 세계, 빛으로만 가득 차서 그 너머의 어둠과 계측 불가능한 시간들과 불합리와 부조리와 대면하기를 거부하는 세계, 박성원은 정당하게도 바로 그 세계 너머를 보는 것이 예술이라고 생각한다. 그리고 다시, 두 사람이 탔던 그 캠핑카로……

## 캠핑카를 타고 울란바토르로

  예술 작품이 로비를 위한 좋은 뇌물이 된 지 오래인 우리의 세계에서 그 시간의 압제를 넘어서는 오로지 유일한 방책인 진정한 예술, 가시적인 것들 너머 비가시적인 것들의 전언을 찾아 캠핑카에 오른 이들의 행위는 도피인가? 그럴 것이다. 그러나 온통 세계가 다 사막일 때, 유폐만이 유목이다. 우리 시대 예술의 처지가 그렇고, 예술가의 처지가 그렇다. 아도르노가 오래전 쇤베르크의 음악 속으로 도피할 때 틀림없이 겪었을 고뇌 앞에 박성원이 서 있다.

  유폐인가 유목인가, 아니면 미로 같은 인타라망 속에서의 실종인가? 결자해지! 이토록 악몽 같은 인타라망의 그물을 그가 짰으니, 그 그물을 풀고 거기서 나오는 해법 또한 그로부터 나오기를 기다린다.

# 궁상과 실소

—— 정영문의 『어떤 작위의 세계』에 대하여

　2012년 한무숙문학상과, 동인문학상, 그리고 대산문학상을 한꺼번에 거머쥔 정영문의 '작품'(이라고 하기에는 작가가 그리 좋아할 것 같지 않은) 『어떤 작위의 세계』(문학과지성사, 2011)의 화자(자신의 미국 표류기라고 했으니, 이 화자는 작가 자신이기도 하다)는, 소설 중간 불쑥 『미국의 송어낚시』 이후 리처드 브라우티건이 독자와 평론가들 모두로부터 철저하게 외면당하는 소설들을 썼다는 얘기를 꺼낸다. 그러고는 "그런 작품을 쓰는 것은 작가가 꿈꿀 수 있는 하나의 이상이기도 한데 그것을 꿈꾸는 작가는 너무도 없"(p. 75)다며 한국의 문학 현실을 개탄한다. 이제 그 탄식과 마주 대하고 보니, 그가 바라는 대로 그를 철저하게 외면해주었어야 했다는 생각이 들기도 한다. 나로서는 그로 하여금 이상적인 작가의 꿈을 이룰 수 있도록 일조하는 유일한 방법이 그것일 테니까 말이다. 그러나 때는 이미 늦었다. 그는 이제 결코 외면당하려야 외면당할 수 없는 작가가 되어버린 데다, 지금보다는 훨씬 더 많은 평론가와 독자들이 그를 외면하던 시절(그는 다행히도 내내 독자도 상복도 많은 작가가 아니었다), 어리석게도 나는 그의 독특한 문장들에 대한 호기심 탓에 그를 외면하지 못하고, 그의 작품 세계를 어떤 수학적 공식 하나로 집약해보려는 시도를 한 적이 있었던 것이다. 돌이켜보니, 그 공식은 이런 것이었다. $(1-1) + (1-1) + (1-1) \cdots = 0$. 이 공식은 그의 문장들이 독서과정의 끝까지 독자들에게 남겨주는 의미란 없음을 지시하기 위해 고안한 것이었는데, 그 시절 그의 소설에는 가령 다음과 같은 문장들이 부지기수로 발견되었던 것이다.

며느리는 안방에서 낮잠을 즐기고 있겠지? 그녀는 잠을 자는데 내가 소리를 내 방해를 하면 몹시 싫어하지. 그런다고 내가 조심을 하는 건 아냐. 나는 누구의 눈치를 보며 뭘 하거나 하지 않거나 하지는 않아. 뭘 하거나 하지 않으면서 누구의 눈치를 보는 일이 없다고는 할 수 없지만. 어쨌든 나는 집 안에 있을 때면 될 수 있는 한 조용히 하려고 하지. 물론 가끔은 조용히 하려다 보면, 그러한 노력의 결과로 나도 모르게 소리를 지르게 되는 일이 있긴 해. 목청을 다해, 목청이 부서질 것만 같은, 하지만 실제로는 아무 소리도 만들어내지 못하는 소리를 내지르기도 하지. (「무게없는 부피」, 『더 없이 어렴풋한 일요일』, 문학동네, 2001)

인용한 문단은 간단히 다음과 같은 문장들로 요약 가능하다. '낮잠 자는 며느리는 조심을 요구하지만, 나는 타인의 눈치를 보지 않는다' '나는 타인의 눈치를 보지 않는 것 같지도 않지만, 되도록 집안에서는 조용히 한다' '내가 원해서 조용히 하려다 보면, 원치 않게 소리를 지르게 되기도 한다' '목청을 다해 소리를 지르지만, 실제로는 아무 소리도 나지 않는다.' 요컨대, 뒤따르는 문장이나 절이 앞 문장이나 절의 의미를 번복함으로써 스스로 의미를 삭제해버리는 무의미한 문장들의 행진, 그것이 정영문이 즐겨 쓰(지 않는 것이나 다름없)는 문장들의 구조였다. 그러므로 저 공식은 비교적 정확한 편이었는데, 이제 유명해진 『어떤 작위의 세계』를 읽자니 여전히 저 공식의 유효성은 다하지 않은 듯하다. '끝까지 들어(읽어)봐야 그 의미를 온전히 이해할 수 있다'는 한국어, 특히 '부정문' 덕분이다. 다음의 예문들을 보자.

벤저민 프랭클린에 대해서는 특별한 관심을 가진 적이 없었는데, 막상 그의 동상 앞에 서자 그에 대한 특별한 관심이 생기거나 하지는 않았다. (p. 72)

손가락에 느껴지는 미끈거리는 감촉을 떠올리며 메기 고기 한 점을 먹었는데, 그것이 마들렌 과자처럼 나를 그 시절로 데려가주지는 않았다. (p. 107)

엄밀히 말해, 저 문장들에 문법적 오류는 없다. 그러나 둘 다 공히 독자들의 기대를 배반하는 문장이기는 한데, 왜냐하면 평소 벤저민 프랭클린에 대해 별 관심이 없었더라도 (정영문이 아닌) 이방인들은 흔히 그의 동상 앞에 서면 갑자기 그에 대해 관심을 가지게 되는 자신을 발견하는 것이 인지상정이고, 그런 의미에서 최후의 부정 어미 '않았다'가 등장하기 전까지 저 문장에 대해 기대하는 것도 바로 그것일 것이기 때문이다. 또한 프루스트를 읽지 않아서 설사 그 유명한 마들렌 과자에 대해 모른다손 치더라도, 유년기에 메기의 미끄러운 피부 감촉을 느껴본 적이 있는 사람이라면 후에 성인이 되어 다시 느끼는 같은 감촉으로부터 자신의 유년기를 상기해내지 않기는 힘들 것이고, 따라서 두번째 문장의 종결 어미 역시 부정어일 것이라고 짐작하지는 않을 것이기 때문이다. 한 문장 안에서 내내 기대되고 예측되던 어떤 의미를 최후의 종결 어미에 의해 순식간에 삭제해버리는 (한국어스럽기 그지없는데, 바로 이런 이유로 그는 일각의 비판과 달리 베케트의 아류가 아니다) 저 문장들의 공식은 여전히 '1-1=0'이다. 정영문의 글쓰기는 예나 지금이나 변함없이 무의미 지향적이었던 것이다.

그러나 이제 어차피 정영문의 소설을 외면함으로써 그가 이상적 작가의 대열에 오르도록 돕기는 틀려버린 판이니, 오늘 나는 저 공식에 또 하나의 공식을 더할 참이다. 이전 소설들에 비할 때 『어떤 작위의 세계』의 문장들에서는 다른 공식 하나가 더 추출될 수도 있겠다는 것이 내 생각이고, 그 공식은 다음과 같다. '$(1+1+1+1+1+1+1+1+1\cdots\cdots)\times0=0$' 이 공식은 서사 전개나 주제(그런 게 있다면)의 심화에서 의미 있(어 보이)는 문장들이 문단이나 장(章)을 이룰 만큼 길게 나열되고 누적되었다 하더라도, 정영문 소설 속에서 그것들은 일거에 무의미해질 수 있음을 지시하기 위해 고안된 것이다. 그 가장 적절한 예는 『어떤 작위의 세계』 아홉번째 장인 「내가 매사에 의욕이 없어 태평양을 떠돌지 못하게 된 과일들」에서 찾아진다. 145쪽부터 152쪽까지 무려 일곱 페이지에 걸쳐, 화자는 몸소(정영문의 화자나 주인공으로서는 참 이례적인 부지런함인데) 비바람이 심하게 치는 금문교 위에서 많은 종류의 과일들과 한 종류의 채소(양파)를 던져 넣는 수고를 마다하지 않는다. 그러고는 그것들이 태평양을 떠도는 장엄한 상상을 한 후, 그 장이 끝나갈 즈음 돌연 이런 말을 뱉는다.

하지만 내가 한밤중에 과일들과 양파를 금문교까지 갖고 가 그곳에서 떨어뜨려 태평양을 떠돌게 할 수 있게 하지 않은 것은 그렇게 할 의욕조차 없었기 때문이며, 그래서 이 모든 것은 내가 매사에 아무런 의욕이 없어 침대에 조용히 누워 상상한 것이었다. 결국 내가 매사에 의욕이 없어 과일들을 태평양을 떠돌지 못하게 되었다. 그로 인해 본래 이 글은 내가 매사에 의욕이 없어 태평양을 떠돌게 된 과일들에 관한 것이 될 수도 있었지만 결국 내가 매사에 의욕이 없어 태평양을 떠돌지 못하게 된 과일들에 관한 것이 되고 말았다. (p. 152)

내내 공들여 읽어온 장 전체의 문장들이, 기실은 일어난 적이 없는, 오로지 매사에 의욕이 없어 과일들을 태평양에 내다버리지 못한 화자의 상상 속에서만 있었던 일에 대한 기록이었음이 실토된다. 이를 두고 무의미한 문장들의 평면적 누적으로 이루어진 덧셈 공식이, 유의미한 문장들의 더미 전체를 일거에 무화시켜버리는 곱셈의 공식으로 바뀌었다고 말한다 해서 과장은 아닐 듯싶다. 아니 정확히는 정영문이 이제 여러 공식들을 자유자재로 사용해 무의미한 세계에 대해 무의미한 문장으로 대적하는 그 오래되고도 기이한 작업을 여전히, 계속해서, 질리지 않도록 수행할 수 있게 되었다고 말하는 편이 더 옳을지도 모르겠다.

어쨌거나 작가의 표현을 빌리자면, 그는 독자 앞에서 또 한 번 크게 '궁상'을 떨었고, 이때 그 궁상 앞에서 독자에게 돌아오는 것은 어쩔 수 없이 '웃음'이다. 프로이트를 인용할 것도 없이, '웃음'이란 곧, 기대되는 이후의 사태에 대해 집중될 준비를 하고 있던 심리적 에너지가, 그 기대의 배반과 함께 폐와 성대로부터 방출되는 어떤 소리로서 (정영문 독자의 경우 '피식!') 해소되는 신체적 현상을 일컫는 것이 맞다면 말이다. 우리는 정영문 소설을 읽으면서, 문장 말미 혹은 문단이나 장의 말미, 바로 그 배반당한 기대 때문에 웃는다. 아니 웃어야 하고 또 웃는 게 맞는 독법이다. 그런데 웃음에도 여러 가지 종류가 있는 바, 이때의 웃음은 그중에서도 가장 실없는 웃음, 곧 '실소(失笑)'여야만 한다. 그러니까 정영문 소설을 두고 벌어지는, 혹은 벌어져야 하는 가장 바람직한 상황은, '작가는 궁상을 떨고 독자는 실소를 금치 못해야 한다'는 것이다.

그런데 궁상과 실소라니. 이제 외면하기 힘들만큼 그 존재감이 커져버린 작가의 작품에 주어지는 수사치고는 너무 하찮지 않은가. 그러나 그렇지가 않다. 왜냐하면, 실은 그가 떠는 궁상이 베케트나 카프카, 혹은 이상의 궁상에 미치지 못한다고 말할 수 없기 때문이고, 우리가 터뜨릴 실소가 세계 전체에 대해 터뜨리는 실소에 미치지 못한다고 말할 수 없기 때문이다. 화자는 자신이 떠는 궁상을 두고 "일종의 정신적인 형태"로서, "어쩌면 나락으로 떨어지지 않고자 하면서 기어코 떨어지고자 하는 어떤 정신적 분투로 볼 수도 있"다고 말한다. 또 "궁상은 가혹하게 권태롭고 무의미한 이 세계에 맞서기보다는 패배를 받아들이며 백기를 흔들면서 속으로 웃는 것"이라고도 말한다. 이 말에 따르자면 겉으로는 이 무의미한 세계 내에서 무위도식과 언어유희와 기행을 계속하며 매일을 궁상떨듯 살아간다 하더라도, 만약 그가 속으로 실소를 금치 못하고 있다면, 그것은 '정신적 분투'가 된다. 그때의 웃음은 세계 전체의 무의미함에 대한 조롱이자 가장 완고한 거부이기 때문이다. 세계를 향해 대드는 자보다 항상 더 무서운 자는 무심히 웃으며 세계를 조롱하는 자다. 그에게는 아예 세계에 참여할 의사 자체가 없기 때문이다.

"카프카와 이상 같은 작가들이 그 점을 가장 잘 보여주었"는데, 화자에 따르면 우리가 다만 조심할 것은, 그들이 그랬던 것처럼 "자의식으로 충만한 상태에서 그것을 떨어야"(p. 65) 한다는 점이다. 왜냐하면, 의도적으로, 웃음의 의미를 개관하면서 터뜨리는 실소만이 세계에 대한 '복수'가 될 수 있기 때문이다. 복수라고 했거니와, 소설 말미 정영문의 '소설 복수론'은 따로 경청할 만하다.

　　한데 소설에 대한 복수 말고도, 나는 소설을 통해 뭔가에 복수를 하고 있는 것 같기도 했는데 그것이 뭔지는 확실치 않았다. 샌드위치를 먹고 있자 내가 소설을 쓰는 것은 무와 무의미, 그리고 존재의 근거없음에 대한 복수를 하는 것이라는 생각이 들었다. 그것은 내가 오래 전부터 해온 것이었지만 그렇게는 생각지 못한 것이었고, 그러한 표현으로도 생각지 못한 것이었다. 무와 무의미, 그리고 존재의 근거없음에 대한 복수라는 표현은 나쁘지 않은 것 같았고,……처절한 복수를 되새기며, 그 복수를 하기 위해서는 더욱 기이한 생각들을 하며 더욱 기이하게 살 수밖에 없다는 생각을 하며 샌드위치를 마저 먹었다.(p. 242)

마요네즈가 어떻고 샌드위치가 어떻고 하며 그가 떠는 궁상들, 마치 우연히 생각났다는 듯 혹은 즉흥적으로 아무렇지 않게 뱉는다는 듯 써내려간 저 문장들의 게으른 어투들, 그런 것들에 대해서라면 역시나 실소를 금치 말아야 할 것이다. 그것이 우리가 정영문의 소설에 동참하는 방식이기 때문이다. 그러나 소설을 쓰면서 그가 떠는 궁상과 그가 쓴 소설을 읽으면서 우리가 흘리게 될 실소가, 전혀 근거라곤 없는 존재와 세계에 대해 얼마만한 복수가 되는지는 늘 가늠하면서 그렇게 해야 할 것인데, 왜냐하면 우리는 존재의 근거 없음에 대해 말한 소설적 유산을 거의 물려받아본 적도 없는 데다, 유희에 바쳐지고 무의미한 것들을 찬양하는 (이것들은 또 얼마나 정치적이고 전복적인지!) 언어에 대해서도 극도로 인색했던 나라의 국민들이기 때문이다.